御製

佛光恩照　三千大千　隨緣徧滿
恒沙法界　普度衆生　悉證菩提
身心安泰　年時豐稔　風雨調順
日月升恒　乾坤清寧　百昌蕃熾
上下樂利　中外協和　庶物咸亨
萬善圓成　情與無情　同登正覺
大清雍正十三年四月初八日

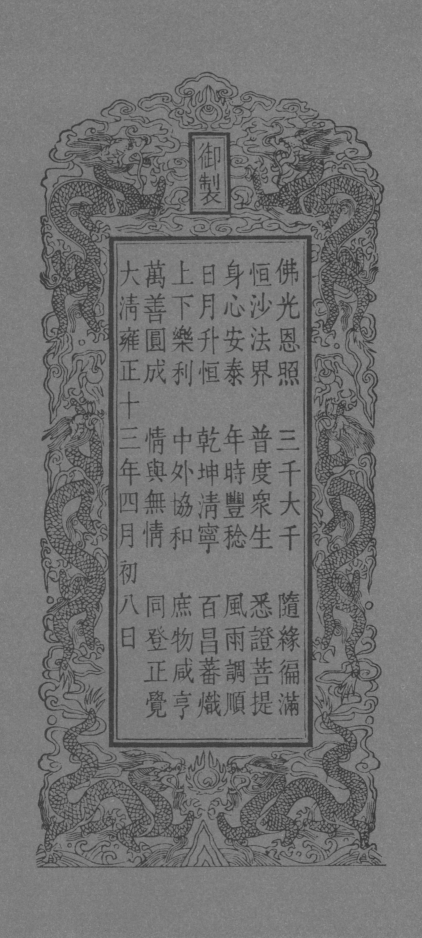

第一二〇册　此土著述（一〇）

法華文句記

唐天台沙門湛然述

清刻龍藏佛說法變相圖

法華文句記卷第八之四

唐天台沙門湛然述

釋見寶塔品

此中四度云見寶塔下文云四番即四悉也初世界中翻名有無二世不同覩必歡喜故是世界言經云佛三種身者借普賢觀經也既結此經故可證同當佛亦然者未來有說法華經處此塔還現彼佛亦坐本論亦云此經爲三身菩提故此經已說師弟因果故古佛證集分身佛彼華嚴經加四菩薩說菩薩因果能加但是迹佛主伴故不假集佛但云十方互爲主伴仍不云伴是佛分身但云眷屬而已文中諸品皆云集諸菩薩注家云道非存亡古今一揆然則裂地踊塔以表雙林不滅更延接影微顯丈六非生故云見寶塔

品今謂古佛塔今佛坐則表古今實道不生未必預表雙林不滅一往觀之謂今現佛入古滅佛之塔表滅不滅今謂不然古佛塔現示滅而不滅釋迦入塔示生而不生不生不滅故並坐表之集分身召本屬乃顯舍那非成豈唯丈六示滅他人問云大衆見塔爲根爲識爲塔令見廣約譬類以破自他此深不曉經之大旨三周之後縱有凡夫咸殊凡見然中論觀法被末代鈍根佛世當機何勞設此消經觀行理合如然凡諸釋經若無通見致令後學不閑宗途今正爲證經旁論所表有人問召古佛集分身身何故多塔何故一今爲答之證經義足故寶塔不多合多寶願故分身不一假令證經須集多塔塔豈不多既能應現十方信知塔亦非一故分身是化塔亦宜權今從所表今佛一身而集多身密表迹用之非一古佛多塔但示一塔顯表實理之不二況從地在空及諸校飾悉非徒爾明顯此事者三世諸佛轉法輪等皆至法華出世事訖故今經文加四支徵瓔珞下爲人者以校量福爲生善也善吉問等者第九供養舍利品云佛因善吉問供養全碎生法同耶別耶佛廣校量云如供養一佛舍利起塔滿一四天下不如供養生身由色身有舍利故又起塔滿大千供養色身不如供養法身由法身有色身故當知見色不及聞經以由聞經有法身故故經偏圓即法身全碎功德不等頂王等者曾檢大乘頂王經及方等頂王經各一卷並未見此難意者教與舍利時同益同何得不等答意者舍利時等亦生身

之力北地師下破謬斥非義當破惡即對治也云說經竟者意云正經已畢地師去表身不二以稱理故屬第一義也釋論下證地師非師言南嶽也雖云三身意將法報以斥地師無來者不合東來無出者不應踊出巍巍者不應塔內應身者不應唯此若即此等者如南嶽所述三身勝相若其直云多寶是法佛者必不可也尚非應身豈具三身故知多寶是法身者未盡經旨秖是表示等者秖以釋迦等事表理可也故知非直來證乃表經常故多寶表法及具三身多寶久滅今出證經生不生也往昔滅度猶現全身滅非滅也既非生滅常住不移可表法身釋迦入塔二身相稱如智稱境故可表報分身表應文理自成如境智相冥故能起應三佛至而不一

異者能表三中各三故不一所表三中皆一故不異又能表中三相別故不一法體同故不異又所表中亦以體同故不異以身別故不一又化道別故不一共成此故不異總而言之即三而一故不異即一而三故不一見寶塔下云云者於前四文明示四相以消四文略如前釋四皆屬圓從塔出爲兩去次約教本迹初雙標兩義次釋出兩意釋中又四初正釋次若塔從地下辨同異三若塔來下判顯密四今取下釋妨初文又二先明塔出證前起後次明在空以表二意故二文皆以證前當約教起後當本迹初證前中二先約眞實次約大慧以此二是多寶證詞初文三初示三周無非圓實次辨廣略等三示流通初如文次文者先略次廣初文者既重述證

秖可從略故但云眞實況處中及廣皆約所非所非必多能非唯一故三周中雖或四一若十若多不出實相次處中中言八不者具如止觀第六記引中論文中論顯理故八不歎佛塔證中經亦八不歎實故塔踊事復表八不以義同故故云塔從地等又證下示證流通亦是眞實問何不證序答二段旣實其序豈虛若爾何不待至安樂行末踊出初耶答以法師中具明人法方軌現未師弟因果及以處所天龍作護化人集聽足辨弘經故多寶出證證已命覔弘通之人故引達多往以證今佛益而勸流通舉持品人以證弘者而勸流通雖爾未有始行弘通之法故重舉安樂行耳故安樂行末關踊出次約大慧者眞實者通雖四一別在所顯故先歎大慧次歎所說所顯之法大慧秖是種智前已具釋今但更與不共般若辨同異耳於中先問次釋論下答三如一下譬彼般若及此大慧俱能入故妙法之言一分通智四當知下結二文意同次起後明本者對迹明本可云本迹於中爲二先明所起之由由塔出故請開由塔開故見佛由見佛故請加由得加故在空由在空故命衆由命衆故聲徹由聲徹故衆至由衆至故生疑由生疑故得說言明玄等者略舉經題玄收一部故云佛欲以此妙法等也久遠下明能起所表表於本地三世益也久滅今出故云神通現益在說故云音聲普願不休故盡未來以此起彼故名爲開問經中但云大慧眞實有說處證聞說故出那云證前及起後耶答文無理有從此中出尋

歎眞實故知證前如明起由即是起後次在空中亦初約教七方便人見理圓也次修得下本迹也亦先叙迹次若發下明本觀心釋中既云依經修觀當知經經皆可修習柰何章疏都不涉言故此宗徒行解無廢消文理觀二義無虧蕫懐道者尊之尚之每覩斯旨恨巳所未霑盤桓經思頂戴永永於中三初明三身各有能表及以所表初明以觀爲因得法身果得法身時不獨法身故云境智必會如塔下能表境智下報身如釋迦下能表以大報下應身如分身下能表次由多寶下總舉能表當知約觀持經方具三身三普賢下引證得三種身皆是方等大乘教也次有人下出舊分文此下應云十六品前從彌勒問來但有十品此是廬山龍意太早云云者

應叙上下文相分齊以證此師分文太早如破光宅惟忖之例此且據本迹之名以破然準此師意言約身者以多寶爲本釋迦爲迹前約說者釋迦自說三周開權及以流通今所以從名破者以此師不知今經顯遠諸經所無方望一代及前迹門乃受本名何須於此即云本迹若預密表意則可然於此分文故成太早七寶爲塔者即七覺七聖財七聖財謂聞信戒定進捨慚隨其教位明七深淺既是佛塔之七又證實經並用無作七覺七財於無作中尚須性德何況修得七覺聖財俱修得故雖分寶別七寶即塔能所不別然塔是所依嚴是能依高五百等者既塔所表須皆圓釋豎即因中望果萬行一行一切行酬因果中萬德一德一切德從始至終名之

爲竪當位具足名之爲横凡一切行歷緣對境諦緣度等無不莊嚴從因至果若横若竪皆須有體方可名爲萬善莊嚴地者止住第一義空者然體無明即第一義空故無明無所破亦無所住故第一義空即無能住無能住故地旣無破而破空亦無住而住種種等者定慧無多對暗散說又定慧徧攝故亦云多具如止觀攝法中說無量慈悲室者以龕爲室故云龕室重云亦是者重釋室也室亦名舍幢亦旛類如大長者中說垂寶等者從因至果果德皆籍因中萬行由莊嚴故即能下化如嚴復垂四面等者即無作四諦也由四諦四方道風吹四面四德之香充而且徧即是天然四德之理假修德以遠布平等有二者法等者大慧所觀理也同得者皆用因理以至果也若所觀理與衆生異不名大慧如是如是等者一如法相者歎佛所說稱於實故二如根性者至第五時不差機故先答第二問中問初云地踊此云東方者何耶答東述本緣踊申昔願若所表者方始表開地踊表顯告比丘等者驗具四衆非不說法當是多寶者問十方世界豈無一佛不得開顯不開顯者皆應發願何獨多寶若不發願佛道不同若發願者皆合聽經又諸佛化皆預照機豈成佛竟不得開顯方始發願答同與不同開與不開有願無願皆是隨緣若宜有願皆悉盡來何處不集後方發願亦是鑑物三變淨土由背捨等者問佛有楞嚴三昧之力何以仍用小乘事禪又表破三惑復非所治答是定聖行攬因成果果地事用無爽於

理即楞嚴中具諸三昧非昔因時見禪法界豈皆捨等變過三千然化佛事宜附小名故大論中亦是準小故云欲得自在脩勝處欲得廣普修一切處若但小用唯於三千又初一變下表破三惑者既楞嚴中即理之事不妨一一皆破三惑況今三昧直論功用破惑乃是所表而已表前破已表後更破如僧中與欲者不必全同僧中法事故云如耳多寶願力須諸佛集復令時會知分身多故此諸佛爲開塔集集又不至但遣侍者傳問訊等狀如與欲故諸侍者但申問訊無說欲辭大集若干諸佛與欲者於欲色二界大空亭中廣集十方一切諸佛二十一云南方有佛名曰金藏彼諸菩薩見光明已問於彼佛彼佛答云北方世界有佛名釋迦牟尼欲爲大衆說法破大憍慢遣使從我索欲我今與之餘方亦爾各令一大菩薩與十恒沙諸菩薩等來此偈讃亦無別欲詞大品亦千佛同說令已開權次欲顯遠使諸佛道同故令諸佛與欲有人問衆俱在空分身何故猶處於地令答時衆已聞迹門開權初入寂光之土故以居空表之分身示迹各有所化之土故居地以表之又釋迦不久顯本亦先居空以表之各有其致不須疑也爾時釋迦下亦約所表爲開權者多寶本爲證經故來應令衆見佛身表實塔開表權故開塔表開權見佛表顯實有人於此立本迹者不然本文在下問凡云本迹本應勝迹望下本門則釋迦顯本舍那猶迹何以迹勝而本劣耶答此義不然舍那是迹中之迹自望本時遮那爲本釋迦開

已望迹成妙舍那迹妙迹妙猶麤具如玄文
本門十妙經見二至加趺坐者法華論云爲
顯三身爲成大事八萬二萬者八萬在法師
品初二萬在持品之首偈中第二八行半頌
分身佛集者上文有七今頌甚略仍不次第
初三行頌第二應集義兼大樂説欲見及以
請集次一行頌土淨次四行半頌諸佛同來
明難持中經云八萬四千皆不及者八萬之
名不必全大具如止觀第一記引倶舍報恩
等經乃至十二部亦通大小具如玄文説法
妙中但令他得小六神通亦未爲難若立有
頂此約不得通者爲況故知圓經暫讀暫説
誠爲不易若有能持則持佛身者體宗用三
衣座室三即三身故

釋提婆達多品

注四釋中唯無觀心初因緣中但通語感應
故云生時等也問惡人出世何名感應答今
無量人不敢造惡天熱者從事説耳問何無
四悉答義立非無見者喜其已身不作即世
界不作善生即爲人也不作惡邊即對治也
無障果事即第一義因行下約教理順即圓
教事逆即三教唯圓教意逆即是順自餘三
教逆順定故本迹中言同衆生病者大經云
提婆達多必不破僧報恩經云若有人言提
婆達多實是惡人入阿鼻獄者無有是處大
雲經云提婆達多不可思議所修行業同於
如來諸新舊章皆云什譯元無此品並準齊
宋録云上定林寺釋法獻於于闐國得梵本
來瓦官寺沙門釋法意齊永明八年十二月
譯訖仍自别行至梁初有滿法師講經百徧

於寺燒身乃以此品置持品前亦未行天下至梁末有西天竺國沙門拘羅那陀此云眞諦重譯此品置寶塔後今謂若準正法華西晉時譯已有此品則梵本不無若觀所譯全似什公文體若準嘉祥三義度量一者外國相傳流沙已來多無此品恐什公未見今謂什公親遊五竺豈獨流沙二者什公譯經多好存略如智度百論之流此亦不然西方好廣但略其重豈可全除正文一品三云寶塔命人持品應命以提婆間者全成剩經何以安此今文不云眞諦重譯復云南嶽私安若必眞諦重譯不虛何妨本譯江東未有以此驗之乃成三人俱契經理望嘉祥三義全不可依涉法師云不合安此授記調達應安授學無學記品中從智積後應安神力品内今謂若爾于闐應將兩掘經來法意乃有補接之過若爾何不學無學記無學將入千二百中學人自爲一品況提婆達多不云得果那忽安置學無學中兩存兩没者文云此經是五年譯之東安法師云七年三月十六日譯訖慧遠經序同或云弘始十年二月譯竟不同之事未可追尋竺法護太康元年八月十一日譯訖爲十一卷名正法華亦云八卷出聶道眞錄此兩存本也次有沙門支道根晉咸康元年譯爲五卷名方等法華外國沙門支彊梁接魏甘露元年七月於交州譯彼沙門釋道敷筆受爲六卷名法華三昧出姚錄魏錄武丘道亮云有五本四如前更有薩雲分陀利本既存於世乃成三存闕開九轍者什譯纔畢叡便講之開爲九轍時人呼爲九

轍法師一者昏聖相扣轍即序品是次有七轍即是正宗一者涉教歸眞轍爲上根人二者興類潛彰轍爲中根人三者述窮通昔轍中根領解四者彰因進悟轍爲下根人即化城授記五讃揚行李轍即法師品爲如來使六本迹無生轍即多寶品多寶不滅釋迦不生多寶爲本釋迦爲迹本既不滅迹豈有生本迹雖殊不思議一七擧因徵果轍即踊出壽量品彌勒擧因徵果佛擧壽量因果所由八稱揚遠濟轍即隨喜去訖經屬流通也名目甚美而宗體不顯敵公又有二十八品生起甚有眉目於今無妨但品旨未彰而不的語遠本但云因果何成發迹四瀆者江河淮濟意云天下大同提婆達多至爲五逆者俱舍云殺父殺母殺阿羅漢破和合僧出佛身血今初云破僧略如前目連緣中及止觀第一記出血者如佛在阿耨達泉告舍利弗往昔世於羅悅祇有長者名須檀財富七珍子名須摩提父命終後其異母弟名修耶舍須摩提設計不與彼財分者唯當殺之便語弟言詣耆闍崛山有所論說弟即可之即執弟手將至懸崖推弟崖底以石塠之即便命終佛告舍利弗爾時長者今大王是須摩提者即我身是異母弟者即調達是以是因緣無數千劫入餓鬼中入塠山地獄以殘緣故我於耆闍崛山經行提婆達多於高崖擧石長三丈闊丈六以擲我頭耆闍崛山神名鞞羅以手接石小片迸墮傷佛母指出於佛血出興起行經教阿闍世放醉象等具如釋籤第三餘文可見具列在諸經論俱舍業品云五

並業障攝約處人除比約人除扇搋四身一語業三殺一虛誑一殺生加行無間一劫熟隨罪增苦増入比丘分二以爲所破僧言若作等者如文調達但有破出殺三逆兼放象毒爪二殺方便正兼方便且云五耳論有同類五逆謂汙母無學尼殺住定菩薩及有學聖者殺有學聖者殺羅漢同類奪僧和合縁是破僧同類破壞窣覩波是出血同類不以放象毒爪爲同類者彼是方便非同類故入大乘論問彼提婆達多世世爲佛怨云何而言是大菩薩論答云若是怨者云何而得世世相值如二人行東西各去步步轉遠豈得爲伴此五逆緣當因緣釋若作下本迹者前題注中又並略述竟此品下別明來意者驗嘉祥三意全無所以可以意知下云云者應

重叙文殊是遊方大士十方弘經乃至入海唯常宣說妙法華經乃至一切大乘諸經文殊皆爲發起之衆度義等者大論始從十五終二十一廣釋六度一一度中皆存衆釋今攢其大略文相顯著者分爲四類亦非一處次第列之若欲委知尋論本文諸家取捨廣立義門雜引大小不任證據不知何者是釋迦所行具足今一家立教則體相可識迹示四相本行唯圓初三藏中二一略釋次分別初又二先直明六相次束十善以爲六度以此六度屬世法故且以世間十善而用對之次分別者引善戒經自開三種文中先明對治即所治也次相生者約行次第果報中云具者謂諸根具足色謂端正力屬精進若言下六各十者名出地持華嚴月藏下屬圓教

者於中先責世心次令依第一義以成波羅蜜者謂但取初心一念具足則一色一香無非十度華嚴下借彼教道深位以證圓人初心驗知華嚴存於教道別義明矣若圓極說豈至七地方具十耶故地持中念念具十六之與十開合不同具如止觀第七記若念念具十何行何念而不具十一行一切行斯之謂也經中以持般若校量過捨恒沙身者乃以實行對事捨說耳若六皆法界此則不然故不可以三事皆空及以次第出生諸行而比之也又此六度上下諸文非不略釋觀其文意隨事各別若序中橫見但是現相發彌勒疑文殊引古種種之言爲引同耳過去佛章爲開五乘菩薩之文六度甚略藥草喻中三菩薩位不語行相意在辨於差與無差分別功德略舉五度爲校量本亦非正意故無行法唯此中經文雖略列而正明行因趣果之相故釋者委列使一切行會入一乘三十二相者諸教所列修得不同多在教道若實道者但是發得不須各修如下龍女歎佛偈中自非深達安能具相具如止觀第一見相發菩提心中已略辨之今文雖即具對四相意在發得故次文云實相是圓教相本雖修發不等相體多同今文多在大論兼在諸經法界次第具列名竟今與彼文仍有同異今剩有二相又足跟直踝不現項光萬字青髮此五相法界次第中無法界次第中有丈光喉中津液此二相今文則無八十種好文亦不同秖是經論譯異非胎卵濕化之化生者不同界內四生中之化生如諸天化生仍在

父滕等生況同四趣中耶今此忽然而有如藥王中云於淨德王家忽然化生亦稱濕卵等者但以蓮華在濕未剖如濕如卵舍在華内義之如胎大寶積云菩薩成就八法於諸佛前蓮華化生一者乃至失命不説他過二者化人令歸三寶三者安置一切於菩提心四者梵行不染五者造佛形像安華座上六者能除衆生憂惱七者於貢高人常自謙下八者不惱他人此一經雖爾以諸經論隨宜説耳假使一切經論所列生蓮華緣並爲今文聞品功德之所超過故華生雖同本緣各別云云者亦可釋妨非今文意爾時文殊下第三尋來有人問序中在座今云何海來者今爲答之豈以凡情而度聖境不起此會於海化物義亦何辜亦可在序一期益訖去時豈要白知來時大利方生與衆自海而至若例地踊菩薩讚詞此經甚略或當彼有廣文具有出會之語而傳至此者略耳問三千之外各四百萬億無復大海文殊何故仍云海來答事釋未爽況不思議今三義通之一者既移天人及變大海從所移處來應無遠弊二者海衆縱移而龍宫不動龍謂不動而所居已變從變而不變處來有何不可三者無緣者被徙有緣者今來此不思議山海宛然令衆不見但是變見非謂改體文殊既不起而往其土亦即穢而淨故淨名云移置他土都不使人有往來相此中乃使有往來相而本不移故知應有機者則土變衆移而尚來其無緣者土復衆來而不至所以理雖無動化事成規故使所見不同來往時異菩薩化

儀尚爾豈佛設變同凡問不起而往何故云來答示彼此衆知經功力識禀教益故須云來不往而往不來而來皆爲利物何須此難故知他土未必見來彼不見來此不見去不來不去而移事灼然如淨名足指按地是時大衆自見坐寶蓮華而土穢如故經中文殊所歎龍女不出弘誓定慧諸行智慧下是慧深入等是定慈念等是誓功德下行也下去諸文有此流例凖此應知正示圓果中云龍女作佛者問爲不捨分段即成佛耶若不即身成佛此龍女成佛及胎經偈云何通耶答今龍女文從權而說以證圓經成佛速疾若實行不疾權行徒引是則權實義等理不徒然故胎經偈從實得說若實得者從六根淨得無生忍應物所好容起神變現身成佛及證圓經既證無生豈不能知本無捨受何妨捨此往彼餘教凡位至此會中進斷無明亦復如是凡如此例必須權實不二以釋疑妨言權巧者不必一向唯作權釋秖云龍女已得無生則約體用而論權巧非謂專約本迹爲權巧也故權實二義經力俱成他人釋此或云七地十地等者不能顯經力用故也

釋持品

有本云勸持義須俱存隨題皆得不及從初故文爲兩段若欲於此立四悉者雙釋似世界二萬似爲人八十似對治佛意似第一義故佛意言雙指兩段尼請記中應開此文爲四先二尼各有請及記三諸尼領解四諸尼發誓經云姨母者本行集云釋種善覺生於八女時淨飯王兄弟四人各納二女淨飯王

妃即摩耶愛道摩耶生已七日命終生忉利天愛道是姨故云姨母次問答答中云爲引始行及開安樂行者始行見諸大德尚不能此土弘經況我等耶是故須下安樂行品爲始行之軌豈得下方未出預云踊出所行若爾品初文殊應問踊出菩薩當行何行而但云於後惡世等耶忽聞踊出時衆應問踊出是誰次偈頌者是孤起偈諸菩薩等請護弘經即是自述弘經方軌以由佛於法師品中說方軌竟寶塔慕覔用方軌人達多引往用方軌者釋迦即是禀方軌衆故云以身爲牀坐等持品即是惡世方軌安樂行是始行方軌故云住忍辱地等具如後品若不爾者則弘經無軌無軌弘經斯無是處如赤身入陣自損不虛被鎧之言應不徒設初十七行被

忍衣文三初一行總論時節以明著衣有諸下九行別明所忍之境三我等下七行明著衣意初如文次文三初一行通明邪人即俗衆也次一行明道門增上慢者三七行明僣聖增上慢者故此三中初者可忍次者過前第三最甚以後後者轉難識故初二如文第三文中言寶雲經第六阿蘭若等者恐誤文在第五先釋名者阿無也蘭若名諍文中云事有事故諍今依經先出正行次方辨邪初文云住阿蘭若者不與世諍不近不遠便於乞食有樹陰多華果足淨水無難事不險阻易登陟獨無侶誦所聞云云有王大臣長者等來尋詣之作是言善來善來若至住處應喚令坐若不坐勿獨自坐若不就鄙座應種種安慰爲其說法若不樂廣說應爲略說等云云

若不爾者非蘭若行凡居蘭若爲調煩惱自舉蔑他非無諍行未知端拱意在何之輕倨師友傲慢王臣況令無識者謂聖使有眼者寒心羅云之行永乖空生之德安在但由心無内實專以身營外虚篤論其道諸無所云賓如賓頭盧知七年失國及稠禪師進否爲王故起居適時安得一向十住婆沙明蘭若比丘乃至具五十法方堪止住乃至十二頭陀各具十法不然則且尋師進道何遽守愚不應式者出家離世割愛慕道應以五分而爲正則尚違小乘之式而反輕於大教者尤害之甚若以此名而均於大則圓乘三學二脱可以自規方應出家蘭若之式雖説至得活等者謂著其所説不勤行之專思自活如斯等輩名相似三學矯三學賊三學詐三學而欲輕於通經者故令弘者當著忍衣專弘正法有戒之人具增三學方名增戒守一不行信知戒滅戒尚不行安行定慧是故須歷五分勘之三明衣意中文引中阿含第五黒齒比丘訴佛者準彼中含第三明人有五去文相應也彼經舍利子相應品水喻經云佛在給孤獨舍利子告諸比丘我説五陰惱有五經人有五者秖是三業單善爲三俱善爲五緣云何爲五即以五喻喻於三業更檢第一俱惡爲一若更作雙善爲三句即成八句惡邊定無單雙者單善即是雙惡雙善即是單惡故不得有惡邊句也經中不作餘三句者或舉五知八或是隨機有文中初云身惡口意善者恐誤準合喻中秖有單善但應云身善口意惡口善身意惡意善身口惡故初

喻云納衣等者此是身善口意不善以合文云念用身淨棄於口意口善中喻者拔草避熱身相不善掬水不稱即意不善水得到口且名口善文云若掬若手者秖是手掬耳切韻釋掬者手取也亦有單作匊雖身口俱醜但為止渴故名意善若欲喻三雙善者準單思之喻三俱善者池既寬涼入則身善不匊口善止渴意善婆沙第八云念罵是一語等者論第十雜揵度智品中問曰行時得罵云何觀察名句身等令恚心不生答曰或有說者阿拘盧奢秦言罵拘盧奢秦言喚聲我今不應念其阿字若有阿字是名為罵若無阿字即是喚聲當知西方有三合聲阿與拘盧奢合方成名句乃名為罵彼方此方卑陋稱讚斯例甚多如云尸羅羼提於此末為端正之辭彼方乃是二波羅蜜又觀此罵字等者此方亦有顛倒即成讚罵如見客去命云去早即名為留若云早去即名發遣發遣是罵留即是讚如正食遇客若云來早即是罵也若云早來即是讚也世人執覽定有前後共為讚罵妄情聚積言聲本無又罵是一界少分等者屈曲意思行蘊法處法界少分所攝此借婆沙文為所觀境乃用四句三假觀之以聲對於根識及空推無自性成就性相方名即空又罵既是聲聲界有八有執受無執受大種為因各有有情名非有情名可意不可意有情身中所發音聲名有執受眾生語聲有詮表故拍手等聲非詮表故風林河等名無執受無執受中有情名者所謂化人語聲雖無執受能詮表故餘例思知今此罵聲

既是有執受有情名不可意聲但是八中之一然由計其初後而成名句若言聲界是罵八方是罵今猶無七云何名罵況復一中念念不住聲入少分色陰少分罵少等者觀我既是所罵之境若罵色時即不罵心罵心之時即不罵色形顯受等準此可知成就自彼等者彼自攬聲以成名句而謂是罵我觀因緣念念不住此觀因緣也又罵是一字去觀相續也又能罵去對推相待用空者通教也故知借彼婆沙因緣之境一一推之便成即空語略意廣具如止觀入空無生觀中已說十七云凡聖俱有三受者恐文誤文在第十文云亦有畏懼者過於異生及以聖者以有畏故即具三受亦云五受五受即憂喜苦樂捨又有五受全是三受謂未得樂受已得樂受已生苦受未生苦受不苦不樂受但聖人不以心受故有凡聖之別亦是借彼婆沙分別四聖爲聖六道爲凡十界不同以成別義今經去即圓教也念佛者觀受爲法界故云是念法佛等也由能觀別得諸教名所觀五受其相不別故持經者應觀三受故云能受諸惡行等鎧者甲也

法華文句記卷第八之四

音釋

嵟都回切土聚也　鞞駢迷切　窣蘇骨切　跟古痕切足踵也　踝户瓦切足骨也　鎧可亥切甲也　掬居六切　揵度梵語也此云法聚揵巨展切

法華文句記卷第九上

唐天台沙門湛然述

釋安樂行品

今古釋品皆有生起十緣五緣等及明來意三意五意今則不爾但隨品文勢逐義釋之不必一槩故至釋此品應委騰前四品之意謂法師下三通以法師室衣座三爲流通之軌故釋前三品題及以消文咸依此三明品元意若隨文相別生起不同文起盡耳以法師品是流通之始是故具列三法爲軌況流通者演布正說故令說者依三建志方能光顯所弘之典令物慕仰法可弘通冥資顯益是如來使若不爾者何故世尊命弘經人量其功用堪掌任者故使此土他土上方下方進否與輙若已自行不長物信如熱病者而貨冷藥是故不可率爾傳經故三周開顯若法若喻不逾三德若修若性準而則之性德不當開與不開修德隨時轉名赴物在今同異無非一乘一乘者佛性也具如大經佛性三種即是祕藏故流通之首還約此藏以之爲軌所以法師名室衣座以於敷弘義便故也寶塔品中若從塔說塔踊在空座也處處證經室也衆寶莊嚴衣也若從釋迦在空座也入塔衣也命弘室也又以三佛表於三身亦此三耳多寶衣也釋迦座也分身室也若從三變所表說者初變表破見思座也次變表破無知室也後變表破無明衣也故命弘者令依三法弘此妙三若調達中身爲牀座若非深達此三安能輕生重法故相好之身必有法報法身衣也報身座也應身室也若

從因行五波羅蜜衣也般若波羅蜜座也慈悲喜捨室也況師弟成道具足三身至持品偈文彰灼三法而弘此經此安樂品雖爲始行亦以三德而用題品以一品内無非三德及三德行於中爲五先以三義總釋次明四行來意三明四行次第四明四行體異五正解釋初文二初標列次釋釋中先略次廣略中初依事釋者二業安樂進於弘經口業之行若附文中二先附法師次附今品初文皆約三德三軌故也法身若有三德之行故使所嚴法身安也故玄文云法身體素天龍之所忽劣故具三法共導弘經之行問若爾與涅槃何別答妙法秖是一心三德本來不別彼寄示滅名涅槃耳附今品文即進爲行秖由自進是故弘經法門者引諸經論所列三門釋成此意即不動等於中列釋釋中一一皆先出行相次明所離三結意初不動者正是中道引文並表不動故也五受者經云行亦不受乃至不受亦不受彼經在衍爲破三藏家不受凡夫之五受故下廣釋通從外道等四句及以絶言絶言亦捨故五不受乃至圓教四門及絶若爾未證實來俱名爲受若著圓門五受尚名爲受體教入理理無所受方名不受次廣釋中初廣事釋中因果對辨秖是展轉釋此安樂行三令識極地三耳大品等者且借彼經如實巧度以對小耳彼衍門中三教皆是因果俱樂尅體論之應須更簡樂名既同但以偏圓而用判之通教三乘因果俱偏別教菩薩因偏果圓圓教菩薩因果俱圓故以俱樂並圓爲今品名所引大經

菩薩猶通緣是下結品文意必用七方便簡方應今經次廣附文中廣附上品釋成今品以今品四行不出三業止觀及慈悲故於中爲三先立能趣及所趣境次行有下釋能趣行三問答料簡於能趣行中爲十初列三行次止行者下解釋三總此下結對境行四境稱下結歸品名五大論下引證觀境即因果也六因時下判位七因名下判因果名異八又因下判因果名異以辨化用云三業等者三業三密三輪並三德異名意密即般若口密即解脫身密即法身九如此下總結十此行下引同會異總有二重初總次别别自分三總别皆悉名異義同總而言之等者總不異者如來涅槃人法名殊大理不别人即法故别不異者此中離爲忍衣等三彼經離爲法身等三此明下釋於兩處不異之相故引彼經寶樹等三及以五行初三譬法身等三三喻具如玄文及釋籤所引即大經第十文也依此座等以對三德亦應可見又五行中亦與衣等同者聖行座也天行衣也餘三室也梵行室因病兒室果應知今品具斯十意正在於因因中正被五品之人或至六根是故品題從行爲目即安樂家之行也三料簡中先問次答文意者雖復旁正兩處互有今且分折攝以對二悉然彼此皆四則有無無疑一子地者大經云聖行住三地戒聖行住堪忍地定聖行住不動地慧聖行住無所畏地梵行成住二地慈悲喜成住一子地捨成住空平等地今且引慈悲一子而反質持弓執箭未是通途故云何曾無攝受五地同在

初歡喜地此地無種不爲普現色身隨宜益物故折攝兩門収一切教或出或没不應偏難今云同者同味同理同因同果廣法門至不記也者準望前解又應更以種種三法通釋此文具如十種三法準例可知若以此義爲四悉者三法異即世界解脱即爲人般若即對治法身第一義二釋並云皆四悉故次此品下釋來意又二先明深行不須次若初依下正明始行須者故來初文明不須之人云若二萬八十億等者持品初二萬菩薩眷屬俱皆於佛前發誓弘經有經本云八千億應云八十億即持品中諸尼索記佛與記已諸尼説偈讃佛已爾時世尊視八十億諸菩薩等佛稱讃已是諸菩薩念佛告勑當如佛教等深識下正明不須之行具對四行以論

不須初深識權實故不須初行以初行中令不與二乘共住等恐濫受權法故廣知者明不須第二行以第二行中令不説漸法之過令不倚圓蔑偏偏秖是漸又達下明不須第三行以第三行中令將護二乘及令不以圓訶别神力下明不須第四行以第四行中令後得神通方令入實若初依下始行之人無此四故以四行防護兼堪自進故云欲修圓行欲利他故故云入濁弘經爲濁下明無此四故自他俱失爲是下正結來意言若初依始心者五品六根並屬初依始心即在五品初心故初品中雖非説法之位隨力弘經須此四行至第三品正當説法以資自行説即是弘理須此品以爲方法三此安樂下行次第中四先明不次第次令且下寄於前品以

明次第不同之相三若約下約行次第四雖作下約行無次具如智者釋四行文四行既是三業止觀及以弘誓俱行俱運止觀同時況一一行攝一切行況前初品衣座室三無三差別故無次第四明行體者先出古釋初師初云假實者何教無之未顯今行說法離過雖似一途而無慈悲止觀之相第四慈悲而濫向三行基師所釋不及前師龍師初行稍近今意南嶽所釋若望天台仍未委悉故今師釋云止觀等者前三皆有慈悲止觀且初身業又三先明有所離故不墮次有止行故下具三方軌三止行離下具足三德於中先明具德次明相生餘口下例者三業俱有慈悲誓願亦具止觀故四行例同故知還用前品爲今行相若不爾者非善弘經五正釋者釋行處近處中先三古師次章安破者以初家行淺近深即初兩家於中次家二釋初釋因果別後釋通因果故破初家及次家初釋云十地有行非獨初心次破後家者瑤師以七住已上爲行七住已前爲近故引淨名等覺極深亦名爲近若兩行去總判三家互失言兩行者行近兩處俱得名行所以俱淺俱深並皆有過言前品者指持品中能忍違從即深行也何關此中言七方便者權行所行不涉今品然行名下立理破也得名雖別二義相假一一行中皆習近故俱通深淺不可並深俱淺及互深淺然今品文始行正當並淺而永異古師以通俱深異七方便淺名雖通其意則別下去約位義通於深以深攝淺故也又行近下引義以破既是法師品中

衣座室三理無淺深又忍辱下約行以破若爾下徵起釋疑詣理下正判言詣理者以經云住忍辱地故也附事者離十惱亂等事中下文亦觀空等如引義中寂滅忍與畢竟空豈容深淺但對事說得忍衣名約理以說得空座名故附事必依理從理必經事不應圓行事理條然亦如二諦必眞俗相即各說一邊非無所詣約行準說問既對衣座何不對室答室通二行亘於始終二行雖殊慈悲義等問標云慈悲熏止觀導三業下釋但見止觀三業而無慈悲者何答誓願不孤通前徧導況皆有爲說咸是慈悲問初身業文但云行近何名爲身答行近二文但廣略異故離十惱亂正當於身約近論近灼然在身當知住忍亦身住也忍地即是陰實相也一十八空還觀界入若是口意二文止觀明著身何無耶答口意別明身中合舉既近處三皆云助觀助前止觀其言雖單即是雙助止觀故也今約三法下正釋行處即從忍地至亦不行不分別文也約三法增數以爲三重初約一法又二初標一法即緣諦也直緣一諦而立三行但云一法者以能從所但受一名一諦爲一切下明一理功能理既能爲一切所歸故能依三行功亦如之於中又五初列功能有三即所歸作本無分別也故三爲行緣於一處次一切所歸者下辨三行也三無三行下對處結名四如此下明與前品三法義合五是名下總結釋中自三初又二先消經次結名消經意者所住之地謂實理也次衆行去明能住行即依理起行此即下結名云

行不行者理雖無行依理而行行得理息即名不行能住是行人得理故能行勝行行即不行故云行於不行之行也次釋第二行者亦先消經次結名消經者亦指前一地爲一切本本謂忍地住一地故具柔和等三初如萬物下總牒前一地立第二行初句譬說衆行下合譬若得下正明能生之功於中別消三句此即約理方有能柔乃至在驚能安無量下總釋功德所由地無所生指前實理而生功德即柔和等即不下正結行名依理不行而行於行也釋第三行者亦先消經次即是下結行名言徧無分別者行與不行性相無二見諸法實名不分別無不分別名亦不行不分別三無三下對處結名以得實處故使其行有一三相四如此下與前品義合者

初句總標休息下對前三句休息即行不行隨生即不行行徧無即非行非不行五是名下總結可知故知一法即三法三法爲本故先明之次約二法者即以生法二忍消文於中爲四初標次二忍下會異名即二空是三二空下辨異於中初標次何者下釋異相眞俗假實通於三教今意在圓何但異二乘耶且隨難辨故暫對之言眞俗假實明二空者眞諦即法空俗諦即生空俗假眞實故玄文云世諦破性眞諦破假假破即相空性破即性空故眞俗不二二空俱時爲對所破以分眞俗即不思議之眞俗也通中亦有此之二空名同義異俱時不殊須善斟酌三若更開者下明開合也若開爲四忍柔和兩字爲伏忍善順兩字爲順忍又復下爲無生忍亦不

下即寂滅忍若爲五忍即離順忍中善字餘同四忍若爲六忍即離伏忍中和字餘同五忍若更開爲四十二忍但於無生寂滅二忍中出若對住前隨前四五六忍增減可知義皆通後若言一地具四十一則地地四十一忍亦地地有伏順等合則依前爲四爲二一復爲一同立忍名地地無非伏順無生寂滅四今且下正釋仍離二空以爲四忍則經中諸句皆具二空四忍於中爲十初標次列名三此四忍下舉別異圓四今圓下出今圓意辨異於別五大經下引證六若約下約無淺深以明四忍七聞生死下消經八行此下以三法結九二空下結名十是名下總結初二如文三舉別教中即以二忍判彼四忍即伏順在地前故云生忍無生在地上寂滅在極果故從初地依法得忍通名法忍四今圓中圓位諸忍俱無淺深五引證不二明文在茲六約無淺深立四忍者若借別名圓且以伏順爲住前無生爲登住寂滅爲妙覺暫離對當行理必融故云皆見中理應如今文以初伏忍亦通金剛寂滅無生亦通於下七正消經中所以不消住忍辱地等者向立圓四忍皆由住忍辱地故且置之又不消法忍但略消生忍者但生忍義深法忍可識於生忍中又不消柔和善順者即不卒心不驚去是柔和等德既了不卒暴等前則准知故知四忍並依理者爲顯圓故於略釋中初之二句釋而不卒暴次聞佛下釋心亦不驚此句既融餘句可見故云聞生死涅槃乃至非難非易則知其心常住忍地八以三法結亦是行不

行等三行也九十可見第三約三法又八初直標三法次三法下示三法相三住忍下正消經文初句總柔和下別別中言忍見愛等此眞諦空由依中理且據空邊故云見愛若從理說即同體見思四此則下結名五行亦爲三下結成三行三法六是爲下總結七出異解八彼明下約教通斥不融下云云者應具明圓相以顯今經若不然者非安樂之行次云何名近處下釋近處爲對離邊應約去聲近遠兩字若對所近應並上聲今明能行對所離法故皆去聲於中爲四初標次遠十下列三門三上直下示三來意四就初有下正釋三處列中三學皆云助者始行弘經須此助故三學能助助於正行問非遠非近即是正行云何言助答此是觀行初心之則附此三學名所附爲助助法弘通故云助耳皆云附者非全正體附近而已又如初門但是隨要略引於十戒亦未周次門且云修攝其心定亦未周第三似正圓慧慧亦不周何者若正立圓戒須指梵網無非具足若圓定慧須十法成乘具辨諸境一往且明十八空耳三示來意者對上行處以辨廣略而爲異也今欲重明故說之也問何故所助通名觀耶答委論修行具如止觀若汎爾通論則舉觀攝止故弘經行者須專修妙觀用三爲助方稱聖旨當知行處即正行近處即助行正助合行三行兼理故非遠近對事設觀以助照理之正觀也問若正助合行何故向云助眞似耶答正助合行可入眞似若正一向在於眞位何名發心二不別耶言非持刀仗等者

今明圓行對所辱境處中而説不同凡夫刀仗自防亦非二乘棄捨不觀雖復正行須遠其事以十八空觀其能所豈同凡小若棄若防皆云廣上等者文雖前後行必同時說雖廣略法體無二故用前略以對今廣不同古德分擗經文四正釋中初釋約遠論近中豪勢者恐人恃附失正道故初似小益久則大損邪人法者恐人染習迷於正理正觀未成切須防斷在家事梵名爲梵志出家外道通名尼乾路伽耶等者注家云前如此土禮義名教後如此土莊老玄書伽耶陀亦云韋陀近兇戲者恐散逸故那羅此云力即是捔力戲亦是設筋力戲也近旃陀羅令人無慈近二乘人令人遠菩提故西方不雜故云或來既未受大無妨小志故云隨宜欲想殺害菩提心故欲想如止觀第八記不男壞亂菩提志故五不男者謂生劇妬變半生謂胎中或初生時劇謂截等妬謂因他變謂根變半謂半月餘即不能廣如論釋危害難處不合入故譏嫌增他不善心故畜養妨人正修業故如是十法諸教皆然但離二乘諸教小異今弘圓經須屬圓人此當因緣約教兩釋但闕本迹若欲立者本離十種二邊境界迹示離此十種惱耳觀心十種云云者令比類說之應作總別二種總者無非法界何所可離何所不離非離非不離而論離耳還同非遠非近而論近初心雖了一切本無而須數數近於遠離別者遠離三教教主豪勢二邊之行即是邪行二邊人者即名邪人二觀神通名爲兇戲三惑尤害殺三智命偏空滅想名二

乘衆徧觀眞俗名爲欲想乃至尚離上地法愛滅色住空名爲不男方便觀智皆害圓極一切俗境名爲識嫌遠離魔外名不畜養一一皆以所離爲境皆以三觀爲近皆以三惑爲遠近近處者大論問菩薩云何自靜等論答云如病將身等具如止觀第四記三意云云者如向所列定心定處定門也列竟即應廣釋廣簡心謂能期之心處謂五緣中處門謂五事調心未暇廣論故二十五方便隨要列二如是三法皆令親近此約對前遠以說近近此近法故云近近非遠非近而論近者初開三章作境智釋又觀下全約觀釋初文三標門列章解釋解釋者初觀字標智中間一切法三字標境後空字文中不釋但是結成智境若單論下明境智意智即方便品初

五佛智慧境即方便品初十如實境但下空字隨位判之但此屬弘經之行彼屬五佛所顯又單論等者今正明觀何以舉一切法耶舉所顯能故空顯於觀一切法家之空觀也次別釋者如實相三字別釋境也二邊三諦者二邊對中中必三諦三而不三名無一異三諦如實對七辨異故云實耳實即無相徧相一切故云實相不顚倒者別釋智也具如方便品初令不多説境爲觀中諸句所觀但能觀觀部内尚少故於此中其文稍廣無八顚倒者無於常無常等各四即表中道然常等之名名兼界外以變易中非但獨有無常等倒望於雙非仍有出假常等四倒若不立雙非義則不爾具如止觀第七文以雙樹表之諸法即中故無二死倒即生因無因必無

果故大論中喻如墮巖雖未至地即名已死不退者契寂滅理入薩婆若以從圓故因立果名不轉者必定不爲凡小所轉尚乃不爲三菩薩轉況復凡小須約六即以論不轉下去準知如虛空者先立譬也不爲二邊轉故故觀者叵得但有名字次中道下合也但有名字即性空名字亦無即相空此即所得二空觀體無所有下出二空相無所有即性空相一切言語道斷即絶言思爲相空相性空中云無自等者應約眞妄互論自他及以共等今眞如理正當無因而云無無因者無彼外人無因故也具足二空故不生不出出者退也今是觀行三不退也言惑智等不生者具足應云行位因果等但是文略今略明者惑智及理體本不生惑智稱理故俱不生釋不出中言如來治者全體即是故無可出不起者以入理故方便理教一切皆寂無名者重牒前無所有等詮所不能詮理非名故無相者相所不能相又云十境所不相也無所有者重歎觀體無量者非界入陰諸數法故無邊者非如偏小分限法故無礙者徧入諸法故無障者無能遮止故雖復多句秖是能觀無相無作與境合耳對十八句立十八觀對一切法名一切空三但以下結者初總結諸句莫非因緣上直明下明結束意上多明雙非且云中觀照於中境豈有中觀不照二邊今此重明照於二邊用結諸文以顯中觀不思議體言理性畢竟清淨者重牒中境是雙照境故云如上所說於中爲三初約初句以明雙照二邊境也中體無作二邊從緣以

無作觀照緣解惑又因緣下重釋者即以初句而爲空邊照於緣生緣生故空空名涅槃即以次句而爲有邊故云顛倒倒亦從緣且從倒邊故名顛倒用前中觀無偏而照言意顯者勝以因緣一句義開兩境然初文不釋顛倒者顛倒即是說由故不別釋今從故說下不別釋者故說即是妙教教必被機不必須云顛倒故也常樂之言無別他釋故總在後示因緣顛倒三諦以明觀法即常樂三觀故也三又但下又合前二句同爲三諦之境凡從因緣生顛倒之法皆妙境體由本有境說上諸觀亦由第二說用觀故故有第三結說結觀又於結中三重釋者由於上來諸境也初釋由顛倒故說次釋由二邊故說第三釋由不思議故說雖三釋不同共顯一致雖顯一致不無親踈初說從機故云顛倒從機語通次說漸親由二邊故中本無說第三全約不思議三諦體說雖有親踈觀法無別同觀三諦一實之境故常樂一句無所離合所以前後共成一意次又觀下通上下文全作觀釋於中又二初作觀體觀相以釋次凡有十九句下作十八空總別以釋初云觀一切法空如實相云標觀體者實相是所觀以所顯能觀方有體次不顛倒下釋觀相云九句者對下十八單複不同故但九耳複故但九一不顛倒等二不退等三如虛空等四一切語言等五不生等六無名等七無量等八但以等九常樂等略出三句示複句相令餘準知此中九句訖常樂觀也下十八空唯至無障次引釋論釋如虛空等更釋不生等句以

由如虛空故三世不攝初如虛空者總標也無入是不生不從於現以入未故無出是不出不從於現以出過故無住相是不起即現在不住攝大乘意引與大論同復引大論四十三者存異釋耳次約總別作十八空者於前體相亦可以爲總體別體總相別相今總別者於前九句除後二句以餘七句離爲十七進取如實相句合爲十八以前七中初之三句二二爲句第四句單第五六句三三爲句第七一句四句爲句故使句法盈縮不同此十八空從所得名能空秖是一大空耳大無大相即圓空也故次文云中道正慧即是能空故句句中皆有能空及以所空能空即是如不無斷等也所空即是顛倒乃至礙障等也如云顛倒顛倒是內內顛倒空故名爲不下去準知於空空中先立能所者餘句所無以此句中能所名同是故別顯餘文相別是故不論於中雖復所空名空望能空智猶名爲有此中甚略委釋相狀及以離合具如止觀第五記若曉妙境及圓十觀方了此中十八觀境若不爾者彼止觀文乃成徒設故彼正當安樂行人之觀法也故知始行須達彼意方可弘經若具不愜爲利爲名爲衆爲勝復肯同於二乘道不大乘進退審自思之所以勤勤於弘經者願共霑斯大利故耳故彼境境結成大車故彼觀觀皆依實相四十餘年祕要之教教已難覩所詮行理何由可曉自非四依弘法之力末學迷滯安遇斯文遇而不求何異日月於盲者耶何異雷霆於聾者乎但今文中觀法未周屬在彼部文雖

不委品相略周今粗點之使緣心有在何者實相妙境也慈悲發心也止觀安心也一切破徧也十八道品也亦不分別通塞也離十惱亂助道也夢中所見表後三也通括四行十觀略周通論又以四行助十若四若十並涉因果四總十別若總若別俱通橫竪四行事儀且在於始十法導理無不尅終豈涅槃行獨在於始又此十八名在大品大論委釋經通三教論釋復含但簡二乘而不細辨通別菩薩是故讀者彌須置心故須對經一一圓釋偈中等者義異故開意同故合故前行近以廣顯略上行近至次第者上文行三雖有三釋應取第三離爲三諦釋以三重釋各徧消故不同於近中三也但得云各言復不次第者非但不次亦乃通總頌中多是近處

文故應入下至頌事遠近者約遠論近也亦應云頌雙標行近亦是頌人空行處者前行處中第二作二空消文於二空中離十惱亂亦當生空柔和善順言即兼者近中遠近亦同生空法空還於遠近修空修觀故耳又遠近等三亦秖約前行三而已準偈標結俱雙故也常離國王等者乃至官長準例可知非直弘法他皆準此作此謗比丘等者世謗者言既比丘作此爲佛聽耶佛法爾耶韋陀者具如止觀第十記所以不許親韋陀者或恐人疑比丘教彼言佛法若斯又復外道常思佛過若親近此或謂比丘須彼則佛法不如於彼故誡內衆勿親近外法乃至六諦二十五諦等具如止觀第十記乃至讚詠準此可知初爲跋耆子說阿毗曇者故知別有阿毗

曇藏是佛自說人不見者諍計云云或謂是十二部中論義部者不然言相續解脫經者是佛自說故且名經當佛滅後阿難所結集者名修多羅五百集者初名解脫後廣集法相乃名爲論欲相者頌中雖無欲相之言以長行有故今略釋俱舍云六受欲交抱執手笑視婬今依舊名目須輪者修羅耳如中阿舍云有一異學問簿拘羅云汝於正法中已八十年頗曾行欲事不簿拘羅言莫作是語更有別事何不問耶異學又問汝於八十年起欲想不答不應作如是問我八十年未曾起欲想尚未曾起一念貢高未曾受居士衣未曾割截衣未曾倩他作衣未曾用針縫衣未曾受請未曾從大家乞食未曾倚壁未曾視女人面未曾入尼房未曾與尼相問訊乃至道路亦不共語八十年坐故知衣食等欲想一切尚無況復染欲想耶弘法之徒觀斯龜鏡世人笑他濫大乘者以爲合雜在小檢者亦可思詳況今弘經息譏爲本云云八精進等者具如止觀第二記又復不行上中等者約廢權說故前三教名上中下或指三乘或三菩薩不倚圓等者佛尚以異方便及餘深法用助正道後學順教豈可固違習實尚微而蔑偏小須順佛旨將護物機問偏圓與權實何別答通則不別別論小異偏圓約教權實約法法即教下所詮通於理智行等問佛世觀機恐物墮苦先以小接次以偏引末代弘法豈必然耶答今云助者舉況而已恐倚圓蔑偏然弘經者隨其行位若始行者具如今文不以小答若深位人始末弘法必以

生滅等三方能顯於圓頓具如止觀諸文皆先漸後頓面譽等者如對二人偏譽一人其不譽者義當對毀然好譽者必當善毀令他懷此故須並息又面譽如對毀故智者息之問經讚小善安遮面譽答好面譽者未必讚善讚通隱顯制面防喻故安樂行人自護防彼亦不得約張說趙長等者寄張家長說趙家長故令趙家謂說張長而譏已短謂見趙行懺云張人勤豈不令趙謂以張勤而譏已怠似善法罵故不應爲若向張說趙短復令張人謂向趙人而說我短故大論云自讚自毀讚他毀他如是四法智者不爲何以故自讚者是貢幻人自毀者是妖惑人讚他者是諂佞人毀他者是讒賊人智者應以四悉籌量而護自他若歎二乘等者對大歎小令失大故若毀二乘或令二乘大小俱失此約始行二乘人也亦是習小助大之人如涅槃中二乘是也不生怨嫌心者怨字去聲損已則怨違情曰嫌若作平聲者傷已未重心積大仇安樂行者尚去順已之喜況構無怨之恨大集云過去世時有羅剎王於俱留孫佛法中出家發菩提心誦持大小乘法聚各八萬四千由意嫌頭陀比丘云不誦經典猶如株杌由此墮獄受大苦惱從獄出已受羅剎身於賢劫末樓至佛所方脫羅剎身常人尚爾況安樂行爲弘大典將護小行又怨怪嫌責怨深嫌淺淺深俱捨方稱正行此口安樂行中所言心者爲制口故觀諸法空等者心已住於畢竟空理牒前行法故必不執大而輕於小但隨順法相復順物情尚不令順法而

違物情況令違法而復背機故從若不見去但答大法隨義而答有三者三種語也智者語即可答王者語愚者語即不可答不應以圓行呵别者經雖但云學佛道者以藏通菩薩雖亦求佛與小共故猶屬小攝既云求短以權有短是故爾耳比丘下云訶通者四衆通有三乘故也去道甚遠復云别者以通教中復有别機沈空下卻釋通也豈踊出菩薩補處尚皆不識一人云何令修此等行耶況人未出預説行耶況復出已赴命弘持不見更令有修行處經又亦不應戲論諸法此中不須引中論觀法品見論愛論彼乃通屬三界之惑亦不須引淨名見苦斷集是則戲論此乃别斥小乘果人又不應引大論若言非有非無是戲論法及第四句名戲論謗等今

制嘲謔之論妨安樂行耳故知釋義須望本經棄淺從深未爲當理止觀二行各有四者此中初二行頌止四次三行頌觀四初止四者初一行頌第一離嫉諂次一句頌第二離輕罵三一句頌第四離諍競四半行頌第三離惱亂次三行頌觀四者初一行頌第一大悲次一行頌第三大師三二句頌第二慈父四二句頌第四等説但其皆曾發心者以皆曾發偏小之心入實不遥通成大機即慈境也此悲境攝一切三界内者者文中既不云出家則知是界内流轉之徒經雖但云非菩薩以大例小驗知亦不發小準前大小俱是慈境故也應知與樂拔苦隨舉一邊故各釋妨令通大旨經云不聞不知等者據理而言偏亦應有不問不信等圓亦應有不聞不知

等問云何得知前三是權後三是實答準正發誓文但牒後三而爲是經經以神通等者二力秖是福智二嚴深觀如來室衣共爲大善寂力者不起即衣現儀即室言八萬等者秖是小乘八萬而已如俱舍云牟尼說法蘊數有八十千未關於大第五隨功者始自七賢終至羅漢並有定慧分故城即涅槃者即第四果也得有漏者賢位法也六合譬中次第合六初合初而諸下合第二如來下合第三其有下合第四於四下合第五而不下合第六合與珠中經云見賢聖等者大集云知苦壞陰魔斷集離煩惱魔證滅離死魔修道壞天子魔今不云天子魔者以小乘多斷三魔未壞天子魔故然有壞義經云有大等者如來見此小乘賢聖已除界內因果名與陰戰至般若後名大功勲故三毒等且在小中爾後時長通云歡喜煩惱障中初又三即貪等三毒次十六行云一切者準下釋一切始自十信終至妙覺故知三惑但在欲界麤三毒耳以十信具除三界惑故下去猶有見思等三故云一切以一切言通收三惑俱轉故也安樂既是如來之行故弘經者預表果成故知弘功其力不小問何以至此即歎教耶答此在迹門流通之末前已明佛去世後弘經功深古佛證經今佛成道二萬八十萬億此土他方宣通之益不可測量人獲妙功良由法實故流通末重辨所通所通者何三周開顯故舉輪王威伏兵衆獲勲勲有大小故所賜不同此四行後復結成者顯四行功成能行此行兼弘經力化功歸已果相先彰故

使大士刹那夢逾億世表一生弘教功超累劫初十信中既云慈悲又云正見及以無癡慈悲是弘誓似發正見無癡是界内眞成即無見修二惑故也住中既云見佛表自當得八相即分眞無生忍位也見身處中表入實也歡喜以表入歡喜住發心見中與初地等故亦云喜得三總持具三不退佛知者得記之由下去得記可知修習云行者前非無行不別而別至此最得行名故也證諸者諸言正表斷三十品言無垢者初住已得爲順大經且從初地若云入金剛定義當等覺合在第十地中此中明信等五根乃至八正者釋佛道也所行之道不逾七科隨要略明信後四科耳

法華文句記卷第九上

音釋

擗 博厄切與擘同 捔 訖嶽切挍也 複 方六切重也

法華文句記卷第九中

唐天台沙門湛然述

釋踊出品

先以四悉通釋於世界中初明命赴之由次如來下正明命赴師嚴等者二義互明道在師故道尊師有道故師嚴師嚴故命不可違道尊故有命必赴由師具二故鞠躬祇奉次正明命赴所言命者一由寶塔品末云佛欲以此妙法華經付屬有在此命猶通二由下文他方菩薩八恒沙衆請他土弘經佛止之曰我娑婆世界自有六萬恒河沙衆即別命也故經家叙之諸菩薩聞釋迦牟尼佛所發音聲從下發來四方奔踊者奔疾也恭之至也自在升此故是世界下三共成初感應也三世下為人者有法喻合初法者自本成來三世益物故此三世皆屬過去今佛自當現在益物菩薩弘經且在於當慧利既廣非心所測舉月譬者一月本也萬影迹也但使有水應之不倦豈可以三世思之若不撥影安知天月明諸菩薩實本難測冥顯如來迹不可量召過等者若不開迹降佛已還無能知者今欲顯本先出本屬具有二世善根增長故召本人示現人令現人生現善使本人弘現經令當人生當善虛空等為對治者約所表也虛空理也本迹事也事有本迹理無早晚惑者迷理而暗本迹故執近迹以失遠本本迹尚迷況不思議一故本之弟子居下虛空本地之師經久虛空今之師弟在今虛空久空今空下空上空雖則體一然本弟子元知近迹今之弟子猶迷遠本破執近故召昔

示令令弟子因疑致請聞說方破破執近惡故云對治寂場去第一義者寂場舍那示始成故父少寂光菩薩行久著故兒老譬樂力者父何以少子何以老準下父子譬意父久先服種智還年之藥父老而若少子亦久禀常住不死之方子少而若老雖各有服餌之功而父子久定此之四悉雖通釋今文並意兼後品然初一悉文在今品第二意兼後品三四二悉採用後品皆是助後以成顯遠善生惡破見本故也故知世界即是三悉之由故踊出品專在世界文云下引證總證四悉即四悉因緣故集流通段下云云者應具述諸品如下委論又二十八品唯有十一品半本迹流通十六品半以經力大舉法舉人引今引往東方西方若顯若祕總身別身或逆或順往佛今佛自微自著現益當益畜益人益男益女益親益踈益事益理益等稱之不已故耳又半品四信之文去取不定況本迹二處流通意別故注云云故本門流通永異諸部他方菩薩聞通經福大者已聞迹門說流通竟以慕勝福而欲流通如來止之者上廣募弘經今他方請弘何故不許故以三義釋之初所任別故無二世利則無世界益二他方於此無臣益者即無爲人第三二義迹疑不破即無對治遠本不顯無第一義問諸佛菩薩共熟未熟有何彼此分身散影普徧十方而言已任及廢彼耶答諸佛菩薩實無彼此但機有在無無始法爾故以第二義顯初義云結緣事淺初從此佛菩薩結緣還於此佛菩薩成熟平等意趣義如前云由此二

義須召下方故一召下方亦成三義是故止彼無三義者無四悉益召下三義即具四益初子弘父法有世界益次以緣下緣深利多有爲人益三又得下近疑破故有對治益遠本顯故有第一義益此是召本弘經之益於前四悉但在世界爲人斷疑即是本由此中未述住處下釋本處也先出土名次以四德釋之三是爲下結名本有四德爲所依修得四德爲能依能所並有能依之身依於能所所依之土二義齊等方是毗盧遮那身土之相若云塵刹重重相入重重相有重重事等重重說等爲未了者以事顯理若不了此一旨誰曉十方法界唯有一佛亦許他佛若許他佛他亦身土重重互現互入互融當知秪是約一論徧四以不下釋住意五下方下釋下方也法性之淵底釋下也玄宗之極地釋方也玄理之宗故名玄宗宗謂宗致取果所期此諸菩薩分到所期且云極地又地裂者地覆本屬如迹隱本今開迹顯本故裂地表之然諸菩薩於此已前亦曾有迹雖但顯本於理未彰但弟子被覆義當覆師弟子若顯師無不顯故顯弟子義當顯師言在下不屬此空中不屬彼者在下空故不屬此界住於空故不屬彼界以彼表無以此表有以空表中出此不在上者非上界也不在此下者此界在上空之下此即是下故云此下復以上界表無此界表有空亦表中故上下二空俱表中理理即寂光來之由者下至皆如上說者從聞命下四句故來是結釋品四悉意也亦是止他方召下方三義故云如上若依法

門者此五字應合著六萬非多下非多已上仍屬因緣亦不須移一即一道等者既云法門須通因果事則從多至少法門從少至多者義當依理起行故也增至六度既結爲六萬成圓觀行行依妙境故度成萬度實無萬六中各萬秖是一萬無別萬也六全是萬無別六也一一度行無非法界界無界相秖一刹那即一道也一六既然二三四五準此可見是則六中無不一多一切具足當知一道至五眼來一眼一諦皆具一萬無非三觀觀法界也皆云善者不通迷故多不多空也一不一假也雙非雙照中也言云云者應須具論妙境妙觀具如上下不復更云是彼菩薩之行德也就初三業供養至徧見者此乃感應道交於五十劫令如半日此明如來不可

思議延促之事顯於如來自在之力則顯無機雖借雖隱而亦不能於長見短於狹見廣鏡豈惜姸由形故耳有人云聽法之志而忘其長或云長短斯亡長短斯在此並得感而失應何以抑於如來神力耶借（子夜切）拜繞下更釋感應初釋三業供養爲機五十劫下釋感應相初釋即長而短四衆下釋即狹而廣於長短中又爲四初略示次如來下明非長而長三解者下約解惑判即是赴機四斯爲下明現長短意初文者即八自在中之一也次文者佛眼觀之長短不二四眼觀之不無長短故赴長短機令見不一第三文者解惑俱機故使菩薩即短而見長執者即長而見短如萬像森羅凡夫謂異二乘爲如如來見之非如非異而如而異既云令諸大衆謂如

半日即促彼長令其見短故云隱長廣狹亦爾如有漏報法尚乃盲者在明而無見蝙蝠於夜而能視故知明暗在眼非境爾也況機應相召今昔之力問既云惑者何名妙機答菩薩已破無明稱之爲解大衆仍居賢位名之爲惑機中辯位故云解惑四斯爲等者現此非長非短之長短及非廣非狹之廣狹明成佛既久化迹必多所以爲下非本非迹之遠本及非少非多之廣迹而爲先兆也故知開竟尚達非遠非近之遠本況復近迹若未開顯尚昧近迹況非遠非近之遠本以未知久本而爲惑者斯理必然及至開顯咸知本無長短遠近斯存故名不思議一故先現之密表非本非迹之本迹四衆徧見下明廣狹中亦先略示次夫肉眼下釋肉天二眼任其

自力所見不遥今忽見遠知非已力即知如來現此神變必說妙法次雨猛華盛譬見應也龍大池深譬知眞也見應下合譬也見諸菩薩應相既多必並證得彌法界眞秖向見短之人而見於廣廣若是機短豈專應既見即狹之廣理亦方見即短之長密表當破無明故且抑其一分陳問偈中亦頌前二初一行頌前如來安樂初二句正頌安樂次二句雖云教化亦屬安樂耳次一行頌第二意易度下言云云者令出頌中二句之意但舉四人云欲擬者比擬也亦對也如華嚴下引同也四十位下言云云者明彼此佛慧既同人法相望亦等但彼迹此本彼兼此獨乃至如後十義不同本迹雖殊彼此俱四咸爲導首故得例之雖有加與不加及名不等焉知不

是彼法慧等薄須塗熨者猶如嬰兒爲病服藥暫須斷乳權以毒塗藥勢歇已洗乳令服初乳後乳乳體不殊中間爲病進否權設亦如癰瘡熱氣正盛且須冷熨熱休息冷初身後身其體不異爲熱暫熨熱退如初此入彼入二處不異但根鈍者入時未至如癰如嬰尚須塗熨以酪等三暫時調熟故云薄耳言十意者雖佛慧不殊化緣生熟顯晦仍别是故略須述其異同不可事異令佛慧殊豈佛慧同令教一槩二酥時異佛慧必同況復猶是一佛所化應須了知異本非異於中先列次釋列中第三語互準下釋中此應題云横竪廣略至下釋中二處各别次釋中初始見今見者華嚴始見經文自云始成正覺後文秖是廣明因果之相依正通同所以一經之內三處明文即世主品初名號品初十定品初皆云於菩提場始成正覺以成始故見者成初今即法華乃於王城開佛知見能見所見境智何殊二日照下開合不開合者華嚴望小且名不開猶帶於漸故名不合於彼不入爲令今入更開於小三味調之今經方合言五味者兼論初後耳況彼不合者今亦合之故知彼經開亦不徧逗機未足合亦不周尚存權迹應知彼開亦是此開然亦此合何殊彼合一佛化事同異宛然但彼無小機在初名頓自開小後名漸歸頓開合雖殊二頓不别三竪廣横略者華嚴且約入法界邊及從初住終至十地名爲竪入經四十二位故名爲廣且約不用六方便邊故名横略方便對實故名爲横若準廣論行願佛身佛土相

好名字身土四句主伴十方亦是横廣然自在大竪中論横故云横略此述一化徧歷五味味味諸教教教相望故名横廣從初至後處處得入故名竪廣本迹二門無不入實又名竪廣又亦應言若本若迹皆論久遠三世益物永永不窮亦名竪廣三世化中八教相入故名横廣況復放光横叙他土諸菩薩行答問竪叙過去化儀三周三節説領述記復得名爲横廣竪廣並是如來巧順物宜稱適當會當知此廣何殊彼廣況彼竪廣義含横廣故顯密不同説時未至凡有施設語不同耳第四本一迹多等者唯華嚴但以一臺爲迹中本本非久遠故使千葉成迹中迹但臺望千葉以之爲本縱令十方互爲主伴十方亦復不離一塵一塵秖在此臺此葉當知秖是迹中依正是故迹多與衆經共所以法華迹説與衆經同華嚴但與迹中分同然已廣叙依正融通何事不明久遠之本若論本門與衆經異華嚴即被法華本異華嚴雖有久遠行因但是今日一番之因尚未曾云中間一番之果況有中間數數成佛當知此異則異於彼故云本獨若言不異伽耶尚是華藏寧非開則俱開不思議一此乃以法華之遠本異華嚴之近迹故知教門不得不異第五被加等者華嚴多是加菩薩説乃至文殊普賢及入法界尚是菩薩自説不見佛印之文法華除叙文殊釋疑及流通中有諸菩薩發誓弘通皆是佛述及以對佛便爲有印故本迹正經皆佛自説雖加不加皆成佛慧化儀施設時處不同印與不印其理一也須知同

異以顯化由第六言不變土者淨穢不同常
目差別今云變者穢爲施權變表顯實穢屬
五濁元在小機機會權開土變爲表故顯本
巳純諸菩薩淨土不毀而衆見燒又彼則種
種世界不同淨不妨穢此則寶樹華菓遊樂
穢不妨淨況常寂光土端醜斯亡寂光所對
咸有淨穢雖變不變佛慧何殊豈由初後變
不變殊令佛慧異若也不信不毀之説乃固
執於見燒之文而以華嚴形斥法華如人毀
訾其身稱讚手臂故知約迹言變不變淨穢
難思體同名異第七多處不多處者七處八
會與二處三會雖多少不同所説何別豈多
少異令佛慧殊若以同一報土亦非多處此
中橫對四土處却成多還以彼多對此寂光
多亦即一彼此體一佛慧不殊第八斥奪者

亦可更云彼如聾如瘂故有斥奪皆與佛記
故無斥奪又有小須改故餘經斥奪彼經無
小故當部無斥又別教權説此權易轉故不
須斥小乘難轉故須斥奪轉九直顯實等者
雖有別教以易開故故且云直須決了者小
難開故故須云開十利鈍根者據次第調熟
名爲鈍根今無不開豈得鈍鈍若據兼別彼
仍一鈍此乃鈍利故約五味判諸利鈍良由
此也一往且從會於鈍者故云鈍耳所以至
此機同感同故佛慧同約化儀説故須辯異
若識理同等者問一切諸經乃至草木理無
不等何獨法華答教之同異具如玄文雖一
切理同説在今教今所歎者歎能詮教故諸
教中無舊云等者先出古釋次今以下十文
並之方知二部了滿同等云云者乃至應以

多重並決而破古師與問碩異者先問何故問家隨喜能問人即指諸菩薩能問諸佛聞已信行者即指諸菩薩所化之人聞菩薩說已而能信行我等隨喜者隨喜能問發起大利隨喜菩薩所化之人如來述歎但云汝等能於如來發隨喜心何故與上問語乖耶碩者大也然能問下答可見此亦密表壽量者今歎菩薩尚是古佛密表今佛非今成也若非今成必有遠本未得彰灼故云密表仍須委明密表之意故注云云已如向辯下結云此約四悉等者須示此下悉檀四文及意初是世界次三又字是餘三悉此約彌勒不識邊無四悉益由問故識識即四益初文爾時彌勒及八萬大士者恐文誤準經文云八千恒沙初中初約來者次約去處若來下結上二事所以今見皆不識者此有二義一約權教雖於十方橫豎遊履教權時淺不測本人二約實道雖居補處猶在迹中豈可云知若實位高爲衆發迹應須發起約十方界去來異故識不識別以不識故無世界益後不知前是爲人者前進之人有所證善彌勒不知彼之內善自善不生故無爲人雖先進位深豈過補處雖云末學無垢位成如何得以前後判之亦用前二義通之可見所化異故屬對治者夫化物者本治物病彌勒不知眞應無彼利物之道即不識病無對治也然智人知智虵自識虵豈補處之人不識其眞應亦具二義雖同補處久近不等故知近者不測遠者密開壽量是第一義者即此一部最極之理豈非第一生云以其悟性非十住所見

故彌勒不識一人然彌勒位在補處何以判爲十住又不知生以彌勒證何十住有人云彌勒何不直問長壽如涅槃中問長壽耶今答此都不曉今謂伽耶近成不知過去長壽由見地踊不識因疑眷屬所由佛答其由須論長壽故眷屬現豈徒然哉故知地踊爲生疑故現如來爲顯長故召之故遠近二由皆爲說遠迦葉童子已於此中聞長壽竟於彼但問長壽之因故彼經云云何得長壽即問因也已聞過去爲顯未來故問長因以生佛答此難彼易理數如然云云者令點出四悉釋之如向請答師主下云云者釋出請意抑待彌勒云云者答問之益不在於我故不爲答抑待釋迦答彌勒問故云待彌勒耳何者彌勒所問事迹不輕釋尊一代未曾顯說因

茲答問廣顯長壽此一代玄秘在佛自開汝自當聞我不應答師子奮迅等者此中二釋前諸所釋用義不同良由此也從前釋彌勒不知乃至此中云十方者多指八方總云十方耳又私謂至此點四德云云者須述四德對三世意此之四德非前非後隨德流類有三世用故以四德對於三世不別而別思之可見一切萬德對用皆然况四既非四三亦非三若欲略對三四名相者神通是菩薩遊戲故名爲樂益盡來世故得是常餘二易見三行頌三世者前師子等以明三世文中亦無三世之語但以義勢司三世耳今頌亦爾直以佛無不實語等一偈半文而用通之語既不虛必知三世益亦真實雙答雙釋者雙答從來及以師主下方空中引大論云有底

散者底者下也散者空也此但消名若出體狀即約教釋者是也文初云四後云約教即四教足非想是有漏底空是眞諦底邊際智是俗諦底皆以極釋也是則初一是藏次一是通次一是别令經是圓以中爲底於四釋中但云釋底不云散者底即散故不復別釋云云者應簡眞中教門各二故底不同令是開顯圓中道底從不依止等者居止下空並不依於上下人天言人天是二邊者約所表釋人多滯著表有邊天住淨福表空邊居此空中以表中道初五行半等者又二初四行答師弟次一行半答處所於中又二初半行正答處次一行歎菩薩德下三頌雙釋者於中又二初二行半頌釋師弟次半行頌釋處所經不云處但云久遠教化之者前正答中已云處竟故但以時而釋處也過去久遠於何處化化令入實即空中也言云云者應消經文兩問雙釋之意略如向辯白佛下準下文此應先開爲二初騰疑次請答執遠疑近者問彌勒既不知其數不識一人云何得知久植善根答秖由不知不識幷由佛歎住處德業既多又深豈近成佛之所化耶結請中經但舉難信者託物不信拒而擊佛令必有答色美等者以色等爲喻者總在年少爲言耳指百歲等者先略合譬次敘淮北諸師用譬釋譬者先釋譬次合釋譬言子不服藥者且據不現劣應之身而云不服仍以勝表本故云百歲既云若佛及佛則顯彌勒不知次如來下令合譬令師用之故無非斥合文仍略言如來橫服垂應藥者智契深理由豎服

於眞諦之藥處處益物乃由横服垂應之藥眞諦藥者假即空故權即實故自行㝠故垂應藥者空即假故實即權故化他起故如是初心由横竪不二之妙藥也此之三藥無前無後眞諦藥者以治病故垂應藥者以還年故不二藥者以延壽故以還年故雖老而少現不二身故云本地九次第定是善入者從禪至禪無間入故奮迅是善出者從禪至禪皆經散心以散名出超越是善住者雖經超散住禪究然畢法性爲善入者畢者窮也窮法性故首楞嚴者能現威儀故王三昧者如王安國故此中約教藏通同者所證同故據因爲善習等者自淺階深故云次第言云云者善出善住皆應從果立名因皆善習如向分別此中不論本迹者既是本中弟子未須論迹信者即增道下云云者未來禀權多疑逐本應須委約諸方便教明不信者消令文意令文並約久成明信而論增道增道必損生具如後品

釋壽量品

初文所以不明四悉爲因緣釋者即前品未得四悉益者令此答竟即是四益此中爲二初引古通釋次正釋品初文又四初明諸師異解次前代下縱諸師以破光宅三鷸蚌下令四句釋四問下問答料簡初睿師敘意者舉分身以釋壽量而以理況事並舉不足以釋足意明壽而非壽方名爲壽身而不身乃可爲身並由得理能現身壽故云然則等也所以初句壽得理故方非長而長次句身得理故乃異而無異壽既數而非數身亦分無

所分以理性非量故不可以數求法身非形故無得以身取分身既以法身爲身壽量亦以常壽作壽故更引普賢多寶而爲興類普賢居菩薩極位尚名爲賢可表伽耶成亦非成多寶滅度甚久而出證經預表雙林滅亦非滅今謂以非壽釋壽理實如然但似不答所問彌勒問踊出菩薩從誰發心等意疑伽耶成來未久如何所化身相難思本既不疑長壽何須以非長而長爲答但先以長爲答顯所化多長壽之由其唯法報是故今以三身釋之法華論意亦復如是河西與睿意同詞劣意云應身本是法身法身眞化分而不分故云不異無生無滅故云理一故以多寶滅而非滅用釋釋迦量即無量故云與太虛齊等若爾引多寶現不云容表應當多寶現即是釋迦長壽何須更明壽量品耶況但是法身而失報應若言釋迦量即無量秖可顯未來長壽與大經同如何得知過去壽量耶故今先知壽無量劫然始方云不思議一道場觀意以法華爲乘始以涅槃爲乘終終始隔部所以未可等是隔部何不以華嚴爲乘始若以會歸爲乘始者教行人理一切皆會會已無始亦復無終若迹門爲乘始者又不全然若但乘始何故法說中明佛智等譬喻說中明至道場因緣說中云至寶所所以初釋惟忖中五句意云今之與昔或已入住行向地等入復增進唯有一分鈍根聲聞於此終開仍入初住豈名乘始若初住名始彈指如何故不依此能判經部若涅槃澄神爲乘終者說大經時十仙諸外道並初發心復無

量人退菩提心又法華之始則在物機涅槃澄神約於教主由法華教主久成故涅槃澄神不滅又滅影爲息迹則法華猶迹澄神爲本非今經本應知今經以久遠實成爲本中間今日示成爲迹若依他釋本迹二門俱屬乘始若不釋本直於迹中明始終者具如玄文乘妙中說注家先舉非存亡出脩天爲非壽量用釋壽量次明壽量意然釋兩字仍似顛倒存亡之數是量脩天之限是壽一期曰壽壽內之數曰量故也次法身下明意者重舉向非壽非量之體非形牒非壽非年牒非量此違論文使大士下正明說壽量意意令菩薩修踐極照令知如來遠壽之體是大士智之所遊所遊既深故云踐極達彼非壽故名爲照不以兩字貫下百年期頤者期要也

頤養也百歲之人不知衣食要假孝子而扶養之今佛不然故云不以生公意者雖亦明無長無短長短恒存故與上三家其意稍别仍闕注家說壽意也於中初明伽耶色身形壽不實用爲法身無壽之表然則下以形例壽萬形一致顯身分而不分古今爲一明壽量即非量古亦今也下明今古不二當不思議一然準今文先須辯長後方明一言古亦今者明本佛古不異伽耶之今今亦古者明伽耶今不殊本佛之古無時不有下重釋形壽無時不有釋壽也無處不在釋形也無時不有非獨今日無處不在豈專伽耶若有時下明形壽在物應非有無次是以下秖指近成即久成也故云伽耶是也次伽耶是者下轉釋也雖指其是謂近非近伽耶既非下明

短既非短長亦非長次長短下眞俗相對以釋長短眞乃長短斯盡俗則長短恒存生公意云一身之處三身備矣近成之果與遠果同故八十之壽即無量壽道理雖然須先各判方可融通驗前諸師偏得片意並以法身爲極皆違論文論文但指過去報壽爲長何得用法身非壽以釋法身非壽諸教常談但未曾說久成遠壽故知尚不及於注家践極及以生公長短恒存然不云恒存之長諸經未說當知消當文非無一意釋遠趣出自一家故說佛慧彼此悉同若論遠壽一向須異前代下却存諸釋諸釋皆不以壽量爲無常光宅乃以壽量爲延壽若約今師三身四句望諸師意並無可存又惑下引古師難次今爲下通難先略破古人次正釋先引事云鷸蚌相拕等者引春秋事具如止觀第五記但用事不同彼但借相拕之言此正用乗弊之意我乗下正釋今如彊秦使常無常家如燕趙也及金光明者彼第一卷壽量品云信相菩薩自思惟言何縁釋迦壽命短促方八十年如佛所說二因長壽一者不殺二者施食佛無量劫具足十善云何短促思是事時其室自然廣博嚴事因見如來希有瑞相乃感四佛爲其說偈偈云諸水滴山斤地塵空界可知其數無有能知如來壽者品文具有此義者即此品後文具三身義還攬此三分爲四句是故應知今品題意迹中指本本具三身故不偏執常與無常今正應以本地之長用開迹短曉長本已方達本理無復長短故借迹中三身四句對本以釋當知本迹俱具

四句本四俱本迹四俱迹問若壽量等者涅槃亦云惟佛與佛其壽無量無量故常明常既同經應不別經部雖異二常何殊答中爲二先反質令同次分別辯異初反質者一乘既同俱常何咎大經云一切衆生悉一乘故其部雖異常理何殊若部異常殊亦應部殊乘別云云者雖如向述亦應更立名異義同而爲多並分別答者先涅槃次勝鬘初涅槃者明常雖同廣略稍別亦應結云豈廣略別令常不同次文云爲一明一者三外之一自爲一機非會三一故但云一部屬方等對斥偏三未至法華不應云會云云者亦應更云帶不帶異一乘何殊亦應具約五時明會不會一乘共別次問近成是方便等者令師假設先引華嚴大經以定次若爾法華下引法

華於華嚴大經爲妨法華若與皆開成遠則法華中無復方便何故本後不輕却近當知下結難若爾會三下以迹例本本門開已更近亦應迹門會已不會應知此中文略須先結云迹門會已無更不會所以本門遠已無更不遠縱不輕中更明近迹不可長壽更令短促次若爾下重以迹例本以定道同故一切諸佛悉皆爾也若爾下難諸佛壽同何獨釋迦長壽可歎若獨下結難若獨釋迦壽長則有佛道不同之過故云前諸義壞答意者捨異從同一切諸佛悉皆如此故云亦然意在同顯實本不必長短悉齊又諸菩薩下引證且引顯長豈即全等此即下結同亦不偏言者明常壽等顯往時異長短不同望未來常一向平等故諸佛顯本各有遠近若論壽

體無得復云一近一遠故諸菩薩聞長壽已亦願未來説報身壽如今釋迦但開迹已無復近遠故知下明本迹體用體用即法應相望若應迹相望不無近遠約近迹應望本初應得有近遠故對縁長短無別長短所以不云報身長者欲以法身亡其長短又欲顯於諸佛道同其實開三佛道可同事成久近不可同也以是方可破他諸師故云諸師不可師也問既云遠成眞實近成方便者亦可云近成眞實遠成方便不答若初住中本下迹高被物説遠即其事也故諸菩薩發願利物隨四悉益亦可説長問若爾那知釋迦不是初住答今顯實已不復隱本故知非也是則初住説長爲權開權説近爲實既有本下迹高亦有本近迹遠用此高下開諸經中長短

俱常既了諸經長短俱常自曉今經久遠之本唯云常者尚未可依驗知諸師計無常者不可依也問義推等者如向所説法華明常道理實爾據文不如涅槃常顯故今經明常似無文據答意者詮教也宗旨也糟糠及橋並能詮教能詮雖異失旨如糠問橋具如止觀第十此且通途以斥執者又教本下别明化意前雖通斥今别明四悉宜長宜短被物不同即因縁也又文下以部望部據多少論非全無文即約教也若隨多棄少等者忽若俱少則二經俱棄非魔何謂具如涅槃第七邪正品中不知法身常住皆名魔説又此經處處明法身者略如向引但名異義同人便迷名而失其旨若但隨名尚是魔説況多少耶亦如玄文同體異名中説即是實相實渚

非如非異平等大慧等問既明法身等者若明法身無三德者當知則非常住法身答文可見論文亦云成就三身三身即是三德故也次正釋品名爲二先通次別初中先釋如來次釋壽量初云通號者且指如來一名餘九非無初號最顯具如下釋具通三身並具十號略如止觀第二記次釋壽量詮量也者壽家之量故曰詮量故釋量字詮量十方三世三佛等故云也次今正下結歸品意乃指今之本佛何故爾耶以如來名通壽量亦爾不可局故故須且通題名雖通意則局本故結歸也問法報是本應身屬迹何以乃言本地三佛答若其未開法報非迹若顯遠已本迹各三次如來下別釋亦先釋如來先置廣從略所言廣者如四身十身三十三身無量身等從義既廣今從略名以消品目所言二三者二即真應三即法等不云化者化應一往其體大同問華嚴十身此但二三身數既少攝義不周是則此經身義不足答義有通別通義可爾別則不然彼通云身故云十身盧舍那也別釋如來故不應云業報佛國土佛等若欲通收彼經十身應開爲四則以化身攝於業報智即報身虛空屬法餘皆化攝故知此經亦立多身則妙音觀音三十三身十法界身或已或他即其事也況今釋品如來之名故但可二三諸教定故消名便故復辯本迹方在今品故知今品即是本地二三如來初二如來者先借論文如實之名次釋此名以成真應又二先真次應真即法報二身合明故舉境智和合以釋真身乘是下釋

也既但以如智契境故屬眞身論中秪一如字釋中境智各雙言之者秪是能如如於所如所如如於能如此用金光明意也若單論下明境智和合成因取果闕一不可次道覺下結成眞身因果滿故故云義成所以眞身云成應身云生以如實下明應又二先以報爲本前釋眞身乘實道三字屬因今因成果全屬果用用本所證契境之智乘於果上利物權道即實而權故云實道故以方便生於三界次來生下正明應身亦借成論小名以顯圓義善簡名義理則可歸次明三如來中但離二爲三於中又三先出三如來義通本迹次又法華下別顯本地三如來也三論云下引經論證初文又三先出正釋次法身下翻名三是三如來下融通初又二先借大論立義次如者下解釋論文一句三身具足初以如之一字名爲法身指所如之境還指所證爲來故云不動而至此即如非因果而通因果來字在果不通於因次報身如來又三先正釋次從理下結得名三故論云下結示論文初文者專約報身解其二字但初如字義與前異前如法二字屬所今如之一字屬能法通境智智謂能如境即所如智還乘於所如之境得成於果故云乘於眞實之道次智稱去釋今如字所以也雖即智如於境然如從境立名故云從理名如等次引論者如能稱於法相故也解即屬智稱境而解即能如也以解滿故名之曰來準此法身亦應引論文云如法相也但是文略

法華文句記卷第九中

音釋

蝙蝠 蝙音邊蝠音福飛鼠也 鷸蚌 鷸以律切鳥名蚌步項切蛤屬 扼 乙革切持也

法華文句記卷第九下

唐天台沙門湛然述

三明應身又四先正釋次引證三明應相四引論同初文者先明應由由智稱境示能說身說即應也自報無說故言以如如境智合但云以如不云法如者法既屬於境智用此境智能起應故以解屬智別對報身應非無智且以稱機用擬於說故他受用亦得名報亦得名應若勝若劣俱名應故故知大師善用論文妙至於此次翻名中具三身也近代翻譯法報不分三二莫辯自古經論許有三身若言毗盧與舍那不別則法身即是報身若即是者一切衆生無不圓滿若法身有說衆生亦然若果滿方說滿從報立若言不離三身俱然何獨法報生佛無二豈唯三身故存三身法定不說報通二義應化定說若其相即俱說俱不說若但從理非說非不說事理相對無說即說即說無說情通妙契諍計咸失沃焦者舊華嚴經名號品中及十住婆沙中所列大海有石其名曰焦萬流沃之至石皆竭所以大海水不增長衆生流轉猶如焦石五欲沃之而無猒足唯佛能度是故云也前二身名一切常定故應身名十方各有不可說佛刹微塵名號故彼品中新經云釋迦如來亦名毗盧遮那舊經云亦名盧舍那舊經意明應身異名故總彼二經三名具足其體本一但新經意以毗盧爲舍那舊經直舉他受用報義復何失三融通中四先略示意次引教三修性四引論初如文引教中三先引經次總結三問答釋妨引經中二先引

大經者意明三德秖是三身三身具如諸文所釋引梵網等三結經者以義大旨與三經同而義意撮要若華嚴中十方臺葉互爲主伴此梵網經唯一臺葉故天台戒疏判云華臺華葉本迹之殊所以華臺華葉本迹定者被緣雖別道理恒同所結旣同能結豈別像法決疑意亦同於所結故也普賢觀云準上可知結與釋妨文相可知若但下約修性縱橫不縱不橫以判圓別者即是約教於中先別次圓後以藏通況之言修縱性橫者非圓妙也性德之名名通別教別教雖有性德之語三皆在性而不互融故成別義若三皆在修前後而得道理成縱具如止觀第三及記故知今經不說縱橫若性若修三皆圓妙云云又法華下明本迹也先正示同異爾前非不明圓三佛但與法華迹門義同非今品之三如來也故云永異問論中但指報爲久遠應指伽耶法非今昔如何三佛悉指於本答論雖互指理必咸通豈昔有報而無餘二豈今但應而無法報以中間今日悉具三身但自實成望於中間今日所現身處通屬應化故且對之又法身雖即不當今昔約修相望還分近遠下釋壽量可以準知故今日中間節節具三次引論如文次釋壽量兩字即向三如來之壽量也故釋壽量中各具足三義於中先略釋壽次廣釋量此是壽家之量故廣釋量即是廣壽初釋壽中先釋字義次眞如下即以字義而通三身次釋量字於中爲七初明義通隨三如來自無定故以成三句用釋三身次復次下更尋以四句消前三身三

一身即是下融通三身四隨緣下赴機不定五此品下約身以判六復次下判於本迹七問答釋疑初立三句者即是前二三如來之壽量也既但開合之殊今但從三爲便於中三先釋字次對身三立句次法身下即以三句釋三身也初法身爲四初略標次有佛下釋出所以三文云下引證四蓋是下結歸初如文次釋所以中又二初正出法身所以次不論下簡異二身又二先身次壽初簡身者不論相應簡非報身與不相續簡非應身與字引下句耳不論兩字貫下二句次簡壽中亦無有量簡非應壽及無量簡非報壽亦無兩字貫下二句故以及字引之故華嚴云法界非有量亦復非無量牟尼已超越有量及無量彼但迹中約體用論體必雙非迹能雙

用此乃約用明體故云超越若直引此以證乂本良未可也以彼不云已成壽故文云下三引證兩句並雙非報應詮量報身中亦四初標次以如如下正釋三文云下引證四此是下結正釋中二初正釋次境既下釋出所以先正釋中二先正明智契於境故有報身次境發下借義釋名由冥故發發方名報是故得有難思之壽次所以中二先法次譬凾境也蓋智也由相稱故有舍藏用所藏之物方任外資引文者初句證報體次句證報因次句證報用次句證報力三詮量應身中亦四初略標次應身下釋所以三文云下引證四此是下結次所以中三先明功能次緣長下應用三云云下明應即體引證中初二句證應相次二句證應用復次下約四句中二

初正釋四句次四句下四句料簡初三釋中先正釋次總破古初正釋者依身次第不依句次第故初法身爲第四句報身即第二句以金剛前未名報故即第一句是有量也而未名佛且云無常其實更須分別同異金剛至凡節節異故應身即第三句言通途者欲以四句收一切故故以第一句自金剛來通及凡夫故非佛之言所攝該廣況復凡夫亦得以爲三身之本故入初句次破舊中云兩謗者品中明常不以常解名爲滅謗品無無常用無常釋名爲增謗次四句料簡中又二先結前生後次正解於中文自分二初言別者三身別釋分句屬人所屬楷定故也釋報身中先定句次釋疑於中先明法報義等同第四句次但取下明對句意凡夫共者令文

釋佛但三身之外皆屬凡收故文尚以金剛之前不屬三身並入凡例言別教者三身別別各對句故故是別教分別之相次通途下通釋也各具四句三身互冥故云圓釋三身各四故云通途於中初通標次一一通釋初法身四命中云雙破凡聖八倒者凡四聖四中理任運常雙破故然亦須簡八倒體狀如前十八空中說也第三句言無常者無彼常故第四句者指寂爲法身兩亦而照次報身四句中皆須約智初雙非者境既雙非智必稱境第二句中云出過二乘故者小智但有計無常故問此中雙照與向何別答向以寂即法身寂而常照此中約雙照之智故得爲別問法身是境境何能照答相照四句具如玄文應身四中非報身故非常非生死故非

無常兩存者雙具前兩凡夫四句中先明用句所以今明如來何得通凡爲成四句既一句對凡今既通釋望佛非無況復性德三身具足諸句言性德無名字者未有修故明無果佛四句故也但約理三以立四句第三融通者一身即三不同他釋三身定計是故身句皆悉互通名通義通理通法通通而恒別方釋妨也第四隨緣中三先示相次引經三所以下釋出所以即約教判也言若諸菩薩未登地住云同前者同二乘也與奪者以他受用亦名應故地上見者是他受用但以報應二名而論與奪大經下更舉大經三譬以證三身五此品下約身以文義判品令知久成又三初正出本報何以故下釋出所以上冥法本下契物機三以此下結成本報六復

次如是下廣約本迹示今品意於中又四初正明本地三身爲本即正示也次諸經下與諸部以辯異三非本下明本迹之由四本迹雖殊不思議一於中又五初正明本迹體性性即實相實相非久誰論其本實相非近誰論其迹實不思議故名爲一次正斥肇師言寂場者若以叡師九轍中仍寄多寶表本而肇公指釋迦本迹須云寂場三復次下更舉近中多種衣迹通斥諸師四今攝下別示久本近迹明不思議五如此下結異初二如文第三文三謂標釋結釋中又二初別約三諦以論本迹復次此三下總約三諦三一不異以論本迹且約次不次以論總別若別若總俱不思議但據設應之相用法不同致成總別皆依本時即總而別乃能用於即別而總

總別不二適時言殊然於別中出別相者從眞起應但以神通通名爲應俗則但指俗諦三昧以之爲本隨方便教得作此說未知下總結四別示中三先正簡示次示本迹相顯三本迹下示不思議初簡中言三番四番者三番三諦也四番加一心若本若迹皆攝繫者攝屬繫持繫字亦重疊也三四重繫同在本迹故也若本若迹皆有如是四三本迹在本在迹隨時別故簡中閒本迹爲迹本地本迹爲本他人不見今經本迹但知從勝專求法身如此法本與衆經共勝翻成劣若得久本則近迹不失若但云法身則尚失中間況復遠本從箇下明本迹相顯從於本地本迹之本垂於中間今日本迹之迹如是本迹久近相顯方知本是迹家之本迹是本家之迹

三本迹不思議者即是約理五結異如文七料簡中先問意者勝方名異諸經所明法相此經尚少應劣諸經何得反能超異諸說次答中二文皆云種種不出因果及以自他文有譬合前文云業即能行之行寶即所行之法位即所階之果方便教中行因獲果故云種種若無法身常住之壽因果無歸故知諸經諸行不同皆入今經常住之命此常住命一體三身徧收一切此約自行次大經下更約自他具如法門下雙合海中之要下結出勝意爲三謂法譬斥斥云非異是何法性法身智即報身應即應身故法性海中要豈過此故應皆以三身合喉等四然諸經中豈無三身但爲兼帶及未明遠是故此經永異諸教若不爾者請檢諸經何經明佛久遠之本

同此經耶何以苦貶久成之德爲釋疑耶此若釋疑方便亦是釋現相疑方便釋疑則序品爲王方可此中踊出爲正況他並判以爲流通然論中自列十種無上一種子無上指澍雨譬二行無上指大通事三增長力無上指化城譬四令解無上指繫珠譬五淨土無上指多寶現六說無上指髻珠譬七化生無上指踊出菩薩八成道無上指壽量三菩提九涅槃無上指醫子十勝妙力無上指下諸品爲餘殘修多羅當知論意指分別品去爲餘殘修多羅即正經之殘流通分也望今所判唯差半品若以功德而言可俱屬流通今從記領判屬正耳並異諸經故云無上若爾雨譬已前豈非無上答雨譬已述譬及領解方便品已判甚深甚深秖是無上異名況方便品已是譬本若以方便去八品爲正猶得迹門中正若以十三品爲正復雜迹門流通故知取迹流通爲正棄本正爲流通深不可也具如別記故知本地三身即諸經諸身之喉如衣之襟諸根之目如屐之藄藄字從草出風俗通故知今明本迹不與諸經諸師同也此品文句疏文稍繁前後難見故前錄出但依此開顯文二先誡信次正答又二長行偈頌長行二謂法譬初法說爲二一三世益物二總結不虛初三世爲二初過去爲二初從如來秘密下出執近之謂二從然善男下破近顯遠初文又三初出所迷之法二出能迷之衆三出迷遠之謂次破近顯遠又二初顯遠二益物所宜初又二法說譬說譬說又三初舉譬問二答三合次益物所宜中又

三初益物處二拂迹上疑三若有衆生下正明益物所宜於中又二一感應二施化於中又二先明形聲益次得益歡喜先形聲又二先形次聲形益又二一非生現生二非滅現滅聲益如文得益歡喜如文次從諸善男子如來見下現在益物又二先機感次應化於中又二一非生現生次非滅現滅初文又二一現生次現生利益現生又二一現生二非生第二現生利益中二先形聲次不虛不虛又二先不虛次釋不虛又二初照理不虛次從以諸下明稱機不虛於中又二先機感次施化次明非滅現滅又二一非滅現滅二現滅利益初又二初本實不滅於中又二初明果位常住次舉因況果二從然今下迹中唱滅次現滅利益又二初不滅有損二從以方

便下唱滅有益初又二初不滅有損次廣釋次有益中二先歎佛難值次釋如文第二總結不虛爲三先明諸佛出世必先施三次明皆爲化物三皆非虛妄次譬中二開合開譬爲二一良醫譬三世二治子譬不虛初文又三一醫遠行譬過去二還已復去譬現在三尋來譬未來過去又二初發近顯遠二化益所宜今但化益上化益又三一處所二拂迹三正化今但正化上正化又二一機感二正應化今具譬之今就初文爲二初如有良醫超譬應化從多諸子息追譬機感次正應化（已上譬文勘上法文）此文有三誡三請至鄭重者請中旣云如是三白已復言者當知至四佛於三請之後又云汝等諦聽即第四誡也并前迹門誡許及三請即五誡七請鄭重如前釋昔

七方便至誠諦者言七方便權者且寄昔權若對果門權實俱是隨他意也以圓人中亦有無生忍者易聞遠故置而不論故此自他隨用別故具如玄文法說中未來語少者但指常住不滅四字爲未來文也譬說偈中文多者長行譬說中從其父聞子已下文是其文尚少偈法說中從我見諸衆生下十行半文故云多也一身即三身等者文中二解各有其意初釋約三身法體法爾相即次釋約今昔相望以今法體望昔故也亦可前釋通諸味後釋斥他經唯在今經故也即秘密家之神通故還約三身以釋故知神通力言隨於諸教教主故也故廣約諸味簡已更約今昔簡之方顯本地三身神通若釋小乘及以漸教則不得以此中三身釋之引大品者此經舉一切世間皆謂近成唯列天人脩羅不云三惡者然計近者亦多在此三故引爲例前雖有二乘之名從初以說若被開已俱成菩薩故今但從開邊以說彼大品意云勝出者但勝出小小在此三亦不須三惡故暫引同從此法身地至長遠之說者法忍菩薩尚自須聞當知壽量非說不知然得無生者亦聞應即法身但不聞久成而已言自應等者但不同界內經歷五味跨涉本迹七請五誠方乃得聞以見一分法身理合得聞長遠故前文云地住已上得聞常故但常與餘時異故更論之破近顯遠略有十意如玄義云云者玄文第九明用中有十門不同彼具列釋兼與迹門十意以辯同異今但略舉破廢二門注家云無始之壽晦而未彰者此不應爾

何者此中正明久遠之長以破伽耶近成之短彰灼顯著何晦之有又言何佛不然此亦不爾久近不同長短别故言直下塵被點之界者此中經文不云下點但兼彼迹文成其語耳僧傳云準羅什舊經無一塵一劫四字有齊高僧曇副誦經感夢云少一句後果得之若金光明云一切海水可知滴數無有能知如來之壽此亦明未來之壽非過去也若引證此殊不不相關益物處者此之娑婆即本應身所居之土今日迹居不移於本但今昔時異見燒者謂近照本者達遠故經云我土不毁常在靈山豈離伽耶别求常寂非寂光外别有娑婆於是中間等者先正釋次或有下出古三今謂下破古正釋中初總立能拂次疑因下示所拂事先標次昔教下釋出所疑次今拂下正示拂相正由經文先舉事竟結云皆是方便即名爲拂昔於諸教雖見不同而生於疑乃不知是果後方便等及如是示差别意即説值然燈等及在然燈之世入涅槃也次古釋者又有人云説然燈者説他爲我爲平等意趣經文但云我説他身何須改云説他爲我今釋意云是釋迦菩薩入滅不得云是然燈涅槃亦非釋迦爾時於然燈世已曾成佛而般涅槃不可二佛一時與故是故但以得記弘法壽終爲果佛眼等者既

對佛眼舉於兩應故他受用亦應攝也人天及以法眼皆云華報者非無近果讓佛報故其土既爾身豈不然信等諸根者既爲如來本地佛眼所觀窮其久遠照其根源故此五

根須約本地中間緣了復經漸頓大小及人天乘名同體别通得名爲信等五根以人天乘通名緣因故也此乃望彼徧開通成緣了於中先約漸頓判次約大小人天以判小即漸初漸中利鈍但云藏通者漸通具四以别圓同入華嚴中頓教攝也是故且以漸中界内巧拙對於利鈍通在方等般若二味又以小對人天辯利鈍者且以優劣相望故耳但人天乘徧在一切大小教中十界至二因也者應云十法界中亦有惡法而言不用者以十法界是生善機處故不取惡但十界中展轉相望有五乘七善及圓實等種是故聖人更立方便傳傳引出良由有機機宜不同不可頓出問若爾佛果既極如何亦得名生機處答此中論機及辯利鈍故佛法界未是佛果故彼玄文十界交互以論機緣則果佛機通在十界故也若直宜以佛界度者則是佛界有佛界機若未宜佛界則漸於菩薩界而成熟之乃至地獄即至地獄方迴心者是也具如釋籤亦如觀音妙音現身不同自說名字等者既對十界或但論四聖以辯勝負及應勝劣當知此中且對佛界勝劣應耳所以頻論者恐仍謂法身說法故也横論即十方者昔十方也約竪處所至然燈佛等者以釋迦望昔值然燈名儒童時非取他然燈以望我也若取他佛非我竪也若指然燈佛身則可引類而已故云如今等也言生法者如下所釋勝劣各有生法二身次約横中云亦如華嚴十號等者名號品云如來於此四天下現種種身種種名種種食種種形種種相種

種脩短種種壽命種種處種種根種種生種種業令諸衆生各別知見又於十方各有十千名號令諸衆生各別知見既云如來於此四天下等故不得將他佛以望我也豎中亦然又諸經下明佛有三身自互相望名字不同初通標或說去舉三身相望亦得是横法身佛去乃至般若首楞嚴者於法身中又有異名不同般若是智楞嚴是定不思議定慧並法身之異名具如止觀釋名中以大經佛性有五名也但舉法身餘二仍略以横望故即得以佛望佛如前豎望秖得以佛望往菩薩身耳今既已成可得横望或說壽二萬至可知者此借他佛以顯釋迦如彼諸佛故皆云如也縱横可知者釋迦彌勒即縱也對現十方即横也若自身今望往日壽即豎也望自身壽即横也如玄義云云者彼玄文壽命妙中具明迹中四佛壽命及以本中大小不同優劣相望及以彼此而論横豎然不以優劣判本迹但以久近判本迹耳令辯同異故注云云或三身相望者於一教中自以三身而有優劣用爲大小則義通別圓次或三身各別皆爲小者此乃別圓相望圓大別小故也例三點云云者秖是並別及非縱横即譬別圓具如止觀第三古師六釋皆爲縱横今師三釋不縱不横若更於縱横判大小者小乘三德爲小別教三德爲大亦復現言當入涅槃此指開迹竟文者若開迹竟得言雙林是示滅度爲益物故以今準昔亦復如是師子奮迅等者奮迅之名及十功德通於本迹乃至初住今須簡之此是久成現作現在有

十德者前九可見如第十云具上十善即如四觀觀其十善圓即上上十善也十善秖是三業故云身三等故四三業節節不同故上上者至果名爲師子奮迅中第十功德秖是三業隨智慧行及三密等故佛果地亦以師子三昧奮他塵垢若論諸佛世世皆然餘九準此云云者委釋十相辯中間今日世世皆有現在迹化由本功德如來見下乃至樂小法者者以久近相望爲小佛以本地佛眼見之末宜遠說以樂近說爲樂小耳華嚴至人耳者先引經此是十地品初金剛藏止解脫月辭也案彼經下令文判也故知彼經以未至回向爲不久行此但次第行耳若普賢行初發心住已圓證竟豈至地前云不久行而不爲說若言寄次而論不次何故初住不亦且次第耶故寄次之言須有典據故彼以不久行爲樂小者也今文乃以樂近成爲樂小但引因類本非即本文若云對小乘爲樂小者地前住前及藏通菩薩尚不被小況彼經十地況今經本門師云者引南嶽說同爲證令當下大師於下通約教道始自弊欲終至別教通名樂小德薄垢重者其人未有實教二因故也言下文云諸子幼稚者指下醫子譬文尚未堪聞圓況聞遠耶見思未除者且消譬中幼稚之言定未知遠次問者若前四味但樂近成爲樂小者華嚴頓部諸味中圓及以因門云何亦爲樂小法者答中四義三在因門第四在果門故樂小之名尚通弊欲何況小耶故令果門別在樂近故前三人中前之二人自退大後著愛著見此人尚不樂

於小乘況圓乘耶次一是著三方便教尚不堪聞圓況復聞遠所對別故故對果門以樂近爲樂小故知果門圓人賢位猶有樂近成者若果門之後一切開已初心亦聞況賢位耶末代未曾發心亦聞況發心耶問末代咸聞佛世安簡答佛世當機故簡末代結縁故聞若得此意凡諸法相所對不同何須問言圓不應樂小前明利鈍至兩應者前明兩機通漸頓教總判利鈍故今總以兩應言之劣應至法身生者二應之相經文各有生法二身生相當知兩處相望不可以乘栴檀樓閣濫同貫日之精不可以種智圓明同正習俱盡復以十方七步不同而表勝劣故知兩處皆無久成但以至作如是說者未開但說云生開已方云非生今述昔垂方便對今開已之言故總云耳餘經至非生者一往且從小乘以說如佛問均提沙和尚戒身滅不乃至知見身滅不皆答云不佛印許之既許不滅故云不破若大乘中亦非不破又雖以大破小但大小相奪大小仍存終無以遠而奪於近故云尚不等也故今經望寂場遮那之體既是迹成故云正破未及委論四教且約兩處成相即曉藏通二身是劣應耳別圓二身是勝應也文中雖云兩應各有生法二身然劣應之上五分法身義同生身勝應之上雖云生身義同於法言值然燈至說他身者以然燈佛身爲他身者若準此意他身之言應存兩釋示即必在於我說則兼於自他如今之說彌陀亦成我事及彌陀事縁相關故如一衆會或集十方或集一方或往十方或往

一方示現依報者非直現土土塵皆說具如華嚴上過去至世界之益者一徃且以得歡喜邊名爲世界豈過去世無餘三耶故云似也今明皆不虛者今現在文皆具四悉俱至本門故也故知過去還須具三大論四悉檀並實者彼論通以第一義爲衍門法相以三悉爲三藏故各有其實篤論下彼大論意剋判虛實一在衍門故實三在三藏故虛言緣中者如向隨緣不定機在於小小即名實如三藏人於此四悉則三實一虛通別二人則三虛一實圓乘則一切俱實凡夫則一切俱虛若以下借此虛實判二門者以此二門對於漸頓二種衆生未曾當機爲虛當機爲實且置四悉而以因果相對辯虛實者於中先以七方便人對二門判次以實人對二門判若方便教二門俱虛因門開竟望於果門則一實一虛本門顯竟則二種俱實故知迹實於本猶虛約圓頓下若本圓人望於二門亦秖一虛雖云更不別得非無增道益也若於昔教曾密顯遠對此二門亦名二實準前亦應云更不別得不無二門增道之益若五十起去對此二門猶名俱虛又前教密開不來至此亦名俱實於踊出衆非虛非實亦名爲實自欲得故於滅相者此虛彼實於有退者現虛當實影響發起亦非實非虛有虛有實於迷教者一切俱虛問意者昔是昔教今謂二門今昔本迹俱名入實以昔望今爲二虛者應當今日二門實相勝昔實耶實本無二今昔豈殊答意者且以迹答本準可知教門前後入實無殊初指華嚴次指二味壞草庵

入即指法華入時在人非理別也次例者以小例大此乃以横例竪若還以竪例竪應云鹿苑入小與二味中入小不殊此則入大入小無處不有五味從次第相生鈍小從顯露以説此中六句者明今日應身即是久成法身不思議一故云照理等故本迹者寄事以説如實知見等者論云如來知見三界相者謂衆生界即涅槃界不離衆生界有如來藏故也無有生死等者論云常恒清淨不變義故亦無在世等者論云如來藏眞如之體與衆生界不即不離故非實等四者論云離四種相以四種相是無常故當知論意諸句皆圓是故諸句皆云與衆生界不即不離故今並作圓常中道佛性釋之不作此釋尚不能見昔教中實況開顯實況久遠實故此須指本智照境不見斯旨徒消本門言六句者初如來去二亦無在世去三非實非虚四非如非異五不如三界去六如斯去於中初明句意者如來明見應云法界何以但云三界相等爲令衆生知垂迹處無非法界法身常住故云如實感法身者機擊法身令起二應故名爲感不可單以法身爲應如實下正解解中初第一句若準下句中云無二死應云無二種三界之因相也直云三界者能知見者名之爲智所知見如如即中境中境不出三界故也於所見中既通凡聖今以如來知見皆實餘所知見望佛皆虚而猶有因佛如實見故云無因離三界已無別理故無生死去即無二死果也起集下結上無二死家之因果耳故有五住集名退有二死果名出而去

無常果現者二死望中二俱無常別指二土以爲二死通論金剛巳前尚名無常故也亦無在世及滅度者者亦是雙非二邊因果此之二句及兩雙非故云此四故前從如實知滅度者約如理所離次二句者共顯中體後之二句約能見說若雙非等者此之四句並成雙非此雙非言若彼結之即成偏句其言雖顯恐與權教雙非相濫是故重釋雙非結句若屬一邊並在權教例如下出結句相以餘結句結令雙非令成偏句則非圓實故歷諸句次第結之結初句云非生非死等者以生爲生死邊以死爲涅槃邊是生是死乃是雙照若結爲生成生死邊非生非死乃是雙非若結爲死但成涅槃退出亦然下二準此若兩結巳復更雙非方顯中道故云今皆非之今經中直爾雙非顯中不偏結句故唯圓極如此之流者此例尚多即乃至巳下文是如單複具足處處雖有雙非之言以句結之各有所屬故一切見唯結成有二乘諸句唯結成無此有此無但成別俗非此有無秖成別中今明圓理故須細辯經云如來如實知見儻以二乘等釋則有毀佛之辜然此結句唯在一家判諸經論一切句法以辯文義宗趣不同淨名疏中因釋迦旃延章旃延但云苦義空義無我等義義在三藏淨名結成通義呵云空無所起是苦義等當知空無所起是無苦無樂但結歸於苦既云無起復云是苦故但成通若云空無所起雙非空有結成樂義即成別意別以出假爲樂故也若更雙非別教苦樂方成實中如是廣出況復單複

具足亦徧諸教如四教四門門門四門門門
四悉一一悉中復有四悉即成門悉各有具
足故別具足更須非之圓門起見尚墮有句
安得更成複具等耶故知若見非見若門若
悉皆須以法方能定句終無以句能定法體
故釋義者不觀句下法體所歸如何能辯法
句淺深如何能消今經雙非若以法定隨舉
一句即成實理不如下釋第五句不如三界
者如者同也不同餘人見於三界述佛見也
佛必權實二智具足必不同彼二種三界所
見二邊因果之因不如二種至之相者秪是
二死及以五住應知三界名通通界內外若
界外立三界名者以外準內故也中理未窮
通名見惑通三界也變易土中勝妙五塵名
欲界思不思議法塵名上界思淨名疏中委
出其相次唯佛一人下釋第六句如斯已下
文也既總云如斯覽前所照通成一見故皆
重牒前五實句共明權實二智之相故前實
智唯照實境今加權智隨物見權明非見而
見等即二智不二故云如衆生見示二死身
隨他意等初文牒前初句如實知見三界之
相等雖如實見亦於衆生見處而見具五眼
故如實知見下牒前無有生死等次亦無下
牒前亦無在世等次無實下牒前非實等次
無三世下牒前非如等次同於下牒前不如
三界等皆以如來明見以爲權智一一釋之
如來下牒前不如三界已下文也如來雖即
自如實見物機不同所見各別故佛亦以隨
類而見而垂應之以諸下明機感中初明機
相即四悉機欲令下明應相以逗四機一一

悉中能所皆足自爲四別既云種種故對漸頓以釋所以玄文中十門解釋一一門中具足諸教此依圓教消經而已性即爲人者先正釋次釋疑初正釋中凡言爲人所爲必擬生其宿善宿善不改今方可生故性屬生善次習欲下釋疑者先立疑釋云下釋釋中先正釋次舉例三性欲下結同如因下舉例者如大經云善男子一切衆生身與煩惱俱無先後雖無先後要因煩惱而得有身終不因身而有煩惱性欲亦然雖無先後必因習欲方乃成性結同者今雖性前欲後終須欲義居先故云習欲成性世界名欲此準禪經具如止觀第一云禪經從因故云樂欲大論從果故云世界次釋行中善生惡滅俱得名行故於行中以分二悉廣如玄文料簡行起宿善治破現惡云云次釋憶想中更爲四初得名所以明第一義而通於初且以相似解起對治麤惑未入眞道慧名爲想次漸頓衆生下明四悉次第由三悉故第一義來於諸内外凡位亦得名第一義也但想慧名須在因位如五品前修行五悔初入隨喜尚乃得名爲第一義況入内凡位耶又隨喜前獲少定心尚亦得名入第一義況入初品三隨其下明入眞之緣四乃至下明憶想通後至金剛心問應云初住何以云地答從漸頓來且寄地位欲令下至若干因縁譬喩者此用五佛章中施權之言皆云種種因縁等以申今文本迹俱有漸頓之化如爲懈怠等者舉小對大如俱舍論釋忍位中始從下忍三十二觀乃至上忍留一行相入世第一但所留行二義

不同利名見行鈍名愛行利人又二著我多者留無我行著我所者留於空行鈍人又二著我慢多者留無常行懈怠多者留於苦行今文且舉鈍中二人復諸論師諸計不同不能具述通教中云亦如是者觀門雖巧諦觀次第不殊三藏然約四門四悉二空三假與藏不同且約大同亦名種種頓中別圓雖三十二及入不二種種行類亦何出於各四門耶無有虛出至昔虛爲實故者爲字去聲稟權出界名爲虛出三乘無不皆出三界人天無不爲出三途並名爲虛如來本爲一實施權無有毫差而皆入實寄此四字者常住不滅也既其不滅益至未來舊人下先舉舊計云前過恒沙等者古師見經中有所成壽命之言謂爲果壽乃指前文過於塵界爲前過恒沙以非恒沙可能喻故乃用世界以之爲喻于今未盡爲後倍上數又古人見復倍之言便爲有限況復不知是實因壽而云神通經中云復他云後者章疏之言從此已後復倍上數如是並爲神通延壽意言今雖未盡必有盡時經舉因況果者明本行菩薩道時所感因壽尚自未盡況果壽耶古人不曉判屬無常故知以不盡之因壽況不盡之果壽明因果俱常古釋反令因果無常云何棄所況等者彼見能況有所成之言便爲所況之果但經文中前已明果何重言之言縱令者指初住位分得常壽豈有初住眞變易壽便同分段有無常耶若言盡者何當盡耶何名分常分但對佛及以後地準行證文自應知之譬如下舉太子祿以爲況者猶是分況對

世人財言不盡耳捩字里結切謂拗捩也拗字烏飽切不順之貌謂棄於常而取無常

法華文句記卷第九下

音釋

褺徒協切　奚胡計切奚縣也

法華文句記卷第十上

唐天台沙門湛然述

釋壽量品之餘

迹中唱滅通約三身又二初總立如淨名下釋釋中初明三身非滅唱滅次明三身常住不滅三明三身不生不滅以不滅故唱滅非滅以不生不滅故名爲非滅總而言之顯於不滅初文自三初明法身爲六初借淨名文以立義者問此中法身那引淨名迦旃延中通教義耶答彼旃延章總有五句初之四句名藏義通後之一句名通四教義局衍門結歸之文既通圓別故前四句現結成通不關圓別後之一句雖結成通仍通圓別今從通義故得成圓若得此意諸句可明故略引之法本不生故無可滅是寂滅義云唱滅者此唱寂滅是滅生之滅非即生之滅即生之滅是不滅故當知此滅名爲不滅法身常住無滅不滅今言寂滅義當唱滅何者下釋唱滅意爲不了者而云寂滅若了寂滅還指於生若全指於生於懈怠者無利故須唱滅三若言下以瓔珞中寂照帖釋然彼經中以照寂爲等覺以寂照爲妙覺彼約別教教道以說故分一句以對二位今借別教極果之名以通初後而釋圓教不滅而滅四夫法身下釋唱滅義由唱滅故智生惑滅此約事理相對論也若迷心等者一往觀語似同報身其意則別此中正明所滅之惑爲法身體體有生滅良由於智故寄能顯以彰所顯五滅惑下次判圓別別教尚屬無常之滅以十住中同於小乘滅三界惑方生出假俗智之解入中

亦然今約圓教故唱寂滅此之等者雖别圓不同並名生滅雖俱生滅悉約理性六若無等者明唱滅之緣意云從迷從解故云迷解剋論但以解爲唱緣别圓俱是從迷生解故也次約報身亦六先標次誰有下正釋惑智本無生滅以爲報身無生滅體三此即下結報身體明即是智暗即無明體性全是故無相除既無相除即不滅也四衆生下唱滅之由五有煩惱下明唱滅之相所以更互得滅名者從事故滅六豈非下結唱滅也三應身者亦先標次應是下明不滅三但爲下明唱滅次又法身下明三身不滅中初法身不滅中言當體者不望餘身以餘二身須望法耳若將體望用用却成滅次約報身不滅者爲二先牒前説不滅即是報稱於法法既不滅報亦不滅次以理下約事理相對以釋先約理無滅次就有下約事有滅從約理邊即是不滅初約理中云爲到故等者於其惑智四句檢責還約體檢惑尚不滅智體無破此用大經師子吼難難言若毗婆舍那破煩惱者何故復脩奢摩他耶佛反質云若言智慧能破煩惱爲到故破爲不到能破若到故破凡夫能破若不到破初念應破若初念不破後亦不破若到不到破者是義不然如是推求誰有智慧能破煩惱言共獨者佛言如一盲人不能見色雖伴衆盲亦不能見慧定共别準説可知此即報智不能滅惑次就有智慧等者復更約事而定判之智能滅惑智不名滅三約應身明不滅者亦望法報報約於法故前法身但云當體今此應身利物不斷亦

是不滅故云常然應用不絕者三身相稱故也法報徧故應體亦徧機自在無應法恒爾若不爾者雖釋圓常還同生滅言衆生不盡即不滅度者滅度之時生實未盡其義何耶應反質云驗生未盡則不滅度故唱滅度爲不生於難遭想者非爲生盡故知應身常在不滅何獨法耶若不了者法報亦滅何獨應耶三明三身不生不滅者法身同前不當生滅報身者智自了智無能滅者智屬於能既不生滅豈能令惑若生若滅應身者相續故不生相續故不滅三身但云不生滅者不字貫下滅字即不生不滅遂語便故但云不生滅耳云云者釋出三身不生滅意以互融故此因應身非滅唱滅一句之文廣開三身有滅不滅不生不滅若不爾者生滅則定何名三身不即不離若得此意徧一代教但聞一句唱滅之言即識一切滅不滅義具身多少滅不滅異方違本地本不生滅方違中間今日化道有滅不滅以本地化中間今日一切迹教不出三身四句故也釋不滅有損中爲二初釋唱由次以四悉帖釋損益此中且寄應佛以釋由此衆生至二善損而不生者由不唱滅懈怠之徒眞中二善俱不生長見思已生尚自不斷別惑未生安能令斷惑不斷故唯能損於眞中二善已生未生等具如止觀第七記中料簡次若依至第一義者以四悉檀帖釋唱滅是故唱滅有四悉益由唱滅故善生惡滅故分四悉以對善惡第一義滅未生等者第一義悉能見中道能破無明是故無明名未生惡對治滅已生惡者凡對治

言皆治現惡世界生未生善者樂欲在初期心遠故如聞法生喜則細善當生又世界是陰入陰入若轉法身則顯是故法身名未生善又樂欲時善根未生亦由此生名生未生爲人生已生善者眞諦望中名已生善縱使未生望中乃遠從近名已又世界滅已生惡者從近更釋但除現計此則可知對治滅未生者治道長故如禪五陰下釋向世界如脩禪時爲滅欲惡故色陰起能滅欲陰以界望界名爲世界故欲界陰名已生惡準此無色除色空除三界中滅變易於當位陰皆名已生脩上滅下名滅已生對治治未文無重釋但治名雖同通至等覺大經優婆塞衆中云常無常樂無樂等常樂觀察如是諸對治門既是淨無垢稱王之所用治故不近也既約三身論滅不滅故四悉感應亦須深明多番釋者良由此也第二廣釋中爲二初現滅由二見聞下通約三身以明損益初文須唱滅者有損無益由常在故前雖明唱由仍未知所以次通約三身中初別明損益即約三佛一一正示初仍總標次便謂下初約法身者法身本無寂滅之名爲上慢者計如不殊須唱寂滅具如前釋云云又聞下即約報身前自謂如此自謂智二謂俱是大乘上慢然二上慢不無深淺謂如乃成大無慙人謂智猶知須智照惑以不了故不解即名凡云即者以顯於離如冰不離水理須融冰義同於離方乃顯即又言離者爲成於即若不離者衆生即佛何須修道爲不識離直云即者故須唱滅等覺一品尚唯佛智之所能斷豈以博地

謂即是耶應身如前後文次若唱言下别約報身明益由又二初唱次益初文先寄法身以辯須智次經云下舉教立妨次引譬釋妨然明時無暗驗知暗時無明故以智慧斷煩惱暗汝今下以理責之當知下結意也應身可見故略衆生下總於三佛皆生敬者以報智處中既有智慧上冥下契若得見一必具足三故生恭敬醫有十種者通收邪正貫彼偏圓前之三種亦稱醫者佛未出時一切外道皆自謂出家各自領衆故大經云王之土境清夷閑靜眞是出家住止之處第三醫中云差已生者雖斷事惑還墮三途具如本劫等見各計四禪等斷惑不同故阿含云良醫有四一善知病相二知病因起三善知方治四畢竟不發然此醫知病不出界内知病因起不出依正方治不逾生滅無常不發秖是住二涅槃望今但成第四五醫若以四名義通諸教則一一教隨義各别乃至圓教於理無妨直引證此深違經旨尚不能同通教二乘安譬本門數數生滅若釋大經曉八術者但對小外對此仍踈第六醫不能治必死者所證同故第七别教但地前耳後之三醫初云不能令平復者但自入未深未能令他見本法身無明本有義之如損令還得見方名爲復第九雖乃得云後心以第八醫但在十信第九理須初住已上至今剛心第十究竟名過本者對前名復故此云過以第九醫始從初住終至等覺已名復故何者法身本有今令證本故名爲復若爾妙覺復畢何名爲過以對性得無功用故故脩名過若爾初住

已上亦名分過何獨妙覺言殘惑在且名爲復又讓極地究竟名過又七客醫中初二拙度初斷乳故故無巧術三四有術用而不徧第三不云二乘人者所治同故五六雖徧所益不多後七等者對極簡小有術下對因顯果故以三達五眼爲八前六並無以讓佛故故云無耳五六二客亦分得故若離八倒爲八術者前四有分以初二客醫亦得無常等故故云如用辛苦等故大經中總爲六味苦爲酢味無常鹹味無我苦味樂爲甜味我爲辛味常爲淡味彼世間中有三種味謂無常苦無我煩惱爲薪智慧爲火以是因緣成涅槃食令諸弟子悉皆甘嗜但無常苦無我三味在小故云世間今文云辛恐字誤應云苦酢鹹故有術遠來即七客中唯指第七以彼

經中唯以如來對彼外道爲新舊故故知新醫三達五眼具足能用無常等八所以先令斷乳用無常等後還服乳方用常等今從後說但云服乳若取因人亦可通於第五六客又通論者通別菩薩轉教聲聞皆能說常然八術者經中舉譬有八復次治八種病今此且明八數而已三達者三明居極故得達名略如止觀記十二至方藥者文方也理藥也藥通行理但且云理下釋色香爲三三昧及以三德故也三三昧行三德理也無量義云醫王大醫王者第八九醫通得名王唯第十醫獨名大王多諸下至菩薩之子凡有三者且置二乘先別指菩薩者通以未發心者爲第一二乘仍攝在第二例中者以取退大二乘故耳於菩薩中更爲三者修性三因有離

合故一就一切衆生即大經中未發心名爲菩薩是也雖十心中别對三因此即性三合成正因問何不指善惡心所共爲正因答善屬發心惡復别屬通則攝别别不攝通故知通心與王同時而起必具三因但名爲正未有世出世善根故也準下緣因言微脩行當知隨聞一句一彈指善並緣因收準引證云其中衆生悉是吾子則人天善根仍屬正攝引證緣因云三十子則二乘善根亦在緣攝若準今日被開人天亦在緣數據大隔小二乘非緣今據退大讓得記者入初住位名爲了故觀行相似並入緣收爲讓前後以正從旁故發心已後訖至住前皆名爲緣且將正因但在十通互入爲百結緣即是會發心者已有了因但以十信相入爲百數者通皆得成住前善根故十信心彼彼相入方得成百以三乘善根皆成相似仍收五品並入其中得記之後顯成分真故使緣正今日聞經即以十信之百入於初住爲分真百從佛口生今日聞教得佛法分入初住也此亦有三因至了因佛子者對前緣正應但云了又云亦者前二各三故今亦三從強受名並束三從一所以束者衆生無始非不具三以在迷故從理立名故理中三皆爲迷攝從緣從了準例可知還將等者攝前入後既攝通入信故攝信入住跡似爲真故亦但百轉冰爲水其義可知修性三因玄文止觀俱有此意唯此文中文相顯著爲欲望昔聞經力大故束性三俱爲正因緣了各合俱名爲一故知諸文約修以説緣了各三或但論理性始終具三

如云三道三德三佛性等具如修性不二門說九門共成方了此旨若得此意圓教行理骨目自成皮膚毛彩出在衆典故知此經是紀定大綱之教不可以網目釋之若得此意則一家教旨大理可通欲習觀門修行有地闡衆怪說情慮坦然覩諸權經投心不謬融通名相豁矣無疑法數增減離合可見與奪他釋令歸大途以前三教無此事故宛轉于地者望出世法故且云地譬上形益者文中闕略應云上有二先非生現生次非滅現滅生中分二言受邪師等者但非出世皆名爲邪自迹中相遇已後便信邪外以信邪厚薄不同致有失與不失並云失三乘者以迹中相遇施化不同具如迹中大小二初成熟咸一不失心者唱生而成熟之失心者唱滅付待後期故唱生滅非實生滅善彊下重釋唱生唱滅之緣言彊弱者於未斷間去宿種遥現難發者名惡彊耳善彊準此遥見者者障已五分故與佛五分成遥譬上聲益中云二諦者應云三諦二通三別且捨別從通即頓中二諦也譬勸誡者如三周中大擬宜也藥草名通好義不局故使漸頓俱名經方無非好等從佛出脩多羅者準五味相生云從十二部出脩多羅乃至涅槃從人從時相生以說應知五味並從佛出今置頓從漸故也色香等者漸頓通皆具戒定慧戒麤定細香不可見香可遥知味到方知如慧到理方名爲得此戒定慧即八正道者語業命戒也正定定也餘者慧也今文從別且屬無作文雖且別其義則通既是藥草之色香藥草既通色

香寧高今云見佛性及對三德者從初而說初被頓故意在一實但三德之名尚通外計況偏小耶具如止觀大小六義及以圓三說三乘空等者次舉漸中所服之法雖具戒等及以三德必假空等方能行故故一一三昧具戒定慧故頓中戒等於漸中機如藥未擣不任服用雖擣未篩如著空相雖篩未合猶計所作故三具足服可治疾空假中三準此可知雖被漸頓本在實乘具如止觀釋道品後圓三空中具一切法即其事也故舉共別二相以攝頓漸次第一心準例可識擬宜等者經云當設方便當即擬也留經教者如付法藏或取涅槃中等者他云或取大聲或用神通等如佛涅槃後金棺自遊出入四門等令一切人知佛已滅舍利經卷意亦如然雖衆釋不同非無一理終不及以四依爲使如趣多者趣多是滅後四依具如止觀第五記如遺教下明佛滅後得度不同正在當來還見釋迦亦有等者非獨釋迦故引普賢觀經見多寶等因懺所見與值何殊其父聞子得差者得差之言不全惑斷但有三乘機及堪會者不論斷與不斷皆名得差常在靈山爲報土者若準餘國指有餘土者報土須指他受用也據常在之言即屬自受用土若準頌文寶莊嚴言則非自土即本時他也如華嚴中多明他受用耳即上餘國義也者指上我於餘國文也此且指於報土之外通則亦徧十方若淨若穢諸有脩功德等者即指緣了具足者也經云則皆見我身實報土也經云或時爲此衆等者亦初地初住也經云久乃

見佛者即指五濁重者經云我智力如是總
結大勢力也
釋分別功德品
此品具有授記領解流通分別屬記從初以
說故云分別二世者地踊過去靈山現在言
功德者出所判也此文等者若據聞經功德
但屬餘殘今準當得之言復同授記論法力
有五五中引前三文證今品意餘二旁來法
者由法而成名爲法力證者六百八十萬億
乃至一生信者八世界也供養者說是菩薩
得大法利時於虛空中雨天華等乃至讀誦
持等非不是行且以眞因法成名爲法力釋
增道損生光宅意以從初至中千明行進爲
功德門八生至一生約損生爲智慧門八界
爲外凡未有進損夫授記下光宅釋出向來
三意於中先總以通別判之通在因果總名
授記故通取三文發心因也剋終果也故發
心等通皆剋果次下八界下釋出三意次第
所以迴經文者從淺至深故爾即外凡入內
凡爲發心門次從內凡入初地以至六地爲
增道門從小千去爲損生門損生門中乃以
七地已上至第十地位位各斷上下二品等
覺一品合爲九品即以八生對前八品次法
華論者論云彌勒品中四種門一證二信三
供養並在今品四聞法指隨喜品初文具如
今文次信者八世界等今謂論前深後淺等
者今家評之論以無生忍爲初地八生至一
生爲地前故云前深後淺光宅亦以初地爲
無生忍但以八生乃至一生爲金剛心爲異
故成前淺後深二家相違自古不判夫無生

下令師欲釋先歷四教定其位次方知二釋並不稱經故結云皆聖教明文不可參濫光宅未當信不在疑論主天親豈應徒爾但恐譯者曲會私情如攝論識分八九及婆沙一十六字並進退在人何關聖旨況光宅釋直爾云地不判教相雖分惑品義無所歸又淨名下至通途之意不可定用者須發通從別不可以無等等有無生之義釋令無生以令無生定在初住不可見金剛頂有伏忍之名判爲八界以伏位定在住前故也故通途之名不可別對今於無生已去明增損門不可分隔應知增道非無損生損生定有增道安可分於六地前後二文定耶復不可以無生在初地去況將八生去却向地前故知二家並失經之大旨從即光宅去將令家所用而判光宅以屬三義地前至初地成別初地至六地成通七地已上成別接通通不斷無明故非通別教初地即斷無明故非別故至七地無明者許屬別接仍須正云九品別惑故被接者上根七地即破一品二品況復無文品分上下義涉三文故云遊濫初云光宅以發心爲內凡三十者已如前列前云住三十心令云爲者爲秖是作秖是內凡作初地耳餘二意可見論文既以地前地上相對則一向專判別義今分三者秖合有二加經家敘耳佛語圓妙者指本迹二門故得道實故上文下釋本迹二門也故仁王十善菩薩者此明十信信通皆具足十善非謂專以人天不殺盜等用對十信既云長別三界苦輪諸經信位有云長別三界苦海者不可將判住

行向位當知須是斷惑十信自非今家準法華文判以法師功德六根互用爲十信位而爲内凡於十信前以分别功德末如來滅後巳下文立五品位爲外凡寧判十信斷三界苦仁王經意何由可消若不然者如何可判華嚴初住爲聖位耶若判華嚴十梵行文以十信心功齊極位復成太過初住屬聖十信如何非内凡耶此與地前伏惑初地見道永不相關是故今以圓意消文各更引經而爲證據故六即判位理不可亡十行不思議假且對聞持樂說及旋對位釋之使與位相應若論去對破光宅及以論文初雙標二門不如下破但破損生門耳亦應更破二家增道何者論以地前爲損生則無增道光宅以七地巳上爲損生安得無增道況光宅但云八品損生語因而失果論家但在分段則俱失界外變易因果從但約下即是今意但約智斷相對以明增損約法身下釋向增損月喻準知故他不了見有減生之言判爲損生見有聞持等言判屬增道故今但從破無明去每一位中皆一增損故云不同言八番者且寄從八生說之以破古計具足應從無生巳去言世及念等以跨多位及以八位不可即云四十二念等故寄後位譚之經文雖略據位必八文中一往雖從地判然超越人增損無定故云八世等具足應如文中屬對此則正破因生果生今文處處不違論文唯留餘殘脩多羅半品入正及此授記一向不用故知凡有去取並不徒然然諸論文無生忍文多在初地唯華嚴起信彰灼明文十住八相

言數倍者非謂一倍一往語耳据拾指涅槃文涅槃自指八千聲聞於法華中得授記莂如秋收冬藏更無所作故知大穫須在法華故大經中得道衆者如梵行品末云摩伽國無量人發菩提心至陳如品末十千菩薩得一生實相五萬菩薩二生法界二萬五千菩薩得畢竟智三萬五千菩薩悟第一義四萬五千菩薩得虚空三昧五萬五千菩薩得不退忍亦名法忍六萬五千菩薩得陀羅尼七萬五千菩薩得師子吼三昧八萬五千菩薩得平等三昧發菩提心及二乘心各云無量恒沙二萬億人現轉女身前八節文始自一生終至平等並非地前雖深雖多若比今經四天下塵及大千塵蓋不足言今經正宗三周及以本門得益並不與諸經同也況流通中自藥王下六品品品之中皆有結得道者皆過八萬勸發品中大千界塵人具普賢道故知据拾今經之餘雖然爾前諸味之權文爲今經之方便爾後涅槃据拾此機乃至扶律明一乘常住得此經旨一毫行一句法無非法界十方佛法起平等見而常分別諸佛化儀方稱斯經一乘之旨應思我等爲何所依方稱此經弘宣之相上迹門菩薩等者準上開章此中正當領解段也前分別門即是第二授記段也所以迹門雖記二乘佛旨未周收機未盡故諸菩薩未陳領解今以供養而表領解故迹門中諸天領解亦申供養諸聲聞人久脩自行但直領解而無供養聞本門已與諸菩薩同申供養重表領解以聞本後薄脩行頗俱成菩薩同獻供養隨其位行

以供表之故云次第及畨畨等别立品目是故文中以陳供養作所表釋南師從此爲流通者意以四信信解功德亦屬流通不須必到滅後五品文殊等者如迹門後文殊入海教化通經豈必在於佛滅後耶故進退二途並可承用準此文意三周之後文殊方始入海教化義亦未失但菩薩事迹不可思議勿以凡情而商度之已如前說況準迹門無領記後猶屬正者故依南方初品果者且以五品對於相似一往說耳分果遠果仍須指後如上說者指授記文云何四信者問意兩兼一問云何但立四數二問云何四俱名信略解去釋也四人通名爲信則二義俱成攝五成四不須至五又名從初得故俱名信略解三人者去通從别則受别名廣及觀成必有略故故略通三人唯除初信初無解故廣說二人除略解者廣局第三不通前二觀成一人復除廣解不通餘三除信一事餘不通四唯信解四名爲四信若一念信解未有下三乃是初信最局略具初信廣具初二觀必具三故後漸寬但後後者勝於前前故成後局一念信解者即是本門立行之首故文稍委於中分十令文可見初總標其大綱次謂隨下明信解之力三又信下明信解相狀四亦是下以事釋成五無所有下以三諦意結六如門下舉譬七舉六根合譬八無疑下釋名九若坐下加行十如是下判位欲令文旨可見且分爲十總而言之秖是信成初總標可見次文者聞於長遠開通無礙信一切法皆是佛法又信如來化功長遠是人能知本迹

妙理是佛本證若但秖信事中遠壽何能令此諸菩薩等增道損生至於極位故信解本地難思境智信心初轉自在無礙方名爲力尚能增進以至一生況信力耶罣者(戶卦切礙也亦作註)相狀者自曉已心應此相者方曰信成釋成者謂能達九界非道純佛法界妙道之用結者能信所信若本若迹無非三諦舉譬幰(呼陌切快也)從巾裂帛聲耳合譬者因於聞壽通達一切凡有所對無非佛法釋名可知加行者令信增進前是信行此是法行二行雖殊所信不二判位者顯觀境彌深實位彌丁答意者五得般若名波羅蜜何故除之仍得復名波羅蜜此翻度岸若得般若方云度耳問中先答次結示先答意者如別教人各自於五而盡其邊亦得名度故且以次第之五爲校量本然般若名通此中則局故以本門正慧校次第權五故令般若即是深信解相爲能校量問次第中自有般若還同所校何以除之答豎中空假般若可爲所校中證不殊名等體等故闕之耳言戒施邊者邊謂邊表期心出假名爲盡邊故十向後心名假邊際第三位行不退者文判四信得十信故初信至七信爲位不退八信已去爲行不退七心不退者即是別教七住見思俱除名位不退故舉信位望住爲下令云初住或恐字誤應云初信故文云圓順信解自內而熏等也或恐剩字有本無此住字但云初心若以五品在十信前故圓初信即不退也有人云聞長遠壽即是般若不可般若還校般若令問六度之中那得有長壽般若是故應知於信心

中信於本地圓門妙智尚不與迹門圓觀六根位同豈與別教五度同耶況復藏通六度行耶尚不與三教第六度同況與前三前五度同大品云有菩薩等者意明別教菩薩退位有魔不退無魔圓教初心魔不得便況不退位若初住去分破八魔故得云無以能即魔爲法界故唱楞嚴名魔尚被縛況修觀者況自證者魔能退耶當知圓人五品之初魔已遠避經云願我於未來等者既云起誓但是聞壽願當同之問近成者無長可說何得皆言亦如是耶答言如是者謂說常壽若得常壽盡未來世必當過此何但如是今從實成來故且舉爾許具在玄文過滅不同經云深心等者此於本地圓門仍具五法方乃斷疑一者聞遠生信二者深心三者直心四者多聞心五者爲他說有人於此廣引諸文以釋多聞於此非要何者先聞遠本次入深心及以直心生於多聞方是此中多聞義也深謂窮理不二直謂始終一揆以此而觀一一句義無非多聞第四觀成中云想成相起者理具此相依理起想故此想成便見此相從初習觀但得想名觀行淺故仍順想故又順理故理相乃現餘教脩觀觀違於理縱有氣分不順中理方便觀成尚猶名想況未成耶又見此相雖未真證以觀力故暫見二土若三惑分滅方永與相應乃不名想準前釋四悉中等覺第一義尚通名想有餘土大小共者藏通二乘斷通惑者仍本爲名準彼而見純諸菩薩爲報土者亦他受用但依此想漸深漸成入初住位任運徧見應用無方問稱

理起想何須土想但觀一念妙理即足答二教初心皆滅陰入況復土耶別教初心亦且破陰後心能見帝網之土唯圓即觀一念三千三諦具足是則一心一切心一身一切身一土一切土一念俱觀若身心土若空假中更無前後故觀成時一心見一切心一身見一切身一土見一切土十方諸佛身中現故故於自心常寂光中徧見十方一切身土若唯觀他遮那之土必迷自境若了心境自即他故他即自故不了此境自尚成他況觀他耶觀土既爾身佛心然故聞長壽須了宗旨故知想名名同體異故本門聞壽益倍餘經良由所聞異常故也次釋滅後五品中初云後隨喜品校量初品者此是深見作法師往名在三不在五者師從利他故除初二準法師品讀誦亦得通名法師但此中文意且資理是故爾耳指經文至不須安生身舍利者大教所詮是法身實相經所住處中有法身舍利復是起塔經文能詮如塔能盛故也問若爾等者若不須事塔及色身骨亦應不須持事戒乃至不須供養事僧耶答意者有二一違問答即指初品未能入事故且依理以爲舍利以經爲塔次順問答即能持得初二篇也若爾此亦但成違問答也何者持初二篇但成初二品耳故不應以能持下篇三品爲難諸修圓行者請觀斯文若初二品人初心念念常在四種三昧容於下三衆法少違至下三品止作二持衆別兩行纖毫不犯具如止觀持戒清淨中尚事理雙美方堪向道況入道者令事虧耶若未專於四種三昧五

篇七聚菩薩重輕不可微犯方稱一期教門大旨何以故出家菩薩具足堅持毗尼篇聚大乘教意一切皆然但護篇聚於彼梵網八萬律儀未爲持相但此土器劣且以小撿助成大儀仍曉開遮輕重緣體制緣漸頓捨義有無坐次分流懺法天隅復有七衆同否大小共別方於自行量已品位去取適時或慕大節而昧存亡有據小文而迷觀道若得今意先以理教定次以位行驗若不爾者鳥鼠人也安論品位乎敬請受佛遺言少分恭稟經阿提目多伽有人云此云龍舐華其草形如大麻赤華青葉子堪爲油亦堪爲香巳趣道場至處也者既對行近並通淺深故亦可爲觀行行近第五品齊第四信者以初二品當初信解第三品當第二信故二處判三慧將二信及此三品共在聞慧位也問何故現在唯四信滅後立五品答其義既齊四五無別但是滅後加讀誦位爲第二品耳

法華文句記卷第十上

法華文句記卷第十中

唐天台沙門湛然述

釋隨喜功德品

釋品題中四重結名亦四悉意但不次第理須消釋使義相當然下諸品並是流通本迹二門所以此中雖於對治中雙消二意義亦通於餘之三悉以隨喜品文既校量滅後五品之初義當現在四信之首並由聞長壽增益品秩故須雙述今昔二門下法師功德品正當現在四信之位及隨喜後位所以不復雙存兩釋由分別中及隨喜中已具釋竟又是稱揚五種法師功用能入六根同於現在四信之位不輕已下既總云法華豈獨在迹若爾爾前諸文亦云法華亦應具二答後未說故初世界中文先略釋名次廣釋三總結以初貫後故先釋名初文先隨次喜初釋隨中事理秖是權實異名了此權實即非權實故無二無別即隨順開權顯實之事理也次廣釋釋喜中言已人者還是迹中事理之力理有事故故能慶人事有理故故能自慶又不二而二故慶已他二而不二故了非已他次聞深下再釋中亦先釋隨具權實功德次慶已有智慧下又再釋喜具悲智功德雖曰慶已正爲利他雖曰慶人正爲顯已故云有智及有慈悲以自聞經復能教他故悲智具足方乃名喜況聞經之始行願俱時故一句一偈自他俱益今此初心專立自行亦以願力而慶彼耳權實下結前兩意共立品名權實結隨智斷結喜慈悲即化他化他屬解脫解脫即屬斷且以自他事理慶喜故屬世界

又順理下對治中約本門者亦先釋次結品初釋中先隨次喜隨中先正釋次即廣下結成觀相融通事理三結成初文先理次事先理者若信長遠信必依理理與迹中妙理不殊但指在久本功歸實證理深時遠故云深遠言信順者於理聞久豈敢竊疑故無一毫疑於久理次順事者秖是如來自從本成利物之相迹中但有横論化儀本中須加久遠竪相故以化久爲竪化廣爲横中間節節徧十方故該亘秖是横竪徧耳觀相者非理無以能化非化無以顯理即施迹近事見遠本理亦是本迹雖殊不思議一雖一而本迹宛然故云不二而二問别與二同異云何答有二通約本迹别對多境以本迹中各有不同之相故也次雖二下却覆收入若本若迹皆

以三千方顯稱理之妙事也三如此下結者秖是收束向來事理不二而二等同名一隨如來下釋喜先寄時約人以斥迹權故四十餘年及七方便非至今經不會方便無以顯本望彼不聞故慶我得聞次慶我下正釋喜三以凡夫心下明喜心相由聞故知因知生見唯佛知佛久遠之壽唯佛見佛久證實理聞佛聞顯與佛不殊入觀行位如此下結觀相亦是横竪不二意也究竟法界義通横竪應云深廣但是言略廣無涯等者通歎横竪無可與彼無等同者故重云無等等亦應結云是名爲喜文無者略佛今下結成品名除事理疑故名對治第五十人下釋爲人中四初重牒人相即是牒位次初但有下牒隨次但有下牒喜三未有下雙牒隨喜叙意校量

四誰聞下結勸也於校量中又三初明行薄隨中但理未有權用喜中但巳未能益他次所獲下雙明隨喜功大三如來下正引經校量即舉下文四百萬億故云巧喻喻第五十人是故況云何況最初此是初品故云何況第五品耶此是圓位之始故云何況後心後心者指極位也四結勸中二初引經意以勸如來下結經勸意以立品名令進理入位能生理善即爲人也景者大也亦慕也上來下第一義中上來即指法師至持品及分別功德中四信五品時衆下恐人謬解者不測初心功德之大而推功上位蔑此初心故今示彼行淺功深以顯經力忽聞下舉好堅迦陵以譬初心聖言親讚使推功疑除故舉釋然以擬第一義好堅迦陵具如止觀第一第七

記希有下結成立品外道下約教展轉比決先斥外道諸偏小等小雖居極未及隨喜圓位初初別人知中言門拙者以於地前聞但中名未即觀故佛今舉阿等者正明圓位初後不二故諸教所無問初阿在初住何以證初品答名別義通若以此對四十二位則不可通初若對六即理即尚是況復初品今從圓行以明不二故通用之問答中先問可見答中此法者展轉聞法故彼人者大品云若聲聞人能發心者我亦隨喜亦應更問彼兼此獨云何得同答不從所兼不共不別恐混名同辯別故來況彼是引進之語此判初心實功故彼無發心之理此明隨理巳成是故名同其事永別前品巳校量四人者分別功德品末於後四人經文節節自校量訖唯初

品文末有校量故生此品故前品末疏云今具列五品校量四品後隨喜品校量初品秉機者由佛知機隱之未説故使彌勒秉機扣佛廣校初文方知後四功大時衆益廣故曰秉機南方者江南也言勝劣平者意謂後後漸勝爲勝後後相似爲平後後漸弱爲劣乃以漸劣況出平勝劣中最後第五十人功德尚多況平況勝至第五十耶文雖未破理不全然但依漸劣以後況初何用平勝平乃初後相似勝又後勝於前並非校量之限今正解者以因古人非五十位解傷文失理故今助之暫寄教門以立人數但約六衆不列式叉者亦一往對數且暫除之豈有式叉不聞經耶意亦不必從於有門以大比丘而爲初會中人此中雖復累人及門并行至四十八意明教教及一一人隨從一門一行皆可從於法會人聞所以二解者初約三教義當昔教有五十人至今聞圓二者至今復成五十即是聞經皆被開顯全成四人故圓舉數無可以辯且寄數法以一七而止如七世等七中從大故四十九皆是師弟等者展轉教故言最後一人無教他者且約一期校量爲言言大七等者此方數法黄帝所立有二不同下數十萬爲億上數億億爲億七數亦然故以七七而爲大七於小乃成四十九也并最後人即成五十此亦一往合其數耳正義如前破古師中今謂不爾已下文是經四生者有人於此廣約俱舍婆沙及諸經論出四生義章非今文要但可略知六趣略如第一卷及止觀第一記四生者謂胎卵濕化又顯識

論中又立四生一觸生者因交會故二嗅生者雄有欲心嗅雌者根門即便有孕三沙生者如雌雀以欲心坋沙因即有孕四者聲生如雌孔雀以欲心故聞雄者鳴便即有孕此四但攝胎卵二生濕化但染香處不須此相與世間樂拔果苦者且與四事及以七寶故云世樂令果身安故云拔果令得羅漢故云拔生死苦此是梵福者此人教他令得聖果自未得聖但名梵福若得聖果方名爲聖今更廣之者此用大論文也福中大者莫先於梵故論釋百福莊嚴相中以梵福爲一福有此校量令經令得四果者亦梵福也於中復更校量出聞經福令以衆聖福之初用校最後聞經之益故聞妙經隨喜初心尚過後聖何況初聖故知世人目視如意而爭求水精已遇日光而謀燈燭薩埵大薩埵者以三菩薩展轉相望一往且以大小言之故方便極位菩薩猶尚不及第五十人何況但教他得二乘耶言聖福者望上屬福故也然華嚴中以初住校量其事仍易今初隨喜位校量聖福自非大聖嚴旨安能信斯希奇故知但從事判云此品行旁不輕行正故此一部無得以旁言之並是法華之正轍也此中功德對五十人章安但直標數而已不指經文今略對之每兩功德結爲一句

一處及利根　智慧不瘖瘂　口香舌無病

口無病不垢　不黑亦不黄　不踈不缺落

亦不差不曲　脣不垂不褰　不縮不麤澀

不瘡亦不胗　不缺亦不壞　不喎亦不厚

不大及不黧　不黑無可惡　不匾不曲戾

不黑亦不狹　不長及不麁　不曲無不喜
脣好及好舌　好牙及好齒　鼻脩及高直
面圓滿眉高　眉長弁額廣　平正人相具
見佛及聞法
前是相似功德等者指分別功德品中云滅後五品大師有時依普賢觀判五品位在六根內故云相似若指四信正當相似此中校量初品復是第五十人初法會聞容是初品第五十人必在隨喜位初入也然品題隨喜不的局初通該五十人也修行下云云者廣應明行相此五十德或一人具足或一人各一隨其功力不可必具頌中頌前隨喜中五不須問答準可知故頌聞經中少不次第對之可知
釋法師功德品
先釋品名次釋功德增減即法師之功德也初釋品題中亦約四悉故下結云備斯四意初文世界次行者下爲人次明識下對治次似解下第一義初世界中先指前品共此釋名故法師二字全指前品亦以五種爲法師故故云如上問此品既云是隨喜果法師之名何以指前答弟子通初後法師唯二三義亦兼後二或全未入品何者若以五品入六根中五師但爲六根因耳縱以五品在六根外五師不云脩於觀行但以誦說名通且通第二三品說復該於四五故且一往似通若具約位簡之一向未入凡位以法師名彼品釋廣故須指彼以消今名法師之稱既通不隔四信五品故指彼文用申品目功德者下辯異也初指初品之初指第五十人今謂五

品之上指此六根同名功德高下永别法師之功德故云法師功德内外莊嚴等者兩重解之初正約六根次又從下更進寄真位即此相似至初住時普現色身乃至極位節節皆以初功爲本五相亦然者入眞位時六根皆有内外二嚴見聞十界而爲外化餘三準知色等亦然又若以相似普現色身爲言則可通於似位也次讀誦下例餘師者此五法師皆生似解此且須置眞位普現色身退取似位爲令功德五師五品眞似不同故名世界問書寫何以淨六根耶答同資正解四品加然者明發不定始自隨喜終至正行皆發六根何必過五方入相似言加然者以初望後初尚得入後四加前相似既爾等者以分眞中根淨倍前以眞望似故云倍也次爲人者應勤思修四種三昧令速入後信信相望故名爲倍次對治中深識圓聞如前校量名爲大勢方能除於執權迹疑第一義中云似解初初者依普賢觀隨喜巳當似解之首第五十人復在隨喜之初故云初初過二乘之極極者羅漢巳極無疑又極縱是無疑亦不能及初隨喜人百千萬倍如前校量指始等者以隨喜始顯妙覺終凡夫發心尚與妙覺畢竟不二況今五品後望六根耶六根功德下正釋六根功德增減先略出二家次總結斥先光宅中文無别破所立未當何者五種法師各得六根如何五師共爲六千故一師四百若有三品雖成一千二百那成一師六千功德況三品人耶故下結破根不依文況但言十善是散善耳此土三根彊弱引大

論文全不應此此文眼鼻身八百耳舌意一千二百論中眼耳意三用彊故不相當又有師以光宅數爲三品者今經但有八百千二如何更立一千若分六根爲三則二二分對全無此理諸師下總斥未會今經六根增減及功德等不合諸教者法華之外如下所列三經一論何者六根所對對三千塵此塵之外見聞四聖故知經力助内觀解發相似分眞普熏諸根故有如是見聞等用又有人引俱舍等所辯界内六塵用釋此中六塵但得片義非文正意故不用也且六根中眼耳鼻三不假至者還依不至可見對眼可聞對耳有氣對鼻舌身二根須到了者依至變現故舌則以變說爲功身則以現像爲用而皆以十界爲量不關小乘根塵對境故不須云色二十二聲八種等若不爾者三千本非凡夫肉眼肉耳之所見聞何故而言見聞三千若復更釋天人等因所感六塵彌非今意大品去正引三經一論破前兩師次今經下正釋初引經論者又二初正引次略結今經具足以斥正引中初引大品明六根般若豈非分別功德中校量正慧塵淨慧等故無差降此未云數且言等淨若六根下破前次師先破次若一下反徵云云者應更多並引正法華中亦先引根等不論下亦同前破次引論文意亦明等經力不應令根勝劣雖未等者雖未入地功如入地次引大經明互用相既等既互理豈應偏次正釋爲四初明一經之内具前四文次正解三若論下辯增減四相似下判位次又二先約弘經方軌明等有一千

次約理境等千二百初欲正釋更斥光宅今依安樂行以明三業正當法師依於弘經方執故令獲得六根清淨不同光宅直云十善及以五種法師共爲合數今明數足竟方云五種法師悉具六千故今先約安樂行三業十善次明一界十如對化他邊及衣等三已有六千方成圓行此中三業即是六根故不更對六根三業功成即六根淨五種下明一一師皆淨六根次復次一心下約理境以對行中亦是互用相似位上釋也故云一根通具六塵若從因釋但是觀行理具六塵若論下明增減相先明增減也清淨牒前般若莊嚴中有盈縮等等莊嚴者牒前正經闕於牒論秖是凡力等聖明肉眼等耳若言千二下次辯盈縮即在今經秖於向等而論盈縮若言清淨更牒前般若六根互用牒前大經亦可不可思議牒前引論若偏下結斥相似下判位中云四輪者瓔珞經中具列六輪今且用四若依五十二位唯瓔珞經始終整足故今借之以成圓義但斷不斷異鐵輪仍在四輪位前即十信第三心者恐誤應云第二信通進別故寄明之若始末明位略如菩薩戒疏及玄文位妙止觀次位中具論修觀入位行相今文但明法師功德故置不云此下經文六根六章準華嚴經六根各十十義亦與此中文同但眞似別耳是則五十俱通眞似又五與十但離合異然小乘不以鼻舌爲通於意離三未爲了說諸大乘經亦有六通不云六根者秖是旁小而復斥小今經華嚴方成了義況復與小修發不同所依各別尚不

同別況復餘耶初眼根中未論脩發眞天眼等直以肉眼能見大千故云父母所生若論其用已過天眼有漏天眼下無見上梵王所見雖徧大千至邊乃爲風輪所隔六根淨者則不如是故今應云相似佛眼乃至相似五眼故亦應云見於二乘及佛菩薩等以準耳鼻必合有故見大千內外爲天眼者且約見於麤細色邊見業因緣爲法眼者以天眼力所不見故見業見淨者業有差別淨無差別雙見二境即表中智又能圓伏故是佛眼大經云等者此是別引肉眼能有佛眼之用以證父母所生等也佛眼故下是重牒前破光宅四文及今所立并判盈縮等文顯成正釋眼根清淨是牒前般若具五是牒前論文莊嚴是牒前正經等亦應云互具五根以牒涅槃文無者略下去五根一一皆爾但此具竟下去並略但注云云或出一兩經而已至下更引無令失意又下五根一一二釋先約能見聞等次約所見聞等故重云也耳根可見以於鼻根最委悉故故於鼻根更辯互用準例餘根亦應如是但是文略若舌根中準答問意亦應須先知味法界方乃令其味變爲美況六根俱淨豈可舌根劣耶身根中云無謬假也無著空也俱照名中意根中云月四月等作所表釋以通前五皆不二故若存事釋唯第六根所以六根所對不須委論然隨喜品校量初品分別功德直明四信及以五品今法師功德但明相似六根功德不輕品中明弘經人現生後報六根清淨神力囑累果人自明弘經力用以勸流通藥王妙音觀

音明分真人弘經功能故知但依今經判位自顯餘依論判自是一途下去可見故隨喜品已下不勞委釋物像相貌但略示文相以顯傳弘則流通之功其義自了

釋常不輕菩薩品

此品既前正引昔當知不輕已有五品可以證因後獲六根可以證果故云引證嘉祥具對今經上諸品文以爲七別一者以上二品對今爲三品功德隨喜下法師中今爲上也二者對上二品爲三世功德隨喜現法師當今品過三者對法師功德明果今品辯因四明衆生唯一乘故五者上明佛記今明菩薩六者上明勸福今明滅罪七者引事以證六根言三品者隨喜容下法師及此俱淨六根豈分中上況此尚有先謗墮獄言三世者隨喜乃指佛滅度後法師現籍五種功成不輕雖往明現生後言因果者俱淨六根豈分二別言一乘者通於一部豈唯此耶唯對分別功德分佛菩薩記此則可爾言罪福者今謗獲罪信者得福上文生謗豈無罪耶隨喜中與陀羅尼菩薩共生一處利根智慧豈唯福耶言滅罪者生謗墮獄此乃生罪臨終根淨豈唯滅罪法師中報陰現轉何罪不滅言引事以證六根淨者何不云弘宣一句必淨六根爲章所引不思本文諸如此例不可具引故略述之以生後見故今更以六義說之於中初一亦望今經前品餘五皆以法華望前一者上全弘經文今略弘經意故不讀誦但宣不輕二者小典生信尚未爲二因今經或毀感六根清淨三者諸經但明順化弘教此

品禮俗逆化通理四者餘經所表權實尚隔此品表開莫非四一五者諸經所表迹尚不周此品兼表本迹二相六者諸經上慢永言墮苦此品即能信伏隨從嘉祥七義非不一見未有遠致得此中意諸例可從問爲不輕謬有所記見者悉云皆當作佛爲復末代弘者迷津法華論云此菩薩知衆生有佛性不敢輕之二論俱是天親而立性不同者豈其相違但申經文使各得教旨若令一人著論則使諸說咸同不可所釋大乘盡用對法小義故知彼論自申方等所以迦葉自悲敗種至法華會敗種還生天親即以其論申之若棄如來顯實之文而滯菩薩弘權之教偏執之愆莫大謬申之過可知今文品初具足四一以解貫四於中先列次釋釋中云法華論等者論許此菩薩知一切衆生悉有佛性故凡見者皆往禮之此四衆中豈無滅種而妄說之若其有者論文不說則過在天親若唯識說正乃過在不輕及在於佛而不先責不輕之過猶却以爲弘經之人豈有誤宣誤記之失今現生後淨六根耶正因通亘等者性德通於迷悟因果故緣了云種子本有還約性德以明二因以對新熏成修得故此三爲因轉因成果果中菩提及以涅槃名爲果性果果性也若對性辯修秪是修得緣了至果名爲菩提涅槃了秪是智智名菩提緣秪是斷斷名涅槃亦可以性三因至果之時了名三種菩提緣名三種涅槃若云衆生具有因果性者則五佛性皆在衆生偏一切處但住因之日果性名因在果之時攬因名果名雖

互得其法恒如初是因緣等者初内懷不輕之解等五文是也後是圓教者約教也從見實三昧去是也對偏成四對味則五以餘教中必無衆生即佛之言前既因緣應具四悉於五文中初二世界後三餘三具如序中亦以四一而對四悉云云者三教對辯今唯在圓我昔隨喜獲現生後者重明來意故後文云臨欲終時具聞威音王佛說法華經得六根淨更增壽命即現報也命終之後復值二千億佛同號日月燈明即生報也以是因緣復值二千億佛同號雲自在燈王復值千萬億佛即後報也於現報中獲六根淨是故弘經其功不淺說此三益意在流通昔時不輕三報宛爾今日豈得不流通耶有人云欲顯安樂行威勢無比我爲不輕行安樂行今謂安樂行者始行弘經故與不輕其儀十別何者彼則安處法座隨問爲說此乃遠見四衆故往禮拜彼則有所難問方乃爲答此乃瓦石打擲猶彊宣之彼則常好坐禪在空閑處此乃不專讀誦入衆申通彼則深愛法者不爲多說此乃被虛妄謗仍彊稱揚彼則初問云何讀說此經此乃但云流通作佛一句彼則初修理觀觀十八空此乃但懷一句作佛之解彼則化佛親說詮虛空身此乃虛空身說詮於化事彼則夢中遠表當獲大果此乃口宣當得佛因之教彼則約解髻喻開二乘權此乃約結緣表一乘之實彼則以順化故存於軌儀此乃以逆化故亡於恒迹彼則列勝行法以取於人此乃偏引往人以通勝法事本本事者通舉往昔威音王佛爲不輕事

之本名爲事本於中別以最初威音佛時不輕之事故云本事得正說之宏宗等者先標兩句名常下釋此二句先釋初句次不輕深敬下釋次句宏寬大也宗尊高也本迹二文四一三性正說大宗不過實相實相秖是常住佛性此指宗極之宗非宗體之宗一代雖說或兼或帶或純小教或雜助門或抑或覆文寬事廣教教不同味味意別不輕但宣二十四字有標有釋具述因果因既三性果即三德況以四一兼益自他直指二因以爲不輕所宣之法故云宏宗顯實之宗不出四一四一一一秖是三故故今還依四一消文於中先釋四一宏宗次引文判位三隨喜下明隨喜意四敬人下結隨喜意初文中二先表迹門顯實次表本門開近前明法師隨喜示

佛滅後聞弘經者所說之益此引過去弘者聞者俱獲大功若弘若聞皆雙及本迹豈獨直云作佛而已故須皆約二門釋之方稱不輕所宣乃會威音所演可與五品之理合後得六根而有歸具聞之言全表本迹況法華之號不專一門先表迹中云名常不輕是人一等者應委將文相用消四一令合此文旨雖上慢者爲之立名巳是菩薩行願所感故使諂者冥會其事從乃至遠見表本四一者只是以遠而表於遠乃至不輕自有本地之四一也故使未堪顯本乃以遠住表之迹中顯實尚以迹四而彊毒之況復本實能即受耶迹顯而本密故知四一是經宏宗次引證判位中云不專等者顯不讀誦故以不輕爲專而云但禮以入位之法不獨五種法師或

自或他若信若法或冥或顯或廣或略故秖宣一句功莫大焉故今文判屬隨喜位爲六根之親因有人云不專是雜今謂但顯不雜不專對專有人問何故禮俗今爲答之菩薩化緣法無一準唯利是務故設斯儀見衆生理與果理等故禮生禮佛其源不殊此自行也欲令衆生生慕果願果願者何我等但理彼尚故禮況證果理而不尊高又云汝等皆行菩薩道當得作佛豈非擊我令修圓因此約現在順從者也亦信行也亦法行也夫益有冥顯顯近冥遠遠如勝意現雖不受聲納於懷由謗罵之辜墮於惡道聞順從之力還遇不輕乃至今日還令會入以是義故上慢尚成遠因聞信寧無現益故毀謗者成毒鼓因廣略準知自行莊嚴化功歸巳自他熏瑩故淨六根有人此中引大經中禮知法者及淨名中比丘禮俗此義不然涅槃常儀顯敬法之志從彼請益故忘情禮下淨名聞法已獲重恩故忘犯設敬不存恒則若大乘正儀出俗恒則亦無令道而禮於俗不輕立行咸異於斯不爲宣通大小非教有人云菩薩不作是禮即是有犯今謂有犯須準科條梵網無文小乃無制又云菩薩於性罪必護於遮罪有越今謂於遮必越越名持不越不名持破非菩薩忘犯濟物貴在物安若也物安何葪遮性今禮四衆濟衆何辜故大小二乘咸遮禮俗禮尚不受濟義不成三隨喜下約人約法明隨喜意者必具三因安樂是總三因是別故云皆一實相又云皆有三因讀誦下別釋三因不輕深敬下釋流通之妙益句也

於中初正約三四以示流通如此下結成初文者若得三法弘經之軌則自他咸濟當知三法雖順前品其實即是此品三因故復亦對四安樂行四安樂行準前可知不受四一者應將罵等委消不受四一之相本地亦然文但略對經而已不輕以大而彊下云云者爲唱令聞故也應釋彊毒以作當來聞法之相具如經文後時得益者也意業淨下云云者應釋三業對三力相復應更對衣座室等神通室也說辯座也善寂衣也廣對一切準此可見毀者等者即生隨從尚猶墮苦是則擊信毀之二鼓爲生後之兩因問若因謗墮苦菩薩何故爲作苦因答其無善因不謗亦墮因謗墮惡必由得益如人倒地還從地起故以正謗接於邪墮務當勤習五種行者五種法師行也偈文但云初十五行半頌果報後四行勸持準此頌文應云不須雙指唯頌雙開雙勸二文初雙開中長行文二事本本事今一行半總頌事本闕劫國等次頌本事長行有三今初一行半頌雙標二人次二行半明得失初一行半得次半行失次半行重明得次其罪下十行明信毀果報及結會古今乃至定謂等者此乃不專判於邪外佛權實教執皆名著牛皮等如止觀第五記以著心著無著教如牛皮等向日加堅亡失正法猶如損體故禀方便教者於外凡位並未免謗故有不受不輕圓實之言

釋如來神力品

釋品名者如來如上壽量品釋神力者神在於内即體宗也力名幹用即是用也佛說本

迹口輪力用已竟於前今復身輪現此勝用令衆流通本迹之教故云體深力大此字下別明來意自此下總明來意初所對衆中言一切指他方舊住指本化者應非四衆八部也故一切者即從及諸已下文是十神力者前五正明現在流通本迹後五總表未來不已又前五中初一令衆總信本迹次四即是現在四一第二表二門理一智家之境故云智境第三表二門教暢即是教一第四表二門入實即是人一第五表二門破惑即是行一第六門中既指五千被移失心三類人者如此三例即是滅後得益之人所言機者機義當總總於未來四一故也即是得於四一之益下去四相別表未來四一文自結名但各述其要令成一也所以四但云一不言本迹者在未來故尚未入實誰論其本若見實者亦見其本故總結云表現表將將猶當也初五文中一一皆有迹本流通三相初文先標今經下叙前迹說開顯內祕下叙前開迹顯本明三世下明中間用福德人下初神力意第二文者先標今神用所表上白毫下叙於迹門神用表同境智合故初見一理今本門下牒向表意由見遠理故使增道損生至於鄰極分身等者此相既同各於其土利益亦爾第三文者先標名辯意述相四十餘下正述表迹欲以下明表本意言具二者事即本迹付他令通於未來世第四文者初標名辯意隨喜下表迹益隨喜圓道下表本益隨喜諸菩薩下表流通益此一下流通功能第五文者雖不分本迹一文兼諸下五可知結

要有四句者本迹二門各有宗用三門之體兩處不殊名冠此三而總於三一部之要豈過於此故總攬之以成流通八自在者如止觀記經中要說等者叙今意也道場釋上甚深事者事是因果今道場是果果必有因以菩提釋藏者菩提是能契之智必有所照之境境即祕藏以能顯所也以轉法輪釋一切法者有所轉法法必有名以涅槃釋力用者滿理釋權疑唱滅釋近疑宗雖近遠同名因果不復別判阿含者借小證大彼則從事今借證理開小即大故可爲證頌文初頌十神力中但有五者闕後五也前五現見遂要存之前後二五現未異耳舉現例未是故略之囑累下二行總頌四法者但云囑累至得邊際具含四義四義皆是無邊際故能持下別頌者初一偈半中言一切法者不出能化能證所化故也無二乘故不兼帶故其法祕妙令我下二偈頌神力者既云歡喜即是用暢次一偈頌祕要者名同易見於諸法下頌深事者教化諸菩薩畢竟住一乘乘是因果後一偈半頌總結者總結四法言若能持持四法也

法華文句記卷第十中

音釋

坋蒲悶切與坌同 褰起虔切扱也 窊烏瓜切與窊同 辜攻乎切辠也 咼口淮切 黧憐題切黑色 胗止忍切癮胗波外小起也 匾補典切

法華文句記卷第十下

唐天台沙門湛然述

釋囑累品

釋此品先辯他人判品前後次令文正釋初文者慈恩安國並令移之於勸發後若在此中有八相違十不可也余雖管見頗有禀承每於聽筵忝蒙慈訓垂示救旨深有所憑近見秀公法華圓鏡廣立難勢不越先規今攢舊聞兼資後見總別救之亦八不可初總救者出塔已後凡述多寶皆云塔中不云見佛若移在後無出塔處一不可也分身散後凡有所述唯論佛塔不涉分身若移在後佛無散處二不可也囑累文中佛散土穢已下經文言不涉淨若移在後無復穢處三不可也會本居地因塔升空佛散出塔後文在地若移在後無還地處四不可也囑累品後經既未盡但述衆喜不云而去若移在後須加而去五不可也勸發品後無復餘文經既已終則云而去若移在後須除而去六不可也本迹二門佛事既畢須有所付是有囑累若移在後法無所歸七不可也囑累已後明乘乘人弘經本事事須囑累若移在後師弟參雜八不可也次別救者具述元破一一救之一云衆本相違者準正法華及以隋朝崛多三藏添品法華中此品並皆在於經末救曰正妙二本譯人既異所見各別若令盡同此不可也言添品者準南山內典録云崛多擅移囑累著後崛多既其擅改法護未可爲憑正本既其居先添品不名擅改南山既斥添品義當二本俱非何者羅什生雖龜兹徧遊五

竺豈獨不見梵本法華久居長安豈不曾見法護所譯而再譯不用者當知法護非堪指南若堪指南何不文義咸依正本若嫌後譯文義澆薄則隋朝所譯彌薄於前今依什譯理可準憑故叡公云梵音錯者正之以天竺秦言謬者正之以字義不可譯者即而書之豈什公與四子頓爾無識輙移一品安置經中若不測旨歸應仰之而已何得以凡見斗尺量度大海虛空耶二云經論相違者法華論云修行力有五第五護法力中云如普賢勸發品及後品後品即指囑累品也救曰論亦人譯擅指何疑況論雖西來譯時既在正法華後秖是譯者順正法華故正經在西晉時譯論在後魏時譯如隋笈多見正法華藥草喻後有一長行偈頌及囑累在後便以正

經添於品內及移囑累在勸發後餘無所云遂使後人云添品法華故知譯者不妨隨見妙正二本同一梵文乍可信羅什而寢於法護安得釋妙本專以論爲憑秀云言後品者是普賢觀經以同是普賢發起令依經修觀又言後品者既其不出名目則似經度不盡若不爾者何不云及囑累品但言後耶此亦是一見然準天台判爲結經不云在勸發品後三諸教相違云一切諸經並在經末如何此經獨在於斯救曰例同諸經違妨更甚即如大品中間有累教品經末復有囑累品不可一切皆兩處安如大寶積四十九會會會皆有付囑之文豈令諸經一切皆爾如金剛經問名問持乃在經中不可一切悉令居中法華開權顯本授聲聞記豈令一切悉皆顯

實不類之例其數不一四云二事乖角者分身若還此土復穢準妙音被譏故知土穢囑累中亦令多寶還歸觀音不應施寶分二分二即多寶未還遣去既同不應乖角救曰秖由未還故寶分二是故但云一分奉多寶佛塔而不云奉多寶佛故知事畢者去有緣者住於理何傷若多寶在分身不合散者經文但云塔可如故如故秖是依初還閉令分身散即云各還本土故知雖即令其塔還聽餘經故塔閉而在如塔未開時但云多寶於寶塔中出大音聲又云四衆聞寶塔中所出音聲大樂說云於其塔中發是音聲又佛告大樂說是寶塔中有如來等故塔未開大衆但云多寶如來於寶塔中次塔開已大衆皆云見二如來在寶塔中若塔閉後如藥王品末云多寶如來於寶塔中妙音至此但上釋迦瓔珞以申問訊次方問云此久滅度多寶如來在寶塔中來聽法不仍對釋迦申彼佛問云安隱堪忍久住不當知塔閉住而未去又云唯願世尊示我令見豈二佛並坐乃云請見又多寶佛於寶塔中告妙音言秖云汝爲供養釋迦等不云分身豈分身矚目而不供養又妙音欲還但云供養釋迦及多寶塔已不云見佛到彼見淨華宿王但云供養釋迦及多寶塔亦不云見多寶如來及以分身又文殊來時即云頭面敬禮二世尊足囑累之後全無此文故塔已閉分身已散若分身在觀音施寶理應供養不應但二五二命不齊者何故分身多寶二俱唱散去留不等若云但令塔閉云如故者何故正本云還本土救

曰二命縱同所緣各别寶塔爲聽經故來分身爲開塔故集塔既已閉分身須散經尚未畢故塔未還分身既散土合復常故前文云爲諸佛當來坐故各淨八方況正法華云可還本土自是法護所譯不正豈判什本令從正經若正經爲正不應重譯但云如故若欲依正經何不講正本偏覩正本處處相違及以妄誤前後非一故不須以正經爲準又問釋迦出塔塔何須閉塔閉分身何必須散答多寶本願但云以塔聽經若以我身示四衆者令集分身當知分身開塔故集釋迦亦爲開塔住空住空故開塔塔開故命坐囑累故出塔出塔故塔閉塔閉故分身事訖事訖故須散故塔開閉分身聚散各有因緣何須難言二命不齊六塔無還處者分身諸佛令去

咸歸多寶佛塔迄至經末更無還處若品在後即唱竟時還救曰經畢自還何須求處至勸發後一切大衆作禮而去作禮雖不通於寶塔而去徧該一切多寶本願聽經故來經若終後何慮不去但慮塔無歸去之文不憂土無復穢之語若土後復穢何得亦無人天來時七云淨穢不同者妙音被誡復非淨土故知分身久已還國者分身集日那令侍者皆詣靈山信諸山並無而猶有靈鷲文殊海出亦云靈山忽有華現故妙音來還依舊誡救曰經文炳然而讀者不見經云移諸天人置於他土唯留此會衆故知土淨爲安諸佛靈山舊衆不移可然準文殊來時即云詣靈鷲山住虛空中妙音至時不云住虛空中故知淨時處空復穢在地今分身既散故一切

皆穢而沒却復穢之理苦執靈鷲獨穢妙音被誡具云誡土不獨云山故云莫輕彼國土等故文殊妙音二人來時其理不等欲令一例此理難齊八云衆喜乖情者囑累品令分身還而塔不去若非經末云囑累者阿修羅等歡喜太早既非聞法歡喜乃是見客佛去以生歡慰深可恠也救曰至此歡喜而嫌太早三周之末各有歡喜更早於此何不恠耶說壽量竟分別功德中云聞佛壽無量一切皆歡喜今本迹俱畢復聞隨喜事少功多又聞法師聽持深效又聞不輕能化所化現益後益明弘經法無定常儀又見釋尊現十神力授四結要三摩付囑三叉領受大事功畢豈得不喜而云太早耶當知是人訖至經末亦未歡喜何能弘經令他喜耶言喜客佛去者移在後文更加塔去而生歡喜復彌可恠驗此一切皆以凡情測聖徒攅筆語舉一蔽諸又云但是先施神力故見淨土此土本穢恐妙音見本土穢相而生譏毀故佛誡之非妙音至分身已還而土唯穢如雖淨土猶見靈山變不唯淨兼見穢故上見下故救曰靈山是佛自留故令大衆俱見如來自云淨土曲釋云不唯淨佛言皆令清淨乃云本穢仍在若言上能見下於淨見穢何不妙音於穢見淨復能見穢其心淨故故佛土淨若猶見於穢則知妙音心不淨故而佛尚誡之妙音見穢尚生譏毀豈得名爲上能見下耶下生下想非上人也尚生譏毀豈上人耶次涉法師更加二難總成十難故云十不可先破總敘次翻二難先破敘者彼先敘云什公安囑

累品在神力品後自是已來皆共信受並云
移著此中善得經意若在後者所列諸妨略
如向述而云以義判文正應安此唯我唐代
慈恩法師不許斯義法師又云妙音被誡若
是穢者文殊海來何有靈山秖云唯留此會
不云唯留靈山當知內外俱淨但是仍舊而
說又云分身即是釋迦若多寶全身亦與一
分釋迦分身唯與一分若受多分者便是釋
迦長受利養修六和敬詎應然耶故但與一
分又云若囑累在此如來起立不云更坐分
身佛去不應立送受觀音施不應立受又云
大衆皆喜唯少奉行不應安此又云神力去
穢未必全除要若全除併之何處何處淨土
容此穢生救曰正本法華自西晉至唐都不
行用此妙法經後秦譯訖四海盛傳天下仰

止況流行之處必藉冥加冥加已遂安可議
耶況復受持應驗無量普賢尚授以句逗而
不責移品況復爾後名僧繼踵碩學如林共
許囑累安著此中豈至唐朝所見乖昔然此
經以常住佛性為咽喉以一乘妙行為眼目
以再生敗種為心腑以顯本遠壽為其命而
却以唯識滅種死其心以婆沙菩薩掩其眼
以壽量為釋疑斷其命以常住不偏割其喉
以三界八獄為大科形斯為小以一乘四德
為小義無可會歸據斯以論諸例可識言仍
舊說者妙音未曾於此生慢若土猶淨滿中
諸佛釋迦及塔衆又在空神力所現十方通
達何須仍舊枉誡妙音彼佛現見高下不平
而掩佛智能言土猶淨而言釋迦不長受利
順六和敬者乃是令聖效凡若言分身即是

釋迦釋迦開塔亦即分身何須更集若據應迹各別爲是分身恐釋迦偏多而不受爲是觀音恐諸佛多受而不與若觀音不與乃表觀音施偏何關六和少欲若分身不受應先施而後讓何故但分爲二分耶故知令分二分表現表當其義已圓分身已去其理善成何須此難若言不應立送分身及立受施縱品移在後免斯過者受觀音施容可尚坐摩頂之際仍立唱散經後正當立送之咎徒設詎並嘲調尊儀於此妙經未成弘讃若且順凡情釋迦與分身齊肩坐送便成踈闕故立送客正當其儀況立送立受何教所制云送受不成又云已有衆喜唯少奉行不合安此秖緣少奉行故不應在後又云何處淨土容此穢生者何不問刼燒擔草不同灰燼毛孔納海身不隨波凡此諸釋並任已心不順經文其例若是次別破第九第十者第九佛無就座難云開塔蒙命釋迦入坐閉塔還出亦宜復座豈得立説下諸經耶如涅槃經如來現卧還從卧起如茶毗時從金棺起上升梵宮梵宮下已還復本座此亦應爾何事不然翻曰若摩頂已理須復座若言無文令佛常立者如文殊答問竟無入海文何故至此忽云海來又云於海常説法華常説之言應常在海若本在海序不應列何得復爲彌勒釋疑又説經竟佛但令衆各散元無更坐之文佛應立送天龍八部何但獨送多寶分身立送分身其儀稍順立送八部尊卑倍乖又何不責云諸分身佛但令侍者賫華以宣問訊及云彼某甲佛與欲開此寶塔即云爾時釋

迦見分身集與欲開塔不見侍者至會說欲欲應不成法師與彼雖則稍親黨理不黨親古可依也又何不責教門皆云達多世世造惡今忽說爲佛師復云與師記莂顛倒不可具言何不責龍女成佛太速何不責聲聞成佛太遲第十衆無命坐難云佛處高遠衆人請接令旣還處地亦應命下勑令復坐何容久立不賜安居故知囑累定居經後翻曰凡假他力必須請加若任自力不求他援處空非已力所及故請佛神通還本任自力所能故不待佛命況本緣佛入塔故請在空令佛從座起豈可安坐故云益加恭敬曲躬低頭佛旣復座說法時衆理應復座無文之論義準應知又衆若不起不坐應仍在空何故普門品中無盡意云從座而起陀羅尼品初藥王從座而起故知不可見略却就座等文移品向後又品題有囑累之說令向後者品內有囑累之義亦應皆移然囑累品題雖云囑累品內但通云我於無量阿僧祇修習難得阿耨三菩提法付囑汝等故神力品題雖云神力品內云爲囑累是經故乃以如來四法囑累上行等也故應先移囑累次移神力著囑累後又囑累品初云現大神力神力品內有囑累之言是故二品俱移向後若俱移向後不可兩品重張不可兩品前後若有前後還失最後若言經文次第不輕已後即合勸持何事以神力而間雜之寶塔慕覓宣弘之人秪應次以持品續之何得許以調達品間若其品次不依羅什理須一切並依正經今經聲聞一萬二千正經但有一千二百歎聲

聞德乃有二十一句歎菩薩德則有二十八句與妙經及論復不相關何不咎論違正法華而嫌妙經違論又正經列名之中云光世音光觀聲同便即書之後代何不依光釋義寶掌菩薩離開爲二更加寶印首也掌已是手復加頭首離爲二人自在天子以大梵冠首亦云三萬天子俱即是迴梵文大梵字不盡別序中不云說大乘經名無量義直云說斯經已升座三昧又闕無量義處三昧不知爾前爲說何經爲入何定何不責妙經增加無量義耶又放光但云上至三十三天法護何事抑佛光明妙經云八百弟子正經云十八人中凡云如恒河沙一切皆云如江河砂序品既爾正宗之中錯不可數何不依之而獨引囑累是故正經並未可依縱是什公所移應見梵文深旨若也漫移何不安餘品後而必著此中使無如上諸妨更移著後生諸妨耶故使流行之處衆聖冥加次正釋品中亦具四悉初世界中約得名以釋品得名事別即世界又累者連及也字應單作後人加口者意言口囑即義立也言煩爾者爾汝也謂累汝後代如帶累也左傳云相時而動無累後人此是如來適時而化示有謙詞又令於三世傳法不絕三世不同亦世界也次爲人者此是後世宣布生善次對治者令後世受者使不失故治其失惡故名對治次第一義者令後代人奉旨入住入住即證眞也初兩字並在能付次兩字皆在所付三囑在能付累在所付次正付囑中釋三摩者先約所表釋所付不輕須以淺表深故身口心三付

方表慇懃次約四悉者即具事理經言現大神力者如來向現十種神力已表當現四一益竟而今復云現神力者正表身口心三付故也從座而起以如來一手一時徧摩故名爲大有人引大經中內有弟子解甚深義不爲利養不生諍競外有清淨檀越佛法久住若不爾者法不久住此是彼經最後誡勸道俗弘通亦捃拾之遺囑耳不同今經乃是一期宣暢他方欲散現十神力囑累十方佛親摩頂菩薩三受表法慇懃佛之智慧等者取覺照邊屬一切智見畢竟空如來智慧爲道種智者即取從因至果得道種名道種從權具如第一卷中悉以能契之行名爲權也於如來室至如是明三智者即依座室三各具三智秖是三一相即三一互融故一中具三以此三事弘經益他令他各得果地三智之用故知室若無二弘揩不普衣若無二法身不滿座若無二惑破不周如是施主下結能施意應云如是施主三法無闕自他不空是施主故有大慈悲自既入室令他入室無慳吝故自既著衣令他著衣無所畏故自既坐座令他坐座亦可云無慳吝故施此三法無所畏故說此三法若施若說皆具慈悲即入室三法也汝等等者汝等當學如來以此三法而流通之以此三三應施一切故經云汝等即是衆生之大施主此明經之功用必具三三況復所弘三三之法方名令他得於所弘世尊勑者具奉行之他人於此辯凡夫慳引成論云慳有五種住處護他物稱讚法慳法慳七報一生生常盲二生生愚癡三生怨

家中四受胎或死五爲諸佛怨六善人遠離七無惡不造若消此文都不相關且言如來若以小乘化我則隨慳貪勸弘法者捨凡夫慳此稍可爾若直以此證令佛同凡深不可也

釋藥王品

釋品引觀經釋名即世界也此文去具以今經而成四悉若推下明得名前後非四悉意竭其神力者用神通力三昧供養也盡其形命者用其報法即燒臂也庶令弟子等者上人行之令下效故此則自他二義具足諸佛下云云者令述有無不輕乃至方便品來豈獨佛耶下品亦有佛者雲雷音王佛寶威德上王佛等況釋迦化主始末恒在況復應以佛身度等然應須云上品有菩薩佛事爲正下品有佛菩薩事爲正通途論之從化主說一切皆以佛爲正也藥王至流通義便者佛囑累已大事功畢隨物偏好故乘乘不同眞如實相是所乘之體一乘因果是所乘之事苦行等是乘乘之緣隨物機宜故使弘者隨緣不等故所乘體皆妙法也以依一實立因果故乘於所乘以利物故故曰乘乘問爲三者初一利他次一自行遊化亦苦行苦行亦利他已下去文如妙音等皆不出自他自行皆不出智斷福慧利他皆不出三昧神通通問遊者遊必具足十法界身並如妙音觀音但別舉苦行以逗所宜故請答之言意在苦行有佛聲聞者文略具如經列有菩薩及菩薩壽等經即時入是三昧者普現三昧理無出入表用三昧之力故云入耳經以神通力

願者明不以世火還依所得三昧起利他願以智觀火焚難思境故使光明起斯照彼佛亦以逗物故讚眞法供養等者先總舉能觀所觀次及觀相當是之言正顯眞法所以燒身名眞法者由內觀故所觀者何即此生身由惑因故感斯惑果皆用之言顯因果俱蕩又觀若身若火等者於中先明法空次誰燒下辯生空初法空者旣即實相實相無燒身火能所安得有燒有能所耶次生空者非但身等皆是實相身等宰主一切皆無故名爲誰燒者能燒火也然者所然身也身火並是能供事也佛法即是所供田也宰主即是能觀觀者身火能所觀境也境智不二能所斯亡以不二觀觀不二境成不二行會不二空作是觀時苦爲法界見聞者益故曰乘乘若不爾者成無益苦行佛有誡誡實可先思所以投巖無招外行之論赴火不爲內衆之譏良由內有理觀外曉期心故勝熱息善財之疑尼乾生嚴熾之解篤論其道行方有剋心正行正智邪事邪行不可廢智不可亡後學之徒無失法利有人問云律制燒身得蘭燒指得吉此中讚燒其事如何令爲答之大小開制教法不同小制結過大制令燒故梵網中若不燒者非出家菩薩豈獨令俗而不制道故知順小行易不燒何難從大誠難燒乃不易世以不持爲大則大小俱傾信此土機緣咸迷大小不知先小後大依何夏次先大後小何心而受先小後大開小乘遮不先大後小遮菩薩開不一界之內兩衆如何一身之中二體同異大乘於小取益從何小誦於

大招損誰測勤勤甄别用爲來種所乘之乘皆妙法故以依一實立因果故乘其所乘以利物故但自揣已德歷境觀心與心相應當順開制令藥王久證並出開制之方重法亡懷起神通之願爲執凡下思之可知經以旃檀爲積者他人疑云何得旃檀而爲積耶答此土大愛道入涅槃後猶用旃檀闍維況彼淨土何足爲難然淨穢並陳非世有也皆聖力故經云七萬二千歲等者問燒身但經千二百歲燒臂何故時長答前爲自行身盡入滅今爲弘法令物會三故云令無數等既言無數聲聞發菩提心故知喜見於佛滅後不令此等住於小果此土亦然經云金色之身者前已得普現即八相金色故知此中須在極果能生等者如父母必以四護護子今發心由法爲生始終隨逐爲養令滿極果爲成能應法界爲榮雖四不同以法爲本又此四法即四悉檀次第對之亦應可見此即始終對四悉也然前三教各得四益今對圓説例上可知問初開章云歎能持人何故向云不如一偈又云法是佛師等耶答前歎有法之人今歎在人之法言初歎體次歎用者非宗體之體非宗用之用通指一部爲體部内體宗用三共有如是抜與等用十寶山者具如止觀第五記引華嚴經或一或二者俱舍云前七金所成蘇迷盧四寶金或兼餘故云一二諸經説權智等者權不即實致令教法皆非自在諸機不融故教主别爾諸經明實智等者並是權外之實故破疑不徧尚不及此經説施權意已破諸疑故云即實而權況復

今經本爲顯實有疑皆斷故云即權而實所以權實之語非獨今經相即之言出自於此不收於小是故異也文云學無學等者指三教菩薩爲發菩薩心者今經爲彼之父能生彼故昔謂非子至此方知餘經要因功用者但取發心畢竟不別不同三教要因功用如別教地前爲方便也如風下云云者初住已入無功用位應具簡車體及具度等釋如風所以至入初住無功用道經云五百歲者大集經中有五五百具如前文經云若有女人等者此中秖云得聞是經如說修行即淨土因不須更指觀經等也問如何修行荅旣云如說修行即依經立行具如分別功德品中直觀此土四土具足故此佛身即三身也故此大衆即一切衆以惑未斷故故安樂行是同居淨土行之氣分也故不離同居穢見同居淨問同居類多何必極樂答教說多故由物機故是攝生故令專注故宿緣厚故約多分故下文兜率其例不同但在機感

釋妙音菩薩品

此品初具三釋初文因緣次昔得下約教次此品下本迹唯無觀心因緣甚略且義立者音樂世界自隨爲人奉鉢對治道器第一義觀音有問得名之由此中無者此從自行下從利他又如常不輕中亦有本事即名以顯本事始從內解終至利他同在一名之內雖自他不同準觀音名下有普門之名此亦應爾同得普現色身三昧若爾藥王下五一切皆然藥王又在獻呪之初淨德又指妙音身是故五品法門定無優劣但隨機便乘乘不

同況普門居中理通上下以人對法理亦咸均單徜其名義亦無舛不可從名異而蔽其法門當畢其地去勸成機緣明普現意若不以鬼畜為鬼畜但畢已心之地則自壅妙法之流大人相等者爲四先正略釋是不思議相海故名爲大次徧體下寄於所現展轉校量三比相下大小對並四問答下釋疑初二可見三對並中二先寄小表大故以應迹之相因順於師長之毫光因果相召照之必來言本弟子者照非無緣本曾關涉名昔爲本未必久本白毫下次明大中實因所感照之令弘開顯之經此乃因勝果勝令弘勝教是故放之釋疑中二重問答初問答能放光疑次問答所召衆疑初疑意者約不思議相海總立用問約事校量答中云他經所明等者召他屬事宜且從他故附方便教云有優劣又約應身現相宜附他經令弘實教故復從大大復從因而爲所表故云放光令弘此法況顯本已尚無近迹豈存小耶何故召東說西者問意者十方菩薩豈皆無緣何故放光但召東方妙音竟次說西方觀世音答中從表於中四初辯能表次未發心下正明所表三一菩薩下舉例四聖不下結用表意初文三先明能表之光次明光所照意三東是下舉能表意次未發下出所表中但舉始終任運攝照三舉例者妙音既爾諸來悉然但以照東表始爲便若召南至北四維準知聖不繁文理合十方咸至如華嚴大集諸部般若光及所召尚通十方故此但以一方爲表準下觀音初釋爾時亦以妙音對辯此中既預

以說西對問故可預以西方對明云欲說西方菩薩事先召東方菩薩等叙福之由者既值多佛亦是慧由但是文略正叙福慧中經云悉又云甚深故是圓慧三昧屬定對慧名福尚異三教豈同世有又此十六並是法華三昧異名耳隨義說之今稱法華三昧之相佛誠至而覲此耳者肅延進也妙音高位豈可待勛至此見穢寧生劣想但佛寄誠妙音而覲其所將覲謂覲模夫佛至諸佛道同者先正叙同次結同初文自三初云約座爲誠者依空亡相身是有相理爲妙空一塵之身咸與理等況丈六之質生劣想耶次夫師等者佛及弟子身俱劣者俱隱寂忍而耐其拙夫依報等者應住無緣安其穢土此佛下結同者一切應身化儀示迹說法之處皆具此三誡衆而爲弘經之軌故此佛弘經亦勑三意以例於彼化儀不出佛身化境國土故也受旨中三力者菩薩不無推功化主如來先誡今菩薩自運菩薩推者往彼實難何況往復應須利他故知往來皆如來力然又如來加於可加菩薩有分但未至極故以極三加於分三令用弘經宗要衣座室耳故知皆如來力起於神通種種莊嚴方能利物是則如來以中空故能以慈悲加諸菩薩具足莊嚴故隨機利益言莊嚴者因中萬行此會者彼土也若文殊位下等者妙音辭彼佛時云及見文殊豈可遠來求見下位文殊位高見華應識何以問佛以何因緣等答中二義並文殊位高或同是補處一位之中分始中終或同是古佛則無高下同位居始末謝不知忝

者辱也豈一事不知成屈辱耶又大衆無敢問者文殊雖高爲欲發起示爲不知上品云初得等者上藥王品云過去名一切衆生喜見菩薩於日月淨明德佛法中得現一切色身三昧後重生其國於淨德王家忽然化生白其父言我先已得解一切語言陀羅尼既云轉身得一切語言即似轉身方得若云我先已得即似指先所得色身三昧即此三昧亦名語言陀羅尼故云猶是色法猶是之言表與前同故此語言與色身但是身口之異豈可現身不能說法但從事別其理必同故作異名消文最便此則圓門三昧陀羅尼必是體同名異三昧從定陀羅尼從慧即不思議之定慧故得互用準下釋中三輪具足又舌下判三昧與陀羅尼秖是真位六根耳

釋普門品

初不云因緣等此通別解具足三釋唯闕觀心十雙中智斷下云云者但次第標釋不暇先列人法並云有多種各注云云者並是示爲一實并七方便及以人法前後問答前問如文後問答者云何而爲衆生說法等是也福能轉壽者羅漢尚能迴福爲壽況普門示現以不思議福轉成種智即福智不二名之爲轉方例九雙如珠雨寶者所轉若成不思議福不同下位如意珠者珠具多德具如止觀第五鑿井等者如華嚴云若有世界初成時衆生所須資生具菩薩爾時爲工匠終不造作殺生器初略如釋籤中初釋爾時注其四者四悉耳若消文意令會四悉說東方菩薩等者問何以前云召今言說答前文初召

須云召今是說竟故云說故品後云說是品時二處皆有初聞名時即世界也皆有隨應爲說即爲人也皆有答問得三昧由即除疑也皆有聞品得益不同即得道也經云偏袒者此土謝過而肉袒彼國與敬而偏服葢二土風俗不同耳先釋無盡意名於中初釋無盡先引三經次總結成三觀初引大品空大集假淨名中大品明空則無盡大集八十無盡門既多門不同即是假也淨名夫無盡者無有盡與不盡雙非故中也次釋意中亦先約三觀次結初空觀中雖並引境智正在和合皆無自性智隨境空無盡家之意名爲空意次又意下約假者世出世是境智隨於境境多智多次約中心者以能觀心性中故所觀亦中此約智照境說此約下結二處結文

並云觀智者咸約能立問答俱云慧莊嚴者問答已是二莊嚴竟今釋其意云問答名莊嚴者定慧二嚴之中慧莊嚴也況二菩薩名及以佛名俱從慧立多苦苦一人等四句一一句中有苦皆救咸可持名以有五隻十雙普故故念念咸益圓菩薩皆然但隨緣耳經云觀世音菩薩即時等者有人以觀世音三字著下句上與皇著上句末於下句上又足觀世音三字二俱不然依下句頭亦不須足有人問何以同念有脱不脱答同念是顯機得脱有冥顯由過現緣差受益有等級若其機感厚定業亦能轉若過現緣淺微苦亦無徵亦有人云三災有大小大謂火水風小即命身財大次第有二一從小至大此義可然又從急至緩此未必爾火不盡急風不併緩

小亦有二一從重至輕二從難至易此或應爾事益具如謝敷等觀音應驗記說別答中三業機者七難是口機以稱名故三毒是意機令常念故二求是身機常禮拜故火難者有人引仁王經七火不同一鬼火二龍火三霹靂火四山神火五人火六樹火七賊火人火者惡業發時身自出火樹火者如久旱時諸木自出火及至釋水則無七相況復七相無所表對故不用也今文俱三火名雖同淺深各異若不爾者云何顯觀音力大念者功深入大乘下引論格量六十二億等者有云菩薩無殊欲令偏重觀音故也有云佛法二門謂等不等不等如禮諸佛教說功異平等者得福無殊今問若平等者佛既無偏無不平等何故不等以佛不可有等級故故等不等秪是被緣雖是被緣亦未申難故須依今偏圓以釋非但菩薩諸教不一亦乃一教設迹不同此約境判若心境相對四句分別今此乃是兩俱句邊持六十二億心境俱劣受持觀音心境俱勝此即定教當教而觀若二交互句並境隨心轉問何故法華論中乃以持六十二億恒沙佛名爲校量耶答有云論誤今云不爾今先出論文次略消釋論云受持觀音名與六十二億恒沙諸佛名彼福平等者有二種義一信力故二畢竟知故信力復二一者求我如觀音畢竟信故二生恭敬心如彼功德我亦得故二畢竟知者決定知法界故法界者名爲法性初地菩薩能證入一切諸佛平等身故平等身者謂眞如法身是故受持觀音與六十二億恒沙諸佛功德

無差今謂以此驗知須依圓釋何者於二義中信力約事畢竟約理事理相資方成所念如信力二中旣云求我身如觀音即指化身又云觀音功德我亦得之乃指報身願齊報應方乃成念但念果德者何必識理故次義云知法界等次引證位即是初地且引分證令人識之故知若念觀音三身須却以念佛校之若以念法身論之縱引十方諸佛其功亦等何但六十二耶所以論文雖似舉經乃是增句釋義亦如方便初加難解難知欲說大法乃增三句而爲申釋三十三身十九說法云云者應具指離合結說少故但十九如八部四衆但結一說結別開總者前三十三身是別故結云成就如是功德即以此句復爲開下總句之首故下總云種種形等也問此經會三何故云應以三乘等耶答形異法一故妙音品云種種變化說是經典人不見之謂說三乘者謬矣問何以妙音中四乘居後觀音中三乘在初又無菩薩答總而言之無非菩薩於須別現者秖是文略又三十三身隨感即應亦何前後但二文互顯別文廣意狹至云云者離開多句故云文廣意唯現文故云意狹總答文狹者但十二字言意廣者旣云種種何所不該聞品功德云持地者寶雲經云菩薩有十法名持地三昧如世間地一者廣大二衆生依三無好惡四受大雨五生草木六種子所依七生衆寶八生衆藥九風不動十師子吼亦不能驚菩薩亦爾經一一合今謂以八教判方應今經聞品功德下云云者應對諸經及以今部辯其得益共

別不同以判教相兼帶等異教若唯小顯露終無結得大益密得大益教不可傳教雖不傳須辨其旨若如方等般若之流以部共故聞益亦共則具顯密及以不定互相知者名爲不定互不相知名爲祕密是則部内或品似大益有大小或品似小益亦大小或兼大小益亦大小皆以向來三義消之不能具指諸經品相思之思之今經唯大大中唯圓無密偏小故聞品益始終無偏雖於圓中亦有發心不退及無生等不與偏小共也約部判益良由於此故嚴王品雖云法眼名同體異定非初果須判爲六根清淨法眼位耳即七信已上若聞法華令得初果則法華一部文義俱壞初一是横釋等者結前三重釋無等等以成大車佛界一念望理名横佛心望理二義均等故名爲横次約初心緣畢竟理初後相望爲豎第三意者心之與理冥符一體俱不可説誰論横豎初釋唯佛心即空也次釋通一切假也第三明前二俱不可得中也文後偈頌什公不譯近代皆云梵本中有此亦未測什公深意續僧傳中云偈是闍那掘多所譯今從舊本故無所釋還著本人具如止觀第八記

釋陀羅尼品

總持下二番云其四者並是四悉初約翻名次諸師下約釋義三惡世下總攬二重以明來意初又二先正約四悉次對諸經開遮以明四悉初文者善惡異故即世界次一番具二悉故注其二三者能持善邊即爲人能遮惡邊即對治中善即第一義故秖遮持二字

四悉具足生云近識受持心薄故敦之以呪術注云幽顯挾賛故曰陀羅尼觀生公去注遠矣本爲弘經者護難豈唯敦逼呪術全濫矯俗如藥王獻六十二億佛之所說勇施恒河等佛之所說況護國四王羅刹七女皆爲護法請佛印許如何謂爲呪術敦之耶然呪之爲義本不合翻如勸發中云菩薩得聞當知普賢神通之力豈同術耶若全不可翻竺法護何故翻之若其不曉不翻之意移品何疑大明等三者通論秖是般若般若總攝故名爲呪總用總持總破總安俱得名呪別對三教思之可見如此通別復名爲通今別在今經護法故也他經隨事禳災增益攝召不同彼文亦各別有觀法所以新譯並名眞言及以明者古人見祕密不譯例如此土禁呪等法便以呪名往翻今言皆是如來難思祕密眞言種子注云云者今說其意如向略知從諸師下說呪義者初文者王名異故息惡生善次文者即以相應謂爲生善雖有治罪之言正令順教第三文者密治即對治也第四文三先明呪意次引事釋成三呪亦如是下重牒結前具足四法成第一義以密具四爲稱理也初病愈世界罪除對治生善爲人道合第一義三惡世下來意可知故知此與生公永異注家云賛未損大儀終不及護

釋嚴王品

因緣出他經未檢此文亦有四悉初是世界又莊嚴下爲人此王下治諸根之惡即對治生雖下即第一義初文者晷音軌日月運行也刻謂漏刻喀喀吐聲也不進之貌意云一

飡不進長途妨於萬里十日爲旬但唯九飯復阻高志白毫東照照妙音也一欲示弘經之利以勗受法弟子二示結會不虛故經云淨德夫人者今佛前光照莊嚴相菩薩是妙音也神呪護經者且從後說準前亦應云苦行神呪護法弘經現身說法雙規師弟所以蒙照東至者知有來往之勲故也欲來先云欲見藥王等華德復爲妙音所將及以此土發起之衆藥王乃爲總持之主共成二子之化兼爲結會古今令時會並識了宿因不失信化迹功深知權謀叵測仰遠種難亡說四聖之前緣者前緣不同得聖前却便分能所方乃改邪又利物多端邪正異轍所化既熟能化棄邪今從示迹及從後說故設化之時一凡三聖若準佛云爲欲引導妙莊嚴王及一切衆生故說是法華經王宮八萬四千皆任受持二子四萬二千俱至佛所則王及能化一切悉權從本爲言四俱大聖如勝鬘受化有稱歸心元爲國人先迷後悟化道之軌理數而然今從迹說受化得記四聖名生生雖未獲者雖闕生知化時非久臻至也是故預彰入道之兆例如空生等空故無諍德號預呈餘經指此爲十波羅蜜者未曾有經收六度四等爲十度耳亦不的對道品中節節有三昧者七科之中唯念處屬慧正勤屬進餘五科内皆有定名復别列名者當知隨用立名其理不異先白毋者父邪毋正故先白毋共設化方若據其本毋子元知今約化儀機熟應發槌磓相扣物器方成是故云白若附世情則毋慈先白利他之本慈復居先父

王巳信宮中又熟父王一人何足可化秖緣宮内未熟所以王亦待時能化兩重遠鑑機理推功化主結會古今經云譬一眼龜者約事秖是譬難值耳若作所表凡龜魚之眼兩向看之既云一眼所見非正在生死海而又邪見何可值於佛法浮木實諦之孔善知識者具如止觀第四記華嚴亦云如父毋導師醫船等聞品益中法眼淨者有云初果也豈王夫人及與八萬皆持此經皆當作佛而聞品者得小果耶名同義殊善須斟酌已如前說注者亦云所見清淨不云小乘初果位也

釋普賢品

三悉者初世界悲華下爲人我行下對治若從勝他爲名乃是賢於一切名爲普賢言即三悉至解釋也者既以翻名發願義當三悉故云復是及以又是行願又行願下亦却指三悉並是行願即是以三悉判行願也未立第一義者由釋賢故讓聖方名第一義故悲華願兼於行我行而兼於願由來下次約教也爲四先古人釋判屬三藏由來者由從也謂古從來作此釋耳以普賢名通義別亦應云通於通別文無者略故知二教釋於普賢並謬次今明去即從圓釋也三若十信下更對前位況破通別四今論下重釋問華嚴云普賢菩薩依於如如不依佛土今何故云從東方來答此據應迹所從彼明所證自體既云等覺猶有一分報土身在經從極理初住即證一分如如正當圓教所以伏通斷徧斷極之伏方名普賢伏通在初故云伏始是賢非普故非頂非周故鄰初下約初住位十住

之初故非後極十地但斷四十品盡非斷伏極知非普賢義也四重約位正判先正判次引釋論以證圓極論引大經文也具四悉云云者不預列耳即其四文是隨去等者去動秪是表來去也隨者非先積而後雨非先畜而後奏故以龍雨譬之此是心力法力衆生力應化力不思議力之所致也略用二力者威德神通前已具列自在等四以表四德今略無自在及以名聞但二兼二故也經文既云與無數等各現二力者當知所隨皆法身也主伴並具四德故云各也此文既在流通之末故顧聞之言雙請正宗及流通也別列四句文中二解正宗流通初又二即迹本也迹又二先約開權顯實次約開示悟入初文初句法身二三般若第四解脫二德莊嚴法身是故後三約於初句於初句中遠惡下八字即四悉也次約開等中經典四句迴互者以從開等次第故也唯三唯四者四秪是四安樂行三秪是三德及座衣室三前文釋衣等三皆通兩句各有能所今從一邊則以空座爲般若所覆爲法身能覆爲解脫此中正定合在法身德中前對開顯中即合正定入般若中以此一句兩句得名故也浪作餘解者設若有人不許此解則爲不許自行化他則爲不許開示悟入則爲不許室衣座三則爲不許方軌弘經若言非是不許但是無文若謂經無即是不許逐要重說若不爾者將何以攬今經正宗至此爲重說耶經初存其開等四句而爲四釋今至此經末又示開等還須四釋故知始末並是此經體宗用也是

則序正流通無非妙法教内法中云三沓者即讀誦思惟三七日也有人至此亦引文云行有五法一三七見二七七見三一生見四二生見五三生見又云應有六法一嚴道場二淨身三六時四啓請五讀誦六思惟甚深空法作是觀時能滅百千萬億阿僧祇重罪若爾何以解釋一經都無啓心投想之地至此乃引普賢觀經况今自云讀誦書寫者欲修習是法華經於三七日中一心精進我當乘象至其人前故知若修行若解説請依今師方有所至所以非玄文無以導非止觀無以達非此疏無以持非一家無以進若不爾者用是教爲用講宣爲故東京安國寺尼慧忍置法華道場今天下仿效而迷其本不知此尼依憑有在而親感普賢然雖有置道場

處多分師心况今講者而欲輕略斯教良由不知教旨故也適與江淮四十餘僧往禮臺山因見不空三藏門人含光奉勑在山修造云與不空三藏親遊天竺彼有僧問曰大唐有天台教迹最堪簡邪正曉偏圓可能譯之將至此土耶豈非中國失法求之四維而此方少有識者如魯人耳故厚德向道者莫不仰之敬願學者行者隨力稱讚應知自行兼人並異他典若説若聽境智存焉若冥若顯種熟可期並由弘經者有方故也若直爾講説是弘經者何須衣座室三之誡如來所遣豈可聊爾余省躬揣見自覺多懟迫以衆緣彊復疏出縱有立破爲樹圓乘使同志者開佛知見終無偏黨而順臆度冀諸覽者悉鑑愚誠一句染神咸資彼岸思惟修習永用舟

航隨喜見聞恒爲主伴若取若捨經耳成緣或順或違終因斯脫願解脫之日依報正報常宣妙經一剎一塵無非利物唯願諸佛冥熏加被一切菩薩密借威靈在在未說皆爲勸請凡有說處親承供養一句一偈增進菩提一色一香永無退轉

法華文句記卷第十下

音釋

龜茲（龜音丘茲音慈龜茲西域國名）嘲（陟交切言相調也）燼（徐刃切火餘也）喀（乞格切）

摩訶止觀

隋天台智者大師說

清刻龍藏佛說法變相圖

摩訶止觀卷第一上

隋天台智者大師說

門人灌頂記

止觀明靜前代未聞智者大隋開皇十四年四月二十六日於荊州玉泉寺一夏敷揚二時慈霔雖樂說不窮纔至見境法輪停轉後分弗宣然挹流尋源聞香討根論曰我行無師保經云受莂於定光書言生知者上學而次良法門浩妙爲天眞獨朗爲從藍而青行人若聞付法藏則識宗元大覺世尊積劫行滿涉六年以伏見舉一指而降魔始鹿苑中鷲頭後鶴林法付大迦葉迦葉八分舍利結集三藏法付阿難阿難河中入風三昧四派其身法付商那和修修手雨甘露現五百法門法付毱多多在俗得三果受戒得四果法

付提迦多多登壇得初果三羯磨得四果法付彌遮迦迦付佛馱難提提付佛馱蜜多多授王三歸降伏筭者法付脇比丘比丘出胎髮白手放光取經法付富那奢奢論勝馬鳴剃髮爲弟子鳴造賴吒和羅妓妓音演無常苦空聞者悟道法付毗羅羅造無我論論所向處邪見消滅法付龍樹樹生生身龍成法身法付提婆婆鑿天眼施萬肉眼法付羅睺羅羅識鬼名書降伏外道法付僧佉難提提說偈試羅漢法付僧佉耶奢奢遊海見城説偈法付鳩摩羅馱馱見萬騎記馬色得人名分別衣法付闍夜那那爲犯重人作火坑令入懺悔坑成池罪滅法付盤馱馱付摩奴羅羅分恒河爲二分自化一分法付鶴勒夜那那付師子師子爲檀彌羅王所害劒斬流乳

付法藏人始迦葉終師子二十三人末田地與商那同時取之則二十四人諸師皆金口所記並是聖人能多利益昔王不立廄於寺立廄於屠況好世值聖寧無益耶又婆羅門貨髑髏孔達者半者不者達者起塔禮供得生天聞法之要功德若此佛爲此益付法藏也此之止觀天台智者說己心中所行法門智者生光滿室目現雙瞳行法華經懺發陀羅尼代受法師講金字般若陳隋二國宗爲帝師安禪而化位居五品故經云施四百萬億那由他國人一一皆與七寶又化令得六通不如初隨喜人百千萬倍況五品耶文云即如來使如來所使行如來事大經云是初依菩薩智者師事南岳南岳德行不可思議十年專誦七載方等九旬常坐一時圓證大

小法門朗然洞發南岳事慧文禪師當齊高
之世獨步河淮法門非世所知履地戴天莫
知高厚文師用心一依釋論論是龍樹所説
付法藏中第十三師智者觀心論云歸命龍
樹師驗知龍樹是高祖師也疑者云中論遣
蕩止觀建立云何得同然天竺注論凡七十
家不應是青目而非諸師又論云因緣所生
法我説即是空亦爲是假名亦是中道義云云
天台傳南岳三種止觀一漸次二不定三圓
頓皆是大乘俱緣實相同名止觀漸則初淺
後深如彼梯隥不定前後更互如金剛寶置
之日中圓頓初後不二如通者騰空爲三根
性説三法門引三譬喻略説竟更廣説漸初
亦知實相實相難解漸次易行先修歸戒翻
邪向正止火血刀達三善道次修禪定止欲
散網達色無色定道次修無漏止三界獄達
涅槃道次修慈悲止於自證達菩薩道後修
實相止二邊偏達常住道是爲初淺後深漸
次止觀相不定者無別階位約前漸後頓更
前更後互淺互深或事或理或指世界爲第
一義或指第一義爲爲人對治或息觀爲止
或照止爲觀故名不定止觀疑者云教境名
同相頓爾異然同而不同不同而同漸次中
六善惡各三無漏總中三凡十二不同從多
爲言故名不定此章同大乘同實相同名止
觀何故名爲辯差然同而不同不同而同漸
次中九不同不定中四不同總有十三不同
從多爲言故名不同耳一切聖人皆以無爲
法而有差別即其義也圓頓者初緣實相造
境即中無不眞實繫緣法界一念法界一色

一香無非中道已界及佛界衆生界亦然陰入皆如無苦可捨無明塵勞即是菩提無集可斷邊邪皆中正無道可修生死即涅槃無滅可證無苦無集故無世間無道無滅故無出世間純一實相實相外更無別法法性寂然名止寂而常照名觀雖言初後無二無別是名圓頓止觀漸與不定置而不論今依經更明圓頓如了達甚深妙德賢首曰菩薩於生死最初發心時一向求菩提堅固不可動彼一念功德深廣無崖際如來分別說窮劫不能盡此菩薩聞圓法起圓信立圓行住圓位以圓功德而自莊嚴以圓力用建立衆生云何聞圓法聞生死即法身煩惱即般若結業即解脫雖有三名而無三體雖是一體而立三名是三即一相其實無有異法身究竟般若解脫亦究竟般若清淨餘亦清淨解脫自在餘亦自在聞一切法亦如是皆具佛法無所減少是名聞圓法云何圓信信一切法即空即假即中無一二三而一二三無一二三是遮一二三而一二三是照一二三無遮無照皆究竟清淨自在聞深不怖聞廣不疑聞非深非廣意而有勇是名圓信云何圓行一向專求無上菩提即邊而中不餘趣向三諦圓修不爲無邊所寂有邊所動不動不寂直入中道是名圓行云何入圓位入初住時一住一切住一切究竟一切清淨一切自在是名圓位云何圓自在莊嚴彼經廣說自在相或於此根入正受或於彼根起出說或於一根雙入出或於一根不入出餘一一根亦如是或於此塵入正受或於彼塵起出說或

於一塵雙入出或於一塵不入出餘一一塵亦如是或於此方入正受或於彼方起出說或於一方雙入出或於一方不入出或於一物入正受或於一物起出說或於一物雙入出或於一物不入出若委說者秖於一根一塵即入即出即雙入出即不入出於正報中一一自在於依報中亦如是是名圓自在莊嚴譬如日光周四天下一方中一方旦一方夕一方夜半輪迴不同秖是一日而四處見異菩薩自在亦如是云何圓建立衆生或放一光能令衆生得即空即假即中益得入出雙入出不入出益歷行住坐卧語默作作亦如是有縁者見如目覩光無縁不覺盲瞽常闇故舉龍王爲譬豎徧六天横亘四域興種種雲震種種雷耀種種電降種種雨龍於本宮不動不搖而於一切施設不同菩薩亦如是內自通達即空即假即中不動法性而令獲種種益得種種用是名圓力用建立衆生初心尚爾況中後心如來殷勤稱歎此法聞者歡喜常啼東請善財南求藥王燒手普明刎頭一日三捨恒河沙身尚不能報一句之力況兩肩荷負百千萬劫寧報佛法之恩一經一說如此餘經亦然疑者云餘三昧顧聞誠證然經論浩博不可委引略舉一兩淨名云始坐佛樹力降魔得甘露滅覺道成三轉法輪於大千其輪本來常清淨天人得道此爲證三寶於是現世間此即漸教之始也又云佛以一音演說法衆生隨類各得解或有恐怖或歡喜或生猒離或斷疑斯則神力不共法此證不定教也又云說法不有亦不無

以因緣故諸法生無我無造無受者善惡之業不敗亡此證頓教也大品云次第行次第學次第道此證漸也又云以衆色裹摩尼珠置之水中隨物變色此證不定也又云從初發心即坐道場轉法輪度衆生此證頓也法華云如是之人應以此法漸入佛慧此證漸也又云若不信此法於餘深法中示教利喜此證不定也又云正直捨方便但說無上道此證頓也大經云從牛出乳乃至醍醐此證漸也又云置毒乳中乳即殺人乃至置毒醍醐醍醐殺人此證不定也又云雪山有草名曰忍辱牛若食者即得醍醐此證頓也無量義云佛轉法輪微渧先墮淹諸欲塵開涅槃門扇解脫風除世熱惱致法清涼次降十二因緣雨灑無明地掩邪見光後澍無上大乘普令一切發菩提心此證漸也華嚴曰娑伽羅龍車軸雨海餘地不堪爲上根性說圓滿修多羅二乘如聾如瘂淨名曰入瞻蔔林不齅餘香入此室者但聞諸佛功德之香首楞嚴曰擣萬種香爲丸若燒一塵具足衆氣大品曰以一切種智知一切法當學般若波羅蜜法華曰合掌以敬心欲聞具足道大經曰譬如有人在大海浴當知是人已用諸河之水華嚴曰譬如日出先照高山次照幽谷次照平地平地不定也幽谷漸也高山頓也上來皆是金口誠言三世如來所尊重法過去過去久遠久遠邈無萌始現在現在無邊無際未來未來展轉不窮若已今當不可思議當知止觀諸佛之師以法常故諸佛亦常樂我淨等亦復如是如是引證寧不信乎既信

其法須知三文次第禪門合三十卷今之十軸是大莊嚴寺法慎私記不定文者如六妙門以不定意歷十二禪九想八背觀練熏修因緣六度無礙旋轉縱横自在此是陳尚書令毛喜請智者出此文也圓頓文者如灌頂荆州玉泉寺所記十卷是也雖有三文無得執文而自疣害論云若見若不見般若皆縛皆脱文亦例然疑者云諸法寂滅相不可以言宣大經云生生不可說乃至不生不生不可說若通若別言語道斷無能說無所說身子云吾聞解脱之中無有言說故吾於此不知所云淨名云其所說者無說無示其聽法者無聞無得斯人不能說斯法不可說而言示人然但引一邊不見其二大經云有因緣故亦可得說法華云無數方便種種因緣爲衆生說又云以方便力故爲五比丘說若通若別皆可得說大經云有眼者爲盲人說乳此指眞諦可說天王般若云總持無文字文字顯總持此指俗諦可說又如來常依二諦說法淨名云文字性離即是解脱即說是無說大經云若知如來常不說法是即多聞此指不說而是說也思益云佛及弟子常行二事若說若默法華云去來坐立常宣妙法如注大雨又云若欲求佛道常隨多聞人善知識者是大因緣所謂化導令得見佛大經云空中雲雷生象牙上華何時一向無說若競說默不解教意去理逾遠離說無理離理無說即說無說無說即說無二無別即事而眞大悲憐愍一切無聞如月隱重山舉扇類之風息太虚動樹訓之今人意鈍玄覽則難眼

依色入假文則易若封文爲害須知文非文達一切文非文非不文能於一文得一切解爲此義故以三種文作達一門也已略說緣起竟○今當開章爲十一大意二釋名三體相四攝法五偏圓六方便七正觀八果報九起教十旨歸十是數方不多不少始則標期在茶終則歸宗至極善始令終總在十章中矣生起者專次第十章也至理寂滅無生無生者無起無起者有因緣故十章通是生起別論前章爲生次章爲起緣由趣次亦復如是所謂無量劫來癡惑所覆不知無明即是明今開覺之故言大意既知無明即明不復流動故名爲止朗然大淨呼之爲觀既聞名得體體即攝法攝於偏圓以偏圓解起於方便方便既立正觀即成成正觀已獲妙果報從自得法起教教他自他俱安同歸常寂秖爲不達無生無起是故生起既了無生無起心行寂滅言語道斷寂然清淨分別者十章功德如囊中有寶不探示人人無見者今十章幾眞幾俗幾非眞非俗幾聖說聖默非說非默幾定幾慧幾非定慧幾目足幾非目足幾因果非因果幾自他非自他幾共不共非共非不共幾通別非通別幾廣略非廣略幾橫豎非橫豎如是等種種應自在作問初八章即俗而眞果報一章即眞而俗旨歸章非眞非俗正觀聖默餘八章聖說旨歸非說非默正觀一分是定餘八章及一分是慧旨歸非定非慧大意至正觀是因果報是果旨歸非因非果前八章自行起教化他旨歸非自非他大意至起教是目方便至果報是足旨

歸非目非足大意至正觀共果報起教不共旨歸非共非不共大意一通八章別旨歸非通非別大意略八章廣旨歸非廣非略體相竪餘八横旨歸非横非竪料簡者問略指大意同異云何答通則名異意同別則略指三門大意在一頓問約顯教論顯觀亦應約祕教論密觀答既分顯祕今但明顯不説祕問分門可爾任論得不答或得或不得教是上聖被下之言聖能顯祕兩説凡人宣述秖可傳顯不能傳祕聽者因何作觀或得者六根淨位能以一妙音徧滿三千界隨意悉能至則能傳祕教若修觀者發所修顯法不發不修者發宿習人得論密觀問初淺後深是漸觀初深後淺是何觀相答是不定觀問初後俱淺是何觀相答小乘意非三止觀相也問小乘亦是佛説何意言非若言非者不應言漸答既分大小小非所論今言漸者從微至著之漸耳小乘初後俱不知實相故非今漸也問示三文者文是色色是門爲非門若是門者色是實相更何所通若非門者云何而言一色一香皆是中道答文門並是實相衆生多顛倒少不顛倒以文示之即於文達文非文非文非不文文是其門於門得實相故文是其門門具一切法即門即非門即非門非不門。解釋者釋十章也初釋大意囊括始終冠戴初後意緩難見今撮爲五謂發大心修大行感大果裂大網歸大處云何發大心衆生昏倒不自覺知勸令醒悟上求下化云何行大行雖復發心望路不動永無達期勸牢強精進行四種三昧云何感大果雖不

求梵天梵天自應稱揚妙報慰悅其心云何裂大網種種經論開人眼目而執此疑彼是一非諸聞雪謂冷乃至聞鶴謂動令融通經論解結出籠云何歸大處法無始終法無通塞若知法界法界無始終無通塞豁然大朗無礙自在生起五略顯於十廣云云。就發心更爲三初方言次簡非後顯是菩提者天竺音也此方稱道質多者天竺音此方言心即慮知之心也天竺又稱汗栗馱此方稱是草木之心也又稱矣栗馱此方是積聚精要者爲心也今簡非者簡積聚草木等心專在慮知心也道亦有通有別今亦簡之略爲十若其心念念專貪瞋癡攝之不還拔之不出日增月甚起上品十惡如五扇提羅者此發地獄心行火途道若其心念念欲多眷屬如海吞流如火焚薪起中品十惡如調達誘衆者此發畜生心行血途道若其心念念欲得名聞四遠八方稱揚欽詠內無實德虛比賢聖起下品十惡如摩犍提者此發鬼心行刀途道若其心念念常欲勝彼不耐下人輕他珍已如鵄高飛下視而外揚仁義禮智信起下品善心行阿脩羅道若其心念念欣世間樂安其臭身悅其癡心此起中品善心行於人道若其心念念知三惡苦多人間苦樂相間天上純樂爲天上樂關六根不出六塵不入此上品善心行於天道若其心念念欲大威勢身口意纔有所作一切弭從此發欲界主心行魔羅道若其心念念欲得利智辯聰高才勇哲鑒達六合十方顒顒此發世智心行尼揵道若其心念念五塵六欲外樂蓋微三

禪樂如石泉其樂内重此發梵心行色無色道若其心念念知善惡輪環凡夫耽湎賢聖所呵破惡由淨慧淨慧由淨禪淨禪由淨戒尚此三法如飢如渴此發無漏心行二乘道若心若道其非甚多略言十耳或開上合下或開下合上令十數方足而已舉一種爲語端强者先牽如論云破戒心墮地獄慳貪心墮餓鬼無慚愧心墮畜生即其義也或先起非心或先起是心或是非並起譬象魚風並濁池水象譬外魚譬内風譬並起又象譬諸非自外而起魚譬内觀羸弱爲二邊所動風譬内外合雜穢濁混和又九種是生死如蠶自縛後一是涅槃如麞獨跳雖得自脱未具佛法俱非故雙簡前九是世間不動不出後一雖出無大悲俱非雙簡也有爲無爲有漏無漏善惡染淨縛脱眞俗等種種法門亦如是又九法約世間苦諦後一非苦諦雖非苦諦曲拙灰近故雙非簡卻次有爲有漏約集諦後一非集諦雖非集諦曲近灰拙亦雙非簡也次善惡染淨約道諦後一是道諦雖是道諦亦如前簡次縛脱眞俗約滅諦後一雖是滅諦亦如前簡若得此意歷一切根塵三業四儀生心動念皆此觀察勿令濁心得起設起速滅如有明眼人能避險惡道世有聰明人能遠離衆惡初心行者若見此意堪爲世間而作依止問行者自發心他教發心答自他共離皆不可但是感應道交而論發心耳如子墮水火父母騷擾救之淨名云其子得病父母亦病大經云父母於病子心則偏重動法性山入生死海故有病行嬰兒行是

名感應發心也禪經云佛以四隨說法隨樂隨宜隨治隨義將護彼意說悅其心附先世習令易受行觀病輕重設藥多少道機時熟聞即悟道豈非隨機感應利益智度論四悉檀世法間隔名世界隨其堪能名爲人兩悉檀與四隨同亦是感應意也更引論五復次一明菩薩種種行故說般若波羅蜜經二令菩薩增念佛三昧故三說跋致相貌故四拔弟子惡邪故五說第一義故說般若波羅蜜經此五復次與四隨四悉皆不異又與五因緣同若不隨機惱他故說於彼無益若大悲雷雨得從微之著論云眞法及說者聽衆難得故如是則生死非有邊非無邊實相非難非易非有非無此名眞法能如此說聽名眞說聽有三悉檀益名有邊第一義益名非有邊非無邊故知緣起能辦大事則感應意也然四隨四悉五緣名異意義則同今說之四隨是大悲應益悉檀是憐愍徧施蓋左右之異耳言因緣者或因於聖緣於凡或因於凡緣於聖則感應道交當知三法言味相符則意同隨樂欲徧語修因所尚世界徧語受報間隔蓋因果之異耳便宜者選法以擬人爲人者觀人以逗法此乃欣赴不同耳又五因緣者衆生信樂爲因佛說一法一切法大菩提心也於經是樂欲於論是世界衆生有大精進勇猛佛說一行一切行則四三昧於經是便宜於論是爲人衆生有平等大慧爲因感佛說一破一切破獲勝果報及通經論於經論俱是對治衆生有佛智眼爲因感佛說一究竟一切究竟得說旨歸寂滅於經論俱

是第一義也又五緣五復次者菩提心是諸行本論舉種種行蓋枝本之異耳四三昧是通修念佛是別修蓋通別之異耳勝報備說依正習果報果趣致偏舉習果入位之相蓋雙隻之異耳除經論疑滯者經論是起疑執處拔弟子惡邪者是起過人人處異耳本末究竟等與第一義名同易見所以不異是爲義同又聖說多端或次說或不次說或具說或不具說或雜說或不雜說衆生稟益不同或次益不次益或具益不具益或雜益不雜益或四悉檀成五緣五緣成四悉或四悉成一因緣一因緣成一悉或一一因緣皆具四悉四悉具五緣如是等種種互相成顯還以三止觀結之可以意知又以一止觀結之發菩提心即是觀邪僻心息即是止又五略秖是十廣初五章秖是發菩提心一意耳方便正觀秖是四三昧耳果報一章秖明違順違即二邊果報順即勝妙果報起教一章轉其自心利益於他或作佛身施權實或作九界像對揚漸頓轉漸頓弘通漸頓旨歸章秖是同歸大處祕密藏中故知略廣意同也○顯是更爲三初四諦次四弘後六即四諦名相出大經聖行品謂生滅無生滅無量無作生滅者苦集是世因果道滅出世因果苦則三相遷移集則四心流動道則對治易奪滅則滅有還無雖世出世皆是變異故名生滅四諦也無生者苦無逼迫一切皆空豈有空能遣空即色是空受想行識亦復如是故無逼迫相也集無和合相者因果俱空豈有因空與果空合歷一切貪瞋癡亦復如是道不二

相無能治所治空尚無一云何有二耶法本不然今則無滅不然不滅故名無生四諦也無量者分別校計苦有無量相謂一法界苦尚復若干況十法界則種種若干非二乘若智若眼所能知見乃是菩薩所能明了謂地獄種種若干差別鈹剥割截燒煮剉切尚復若干不可稱計況復餘界種種色種種受想行識塵沙海渧寧當可盡故非二乘知見菩薩智眼乃能通達又集有無量相謂貪欲瞋癡種種心種種身口集業若干身曲影斜聲喧響濁菩薩照之不謬耳又道有無量相謂析體拙巧方便曲直長短權實菩薩精明而不謬濫又滅有無量相如是方便能滅見諦如是方便能滅思惟各有若干正助菩薩洞覽無毫差也又即空方便正助若干皆無若干雖無若干而分別若干無謬無亂又如是方便能析滅四住又如是方便能體滅四住如是方便能滅塵沙如是方便能滅無明雖種種若干彼彼不雜又三悉檀分別故有若干第一義悉檀則無若干雖無若干從多爲論故名若干稱無量四諦也無作四諦者皆是實相不可思議非但第一義諦無復若干若三悉檀及一切法無復若干此義可知不復委記若以四諦豎對諸土有增有滅同居有四方便則三實報則二寂光但一若橫敵對者同居生滅方便無生滅實報無量寂光無作云云又總說名四諦別說名十二因緣苦是識名色六入觸受生老死七支集是無明行愛取有等五支道是對治因緣方便滅是無明滅乃至老死滅故大經開四四諦亦開

四十二因緣下智觀故得聲聞菩提中智觀故得緣覺菩提上智觀故得菩薩菩提上上智觀故得佛菩提又中論偈云因緣所生法即是生滅我說即是空是無生滅亦名爲假名是無量亦名中道義是無作又解因緣即集所生即苦滅苦方便是道苦集盡是滅又偈言因緣因緣即無明所生法即行名色六入等故文云爲利根弟子說十二因緣不生不滅相指前二十五品爲鈍根弟子說十二因緣生滅相指後兩品當知論偈總說即四種四諦別說即四種十二因緣也已分別四四諦竟諸經明種種發菩提心或言推種種理發菩提心或覩佛種種相發菩提心或覩種種神通或聞種種法或遊種種土或覩種種衆或見修種種行或見種種法滅或見種種過或見他受種種苦而發菩提心略舉十種爲首廣說云云推理發心者法性自天而然集不能染苦不能惱道不能通滅不能淨如雲籠月不能妨害却煩惱已乃見法性經言滅非眞諦因滅會眞滅尚非眞三諦焉是煩惱中無菩提菩提中無煩惱是名推生滅四諦上求佛道下化衆生發菩提心推無生四諦發心者法性不異苦集但迷苦集失法性如水結爲氷無別水也達苦集無苦集即會法性苦集尚是何況道滅經言煩惱即是菩提菩提即是煩惱是名推無生四諦上求下化發菩提心推無量者夫法性者名爲實相尚非二乘境界況復凡夫出二邊表別有淨法如佛藏經十喻云云是名推無量四諦上求下化發菩提心推無作者夫法性與一切法

無二無別凡法尚是況二乘乎離凡法更求實相如避此空彼處求空即凡法是實法不須捨凡向聖經言生死即涅槃一色一香皆是中道是名推無作四諦上求下化發菩提心若推一法即洞法界達邊到底究竟橫豎事理具足上求下化備在其中方稱發菩提心菩提名道道能通到橫豎彼岸名發心波羅蜜故於推理委作淺深事理周徧下去法法例爾

摩訶止觀卷第一上

音釋

廄居又切象馬舍也 隥丁鄧切登陟之道也 刎武粉切斷也 耐乃代切忍也 鴟稱脂切鳶也 顒顒魚容切顒顒體貌敬順也 湎彌遠切溺也 騷蘇曹切騷擾憂煩也 逗音豆投也

摩訶止觀卷第一下

隋天台智者大師說
門人灌頂記

覩佛相好發心者若見如來父毋生身身相昺著明了得處輝麗灼爍毗首羯磨所不能作勝轉輪王相好纓絡世間希有天上天下無如佛十方世界亦無比願我得佛齊聖法王我度衆生無數無央是爲見應佛相好上求下化發菩提心若見如來知如來無如來若見相好知相好非相好如來及相皆如虛空空中無佛况復相好見如來非如來即見如來見相非相即見諸相願我得佛齊聖法王我度衆生無數無央是爲見勝應相好上求下化發菩提心若見如來身相一切靡所不現如明淨鏡覩衆色像一一相好凡聖不得其邊梵天不見其頂目連不窮其聲論云無形第一體非莊嚴莊嚴願我得佛齊聖法王是爲見報佛相好上求下化發菩提心若見如來知如來智深達罪福相徧照於十方微妙淨法身具相三十二一一相好即是實相實相法界具足無減願我得佛齊聖法王是爲見法佛相好上求下化發菩提心云云何見佛種種神變發菩提心若見如來依根本禪一心作一不得衆多若放一光從阿鼻獄上至有頂火光晃耀天地洞明日月戢重輝天光隱不現願我得佛齊聖法王云云若見如來依如來無生理不以二相應諸衆生能令衆生各各見佛獨在其前願我得佛齊聖法王云云若見如來依如來藏三昧正受十方塵剎起四威儀而於法性未曾動搖願我得

佛齊聖法王云云若見如來與諸神變無二無異如來作神變神變作如來無記化化化復作化不可窮盡皆不可思議皆是實相而作佛事願我得佛齊聖法王云云云何聞種種法發菩提心或從佛及善知識或從經卷聞生滅一句即解世出世法新新生滅念念遷移戒慧解脫寂靜乃眞願我得佛能說淨道云云或聞生滅即解四諦皆不生不滅空中無剌云何可拔誰苦誰集誰修誰證畢竟清淨能所寂然願我得佛能說淨道云云或聞生滅即解生滅對不生滅爲二非生滅非不生滅爲中中道清淨獨拔而出生死涅槃之表願我得佛能爲衆生說最上道獨拔而出如華出水如月處空云云或聞生滅即解生滅不生滅非生滅非不生滅雙照生滅不生滅即一而三即三而一法界祕密常樂具足願我得佛能爲衆生說祕密藏如福德人執石成寶執毒成藥云云若聞無生謂二乘無三界生菩薩未無生若聞無生謂三乘皆無三界生若聞無生二乘非分但在菩薩菩薩先無分段生次無變易生若聞無生一無生一切無生若聞無量一句例如此若聞無量謂二乘方便道四諦十六諦等以爲無量若聞無量二乘自用伏惑不能化他菩薩用此無量自去惑亦化他若聞無量謂二乘無分但在菩薩菩薩用斷界內塵沙亦伏界外塵沙若聞無量謂二乘無分但在菩薩菩薩用斷界內外塵沙亦伏無明若聞無量但在菩薩菩薩用伏斷無明若聞無作一句例亦如此若聞無作謂非佛天人脩羅所作二乘證此無作思益

云我等學於無作已作證得而菩薩不能證得云云若聞無作謂三乘皆能證得若聞無作謂非二乘境界況復凡夫菩薩破權無作證實無作若聞無作謂即權無作證實無作若得此意隨聞一句通達諸句乃至一切句一切法而無障礙云云夫一說衆解是義難明更約論偈重說之若言因緣所生法我說即是空者既言因緣所生那得即空須析因緣盡方乃會空呼方空爲即空亦名假名者有爲虛弱勢不獨立假衆緣成賴緣故假非施權之假亦名中道義者離斷常名中道非佛性中道若作如此解者雖三句皆空尚不成即空況復即假即中此生滅四諦義也若因緣所生法不須破滅體即是空而不得即假即中設作假中皆順入空何者諸法皆即空無主我故假亦即空假施設故中亦即空離斷常二邊故此三番語雖異俱順入空退非二乘析法進非別非圓乃是三獸渡河共空之意耳若謂即空即假即中者三種邐迆各各有異三語皆空者無主故空虛設故空無邊故空三種皆假者同有名字故假三語皆中者中眞中機中實故俱中此得別失圓云云若謂即空即假即中者雖三而一雖一而三不相妨礙三種皆空者言思道斷故三種皆假者但有名字故三種皆中者即是實相故但以空爲名即具假中悟空即悟假中餘亦如是當知聞於一法起種種解立種種願即是種種發菩提心此亦可解其淨土徒衆修行法滅受苦起過等發菩提心例前可解不復委記上來所說既多今以三種止觀結之然

法性尚非一法云何以三四推之今言一二三四說法性是所迷苦集是能迷能迷有輕重所迷有即離約界內外分別即有四種若集約根性取理即有一二三四不同云云若界內鈍人迷眞重苦集亦重利人迷眞輕苦集亦輕界外利鈍輕重亦如是法性是所解道滅是能解所解有即離能解有巧拙界內鈍人所解離能解則拙利人所解即能解亦巧界外利鈍即離巧拙亦如是所以者何事理旣殊昏惑亦甚譬如父子兩謂路人瞋打俱重瞋以譬集打以譬苦若謂煩惱即法性事理相即苦集則輕實非骨肉兩謂父子瞋打則薄麤細枝本通別偏不偏難易等亦如是或云界內苦集底滯爲重界外升出爲輕或界內皮惑故爲淺界外內惑故爲深或言界內隨他意故爲拙界外隨自意故爲巧或言界內稱機故爲巧界外不稱機故爲拙或言界內有能所故爲麤界外無能所故爲細或言界內小道極在化城故爲細界外大道極在寶所故爲麤或言界內客塵故爲枝界外同體故爲本或言界內在初故爲本界外在後故爲枝或言界內小大共故爲通界外獨在大故爲別或言界內偏故爲小淺故爲別界外圓故爲大無隔故爲通或言界內短故爲不偏界外周法界故爲徧或言界內在一切賢聖共故爲偏界內獨在大緣故爲不徧或言界內用二乘方便故爲難斷界外但依無礙慧故爲易斷如是等種種互說今若結之則易可解若作淺深輕重者漸次觀意也若作一實四諦不分別者圓觀意也若作更

互輕重者不定觀意也皆是大乘法相故須識之若見此意即知三種漸次顯是不定顯是圓頓顯是云問集既有四苦果何二答惑隨於解集則有四解隨於惑但感二死例如小乘惑隨於解則有見諦思惟若解隨於惑但是一分段生死耳問苦集可是因緣所生法道滅何故爾答苦集是所破道滅是能破能破從所破得名俱是因緣生法故大經云因滅無明則得熾然三菩提燈亦是因緣也問法性是所迷何故二何故四答法性隨權實是故二法性隨根緣是故四若見此意例見相聞法乃至起過例作四種分別廣說云云

○中約弘誓顯是者前推法性聞法等其義已顯為未了者更約四弘又四諦中多約解明上求下化四弘中多約願明上求下化又四諦中通約三世佛明上求下化四弘中多約未來佛明上求下化又四諦中多約諸根明上求下化四弘中專約意根明上求下化如此分別令易解得意者不俟也夫心不孤生必託緣起意根是因法塵是緣所起之心是所生法此根塵能所三相遷動竊起竊謝新新生滅念念不住睒爍如電耀遄疾若奔流色泡受沫想炎行城識幻所有依報國土田宅妻子財產一念喪失倏有忽無三界無常一篋偏苦四山合來無逃避處唯當專心戒定智慧豎破顛倒橫截死海超度有流經言我昔與汝等不見四眞諦是故久迴轉火宅如此云何耽湎縱逸嬉戲是故慈悲起四弘誓拔苦與樂如釋迦之見耕墾似彌勒之觀毀臺即其義也以明了四諦故非九縛起

四弘誓故非一脱是爲非縛非脱發眞正菩提心顯是義明矣次秖觀根塵相對一念心起能生所生無不即空妄謂心起起無自性無他性無共性無無因性起時不從自他共離來去時不向東西南北去此心不在内外兩中間亦不常自有但有名字名之爲心是字不住亦不不住不可得故生即無生亦無無生有無俱寂凡愚謂有智者知無如水中月得喜失憂大人去取都無欣慘鏡像幻化亦如是思益云苦無生集無和合道不二滅不生大經云解苦無苦而有眞諦乃至解滅無滅而有眞諦集既即空不應如彼渴鹿馳逐陽焰苦既即空不應如彼癡猴捉水中月道既即空不應言我行即空不行不即空如筏喻者法尚應捨何況非法滅既即空不應言衆生壽命誰於此滅而證彼滅生死即空云何可捨涅槃即空云何可得經言我不欲令無生法中有修道若四念處乃至八聖道我不欲令無生法中有得果若須陀洹乃至阿羅漢依例亦應言我不欲令無生法中有色受想行識我不欲令無生法中有貪欲瞋恚癡但愍念衆生興誓願拔兩苦與二樂以達苦集空故非九縛達道滅空故非一脱是爲非縛非脱發眞正菩提心顯是義明矣秖觀根塵一念心起心起即假假名之心爲迷解本謂四諦有無量相三界無別法唯是一心作心如工畫師造種種色心構六道分別校計無量種別謂如是見愛是界内輕重集相界外輕重集相如是生死是分段輕重苦相界外輕重苦相還翻此心而生於解譬如

畫師洗蕩諸色塗以墡彩所謂觀身不淨乃至觀心無常如是道品紆通化城觀身身空乃至觀心心空空中無無常乃至無不淨如是道品直通化城觀身無常無常即空乃至觀身法性非常非無常非空非不空乃至觀心亦如是如是道品紆通寶所觀身法性非淨非不淨雙照淨不淨乃至觀心法性常無常雙照常無常如是道品直通寶所是人見諦滅名須陀洹是人思惟滅名三果是人見滅名見地是人思滅名薄名離名巳辦乃至侵習名辟支佛是人見思滅名十住塵沙滅名十行十迴向無明滅名十地等覺妙覺是人見思塵沙滅名十信無明滅名十住十行十迴向十地等覺妙覺分別十六門道滅不同及一切恒沙佛法分別校計不可説不可

説如觀掌果無有僻謬皆從心生不餘處來觀此一心能通不可説心不可説心能通不可説法不可説法能通不可説非心非法觀一切心亦復如是九縛凡夫不覺不知如大富盲兒坐寶藏中都無所見動轉罣礙爲寶所傷二乘熱病謂諸珍寶是鬼虎龍蛇棄捨馳走竛竮辛苦五十餘年雖縛脱之殊俱貧如來無上珍寶起大慈悲誓願拔苦與樂是爲非縛非脱發眞正菩提心顯是義明矣次根塵相對一念心起即空即假即中者若根若塵並是法界並是畢竟空並是如來藏並是中道云何即空並從縁生縁生即無主無主即空云何即假無主而生即是假云何即中不出法性並皆即中當知一念即空即假即中並畢竟空並如來藏並實相非三而三

三而不三非合非散而合而散非非合非非散不可一異而一異譬如明鏡明喻即空像喻即假鏡喻即中不合不散合散宛然不一二三二三無妨此一念心不縱不橫不可思議非但己爾佛及衆生亦復如是華嚴云心佛及衆生是三無差別當知己心具一切佛法矣思益云愚於陰界入而欲求菩提陰界入即是離是無菩提淨名曰如來解脫當於衆生心行中求衆生即菩提不可復得衆生即涅槃不可復滅一心既然諸心亦爾一切法亦爾普賢觀云毗盧遮那徧一切處即其義也當知一切法即佛法如來法界故若爾云何復言遊心法界如虚空又言無明明者即畢竟空此舉空爲言端空即不空亦即非空非不空又言一微塵中有大千經卷心中

具一切佛法如地種如香丸者此舉有爲言端有即不有亦即非有非不有又言一色一香無非中道此舉中道爲言端即中而邊即非邊非不邊具足無減勿守語害圓誣罔聖意若得此解根塵一念心起根即八萬四千法藏塵亦爾一念心起亦八萬四千法藏佛法界對法界起法界無非佛法生死即涅槃是名苦諦一塵有三塵一心有三心一一塵有八萬四千塵勞門一一心亦如是貪瞋癡亦即是菩提煩惱亦即是菩提是名集諦翻一一塵勞門即是八萬四千諸三昧門亦是八萬四千諸陀羅尼門亦是八萬四千諸對治門亦成八萬四千諸波羅蜜無明轉即變爲明如融氷成水更非遠物不餘處來但一念心普皆具足如如意珠非有寶非無寶若

謂無者即妄語若謂有者即邪見不可以心知不可以言辯衆生於此不思議不縛法中而思想作縛於無脱法中而求於脱是故起大慈悲興四弘誓拔兩苦與兩樂故名非縛非脱發眞正菩提心前三皆約四諦爲語今約法藏塵勞三昧波羅蜜其義宛然問前簡非併言非今顯是何故併言是答所言併是者皆非縛非脱故言併是通皆上求故又次第漸入到實故言併是又實難知借權顯實故言併是此三番擬世界悉檀言併是也又權不攝實實則攝權欲令攝顯易見故言併是此一番擬爲人悉檀故言是也又一菩提心一切菩提心若不説者不知一切故言併是此一番擬對治悉檀明是若究竟而論前三是約權後一約實譬如良醫有一祕方總攝諸方阿伽陀藥功兼諸藥如食乳糜更無所須一切具足如如意珠權實顯是其義可知又一是者一大事因緣故云何爲一一實不虛故一道清淨故一切無礙人一道出生死故云何爲大其性廣博多所含容大智大斷大人所乘大師子吼大益凡聖故言爲大事者十方三世佛之儀式以此自成佛道以此化度衆生故名爲事因緣者衆生以此因感佛佛以此緣起應故言因緣又是者不可言三不可言一不可言非三非一而言三一故名不可思議是也又是者非作法非佛非天人脩羅所作常境無相常智無緣以無緣智緣無相境無相之境相無緣之智智境冥一而言境智故名無作也又是者如文殊問經云破一切發名發菩提心常隨菩提相而

發菩提心又無發而發無隨而隨又過一切破過一切隨雙照破隨名發菩提心如此三種不一不異如理如事如非理非事故名爲是若例此義無作不可思議一大事因緣等諸法門皆言破皆言隨皆言非破非隨雙照破隨又前三是上中下智所觀後一是上上智所觀前三是共後一是不共前三淺近曲後一深遠直云前三是小中大後一是大中大上中上圓中圓滿中滿實中實眞中眞了義中了義玄中玄妙中妙不可思議中不可思議若能如此簡非顯是體權識實而發心者是一切諸佛種譬如金剛從金性生佛菩提心從大悲起是諸行先如服阿娑羅藥先用清水諸行中最如諸根中命根爲最佛正法正行中此心爲最如太子生具王儀相大臣恭敬有大聲名如迦陵頻伽鳥𣪊中鳴聲已勝諸鳥此菩提心有大勢力如師子筋弦如師子乳如金剛槌如那羅延箭具足衆寶能除貧苦如如意珠雖小懈怠小失威儀猶勝二乘功德舉要言之此心即具一切菩薩功德能成三世無上正覺若解此心任運達於止觀無發無礙即是觀其性寂滅即是止止觀即菩提菩提即止觀寶梁經云比丘不修比丘法大千無唾處況受人供養六十比丘悲泣白佛我等乍死不能受人供養佛言汝起慚愧心善哉善哉一比丘白佛何等比丘能受供養佛言若在比丘數修僧業得僧利者是人能受供養四果四向是僧數三十七品是僧業四果是僧利比丘重白佛若發大乘心者復云何佛言若發大乘心求一切

智不隨數不修業不得利能受供養比丘驚問云何是人能受供養佛言是人受衣用敷大地受摶食若須彌山亦能畢報施主之恩當知小乘之極果不及大乘之初初又如來密藏經說若人父爲緣覺而害盜三寶物毋爲羅漢而汙不實事謗佛兩舌鬪賢聖惡口罵聖人壞亂求法者五逆初業之瞋奪持戒人物之貪邊見之癡是爲十惡惡者若能知如來說因緣法無我人衆生壽命無生無滅無染無著本性清淨又於一切法知本性清淨解知信入者我不說是人趣向地獄及諸惡道果何以故法無積聚法無集惱一切法不生不住因緣和合而得生起起已還滅若心生已滅一切結使亦生已滅如是解無犯處若有犯有住無有是處如百年闇室若然燈時闇不可言我是室主住此久而不肯去燈若生闇即滅其義亦如是此經具指前四菩提心若知如來說因緣法即指初菩提心若無生無滅指第二菩提心若本性清淨指第三菩提心若於一切法知本性清淨指第四菩提心初菩提心已能除重重十惡況第二第三第四菩提心耶行者聞此勝妙功德當自慶幸如闇處伊蘭得光明栴檀問因緣語通何意初觀獨當其名答以最初當名耳又因緣事相初觀爲便若言生滅者即別後三例有通別而從別受名耳○約六即顯是者爲初心是後心是答如論焦炷非初不離初非後不離後若智信具足聞一念即是信故不謗智故不懼初後皆是若無信高推聖境非已智分若無智起增上慢謂已均佛初

後俱非爲此事故須知六即謂理即名字即觀行即相似即分眞即究竟即此六即者始凡終聖始凡故除疑怯終聖故除慢大云理即者一念心即如來藏理如故即空藏故即假理故即中三智一心中具不可思議如上說三諦一諦非三非一一色一香一切法一切心亦復如是是名理即是菩提心亦是理即止觀即寂名止即照名觀名字即者理雖即是日用不知以未聞三諦全不識佛法如牛羊眼不解方隅或從知識或從經卷聞上所說一實菩提於名字中通達解了知一切法皆是佛法是爲名字即菩提亦是名字止觀若未聞時處處馳求既得聞已攀覓心息名止但信法性不信其諸名爲觀觀行即是者若但聞名口說如蟲食木偶得成字是蟲不知是字非字既不通達寧是菩提必須心觀明了理慧相應所行如所言所言如所行華首云言說多不行我不以言說但心行菩提此心口相應是觀行菩提釋論四句評聞慧具足如眼得日照了無僻觀行亦如是雖未契理觀心不息如首楞嚴中射的喻是名觀行菩提亦名觀行止觀恒作此想名觀餘想息名止云相似即是菩提者以其逾觀逾明逾止逾寂如勤射鄰的名相似觀慧一切世間治生產業不相違背所有思想籌量皆是先佛經中所說如六根清淨中說圓伏無明名止似中道慧名觀云分眞即者因相似觀力入銅輪位初破無明見佛性開寶藏顯眞如名發心住乃至等覺無明微薄智慧轉著如從初日至十四日月光垂圓闇垂盡若

人應以佛身得度者即八相成道應以九法界身得度者以普門示現如經廣說是名分眞菩提亦名分眞止觀分眞智斷究竟即菩提者等覺一轉入于妙覺智光圓滿不復可增名菩提果大涅槃斷更無可斷名果果等覺不通唯佛能通過荼無道可說故名究竟菩提亦名究竟止觀總以譬譬之譬如貧人家有寶藏而無知者知識示之即得知也耘除草穢而掘出之漸漸得近近已藏開盡取用之合六喻可解云云問釋論五菩提意云何答論竪判別位今竪判圓位會之發心對名字伏心對觀行明心對相似出到對分眞無上對究竟又用彼名名圓位發心是十住伏心是十行問住巳斷行云何伏答此用眞道伏例如小乘破見名斷思惟名伏明心是十迴向出到是十地無上是妙覺又從十住具五菩提乃至妙覺究竟五菩提故地義云從初一地具諸地功德即其義也問何意約圓說六即答圓觀諸法皆云六即故以圓意約一切法悉用六即判位餘不爾故不用之當其教用之胡爲不得而淺近非教正意也然上來簡非先約苦諦升沉世間簡耳次約四諦智曲拙淺近簡耳次約四弘行願次約六即位展轉深細方乃顯是故知明月神珠在九重淵內驪龍頷下有志有德方乃致之豈如世人麤淺浮虛競執瓦石草木妄謂爲寶末學膚受太無所知

摩訶止觀卷第一下

音釋

戢側入切斂也邐迆邐輦爾切迆養里切邐迆連接也睒失冉切晶熒貌遄淳沿切疾也構居候切合集也成也墡音善白土也竛竮竛郎丁切竮普丁切竛竮孤單貌摶徒官切揑聚也頷戶感切顄頷也

摩訶止觀卷第二上

隋天台智者大師說

門人灌頂記

二勸進四種三昧入菩薩位說是止觀者夫欲登妙位非行不階善解鑽搖醍醐可獲法華云又見佛子修種種行以求佛道行法衆多略言其四一常坐二常行三半行半坐四非行非坐通稱三昧者調直定也大論云善心一處住不動是名三昧法界是一處正觀能住不動四行爲緣觀心藉緣調直故稱三昧也一常坐者出文殊說文殊問兩般若名爲一行三昧今初明方法次明勸修方法者身論開遮口論說默意論止觀身開常坐遮行住卧或可處衆獨則彌善居一靜室或空閑地離諸喧鬧安一繩牀傍無餘座九十日爲一期結跏正坐項脊端直不動不搖不萎不倚以坐自誓肋不拄牀況復屍卧遊戲住立除經行食便利隨一佛方面端坐正向時刻相續無須臾廢所開者專坐所遮者勿犯不欺佛不負心不誑衆生口說默者若坐疲極或疾病所困或睡蓋所覆內外障侵奪正念心不能遣卻當專稱一佛名字慚愧懺悔以命自歸與稱十方佛名功德正等所以者何如人憂喜鬱怫舉聲歌哭悲笑則暢行人亦爾風觸七處成身業聲響出脣成口業二能助意成機感佛俯降如人引重自力不前假傍救助則蒙輕舉行人亦爾心弱不能排障稱名請護惡緣不能壞若於法門未了當親近解般若者如聞修學能入一行三昧面見諸佛上菩薩位誦經誦呪尚喧於靜況世

俗言語耶意止觀者端坐正念蠲除惡覺捨諸亂想莫雜思惟不取相貌但專繫緣法界一念法界繫緣是止一念是觀信一切法皆是佛法無前無後無復際畔無知者無說者若無知無說則非有非無非知者非不知者離此二邊住無所住如諸佛住安處寂滅法界聞此深法勿生驚怖此法界亦名菩提亦名不可思議境界亦名般若亦名不生不滅如是等一切法與法界無二無別聞無二無別勿生疑惑能如是觀者是觀如來十號觀如來時不謂如來爲如來無有如來爲如來亦無如來智能知如來者如來及如來智無二相無動相不作相不在方不離方非三世非不三世非二相非不二相非垢相非淨相此觀如來甚爲希有猶如虛空無有過失增長正念見佛相好如照水鏡自見其形初見一佛次見十方佛不用神通往見佛唯住此處見諸佛聞佛說法得如實義爲一切衆生見如來而不取如來相化一切衆生向涅槃而不取涅槃相爲一切衆生發大莊嚴而不見莊嚴相無形無相無見聞知佛不證得是爲希有何以故佛即法界若以法界證法界即是諍論無證無得觀衆生相如諸佛相衆生界量如諸佛界量諸佛界量不可思議衆生界量亦不可思議衆生界住如虛空住以不住法以無相法住般若中不見凡法云何捨不見聖法云何取生死涅槃垢淨亦如是不捨不取但住實際如此觀衆生眞佛法界觀貪欲瞋癡諸煩惱恒是寂滅行是無動行非生死法非涅槃法不捨諸見不捨無爲而

修佛道非修道非不修道是名正住煩惱法界也觀業重者無出五逆五逆即是菩提菩提五逆無二相無覺者無知者無分別者逆罪相實相相皆不可思議不可壞本無本性一切業緣皆住實際不來不去非因非果是爲觀業即是法界印法界印四魔所不能壞魔不得便何以故魔即法界印法界印云何毀法界印以此意歷一切法亦應可解上所說者皆是經文勸修者稱實功德獎於行者法界法是佛眞法是菩薩印聞此法不驚不畏乃從百千萬億佛所久植德本譬如長者失摩尼珠後還得之心甚歡喜四衆不聞此法心則苦惱若聞信解歡喜亦然當知此人即是見佛已曾從文殊聞是法身子曰諦了此義是名菩薩摩訶薩彌勒云是人近佛座佛覺此法故文殊云聞此法不驚即是見佛佛言即住不退地具六波羅蜜具一切佛法矣若人欲得一切佛法相好威儀說法音聲十力無畏者當行此一行三昧勤行不懈則能得入如治摩尼珠隨磨隨光證不可思議功德菩薩能知速得菩提比丘比丘尼聞不驚即隨佛出家信士信女聞不驚即眞歸依此之稱譽出彼兩經云○二常行三昧者先方法次勸修方法者身開遮口說嘿意止觀此法出般舟三昧經翻爲佛立佛立三義一佛威力二三昧力三行者本功德力能於定中見十方現在佛在其前立如明眼人清夜觀星見十方佛亦如是多故名佛立三昧十住婆沙偈云是三昧住處少中多差別如是種種相亦應須論議住處者或於初禪二

三四中間發是勢力能生三昧故名住處初禪少二禪中三四多或少時住名少或見世界少或見佛少故名少中多亦如是身開常行行此法時避惡知識及癡人親屬鄉里常獨處止不得希望他人有所求索常乞食不受別請嚴飾道場備諸供具香餚甘果盥沐其身左右出入改換衣服唯專行旋九十日爲一期須明師善内外律能開除妨障於所聞三昧處如視世尊不嫌不恚不見短長當割肌肉供養師況復餘耶承事師如僕奉大家若於師生惡求是三昧終難得須外護如毋養子須同行如共涉險須要期誓願使我筋骨枯朽學是三昧不得終不休息起大信無能壞者起大精進無能及者所入智無能逮者常與善師從事終竟三月不得念世間想欲如彈指頃三月終竟不得卧出如彈指頃終竟三月行不得休息除坐食左右爲人說經不得希望衣食婆沙偈云親近善知識精進無懈怠智慧甚堅牢信力無妄動口說默者九十日身常行無休息九十日口常唱阿彌陀佛名無休息九十日心常念阿彌陀佛無休息或唱念俱運或先念後唱或先唱後念唱念相繼無休息時若唱彌陀即是唱十方佛功德等但專以彌陀爲法門主舉要言之步步聲聲念念唯在阿彌陀佛意論止觀者念西方阿彌陀佛去此十萬億佛刹在寶地寶池寶樹寶堂衆菩薩中央坐說經三月常念佛云何念念三十二相從足下千輻輪相一一逆緣念諸相乃至無見頂亦應從頂相順緣乃至千輻輪令我亦逮是相又念

我當從心得佛從身得佛佛不用心得不用身得不用心得佛色不用色得佛心何以故心者佛無心色者佛無色故不用色心得三菩提佛色已盡乃至識已盡佛所說盡者癡人不知智者曉了不用身口得佛不用智慧得佛何以故智慧索不可得自索我了不可得亦無所見一切法本無所有壞本絕本其一如夢見七寶親屬歡樂覺已追念不知在何處如是念佛又如舍衛有女名須門聞之心喜夜夢從事覺已念之彼不來我不往而樂事宛然當如是念佛如人行大澤飢渴夢得美食覺已腹空自念一切所有法皆如夢當如是念佛數數念莫得休息用是念當生阿彌陀佛國是名如相念如人以寶倚瑠璃上影現其中亦如比丘觀骨骨起種種光此無持來者亦無有是骨是意作耳如鏡中像不外來不中生以鏡淨故自見其形行人色清淨所有者清淨欲見佛即見佛見即問問即報聞經大歡喜其二自念佛從何所來我亦無所至我所念即見心作佛心自見心見佛心是佛心是我心見佛心不自知心心不自見心心有想為癡心無想是泥洹是法無可示者皆念所為設有念亦了無所有空耳其三偈云心者不知心有心不見心心起想即癡無想即泥洹諸佛從心得解脫心者無垢名清淨五道鮮潔不受色有解此者成大道是名佛印無所貪無所著無所求無所想所有盡所欲盡無所從生無所可滅無所壞敗道要道本是印二乘不能壞何況魔邪云云婆沙明新發意菩薩先念佛色相相體相業相果相

用得下勢力次念佛四十不共法心得中勢力次念實佛得佛上勢力而不著色法二身偈云不貪著色身法身亦不著善知一切法永寂如虛空勸修者若人欲得智慧如大海令無能為我作師者於此坐不運神通悉見諸佛悉聞所說悉能受持者常行三昧於諸功德最為第一此三昧是諸佛母佛眼佛父無生大悲母一切諸如來從是二法生碎大千地及草木為塵一塵為一佛剎滿爾世界中寶用布施其福甚多不如聞此三昧不驚不畏況信受持讀誦為人說況定心修習如轂牛乳頃況能成是三昧故無量無量婆沙云劫火官賊怨毒龍獸衆病侵是人者無有是處此人常為天龍八部諸佛皆共護念稱讃皆共欲見共來其所若聞此三昧如上四番功德皆隨喜三世諸佛菩薩皆隨喜復勝上四番功德若不修如是法失無量重寶人天為之憂悲如齆人把栴檀而不齅如田家子以摩尼珠博一頭牛云云○三明半行半坐亦先方法次勸修方法者身開遮口說默意止觀此出二經方等云旋百二十帀卻坐思惟法華云其人若行若立讀誦是經若坐思惟是經我乘六牙白象現其人前故知俱用半行半坐為方法也方等至尊不可聊爾若欲修習神明為證先求夢王若得見一是許懺悔於閑靜處莊嚴道場香泥塗地及室內外作圓壇彩畫懸五色旛燒海岸香然燈敷高座請二十四尊像多亦無妨設餚饌盡心力須新淨衣鞵屩無新浣故出入著脫無令參雜七日長齋日三時洗浴初日供養僧隨

意多少別請一明了內外律者爲師受二十四戒及陀羅尼呪對師說罪要用月八日十五日當以七日爲一期決不可減若能更進隨意堪任十人已還不得出此俗人亦許須辦單縫三衣備佛法式也口說默者預誦陀羅尼呪一篇使利於初日分異口同音三徧召請三寶十佛方等父母十法王子召請法在國清百録中請竟燒香運念三業供養供養訖禮前所請三寶禮竟以志誠心悲泣雨淚陳悔罪咎竟起旋百二十帀一旋一呪不遲不疾不高不下旋呪竟禮十佛方等十法王子如是作已卻坐思惟思惟訖更起旋呪旋呪竟更卻坐思惟周而復始終竟七日其法如是從第二時略召請餘悉如常意止觀者經令思惟思惟摩訶袒持陀羅尼翻爲大祕要遮惡持善祕要秖是實相中道正空經言吾從眞實中來眞實者寂滅相寂滅相者無有所求求者亦空得者著者實者來者語者問者悉空寂滅涅槃亦復皆空一切虛空分界亦復皆空其一無所求中吾故求之如是空空眞實之法當於何求六波羅蜜中求其二此與大品十八空同大經迦毗羅城空如來空大涅槃空更無有異以此空慧歷一切事無不成觀方等者或言廣平今言方者法也般若有四種方法謂四門入清涼池即方也所契之理平等大慧即等也令求夢王即二觀前方便也道場即清淨境界也治五住糠顯實相米亦是定慧用莊嚴法身也香塗者即無上尸羅也五色蓋者觀五陰免子縛起大慈悲覆法界也圓壇者即實相不動地也

繒旛即翻法界上迷生動出之解旛壇不相離即動出不動出不相離也香燈即戒慧也高座者諸法空也一切佛皆栖此空二十四像者即是逆順觀十二因緣覺了智也餚饌者即是無常苦酢助道觀也新淨衣者即寂滅忍也瞋惑重積稱故翻瞋起忍名爲新七日即七覺也一日即一實諦也三洗即觀一實修三觀蕩三障淨三智也一師者即一實諦也二十四戒者逆順十二因緣發道共戒也呪者囑對也瓔珞明十二因緣有十種即有一百二十支一呪一支束而言之秪是三道謂苦業煩惱也令呪此因緣即是呪於三道而論懺悔事懺懺苦道業道理懺懺煩惱道文云犯沙彌戒乃至大比丘戒若不還生無有是處即懺業道文也眼耳諸根清淨即懺苦道文也第七日見十方佛聞法得不退轉即懺煩惱道文也三障去即十二因緣樹壞亦是五陰舍空思惟實相正破於此故名諸佛實法懺悔也勸修者諸佛得道皆由此法是佛父母世間無上大寶若能修行得全分寶但能讀誦得中分寶華香供養得下分寶佛與文殊說下分寶所不能盡況中上耶若從地積寶至梵天以奉於佛不如施持經者一食充軀如經廣說云云約法華亦明方法勸修方法者身開遮口說默意止觀身開爲十一嚴淨道場二淨身三三業供養四請佛五禮佛六六根懺悔七遶旋八誦經九坐禪十證相別有一卷名法華三昧是天台師所著流傳於世行者宗之此則兼於說默不復別論也意止觀者普賢觀云專誦大乘不入

三昧日夜六時懺六根罪安樂行品云於諸法無所行亦不行不分別二經本爲相成豈可執文拒競蓋乃爲緣前後互出非碩異也安樂行品護持讀誦解說深心禮拜等豈非事耶觀經明無相懺悔我心自空罪福無主慧日能消除豈非理耶南岳師云有相安樂行無相安樂行豈非就事理得如是名持是行人涉事修六根懺爲悟入弄引故名有相若直觀一切法空爲方便者故言無相妙證之時悉皆兩捨若得此意於二經無疑令歷文修觀言六牙白象者是菩薩無漏六神通牙有利用如通之捷疾象有大力表法身荷負無漏無染稱之爲白頭上三人一持金剛杵一持金剛輪一持如意珠表三智居無漏頂云云杵擬象能行表慧導行輪轉表出假如意表中牙上有池表八解是禪體通是定用體用不相離故牙端有池池中有華華表妙因以神通力淨佛國土利益衆生即是因因從通生如華由池發華中有女女表慈若無無緣慈豈能以神通力促身令小入此娑婆通由慈運如華擎女女執樂器表四攝也慈修身口現種種同事利行財法二施引物多端如五百樂器音聲無量也示喜見身者是普現色身三昧也隨所宜樂而爲現之未必純作白玉之像語言陀羅尼者即是慈熏口說種種法也皆法華三昧之異名得此意於象身上自在作法門也勸修者普賢觀曰若七衆犯戒欲一彈指頃除滅百千萬億阿僧祇劫生死之罪者欲發菩提心不斷煩惱而入涅槃不離五欲而淨諸根見障外事欲見

分身多寶釋迦佛者欲得法華三昧一切語言陀羅尼入如來室著如來衣坐如來座於天龍八部衆中説法者欲得文殊藥王諸大菩薩持華香住立空中侍奉者應當修習此法華經讀誦大乘念大乘事令此空慧與心相應念諸菩薩母無上勝方便從思實相生衆罪如霜露慧日能消除成辦如此諸事無不具足能持此經者則爲得見我亦見於汝亦供養多寶及分身令諸佛歡喜如經廣説誰聞如是法不發菩提心除彼不肖人癡暝無智者耳〇四非行非坐三昧者上一向用行坐此既異上爲成四句故名非行非坐實通行坐及一切事而南岳師呼爲隨自意意起即修三昧大品稱覺意三昧意之趣向皆覺識明了雖復三名實是一法今依經釋名覺者照了也意者心數也三昧如前釋行者心數起時反照觀察不見動轉根原終末來處去處故名覺意諸數無量何故對意論覺窮諸法源皆由意造故以意爲言端對境覺知異乎木石名爲心次心籌量名爲意了了別知名爲識如是分别墮心想見倒中豈名爲覺覺者了知心中非有意亦非不有意心中非有識亦非不有識意中非有心亦非不有心意中非有識亦非不有識識中非有意亦非不有意識中非有心亦非不有心心意識非一故立三名非三故説一性若知名非名則性亦非性非名故不三非性故不一非三故不散非一故不合不合故不空不散故不有非有故不常非空故不斷若不見常斷終不見一異若觀意者則攝心識一切法亦

爾若破意無明則壞餘使皆去故諸法雖多但舉意以明三昧觀則調直故言覺意三昧也隨自意非行非坐準此可解就此爲四一約諸經二約諸善三約諸惡四約諸無記諸經行法上三不攝者即屬隨自意也且約請觀音示其相於靜處嚴道場旛蓋香燈請彌陀像觀音勢至二菩薩像安於西方設楊枝淨水若便利左右以香塗身澡浴清淨著新淨衣齋日建首當正向西方五體投地禮三寶七佛釋尊彌陀三陀羅尼二菩薩聖衆禮已胡跪燒香散華至心運想如常法供養已端身正心結跏趺坐繫念數息十息爲一念十念成就已起燒香爲衆生故三徧請上三寶請竟三稱三寶名加稱觀世音合十指掌誦四行偈竟又誦三篇呪或一徧或七徧看時早晩誦呪竟披陳懺悔自憶所犯發露洗浣已禮上所請禮已一人登高座若唱若誦此經文餘人諦聽午前初夜其方法如此餘時如常儀若嫌闕略可尋經補益云云經云眼與色相應云何攝住乃至意與攀緣相應云何攝住者大集云如心住如即空也此文一一皆入如實之際即是如空之異名耳地無堅者若謂地是有有即實實是堅義若謂地是無是亦有亦無非有非無是事實皆是堅義今明畢竟不可得亡其堅性也水性不住者謂水爲有有即是住乃至謂水是非有非無亦即是住今不住有四句亦不住無四句中亦不住不可說中故言水性不住風性無礙者觀風爲有有即是礙乃至謂風非有非無亦無無四句故言風性無礙火大不實者

火不從自生乃至不從無因生本無自性賴緣而有故言不實觀色旣爾受想行識一一皆入如實之際觀陰旣爾十二因緣如谷響如芭蕉堅露電等一時運念令空觀成勤須修習使得相應觀慧之本不可闕也銷伏毒害陀羅尼能破報障毗舍離人平復如本破惡業陀羅尼能破業障破梵行人蕩除糞穢令得清淨六字章句陀羅尼能破煩惱障淨於三毒根成佛道無疑六字即是六觀世音能破六道三障所謂大悲觀世音破地獄道三障此道苦重宜用大悲大慈觀世音破餓鬼道三障此道飢渴宜用大慈師子無畏觀世音破畜生道三障獸王威猛宜用無畏也大光普照觀世音破阿修羅道三障其道猜忌嫉疑偏宜用普照也天人丈夫觀世音破人道三障人道有事理事伏憍慢稱天人理則見佛性故稱丈夫大梵深遠觀世音破天道三障梵是天主標主得臣也廣六觀世音即是二十五三昧大悲即是無垢三昧大慈即是心樂三昧師子即是不退三昧大光即是歡喜三昧丈夫即是如幻等四三昧大梵即是不動等十七三昧自思之可見云云此經通三乘人懺悔若自調自度殺諸結賊成阿羅漢若福厚根利觀無明行等成緣覺道若起大悲身如瑠璃毛孔見佛得首楞嚴住不退轉諸大乘經有此流類或七佛八菩薩懺或虛空藏八百日塗廁如此等皆是隨自意攝云云○二歷諸善即爲二先分別四運次歷衆善初明四運者夫心識無形不可見約四相分別謂未念欲念念念已未念名心未起

欲念名心欲起念名正緣境住念已名緣境謝若能了達此四即入一相無相問未念未起已念已謝此二皆無心無心則無相云何可觀答未念雖未起非畢竟無如人未作作後便作作不可以未作作故便言無人若定無人後誰作作以有未作作人則將有作作心亦如是因未念故得有欲念若無未念何得有欲念是故未念雖未有不得畢竟無念也念已雖滅亦可觀察如人作竟不得言無若定無人前誰作作念已心滅亦復如是不得言永滅若永滅者則是斷見無因無果是故念已雖滅亦可得觀問過去已去未來未至現在不住若離三世則無別心觀何等心答汝問非也若過去永滅畢竟不可知未來未起不可知現在無住不可知云何諸聖人知三世心鬼神尚知自他三世云何佛法行人起斷滅遍毛兔角見當知三世心雖無定實亦可得知故偈云諸佛之所說雖空亦不斷相續亦不常罪福亦不失若起斷滅如盲對色於佛法中無正觀眼空無所獲行者既知心有四相隨心所起善惡諸念以無住著智反照觀察也次歷善事善事衆多且約六度若有諸塵須捨六受若無財物須運六作捨運共論有十二事初論眼受色時未見欲見見見見已四運心皆不可見亦不得不見又反觀覺色之心不從外來外來於我無預不從內出內出不待因緣旣無內外亦無中間不常自有當知覺色者畢竟空寂所觀色與空等能觀色者與盲等乃至意緣法未緣欲緣緣緣已四心皆不可得反觀覺法之心不

外來不内出無法塵無法者悉與空等是爲覺六受觀云云眼根色塵空明各各無見亦無分别因緣和合生眼識眼識因緣生意識意識生時即能分别依意識則有眼識眼識能見見已生貪貪染於色毁所受戒此是地獄四運意實愛色覆諱言不此鬼道四運於色生著而計我我所畜生四運我色他色我勝他劣阿修羅四運他惠我色不與不取於此色上起仁讓貞信明等五戒十善人天四運觀四運心心相生滅心心不住心心三受心心不自在心心屬因緣二乘四運觀已四運過患如此觀他四運亦復如是即起慈悲而行六度所以者何六受之塵性相如此無量刼來頑愚保著而不能捨捨不能亡今觀塵非塵於塵無受觀根非根於己無著觀人叵得亦無受者三事皆空名檀波羅蜜金剛般若云若住色聲香味觸法布施是名住相布施如人入闇則無所見不住聲味布施是無相施如人有目日光明照見種種色直言不見相略猶難解今不見色有相無相亦有無相非有無相若處處著相引之令得出不起六十二見乃名無相檀到於彼岸一切法趣檀成摩訶衍是菩薩四運又觀四運與虚空等即常不受四運即樂不爲四運起業即我四運不能染即淨是佛法四運如是四運雖空空中具見種種四運乃至徧見恒沙佛法成摩訶衍是爲假名四運若空不應具十法界法界從因緣生體復非有非有故空非空故有不得空有雙照空有三諦宛然備佛知見於四運心具足明了觀聲香味觸法五受

四運心圓覺三諦不可思議亦復如是準前可知不復煩記

摩訶止觀卷第二上

音釋

盥古玩切澡手也　觳居候切取牛乳也　齆烏貢切鼻塞病也　鞵雄皆切華生鞮也　屩訖約切屐也　浣合管切濯衣垢也

摩訶止觀卷第二下

隋　天　台　智　者　大　師　説
門　人　灌　頂　記

次觀六作行檀者觀未念行欲行行行已四運遲速皆不可得亦不見不可得反觀覺心不外來不内出不中間不常自有無行無行者畢竟空寂而由心運役故有去來或爲毁戒或爲誑他或爲眷屬或爲勝彼或爲義讓或爲善禪或爲涅槃或爲慈悲捨六塵運六作方便去來舉足下足皆如幻化怳惚虚忽亡能亡所千里之路不謂爲遥數步之地不謂爲近凡有所作不唐其功不望其報如此住檀攝成一切恒沙佛法具摩訶衍能到彼岸又觀一運心十法具足一不定一故得爲十十不定十故得爲一非一非十雙照一十一念心中具足三諦住坐卧語默作作亦復如是準前可知故法華云又見佛子名衣上服以用布施以求佛道即此義也前約十二事共論檀今約一一事各各論六行者行時以大悲眼觀衆生不得衆生相衆生於菩薩得無怖畏是爲行中檀於衆生無所傷損不得罪福相是名尸行時心想不起亦無動搖無有住處陰入界等亦悉不動是名忍行時不得舉足下足心無前思後覺一切法中無生住滅是名精進不得身心生死涅槃一切法中無受念著不味不亂是名禪行時頭等六分如雲如影夢幻響化無生滅斷常陰界入空寂無縛無脱是名般若具如首楞嚴中廣説又行中寂然有定相若不察之於定生染貪著禪味今觀定心心尚無心定在何處

當知此定從顛倒生如是觀時不見於空及與不空即破定相不生貪著以方便生是菩薩解行者未悟或計我能觀心謂是妙慧著慧自高是名智障同彼外道不得解脫即反照能觀之心不見住處亦無起滅畢竟無有觀者及非觀者觀者既無誰觀諸法不得觀心者即離觀想大論云念想觀已除戲論心皆滅無量衆罪除清淨心常一如是尊妙人則能見般若大集云觀於心心即此意也如是行中具三三昧初觀破一切種種有相不見內外即空三昧次觀能壞空相名無相三昧後觀不見作者即無作三昧又破三倒三毒越三有流伏四魔怨成波羅蜜攝受法界增長具足一切法門豈止六度三三昧而已矣若於行中具足一切法者餘十一事亦復如是次更歷六塵中兢持謹潔如擎油鉢一滴不傾又於六作中威儀肅肅進退有序但名持戒持戒果報升出受樂非是三昧不名波羅蜜若得觀慧於十二事尸羅自成謂觀未見色欲見見見已四運心種種推求不得所起之心亦不得能觀之心不內外無去來寂無生滅其一能如是觀身口七支淨若虛空是持不缺不破不穿三種律儀戒破四運諸惡覺觀即持不雜戒也不爲四運所亂即持定共戒也四運心不起即持道共戒也分別種種四運無滯即持無著戒也分別四運不謬即持智所讚戒也知四運攝一切法即持大乘自在戒也識四運四德即持究竟戒其二心既明淨雙遮二邊正入中道雙照二諦不思議佛之境界具足無減其三色者色法受者

不可得三事皆亡即檀於色色者安心不動名忍色色者無染無閒名毗梨耶不爲色色者所亂名禪色色者如幻如化名般若色色者如虛空名空三昧不得此空名無相三昧無能無所名無作三昧何但三諦六度三空一切恒沙佛法皆例可解觀色塵旣爾餘五塵亦然六受六作亦如是法華云又見佛子威儀具足以求佛道即此義也次歷忍善者還約作受皆有違順順是可意違不可意於違不瞋於順不愛無見無見者無作無作者皆如上說次歷精進善舊云精進無別體但篤衆行義而推之應有別體例無明通入衆使更別有無明今且寄誦經勤策其心以擬精進晝夜不虧乃得滑利而非三昧慧今觀氣息觸七處和合出聲如響不內不外無能誦所誦悉以四運推檢於塵不起受者於緣不生作者煩惱不間誦說念念流入大涅槃海是名精進云云次歷諸禪根本九想背捨等但是禪非波羅蜜觀入定四運尚不見心何處有定即達禪實相以禪攝一切法故論第五解八想竟明十力四無所畏一切法諸論師不達玄旨咸謂論誤未應說此此是論主明八想作摩訶衍相故廣釋諸法耳云云次歷智慧者釋論八種解般若今且約世智用觀六受六作四運推世智叵得皆如上說約餘一切善法亦如是問若一法攝一切法者但用觀即足何須用止一度即足何用五度耶答六度宛轉相成如被甲入陣不可不密云云觀如燈止如密室浣衣刈草等云云又般若爲法界徧攝一切亦不須餘法餘法爲法界亦

攝一切亦不須般若又般若即諸法諸法即般若無二無別云云○三以隨自意歷諸惡事者夫善惡無定如諸蔽爲惡事度爲善人天報盡還墮三塗已復是惡何以故蔽度俱非動出體皆是惡二乘出苦名之爲善二乘雖善但能自度非善人相大論云寧起惡癩野干心不生聲聞辟支佛意當知生死涅槃俱復是惡六度菩薩慈悲兼濟此乃稱善雖能兼濟如毒器貯食食則殺人已復是惡三乘同斷此乃稱好而不見別理還屬二邊無明未吐已復是惡別教爲善雖見別理猶帶方便不能稱理大經云自此之前我等皆名邪見人也邪豈非惡唯圓法名爲善善順實相名爲道背實相名非道若達諸惡非惡皆是實相即行於非道通達佛道若於佛道生著不消甘露道成非道如此論善惡其義則通今就別明善惡事度是善諸蔽爲惡善法用觀已如上說就惡明觀今當說前雖觀善其蔽不息煩惱浩然無時不起若觀於他惡亦無量故修一切世間不可樂想時則不見好人無好國土純諸蔽惡而自纏裹縱不全有蔽而偏起不善或多慳貪或多犯戒多瞋多怠多嗜酒味根性易奪必有過患其誰無失出家離世行猶不備白衣受欲非行道人惡是其分羅漢殘習何況凡夫凡夫若縱惡蔽摧折俯墜永無出期當於惡中而修觀慧如佛世時在家之人帶妻挾子官方俗務皆能得道央掘摩羅彌殺彌慈祇陀末利唯酒唯戒和須蜜多婬而梵行提婆達多邪見即正若諸惡中一向是惡不得修道者如此諸人

永作凡夫以惡中有道故雖行衆蔽而得成聖故知惡不妨道又道不妨惡須陀洹人婬欲轉盛畢陵尚慢身子生瞋於其無漏有何損益譬如虛空中明暗不相除顯出佛菩提即此意也若人性多貪欲穢濁熾盛雖對治折伏彌更增劇但恣趣向何以故蔽若不起不得修觀譬如綸釣魚強繩弱不可爭牽但令鉤餌入口隨其遠近任縱沉浮不久收獲於蔽修觀亦復如是蔽即惡魚觀即鉤餌若無魚者鉤餌無用但使有魚多大唯佳皆以鉤餌隨之不捨此蔽不久堪任乘御云何爲觀若貪欲起諦觀貪欲有四種相未貪欲貪欲正貪欲貪欲已爲當未貪欲滅欲貪欲生爲當未貪欲不滅欲貪欲生亦滅亦不滅欲貪欲生非滅非不滅欲貪欲生若未滅欲生爲即爲離即滅而生生滅相違若離而生生則無因未貪不滅而欲生者爲即爲離若即即二生相並生則無窮若離生亦無因若亦滅亦不滅而欲生者若從滅生不須亦不滅若從不滅生不須亦滅不定之因那生定果若其體一其性相違若其體異本不相關若非滅非不滅而欲貪生雙非之處爲有爲無若雙非是有何謂雙非若雙非是無無那能生如是四句不見欲貪欲生還轉四句不見未貪欲滅欲貪欲生不生亦生亦不生非生非不生亦如上說觀貪欲蔽畢竟空寂雙照分明皆如上說是名鉤餌若蔽恒起此觀恒照亦不見起亦不見照而起而照一其又觀此蔽因何塵起色耶餘耶因何作起行耶餘耶若因於色爲未見欲見見見已若因於行

未行欲行行行已爲何事起爲毀戒耶爲眷屬耶爲虛誑耶爲嫉妬耶爲仁讓耶爲善禪耶爲涅槃耶爲四德耶爲六度爲三三昧耶爲恒沙佛法耶（其二）如是觀時於塵無受者於緣無作者而於塵受根緣雙照分明幻化與空及以法性不相妨礙所以者何若蔽礙法性法性應破壞若法性礙蔽蔽應不得起當知蔽即法性蔽起即法性起蔽息即法性息無行經云貪欲即是道恚癡亦如是如是三法中具一切佛法若人離貪欲而更求菩提譬如天與地貪欲即菩提淨名云行於非道通達佛道一切衆生即菩提相不可復得即涅槃相不可復滅爲增上慢說離婬怒癡名爲解脫無增上慢者說婬怒癡性即是解脫一切塵勞是如來種山海色味無二無别即

觀諸惡不可思議理也（其三）常修觀慧與蔽理相應譬如形影是名觀行位能於一切惡法世間産業皆與實觀不相違背是相似位進入銅輪破蔽根本本謂無明本傾枝折顯出佛性是分證眞實位乃至諸佛盡蔽源底名究竟位於貪蔽中竪具六即横具諸度一切法例如上（云云）次觀瞋蔽若人多瞋鬱鬱勃勃相續恒起斷不得斷伏亦不伏當恣任其起照以止觀觀四種相瞋從何生若不得其生亦不得其滅歷十二事瞋從誰生誰是瞋者所瞋者誰如是觀時不得瞋來去足迹相貌空寂觀瞋十法界觀瞋四德如上說（云云）是爲於瞋非道通達佛道觀犯戒懈亂邪癡等蔽及餘一切惡事亦如是〇四觀非善非惡即是無記蠢蠢之法所以須觀此者有人根性

性不作善復不作惡則無隨自意出世因緣奈此人何大論云無記中有般若波羅蜜者即得修觀也觀此無記與善惡異耶同耶同則非無記異者爲記滅無記生記不滅無記生記亦滅亦不滅無記生記非滅非不滅無記生求記不可得何況無記與記同異耶非同故不合非異故不散非合故不生非散故不滅又歷十二事中爲何處生無記爲誰故生無記誰是無記者如此觀時同虛空相又無記一法生十法界及一切法又無記即法性法性常寂即止義寂而常照即觀義於無記非道通達佛道無記爲法界橫攝諸法豎攝六位高廣具足例如上說復次但約最後善明隨自意此是次第意若善惡俱明隨自意即是頓意若約𢇁㲲之善明隨自意此則

不定意云云○復次四種三昧方法各異理觀則同但三行方法多發助道法門又動障道隨自意旣少方法少發此事若但解方法所發助道事相不能通達若解理觀事無不通又不得理觀意事相助道亦不成得理觀意事相三昧任運自成若事相行道入道場得用心出則不能隨自意則無間也方法局三理觀通四云云問上三三昧皆有勸修此何獨無答六蔽非道即解脫道鈍根障重者聞已沈沒若更勸修失旨逾甚淮河之北有行大乘空人無禁捉蛇者今當說之其先師於善法作觀經久不徹放心向惡法作觀獲少定心薄生空解不識根緣不達佛意純將此法一向教他教他旣久或逢一兩得益者如蟲食木偶得成字便以爲證謂是事實餘爲妄

語笑持戒修善者謂言非道純教諸人徧造衆惡盲無眼者不別是非神根又純煩惱復重聞其所說順其欲情皆信伏隨從放捨禁戒無非不造罪積山岳遂令百姓忽之如草國王大臣因滅佛法毒氣深入于今未改史記云周末有被髮袒身不依禮度者遂犬戎侵國不絕如綖周姬漸盡又阮籍逸才蓬頭散帶後公卿子孫皆斆之奴狗相辱者方達自然撙節兢持者呼爲田舍是爲司馬氏滅相宇文邕毀廢亦由元嵩魔業此乃佛法滅之妖怪亦是時代妖怪何關隨自意意何以故如此愚人心無慧解信其本師又慕前達決謂是道又順情爲易恣心取樂而不改迷譬如西施本有心病多喜顰呻百媚皆轉更益美麗鄰女本醜而斆其顰呻可憎彌劇貧者遠徙富者杜門穴者深潛飛者高逝彼諸人等亦復似是狂狗逐雷造地獄業悲哉可傷旣嗜欲樂不能自止猶如蒼蠅爲唾所黏浪行之過其事略爾其師過者不達根性不解佛意佛說貪欲即是道者佛見機宜知一種衆生底下薄福決不能於善中修道若任其罪流轉無已令於貪欲修習止觀極不得止故作此說譬如父母見子得病不宜餘藥須黃龍湯鑿齒瀉之服已病愈佛亦如是說當其機快馬見鞭影即到正路貪欲即是道佛意如此若有衆生不宜於惡修止觀者佛說諸善名之爲道佛具二說汝今云何呵善就惡若其然者汝則勝佛公於佛前灼然違反復次時節難起王事所拘不得修善令於惡中而習止觀汝今無難無拘何意純用乳

藥毒他慧命故阿含中放牛人善知好濟令牛群安隱若好濟有難急不獲已當從惡濟惡濟多難百不全一汝今無事幸於好濟善道驅牛何爲惡道自他沈没破壞佛法損失威光誤累衆生大惡知識不得佛意其過如是復次夷險兩路皆有能通爲難從險善惡俱通審機入蔽汝棄善專惡能通達非道何不蹈躡水火穿逾山壁世間險路尚不能通何況行惡而會正道豈可得乎又不能知根緣直是一人即時樂善即時樂惡好樂不定何況無量人邪而純以貪欲化他淨名云我念聲聞不觀人根不應説法二乘不觀尚自差機況汝盲瞑無目師心者乎自是違經不當機理何其愚惑頓至於此若見有人不識機宜行説此者則戒海死屍宜依律擯治無令毒樹生長者宅云云復次檢其惡行事即偏邪汝謂貪欲即是道陵一切女而不能瞋恚即是道害一切男唯愛細滑觸是道畏於打拍苦澀觸則無有道行一不行一一有道一無道癡闇如漆偏行汙損譬如死屍穢好花園云云難其偏行如前或將水火刀杖向之其即默然或答云而汝不見我常能入此乃違心無慚愧語亦不得六即之意所以須説此者上三行法勤策事難宜須勸修隨自意和光入惡一往則易宜須誡忌如服大黄湯應備白飲而補止之云云問中道正觀以一其心行用即足何須紛紜四種三昧歷諸善惡經十二事水濁珠昏風多浪鼓何益於澄靜耶答譬如貧窮人得少便爲足更不願好者若一種觀心心若種種當柰之何此則自行爲

失若用化他他之根性舛互不同一人煩惱已自無量何況多人譬如藥師集一切藥擬一切病一種病人須一種藥治一種病而怪藥師多藥汝問似是煩惱心病無量無邊如爲一人衆多亦然云何一人若人欲聞四種三昧聞之歡喜須徧爲說是爲世界以聞四種次第修行能生善法即具說四是各各爲人或宜常坐中治其諸惡乃至隨自意中治其諸惡是名對治是人具須四法豁然得悟是第一義秖爲一人尚須四說云何不用耶若爲多人者一人樂常坐三非所欲一人欲常行三非所樂徧赴衆人之欲即世界悉檀也餘三悉檀亦如是又約一種三昧亦具四悉檀意若樂行即行樂坐即坐行時若善根開發入諸法門是時應行若坐時心地清涼

喜悅安快是時應坐若坐時沈昏則抖擻應行行時散動疲困是則應坐若行時悅爲虛寂是則應行若坐時湛然明利是時應坐餘三例爾云云問善扶理可修止觀惡乖理云何修止觀答大論明根遮有四一根利無遮二根利有遮三根鈍無遮四根鈍有遮初句上品佛世之時身子等是其人也行人於善法中修止觀者以勤修善法未來無遮常習止觀令其根利若過去具此二義今生薄修即得相應從觀行位入相似眞實今生不得入者昔無二義今約善修令未來疾入次句得道根利而罪積障重佛世之時闍王央掘示其人也逆罪遮重應入地獄見佛聞法豁爾成聖以根利故遮不能障今時行人於惡法中修止觀者即此意也以起惡故未來有遮

修止觀故後世根利若遇知識鞭入正道云何而言惡法乖理不肯修止觀耶次根鈍無遮者佛世之時周利槃特示是其人雖三業無過根性極鈍九十日誦鳩摩羅偈智者身口意不造於諸惡繫念常現前不樂著諸欲亦不受世間無益之苦行今時雖持戒行善不學止觀未來無遮而悟道甚難後句者即一切行惡之人又不修止觀者是也不修止觀故不得道根鈍千徧爲說亢然不解多造罪惡遮障萬端如癩人身痺針刺徹骨不知不覺但以諸惡而自纏裹以是義故善雖扶理道由止觀惡雖乖理根利破遮唯道是尊豈可爲惡而廢止觀大經云於戒緩者不名爲緩於乘緩者乃名爲緩應具明緩急四句合上根遮義也云云又經云寧作提婆達多不作鬱頭藍弗即其義也應勤聽思修初無休息如醉婆羅門剃頭戲女披袈裟云云○第三爲明菩薩清淨大果報故說是止觀者若行違中道即有二邊果報若行順中道即有勝妙果報設未出分段所獲華報亦異七種方便況眞果報邪香城七重橋津如畫即其相也此義在後第八重中當廣分別問次第禪門明修證與此果報云何同異答修名習行證名發得又修名習因證名習果皆即生可獲今論果報隔在來世以此爲異二乘但有習果無有果報大乘具有云云○第四爲通裂大網諸經論故說是止觀者若人善用止觀觀心則內慧明了通達漸頓諸教如破微塵出大千經卷恒沙佛法一心中曉若欲外益衆生逗機設教者隨人堪任稱彼而說乃至

成佛化物之時或爲法王說頓漸法或爲菩薩或爲聲聞天魔人鬼十法界像對揚發起或爲佛所問而廣荅頓漸或扣機問佛佛荅頓漸法輪此義至第九重當廣說攝法中亦略示○第五歸大處諸法畢竟空故說是止觀者夫膠手易著寤夢難惺封文齊意自謂爲是競執瓦礫謂瑠璃珠近事顯語猶尚不識況遠理密教寧當不惑爲此意故須論旨歸旨歸者文旨所趣也如水流趣海火炎向空識密達遠無所稽滯譬如智臣解王密語聞有所說皆悉了知到一切智地得此意者即解旨歸旨者自向三德歸者引他同入三德故名旨歸又自入三德名歸令他入三德名旨故名旨歸令更總別明旨歸諸佛爲一大事因緣出現於世示種種像咸令衆生同見法身見法身已佛及衆生俱歸法身又佛說種種法咸令衆生究竟如來一切種智種智具已佛及衆生俱歸般若又佛現種種方便神通變化解脫諸縛不令一人獨得滅度皆以如來滅度而滅度之旣滅度已佛及衆生俱歸解脫大經云安置諸子祕密藏中我亦不久自住其中是名總相旨歸別相者身有三種一者色身二者法門身三者實相身若息化論歸者色身歸解脫法門身歸般若實相身歸法身般若說有三種一說道種智二說一切智三說一切種智若息化論歸道種智歸解脫一切智歸般若一切種智歸法身解脫有三種一解無知縛二解取相縛三解無明縛若息化歸眞解無知縛歸解脫解取相縛歸般若解無明縛歸法身以是義故

别相旨歸亦歸三德祕密藏中復次三德非三非一不可思議所以者何若謂法身直法身者非法身也當知法身亦身非身非身非非身住首楞嚴種種示現作衆色像故名爲身所作辦已歸於解脱智慧照了諸色非色故名非身所作辦已歸於般若實相之身非色像身非法門身是故非身非非身所作辦已歸於法身達此三身無一異相是名爲歸説此三身無一異相是名爲旨俱入祕藏故名旨歸若謂般若直般若者非般若也當知般若亦知非知非知非非知道種智般若徧知於俗故名爲知所作辦已歸於解脱一切智般若徧知於眞故名非知所作辦已歸於般若一切種智般若徧知於中故名非知非非知所作辦已歸於法身達三般若無一異相是名爲歸説三般若無一異相是名爲旨俱入祕藏故名旨歸若謂解脱直解脱者非解脱也當知解脱亦脱非脱非脱非非脱方便淨解脱調伏衆生不爲所染故名爲脱所作辦已歸於解脱圓淨解脱不見衆生及解脱相故名非脱所作辦已歸於般若性淨解脱則非脱非非脱所作辦已歸於法身若達若説如此三脱非一異相俱入祕藏故名旨歸復次三德非新非故而新而故所以者何三障障三德無明障法身取相障般若無知障解脱三障先有名之爲故三德破三障今始得顯故名爲新三障即三德三德即三障三障即三德三障非故三德即三障三德非新非新而新則有發心所得之三德乃至究竟所得之三德非故而故則有發心所治之

三障乃至究竟所治之三障新非新故非故則有理性之三德若總達三德非新非故而新而故無一異相爲他亦然即是旨歸祕密藏中又說者無明先有名爲故法身是明破於無明名爲新無明即明明即無明無明即明無明非故明即無明明則非新取相先有名之爲故無相破相無相名新相即無相無相即相何新何故無知先有名之爲故知破無知知名爲新無知即知知即無知何新何故若達總別新故無一異相若爲他說亦復如是是名旨歸入祕密藏縱横開合始終等例皆如是復次旨歸亦復如是謂旨非旨非旨非非旨歸非歸非歸非非歸一一悉須入祕密藏中例上可解旨自行故非旨化他故非旨非非旨無自他故旨歸三德寂靜若此

有何名字而可說亦不知何以名之強名中道實相法身非止非觀等亦復強名一切種智平等大慧般若波羅蜜觀等亦復強名首楞嚴定大涅槃不可思議解脫止等當知種種相種種說種種神力一一皆入祕密藏中何等是旨歸旨歸何處誰是旨歸言語道斷心行處滅永寂如空是名旨歸至第十重中當廣說也

摩訶止觀卷第二下

音釋

悗 詡往切　刈 疑肺切芟草也　瞪瞢 瞪都鄧切瞢母亘切瞪瞢不明也　綖 私箭切縷也　斆 後教切學也　撙 祖本切裁抑也　黏 尼占切相著也　舛 尺兗切錯亂也　抖擻 抖當口切擻蘇后切抖擻振舉也　潷 必至切冷濕病也　寱 研計切寐中有言也

摩訶止觀卷第三上

隋 天台 智者 大師 說

門人 灌頂 記

第二釋止觀名者大途梗概已如上說復以何義立止觀名略有四一相待二絕待三會異四通三德一相待者止觀各三義息義停義對不止止義息義者諸惡覺觀妄念思想寂然休息淨名曰何謂攀緣謂緣三界何謂息攀緣謂心無所得此就所破得名是止息義停義者緣心諦理繫念現前停住不動仁王云入理般若名爲住大品云以不住法住般若波羅蜜中此就能止得名即是停止義對不止以明止者語雖通上意則永殊何者上兩止對生死之流動約涅槃論止息心行理外約般若論停止此約智斷通論相待今別約諦理論相待無明即法性法性即無明無明亦非止非不止而喚無明爲不止法性亦非止非不止而喚法性爲止此待無明之不止喚法性而爲止如經法性非生非滅而言法性寂滅法性非垢非淨而言法性清淨是爲對不止而明止也觀亦三義貫穿義觀達義對不觀觀義貫穿義者智慧利用穿滅煩惱大經云利钁斲地磐石砂礫直至金剛法華云穿鑿高原猶見乾燥土施功不已遂漸至泥此就所破得名立貫穿觀也觀達義者觀智通達契會眞如瑞應云息心達本源故號爲沙門大論云清淨心常一則能見般若此就能觀得名故立觀達觀也對不觀觀者語雖通上意則永殊上兩觀亦通對生死彌密而論貫穿迷惑昏盲而論觀達此通約

智斷相待明觀今别約諦理無明即法性法性即無明無明非觀非不觀而喚無明爲不觀法性亦非觀非不觀而喚法性爲觀如經云法性非明非闇而喚法性爲明第一義空非智非愚而喚第一義空爲智是爲對不觀而明觀也是故止觀各從三義得名○二絶待明止觀者即破前三相待止觀也先横破次竪破若止息止從所破得名者照境爲正除惑爲傍既從所離得名名從傍立即墮他性若停止止從能破得名照境爲正除惑爲傍既言能照名從智生即墮自性若非妄想息故止非住理故止智斷因緣故止名從合生即墮共性若非所破非能破而言止者此墮無因性故龍樹曰諸法不自生亦不從他生不共不無因是故説無生無生止觀豈從四句立名四句立名是因待生可思可説是結惑生可破可壞起滅流動之生何謂停止迷惑顛倒之生何謂觀達耶又竪破者若從四句生者即是生生非止觀也若能止息見思停住眞諦此乃待生生説生不生之止觀耳若以空心入假止息塵沙停住俗理此乃待生不生説不生生之止觀耳若止息無明停心中理此是待生死涅槃二邊不止而論止觀耳皆是待對可思議生結惑可破壞尚未是止何况不止猶自非觀何况不觀何以故遣執不盡故言語道不斷故業果不絶故今言絶待止觀者絶横竪諸待絶諸思議絶諸煩惱諸業諸果絶諸教觀證等悉皆不生故名爲止止亦不可得觀冥如境境既寂滅清淨尚無清淨何得有觀止觀尚無何得待

不止觀說於止觀待於止觀說不止觀待止不止說非止非不止故知止不止皆不可得非止非不止亦不可得待對旣絕即非有爲不可以四句思故非言說道非心識境旣無名相結惑不生則無生死則不可破壞滅絕絕滅故名絕待止顛倒想斷故名絕待觀亦是絕有爲止觀乃至絕生死止觀絕待止觀則不可說若有四悉檀因緣故亦可得說若有世界因緣則會異而說若有爲人因緣則通三德而說若有對治因緣則相待而說若有第一義因緣則絕待而說說爲止觀此之名字不在內外兩中間亦不常自有是字不住亦不不住是字不在橫四句豎四句中故言是字不住亦不在無橫無豎中故言亦不不住是字不可得故故名絕待止觀亦名不思議止觀亦名無生止觀亦名一大事止觀故如此大事不對小事譬如虛空不因小空名爲大也止觀亦爾不因愚亂名爲止觀無可待對獨一法界故名絕待止觀也世人約種種語釋絕待義終不得絕何以故凡情馳想種種推畫分別悟與不悟心與不心凡聖差別絕則待於不絕不思議待思議輪轉相待絕無所寄若得意亡言心行亦斷隨智妙悟無復分別亦不言悟不悟聖不聖心不心思議不思議等種種妄想緣理分別皆名爲待眞慧開發絕此諸待絕即復絕如前火木名爲絕待故淨名云諸法不相待乃至一念不住故即此意也若爾絕待乃是聖境初心無分今以六即望之初心無所失聖境無所濫三會異者如此絕待止觀亦名不可思議

亦名爲大大經云大名不可思議也諸餘經論或名遠離或名不住不著無爲寂滅不分別禪定棄除捨等如是一切皆是止之異名止既絕大不可思議遠離等皆絕大不可思議餘處或名知見明識眼覺智慧照了鑒達等如是一切皆是觀之異名觀既絕大不可思議知見等皆絕大不可思議所以者何般若是一法佛說種種名解脫亦爾多諸名字亦如虛空無所有不動無礙當知三德秖是一法隨衆生類爲之立異字若聞絕待慎莫驚畏若聞會異慎莫疑惑而自毀傷也又止觀自相會者止亦名觀亦名不止觀亦名止亦名不觀即前釋名意同也○四通三德者若衆經異名皆是止觀者名則無量義亦無量何故但以三義釋止觀耶爲對三德作此釋耳諸法無量何故獨對三德大論云菩薩從初發心常觀涅槃行道大經云佛及衆生皆悉安置祕密藏中祕藏即是涅槃涅槃即是三德三德即是止觀自他初後皆得修入故用對之耳若用兩字共通三德者止即是斷斷通解脫觀即是智智通般若止觀等者名爲捨相捨相即是通於法身又止即奢摩他觀即毗婆舍那他那等故即憂畢叉通三德如前問止觀是二法豈得通不思議三德耶答還以不思議止觀故得通耳又大品明十八空釋般若百八三昧釋禪雖前後兩釋豈可禪無般若般若無禪特是不二而二二則不二不二即法身二即定慧如此三法未曾相離是故大經云佛性有五種名或名首楞嚴或名般若今非止非觀或名爲止或名

爲觀即是不思議止觀通於不思議三德復次止觀各通三德者止中有觀觀中有止如止息止是止善屬定門攝即通解脱停止止是行善屬觀門攝即通般若非止止屬理攝即通法身其義可見也貫穿觀是止善定門攝即通解脱觀達觀是行善觀門攝即通般若非觀觀理攝即通法身意亦可見復次止觀共通三德者止息止貫穿觀皆從所離得名即通解脱停止止觀達觀皆從能緣之智得名即通般若非止止非觀觀皆名法性即通法身復次三德通於止觀者還以三德共通兩字又應三德各通兩字三德共通者解脱通止般若通觀法身通非止非觀三德各通止觀者夫解脱者具足解脱具有三種方便淨解脱通止息止圓淨解脱通停止止性淨解脱通非止止夫般若者具足般若具有三種道慧般若通貫穿觀道種慧般若通觀達觀一切種慧般若通非觀觀具足法身亦有三種色身通一止一觀法門身通一止一觀實相身通一止一觀其義可見也若信三德絶大不思議通義既明須信止觀絶大不思議若信涅槃三法具足名祕密藏亦信三止具足名大寂定名祕密藏亦信三觀具足名大智慧名祕密藏亦信非止非觀三法具足名祕密藏若信三德不縱不横不並不別如三點三目者亦信三止三觀不縱不横不並不別也而諸經赴緣偏舉一法以示義端如首楞嚴偏舉止邊止具一切法不減少亦名祕密藏智度法華偏舉觀邊觀具一切法不減少涅槃舉三法具足法亦不多亦名祕

密藏止觀亦爾若開若合開亦不多合亦不少一一皆是法界攝一切法悉名祕密藏徧舉尚爾況圓舉耶止觀通三德既爾通諸異名遠離知見等亦如是又通諸三名所謂三菩提三佛性三寶等一切三法亦如是問云何字義縱橫云何字義不縱不橫答諸小乘師說般若種智已圓果縛尚在解脫未具身猶雜食又帶無常一優二劣譬之橫川走火又云先有相好之身次得種智般若後滅身智方具解脫既有上下前後之義譬之縱三點水若入滅定有身而無智羅漢在無色有智而無身若入無餘但有孫調解脫此義各各不相關並之則橫累之則縱分之則異諸大乘師說法身是正體有佛無佛本自有之非適今也了因般若無累解脫此二當有隔生跨世彌亘淨穢此字義縱也又言三德無前後一體具足以體從義而有三異蓋乃體橫而義縱耳又言體義俱不殊而有隱顯之異俱不異未免橫隱顯異未免縱衆釋如此寧與經會今明三德皆不可思議那忽縱皆不可思議那忽橫皆不可思議那忽一皆不可思議那忽異此約理藏釋身常智圓斷具一切皆是佛法無有優劣故不縱三德相冥同是一法界出法界外何處更別有法故不橫能種種建立故不一同歸第一義故不異此約行因釋也即一而三故不橫即三而一故不縱不三而三故不一不一而一故不異此約字用釋也眞伊字義爲若此問三德四德其意云何答通論三德一一皆常樂我淨大經云諸佛所師所謂法也以法常故諸佛

亦常法即法身佛即般若解脫故作通解也大經云因滅是色獲得常色受想行識亦復如是則法身皆常樂我淨二德亦然若依一種轉色成法身法身常樂轉識想成般若般若即淨轉受行成解脫解脫則我又依念處轉識成常轉受成樂轉想行成我轉色成淨是則通別各有二解依圓是頓義依別是漸義云云問三障及三道皆障三德三障開通至極三道四倒亦應開通至極答例何者業有三種謂漏業無漏業非漏非無漏業感於三報謂分段方便實報報由三種煩惱謂取相塵沙無明也又約三種報一一開三道約三種煩惱一一開四倒○第三釋止觀體相者既知大意豁達如前名字曠遠若向須識體理淵玄粗寄四意顯體一教相二眼智三境界四得失夫理藉教彰教法既多故用相顯入理門不同故用眼智顯諦有權實故用境界顯人有差會故用得失顯法華疏用四一明實今以四科顯體可得相類教相顯者夫止觀名教通於凡聖不可尋通名求於別體故用相簡之若凡夫止善所治是止相行善所生是觀相又四禪四無量心是止相六行是觀相此等皆未免生死即有漏為相故大論云除摩黎山餘無出栴檀除三乘智慧餘無真智慧故非今所論也若二乘以九想十想八背捨九次第定多是事禪一往止相有作四諦慧是觀相此之止觀雖出生死而是拙度滅色入空此空亦得名止亦得名非止非不止而不得名觀何以故灰身滅智故不名觀但是析法無漏為相非今所論也巧度

止有三種一體眞止二方便隨緣止三息二邊分別止一體眞止者諸法從緣生因緣空無主息心達本源故號爲沙門知因緣假合幻化性虛故名爲體攀緣妄想得空即息空即是眞故言體眞止二方便隨緣止者若三乘同以無言說道斷煩惱入眞眞則不異但言煩惱與習有盡不盡若二乘體眞不須方便止菩薩入假正應行用知空非空故言方便分別藥病故言隨緣心安俗諦故名爲止經言動止心常一亦得證此意也三息二邊分別止者生死流動涅槃保證皆是偏行偏用不會中道今知俗非俗俗邊寂然亦不得非俗空邊寂然名息二邊止此三止名雖未見經論映望三觀隨義立名釋論云菩薩依隨經教爲作名字名爲法施立名無咎若能尋經得名即懸合此義也詳此三止與前釋名名髣髴同其相則異同者止息止似體眞停止止似方便隨緣非止止似息二邊其相則別所謂三諦相也前三成次三後一具前三何以故如體眞止時達因緣假名空無生流動惡息是名止息義停心在理正是達於因緣是停止義此理即眞眞即本源本源不當止與不止是非止止此三義共成體眞止相若方便止時照假自在散亂無知息是止息義停心假理如淨名入三昧觀比丘根性分別藥病是停止義假理不動是非止止如是三義共成方便隨緣止相也息二邊時生死涅槃二相俱息是止息義入理般若名爲住緣心中道是停止義此實相理非止不止是不止止義如此三義共成息二邊止相故

與前永異也亦非今所用也次明觀相觀有三從假入空名二諦觀從空入假名平等觀二觀爲方便道得入中道雙照二諦心心寂滅自然流入薩婆若海名中道第一義諦觀此名出瓔珞經所言二諦者觀假爲入空之詮空由詮會能所合論故言二諦觀又會空之日非但見空亦復識假如雲除發障上顯下明由眞假顯得是二諦觀今由假會眞何意非二諦觀又俗是所破眞是所用若從所破應言俗諦觀若從所用應言眞諦觀破用合論故言二諦觀又分别有三種一約教有隨情二諦觀約行有隨情智二諦觀約證有隨智二諦觀初觀之功雖未契眞得有隨教隨行論二諦觀問初觀破用合受名第二觀亦破用亦應言二諦耶答前已受二諦名後

雖破用更從勝者受平等名也問第三觀亦破用何不更從勝受名答前兩觀有滯故更破更用第三觀無滯但從用受名不得一例問前二觀俱觀二諦亦應俱入二諦答初爲破病故觀假爲用眞故觀眞是故俱觀一用一不用故不俱入問眞及中俱得稱諦界內外俗俗則非理云何稱諦答地持明二法性一事法性性差别故二實法性性眞實故即二諦之異名既俱得稱法性何意不得俱稱諦問若爾俱稱涅槃答經云貧人得寶乃至獼猴得酒又非想定即世俗涅槃即其義也問若爾俱無漏耶答論云世間正見出世正見問若爾俱無生耶答經云異相互無問從假入空必須破假而入空耶答通途應有四句不破入破入破不入不破不入乃至三十

六句如後說從空入假名平等觀者若是入空尚無空可有何假可入當知此觀爲化衆生知眞非眞方便出假故言從空分别藥病而無差謬故言入假平等者望前稱平等也前觀破假病不用假法但用眞法破一不破一未爲平等後觀破空病還用假法破用旣均異時相望故言平等也今當譬之如盲初得眼開見空見色雖見於色不能分别種種卉木根莖枝葉藥毒種類從假入空隨智之時亦見二諦而不能用假若人眼開後能見空見色即識種類洞解因緣麤細藥食皆識皆用利益於他此譬從空入假亦眞眞俗正用於假爲化衆生故名爲入假復言平等意如前說中道第一義觀者前觀假空是空生死後觀空空是空涅槃雙遮二邊是名二空觀爲方便道得會中道故言心心寂滅流入薩婆若海又初觀用空後觀用假是爲雙存方便入中道時能雙照二諦故經言心若在定能知世間生滅法相前之兩觀爲二種方便意在此也問大經云定多慧多俱不見佛性此義云何答次第三觀二乘及通菩薩有初觀分此屬定多慧少不見佛性别教菩薩有第二觀分此屬慧多定少亦不見佛性二觀爲方便得入第三觀則見佛性問經言十住菩薩以慧眼故見不了了非全不見初觀是慧眼位第二觀是法眼位云何而言兩眼全不見耶答彼次第眼偏定偏慧佛之所呵不可言其見也所言慧眼見者其名乃同實是圓教十住之位三觀現前入三諦理名之爲住呼住爲慧眼耳故法華云願得如世尊

慧眼第一淨如斯慧眼分見未了故言如夜見色空中鵞鴈非二乘慧眼得如此名故法華中譬如有人穿鑿高原唯見乾土施功不已轉見濕土遂漸至泥後則得水乾土譬初觀濕土譬第二觀泥譬第三觀水譬圓頓觀又譬於教三藏教不詮中道如乾土通教如濕土別教如泥圓教詮中道如水二教之所不詮二行之所不到偏空慧眼寧得見性若見性者無有是處此三觀與前三觀名一往似同義相則異同者前是貫穿觀諸虛妄似從假入空也前觀達觀達理理和達事事和似入假平等觀也前不觀觀似中道也其相異者前是一諦相今是三諦相又前三觀通成後三後三具前三所以者何如從假入空破四住磐石此豈非貫穿義所入之空空即是理智能顯理即觀達義此之空理即是非觀觀義如此三義共成入空觀相也從空入假亦具三義何以故識假名法破無知障即是貫穿義照假名理分別無謬即觀達義假理常然即不觀觀義也此三義共成假觀相中道之觀亦具三義空於二邊即貫穿義正入中道即觀達義中道法性即不觀觀義如此三義共成中道觀相此依摩訶衍明三止三觀之相以義隨相條然各別若論三觀則有權實淺深若論三智則有優劣前後若論三人則有諸位大小此則次第分張非今所用也圓頓止觀相者以止緣於諦則一諦而三諦以諦繫於止則一止而三止譬如三相在一念心雖一念心而有三相止諦亦如是所止之法雖一而三能止之心雖三而一也

以觀觀於境則一境而三境以境發於觀則一觀而三觀如摩醯首羅面上三目雖是三目而是一面觀境亦如是觀三即一發一即三不可思議不權不實不優不劣不前不後不並不別不大不小故中論云因緣所生法即空即假即中又如金剛般若云如人有目日光明照見種種色若眼獨見不應須日若無色者雖有日眼亦無所見如是三法不異時不相離眼喻於止日喻於觀色喻於境如是三法不前不後一時論三三中論一亦復如是若見此意即解圓頓教止觀相也何但三一一三總前諸義皆在一心其相云何體無明顛倒即是實相之眞名體眞止如此實相徧一切處隨緣歷境安心不動名隨緣方便止生死涅槃靜散休息名息二邊止體一切諸假悉皆是空空即實相名入空觀達此空時觀冥中道能知世間生滅法相如實而見名入假觀如此空慧即是中道無二無別名中道觀體眞之時五住磐石砂礫一念休息名止息義心緣中道入實相慧名停止義實相之性即非止非不止義又此一念能穿五住達於實相實相非觀亦非不觀如此等義但在一念心中不動眞際而有種種差別經言善能分別諸法相於第一義而不動雖多名字蓋乃般若之一法佛說種種名衆名皆圓諸義亦圓相待絶待對體不可思議不可思議故無有障礙無有障礙故具足無減是圓頓教相顯止觀體也○二明眼智者體則非知非見非因非果說之已自難何況以示人雖叵知見由於眼智則可知見雖非因

果由因果顯止觀爲因智眼爲果因是顯體之遠由果是顯體之近由其體冥妙不可分別寄於眼智令體可解今先明次第眼智者三止三觀爲因所得三智三眼爲果三止者若體眞止妄惑不生因止發定定生無漏慧眼開故見第一義眞諦三昧成故止能成眼眼能見體得眞體也若隨緣止冥眞出假心安俗諦因此止故得陀羅尼陀羅尼分別藥病法眼豁開破障通無知常在三昧不以二相見諸佛土則俗諦三昧成是則止能發眼眼能得體得俗體也若息二邊止則生死涅槃空有雙寂因於此止發中道定佛眼豁開照無不徧中道三昧成故止能得眼眼能得體得中道體也三觀者若從假入空空慧相應即能破見思惑成一切智智能得體得眞體也若從空入假分別藥病種種法門即破無知成道種智智能得體得俗體也若雙遮二邊爲入中方便能破無明成一切種智智能得體得中道體也是則三止三觀共成三眼三智各得三體是故顯體而談眼智即此意也問眼見智知知見異耶答此應四句分別知而非見見而非知亦知亦見不知不見凡夫不證故不見不聞故不知二乘人證故亦見聞故亦知支佛證故是見不聞故不知方便道人聞故是知未證故不見復次信行人因聞故有慧因慧故發無漏得一切智此智因聞故稱智知法行人思惟得定因定發無漏成慧眼此眼因禪故稱眼見然知見同證眞諦從所因處仍本受名故言知見也此就慧眼一切智作此分別餘二眼二智例爾

若一心眼智則不如此若明不次第止觀眼智者如前所說止即是觀觀即是止無二無別得體近由亦如是眼即是智智即是眼眼故論見智故論知知即是見見即是知佛眼具五眼佛智具三智王三昧一切三昧悉入其中首楞嚴定攝一切定大品云欲得道慧道種慧一切智一切種智當學般若問釋論云三智在一心中云何言欲得道慧等當學般若答實爾三智在一心中爲向人說令易解故作如此說耳金剛般若云如來有肉眼不答云有乃至如來有佛眼不答云有雖有五眼實不分張秖約一眼備有五用能照五境所以者何佛眼亦能照麤色如人所見亦過人所見名肉眼亦能照細色如天所見亦過天所見名天眼達麤細色空如二乘所見名慧眼達假名不謬如菩薩所見名法眼於諸法中皆見實相名佛眼當知佛眼圓照無遺故經云五眼具足成菩提永與三界作父毋而獨稱佛眼者如衆流入海失本名字非無四用也佛智照空如二乘所見名一切智佛智照假如菩薩所見名道種智佛智照空假中皆見實相名一切種智故言三智一心中得故知一心三止所成三眼見不思議三諦此見從止得故受眼名一心三觀所成三智知不思議三境此智從觀得故受智名境之與諦左右異耳見之與知眼目殊稱不應別說今將境來顯智令三觀易明用諦來目眼使三止可解雖作三說實是不可思議一法耳用此一法眼智得圓頓止觀體也如此解釋本於觀心實非讀經安置次比爲避人

嫌疑爲增長信幸與修多羅合故引爲證耳
○三明境界者若得能顯眼智中意無俟所顯諦境之說爲未解者更此一科夫信行尚多聞因此分別以會圓妙法行宗深觀緣此思惟以見正境耳就此爲二一明說境意二明諸境離合經云爲諸衆生開佛知見若無中境智無所知眼無所見當知應有佛眼境也經云世執有眞天眼者不以二相見諸佛土若無俗境此眼不應見於佛土經云天眼開闢慧眼見眞故知應有慧眼境也此三諦理不可思議無決定性實不可說若爲緣說不出三意一隨情說即隨他意語二隨情智說即隨自他意語三隨智說即隨自意語云何隨情說三諦如盲不識乳便問他言乳色何似他人答言色白如貝粖雪鶴等雖聞此說亦不能了乳之眞色是諸盲人各各作解競執貝粖而起四諍凡情愚翳亦復如是不識三諦大悲方便而爲分別或約有門明三諦如盲聞貝或約空門明三諦如盲聞粖或作空有門明三諦如盲聞雪或作非空非有門明三諦如盲聞鶴雖聞此說未即諦理是諸凡夫終不能見常樂我淨眞實之相雖未得見各執空有互相是非所以常途解二諦者二十三家家家不同各各異見皆引經論莫知孰是若言併是理則無量若言併非悉有所據爲此義故執自非他雖飲甘露傷命早夭經稱文殊彌勒未悟之時共諍二諦兩墮地獄今世凡情偏執一文鏗然固著雖謂爲能恐乖佛旨如是等人皆未識隨情三諦若識此意聞種種說即知如來俯逐根情根

情既多說不一種此即是隨他意而說三諦也隨情智說三諦者就情說二就智說一若爾不得一所論三此就凡情凡情悉是方便雖即一而三但束爲二若就聖智聖智皆是實得雖即一而三但束爲一情智相望故言三諦如相似位人六根淨時猶未發眞見於中道雖觀三諦約位往明但破四住及塵沙惑既證方便道但束爲二諦若入初住破無明見佛性雙照二諦方稱爲智亦具三諦但束爲中道第一義諦情智合論即是隨自他意語也隨智說三諦者從初住去非但說中絕於視聽眞俗亦然三諦玄微唯智所照不可示不可思聞者驚怪非內非外非難非易非相非非相非是世法無有相貌百非洞遣四句皆亡唯佛與佛乃能究盡言語道斷心行處滅不可以凡情圖想若一若三皆絕情望尚非二乘所測何況凡夫如乳眞色眼開乃見徒費言語盲終不識如是說者名爲隨智說三諦相也即是隨自意語今更引經中所明二諦文顯成三諦之說若言凡夫人即能體達因緣生於觀解豈非隨情說俗體因緣即空豈非隨情說眞若如此者即是隨情說二諦也若言凡夫心所見名爲俗諦聖人心所見名爲眞諦如此說者豈非隨情智說二諦也若言凡夫行世間不知世間相凡夫尚不知世間之俗那得知眞故知二諦皆非凡情所識如此說者豈非隨智說二諦二諦既有三番說三諦例此可解疑者若言佛常依二諦說法故有三番二諦意今亦例此佛常好中道降胎出生出家成道入滅皆在中

夜一色一香無非中道若說中道豈不三意赴緣耶又一一說各具四悉檀意隨情中四意者夫諦理不可說說必寄言言必昇情情必欣悅或聞眞歡喜或聞俗歡喜或聞中歡喜此即是隨情中用世界悉檀意也夫衆生便宜不同或聞說無戒慧增長或聞說有戒慧增長或聞說中戒慧增長此即隨情中用爲人悉檀意也夫行者破惡不同或聞有法能破睡眠覺觀等或聞無法能破睡散等或聞中法能破睡散等此即隨情中用對治悉檀意也夫衆生入悟不同或聞無開解或聞有超悟或聞中發徹乃至觀心亦爾或說有觀悦如雲影或作無觀泯失身心或作中觀神智明白如是等種種不同應在一不在二應在二不在一故云佛說生法於無生法得度佛說無生法於生法得度此即是用第一義悉檀意也故法華云佛知衆生種種欲種種行種種性種種憶想即此四意何故爾種種欲是隨世界種種性是生善種種行是對治種種憶想是第一義何故性屬生善行屬對治破惡耶若通論性善有冥有顯行惡亦有冥有顯今從義便善是冥伏惡是彰露如佛未出時三乘善根冥伏不現故言善性冥也若聞三諦此善發生故知種種性應屬生善可對爲人悉檀也又佛未出時諸衆生惡行彰顯邪非僻倒過失現前佛爲破此惡故說於三諦故知種種行屬破惡即對治悉檀也種種憶想是第一義者想是慧數僻故成心倒見倒等若遇知識正此想慧即成三不倒佛欲正其此慧故說三諦即第一義也隨

情說三諦既具四意隨情智隨智說三諦例此可解是則三四十二種說三諦不同豈可以凡情局聖謂唯一種執諍自毀耶若知聖說無崖終不是此非彼起增上慢高舉稜層如有智盲人莫諍乳色懃行方便慚愧有羞以三止證三眼見三法獲三智知三諦見中分明雙照曉了如雲除發障上顯下明爾時乃可諦審是非決定師子吼也私謂隨情是併與隨情智是半與半奪隨智是併奪何者如聖語凡云汝今心想即是俗能體達俗虛即是眞豈非併與相汝今所知百千推盡皆是俗唯聖所知乃是眞豈非半與半奪相夫二諦者凡人併不識上聖獨能知此豈非併奪此釋易解故錄之二明境智離合者先境次智衆經說諦或四三二一離合不同今當

通說三藏是方便之教但明二諦菩薩初心中心緣眞伏於四住今煩惱脂消三阿僧祇修六度行使功德身肥百劫種相好獲五神通得法眼照俗諦分別根性調熟衆生而作佛事後心坐道場三十四心斷見思惑盡此三十四心八忍八智九無礙九解脫合爲三十四心也又經言一念六百生滅成論師云一念六十刹那秖是一念從假入空得慧眼照眞諦而得成佛前已照俗次復照眞二諦雙明與弟子異菩薩但照俗不照眞二乘但照眞不照俗佛能兼俱更加中道第一義諦三藏二諦已是方便於二諦上更加中道方便之上更復方便照見此諦更加佛眼知此諦故更加一切種智離則有二合則有三是爲三藏法中二諦三諦離合之相也次三乘

人同以無言說道斷煩惱論諦離合者俗諦則同眞諦則異大論云空有二種一但空二不但空大經云二乘之人但見於空不見不空智者非但見空能見不空不空即大涅槃二乘但空智如螢火菩薩之人智慧如日旣空異智別則有兩諦之殊而今合爲一眞諦二乘體假入眞秖入但空不能從但空入假無化他之用菩薩體假入但眞能從但空入假化度衆生淨佛國土上根菩薩體假入眞前入但空次入不但空則破無明見佛性與前眞永別豈可同爲一眞諦耶昔莊嚴家云佛果出二諦外得此片意而作義不成不知佛智別照何境別斷何惑若得今意出外義則成開善家云佛果不出二諦外不能動異二乘作義復不成若得此意不出義亦成古來名此爲風流二諦意在此但空不但空合時秖是一眞諦離時成兩眞諦與三藏家異彼三藏第三諦但有中道名無別體眼無別見智無別知今則不爾第三諦亦名眞諦亦名中道第一義諦有別體別見別知是爲通教二諦三諦離合之相也次別教明二諦與前求異前之眞俗合爲別家之俗俗者是世界隔別俗有眞無凡夫爲俗諦所攝二乘爲眞諦所攝旣有有無之異故稱爲俗勝鬘名二乘作空亂意衆生大經云我與彌勒共論世諦五百聲聞謂說眞諦若論二諦俗諦不開若作三諦開有爲俗開無爲眞對不但空爲第一義諦是爲別教離合之相也

摩訶止觀卷第三上

音釋

梗概梗古杏切概居代切梗概大率也钁厥縛切大鉏也斲竹角切劚也卉許貴切草之總名也

摩訶止觀卷第三下

隋天台智者大師說

門人灌頂記

次圓教但明一實諦大經云實是一諦方便說三今亦例此實是一諦方便說三法華云更以異方便助顯第一義耳是爲圓教二諦三諦一諦離合之相也次明四諦離合者前三諦二諦一諦皆豎辯四諦則橫論則有四種四諦謂生滅無生滅無量無作等生滅四諦即是橫開三藏二諦也無生四諦即是橫開通教二諦也無量四諦即是橫開別教二諦也無作四諦即是橫開圓教一實諦也今將中觀論合此四番四諦論云因緣所生法者即生滅四諦也我說即是空即無生四諦也亦爲是假名即無量四諦也亦名中道義即無作四諦也二明智離合者諸經或說一智二三四乃至十一智等若說三智可用觀三諦如其增減當云何觀一智者經云一切諸如來同共一法身一心一智慧力無畏亦然唯一佛智即一切種智一相寂滅相種種行類相貌皆知名一切種智此智觀三諦者若言一相寂滅相即是觀於中道若言種種行類相貌皆知者即是雙照二諦也若二智者所謂權實權即一切智道種智觀於有無兩諦也實即一切種智觀於中道諦也三智觀三諦可解不說四智者如大品明道慧道種慧一切智一切種智釋論解此有多種或因中但有理體名爲道慧道種慧果上事理皆滿名一切智一切種智或言因中權實故言道慧道種慧入空爲實慧入假爲權慧或

言果上權實故言一切智一切種智直緣中道名一切智雙照二諦名一切種智或言因中總別果上總別或言道慧道種慧是單明權實一切智一切種智是複明權實如是等種種釋四智四智秪是照三諦也若經中有明五諦六七八九乃至無量者但得此意釋之使入三諦也十一智者世智他心智兩種照俗諦八智觀眞諦如實智觀中道是名智有離合而三諦不動復次智諦俱開者隨其多少自相攝如三諦即有三智二諦即有二智此義可解又智諦俱不開者且據一諦一智不增不減此亦可解若智雖開合終是實智能顯實體也次約諦智合辯者三藏眞諦發一眼一智俗諦發一眼一智兩諦共發一眼一智慧眼一切智緣眞諦法眼道種智緣俗諦佛眼一切種智共緣眞俗兩諦不得道雙照秪得道前後共照耳通教眞諦發二眼二智俗諦發一眼一智一切智一切種智共緣眞諦道種智緣俗諦若作別接通者俗諦發一眼一智眞諦發一眼一智開眞出中發一眼一智智緣諦亦如是別教三諦一一諦各發一眼一智智緣諦亦如是若別教作二諦者俗中空發一眼一智俗中有發一眼一智眞諦發一眼一智智緣諦亦如是圓教者一實諦發三眼三智智緣諦亦如是問云何以別接通答初空假二觀破眞俗上惑盡方聞中道仍須修觀破無明能八相作佛此佛是果仍前二觀爲因故言以別接通耳不以此佛果接三阿僧祇百劫種相之因故不接三藏不將此果接十地之因故不接別不將

此果接十住斷無明故不接圓唯得以別接通其義如此○四明得失者失即思議得即不思議也若言智由心生自然照境如炬照物若照未照此物本有若觀不觀境自天然諦智不相由藉若言智不自智由境故智境不自境由智故境如長短相待此是相由而有若言境不自境亦不由智故境境智因緣故境智亦例然此是共合得名若言皆不如上三種但自然而爾即是無因境智此四解皆有過所以者何有四取則有依倚依倚則是非是非則愛恚愛恚生一切煩惱煩惱生故戲論諍競生諍競生故起身口意業業生故輪迴苦海無解脫期當知四取是生死本故龍樹伐之諸法不自生那得自境智無他生那得相由境智無共生那得因緣境智無

無因生那得自然境智若執四見著愚惑紛綸何謂爲智今以不自生等破四性性破故無依倚乃至無業苦等清淨心常一則能見般若以是義故自境智苦集不生即是生生不可說故身子默然乃至無因境智苦集不生不生不可說故淨名杜口言語道斷心行處滅雖不可說有四悉檀因緣故亦可得說或說自生境智乃至或說無因境智雖作四說性執久破如前但有名字名字無性無性之字是字不住亦不不住是爲不可思議故金光明云不可思議智境不可思議智照即此意也若破四性境智此名實慧若四悉檀赴緣說四境智者此名權慧如是境智凡夫兩失二乘一得一失菩薩兩得何以故凡夫有四性自行爲失無四悉檀化他

爲失二乘破四性入第一義自行爲得不度衆生化他爲失菩薩具足是故兩得又凡夫兩失是思議失二乘一得一失俱是思議菩薩兩得俱不思議此約通教辯得失若別望通通教兩得俱是思議別教兩得俱不思議若圓望別別教教道兩得俱是思議何以故教門方便或言無明生一切法或言法性生一切法或言緣修顯眞修或言眞自顯執此還成性過墮可思議中也若證道者即不思議也若圓教教證俱不思議何故爾至理無說爲緣四說但有假名假名之名名即無生故教證俱不可思議也無思無念故無依倚戲論結業無業故無生死是名自行爲得得於實體能以不可說說化導衆生令出生死得於實體是爲自他俱得體也○第四明攝法者疑者謂止觀名略攝法不周今則不然止觀總持徧収諸法何者止能寂諸法如灸病得穴衆患皆除觀能照理如得珠王衆寶皆獲具足一切佛法大品有百二十條及一切法皆言當學般若般若秖是觀智觀智已攝一切法又止是王三昧一切三昧悉入其中今更廣論攝法即爲六意一攝一切理二攝一切惑三攝一切智四攝一切行五攝一切位六攝一切教此六次第者有佛無佛理性常住由迷理故起生死惑順理而觀是故論智解故立行由行故證位位滿故教他事理解行因果自他等次第皆止觀攝盡也○一以三止三觀攝一切理者理是諦法如上開合偏圓不同權實之外更無別理除摩黎山餘無栴檀若更有者即是妄語旣以止觀

顯體即攝一切理也○二止觀攝一切惑者以迷諦故起生死惑迷即無明若迷權理則有界內相應獨頭等無明與見思諸使合者名相應不相應者名獨頭是事不知故起貪不知者是無明起貪是行貪者是識識共四陰起是名色色動諸根是六入六入所著是觸觸隨順塵是受受所喜樂是愛愛俱生纏是取造當來生業是有未來陰起是生陰熟是老捨陰是死是十二輪更互爲因果煩惱通業業通苦苦通煩惱故名三道成論云前行後三中後行前七中七是業復是道能通後世後三非業而能通七亦得是道經中亦呼爲十二牽連十二輪束縛不窮故名爲輪三世間隔故名分段覆眞諦理不得解脫此即是病說病即知藥藥即從假入空止觀觀藥即知病故此惑爲入空止觀所攝也若迷實理則有界外相應獨頭等無明所以者何界內雖斷相應獨頭而習氣猶在小乘中習非正使大乘實說習即別惑是界外無明也故寶性論云二乘之人雖有無常苦空無我等對治於佛法身猶是顛倒顛倒即是無明獨頭無漏智業爲行三種意生身亦是五種意生身意即是識身即名色六入觸受無明細惑戲論未究竟滅即是愛取煩惱染業染生染未究竟即是有三種意因移即是生其果變易即是老死束此十二是無漏界中四種障謂緣相生壞緣即煩惱道相即業道生壞即苦道故知界外有十二因緣所以者何降佛已下皆有無明無明潤業業既被潤那得無苦此十二輪雖不退界墮下不妨從無

明輪至老死從老死輪至無明障於實理良由此惑此惑爲入假入中兩觀所治更料簡之何以故三種意生身凡有多種若析體二乘及通菩薩等先斷界内惑盡而未曾修習假中者生於界外界外惑全未被伏其根則鈍若於彼習觀時必須次第歷劫修行學恒沙佛法先破塵沙塵沙雖不潤生能障化道故須前斷斷此惑者止是調心方便伏界外惑進斷三道相應獨頭枝本皆去故知假觀正攝得塵沙亦攝得無明若别圓二人通惑先盡别惑被伏生彼界者神根即利但修中觀治彼三道從於初地乃至後地地地中皆有三道地地無明分分滅業滅苦滅地地相應去時獨頭亦去地地雖有智智與無明雜故亦得呼爲智障障上分智故唯佛心中

無無明則煩惱道盡煩惱道盡故業盡業盡故苦盡三道究竟唯在如來是故中觀攝得界外惑也〇三止觀攝一切智者諸智離合如前所説三觀往收無不畢盡世智不照理十一智中已攝若廣明二十智者亦爲三觀所攝也〇四止觀攝一切行者前智是解解而無行終無所至行有兩種所謂慧行行行若三藏中慧行行行乃至圓中慧行行行慧行是正行行行是助行毗婆舍那能破煩惱復須奢摩他力助正知見正助兩行隨智而轉如足隨眼若三藏中無常析觀是慧行不淨慈心等是行行此兩行隨析智入空也若通中體法如幻化是慧行歷一切法數息念處緣事止觀是行行此兩行隨體法智入空也若爲化衆生修道種智緣俗理屬慧行緣

俗事者屬行行此兩行隨道種智入假也若中道縁於實相一道清淨是慧行歷一切法門諸度皆是摩訶衍十二因縁即是佛性念處即是坐道場等是行行此兩行隨中智入實相也復次根本四禪定慧等故兩攝欲界定少慧多觀攝中間亦爾四空定多慧少止攝四無量心前三心觀攝捨心止攝九想八念十想觀攝八背捨前三背捨觀攝後五止攝九次第定師子奮迅超越等是止攝四念處是慧性觀攝若作四意止説者作心記録不淨等此屬止攝而終是觀爲主四正勤爲成念處一往觀攝若兩惡不生止攝兩善爲生觀攝四如意足從四因縁得定即果爲名止攝五根信進慧三根觀攝念定止攝又信念兩屬五力亦如是七覺分擇法喜進等觀攝除捨定止攝念通兩處八正正見正思惟觀攝正業正語正命屬戒即止攝正念正定正精進止攝四諦三諦是有爲行屬觀門滅諦是無爲行屬止門十六行皆是觀門四弘誓依四諦起如彼十八不共法三業隨智慧行觀攝三無失止攝知三世觀攝餘可知四無畏者一切智無畏屬觀攝漏盡止攝至處道觀攝障道止攝三三昧門止攝三解脱門觀攝六度者前三是功德止攝後三是智慧觀攝又五度功德止攝般若觀攝又六度皆是功德莊嚴止攝乃至九種大禪百八三昧皆屬止攝十八空十喻五百陀羅尼皆觀攝如是等一切慧行行無不爲止觀所攝當知止觀名略攝義則廣〇五攝一切位者若云一地即二地二地即三地寂滅眞如有何

次位此則無有次位又大乘經中處處皆說一切地位良以無生無滅正慧無所得能治煩惱業苦三道若淨於無爲法中而有差別次位何嫌若析法入空有無二門所斷三道如毗曇所明七賢七聖四沙門果成論所明二十七賢聖等差別位相乃至非有非無門位皆爲析空觀攝若體法四門入空所斷三道如大品明三乘共位乾慧乃至八地悉同入空止觀攝若從空入假修歷別行不得意者成三十心伏惑之位即用空假兩觀攝若得意能破三道成十地位即第三觀攝或純用假觀攝乃至四門亦如是若圓信解行即事而眞從觀行入相似進破無明開示悟入佛之知見凡四十二位同乘寶乘直至道場涅槃說十五日月光用轉顯譬其智德十六日月光用漸減譬其斷德亦如十四般若是因位十五如妙覺是果位皆用中觀攝乃至四門亦如是問大乘不明地位止觀何所攝耶答大乘經論皆明地位汝畏地位入無地位不免無縛文字性離即是解脫雖說地位即無地位中論云如外人破世間因果則無今世後世破出世因果則無三寶四諦四沙門果無何等三寶見既不滅則無三藏中三寶四諦四沙門果尚不得拙度道果何處有後三番三寶四諦四沙門果此斥外道全無四番三寶等也若斥拙度者但有三藏中三寶四諦四沙門果無後三番道果也如我所破者即有三寶四諦四沙門果何者析破界內煩惱業苦即有三藏三寶四諦四沙門果若體破者即有三番三寶四諦四沙門果點

此一語治內之留滯破外以閑邪去二邊之邪小正三寶四諦則立云何言無邪但有位無位非證不了令但信教教有則階位宛然教無則豁同空淨無句義是菩薩句義點空論位位不可得不應生諍也又約中論偈四句亦得有地位義偈云因緣所生法我說即是空者即破煩惱業苦便有須陀洹若智若斷是菩薩無生法忍六地齊二乘七地爲方便十地爲如佛此位自明云何言無偈亦名爲假名者是漸次破界外三道即有四十二賢聖位云何言無偈亦名中道義即是圓破五住便有六即之位云何言無秖用四句攝一切位一切位不出四句四句不出止觀故言攝位也○六攝一切教者毗婆沙云心能爲一切法作名字若無心則無一切名字當知世出世名字悉從心起若觀心辟越順無明流則有一切諸惡教起所謂僧佉衞世九十五種邪見教生亦有諸善教起五行六甲陰陽八卦五經子史世智無道名教皆從心起云何出世名教皆從心起堅意寶性論云有一大經卷如三千大千世界大記大千世界事如中如小四天下三界等大者皆記其事在一微塵中一塵既然一切塵亦爾一人出世以淨天眼見此大經卷而作是念云何大經在微塵內而不饒益一切衆生即以方便破出此經以益於他如來無礙智慧經卷具在衆生身中顛倒覆之不信不見佛教衆生修八聖道破一切虛妄見已智慧與如來等此約微塵附有爲喻又約空爲喻者發菩提心論云譬如有人見佛法滅以如來十二

部經仰書虛空究然具足一切衆生無有知者久久之後更有一人遊行於空見經嗟咄云何衆生不知不見即便寫取示導衆生云何寫經謂令衆生修八正道破虛妄等修有多種若觀心因緣生滅無常修八正道者即寫三藏之經若觀心因緣即空修八聖道即寫通教之經若觀心分別校計有無量種凡夫二乘所不能測法眼菩薩乃能見之是修無量八正道即寫別教之經若觀心即是佛性圓修八正道即寫中道之經明一切法悉出心中心即大乘心即佛性自見巳智慧與如來等又觀心即假即中者即攝華嚴之經若觀心因緣生法生滅者即攝三藏四阿含教如乳之經若觀心即空者即攝共般若如酪之經若具觀心因緣生法即空即假即中者即攝方等生酥之經若但用即空即假即中者即攝大品熟酥之經若用即中觀心者即攝法華開佛知見大事正直醍醐之經若用四句相即觀心即有涅槃同見佛性醍醐之經又若觀因緣又觀因緣即是佛性佛性即是如來是名乳中殺人若觀析空又觀析空即是佛性佛性即是如來是名酪中殺人若觀即空又觀即空即是佛性是名生酥殺人若觀假名又觀假名即是佛性是爲熟酥殺人若觀即中又觀即中即是佛性是名醍醐殺人令通言殺人者即二死巳斷三道清淨名爲殺人是爲止觀攝不定教略攝如上廣攝者紐一切經教悉用止觀攝之無不畢盡也復次心攝諸教略有兩意一者一切衆生心中具足一切法門如來明審照其心法

按彼心說無量教法從心而出二者如來往昔曾作漸頓觀心偏圓具足依此心觀爲衆生說教化弟子令學如來破塵出卷仰寫空經故有一切經教悉爲三止三觀所攝也○上六意攝法次第可解今直以一法攝一切法者一理攝一切理一切惑一切智一切行一切位一切教也又一惑攝一切理智行位教也又一智攝一切理惑行位教也又一行攝一切理惑智位教也又一位攝一切理惑智行教也又一教攝一切理惑智行位也○第五明偏圓者行人既知止觀無法不攝攝法既多須識大小共不共意權實思議不思議意故簡偏圓就此爲五一明大小二明半滿三明偏圓四明漸頓五明權實夫至理不大不小乃至非權非實大小權實皆不可說

若有因緣大小等皆可得說以小方便力爲五比丘說小以大方便力爲諸菩薩說大大小雖俱方便須識所以故用五雙料簡使無混濫小者小乘也智慧力弱但堪修析法止觀析於色心如釋論解檀波羅蜜破外道鄰虛云此塵爲有爲無若有極微色則有十方分若無極微色則無十方分若析極微色不盡則成常見有見若析極微盡則成斷見無見此外道析色也析心亦如是若計有心無心皆墮斷常此皆外道析色心也論文仍明三藏析法之觀云色若麤若細總而觀之無常無我何以故麤細色等從無明生無明不實故麤細皆假假故無常無性即得入空又介爾心起必藉根塵無有一法不從緣生從緣生者悉皆無常或言一念心六十剎那或

言三百億刹那刹那不住念念無常無常無主煩惱本壞無業無苦生死滅故名爲涅槃是名析色心觀意也析名本於外道對破邪析而明正析何但外邪應須正析若佛弟子執佛教門而生見著亦須正析所謂三藏四門生四見著乃至圓教四門生四見著戲論諍競自是非他皆服甘露傷命早夭金鎖自繫流轉生死宜須正析故大論云破涅槃者不破聖人所得涅槃但爲學者未得涅槃執成戲論故言破涅槃若爾皆用析法方便破之凡有四門於一一門具足十法識正因緣乃至不起法愛能於諸門見第一義故知三藏四門析法止觀斷眞是小乘也次明大者大乘也智慧深利修不生不滅體法止觀大人所行故名大乘中論明即空者申摩訶衍

摩訶衍即大也衍中云欲得聲聞當學般若者元此是菩薩法大能兼小傍挾聲聞譬如朱雀門天家所立正通王事不妨群小由之出入雖通小人終是天門今摩訶衍亦如是正爲菩薩體法入空雖有小乘終名爲大例如三藏析法雖有佛菩薩終是小乘所言大乘體法觀者異於三藏三藏名假而法實析實使空譬如破柱令空今大乘體意名實皆假自相是空本來虛寂譬如鏡柱本自非柱不待柱滅方空即影是空不生不滅不同實柱又大論明摩訶衍人體法觀者引佛在一方木上告諸比丘譬如比丘得禪定時變土爲金變金爲土實非金土變化所爲色心亦如是非生非滅無明變耳本自不生今那得滅又引觀一端氎即具十八空是名體法觀

復次三藏所析名爲隨情觀色心析有之觀亦是事觀所入之眞眞非佛性不會實理但隨情爲眞耳大乘體法名隨理觀色心如尋幻得幻師尋幻師得幻法亦如尋夢得眠尋眠得心尋幻色心得無明尋無明得佛性體法通理故名隨理觀體法止觀凡有四門於一一門皆具十法成觀此觀非但體外道果報色心絓預一切執計三藏四門乃至圓四門未得入者執門成見皆體如幻斷奠名大乘止觀也若得今之用觀意大乘諸門生執尚須空破終不同彼世間法師禪師稱老子道德莊氏逍遥與佛法齊是義不然圓門生著尚爲三藏初門所破猶不入小乘況復凡鄙見心螢日懸殊山毫相絶自言道眞慢瞿曇者寧不破耶○二明半滿半者明九部法也滿者明十二部法也世傳涅槃常住始復是滿餘者悉半菩提流支云三藏是半般若去皆滿今明半滿之語直是扶成大小前已析體判大小今亦以體析判半滿如前云○三明偏圓者偏名偏僻圓名圓滿通途一往喚小爲偏于何不得别義分别意則不可半小兩名匏定局短引不得長偏義亘通從小之大譬如半月齊上下弦漸月不爾始自弓娥終十四夜皆稱爲漸唯十五夜乃稱圓滿月小半亦爾齊於析法半字小乘不得名大偏意則遠從初三藏析法止觀已上别教止觀去邊入中已還皆名爲偏故大經云自此之前我等皆名邪見人也唯此圓教止觀一心三諦隨自意語獨當圓稱也○四明漸頓者漸名次第藉淺由深頓名頓足頓極此亦

無別意還扶成偏圓三教止觀悉皆是漸圓教止觀名之爲頓此是按名解釋其義已顯今更廣料簡使無遺滯若前二教止觀是漸而非頓力不及遠但契偏眞圓教止觀是頓而非漸行大直道即邊而中別教止觀亦漸亦頓何以故初心知中故名亦頓涉方便入故名亦漸復次前兩觀觀教行證皆名爲漸別教教觀行皆名爲漸證道是頓圓教教觀行證皆名爲頓何故爾前二觀是方便說草庵曲徑故教觀四種俱漸別觀帶方便說若依方便行先破通惑故三種皆漸後破無明見於佛性故證道是頓也圓觀正直捨方便但說無上道唯此一事實餘二則非眞說最實事是名教實行如來行入如來室衣座等復有一行是如來行是名行實所見中道即一究竟同於如來所得法身無異無別是名證實前兩觀因中有教行證人果上但有其教無行證人何以故因中之人灰身入寂沈空盡滅不得成於果頭之佛直是方便之說故有其教無行證人別教因中有教行證人若就果者但有其教無行證人何以故若破無明登初地時即是圓家初住位非復別家初地位也初地尚爾何況後地後果故知因人不到於果故云果頭無人圓教因中教行證人悉從因以至果俱是眞實故言實有人也

復次前三止觀教行證人未被會時尚不知圓何況入圓佛若會宗開漸顯頓悉皆通入雖非即頓而是漸頓故法華云汝等所行是菩薩道各乘寶車適子本願決了聲聞法是

諸經之王開通漸法悉令得入以別理接之故涅槃中得二乘道果不隔圓常因是修學皆當作佛即是從漸入圓亦名開漸顯頓意也復次四種止觀入圓不必併待行成入圓不必併待開漸顯頓入圓入則不定所以者何一切衆生心性正因譬之於乳聞了因法名爲置毒正因不斷如乳四微五味雖變四微恒在是故毒隨四微味味殺人衆生心性亦復如是正因不壞了因之毒隨正奮促處處得發或理發或教發或行發或證發如辟支佛利智善根熟出無佛世自然得悟理發亦爾久植善根今生雖不聞圓教了因之毒任運自發此是理發也若聞華嚴日照高山即得悟者此是教發也聞已思惟思惟即悟是爲觀行發也若是六根淨位進破無明是相似證發若更增道損生亦是證發也此約圓家論入不定也若前三教行人各在凡地發者即是理發若聞於教是爲教發若修方便即是觀行發若於賢聖位中發即是證發此約三家入則不定也復有不定而非殺人如修無漏時有漏不求自發全不殺二死若修中道發得無漏長別三界苦輪海乃是一死而非二死亦名不定復次四種止觀當分圓漸三藏中有從初心方便來入眞位此名爲漸三十四心斷結成果豈不名圓通別中初心乃至後心豈無漸圓圓中當體理極稱圓亦有初心乃至四十一地豈不是漸妙覺究竟豈不是圓圓圓非漸圓圓漸非漸漸故知當分皆具二義也法華疏中應廣說然漸漸非圓漸可得成圓漸漸圓非圓圓不可得

成圓圓何者法華云汝等所行是菩薩道故漸漸成圓漸漸圓權設三教之果不可更成妙覺之佛例小小非大小可得成大小小大非大大不可得成大大權權非實權可得成實權權實非實實不可得成實實何者三教果頭有教無人故權實不可成實實半滿漸頓例應如此分別不復煩文也觀心往推法相應爾而人多不信今用涅槃五譬釋成此意第六云凡夫如乳須陀洹如酪斯陀含如生酥阿那含如熟酥阿羅漢辟支佛佛如醍醐大論云聲聞經中稱阿羅漢名爲佛地故三人同是醍醐此譬豈非釋三藏中五味漸圓意類此得成三十二云衆生如雜血乳須陀洹斯陀含如淨乳阿那含如酪阿羅漢如生酥辟支佛菩薩如熟酥佛如醍醐此譬豈不釋通教中五味支佛侵習小勝聲聞故與菩薩同爲熟酥佛正習盡名爲醍醐借此類通教當分漸圓義顯第九云衆生如牛新生血乳未別聲聞如乳緣覺如酪菩薩如生熟酥佛如醍醐此譬豈不是別教五味意十住初中能斷通見思盡名乳總擬聲聞十住後心小深故擬支佛如酪十行十向如生熟酥十地之初已名爲佛故如醍醐借此顯成別觀當分漸圓意二十七云雪山有草名爲忍辱牛若食者即成醍醐草喻正道若能修正道即見佛性此譬豈不是圓意不歷四味即成醍醐借此類成漸圓等之位第八云置毒乳中徧於五味皆能殺人此譬豈不譬於不定即成四種理教行證而得入圓今約漸頓作如此料簡前三科後一科亦應如是但小

大半滿齊分剋定不得同耳○五明權實者權是權謀暫用還廢實是實録究竟旨歸立權略爲三意一爲實施權二開權顯實三廢權顯實如法華中蓮華三譬諸佛即一大事出世元爲圓頓一實止觀而施三權止觀也權非本意意亦不在權外秖開三權止觀而顯圓頓一實止觀也爲實施權實令已立開權顯實權即是實無權可論是故廢權顯實權廢實存暫用釋名其義爲允問何意用此權實答佛知衆生種種性欲以四悉檀而成熟之若人欲聞正因緣爲說三藏欲聞因緣即空爲說通觀欲聞歷劫修行爲說別觀欲聞即中爲說圓觀是名隨世界悉檀亦名隨樂欲爲實施權說權實止觀也爲生扶眞之事善說三藏觀爲生扶眞之理善爲說通觀爲生扶中之事善爲說別觀爲生扶中之理善爲說圓觀是名隨爲人悉檀亦名隨便宜而說權實止觀也爲破邪因緣無因緣說三藏觀爲破拙度故說通觀爲破共法故說別觀爲破帶方便故說圓觀是爲對治悉檀說權實止觀也爲思議鈍根拙度令入眞諦說三藏觀爲思議利根巧度令入眞諦故說通觀爲不思議鈍根拙度令入見中故說別觀爲不思議利根巧度令入見中故說圓觀是名爲一實而施三權權實相對則有四種止觀爲實施權意齊此也權實既興良由悉檀權實可廢亦由悉檀何者衆生煩惱結使厚利智善根薄故興初觀生其事善事善若生煩惱伏薄即廢三藏觀爲生理善興於通觀理善已生即廢通觀爲生界外事善即興別

觀界外事善巳生即廢別觀爲生界外理善即與圓觀是爲興廢因緣故說於權實止觀也餘三悉檀興廢可解若約五味教論興廢者華嚴爲大行人廢兩權與一權一實三藏廢兩權一實但與一權方等四種俱與般若廢一權與兩權一實法華廢三權與一實涅槃還與四種皆入佛性無所可隔是故如來巧用悉檀興廢適時順機而作皆益衆生是故如來不空說法爲度人故應興應廢也對三權說一實實存權廢巳如前說今更料簡四種止觀皆實不虛所以者何若不開決則無入理今決了聲聞法是諸經之王開方便門示眞實相一一止觀皆得入圓如快馬見鞭影即得正路故四種皆實也又四種皆權何以故四理皆不可說權不可說故非權實不可說故非實非權而強說爲權非實而強說爲實等是強說何意不名權爲實耶以有說故故皆是權又此權實悉是非權非實何以故皆不可說故此非權非實不得異於向實向以見理爲實實秖是非權非實此義不異若異者應有別慧應照別理理惑既同不可使異對權故說實廢教故說理故言非權非實即教而理權實即非權非實無二無別不合不散非權非實理性常寂名之爲止寂而常照亦權亦實名之爲觀觀故稱智稱般若止故稱眼稱首楞嚴如是等名不二不別不合不散即不可思議之止觀也此非但開實是非權非實開權亦是非權非實猶屬開權顯實意耳問爲一實施三權唯有四種止觀若以別接通止觀者爲權爲實復何意不

須四數何意但言接通何位被接接入何位答接得入教此則屬權接得入證此則屬實也四教論其始終接但終而無始故不入四數諸教皆接亦應有之此義不用者二教明界內理二教明界外理兩處交際須安一接故但以別接通若齊通爲言不論破無明八地名支佛地從此被接知有中道九地伏無明十地破無明即名爲佛但一品破那得是極故知接入別也若望別教是入初地位行也若就諦論接者通教眞諦空中合論從初巳來但觀眞中之空破見思惑盡到第八地方爲說眞內之中故云智者見空及與不空被接方聞聞已見理即是入別位也三藏菩薩明位不爾故不論接別圓發心已知中道更將何接故知接但在通也問三權皆得知實不答別教初知通教後知三藏初後俱不知問若知何意名權若不知二經相違答別雖初知帶方便聞教猶是權通雖後知可接者知教終是權其意可見若言三藏不知違二經者大經云阿羅漢不知三寶常住不變者所有禁戒亦不具足不能得聲聞之道此義今當通任羅漢自力不應知見常住譬如天眼未開不見障外不聞他說亦不能知羅漢佛眼未開又不聞佛說那得自知常住故法華云於自所得功德生滅度想若遇餘佛便得決了又云聲聞緣覺不退菩薩亦不能知當知不聞則不知也經稱知者齊知巳理眞諦無爲亦是於常一相無變若人分別眞諦二相遷動者不能發眞要須觀空方入無漏如須菩提觀空憍陳如證無生智又律儀

不具足者若能觀空得道共戒此是具足戒也故華嚴云諸法實性相常住不變異二乘亦皆得而不名爲佛故知常住語通得作此釋若不作此釋三藏不說大乘常住聲聞那得具聲聞道具禁戒耶若作此釋道共戒無失彌益其美又舉例釋者如大品云婬欲障生梵天何況菩提爲生梵天須斷欲欲得菩提斷二邊欲欲名雖同其意則異此義亦爾欲入眞諦須知無爲常不變易欲入實相亦知常住一相不變知常語同大小則異故三藏止觀不知圓實不違經勝鬘云若不知常住所有三歸皆不成就此云何通遠尋根本三乘初業不愚於法若取四念處聞慧爲初者此初知眞諦常住不起六十二見以無倚著心賢聖成就此釋同前意也若古昔爲初業者先發菩提心畢知常住畏怖生死退大取小法才王子及涅槃中退轉菩薩從初已來歸依一體三寶熏修戒善有受法無捨法心無盡故戒亦無盡一切戒善爲此所熏譬如大地莫益樹木樹木萌芽悉得成就小乘歸戒不離菩薩戒菩薩戒力能成就之即此義也若不作初業知常三藏歸戒羯磨悉不成就若作此釋於大小兩經義無相違

摩訶止觀卷第三下

摩訶止觀卷第四上

隋天台智者大師說
門人灌頂記

第六明方便者方便名善巧善巧修行以微少善根能令無量行成解發入菩薩位大論云能以少施少戒出過聲聞辟支佛上即此義也又方便者衆緣和合也以能和合成因亦能和合取果大品經言如來身者不從一因一緣生從無量功德生如來身顯此巧能故論方便若依漸次即有四種方便方便各有遠近如阿毗曇明五停心爲遠四善根爲近通別方便例可意知圓教以假名五品觀行等位去眞猶遥名遠方便六根清淨相似鄰眞名近方便今就五品之前假名位中復論遠近二十五法爲遠方便十種境界爲近方便橫竪該羅十觀具足成觀行位能發眞似名近方便今釋遠方便略爲五一具五緣二呵五欲三棄五蓋四調五事五行五法夫道不孤運弘之在人人弘勝法假緣進道所以須具五緣緣力既具當割諸嗜欲嗜欲外屏當内淨其心其心若寂當調試五事五事調已行於五法必至所在譬如陶師若欲得器先擇良處無砂無鹵草水豐便可立作所次息餘際務際務不靜安得就功雖息外緣身内有疾云何執作身雖康壯泥輪不調不成器物上緣雖整不專於業廢不相續永無辦理止觀五緣亦復如是有待之身必假資藉如彼好處呵猒塵欲如斷外緣棄絶五蓋如治内疾調適五事如學輪繩行於五法如作不廢世間淺事非緣不合何況出世之道

若無弄引何易可階故歷二十五法約事爲觀調麤入細檢散令靜故爲止觀遠方便也此五法三科出大論一種出禪經一是諸禪師立一具五緣者一持戒清淨二衣食具足三閑居靜處四息諸緣務五得善知識禪經云四緣雖具足開導由良師故用五法爲入道梯隥一闕則妨事釋此具如次第禪門○此中明持戒清淨即四意一列戒名二明持戒三明犯戒四明懺淨列名者經論出處甚多且依釋論有十種戒所謂不缺不破不穿不雜隨道無著智所讃自在隨定具足此十通用性戒爲根本大論云性戒者是尸羅身口等八種謂身三口四更加不飲酒是淨命防意地又云十善是尸羅佛不出世世常有之故名舊戒佛不出世凡夫亦修八禪故名舊定外道邪見六十二等舊醫乳藥名爲舊慧常途云無客定無漏導八禪耳今難此語亦應無漏導十善也戒慧既有客法定何獨無今用三歸五戒二百五十爲客戒根本十種得戒人者如佛自言善來比丘自然已得具足戒如摩訶迦葉自誓因緣得具足戒如憍陳如見諦故受具足戒如波闍波提比丘尼以八敬法受具足戒如達磨提那比丘尼遣信受具足戒如須陀耶沙彌論義受具足戒如耶舍比丘等善來受具足戒如跋陀羅波楞伽加三歸受具足戒如邊地第五律師受具足戒中國十人白四羯磨受具足戒客戒人也根本淨禪觀練熏修爲客定四諦慧爲客慧佛出方有也性戒者莫問受與不受犯即是罪受與不受持即是善若受戒持生

福犯獲罪不受無福不受犯無罪如伐草害畜罪同對首懺二罪俱滅大論解云違無作罪同滅耳而償命猶在故知受得之戒與性戒有異也故四分問遮法云不犯邊罪不邊罪即性罪也此罪障優婆塞戒何況大戒若性戒清淨是戒度根本解脱初因因此性戒得有無作受得之戒小乘明義無作戒即是第三聚大乘中法鼓經但明色心無第三聚心無盡故戒亦無盡若就律儀戒論無作可解定共戒無作者與定俱發有人言入定時有出定時無有人言無作依定定在不失定退即謝也道共戒無作者此無作依道道無失故此戒亦無失戒定道共通是戒名説通以性戒爲本故經云依因此戒能生禪定及滅苦智慧即此意也○二明持者此十種戒攝一切戒不缺戒者即是持於性戒乃至四重清淨守護如愛明珠若毀犯者如器已缺無所堪用佛法邊人非沙門釋子失比丘法故稱爲缺不破者即是持於十三無有破損故名不破若毀犯者如器破裂也不穿者是持波夜提等也若有毀犯如器穿漏不能受道故名爲穿不雜者持定共戒也雖持律儀念破戒事名之爲雜定共持心欲念不起故名不雜如大經云雖不與彼女人身合而共言語嘲調壁外釧聲見男女相追皆汙淨戒十住婆沙云雖制其事而令女人洗拭按摩染心共語相視或限爾許日持戒或期後世富樂天上自恣皆名不淨若持不雜戒悉無此等念也隨道者隨順諦理能破見惑無著戒者即是見眞成聖於思惟惑無所染著也

以此兩戒約眞諦持戒也智所讚戒自在戒則約菩薩化他爲佛所讚於世間中而得自在是約俗諦論持戒也隨定具足兩戒即是隨首楞嚴定不起滅定現諸威儀示十法界像導利衆生雖威儀起動而任運常靜故名隨定戒前來諸戒律儀防止故名不具足中道之戒無戒不備故名具足此是持中道第一義諦戒也用中道慧徧入諸法故經云式叉式叉名大乘戒也涅槃明五支戒及十種戒義勢略同設諸經論更明戒相終不出此十科束前三種戒名律儀戒秉善防惡從初根本乃至不穿纖毫清淨束名律儀戒凡夫散心悉能持得此戒也次不雜一戒定法持心心不妄動身口亦寂三業皎鏡此是定共戒入定時任運無雜出定身口柔軟亦不雜凡夫入定則能持得也隨道戒初果見諦發眞成聖聖人所持非凡夫能持也無著戒則三果人所持亦非初果所持也智讚自在此乃菩薩利他須持此戒則非二乘所持也隨定具足此是大根性所持則非六度通教菩薩所能持也況復凡夫二乘耶向判位高下事義不同理觀觀心論持戒者具能持得上十戒也先束十戒爲四意前四戒但是因緣所生法通爲觀境次二戒即是觀因緣生法即空空觀持戒也次兩戒觀因緣即是假假觀持戒也次兩戒觀因緣生法即是中中觀持戒也所言觀心爲因緣生法者若觀一念心從惡緣起即能破根本乃至破不雜戒與善相違故名爲惡令以善順之心防止惡心能令根本乃至不雜等戒善順成就得無毀

損故稱善心名爲防止惡心旣止身口亦然防即是止善順即是行善行善即是觀止善即是止是名觀因緣所生心持四種戒也次觀善惡因緣所生心即空者如金剛般若云若見法相者名著我人衆生壽者若見非法相者亦著我人衆生壽者不見法相不見非法相如筏喻者法尚應捨何況非法故知法與非法二皆空寂乃名持戒今云法者秖善惡兩心假實之法也若見有善惡假名即是著我人衆生壽者若見善惡實法亦是著我人衆生壽者所言非法相者若見善惡假名是無者亦是著我人衆生壽者若見善惡實法是無者亦著我人衆生壽者何以故依無起見故不應著乃至依非有非無起見皆名著我人衆生壽者觀如是等法與非法皆即是空由此觀故能順無漏防止有無六十二見故名隨道戒若重慮此觀思惟純熟歷緣對境於一切色聲皆悉即空名無著戒防止思惑善順眞諦是名觀因緣心即空持二種戒也次觀因緣心即是假者知心非心法亦非法而不永滯非心非法以道種方便無所有中立心立法拔出諸心數法導利衆生爲智所讚雖廣分別無量心法但有名字如虛空相不生愛著惑相不拘名爲自在如此假觀防止無知善順俗理防邊論止順邊論觀即是假觀持兩戒也次觀因緣生心即中者觀於心性畢竟寂滅心本非空亦復非假非假故非世間非空故非出世間非賢聖法非凡夫法二邊寂靜名爲心性能如是觀名爲上定心在此定即首楞嚴本寂不動雙照二

諦現諸威儀隨如是定無不具足如是觀心防止二邊無明諸惡善順中道一實之理防邊論止順邊論觀此名即中而持兩戒也故梵網云戒名大乘名第一義光非青黃赤白戒名為孝孝名為順孝即止善順即行善如此戒者本師所誦我亦如是誦當知中道妙觀戒之正體上品清淨究竟持戒十住廣說云若無我我所遠離諸戲論一切無所有是名上尸羅故淨名云罪性不在內亦不在外亦不在兩中間如其心然罪垢亦然其能如是是名善解是名奉律即此意也復次觀心持戒即是五名所以者何防止是戒義觀亦如是三觀名能防三惑名所防如此防止義徧法界不局在身口云云又毗尼名滅滅身口諸非故今觀心亦名為滅即空之觀能滅見思之非即假觀能滅塵沙之非即中觀能滅無明之非如此論滅徧滅法界諸非不止七支故淨名云當直除滅勿擾其心即此意也又波羅提木叉名保得解脫者觀心亦爾若不觀三諦之理三惑保不解脫若見三諦三惑保脫如此解脫徧法界脫非止解脫三途及出生死而已又誦者背文闇持也今觀心亦爾三觀之名詮三諦理即是其文知名非名研心諦理觀法相續常自現前不生妄念名之為誦如此誦者徧法界誦非止八十誦也又律者詮量輕重分別犯非犯觀心亦爾分別見思麤惡滓重界內無知小輕塵沙客塵橫起復為小重根本微細如上菩提心中已說三觀觀三理是不犯三惑障三理名為犯三藥治三病詮量無謬纖毫不差又知持

事戒有三品上品得天報中品得人報下品得脩羅報犯上退天犯中退人犯下退脩羅入三惡道惡道又三品輕者入餓鬼道次者入畜生道重者入地獄道中品又多種上中下下下即四天下也上品又多種謂三界諸天各有品秩也又持理戒空假中三品各有上中下即空三品者下品爲聲聞中品爲緣覺上品爲通教菩薩退則傳傳失也即假三品者下品爲三藏菩薩中品爲通教出假菩薩上品爲别教菩薩即中三品者下品爲别教菩薩中品圓教菩薩上品是佛唯佛一人具淨戒也又下品爲五品中爲六根清淨上入初住此略就觀心判其階差中道觀心即是法界摩訶衍徧攝一切法可以意得不復煩文也私諮云下中三品皆約發眞上品何意約眞似爲三品耶答前三道未合可得分張横辯即中既融宜約一道豎判又亦得約横者别接通别圓三品云云如此分别得失輕重徧詮量法界豈止責燒覆障耶觀心五名宛然可見若事中恭謹精持四戒而其心雜念事亦不牢猶如坯缾遇愛見惡則便破壞若能觀心六種持戒理觀分明妄念不動設遇惡緣堅固不失理既不動事任運成故淨名云其能如是是名善解是名奉律正意在此也三明犯戒相者夫毁滅淨戒不出癡愛倒見是戒怨家喻二羅刹大經云譬如有人帶持浮囊渡於大海爾時海中有一羅刹來乞浮囊初則全乞乃至微塵悉皆不與行人亦爾發心秉戒誓渡生死大海愛見羅刹乞戒浮囊愛羅刹言令汝安隱得入涅槃者此

以欲樂暢情稱爲涅槃如飢得食如貧得寶獮猴得酒則得安樂安樂名涅槃誘誑行人若隨愛轉毀破四重是全棄浮囊是名犯相若愛心雖起不可全棄何者我今欲過生死大海尸羅不淨還墮三途禪定智慧皆不得發思惟是已生大怖畏故言汝寧殺我浮囊叵得是名持相愛心復起摩觸快意若隨愛觸是棄半浮囊是名犯相行人復念禁戒豈可輸半論其果報地獄苦惱論其即目下意治擯甚可羞恥豈應如此損毀大事是故護惜不隨愛情是名持相愛心又起乞重方便若毀犯者是乞手許又毀波夜提是乞指許又毀吉羅是乞微塵許吉羅雖小開放逸門微塵不多水當漸入没海而死是爲愛心破律儀戒貪著五欲破定其戒深著生死爲有造業破即空戒不息世譏嫌無護他意破即假戒不信戒善與虛空等不信此戒具足佛法不信此戒畢竟清淨破中道戒此例可解云次見羅刹乞浮囊者若爲財色而毀戒者如前所說觸人皆爾此名已起之惡爲除斷故一心勤精進若見心猛利於所計法而起罪過此是解僻名未生之惡爲不生故一心勤精進此見雖未起若修得少禪無好師友即生念著而起過患佛在世一比丘得四禪謂爲四果臨終見中陰起即謗佛云羅漢不

生今那得生阿難問佛此人命過今生何處佛言已墮地獄雖持戒得有漏禪是亦不可信佛在世尚爾況末代癡人罪著深重故大虛空藏經云若起惡見名第三波羅夷云何

惡見或得空解發少智慧師心自樹謂證無生見心既強能破諸法無佛無衆生撥世因果出世因果法華云或食人肉或復噉狗即此義也破正見威儀淨命起於平等無分別見何者有罪何者非罪若有分別分別即礙礙即非眞於貪欲中莫生怖礙無怖礙即是菩提謂此是實餘皆妄語又值惡師爲說惡法見毒轉熾邪鬼入心邪解更甚猖狂顚倒無種不爲見慢峩崖陵蔑一切見行善者謂有所得欺之如土由是見故浮囊舍去設不全去者即思惟言理雖如此我未能見何容頓棄惜猶不與見心復起一切法空豈有觸與不觸男女等相即便把執歘抱是名半去或重方便乃至吉羅謂諸法空寂何用事相紛紜既不存微塵空心轉盛如小水漸漏無礙稍滑一切戒律皆悉呑噉故浮囊永沒當知見心大可怖畏何以故若謂四重及犯者皆空而五逆亦空何不造逆空見既強亦無父母若通若害皆不爲礙既無礙者亦應不礙王及夫人論其見心實不謂有王及夫人而自於已惜身惜命若侵國王身碎命盡如此癡空不空身命惜已身命亦於王不空既於已於王不能空者那得獨欺父母輕忽佛教而言四重五逆皆空耶當知此人不能自見執空之過近尚不見何況遠耶既以惡空撥佛禁法是破律儀戒空見擾心破定共戒堅執已見是破即空戒汙他善心破即假戒不信見心與虛空等即是佛法畢竟清淨破即中戒當知邪僻空心甚可怖畏若墮此見長淪永沒尚不能得人天涅槃何況大般涅

槃故論云大聖說空法本爲治於有若有著空者諸佛所不化又經云若於諸法生疑心者能破煩惱如須彌山若定起見則不可化無行經云貪欲即是道僻取此語以證無礙何不引無行貪著無礙法是人去佛遠若有得空者終不破於戒云云是名見心羅刹毀禁戒也大意如此云云復次前一向論持次一向論犯今明十戒持犯不定若通論動出悉名爲乘故有人天等五乘通論防止悉名爲戒故有律儀定共道共等戒若就别義事戒三品名之爲戒戒即有漏不動不出理戒三品名之爲乘乘是無漏能動能出約此乘戒四句分别一乘戒俱急二乘急戒緩三戒急乘緩四乘戒俱緩一乘戒俱急者如前持相十種清淨事理無瑕觀念相續令生即應得道若未得道此業最強強者先牽必升善處若律儀戒急則爲欲界人天所牽若無雜戒急隨禪梵世三品理乘何乘最急若三品即中乘急以人天身值彌勒佛聞華嚴教利根得道若上品出假乘急以人天身值彌勒佛於華嚴座作鈍根得道若上中二品入空乘急以人天身值彌勒佛聞方等般若等教得三乘等道若下品入空乘急以人天身值彌勒佛聞三藏經得道得人天身是持事戒力見佛得道修乘觀力事理俱持諸行中最故不可緩也二戒緩乘急者是人德薄垢重煩惱所使是諸事戒皆爲羅刹毀食專守理戒觀行相續如上覺意六蔽中用心央掘示爲其相以事戒緩命終故墮三惡道受於罪報於諸乘中何乘最強強者先牽若析空乘強以

三途身值彌勒佛聞三藏經乃可得道若即空乘急以三途身值彌勒佛聞般若方等得道若即假乘急以三途身值彌勒佛聞華嚴及聞餘教作鈍根得道若即中乘急以三途身值彌勒佛聞華嚴經作利根得道是故佛說漸頓諸經龍鬼畜獸悉來會坐即是其事破事戒故受三惡身持理觀故見佛得道大經云於戒緩者不名爲緩於乘緩者乃名爲緩正是此一句也三戒急乘緩者事戒嚴急纖毫不犯三種觀心了不開解以戒急故人天受生或隨禪梵世耽湎定樂世雖有佛說法度人而於其等全無利益設得值遇不能開解振丹一國不覺不知舍衛三億不聞不見樂著諸天及生難處不來聽受是此意也譬如繫人或以財物求諸大力申延日月兾逢恩赦在人天中亦復如是兾善知識化道修乘即能得脫若於人天不修乘者果報若盡還墮三途百千佛出終不得道四事理俱緩者如前十種皆犯永墜泥犂失人天果報神明昬塞無得道期迴轉沈淪不可度脫行者當自觀心事理兩戒何戒緩急於事三品何品最強於理三品何品小弱自知深淺亦識將來果報善惡既自知已亦知他人將此觀心亦識諸經列衆之意亦識如來逗緣大小故華嚴中鬼神皆言住不思議解脫法門者此是權來引實令昔修不思議乘急者得道涅槃列衆亦復如是若細尋此意廣歷四教乘戒緩急以辯其因後歷五味以明其果皆使分明凡如是等因果差降升沈非一云何難言理戒得道何用事戒耶幸於人天受

道何意苦入三途四明懺淨者事理二犯俱障止觀定慧不發云何懺悔令罪消滅不障止觀耶若犯事中輕過律文皆有懺法懺法若成悉名清淨戒淨障轉止觀易明若犯重者佛法死人小乘無懺法若依大乘許其懺悔如上四種三昧中說下當更明次理觀小僻不當諦者此人執心若薄不苟封滯但用正觀心破其見著慚愧有羞低頭自責策心正轍罪障可消能發止觀也見若重者還於觀心中修懺下當說也若犯事中重罪依四種三昧則有懺法普賢觀云端坐念實相是名第一懺妙勝定云四重五逆若除禪定餘無能救方等云三歸五戒乃至二百五十戒如是懺悔若不還生無有是處請觀音云破梵行人作十惡業蕩除糞穢還得清淨故知大乘許悔斯罪罪從重緣生還從重心懺悔可得相治無殷重心徒懺無益障若不滅止觀不明若人現起重罪若到懺悔則易除滅何以故如迷路近故過去重障必難迴轉迷深遠故若欲懺悔二世重障行四種三昧者當識順流十心明知過失當運逆流十心以爲對治此二十心通爲諸懺之本順流十心者一自從無始闇識昬迷煩惱所醉妄計人我計人我故起於身見身見故妄想顛倒顛倒故起貪瞋癡癡故廣造諸業業則流轉生死二者內具煩惱外值惡友扇動邪法勸惑我心倍加隆盛三者內外惡緣旣具能內滅善心外滅善事又於他善都無隨喜四者縱恣三業無惡不爲五者事雖不廣惡心徧布六者惡心相續晝夜不斷七者覆諱過失不

欲人知八者魯扈底突不畏惡道九者無慚無愧十者撥無因果作一闡提是爲十種順生死流昬倒造惡廁蟲樂廁不覺不知積集重累不可稱計四重五逆極至闡提生死浩然而無際畔今欲懺悔應當逆此罪流用十種心翻除惡法先正信因果決定孱然業種雖久久不敗亡終無自作他人受果精識善惡不生疑惑是爲深信翻破一闡提心二者自愧剋責鄙極罪人無羞無恥習畜生法棄捨白淨第一莊嚴咄哉無鉤造斯重罪天見我屏罪是故慚天人知我顯罪是故愧人以此翻破無慚無愧心三者怖畏惡道人命無常一息不追千載長往幽途緜邈無有資糧苦海悠深船筏安寄賢聖呵棄無所恃怙年事稍去風刀不奢豈可晏然坐待酸痛譬如野干失耳尾牙詐眠望脱忽聞斷頭心大驚怖遭生老病尚不爲急死事弗奢那得不怖怖心起時如履湯火五塵六欲不暇貪染如阿輸柯王聞旃陀羅朝朝振鈴一日已盡六日當死雖有五欲無一念愛行者怖畏苦到懺悔不惜身命如彼野干決絶無所思念如彼怖王以此翻破不畏惡道心四者當發露莫覆瑕疵賊毒惡草急須除之根露條枯源乾流竭若覆藏罪是不良人迦葉頭陀令大衆中發露方等令向一人發露其餘行法但以寶心向佛像改革如陰隱有癰覆諱不治則死以此翻破覆藏罪心也五斷相續心者若決果斷奠畢故不造新乃是懺悔懺已更作者如王法初犯得原更作則重初入道場罪則易滅更作難除已能吐之云何更噉以

此翻破常念惡事心六發菩提心者昔自安危人徧惱一切境令廣起兼濟徧虚空界利益於他用此翻破徧一切處起惡心也七修功補過者昔三業作罪不計晝夜令善身口意策勵不休非移山岳安塡江海以此翻破縱恣三業心八守護正法者昔自滅善亦滅他善不自隨喜亦不喜他令守護諸善方便增廣不令斷絶譬如金城之勳勝鬘云守護正法攝受正法最爲第一此翻破無隨喜心九念十方佛者昔親狎惡友信受其言令念十方佛念無礙慈作不請友念無礙智作大導師翻破順惡友心十觀罪性空者了達貪欲瞋癡之心皆是寂靜門何以故貪瞋若起在何處住知此貪瞋住於妄念妄念住於顚倒顚倒住於身見身見住於我見我見則無住處十方諦求我不可得我心自空罪福無主深達罪福相徧照於十方令此空慧與心相應譬如日出時朝露一時失一切諸心皆是寂靜門示寂靜故此翻破無明昏闇是爲十種懺悔順涅槃道逆生死流能滅四重五逆之過若不解此十心全不識是非云何懺悔設入道場徒爲苦行終無大益涅槃云若言勤修苦行是大涅槃近因緣者無有是處即此意也是名懺悔事中重罪也次懺見罪者以見惑故順生死流如前所説向運十心附事爲懺懺鈍使罪令扶理懺見懺利使罪然見心猛盛起重煩惱應傍用事助如服下藥須加巴豆令尅瀉盡底是故還約十法以明懺見一翻破不信者即黜身見心令識無明苦集如鬱頭藍弗得非想定世人崇之如

佛不識苦集報盡還墮須跋陀羅得非想定雖無麤想有細煩惱長爪利智而受不受高著外道尚未出見非是涅槃況麤淺者尚不逮藍弗而言是眞道豈非大僻是人愛著觀空智慧是事不知名爲無明而起違從依見造行見行依色即是名色名色即是苦等迷苦起於愛有有生未來生死流轉相續豈是寂滅若謂生死盡者乃是漫語呼無明見心爲道非道爲道非因計因名爲戒取豈非因盜呼未來三途苦報爲涅槃此是見取非果計果是爲果盜身邊邪見其事可知如此見心乃是苦集非滅道也尚非三藏道滅豈是摩訶衍道滅若能如是即知世間因果復識出世因果故大品云般若能示世間相所謂示是道非道是爲深識見心苦集也又深者非但知無明苦集亦識三藏因果亦識因緣生法即空四諦因果又復深者亦知因緣即假無量四諦因果又復深者亦知因緣即中無作四諦因果於一見心具識一切因果故大經云於一念心悉能稱量無量生死是名不可思議故名深信破不信也二生重慚愧者不見我心中三諦之理名慚愧且約理觀論人天者慚乾慧性地之人愧四果淨天三十心人十地義天五品六根清淨之人四十二位天例如作意得報名爲人自然果報名爲天二種天人亦復如是方便道名爲人眞理顯名爲天見心造罪覆三諦理不建三種人天是故慚愧翻破無慚愧心也三怖畏者知見心造罪此過深重大論云諸佛說空義爲離諸見故若復見有空諸佛所不化我今

由見而起大罪此間劫盡他方獄生此間劫成還來此處如是展轉無量無邊若說果報所受之身當吐熱血死故知見罪大重既非無漏不出生死煩惱潤業墮落何疑一命不追永無出日爲是義故生大怖畏翻破不畏惡道心也四發露者從來諸見而生愛著覆此三諦不能決定生信令知見過失發卻三疑無所隱諱顯其諦性是爲發露翻破覆藏罪心也五斷相續心者三諦之觀勿令有間以八正道治三惑心斷而不習此翻破相續惡心也六發菩提心者即是緣三諦理皆如虛空空則無邊慈傷一切普令度脫昔迷此起惑有無邊故罪亦無邊今菩提心徧於法界起無作善亦徧法界翻破昔徧空無作惡也奏師子琴餘絃斷絕即此義也七修功補過者三諦道品即是菩薩寶炬陀羅尼是行道法趣涅槃門如此道品念念相續即是修功補過昔執於見謂爲涅槃於見不動不修道品設令動有入無如屈步蟲雖於見動亦不能修道品今知有無是見不執爲實是名見動而不修道品若破析諸見行於道品是名見動而修道品又體見即空即假即中既言即者於見不動而修三種道品是爲修功補於縱見之過也八守護正法者昔護見不令他破方便申通令護三諦諸空不令見破若有留滯善巧申弘亡身存法猶如父母守護其子此翻破毀善事也九念十方佛者昔服見毒常無猒足如渴思飲又遇惡師如加以鹹水以苦捨苦我慢矜高諂心不實於千萬億劫不聞佛名字今念三諦不來不去即

是佛無生法即是佛常爲諦理所護此翻破狎惡友心十觀罪性空者此三種惑本來寂靜而我不了妄謂是非如熱病人見諸龍鬼今觀見如幻如化來無所從去無足跡亦復不至東西南北一切罪福亦復如是一空一切空空即罪性罪性即空此翻破顛倒心也運此十懺時深觀三諦又加事法以殷重心不惜身命名第二健兒是名事理兩懺障道罪滅尸羅清淨三昧現前止觀開發事戒淨故根本三昧現前世智他心智開發無生戒淨故眞諦三昧現前一切智開發即假戒淨故俗諦三昧現前道種智開發即中戒淨故王三昧現前一切種智開發得此三諦三昧故名王三昧一切三昧悉入其中又能出生一切諸定無不具足故名爲止又能具足一切諸智故名爲觀故知持戒清淨懇惻懺悔俱爲止觀初緣意在此也○第二衣食具足者衣以蔽形遮障醜陋食以支命塡彼飢瘡身安道隆道隆則本立形命及道賴此衣食故云如來食已得阿耨三菩提此雖小緣能辦大事裸餒不安道法焉在故須衣食具足也衣者遮醜陋遮寒熱遮蚊蝱飾身體衣有三種雪山大士絶形深澗不涉人間結草爲席被鹿皮衣無受持說淨等事堪忍力成不須温厚不遊人間無煩支助此上人也十二頭陀但畜三衣不多不少出聚入山被服齊整故立三衣此中士也多寒國土聽百一助身要當說淨趣足供事無得多求多求辛苦守護又苦妨亂自行復擾檀越少有所得即便知足下士也觀行爲衣者大經云汝等比

丘雖服袈裟心猶未染大乘法服如法華云著如來衣如來衣者柔和忍辱心是此即寂滅忍生死涅槃二邊麤獷與中道理不二不異故名柔和安心中道故名爲忍離二喧故名寂過二死故名滅寂滅忍心覆二邊惡名遮醜衣除五住故名障熱破無明見名爲遮寒無生死動亦無空亂意捨二覺觀名遮蚊䖟此忍具一切法如鏡有像无礙不現中具諸相但空則無故云深達罪福相徧照於十方微妙淨法身具相三十二用莊嚴法身寂忍一觀具足衆德亦名爲衣亦名嚴飾非九七五割截所成也三衣者即三觀也蔽三諦上醜遮三諦上見愛寒熱卻三覺蚊䖟莊嚴三身故以三觀爲衣即是伏忍柔順忍無生寂滅忍也又起見名寒起愛名熱修止觀得見諦解如煖見則不生得思惟解如涼愛則不生五根無惡即福德莊嚴意地無惡即智慧莊嚴餘二觀上衣例可解百一長衣者即是一切行行助道之法助成三觀共蔽諸惑嚴於三身此是歷諸法修忍爲衣也食者三處論食可以資身養道一深山絶跡去遠人民但資甘果美水一菜一果而已或餌松栢以續精氣如雪山甘香藕等食已繫心思惟坐禪更無餘事如是食者上士也二阿蘭若處頭陀抖擻絶放牧聲是修道處分衛自資七佛皆明乞食法方等般舟法華皆云乞食也路徑若遠分衛勞妨若近人物相喧不遠不近乞食便易是中士也三既不能絶穀餌果又不能頭陀乞食外護檀越送食供養亦可得受又僧中如法結淨食亦可得受下士

也若就觀心明食者大經云汝等比丘雖行乞食而未曾得大乘法食法食者如來法喜禪悅也此之法喜即是平等大慧觀一切法無有障礙淨名云於食等者於法亦等於法等者於食亦等煩惱爲薪智慧爲火以是因緣成涅槃食令諸弟子悉皆甘嗜此食資法身增智慧命如食乳糜更無所須即眞解脫眞解脫者即是如來用此法喜禪悅歷一切法無不一味一色一香無非中道中道之法具一切法即是飽義無所須義如彼深山上士一草一果資身即足頭陀乞食者行人不能即事而中修實相慧者當次第三觀調心而入中道次第觀故名爲乞食亦見中道又名飽義即中士也檀越送食者若人不能即事通達又不能歷法作觀自無食義應須隨善知識能說般若者善爲分別隨聞得解而見中道是人根鈍從聞生解名爲得食如人不能如上兩事聽他送食又僧中結淨食者即是證得禪定支林功德藉定得悟名僧中食也是故行者常當存念大乘法食不念餘味也

摩訶止觀卷第四上

音釋

鹵籠五切鹹地也　隥下鄧切登陟之道也　嘲陟交切言相調也　釧樞絹切臂環也　滓壯士切濁也　坯鋪枚切未燒土器也　峩嵳峩牛何切嵳才何切峩嵳高峻貌　歍屋徒切口相就也　扈後五切魯扈自縱恣也　黈他口切

摩訶止觀卷第四下

隋天台智者大師說
門人灌頂記

第三閑居靜處者雖具衣食住處云何若隨自意觸處可安三種三昧必須好處好處有三一深山遠谷二頭陀抖擻三蘭若伽藍若深山遠谷途路艱險永絕人蹤誰相惱亂恣意禪觀念念在道毀譽不起是處最勝二頭陀抖擻極近三里交往亦踈覺策煩惱是處爲次三蘭若伽藍閑靜之寺獨處一房不干事物閉門靜坐正諦思惟是處爲下若離三處餘則不可白衣齋邑此招過來恥市邊閙寺復非所宜安身入道必須選擇愼勿率爾若得好處不須數移云云觀心處者諦理是也中道之法幽遠深邃七種方便絕跡不到名之爲深高廣不動名之爲山遠離二邊稱之爲靜不生不起稱之爲閑大品云若千由旬外起聲聞心者此人身雖遠離心不遠離以憒閙爲不憒閙非遠離也雖住城傍不起二乘心是名遠離即上品處也頭陀處者即是出假之觀此觀與空相隣如蘭若與聚落並出假之觀安心俗諦分別藥病抖擻無知淨道種智此次處也閑寺一房者即從假入空觀也寺本衆閙居處而能安靜一室假是𨱁塵能即假而空當知眞諦亦是處也安三諦理是止觀處實不遁影山林房隱窓室云云○第四息諸緣務者緣務妨禪由來甚矣蘭若比丘去喧就靜云何營造緣務壞蘭若行非所應也緣務有四一生活二人事三技能四學問一生活緣務者經紀生方觸途紛糾得

一失一喪道亂心若勤營衆事則隨自意攝
非今所論二人事者慶弔俯仰低昂造聘此
徃彼來來徃不絶況復衆人交絡擾攘追尋
夫違親離師本求要道更結三州還敦五郡
意欲何之倒裳索領鑽火求氷非所應也三
技能者醫方卜筮泥木彩畫棊書呪術等是
也皮文美角膏煎鐸毀巳自害身況修出世
之道而當樹林招鳥腐氣來蠅豈不摧折汙
辱乎四學問者讀誦經論問答勝負等是也
領持記憶心勞志倦言論徃復水濁珠昬何
暇更得修止觀耶此事尚捨況前三務云云觀
心生活者愛是養業之法如水潤種因愛有
憂因憂有畏若能斷愛名息生活緣務也人
事是業也業生三界徃來五道以愛潤業處
處受生若無業者愛無所潤諸業雖有力不

逐不作者不作故生死則斷技術者未得聖
道不得修通虛妄之法障於般若般若如虛
空無戲論無文字若得般若如得如意珠但
一心修何遽怱怱用神通爲習學者未得無
生忍而修世智辯聰種種分別皆是瓦礫草
木非眞寶珠若能停住水則澄清下觀瑠璃
安徐取寶能知世間生滅法相種種行類何
物不知以一切種智知以佛眼見欲行大道
不應從彼小徑中學也○第五善知識者是
大因緣所謂化導令得見佛阿難説知識得
道半因緣佛言不應爾具足全因緣知識有
三種一外護二同行三教授若深山絶域無
所資待不假外護若修三種三昧應仰勝緣
夫外護者不簡白黒但能營理所須莫見過
莫觸惱莫稱歎莫況舉而致損壞如毋養兒

如虎銜子調和得所舊行道人乃能爲耳是名外護二同行者行隨自意及安樂行未必須伴方等般舟行法決須好伴更相策發不眠不散日有其新切磋琢磨同心齊志如乘一船互相敬重如視世尊是名同行三教授者能說般若示道非道內外方便通塞妨障皆能決了善巧說法示教利喜轉破人心於諸方便自能決了可得獨行妨難未諳不宜捨也經言隨順善師學得見恒沙佛是名教授觀心知識者大品云佛菩薩羅漢是善知識六波羅蜜三十七品是善知識法性實際是善知識若佛菩薩等威光覆育即外護也六度道品是入道之門即同行也法性實際即是諦理諸佛所師境能發智即教授也今各具三義一如佛威神覆護即是外護二諸佛聖人亦脫瓔珞著弊垢衣執除糞器和光利物豈非同行三諸佛菩薩一音演法開發化導各令得解即是教授此即具三義也六度道品亦具三義助道名護助道發正道即是外護正助合故即是同行依此正助不失規矩通入三解脫門即是教授法性亦具三義境是所師冥熏密益即是外護境智相應即是同行未見理時如盲諦法顯時如目智用無僻經言修我法者證乃自知心無實行何用問爲即教授也此則三三合九句就前爲十二句前三次三是事知識餘六句是理知識若將此約三諦者入空觀時衆聖爲外護即空道品爲同行眞諦爲教授亦具六事六理假中兩觀亦復如是三諦合有二十六番十八事十八理若歷四悉檀即有衆多

知識義也若能了此知識法門善財入法界意則可解此等雖同是知識依華嚴云有善知識魔三昧魔菩提心魔魔能使人捨善從惡又能化人墮二乘地若然者羅漢之人但行眞諦非善知識若取内祕外現聲聞爲知識者菩薩亦作天能引入實相何獨羅漢此義則通無非知識今言魔者取實羅漢令人至化城者即非眞善知識但是半字知識行半菩提道損半煩惱奪與互明或知識或魔也別教若不得意不會中道亦是知識魔也圓教三種方是眞善知識三昧菩提心例此可解云云○第二訶五欲者謂色聲香味觸十住毗婆沙云禁六情如縶狗鹿魚蛇猨鳥狗樂聚落鹿樂山澤魚樂池沼蛇樂穴居猨樂深林鳥樂依空六根樂六塵非是凡夫淺智弱志所能降伏唯有智慧堅心正念乃能降伏總喻六根今私對之眼貪色色有質像如聚落眼如狗也耳貪聲聲無質像如空澤耳如鹿也鼻貪香如魚也舌引味如蛇也身著觸如猿也心緣法如鳥也今除意但明於五塵五塵非欲而其中有味能生行人須欲之心故言五欲譬如陶師人客延請不得就功五欲亦爾常能牽人入諸魔境雖具前緣攝心難立是故須訶色欲者所謂赤白長短明眸善睞素頸翠眉皓齒丹脣乃至依報紅黃朱紫諸珍寶物惑動人心如禪門中所說色害尤深令人狂醉生死根本良由此也如難陀爲欲持戒雖得羅漢習氣尚多況復具縛者乎國王耽荒無度不顧宗廟社稷之重爲欲樂故身入怨國此間上代亡國破家多從

欲起赫赫宗周褒姒滅之即其事也經云衆生貪狼於財色坐之不得道觀經云色使所使爲恩愛奴不得自在若能知色過患則不爲所欺如是呵已色欲即息緣想不生專心入定聲欲者即是嬌媚妖詞婬聲染語絲竹絃管環釧鈴珮等聲也香欲者即是鬱茀氛氳蘭馨麝氣芬芳酷烈郁馥之物及男女身分等香味欲者即是酒肉珍肴肥腴津膩甘甜酸辛酥油鮮血等也觸欲者即是冷暖細滑輕重強輭名衣上服男女身分等此五過患者色如熱金丸執之則燒聲如毒塗鼓聞之必死香如憋龍氣嗅之則病味如沸蜜湯舌則爛如蜜塗刀舐之則傷觸如卧師子近之則齧此五欲者得之無猒惡心轉熾如火益薪世世爲害劇於怨賊累劫已來常相劫奪摧折色心今方禪寂復相惱亂深知其過貪染休息事相具如禪門中云云上代名僧詩云遠之易爲士近之難爲情香味積高志聲色喪軀齡○觀心呵五欲者如色欲中滋味無量謂常無常我無我淨不淨苦樂空有世第一義皆是滋味故大論云色中無味相凡夫不應著若謂色是常是見依色若色無常亦常亦無常非常非無常是見皆依色乃至非如去非不如去非邊非無邊等是見皆依於色悉是諍競執謂是實戲論破智慧眼互相是非爲色造業適有此有即有生死如是觀者增長於欲非是呵欲今觀色有無等六十二見皆依無明無明無常生滅不住速朽之法念念磨滅無我無主寂滅涅槃無明既爾從無明生若有若無等悉皆無常寂滅涅

槃既無主我誰實誰虛終不於色起生死業業謝果亡是爲呵色入空而得解脫呵色既爾餘四亦然是名三藏析法呵五欲也中論指此云不善滅戲論也若摩訶衍呵色欲者體知諸見皆依無明無明即空諸見亦即空故金剛般若云須陀洹者名爲入流實不入流不入色聲香味觸故所以者何若有色可析可名入色色即是空無色可入故名不入既無流可入即無業果是名善滅戲論呵色既爾餘四亦然復次呵色即空者但入色空不能分別種種色相云何能度一切衆生衆生於色起種種計即是種種集招種種苦苦集病多道滅之藥亦復無量若欲化他豈可證空而不觀察是故知空非空從空入假恒沙佛法悉令通達若不如此猶名受入色空今深呵色空不受不入廣分別色雖復分別但有名字名字即空故稱爲假呵色既爾餘四亦然又呵色二邊如大品云色中無味相凡夫不應著色中無離相二乘不應離破色無明有無等見是呵其味破其沈空是呵其離若定有味不應有離若定有離不應有味味不定故非味離不定故非離不著二邊即是非味非離顯色中道實相故釋論云二乘爲禪故呵色事不名波羅蜜菩薩呵色即見色實相見色實相即是見禪實相故名波羅蜜到色彼岸到色彼岸即是見色中道分別色者即是見色俗即色空者是見色眞如是呵色盡色源底成三諦三昧發三種智慧深呵於色爲止觀方便其意在此呵色既然餘四亦爾○第三棄五蓋者所謂貪欲瞋恚睡

眠掉悔疑通稱蓋者蓋覆纏綿心神昏闇定慧不發故名爲蓋前呵五欲乃是五根對現在五塵發五識今棄五蓋即是五識轉入意地追緣過去逆慮未來五塵等法爲心內大障喻如陶師身中有疾不能執作蓋亦如是爲妨既深加之以棄如翦毒樹如檢偷賊不可留也大品云離欲及惡法離欲者五欲也如前所呵惡法者五蓋也宜須急棄此五蓋者其相云何貪欲蓋起追念昔時所更五欲念淨潔色與眼作對憶可愛聲髣髴在耳思悅意香開結使門想於美味甘液流口憶受諸觸毛竪戰動貪如此等麤弊五欲思想計校心生醉惑忘失正念或密作方便更望得之若未曾得亦復推尋或當求覓心入塵境無有間念麤覺蓋禪禪何由獲是名貪欲蓋相瞋恚蓋者追想是人惱我惱我親稱歎我怨三世九惱怨對結恨心熱氣麤忿怒相續百計伺候欲相中害危彼安身恣其毒忿暢情爲快如此瞋火燒諸功德禪定支林豈得生長此即瞋恚蓋相也睡眠蓋者心神昏昏爲睡六識闇塞四支倚放爲眠眠名增心數法烏闇沈塞密來覆人難可防衛五情無識猶如死人但於片息名爲小死若喜眠者眠則滋多薩遮經云若人多睡眠懈怠妨有得未得者不得已得者退失若欲得勝道除睡疑放逸精進策諸念離惡功德集釋論云眠爲大闇無所見日日欺誑奪人明亦如臨陣白刃間如共毒蛇同室居如人被縛將去殺爾時云何安可眠眠之妨禪其過最重是爲睡眠蓋相掉悔者若覺觀偏起屬前蓋攝今

覺觀等起徧緣諸法乍緣貪欲又想瞋恚及以邪癡炎炎不停卓卓無住乍起乍伏種種紛紜身無趣遊行口無益談笑是名爲掉掉而無悔則不成蓋以其掉故心地思惟謹慎不節云何乃作無益之事實爲可恥心中憂悔懊結繞心則成悔蓋蓋覆禪定不得開發若人懺悔改往自責其心而生憂悔若入禪定知過而已不應想著非但悔故而得免脫當修禪定清淨之法那得將悔縈心妨於大事故云悔已莫復憂不應常念著不應作而作應作而不作即是此意是名掉悔蓋相也疑蓋者此非見諦障理之疑乃是障定疑也疑有三種一疑自二疑師三疑法一疑自者謂我身底下必非道器是故疑身二疑師者此人身口不稱我懷何必能有深禪好慧師

而事之將不悞我三疑法者所受之法何必中理三疑猶豫常在懷抱禪定不發設發永失此是疑蓋之相也五蓋病相如是棄法云何行者當自省察今我心中何病偏多若知病者應先治之若貪欲蓋重當用不淨觀棄之何以故向謂五欲爲淨愛著纏縣今觀不淨膿囊涕唾無一可欣猒惡心生如爲怨逐何有智者當樂是耶故知此觀治貪之藥此蓋若去心即得安若瞋恚蓋多當念慈心滅除恚火此火能燒二世功德人不喜見毒害殘暴禽獸無異生死怨對累劫不息即世微恨後成大怨今修慈心棄捨此惡觀一切人父母親想悉令得樂若不得樂我當勤心令得安樂云何於彼而生怨對作是觀時瞋心即息安心入禪若睡蓋多者當勤精進策勵

身心加意防擬思惟法相分別選擇善惡之法勿令睡蓋得入又當選擇善惡之心令生法喜心旣明淨睡蓋自除莫以睡眠因緣失二世樂徒生徒死無一可獲如入寶山空手而歸深可傷歎當好制心善巧防御也杖毱具申腳起星水洗若掉散者應用數息何以故此蓋甚利來時不覺于久始知今用數息若數不成或時中忘即知已去覺已更數數相成就則覺觀被伏若不治之終身被蓋若三疑在懷當作是念我身即是大富盲兒具足無上法身財寶煩惱所翳道眼未開要當修治終不放捨又無量劫來習因何定豈可自疑失時失利人身難得怖心難起莫以疑惑而自毀傷若疑師者我今無智上聖大人皆求其法不取其人雪山從鬼請偈天帝拜畜爲師大論云不以囊臭而棄其金慢如高山雨水不停卑如江海萬川歸集我以法故復應敬彼普超經云人人相見莫相平相智如如來乃能平人身子云我從今去不敢復言是人入生死是人入涅槃即此意也常起恭敬三世如來師即未來諸佛云何生疑耶若疑法者我法眼未開未別是非憑信而已佛法如海唯信能入法華云諸聲聞等非已智分以信故入我之盲瞑復不信受更何所歸長淪永溺不知出要和伽利云云優波笈多教弟子上樹云云若心信法法則染心猶豫狐疑事同覆器問曰五蓋悉障定不答解者不同或云無知是正障何者禪是門戶詮次之法知無知相乖故疑眠蓋是也或言散動是正障何者定散相乖故掉悔是也或言貪瞋

是正障何者禪是柔輭善法剛柔相乖故貪瞋是也如是等各據不同今釋不然五蓋通是障而隨行者強弱若人貪欲蓋多此蓋是正障餘者是傍四蓋亦爾譬如四大通皆是病未必俱發隨其動者正能殺人蓋亦應爾先治於強弱者自去禪定得發云云十住毗婆沙云若人放逸者諸蓋則覆心生天猶尚難何況於得果若人勤精進則能裂諸蓋諸蓋既裂已諸願悉皆得是名依事法棄蓋也問初禪發時五蓋畢竟盡不答此當分別何者離三毒爲四分貪瞋癡偏發是三分不名爲等三分等起名爲等三毒偏起是覺觀而非多三分等起名覺觀多即是第四分也成論呼此爲刹那心刹那心既通緣三毒三毒等起故知刹那之心即是善惡成也阿毗曇明此刹那心起但是無明無記善惡未成何以故雖通緣三毒不正屬三毒既不正屬那得是善惡雖非是惡三毒因之而起呼此無記爲因等起而不名爲善惡此二論雖異同是明第四分也離此四分爲五蓋貪瞋兩分是兩蓋開癡分爲睡疑兩蓋等分爲掉悔蓋若廣開四分一分則有二萬一千煩惱四分合有八萬四千約於苦諦則是八萬四千法藏約於集諦則是八萬四千塵勞門約於道諦則是八萬四千三昧陀羅尼等約於滅諦則是八萬四千諸波羅蜜四分法相該深若此五蓋理應高廣阿毗曇那得判貪止欲界上地名愛上亦無瞋此義巳爲成論所難若上地輕貪名愛亦應輕瞋名恚耶故知覆相抑異未是通方耳今釋五蓋望於四分通至佛

地上棄五蓋相此是鈍使五蓋止障初禪初禪若發此蓋棄盡常途所論秖是此意利使五蓋障於眞諦如前所明空見之人計所執爲實餘是妄語乖之則瞋順之則愛即貪瞋兩蓋也無明闇心謬有所執非明審知即睡眠蓋種種戲論見諍無益即掉悔蓋即雖無疑後方大疑何以故既執是實何所復疑後若被破心生疑惑此五覆心終不見諦呵棄此蓋蓋去道發證須陀洹從初果去取眞爲愛捨思爲瞋思惑未盡爲睡失脫妄念爲掉非無學名疑故知五蓋障眞通至三果除此五蓋即是無學復次依空起蓋障俗諦理所以者何沈空取證以空爲是譬如貧人得少便爲足更不願好者保愛此空即貪蓋憎猒生死捨而不觀即瞋蓋無爲空寂不肯照假乃至不識五種之鹽名睡蓋空亂意衆生非其境界名掉悔蓋假智不明名疑蓋此蓋不棄道種智俗諦三昧終不現前此蓋若除法眼明朗復次依中起蓋障於中道所以者何菩薩貪求佛法如海吞流無有猒足生名愛法起順道貪此名貪蓋不喜二乘大樹折枝不宿怨鳥是名瞋蓋無明長遠設使上地猶有分在大論云處處説破無明三昧者初雖破後更須破無智慧明即睡蓋菩薩三業雖無失比佛猶有漏失名掉悔蓋初後理圓而初心智慧不逮於後是名疑蓋此蓋不棄終不與實相相應此蓋若除眞如理顯開佛知見此五蓋法不局在初心地地皆有唯佛究竟八萬四千波羅蜜具足圓滿到於彼岸故地持云第九離一切見清淨淨禪若得此意

蓋相則長非但欲界而已復次言語分别邐迤階梯前鈍利兩蓋是凡夫時所棄俗諦上蓋是二乘時所棄障中道蓋是菩薩時所棄如此論蓋後不關初地攝二論師多明此意果頭之法不關凡夫那可即事而修圓釋不爾何以得知若爲上地人説應作法性佛現法性國爲法性菩薩説之何意相輔現此三界爲欲度此凡俗故論此妙法使其得修若言不爾爲誰施權權何所引若得此意初心凡夫能於一念圓棄諸蓋故大品云一切法趣欲事是趣不過欲事尚不可得何況當有趣不趣釋曰趣即是有有能趣所趣故即辯俗諦欲事不可得即是明空空中無能趣所趣故即辯眞諦云何當有趣非趣即是辯中道當知三諦秖在一欲事耳今更廣釋令義易解云何一切法趣欲事是趣不過欲事爲法界故一切法之根本如初起欲覺已具諸法心麤不知漸漸滑利不能制御便習其事初試歇熱習之則慣餮毀叵忘即便退戒還家求覓欲境覓不知足或偷或劫或偪或貿如是等種種求欲而生罪過若得此境大須供養或偷奪求財或殺生取適若其富貴縱心造罪若其貧窮惡念亦廣欲罪既成適有此有則有生死應徧受果隨在何道欲轉倍盛受胎之微形世世常增長十二因緣輪轉無際當知一切法無不趣欲欲法界外更無别法當知一切五蓋如上説者於初一念悉皆具足欲爲因緣生法其義可見也云何欲法界空外五塵求不可得内意根求不可得中間意識求不可得内外合求不可得離内

外求不可得過去欲緣求不可得現在欲因求不可得未來欲果求不可得橫竪求之畢竟寂靜欲即是空欲空故從欲所生一切法亦即是空空亦不可得是爲觀空棄利鈍蓋也既識巳心一欲一切欲即識一切衆生亦復如是且置餘道直就人道種種色像種種音聲種種心行種種依報各各不同當知欲因種別無量一人因果巳自無窮何況多人一界如是況九法界一法如是何況百法譬如對寇寇是勲本能破寇故有大功名得大富貴無量貪欲是如來種亦復如是能令菩薩出生無量百千法門多薪火猛糞壞生華貪欲是道此之謂也若斷貪欲住貪欲空何由生出一切法門經云不斷五欲能淨諸根如是觀時俗諦五蓋自然清淨雖能如此未見欲之實性實非空亦復非假非假故豈有無量非空故豈有寂然空及假名是二皆無無趣無非趣無趣者利鈍兩番五蓋玄除無非趣一番五蓋除得識中道又一番除無所斷破無所棄滅而四番五蓋一念圓除破二十五有見欲實性名王三昧具一切法是名圓觀棄於圓蓋如此法門名理即是作如此解名名字即是初心此觀名觀行即是如上訶色即淨眼根訶聲即淨耳根訶香即淨鼻根訶味即淨舌根訶觸即淨身根棄五蓋即淨意根六根淨時名相似即是三惑破三諦顯名分眞即是若能盡欲蓋邊底名究竟即是圓棄欲蓋既爾棄餘蓋亦然○第四調五事者所謂調食調眠調身調息調心如前所喻土水不調不任爲器五事不善不得入禪

眠食兩事就定外調之三事就入出住調之調食者增病增眠增煩惱等食則不應食也安身愈疾之物是所應食略而言之不飢不飽是食調相尼揵經曰噉食太過體難迴動窳惰懈怠所食難消失二世利睡眠自受苦迷悶難醒寤調眠者眠是眼食不可苦節增於心數損失功夫復不可恣上訶蓋中一向除棄爲正入定障故此中在散心時從容四大故各有其意略而言之不節不恣是眠調相三事合調者三事相依不得相離如初受胎一煗二命三識煗是遺體之色命是氣息報風連持識是一期心主託胎即有三事三事增長七日一變三十八七日竟三事出生名嬰兒三事停住名壯年三事衰微名爲老三事滅壞名爲死三事始終不得相離須合調也初入定時調身令不寬不急調息令不澀不滑調心令不沈不浮調麤入細住禪中隨不調處覺當檢校調使安隱如調絃入弄後不成曲即知絃軫差異覺而改之若欲出定從細至麤備如次第禪門也若能調凡夫三事變爲聖人三法色爲發戒之由息爲入定之門心爲生慧之因此戒能捨惡趣凡鄙之身成辦聖人六度滿足法身此息能變散動惡覺即成禪悅法喜因禪發慧聖人以之爲命此心即能改生死心爲菩提心眞常聖識始此三法合成聖胎始從初心終至後心唯此三法不得相離云云觀心調五事者如前法喜禪悅爲食也初觀眞諦所生定慧多爲入空消淨諸法此是飢相法華云飢餓羸瘦體生瘡癬也第二觀俗諦所生定慧多是扶

俗假立諸法名爲飽相故云歷劫修行恒沙佛法是二觀飢飽不調中道禪悅法喜調和中適無二邊之偏是名不飢不飽云云調眠者空觀未破無明無明與空合沈空保住眠相則多出假分別伏無明眠相則少令中道觀從容若斷無明一切善法則無生處塵勞之儔是如來種不斷癡愛起諸明脫若恣無明無上佛道何由得成經云無明轉即變爲明行於非道通達佛道無明性明性無二無別豈可斷無明性更修明性耶不住調伏不住不調伏即是理觀調眠也合調三事即爲三番大經云六波羅蜜滿足之身調如此身令不寬不急大品云樂說辯卒起是爲魔事不卒起亦是魔事卒起者卒行六度是急卒放捨是寬不卒不寬是身調相調息者以禪悅法喜慧命爲息如大品云般若非利非鈍若鈍名爲澀若利即名滑不鈍不利名息調相調心者菩提心難得是爲沈菩提心易得名爲浮非難非易是爲調相次約三觀調三事者以微妙善心爲菩提心如前明四種菩提心若三藏通教爲斷結入空以眞爲證此心爲沈若別教化他出假分別藥病廣識法門發菩提心此心爲浮若圓教觀實相理雙遮雙照非空故不沈非假故不浮發如是心名爲調相調身者通教斷惑明六度爲急別教出假分別爲寬中道不依二邊爲不寬不急也調息者通教慧命入空爲滑別教入假爲澀中道不依二邊爲不澀不滑復次約三觀各各調者初觀止身息心爲急滑沈次觀身息心爲寬澀浮若能中適即成方便得入眞

諦也第二觀止身息心爲急滑沈觀身息心
爲寬澀浮能止觀中適則成方便發道種智
見俗諦理云云中道止身息心爲急滑沈觀身
息心爲寬澀浮若能中適止觀從容即成方
便得入中道見實相理也行者善調三事令
託聖胎如即行心未有所屬應當勤心和會
方便智度父毋託於聖胎豈可託地獄三途
人天之胎耶○第五行五法者所謂欲精進
念巧慧一心前喻陶師衆事悉整而不肯作
作不殷勤不存作法作不巧便作不專一則
事無成今亦如是上二十法雖備若無樂欲
希慕身心苦策念想方便一心決志者止觀
無由現前若能欣習無猒曉夜匪懈念念相
續善得其意一心無異此人能進前路一心
譬舩柁巧慧如點頭三種如篙櫓若少一事
則不安隱又如飛鳥以眼視以尾制以翅前
無此五法事禪尚難何況理定當知五法通
爲小大事理而作方便也成論用四支爲方
便一心爲定體若然者四禪皆有一心一心
無異云何判四禪之別今不用此若瓔珞云
五支皆方便第六默然爲定體四禪俱有默
然亦難分別若毗曇用五法爲方便五支皆
爲定體所以有四禪通別之異一心爲通體
初支爲別體故云覺觀俱禪乃至捨俱禪別
支與一心同起得簡一心有深淺異釋論同
此說今亦用之論文解五法者欲者欲從欲
界到初禪精進者欲界難過若不精進不能
得出如叛還本國界首難度故論云施戒忍
世間常法如客主之禮法應供給見作惡者
被治不敢爲罪或少力故而忍故不須精進

令欲生般若要因禪定必須大精進身心急著爾乃成辦如佛說血肉脂髓皆使竭盡但令皮骨在不捨精進乃得禪定智慧得是三事衆事皆辦是故須大精進也念者常念初禪不念餘事慧者分别初禪尊重可貴欲界欺誑可惡初禪爲攀上勝妙出欲界爲猒下苦麤障因果合論則有十二觀若依此言與外道六行同但外道專爲求禪今佛弟子用邪相入正相無漏心修還成正法是爲巧慧一心者修此法時一心專志更不餘緣決定一心非是入定一心也復次欲者欲從生死而入涅槃精進者不雜有漏名精一向專求名進念者但念涅槃寂滅不念餘事巧慧者分别生死過患賢聖所呵涅槃安樂聖所稱歎一心者決定怖畏修八聖道直去不迴是爲方便而得入眞復次欲者欲廣化衆生成就佛法精進者雖衆生性多佛法長遠誓無退悔念者悲心徹骨如母念子方便者巧知諸病明識法藥逗會適宜一心者決定化他誓令度脱心不異不二復次欲者如薩陀波崙欲聞般若不自惜身命精進者爲聞般若故七日七夜閑林悲泣七歲行立不坐不卧念者常念我何時當聞般若更無餘念巧慧者雖有留難留難不能難如賣身魔不能蔽隱水更能刺血轉魔事爲佛事即巧慧一心者決志不移不復二念也復次重說欲者欲從二邊正入中道不雜二邊爲精任運流入爲進繫緣法界一念法界爲念修中觀方便名善巧息於二邊心水澄清能知世間生滅法相不二其心清淨常一能見般若也此二

十五法通爲一切禪慧方便諸觀不同故方便亦轉譬如曲弄既別調絃亦別若細分別則有無量方便文繁不載可以意得今用此二十五法爲定外方便亦名遠方便因是調心豁然見理見理之時誰論内外豈有遠近大品云非内觀得是智慧非外觀非内外觀不離外觀不離内觀及内外觀亦不以無觀得是智慧今且約此明外方便也然不可定執而生是非若解此意沈浮得所内外俱成方便若不得意俱非方便也

摩訶止觀卷第四下

音釋

嚻虛嬌切聲也 諳烏含切悉也 縶陟立切羈絆也 睞洛代切傍視也 姒音似姓也 憋并滅切急性也 嗅許救切收氣也 穨徒回切下墜也 窳勇主切嬾也 柁待可切正舩木也

摩訶止觀卷第五上

隋天台智者大師說
門人灌頂記

第七正修止觀者前六重依修多羅以開妙解今依妙解以立正行胥明相賴目足更資行解既勤三障四魔紛然競起重昏巨散翳動定明不可隨不可畏隨之將人向惡道畏之妨修正法當以觀觀昏即昏而朗以止止散即散而寂如豬揩金山衆流入海薪熾於火風益求羅耳此金剛觀割煩惱陣此牢強足越生死野慧淨於行行進於慧照潤導達交絡瑩飾一體二手更互指摩非但開拓遮障內進已道又精通經論外啓未聞自匠匠他兼利具足人師國寶非此是誰而復學佛慈悲無諸慳悋說於心觀施於彼者即是開門傾藏捨如意珠此珠放光而復雨寶照闇豐乏朗夜濟窮馳二輪而致遠翥兩翅以高飛玉潤碧鮮可勝言哉香城粉骨雪嶺投身亦何足以報德快馬見鞭影即著正路其癡鈍者毒氣深入失本心故既其不信則不入手無聞法鉤故聽不能解乏智慧眼不別眞僞舉身痺癩動步不前不覺不知大罪聚人何勞爲說設猒世者翫下劣乘攀附枝葉狗狎作務敬獼猴爲帝釋宗瓦礫是明珠此黒闇人豈可論道又一種禪人不達他根性純教乳藥體心踏心和融覺覓若泯若了斯一轍之意障難萬途紛然不識纔見異相即判是道自非法器復闕匠他盲跛師徒二俱墮落瞽蹶夜遊甚可憐愍不應對上諸人說此止觀夫止觀者高尚者高尚卑劣者卑劣開

止觀爲十一陰界入二煩惱三病患四業相五魔事六禪定七諸見八增上慢九二乘十菩薩此十境通能覆障陰在初者二義一現前二依經大品云聲聞人依四念處行道菩薩初觀色乃至一切種智章章皆爾故不違經又行人受身誰不陰入重擔現前是故初觀後發異相別爲次耳夫五陰與四大合若不照察不覺紛馳如閉舟順水寧知奔迸若其迴泝始覺馳流既觀陰果則動煩惱因故次五陰而論四分也四大是身病三毒是心病以其等故情中不覺今大分俱觀衝擊脈藏故四蛇偏起致有患生無量諸業不可稱計散善微弱不能令動今修止觀健病不虧動生死輪或善萌故動惡壞故動善示受報故動惡來責報故動故次病說業也以惡動故惡欲滅善動故善欲生魔遽出境作諸留難或壞其道故次業說魔若過魔事則功德生或過去習因或現在行力諸禪競起或味或淨或橫或竪故次魔說禪禪有觀支因生邪慧逸觀於法僻起諸倒邪辯猛利故次禪說見若識見爲非息其妄著貪瞋利鈍二俱不起無智者謂證涅槃小乘亦有橫計四禪爲四果大乘亦有魔來與記並是未得謂得增上慢人故次見說慢見慢既靜先世小習因靜而生身子捨眼即其事也大品云恒沙菩薩發大心若一若二入菩薩位多墮二乘故次慢說二乘若憶本願故不墮空者諸方便道菩薩境界即起也大品云有菩薩不久行六波羅蜜若聞深法即起誹謗墮泥犁中此是六度菩薩耳通教方便位亦有謗義入

眞道不謗也別教初心知有深法是則不謗此等悉是諸權善根故次二乘後說也此十種境始自凡夫正報終至聖人方便陰入一境常自現前若發不發恒得爲觀餘九境發可爲觀不發何所觀又八境去正道遠深加防護得歸正轍二境去正道近至此位時不慮無觀薄修即正又若不解諸境互發大起疑網如在岐道不知所從先若聞之悠其變怪心安若空互發有十謂次第不次第雜不雜具不具作意不作意成不成益不益久不久難不難更不更三障四魔九雙七隻次第者有三義謂法修發法者次第淺深法也修者先世已曾研習次第或此世次第修也發者依次修而次發也不次亦三義謂法修發發則不定或前發菩薩境後發陰入雖不次

第十數宛足修者若四大違返則先修病患若四分增多則先修煩惱如是一一隨強者先修法者眼耳鼻舌陰入界等皆是寂靜門亦是法界何須捨此就彼出寶篋經云當知法界外更無復有法而爲次第也煩惱即法界如無行經云貪欲即是道淨名云行於非道通達佛道佛道既通無復次第也病患是法界者淨名云今我病者非眞非有衆生病亦非眞非有以此自調亦度衆生方丈託疾雙林病行即其義也業相爲法界者業是行陰法華云深達罪福相徧照於十方微妙淨法身具相三十二達業從緣生不自在故空此業能破業若衆生應以此業得度示現諸業以此業立業業與不業縛脫叵得普門示現雙照縛脫故名深達何啻堪爲方等師耶

魔事爲法界者首楞嚴云魔界如佛界如一如無二如實際中尚不見佛況見有魔耶設有魔者良藥塗屣堪任乘御云云禪爲法界者能觀心性名爲上定即首楞嚴不昧不亂入王三昧一切三昧悉入其中見爲法界者淨名云以邪相入正相於諸見不動而修三十七品又動修不動修亦動亦不動修非動非不動修三十七品以見爲門以見爲侍慢爲法界者還是煩惱耳觀慢無慢慢大慢非慢非不慢成祕密藏入大涅槃二乘爲法界者若但見於空不見不空云云智者見空及與不空決了聲聞法是諸經之王聞已諦思惟得近無上道菩薩境爲法界者底惡生死下劣小乘尚即是法界況菩薩法寧非佛道又菩薩方便之權即權而實亦即非權非實成祕密藏入大涅槃是一一法皆即法界是爲不次第法相也雜不雜者發一境已更發一境歷歷分明是爲不雜適發陰入復起煩惱煩惱未謝復業復魔禪見慢等交横並沓是爲雜發雖雜不出十種具不具者十數足名具九去名不具次不次雜不雜皆論具不具又總具總不具别具别不具十數足是總具十數不委悉是總不具九數欠是别不具九數中委悉是别具又横具横不具竪具竪不具例如發四禪至非想是竪具至不用處是竪不具發通明背捨等是横具止發七背捨是横不具又發初禪至四禪是竪具三禪來是竪不具又初禪九品是竪具八品來是竪不具又一品五支足是横具四支已來是横不具其餘例此可知云云修不修者作意修陰界

入界入開解是修發不作意陰界入自發通達色心是不修發乃至菩薩境亦如是應有四句爲根本句句織成三十六句例如下煩惱境中說成不成者若發一境究竟成就成就已謝更發餘境餘境亦究竟成若發一種乍起乍滅非但品數鈌少於分分中亦曖昧不明前具不具止明頭數此中論體分始終益不益者或發惡法於止觀巨益明靜轉深或發善法於止觀大損損其靜照或增靜損照或損靜增照俱增俱損難發不難發者或惡法難易或善法難易俱難俱易久不久者自有一境久久不去或有一境即起即去云云更不更者自有一境一更兩更乃至多多自有一境一發即休後不復發如是等種種不同善識其意莫謬去取然皆以止觀研之使無滯也三障四魔者普賢觀云閻浮提人三障重故陰入病患是報障煩惱見慢是煩惱障業魔禪二乘菩薩是業障障止觀不明靜塞菩提道令行人不得通至五品六根清淨位故名爲障四魔者陰入正是陰魔業禪二乘菩薩等是行陰名爲陰魔煩惱見慢等是煩惱魔病患是死因名死魔魔事是天子魔魔名奪者破觀名奪命破止名奪身又魔名磨訛磨觀訛令黑闇磨止訛令散逸故名爲魔云云問何意互發答皆由二世因緣昔有漸觀種子令得修行之雨即次第發昔有頓觀種子即不次第發昔有不定種子即雜發昔修時數具即具發昔修時數不具即不具發昔曾證得今發則成昔但修不證今發不成昔因強今不修而發今緣強待修而發昔因

今緣二俱善巧迴向上道今發則益昔因緣中雜毒是則致損發所因處弱則不久發因處強是則久麤細住乃至四禪傳傳判強弱云云善易發關遮輕善難發由遮重惡難發由根利惡易發由根鈍惡欲滅而告謝善欲生而相知則一而不更善欲滅而求救惡欲與而求受則更更更更此中皆須口決用智慧籌量不得師心謬判是非爾其慎之勤之重之私料簡者法若塵沙境何定十答譬如大地一能生種種芽數方不廣略令義易明了故言十耳問十境通別云何答受身之始無不有身諸經說觀多從色起故以陰為初耳以陰本陰因陰患陰主善陰又陰因別陰等云云通言煩惱者見慢同煩惱陰入病是煩惱果業是煩惱因禪是無動業業即煩惱用魔即統欲界即煩惱主二乘菩薩即別煩惱攝云云通稱病患者陰界入即病本煩惱見慢等即是煩惱病淨名云今我病者皆從前世妄想諸煩惱生業亦是病大經云王今病重即指五逆為病也魔能作病三災為外過患喘息喜樂是內過患禪有喜樂即病患也二乘菩薩即是空病空病亦空通稱業者陰入是業果煩惱見慢是業本病是業報魔是魔業禪是無動業二乘菩薩是無漏業通稱魔者陰入即陰魔煩惱見慢即煩惱魔病是死魔魔即天子魔餘者皆是行陰魔攝通稱禪定者禪自是其境陰入煩惱見慢業等悉是十大地中心數定攝魔是未到地定果亦是心數定攝二乘菩薩淨禪攝又三定攝之上定攝菩薩二乘中下二定攝八境云云通稱見者

陰入即我見衆生見煩惱具五見病壽者命者見業禪等作者見亦是戒取見魔是使作者使受者使起等攝又生死即邊見攝慢即我見攝二乘方便菩薩等皆曲見攝通稱慢者陰入我慢攝煩惱即慢慢攝病患不如慢攝業即憍慢攝由憍故造業魔即大慢攝禪即憍慢攝見亦大慢攝二乘菩薩增上慢攝通稱二乘者四念處四諦法攝九境也通稱菩薩境者以四弘誓攝得九境問境法名俱通者行人亦通不答大經云云何未發心而名爲菩薩前九境人亦通稱菩薩人也通是二乘則有四種聲聞增上慢聲聞攝得下八境人也佛道聲聞攝得菩薩人也問通是無常不答寶性論云菩薩住無漏界中有無常倒問通是有漏不答漏義則通有義小異問通是偏眞不答偏義則通眞義異問通義可領別復云何答十境不同即別義也復有亦通亦別陰是受身之本又是觀慧之初所以別當其首此一境亦通亦別後九境從發異相受名但得是通是別不得是亦通亦別也若爾煩惱亦是諸法之本元爲治惑亦是觀初病身四大亦是事本元爲治病亦是觀初何意不得亦通亦別答若身因煩惱屬前世若今世煩惱由身而有病不恒起爲本事弱諸經論不以病爲觀首故不亦通亦別耳非通非別者皆不思議一陰一切陰非一非一切問九境相起更立別名者陰入解起應立別名答陰解起時非條然別還是陰入攝若執此解即屬見若約解起愛恚屬煩惱招病來魔隨事別判若解發朗然無九境相者此

則止觀氣分但得通別不得亦通亦別耳問十境條然別不答四念處是陰別觀空聚是入別無我是界別五停心煩惱別八念病別十善業別五繫魔別六妙門禪別道品見別無常苦空慢別四諦十二緣二乘別六度菩薩別問五陰俱是境色心外別有觀耶答不思議境智即陰是觀亦可分別不善無記陰是境善五陰是觀觀既純熟無惡無無記唯有善陰善陰轉成方便陰方便陰轉成無漏陰無漏陰轉成法性陰謂無等等陰豈非陰外別有觀耶小乘尚爾況不思議耶問若轉陰爲觀報陰亦應轉答大品云色淨故受想行識淨般若亦淨法華云顏色鮮白六根清淨即其義也陰雖轉觀境宛然云云問十境與五分云何答五分判禪十發約境今當會之若次不次一發至後則進分也齊九已來住分也作意矜持護分也一發即失退分也達分可知若於境境皆作五分者可以意推不俟分別然五分十境皆是法相可得互有其義六即十地行位淺深不得相類問念性離緣性亦離若無緣無念亦無數量云何具十法界耶答不可思議無相而相觀智宛然他解須彌容芥芥容須彌火出蓮華人能渡海就希有事解不思議令解無心無念無能行無能到不思議理理則勝事問十法界互相有爲因爲果答俱相有而果隔難顯因通易知如慈童女以地獄界發佛心如未得記菩薩輕得記者若不生悔無出罪期更引諸例凡聖皆具五陰不可言聖陰如凡陰又佛具五眼豈可以人天果報釋佛眼佛具五行病

行是四惡界嬰兒行是人天界聖行是二乘法界梵行是菩薩法界天行是佛法界問一念具十法界爲作念具爲任運具答法性自爾非作所成如一微塵具十方分云云〇第一觀陰入界境者謂五陰十二入十八界也陰者陰蓋善法此就因得名又陰是積聚生死重沓此就果得名入者涉入亦名輸門界名界別亦名性分毗婆沙明三科開合若迷心開心爲四陰色爲一陰若迷色開色爲十入及一入少分心爲一意入及法入少分若俱迷者開爲十八界也數人說五陰同時識是心王四陰是數約有門明義故王數相扶同時而起論人說識先了別次受領納想取相貌行起違從色由行感約空門明義故次第相生若就能生所生從細至麤故識在前若從修行從麤至細故色在前皆不得以數隔王若論四念處則王在中此就言說爲便耳又分別九種一期色心名果報五陰平平想受無記五陰起見起愛者兩汙穢五陰動身口業善惡兩五陰變化示現工巧五陰五善根人方便五陰證四果者無漏五陰如是種種源從心出正法念云如畫師手畫出五彩黑青赤黃白白畫手譬心黑色譬地獄陰青色譬鬼赤譬畜黃譬脩羅白譬人白白譬天此六種陰止齊界內若依華嚴云心如工畫師畫種種五陰界內界外一切世間中莫不從心造世間色心尚叵窮盡況復出世寧可凡心知凡眼翳尚不見近那得見遠彌生曠劫不覩界內一隅況復界外邊表如渴鹿逐炎狂狗齧雷何有得理縱令解悟小乘終

非大道故大集云常見之人說異念斷斷見之人說一念斷皆隨二邊不會中道況佛去世後人根轉鈍執名起諍互相是非悉墮邪見故龍樹破五陰一異同時前後皆如炎幻響化悉不可得寧更執於王數同時異時耶然界內外一切陰入皆由心起佛告比丘一法攝一切法所謂心是論云一切世間中但有名與色若欲如實觀但當觀名色心是惑本其義如是若欲觀察須伐其根如炙病得穴今當去丈就尺去尺就寸置色等四陰但觀識陰識陰者心是也○觀心具十法門一觀不可思議境二起慈悲心三巧安止觀四破法徧五識通塞六修道品七對治助開八知次位九能安忍十無法愛也既自達妙境即起誓悲他次作行填願願行既巧破無不徧徧破之中精識通塞令道品進行又用助開道道中之位已他皆識安忍內外榮辱莫著中道法愛故得疾入菩薩位譬如毗首羯磨造得勝堂不疎不密間隙容綖巍巍昂昂峙於上天非拙匠所能揆則又如善畫圖其匡郭寫像偪眞骨法精靈生氣飛動豈填彩人所能點綴此十重觀法橫竪收束微妙精巧初則簡境眞僞中則正助相添後則安忍無著意圓法巧該括周備規矩初心將送行者到彼薩雲非闇證禪師誦文法師所能知也蓋由如來積劫之所勤求道場之所妙悟身子之所三請法譬之所三說正在茲乎一觀心是不可思議境者此境難說先明思議境令不思議境易顯思議法者小乘亦說心生一切法謂六道因果三界輪環若去凡欣

聖則棄下上出灰身滅智乃是有作四諦蓋思議法也大乘亦明心生一切法謂十法界也若觀心是有有善有惡惡則三品三途因果也善則三品脩羅人天因果觀此六品無常生滅能觀之心亦念念不住又能觀所觀悉是緣生緣生即空並是二乘因果法也若觀此空有墮落二邊沈空滯有而起大慈悲入假化物實無身假作身實無空假說空而化導之即菩薩因果法也觀此法能度所度皆是中道實相之法畢竟清淨誰善誰惡誰有誰無誰度誰不度一切法悉如是是佛因果法也此之十法邐迤淺深皆從心出雖是大乘無量四諦所攝猶是思議之境非今止觀所觀也不可思議境者如華嚴云心如工畫師造種種五陰一切世間中莫不從心造

種種五陰者如前十法界五陰也法界者三義十數是能依法界是所依能所合稱故言十法界又此十法各各因各各果不相混濫故言十法界又此十法一一當體皆是法界故言十法界云云十法界通稱陰入界其實不同三途是有漏惡陰界入三善是有漏善陰界入二乘是無漏陰界入菩薩是亦有漏亦無漏陰界入佛是非有漏非無漏陰界入釋論云法無上者涅槃是即非有漏非無漏法也無量義經云佛無諸大陰界入者無前九陰界入也今言有者有涅槃常住陰界入也大經云因滅無常色獲得常色受想行識亦復如是常樂重沓即積聚義慈悲覆蓋即陰義以十種陰界不同故故名五陰世間也攬五陰通稱衆生衆生不同攬三途陰罪苦衆

生攬人天陰受樂衆生攬無漏陰眞聖衆生攬慈悲陰大士衆生攬常住陰尊極衆生大論云衆生無上者佛是豈與凡下同大經云歌羅邏時名字異乃至老時名字異芽時名字異乃至果時名字亦異直約一期十時差別況十界衆生寧得不異故名衆生世間也十種所居通稱國土世間者地獄依赤鐵住畜生依地水空住脩羅依海畔海底住人依地住天依宫殿住六度菩薩同人依地住通教菩薩惑未盡同人天依住斷惑盡者依方便土住别圓菩薩惑未盡者同人天方便等住斷惑盡者依實報土住如來依常寂光土住仁王經云三賢十聖住果報唯佛一人居淨土土土不同故名國土世間也此三十種世間悉從心造又十種五陰一一各具十法

謂如是相性體力作因緣果報本末究竟等先總釋後隨類釋總釋者夫相以據外覽而可别釋論云易知故名爲相如水火相異則易可知如人面色具諸休否覽外相即知其内昔孫劉相顯曹公相隱相者擧聲大哭四海三分百姓荼毒若言有相闇者不知若言無相占者洞解當隨善相者信人面外具一切相也心亦如是具一切相衆生相隱彌勒相顯如來善知故遠近皆記不善觀者不信心具一切相當隨如實觀者信心具一切相也如是性者性以據内總有三義一不改名性無行經稱不動性性即不改義也又性名性分種類之義分分不同各各不可改又性是實性實性即理性極實無過即佛性異名耳不動性扶空種性扶假實性扶中今明内

性不可改如竹中火性雖不可見不得言無燧人乾草徧燒一切心亦如是具一切五陰性雖不可見不得言無以智眼觀具一切性世間人可笑以其偏聞判圓經涅槃明佛知衆生有佛性判爲極常法華明佛知一切法如是性判爲無常豈可以少知爲常多知爲無常又法華云佛知一切法皆是一種一性此語亦少何故判爲無常又有師判法華十如前五如屬凡是權後五屬聖爲實依汝所判則凡無實永不得成聖聖無權非正徧知此乃專輒之說誣佛慢凡耳又涅槃明一切衆生悉有佛性而言是常淨名云一切衆生即菩提相判是無常若佛性菩提相異者可一常一無常若不異者此判大謬如占者見王相王性俱得登極佛性菩提相何故不同

如是體者主質故名體此十法界陰俱用色心爲體質也如是力者堪任力用也如王力士千萬技能病故謂無病差有用心亦如是具有諸力煩惱病故不能運動如實觀之具一切力如是作者運爲建立名作若離心者更無所作故知心具一切作也如是因者招果爲因亦名爲業十法界業起自於心但使有心諸業具足故名如是因也如是緣者緣名緣由助業皆是緣義無明愛等能潤於業即心爲緣也如是果者剋獲爲果習因習續於前習果剋獲於後故言如是果也如是報者酬因曰報習因習果通名爲因牽後世報此報酬於因也如是本末究竟等者相爲本報爲末本末悉從緣生緣生故空本末皆空此就空爲等也又相但有字報亦但有字悉

假施設此就假名爲等又本末互相表幟覽初相表後報覩後報知本相如見施知富見富知施初後相在此就假論等也又相無相無相而相非相非無相報無報無報而報非報非無報一一皆入如實之際此就中論等也二類解者束十法爲四類三途以表苦爲相定惡聚爲性摧折色心爲體登刀入鑊爲力起十不善爲作有漏惡業爲因愛取等爲緣惡習果爲果三惡趣爲報本末皆癡爲等三善表樂爲相定善聚爲性升出色心爲體樂受爲力起五戒十善爲作白業爲因善愛取爲緣善習果爲果人天有爲報應就假名初後相在爲等也二乘表涅槃爲相解脫爲性五分爲體無繫爲力道品爲作無漏慧行爲因行行爲緣四果爲果既後有田中不生故無報云云菩薩佛類者緣因爲相了因爲性正因爲體四弘爲力六度萬行爲作智慧莊嚴爲因福德莊嚴爲緣三菩提爲果大涅槃爲報云云因緣有逆順順生死者有漏業爲因愛取等爲緣逆生死者以無漏正慧爲因行行爲緣俱損生破惑順界外生死亦以無漏慧爲因無明等爲緣若逆生死即以中道慧爲因萬行爲緣俱損變易生死故因緣既爾餘者逆順準此可知若依聲聞但九無十若依大乘三佛義佛有報身若依斷惑盡義則無後報九之與十斟酌可解衆生世間既是假名無體分別攬實法假施設耳所謂惡道衆生相性體力究竟等云云善道衆生相性體力究竟等無漏衆生相性體力究竟等菩薩佛法界相性體力究竟等準例皆可解國土

世間亦具十種法所謂惡國土相性體力等云云善國土無漏國土佛菩薩國土相性體力云云夫一心具十法界一法界又具十法界百法界一界具三十種世間百法界即具三千種世間此三千在一念心若無心而已介爾有心即具三千亦不言一心在前一切法在後亦不言一切法在前一心在後例如八相遷物物在相前物不被遷相在物前亦不被遷前亦不可後亦不可秖物論相遷秖相遷論物今心亦如是若從一心生一切法者此則是縱若心一時含一切法者此即是橫縱亦不可橫亦不可秖心是一切法一切法是心故非縱非橫非一非異玄妙深絕非識所識非言所言所以稱爲不可思議境意在於此云云問心起必託緣爲心具三千法爲緣具爲共具爲離具若心具者心起不用緣若緣具者緣具不關心若共具者未共各無共時安有若離具者旣離心離緣那忽心具四句尚不可得云何具三千法耶答地人云一切解惑眞妄依持法性法性持眞妄眞妄依法性也攝大乘云法性不爲惑所染不爲眞所淨故法性非依持言依持者阿黎耶是也無沒無明盛持一切種子若從地師則心具一切法若從攝師則緣具一切法此兩師各據一邊若法性生一切法者法性非心非緣非心故而心生一切法者非緣故亦應緣生一切法何得獨言法性是眞妄依持耶若言法性非依持黎耶是依持離法性外別有黎耶依持則不關法性若法性不離黎耶黎耶依持即是法性依持何得獨言黎耶是依持又

違經經言非內非外亦非中間亦不常自有又違龍樹龍樹云諸法不自生亦不從他生不共不無因更就譬檢爲當依心故有夢依眠故有夢眠法合心故有夢離心離眠故有夢若依心有夢者不眠應有夢若依眠有夢者死人如眠應有夢若眠心兩合而有夢者眠人那有不夢時又眠心各有夢合可有夢各既無夢合不應有若離心離眠而有夢者虛空離二應常有夢四句求夢尚不得云何於眠夢見一切事心喻法性夢喻黎耶云何偏據法性黎耶生一切法當知四句求心不可得求三千法亦不可得既橫從四句生三千法不可得者應從一念心滅生三千法耶心滅尚不能生一法云何能生三千法耶若從心亦滅亦不滅生三千法者亦滅亦不滅其性相違猶如水火二俱不立云何能生三千法耶若謂心非滅非不滅生三千法者非滅非不滅非能非所云何能所生三千法耶亦縱亦橫求三千法不可得非縱非橫求三千法亦不可得言語道斷心行處滅故名不可思議境大經云生生不可說生不生不可說不生生不可說不生不生不可說即此義也當知第一義中一法不可得況三千法世諦中一心向具無量法況三千耶如佛告德女無明內有不不也外有不不也內外有不不也非內非外有不不也佛言如是有龍樹云不自不他不共不無因生大經生生不可說乃至不生不生不可說有因緣故亦可得說謂四悉檀因緣也雖四句冥寂慈悲憐愍於無名相中假名相說或作世界說心具一

切法聞者歡喜如言三界無别法唯是一心造即其文也或說緣生一切法聞者歡喜如言五欲令人墮惡道善知識者是大因緣所謂化導令得見佛即其文也或言因緣共生一切法聞者歡喜如言水銀和眞金能塗諸色像即其文也或言離生一切法聞者歡喜如言十二因緣非佛作非天人修羅作其性自爾即其文也此四句即世界悉檀說心生三千一切法也云何爲人悉檀如言佛法如海唯信能入信則道源功德母一切善法由之生汝但發三菩提心是則出家禁戒具足聞者生信即其文也或說緣生一切法如言若不值佛當於無量劫墮地獄苦以見佛故得無根信如從伊蘭出生栴檀聞者生信或說合生一切法如言心水澄清珠相自現慈

善根力見如此事聞者生信即其文也或說離生一切法如言非内觀得是智慧乃至非内外觀得是智慧若有住著先尼梵志小信尚不可得況捨邪入正聞者生信即其文也是爲爲人悉檀四句說心生三千一切法也云何對治悉檀說心治一切惡如言得一心者萬邪滅矣即其文也或說緣治一切惡如說得聞無上大慧明心定如地不可動即其文也或說因緣和合治一切惡如言一分從思生一分從師得即其文也或說離治一切惡我坐道場時不得一切法空拳誑小兒誘度於一切即其文也是爲對治悉檀心破一切惡云何第一義悉檀心得見理如言心開意解豁然得道或說緣能見理如言須臾聞之即得究竟三菩提或說因緣和合得道如

快馬見鞭影即得正路或說離能見理如言無所得即是得已是得無所得是名第一義四句見理何況心生三千法耶佛旨盡淨不在因緣共離即世諦是第一義也又四句俱皆可說說因亦是緣亦是共亦是離亦是若爲盲人說乳若貝若粖若雪若鶴盲聞諸說即得解乳即世諦是第一義諦當知終日說終日不說終日不說終日說終日雙遮終日雙照即破即立即立即破經論皆爾天親龍樹内鑒泠然外適時宜各權所據而人師偏解學者苟執遂興矢石各保一邊大乖聖道也若得此意俱不可說俱可說若隨便宜者應言無明法法性生一切法如眠法法心則有一切夢事心與緣合則三種世間三千相性皆從心起一性雖少而不無無明雖多而

不有何者指一爲多多非多指多爲一一非少故名此心爲不思議境也若解一心一切心一切心一心非一非一切一陰一切陰一切陰一陰非一非一切一入一切入一切入一入非一非一切一界一切界一切界一界非一非一切一衆生一切衆生一切衆生一衆生非一非一切一國土一切國土一切國土一國土非一非一切一相一切相一切相一相非一非一切乃至一究竟一切究竟一切究竟一究竟非一非一切徧歷一切皆是不可思議境若法性無明合有一切法陰界入等即是俗諦一切界入是一法界即是眞諦非一非一切即是中道第一義諦如是徧歷一切法無非不思議三諦云云若一法一切法即是因緣所生法是爲假名假觀也若一

切法即一法我說即是空空觀也若非一非一切者即是中道觀一空一切空無假中而不空總空觀也一假一切假無空中而不假總假觀也一中一切中無空假而不中總中觀也即中論所說不可思議一心三觀歷一切法亦如是若因緣所生一切法者即方便隨情道種權智若一切法一法我說即是空即隨智一切智若非一非一切亦名中道義者即非權非實一切種智例上一權一切權一實一切實一切非權非實徧歷一切是不思議三智也若隨情即隨他意語若隨智即隨自意語若非權非實即非自非他意語徧歷一切法無非漸頓不定不思議教門也若解頓即解心心尚不可得云何當有趣非趣若解漸即解一切法趣心若解不定即解是趣不過此等名異義同軌則行人呼爲三法所照爲三諦所發爲三觀觀成爲三智教他呼爲三語歸宗呼爲三趣得斯意類一切皆成法門種種味勿嫌煩云云如如意珠天上勝寶狀如芥粟有大功能淨妙五欲七寶琳琅非內畜非外入不謀前後不擇多少不作麤妙稱意豐儉降雨穰穰不添不盡蓋是色法尚能如此況心神靈妙寧不具一切法耶又三毒惑心一念心起尚復身邊利鈍八十八使乃至八萬四千煩惱若言先有那忽待緣若言本無緣對即應不有不無定有即邪定無即妄當知有而不有不有而有惑心尚爾況不思議一心耶又如眠夢見百千萬事豁寤無一況復百千未眠不夢不覺不多不一眠力故謂多覺力故謂少莊周夢爲蝴蝶翾

翔百年寤知非蝶亦非積歲無明法法性一心一切心如彼昏眠達無明即法性一切心一心如彼醒寤云云又行安樂行人一眠夢初發心乃至作佛坐道場轉法輪度衆生入涅槃豁寤秖是一夢事若信三喻則信一心非口所宣非情所測此不思議境何法不収此境發智何智不發依此境發誓乃至無法愛何誓不具何行不滿足耶說時如上次第行時一心中具一切心云云○二發眞正菩提心者既深識不思議境知一苦一切苦自悲昔苦起惑耽湎麤弊色聲縱身口意作不善業輪環惡趣縈諸熱惱身苦心苦而自毀傷而今還以愛繭自纏癡燈所害百千萬劫一何痛哉設使欲捨三途欣五戒十善相心修福如市易博換翻更益罪似魚入笱口蛾赴燈中狂計邪黠逾迷逾遠渴更飲鹹龍須縛身入水轉痛牛皮繫體向日彌堅盲入棘林溺墮洄澓把刃抱炬痛那可言虎尾蛇頭悚爲悼慄自惟若此悲他亦然假令隘路叛出怨國備歷辛苦絕而復穌往至貧里傭賃一日止宿草庵不肯前進樂爲鄙事不信不識可悲可怪思惟彼我鯁痛自他即起大悲興兩誓願衆生無邊誓願度煩惱無數誓願斷衆生雖如虛空誓度如空之衆生雖知煩惱無所有誓斷無所有之煩惱雖知衆生數甚多而度甚多之衆生雖知煩惱無邊底而斷無底之煩惱雖知衆生如如佛如而度如佛如之衆生雖知煩惱如實相而斷如實相之煩惱何者若但拔苦因不拔苦果此誓雜毒故須觀空若偏觀空則不見衆生可度是名著

空者諸佛所不化若偏見衆生可度即墮愛見大悲非解脫道云云今則非毒非僞故名爲眞非空邊非有邊故名爲正如鳥飛空終不住空雖不住空跡不可尋雖空而度雖度而空是故名誓與虛空共鬭故名眞正發菩提心即此意也又識不可思議心一樂心一切樂心我及衆生昔雖求樂不知樂因如執瓦礫謂如意珠妄指螢光呼爲日月今方始解故起大慈興兩誓願謂法門無量誓願知無上佛道誓願成雖知法門永寂如空誓願修行永寂雖知菩提無所有無所有中吾故求之雖知法門如空無所有誓願畫績莊嚴虛空雖知佛道非成所成如虛空中種樹使得華得果雖知法門及佛果非修非不修而修非證非得以無所證得而證而得是名非僞非毒名爲眞非空非見愛名爲正如此慈悲誓願與不可思議境智非前非後同時俱起慈悲即智慧智慧即慈悲無緣無念普覆一切任運拔苦自然與樂不同毒害不同但空不同愛見是名眞正發心菩提義自悲已悲衆生義皆如上說觀心可解○三善巧安心者善以止觀安於法性也上深達不思議境淵奧微密博運慈悲亘蓋若此須行塡願行即止觀也無明癡惑本是法性以癡迷故法性變作無明起諸顚倒善不善等如寒來結水變作堅氷又如眠來變心有種種夢今當體諸顚倒即是法性不一不異雖顚倒起滅如旋火輪不信顚倒起滅唯信此心但是法性起是法性起滅是法性滅體其實不起滅妄謂起滅秖指妄想悉是法性以法性繫法

性以法性念法性常是法性無不法性時體達既成不得妄想亦不得法性還源反本法界俱寂是名爲止如此止時上來一切流轉皆止觀者觀察無明之心上等於法性本來皆空下等一切妄想善惡皆如虛空無二無別譬如劫盡從地上至初禪炎炎無非是火又如虛空藏菩薩所現之相一切皆空如海慧初來所現一切皆水介爾念起所念念者無不即空空亦不可得如前火木能使薪然亦復自然法界洞朗咸皆大明名之爲觀止秖是智智秖是止不動止秖是不動智不動智秖是不動止不動智照於法性即是觀智得安亦是止安不動於法性相應即是止安亦是觀安無二無別若俱不得安當復云何夫心神冥昧梭利怳惘汨起汨滅難可執持倏去倏來不易關禁雖復止之馳疾颷炎雖復觀之闇逾漆墨加功苦至散惑倍隆敵強力弱鷸蚌相扼既不得進又不可退當殉命奉道薦以肌骨誓巧安心方便迴轉令得相應成觀行位也安心爲兩一教他二自行教他又爲兩一聖師二凡師聖師有慧眼力明於法藥有法眼力識於病障有化道力應病授藥令得服行如毱多知弟子應以信悟令上樹應以食悟令服乳酪應以呵責悟化爲女像一一開曉無有毫差不待時不過時言發即悟佛去世後如是之師甚爲難得盲龜何由上值浮孔墜芥豈得下貫針鋒難難二者凡師雖無三力亦得施化譬如良醫精別藥病解色解聲解脈逗藥即差有命盡者亦不能起死若不解脈醫問病相依語作方亦

挑脫得差身子聖德亦復差機凡夫具縛稱病導師今不論聖師正說凡師教他安心也他有二種一信行二法行薩婆多明此二人位在見道因聞入者是爲信行因思入者是爲法行曇無德云位在方便自見法少憑聞力多後時要須聞法得悟名爲信行憑聞力少自見法多後時要須思惟得悟名爲法行若見道中無相心利一發即眞那得判信法之別然數據行成論據根性各有所以不得相非今師遠討源由久劫聽學久劫坐禪得爲信法種子世世熏習則成根性各於聞思開悟耳若論根利鈍者法行利內自觀法故信行鈍藉他聞故又信行利一聞即悟故法行鈍歷法觀察故或俱利俱鈍信行人聞慧利修慧鈍法行人修慧利聞慧鈍已說前人根性利鈍竟云何安心師應問言汝於定慧爲志何等其人若言我聞佛說善知識者如月形光漸漸圓著又如梯隥漸漸增高巧說轉人心得道全因緣志欣渴飲如犢逐母當知是則信行人也若言我聞佛說明鏡體若不動色像分明淨水無波魚石自現欣捨惡覺如棄重擔當知是則法行人也既知根性於一人所八番安心咄善男子無量劫來欲狂散毒馳逐五塵升沉三界猶如猛風吹兜羅毦大熱沸鑊煑豆升沉從苦至惱從惱至苦何不息心達本以一其意意若一者何事不辦苦集得一則不輪迴無明得一不至於行乃至不至老死摧折大樹畢故不造新六蔽得一則度彼岸唯此爲快善巧方便種種因緣種種譬喻廣讚於止發悅其情是名隨

樂欲以止安心也又善男子如天亢旱河池悉乾萬卉焦枯百穀零落娑伽羅龍王七日構雲四方注雨大地霑洽一切種子皆萌芽一切根株皆開發一切枝葉皆蔚茂一切華果皆敷榮人亦如是以散逸故應生善不復生已生善還退失禪定河乾道品樹滅萬善焦枯百福殘悴因華道果不復成熟若能閑林一意內不出外不入靜雲興也發諸禪定即是降雨也功德叢林熲頂方便眼智明覺信忍順忍無生寂滅乃至無上菩提悉皆克獲善巧方便種種緣喻廣讚於止生其善根是名隨便宜以止安心也又善男子夫散心者惡中之惡如無鉤醉象踏壞華池穴鼻駱駝翻倒負馱疾於掣電毒逾虵舌重沓五翳埃靄曜靈睫近霄遠俱皆不見若能修定如

密室中燈能破巨闇金錍抉膜空色朗然一指二指三指皆了大雨能淹踋塵大定能靜狂逸止能破散虛妄滅矣善巧方便種種緣喻廣讚於止破其睡散是名對治以止安心也又善男子心若在定能知世間生滅法相亦知出世不生不滅法相如來成道猶尚樂定況諸凡夫有禪定者如夜見電光即得見道破無數億洞然之惡乃至得成一切種智善巧方便種種緣喻廣讚於止即會眞如是名隨第一義以止安心也其人若言我聞寂滅都不入懷若聞分別聽受無猒即應爲說三惡燒然駝驢重楚餓鬼飢渴不名爲苦癡闇無聞不識方隅乃是大苦多聞分別樂見法法喜樂以善攻惡樂無著阿羅漢是名爲最樂從多聞人聞甘露樂如教觀察知道非

道遠離坑坎直去不迴善巧方便種種緣喻廣讚於觀發悅其情是名隨樂欲以觀安心又善男子月開蓮華日與作務商應隨主彩畫須膠坯不遇火無須臾用盲不得導一步不前行無觀智亦復如是一切種智以觀爲根本無量功德之所莊嚴善巧方便種種緣喻廣讚於觀生其功德是名隨便宜以觀安心又善男子智者識怨怨不能害武將有謀能破強敵非風何以卷雲非雲何以遮熱非水何以滅火非火何以除闇析薪之斧解縛之刀豈過智慧善巧方便種種緣喻廣讚於觀使其破惡是名對治以觀安心又善男子井中七寶闇室瓶盆要待日明日既出已皆得明了須智慧眼觀知諸法實相一切諸法中皆以等觀入般若波羅蜜最爲照明善巧方便種種緣喻廣讚於觀令得悟解是名第一義以觀安心如是八番爲信行人說安心也其人若云我樂息心默已復默損之又損之遂至於無爲不樂分別坐馳無益此則法行根性當爲說止汝勿外尋但內守一攀覺流動皆從妄生如旋火輪輟手則息洪波鼓怒風靜則澄淨名云何謂攀緣謂緣三界何謂息攀緣謂心無所得瑞應云其得一心者則萬邪滅矣龍樹云實法不顛倒念想觀已除言語法皆滅無量衆罪除清淨心常一如是尊妙人則能見般若夫山中幽寂神仙所讚況涅槃澄淨賢聖尊崇佛話經云比丘在聚身口精勤諸佛咸憂比丘在山息事安卧諸佛皆喜況復結跏束手緘脣結舌思惟寂相心源一止法界同寂豈非要道唯此爲貫

餘不能及善巧方便種種因緣種種譬喻廣讚於止發悅其心是名隨樂欲以止安心其人若云我觀法相秖增紛動善法不明當爲說止止是法界平正良田何法不備上捨攀緣即是檀止體非惡即是戒止體不動即是忍止無間雜即是精進止則決定即是禪止法亦無止者亦無即是慧因止會非止非不止即是方便一止一切止即是願止止愛止止見即是力此止如佛止無二無別即是智止具一切法即是祕藏但安於止何用別修諸法善巧方便種種緣喻令生善根即是隨便宜以止安心也若言我觀法相散睡不除者當爲說止大有功能止是壁定八風惡覺所不能入止是淨水蕩於貪婬八倒猶如朝露見陽則晞止是大慈怨親俱愍能破恚怒止是大明呪癡疑皆遣止即是佛破除障道如阿伽陀藥徧治一切如妙良醫呪枯起死善巧方便種種緣喻令其破惡是名對治以止安心其人若言我觀察時不得開悟當爲說止止即體眞照而常寂止即隨緣寂而常照止即不止止雙遮雙照止即佛母止即佛父亦即父即母止即佛師佛身佛眼佛之相好佛藏佛住處何所不具何所不除善巧方便種種緣喻廣讚於止是爲第一義以止安心彼人若言止狀沈寂非我悅樂當爲說觀推尋道理七覺中有擇覺分八正中有正見六度中有般若於法門中爲主爲導乃至成佛正覺大覺徧覺皆是觀慧異名當知觀慧最爲尊妙如是廣讚是爲隨樂欲以觀安心若勤修觀能生信戒定慧解脫解脫知見知

病識藥化道大行衆善普會莫復過觀是爲隨便宜以觀安心觀能破闇能照道能除怨能得寶傾邪山竭愛海皆觀之力是爲隨對治以觀安心觀觀法時不得能所心慮虛豁朦朧欲開但當勤觀開示悟入是爲用第一義以觀安心是爲八番爲法行人說安心也復次人根不定或時迴轉薩婆多明轉鈍爲利成論明數習則利此乃始終論利鈍不得一時辯也令明衆生心行不定或須臾而鈍須臾而利任運自爾非關根轉亦不數習或作觀不徹因聽即悟或久聽不解暫思即決是故更論轉根安心若法行轉爲信行逐其根轉用八番悉檀而授安心若信行轉成法行亦逐根轉用八番悉檀而授安心得此意廣略自在說之轉不轉合有三十二安心也

自行安心者當觀察此心欲何所樂若欲息妄令念想寂然是樂法行若樂聽聞徹無明底是樂信行樂寂者知妄從心出息心則衆妄皆靜若欲照知須知心原心原不二則一切諸法皆同虛空是爲隨樂欲自行安心其心雖廣分別心及諸法而信念精進毫善不生即當凝停莫動諸善功德因靜而生若凝停時遂更沈寂都無進忍當校計籌量策之令起若念念不住如汗馬奔逸即當以止對治馳蕩若靜默無記與睡相應即當修觀破諸昏塞修止既久不能開發即應修觀觀一切法無礙無異怗怗明利漸覺如空修觀若久闇障不除宜更修止止諸緣念無能無所所我皆寂空慧將生是爲自修法行八番善巧布厝令得心安云云信行安心者或欲聞寂

定如須彌不畏八動即應聽止欲聞利觀破諸煩惱如日除闇即應聽觀聽觀多如日焦芽即應聽止潤以定水或聽定淹久如芽爛不生即應聽觀令風日發動使善法現前或時馳覺一念叵住即應聽止以治散心或沈昏濛濛坐霧即當聽觀破此睡熟或聽止豁豁即專聽止或聞觀朗朗即專聽觀是爲自修信行八番巧安心也若法行心轉爲信行信行心轉爲法行皆隨其所宜巧鑽研之自行有三十二化他亦三十二合爲六十四安心也復次信法不孤立須聞思相資如法行者隨聞一句體寂湛然夢妄皆遣還坐思惟心生歡喜又聞止已還更思惟即生禪定又聞於止還即思惟妄念皆破又聞止已還更思惟朗然欲悟又聞觀已還更思惟心大歡喜又聞觀已還更思惟生善破惡欲悟等準前可知此乃聽少思多名爲法行非都不聽法也信行端坐思惟寂滅欣踊未生起已聞止歡喜甘樂端坐念善善不能發起已聞止信戒精進倍更增多端坐治惡惡不能遣起已聞止散動破滅端坐即眞眞道不啓起已聞止豁如悟寂是爲信行坐少聞多非都不思惟前作一向根性今作相資根性就相資中復論轉不轉亦有三十二安心化他相資亦有三十二安心合六十四合前爲一百二十八安心也夫心地難安違苦順樂今隨其所願逐而安之譬如養生或飲或食適身立命養法身亦爾以止爲飲以觀爲食藥法亦爾或丸或散以除冷熱治無明病以止爲丸以觀爲散如陰陽法陽則風日陰則雲雨雨

多則爛日多則焦陰如定陽如慧慧定偏者皆不見佛性八番調和貴在得意一種禪師不許作觀唯專用止引偈云思思徒自思思徒自苦息思即是道有思終不覩又一禪師不許作止專在於觀引偈云止止徒自止昏闇無所以止止即是道觀觀得會理兩師各從一門而入以已益教他學者則不見意一向服乳漿猶難得況復醍醐若一向作解者佛何故種種說耶天不常晴醫不專散食不恒飯世間尚不爾況出世耶今隨根隨病迴轉自行化他有六十四若就三番止觀則三百八十四又一心止觀復有六十四合五百一十二三悉檀是世間安心世醫所治差已復生一悉檀是出世安心如來所治畢竟不發世出世法互相成顯若離三諦無安心處若離止觀無安心法若心安於諦一句即足如其不安巧用方便令心得安一目之羅不能得鳥得鳥者羅之一目耳衆生心行各各不同或多人同一心行或一人多種心行如爲一人衆多亦然如爲多人一人亦然須廣施法網之目捕心行之鳥耳

摩訶止觀卷第五上

音釋

痺（甲利切濕病也）蹶（居月切）荼（同都切若菜也）燧（徐醉切木取火也）鑽

穰（如陽切穰穰豐也）

摩訶止觀卷第五下

隋天台智者大師說

門人灌頂記

第四明破法徧者法性清淨不合不散言語道斷心行處滅非破非不破何故言破但衆生多顛倒少不顛倒破顛倒令不顛倒故言破法徧耳上善巧安心則定慧開發不俟更破若未相應應用有定之慧而盡淨之故言破耳然破法須依門經說門不同或文字爲門大品明四十二字門是也或觀行爲門釋論明菩薩修三三昧緣諸法實相是也或智慧爲門法華云其智慧門是也或理爲門大品明無生法無來無去即是佛也依教門通觀依觀門通智依智門通理理爲門復通何處教觀智等諸門悉依於理能依是門所依何得非門雖無所通究竟徧通是妙門也三門置之今但說教門三藏四門先破見後破思亦俱破云云通教四門亦先破見後破思亦俱破但破四住不得言徧也別教四門次第斷五住斯乃豎徧橫不徧並非今所用今不思議一境一切境一心一切心橫豎諸法悉趣於心破心故一切皆破故言徧也餘門破不徧則不須說圓教四門皆能破徧所謂有門無門亦有亦無門非有非無門今且置三門且依空無生門無生門能通止觀到因到果又能顯無生使門光揚何者止觀是行無生門是教依教修行通至無生法忍因位具足淨名三十二菩薩各說入不二門皆是菩薩從門入位而無生爲首大品明阿字門所謂諸法初不生此證無生門通止觀到因其

義可見止觀光揚無生門者法不自顯弘之在人人能行行法門光顯使無生教縱橫無礙觸處皆通門義方成譬如世人門戶出入有人有位門則榮顯能譬既然所譬可解門通果者大經云般涅言不槃者言生不生之義名大涅槃又云定慧二法能大利益乃至菩提大品云無生法無來無去無生法即是佛法華云佛自住大乘如其所得法定慧力莊嚴以此度衆生且引三經果義明矣止觀能顯果者果不自顯由行故果滿果滿故一切皆滿巍巍堂堂如星中月照十寶山影臨四海果亦如是無上無上功高十地汲引四機金光明中佛禮骨塔即其義也無生教門竪攝因果其義已彰橫攝之意今當說大品云若聞無生門則解一切義初阿字攝四十一字四十一字攝阿字中間亦然橫竪備攝其文如此此意難見更引佛藏示其相次引涅槃釋其義後說無生門破法徧佛藏云劫火起時菩薩一唾火即滅一吹世界即成非是先滅後成秖一唾中即滅即成彼經明外用內合無生門即破徧即立徧破立不須二念若內無是德則外無大用寄外顯內其相如是須識觀心者衆生一期將訖即是劫盡三毒三災火爲語端以止止之如唾滅以觀觀之如吹成云云大經釋義者不聞聞一句有種種義初云不生生不生不生生不生生生按此四句說無生門攝自行因果化他能所等法皆徧不生生者安住世諦初出胎時名不生生今解世諦者無明共法性出生一切隔歷分別故名世諦安住者以止觀安於世

諦即是不可思議境觀行位成故名安住以安住故名託聖胎初開佛知見得無生忍名出聖胎不見無明世諦故言不生獲佛知佛見故名爲生論云諸法不生而般若生即其義也此說自行無生忍位因義成也經釋不生不生者不生不生名大涅槃生相盡故修道得故今解果由因剋故言修道得故斷德已圓無明不生智德已圓般若不生故言不生不生此說自行寂滅忍果義成也因果既圓即如佛藏所明一吹唾即滅即立是其義焉經釋生不生者世諦死時名生不生今解世諦者無明是其根本旣破無明故言世死世死故名生不生此釋初句初句上緣於理智德成故言不生生此句下破於惑斷德成故言生不生不生名雖同事理大異初句詺智慧開發爲生生此句詺結業起動爲生生名雖同而縛脱大異莫迷名惑旨須精識之須精識之初句如唾中吹此句如吹中唾唾吹一時不可前後也經重釋此句云四住菩薩名生不生生自在故今解先生不生說自行之惑滅重釋生不生明化道之與何者菩薩斷四住時破結業生即能自在生況斷五住耶以劣顯勝彌彰化道二乘斷惑沈空不能如此故標菩薩也惑滅顯唾化與顯吹也經釋生生者一切有漏念念生故今解此句明化用之所耳菩薩何意不生而生良由一切有漏衆生相續不斷是故菩薩而起大悲示自在生而度脱之是爲無生門攝自行因果化他能所皆悉具足矣四住菩薩者地持云從初發心住至十地束爲六住一種性住二

解行住三淨心住四行道迹住五決定住六究竟住種性住者若人無有種性雖生菩道數退數進不得在菩薩六人數中若種性處成就無有退失數數增進得是一人也解行人是初地方便淨心住是入初地得出世間心離凡夫我相障故名淨心住行道迹住者從二地至七地住修道也決定住者八地九地也巳得報行不還不退故名決定究竟住者第十地學行窮滿故言究竟住也經稱四住名生不生者正是行道迹住從二地止正是入假化他之位處處現生而非實生將别顯圓初出胎時即能利他化生自在於圓義亦應無失經又六句不生生亦不可説生生亦不可説生不生亦不可説不生不生亦不可説生亦不可説不生亦不可説按此六句明無生門破法徧若破思議惑用前四句若破不思議惑用後二句何者思議惑雖多不出界內外界外惑附體生故言不生生界內惑是枝末故言生生此惑紛綸並是所化之境爲此境故施自在生所化旣不可得何處有能化能所俱亡是故不生生生俱不可説若破思議解此解雖多不出界內外界內解止遣分段故言生不生界外解雙遣分段變易故言不生不生此解淺深故有種種自行因果理尚非一寧有種種今徧唾破故言生不生不可説不生不生亦不可説若破不可思議惑者秖是無明無明故生生故無明無明不可得生亦不可得今皆唾破故言生不可得若破不思議解者秖是圓解圓解始終判出因果理不偏圓亦非始終那有因果

令皆唾破故言不生不可得將彼經意釋無生門破法徧者其義分明佛自釋六句云何不生生不可說不生名爲生故不可說令解不生者法性也生者無明也二乘證不生猶受法性生故言不生名爲生依佛此旨知是界外附體之惑不生而名爲生生即顛倒顛倒即不顛倒心行處滅言語道斷故不可說云何生生不可說生生故生生生故不生故不可說令解生生故生者即是大生生小生八相所遷有漏之法也依佛此旨知是界內有漏惑也生生故不生者因緣生法即空即中心行處滅言語道斷故不可說也云何生不生不可說生即名爲生生不自生故不可說令解生即名爲生者乃是諸法不生般若生也生不自生者此般若生不從四句生生不自生是初句耳具言生不他生生不共生生不無因生又般若生時世諦已死無復有生而生三界者爲緣故生非業生也故言生不自生若般若生若自在生皆言語道斷故不可說也據此意知是界內之解也云何不生不生不可說以修道得故令解修道得者乃是極果所證尚非下十地所知豈可言說據此知是界外之解也經云生亦不可說以生無故令解此破不思議惑界內生生亦是生界外不生生亦是生秖是無明之生生必託緣生緣生即空即中心行處滅言語道斷故不可說也經云不生不可說以有得故令解此破不思議解及界內之解亦是修道得故界外之解亦是修道得故得即詣理理絶心口故不可說也佛以六句破諸法解惑皆

言不可說彌顯無生門破法徧也依佛藏經前四句亦吹亦唾後兩句結前吹唾耳此六句專論於唾也又楞伽云我從得道夜至涅槃夜不說一字佛因二法作如此說謂緣自法及本住法自法者彼如來所得我亦得之無增無減離言說妄想文字二趣釋曰緣自法是證聖真諦實性也離言說妄想者不可思議也離文字者離假名也離二趣者離說所說想所想名所名也本住法者謂古先聖道法界常住如道趣城道爲人行非行者作道城由道至非至者作城經曰士夫見平坦道即隨入城受如意樂我及先佛法界常住亦復如是是故二夜不說一字當知二法決定非口言分別所能變異本法者如理也自法者證實此義與大經四不可說意同生生不可說者本法不可說也生隨順緣生本法不可說也生不生不可說者即自斷法不可說也不生生不可說者即自智法不可說也不生不生不可說者即是究竟自證法不可說也後二句一結生不可說結本法不可說也一句結不生不可說結自證法不可說也大經云十因緣法爲生作因亦可得說者今解此即無生門徧立之義亦如佛藏徧吹即成也十因緣者從無明支乃至有支立諸法也立有三義一立衆生二立機緣三立聲教立衆生者過去二因現在五果更互因緣而立五陰假名衆生也立根機者過去或修行析行體行漸行頓行以行爲業無明潤之致今五果於此陰果更起本習或起析愛取有或起體愛取有或起漸愛取有或起頓愛取

有取有起故得爲機緣也立聲教者析愛取有起故感三藏教是爲生生不可說十因緣法爲生生作因亦可得說說生生也體愛取有感於通教是爲生不生不可說十因緣法爲生不生作因亦可得說說生不生也漸愛取有感於别教是爲不生生不可說十因緣法爲不生生作因亦可得說說不生生也頓愛取有感於圓教是爲不生不生不可說十因緣法爲不生不生作因亦可得說說不生不生也衆生若立一切惑法因果立一切所化立機教若立一切解行因果立一切能化立是爲無生門一立一切立故大品云若聞阿字門則解一切義佛藏云一吹一切悉成此之謂也如地持四種成熟謂聲聞種性緣覺種性佛種性菩薩種性無此四性以善趣熟之佛種性即此圓機菩薩種性即此别機彼文云菩薩種子有佛無佛堪能次第斷煩惱障及智障豈非别機聲聞種性當開之别異善根即三藏機退大取小種性即通機彼四成熟即此四種機緣義也問上六句是無生門一破一切破十因緣法是無生門一立一切立上四句是無生門亦破亦立亦應有第四句非破非立不答大經十九卷初云十事功德不可思議聞者驚怪非難非易非内非外非相非非相非方非圓非尖非斜等即是第四句非破非立之文義問若無生門攝一切法者則無復諸門也答無生門亦攝諸門諸門亦攝無生門欲依智德義便故言無生門此應四句生門無生門亦生亦無生門非生非無生門一一門各有四門四四十六

門若依斷德義便應有滅門不滅門亦滅亦不滅門非滅非不滅門一一門各有四門四四十六門合三十二門大經舉十五日月光增正喻智德十六日月光減正喻斷德月無增無減約白論增約黑論減實相無智無斷約照論智約寂論斷若無生門攝一切法高極此豎攝一切法也若無生門攝諸法廣徧者即無生門橫攝一切法也問無生門門稱無生其境惑智斷等悉應稱爲無生那忽言無生生生生生自在故答此還助顯無生門無生忍發故言無生生明其所化故言生生明其應用故言生自在還是無生門即噁故言無生即吹故言無生生等彌顯無生門攝法徧耳約大經釋門義竟云○次明破法徧者爲三一無生門從始至終盡其源底豎破法徧二歷諸法門當門從始至終盡其源底橫破法徧三橫豎不二從始至終盡其源底非橫非豎破法徧豎則論高橫則論廣豎來入橫無橫而不高橫來入豎無豎而不廣法華云其車高廣橫豎不二則非橫非豎故云是法平等無有高下一無生門破法徧者又爲三一從假入空破法徧二從空入假破法徧三兩觀爲方便得入中道第一義諦破法徧如此三觀實在一心法妙難解寄三以顯一耳大論云三智實在一心爲向人說令易解故分屬三人華嚴亦有二意宣說菩薩歷劫修行彼爲鈍根也初發心時便成正覺所有慧身不由他悟彼是利根也法華唯一意正直捨方便但說無上道今欲借別顯總舉次而論不次故先三義解釋也從假入空破

法徧又爲三先從見假入空次從思假入空後四門料簡後見假入空又爲二先明見假次明空觀見惑附體而生還能障體如炎依空而動亂於空似夢因眠夢昏於眠夢若不息眠不得覺此惑不除體不得顯然見則見理見實非惑見理時能斷此惑從解得名名爲見惑耳見惑有四一單四見二複四見三具足四見四無言見單四見者執有執無執亦有亦無執非有非無於一有見復起利鈍謂有於我我與有俱恒起我心與我相應即是我見以計我故能生邊見以我邊故破世出世因果即是邪見執此爲道望通涅槃名爲戒取謂此爲實餘皆妄語不受餘見名爲見取是已法者愛非已法故瞋我解他不解生慢不識有見中苦集爲癡猶豫不決爲疑

如是十使歷欲界四諦苦下具十集下有七除身邊戒取道下有八除身邊滅下有七除身邊戒取合三十二使歷色界四諦有二十八無色亦爾例除一瞋合有八十八使餘三見亦各具八十八使若歷六十二見見見各具八十八使倒浪瀾漫不可稱數邪網彌密障於體理五十校計經云若眼見好色中有陰有集見惡色中有陰有集見平平色中有陰有集乃至意緣法亦如是一根有三三中有六六根具三十六三世合百八歷六十二見八十八使各各百八當知舉心動念浩然無際昏而且盲都無見覺云云世講者謂有是見無非是見亦有亦無是見非有非無非是見此語違經負心經云依止此諸見具足六十二如汝解者數則欠少中論破自他性有

是自性對有説無無是他性若有若無皆是性何意無非是見又此無既非證理之無寧得非見諸外道本劫本見末劫末見介爾計謂是事實餘妄語增見長非吾我毒盛捉頭拔髮構造生死如長爪雖不受一切法而受於不受不識苦集佛以一責墮亖負處髙著外道尚未免見云何底下謬謂爲是今判此並屬單四見攝也複四見者謂有有無無有無無亦有有無亦無有無非有有無非無有無此是複四見於一一見具八十八使若六十二見見又具八十八使百八等如上説具足四見者有見具四者謂有有有無有亦有亦無有非有非無無具四者無有無無無亦有亦無無非有非無亦有亦無具四者亦有亦無有亦有亦無無亦有亦無亦有亦無亦有亦無非有非無非有非無具四者非有非無有非有非無無非有非無亦有亦無非有非無非有非無是名具足四見一句具八十八使如是六十二見見具八十八使百八等如前説絶言見者單四見外一絶言見複四句外一絶言見具足四句外一絶言見一一見皆起八十八使六十二見百八等如前説如是等約外道法生如是等見也又約佛法生見者三藏四門生四見通教四門生四見別教四門生四見圓教四門生四見又一種四門外各有絶言見如是一一見中各各起八十八使六十二見百八等惑如前説復次見惑非但隨解得名亦當體受稱稱之爲假假者虚妄顛倒名之假耳例前亦應言單四假複四假具足四假一一各有絶言

之假依於佛法復有十六假一一如前說又於一一假中復有三假謂因成假相續假相待假法塵對意根生一念心起即因成假前念後念次第不斷即相續假待餘無心知有此心即相待假上因成約外塵內根相續但約內根相待豎待滅無之無又橫待三無爲之無心也開善云因兼二假或亦過之明第三假起時因上兩假故言因兼上假未除後假復起故言過之此就心明三假也又約色明三假先世行業託生父母得有此身即因成假從胎相續迄乎皓首即相續假以身待不身即相待假又約依報亦具三假如四微成柱時節改變相續不斷此柱待不柱長短大小等也此是三藏經中隨事三假委釋如論師但此名通用不獨在小乘大乘亦明三

假附無明起如幻如化但有名字實不可得鏡中能成之四微尚不可得況所成之幻柱柱尚不可得況歷時節相續以幻化長短相待寧復可得舉易況難而明十喻即色是空非色滅空即此義也是名大乘隨理三假又釋論明三種有相待有假名有法有相待有者長因短有短亦因長此彼亦爾物東則以此爲西在西則東一物未異而有東西之別有名無實是爲相待有假名有者如酪色香味觸四事因緣和合故假名爲酪雖有不同因緣之有雖無不如兔角龜毛之無但以因緣和合故有假名爲酪又如極微色香味觸故有毛分毛分故有毳毳故有氎氎故有衣是爲假名有法有者即是色香味觸四微和合故名法有論又云三假施設與三假云何

答別義不論今通會之法假施設如因成受假施設如相續名假施設如相待論云五衆等法是法波羅聶提五衆和合故名衆生如根莖枝葉故有樹名是受波羅聶提用是名字取二法相說是二種是名波羅聶提故知三假義同也瓔珞經亦有三假之文大品云有緣思生無緣思不生即因成意大經云如讀誦法雖念念滅亦能從一阿含至一阿含猶如飲食雖念念滅亦能初飢後飽相續意也淨名云諸法不相待一念不住故當知三假之名大小通用非但小乘名生死法以為見為假如前說大乘亦名生死為見為假所謂三藏四門生四見見見有三假六十二見百八煩惱等云云通教四門生四見見見具三假六十二見百八煩惱等別教四門生四見見見具三假六十二見百八煩惱等圓教四門生四見見見具三假六十二見百八煩惱等如來教門示人無諍法消者成甘露不消成毒藥實語是虛語生語見故故於四門十六門起見起假云云二明破假觀者即為三一破假觀二明得失三明位觀又為四一破單二破複三破具四破無言破單為兩初略後廣略者若一念心起於單四見中必是一見見即三假虛妄無實八十八使浩浩如前說諸惡彰露具如後說應當體達颰依炎炎依空空無所依空尚無空何處復有若炎若颰又如眠夢百千憂喜本末雙寂畢竟清淨是名為止又觀無明即法性不二不異法性本來清淨不起不滅無明惑心亦復清淨誰起誰滅若謂此心有起滅者橫謂法性有起滅

耳法性無起誰復生憂法性無滅誰復生喜若無憂喜誰復分別此是法性此是無明能觀所觀猶如虛空如此觀時畢竟清淨是爲從假入空觀信行利根一聞即悟法行思已即能得解其鈍根者非唯聞思不悟更增衆失故中論云將來世中人根轉鈍造作諸惡不知何因緣故說畢竟空是故廣作觀法說於中論今亦如是爲鈍根故廣破單複訖至無言說見通用龍樹四句破令盡淨若一念心起即具三假三假如前說當觀此一念爲從心自生心爲對塵生心爲根塵共生心爲根塵離生心若心自生者前念爲根後念爲識爲從根生心爲從識生心若根能生識根爲有識故生識根爲無識故生識根若有識根識則並又無能生所生根若無識而能生識諸無識物不能生識根既無識何能生識根雖無識而有識性故能生識者此之識性是有是無有已是識並在於根何謂爲性根無識性不能生識又識性與識爲一爲異若一性即是識無能無所若異還是他生非心自生如是推求畢竟知心不從自生若言心不自生塵來發心故有心生引經云有緣思生無緣思不生若爾塵在意外來發内識則心由他生今推此塵爲是心故生心爲非心故生心塵若是心則不名塵亦非意外則同自生又二心並則無能所塵若非心那能生心如前破若塵中有生性是故生心此性爲有爲無性若是有性與塵並亦無能所若無無不能生如是推求知心畢竟不從塵生若根塵合故有心生者根塵各各有心故合生

心各各無心故合生心若各各有合則兩心生墮自他性中若各各無合時亦無譬如鏡面各有像故合生像各無像故合生像若各有像應有兩像若各無像合不能生若鏡面合爲一而生像者今實不合合則無像若鏡面離故生像者各在一方則應有像今實不爾根塵離合亦復如是如是推求知心畢竟不從合生又根塵各有心性合則心生者當檢此性爲有爲無如前破云云若根塵各離而有心生者此是無因緣生爲有此離爲無此離若有此離還從緣生何謂爲離若無此離無何能生若言此離有性性爲有爲無若性是有還從緣生不名爲離若性是無無何能生如是推求知心畢竟不從離生中論云諸法不自生亦不從他生不共不無因是故說無生即此意也若推因成假四句求生不得執性即薄但有名字名爲心生名不在內外中間亦不常自有是字不住不住有四句亦不不住不住無四句故無住之心雖有心名字名字即空若四句推性不見性是世諦破性亦名性空若四句推名不見名是眞諦破假亦名相空性相俱空者是爲總相從假入空觀也故中論曰諸法不自生如此用觀者與中論意同也若根檢不得心即是內空塵檢無心即是外空根塵合檢不得即內外空離檢不得即是空空四性檢不得即是性空四句檢不得即是相空若就塵檢無十方分即是大空求最上所以不得即是第一義空四句因緣不得即有爲空因有爲說無爲既不得有爲亦不得無爲即無爲空四句求心

生元不得即無始空四句求心滅不可得即散空四句求心生滅不可得亦不得心不生不滅即畢竟空三界無別法唯是一心作今求心不可得即一切空觀心無心觀空無空即無所得空觀有見三假不可得即有法空觀無見三假不可得即無法空觀亦有亦無見三假不可得即無法有法空如此觀者即與大品意同是爲十八種從假入空觀也若不悟者轉入相續假破之何以故雖因成四破不得心生今現見心念念生滅相續不斷何謂不生此之念念爲當前念滅後念生爲前念不滅後念生爲前念亦滅亦不滅後念生爲前念非滅非不滅後念生若前念不滅後念生此則念自生念兩生相並亦無能所若前念有生性生於後念此性爲有爲無有則非性無則不生如前若前念滅後念生者前不滅生名爲自性今由滅生不滅望滅豈非他性他性滅中有生故生無生故生有生是生生滅相違乃是生生何謂滅生若滅無生無何能生若滅有生性性破如前若前念亦滅亦不滅後念生者若滅已屬滅若不滅已屬不滅若不滅合滅能生即是共生共生自相違相違何能生又若各各有生即有二過各各無生合亦不生若滅不滅中有生性者爲有爲無若性定有何謂滅不滅若性定無亦何謂滅不滅此不免斷常之失還墮共過若前念非滅非不滅而後念心生者爲有此非滅非不滅爲無此非滅非不滅若有則非無因若無無因不能生若無因有生性者此性即因何謂無因若無無不能生如是四

句推相續假求心不得無四性實執心即薄但有心名字是字不住內外兩中間亦不常自有相續無性即世諦破性名爲性空相續無名即眞諦破假名爲相空性相俱空乃至作十八空如前說是名從假以入空觀若不得入者猶計有心待於無心相待惑起此與上異因成取根塵兩法和合爲因成相續豎取意根前後爲相續豎望生滅此是別滅別滅則狹今相待假待於通滅此義則寬通滅者如三無爲雖不併是滅而得是無生待虛空無生而說心生即是相待假上旣不悟復因上惑共起此惑故言因兼上惑猶在復起此惑故言過之又因兼者無生法塵待意根生亦是因成因上假心來續相待即是相續故言因兼過之者上兩假不於通滅起惑今約通起豈非過之釋旣異舊而借彼語示相待假相耳今檢此心爲待無生心生爲待有生心生爲待亦生亦無生而心生爲待非生非不生而心生若待無生而生心者有此無生無此無生若有生可待還是待有何謂待無有有相待即是自生若無此無生無何所待若祇待此無無而生心者一切無無亦應生心無望於有無即是他生也又無生雖無而有生性待此性故而知有心此性爲已生爲未生若已生生即是於生何謂於性性若未生未生何能生若待生而心生者生還待生長應待長旣無此義何得心生若待生無生故有心生如待長短得有於長此墮二過各有則二生並各無全不可得如前若待非生非無生而有心生者論云從因緣生尚不

可何況無因緣又此無因爲有爲無若有還是待有若無還是待無何謂無因若言有性性爲有爲無性若是有爲生非生若生已是生何謂爲性若無生云何能生如是四句推相待假求心生不可得執心即薄不起性實但有名字名字之生生則非生是字不在内外中間亦不常自有是字無所有求性不可得世諦破性是名性空求名不可得眞諦破假是名相空復次此性相中求陰入界不可得即是法空性相中求人我知見不可得名衆生空乃至作十八空如前說是名從假入空慧眼得開見第一義非但有見三假惑除一切見惑無不清淨正智現前是名無生門通於止觀亦是止觀成無生門若不悟者當善用止觀巧破見假信法迴轉成方便道伏

於有見無量煩惱悉皆被伏伏故名善有漏五陰也以被伏故有見不起度入無見計中如後破夫破見之由聞思不定若上根人聞觀於生知生無生破執得悟中根執輕成伏見方便善有漏五陰下根執重猶懷取著聞破生不得生謂無生是實更起無生見又當總别破之總破者如大品云識無生尚不可得何況識生又識生尚不可得何況識無生生與無生俱不可得楞伽經中又廣破無生見然無生之理非識所知云何謂情捨有緣無如步屈蟲又似獼猴不應虛妄執此見著是爲總破别破者行人用止觀破因成三假不得性相泯然入定不見内外亦無前後無相形待寂然定住或豁亡身心一切都淨便發此無心自謂得無生止觀定慧已成而起

見著著此空想諸佛不化何故不化觀心推畫發一分細定生一分空解此是空見法塵與心相應何關無生釋論簡外道佛法二俱觀空云何有異外道愛著觀空智慧即是向者所發空塵謂爲涅槃即有能觀者能觀者便成身見身見故即有利鈍十使乃至八十八等生死浩然如前說如是罪過皆由空塵而起障眞失道豈會涅槃是名外道觀空佛弟子觀無生若發空心空心生時即知是愛何者生名愛法愛法即是無明無明生我見等八十八使一一皆具三假之惑終不執謂是眞無生云何三假良由上來有見三假被伏度入無見無生法塵對意根一念空心生即因成假以生心滅故無生心生是相續假豁爾無生待於有生是相待假當推此無生心生爲意根生爲法塵生爲合爲離若意根生者爲根生爲識生若根生爲根中有識故生識爲無識故生識若根有識爲是根爲非根識若是根則無能所根若無識何能生識若根有生識之性此性爲有爲無性若有者識性與識爲一爲異若一性即是識若異異何能生自生中檢心不可得具如上說若由塵起無生心者塵爲有心爲無心若有心則無能所若無無不能生又塵爲一爲異一則無能所異則不能生檢他心不可得具如上說若根塵合有無生心生者此有二過如前說云云又離根離塵有無生心生者從因緣尚不可得何況無因如前當知無生之心不自不他不共不離無四性無四性故名性空性空即無心而言心者但有名字名字不在內

外是名相空乃至十八空如上説是爲從假入空見第一義非但無見假破上惑下障一切皆除得正智慧若未去者勤用止觀善巧修習信法迴轉成方便道伏於苦集所有陰界入等八十八使皆悉被伏以被伏故名善有漏也勤修力故無見中假不復得起度入有無假中如後破云云次破亦有亦無見三假者行人善用止觀伏無見惑無假不起或進一分定慧豁發亦有亦無與心相應即便謂言若無心者誰知無生無生是無知即是有發此心時受是亦有亦無見謂是事實堅著不可捨不知過患如長爪自謂有道實是苦集不能識故佛點示之即便得悟發見之人亦復如是迷此見毒不識正眞若聞指示執心颰解云何指示大品五受皆不受汝云何受是亦有亦無法塵豈非受陰緣此像貌行用此法了别此法四陰宛然如此受想皆名汙穢是見依色陰又意根受是亦有亦無法塵即是界根塵相涉即是入是名苦也又我能行能受能知此法假名即起我見我見既生即有邊見若撥因果是邪見計此爲道是戒取計爲涅槃是見取違瞋順喜我解慢他不識苦集即癡後當大疑如是等十使歷三界具八十八違於實道順於生死悉於亦有亦無見心中生又此見心即備三假例前可知今破此見三假者還用四句一一例前可解如是破已三假四句陰入皆無實性即是性空但有名字名字即空是名相空性相既空乃至十八空如上説即是入第一義正智現前若不入者善用悉檀信法迴轉巧修止

觀伏於諸見令成方便善有漏法亦有亦無見雖伏不起仍度入非有非無見中如後破次破非有非無見者上勤用方便伏有無見豁然更發離有無心所以者何心若定有不可令無心若定無不可令有云何乃謂亦有亦無若不定有則非有若不定無則非無非有者非生也非無者非滅也出於有無之表是名中道與中論同何以故前有見是因緣生法無見是即空亦有亦無是即假今是即中堅著此心計以爲實是人能起無量過患何以故汝謂此心爲實者乃以虛語爲實語生語見故故非眞實若眞實者此心應是常樂我淨此心生滅故非常受此心故非樂不自在故非我汙穢故非淨我心生故是身見身見有無未免非有非無如屈步蟲是名邊見謂非有非無見以爲中道通諸生死是愚癡論非道非字謂是道字是名戒取謂非有非無心爲涅槃具陰界入利鈍等使是名見取謂非有非無以爲正法乃破一切世間因果故名非有破一切出世間因果故名非無破正見威儀尚不當世間道理云何能當出世道理寧起我見如須彌山不惡取空不正爲正是名邪見若順歎則愛違毀則瞋不識此心毒草藥王則癡自擅陵他則慢後當大疑略過有十廣不可盡如是等過皆從非有非無見心中出又一一過悉具三假如前云云若破此見假還用前四句止觀逐而破之如前云云復次點出諸見五陰者是示其苦點出十使者是示其集用止觀破者是示其道諸見若伏若無是示其滅夫一切外道邪解佛

法僻計無量過患皆用四諦破之無不華凡成聖如來初說阿含四諦之力尚能如此何況大乘三種四諦何所不破耶若非有非無見破者一切諸惑亦悉斷壞發正智慧是名從假入空見第一義若不入者當用止觀信法迴轉善巧四隨方便修習伏諸見惑執心即薄住方便道成善有漏法此見不起度入無言說中如後破云云所以節節說見過者殷勤行人令於觀心善識毒草明解藥王若得此意終不謬計也章節雖煩番番不雜能了此者可與論道兀然如盲若為識乳次破無言說見假者若能如上破者或進發定慧豁然明靜復起異解謂適有此有即有生死四句皆假虛妄不實理在言外絕於四句乃是無生謂出四句實不出也略有三種四句外一單二複三具足若謂理在言外者乃是出單四句外不出複見第二句亦不出具足見初句故知見網蒙密難可得出法華云魑魅魍魎處處皆有複具諸見一一皆有三假若集破假之觀皆如上說若人能於諸見修習道品皆應節節得悟從假入空見第一義若未得入者單複具足一切諸見悉皆被伏成善有漏五陰見不得起或進發禪解又復言出單複具足四句之外言語道斷心行處滅泯然清淨即是無生絕言之道如此計者還是不可說絕言之見何關正道徒謂絕言言終不絕何以故待不絕而論絕絕還是待待對得起不應言絕如避虛空豈有免理又豎破不絕者心不絕故無言見具起一切生死因果云何稱絕上來節節皆有橫豎兩破於

一有見是橫破重累四見是豎破因成假是橫破相續假是豎破相待假是亦橫亦豎破緫破是非橫非豎破大途秖是橫破今當豎破汝執心是有有即是生汝是何等生爲是五停緫別念處煖頂忍世第一生爲是苦忍眞明生爲是重慮思惟生爲是乾慧似道生爲是八人見諦生爲是神通遊戲誓扶習氣生爲是三賢伏道似解生爲是十聖眞解生爲是鐵輪似道生爲是銅輪眞道生爲是徧法界自在生用此諸生勘汝執心全無氣分而言非見孰是見乎若計心是無生無即不生汝是何等不生爲是見不生爲是思不生爲習氣不生爲塵沙不生爲無明不生爲業不生爲報不生爲行不生爲理不生世人云不生不生即是佛秖道是法佛今釋此語即是三佛理不生即法佛無明不生即報佛塵沙見思不生即應佛又無明不生即法佛見思不生即報佛塵沙不生即應佛又業行位不生即應佛智業不生即報佛理不生即法佛又應佛從緣因生報佛從了因生法佛從正因生三佛生即無生無生即三佛生若聞阿字門即解一切義云何秖作一解耶利钁斸地徹至金剛聞一不生徧解法界不生將諸不生勘汝執心了無一分非見是何有人難中論云不生不滅未會深理何者煩惱是生法三相遷謝是滅法秖不此生滅故言不生不滅但是入空不見中意中論師解云不生不滅者不不生不不滅以顯中道此解扶中而傷文失義何者龍樹之意兼通含別故言不生不滅不生者不二十五有之生不三

相遷滅之滅能破二十種身見成須陀洹乃至無學豈非兼申通意亦兼三藏意若生若滅皆屬於生涅槃但空唯屬寂滅不此之生不此之滅雙遮二邊豈非含別之意若生滅是因緣所生法即空即假即中即空故不生即假故不滅不生不滅即是中道按文解釋兼二含別顯中四義宛然龍樹之巧以不生不滅一句廣攝諸法乃會摩訶衍耳若開脣動舌重吃鳳兮之聲抽筆染毫加於點淰之字秖得一意全失三門懸疣附贅雖欲補助還成漏失今解不生一句何嘗含於四義且略出十不生不不生意也一者一切法可破可壞一切語可轉非有非無絕言離句無一法入心是一不生不生亦不生故名不不生雖情謂不生而實是生如非想謂言無想而成就細想此乃邪見外道之不不生也二者犢子道人計我在第五不可說藏中此是一不生不生亦不生故名不不生若三藏二乘斷三界見思一不不見一不不思故名不不生而習氣猶生若三藏佛正習俱盡名不不生一不不正一不不習故言不不生此析法不不生若通教體見本不生體思本不生故言不不生思益云我於無生無作而得作證二乘雖體不見思而習氣猶生通教佛坐道場正習俱盡亦是不不生此乃分段不不生耳若別教人斷通別惑一不不通一不不別名不不生此一品一分二品二分不不生耳上分猶生若別教佛上分盡名不不生此猶是方便權說不不生若圓人一不不通一不不別名不不生猶居因地猶有上地行智報

等生在若妙覺智滿其智更不生無明究竟盡惑更不生行智報等畢竟不不生又眞理極故一不不生圓理極故一不不生又理本不不生今亦不不生若作單不生語攝法亦盡如前說若作不不生語攝法亦盡汝作不生齊何處不生汝作不不生復齊何處不不生他尚不識外道不不生況識最後不不生那得不愜是見當苦破之豎破亦有亦無見非有非無見如上菩提心中釋名絶待中示其相也若謂心亦生亦不生者爲是何等亦生亦不生爲是見不生而眞生爲是思不生而眞生爲是習不生而眞生爲是塵沙不生通用生爲是無明不生中道生爲是内業不生外業生爲是内報不生外報生爲是小行不生大行生爲是偏理不生圓理生而言亦生亦不生若非如此等亦生亦不生非見何謂若言心非生非不生者爲是何等非生非不生爲是析斷常非生非不生爲體斷常非生非不生爲是八地道觀雙流非生非不生爲是初地破生死得涅槃非生非不生爲是十地後果非生非不生爲是初住雙遮二邊非生非不生爲是十行增進中道非生非不生爲是十迴向非生非不生爲是十地非生非不生爲是妙覺極地非生非不生既非此等非生非不生非見是何若絶言者絶言甚多是何等絶言單四句外亦稱絶言複外具外亦稱絶言如婆羅門受啞法者亦是絶言又長爪一切法不受亦是絶言犢子云世諦有我我在不可說藏中不可說亦是絶言三藏入實證眞亦不可說故身子云吾聞解脱

之中無有言說三藏解脫凡有四門入實即有四種不可說通教三乘人同以無言說道斷煩惱亦有四門不可說別教人觀常住理無言無說亦有四門不可說圓教不可宣示淨名杜口文殊印之此亦有四門不可說不可說衆多汝所計不可說爲是何等汝尚不及犢子不可說何況三藏四不可說何以故犢子謂不可說爲世諦不計爲涅槃汝計爲實故知不及犢子犢子尚是見汝寧非見爲此見故廣起煩惱浩然如前說更重破絕言者汝謂絕言在四句外今明十種四句汝之絕言在何等四句外十種者一徃四句無窮四句結位四句襵牒四句得悟四句攝屬四句權實四句開顯四句失意四句得意四句一徃四句者凡聖通途皆論四句此意可知無窮四句者四四瀾漫無貲如四十八番中示其相云云結位四句者分齊四句尅定是非如單複具足等住著不亡即凡夫四句若無句義爲句義是聖人四句襵牒四句者結凡夫四句牒爲有句牒二乘爲無句牒菩薩爲亦有亦無句牒佛爲非有非無句得悟四句者隨句入處即成悟入之門四句即成四門攝屬四句者隨諸句門悟入何法以法分之屬諸法門也權實四句者諸法四句之門三四爲權一四爲實也開顯四句者開一切四句皆入一實四句若入實四句皆不可說也佛教四句齊此失意四句者執佛四句而起諍競過同凡夫也得意四句者菩薩見失意之過作小大論申佛兩四句破執遣迷則有得意四句作論之功息矣若不愜是絕言見

者前諸四句汝出何等四句外而謂理在言外耶前横破四句今竪破四句之言外也今世多有惡魔比丘退戒還家懼畏驅策更越濟道士復邀名利誇談莊老以佛法義偷安邪典押高就下推尊入卑槩令平等以道可道非常道名可名非常名均齊佛法不可說示如蟲食木偶得成字檢校道理邪正懸絶愚者所信智者所蚩何者如前所說諸生諸不生諸四句諸不可說汝尚非單四句外不可說何況複外何況具足外何況犢子耶尚非犢子何況三藏通别圓耶諸法理本往望常名常道云何得齊教相往望已不得齊況以苦集往檢過患彰露云何得齊況將道品往望云何得齊正法之要本旣不齊迹亦不齊佛迹世世是正天竺金輪刹利莊老是眞丹邊地小國柱下書史宋國漆園吏此云何齊佛以三十二相八十種好纏絡其身莊老身如凡流凡流之形痤小醜蔑經云閻浮提人形狀如鬼云何齊佛佛說法時放光動地天人畢會叉手聽法適機而說梵響如流辯不可盡當於語下言不虛發聞皆得道老在周朝主上不知羣下不識不敢出一言諫諍不能化得一人乘壞板車出關西竊說尹喜有何公灼又漆園染毫題簡勾治改足軋軋若抽造内外篇以規顯達誰共同聞復誰得道云何得齊如是不齊其義無量倦不能說云何以邪而干於正復次如來行時帝釋在右梵王在左金剛前導四部後從飛空而行老自御薄板青牛車向關西作田莊爲他所使看守漆樹如此舉動復云何齊如來定爲

轉輪聖帝四海顒顒待神寶至忽此榮位出家得佛老仕關東恪小吏之職墾農關西惜數畝之田公私忽遽不能棄此云何言齊盲人無眼信汝所說有智慧者愍而怪之是故當知汝不可說是絕言之見三假具足苦集成就生死宛然抱炬自燒甚可傷痛若破此見如前所說云云復次外人或時用道可道非常道爲絕言破中論不生不滅云是第四句絕言出過四句一往聞語謂言出過理則不然言不生者見心不生既不生即不滅故言不生不滅絕言見心生一切愛見疑慢云何以生滅破他不生不滅愚癡戲論不應如此又問起不生不滅見此復云何答應有六句絕言破不生不滅不生不滅破絕言絕言修不生不滅不生不滅修絕言絕言即不生不滅不生不滅即絕言云云一切凡夫未階聖道介爾起計悉皆是見以有見故三假苦集煩惱隨從魚王貝母衆使具足結業蕪蔓生死浩然一人經歷尚無邊畔何況多人當知見惑大可怖畏勤用止觀而摧伏之若起單見用止觀四句逐體破之若避單入複避複入具避具入絕言無趣遠起止觀逐之無遠不屆常寂常照治之不休如金剛刀所擬皆斷取悟爲期能如是觀雖不發眞諸見被伏成方便五陰若得入空衆見消盡故初果所破如竭四十里水功夫甚大恐聞者生疑略斷三結餘殘不盡如一渧水思雖未盡見已無餘從多爲言亦得明破法徧也問從假入空破無量見下二觀復何所破答入空之觀破見及思束而言之秪是破有次觀所破秖是

破無中觀所破雙非二邊正顯中道故釋論云有無二見滅無餘稽首佛所尊重法故知諸見縱橫尚不爲第二觀所破云何謬謂爲眞法耶問束生死爲有束二乘爲無有見縱橫無量無亦應然答凡夫妄計觸處生著是故有多二乘已斷見思無復橫計唯證於空大乘破之名爲空見耳二料簡得失者問如此止觀隨逐諸見有何得失答當四句料簡一故惑不除新惑又生二故惑除新惑又生三故惑不除新惑不生四故惑除新惑不生一譬如服藥故病不差藥更成病二所治病差而藥作病三病雖不差藥不成妨四故病既差藥亦隨歇前二種是外道得失相後二種是佛弟子得失相所以者何本用止觀治生死惑而貪欲之心都不休息因此止觀更發諸見破因破果無所不爲是則故惑不除而新惑更起也二修止觀時貪求衣食諸鈍煩惱息而不起忍耐寒苦刀割香塗不生憎愛財物得失其心平等而執見之心甚可怖畏如渴馬護水搪揬破壞撥無因果是則故惑去而新惑生此兩屬外道愛處生愛瞋處生瞋若學止觀墮如此者同彼外道也三佛弟子修此止觀爲方便道深識見愛無明因緣介爾心起即知三假止觀隨逐破性破相雖復貪瞋尚在而見著已虛六十二等被伏不起是名故惑不除而新惑不生是爲方便道中人也四若能如此三假四觀逐念檢責體達虛妄性相俱空豁然發眞即得見理非唯故病永除新病不發是爲入見諦道成聖人云云三明破見位者若修此方法明識四諦

巧用觀慧諸見被伏若依三藏法是總別念處正伏四倒四倒不生煖即得發成方便等位進破諸見發眞成聖即初果位也若依通教伏見之位是乾慧地若得理水沾心即成性地若進破見者即是八人見地位也若依別教伏見者是鐵輪十信位破見是銅輪十住位若依圓教伏見是五品弟子位破見是六根清淨位斷伏名同觀智大異三藏觀思議眞析法觀智伏斷通教觀思議眞體法觀智伏斷別教雖知中道次第觀智伏斷圓教即中一心觀智伏斷不可聞名仍混其義問若伏見假入賢位者故惑雖未差新惑不應生那得修止觀時有諸見境發答此發宿習宿習之見還是故惑如人服藥藥擊宿病宿病既動須臾自差非是藥爲新病也問何不直明別圓入空破假位而明三藏通教等入空位爲答上明修發不修發十境交互等欲示行人淺深法故敘諸位耳又欲明半滿之位令行者識之耳又半字入空法悉是別圓助道方便又多僕從而侍衛之即其義也又豈離方便而別有眞實即此半字而是滿字故云二乘若智若斷即是菩薩無生法忍也體假入空結成止觀義者諸見輪息一受不退永寂然名爲上達見無性性空相空名爲觀見眞諦理名爲不生理既不生理亦不滅是爲不生不滅名無生忍又見惑不生名用不生不受三惡報生名果不生因果不生亦復不滅不生不滅名無生忍是爲無生門通於止觀亦是止觀成無生門從假入空破見惑徧竟

摩訶止觀卷第五下

音釋

颺余章切　魑魅魑抽知切魅明秘切魑魅精物也　魍魎魍文紡切魎里養切魍魎木石怪也　淰式荏切　疣疑求切瘤也　軋乙黠切

摩訶止觀卷第六上

隋天台智者大師說

門人灌頂記

第二體思假入空破法徧者即爲三一明思假二明體觀三明其位思假者謂貪瞋癡慢此名鈍使亦名正三毒歷三界爲十又約三界凡九地地地有九品合八十一品皆能潤業受三界生初果猶七反未盡如燈滅方盛雖復有欲非婦不淫雖復有瞋墾地不夭雖復有愚不計性實道共戒力任運如是故稱正煩惱也不同見惑瀾漫無方觸境生著稱思惟者從解得名初觀眞淺猶有事障後重慮眞此惑即除故名思惟惑也數人云欲界爲貪上界名愛成論人難此語上界有味禪貪下界有欲愛愛貪俱通何意偏判若言下界貪重上界貪輕貪輕可非貪耶此亦是一並但佛有時對緣別說假名無定豈可一例但令召得煩惱即須破除何勞諍於貪愛譬如除糞唯以卻穢爲先分別非急入道要在方便名相傍耳若欲委知毗曇成論備悉明之可往彼尋空假之觀今所論也○二明體觀者若生滅門先用析智斷見後還用析智重慮斷思無生滅門初用體見入空後還用體思重慮更不餘途也今體貪欲假入空者欲惑九品一一品起即有三假如女有六欲謂色欲形貌欲威儀姿態欲言語音聲欲細滑欲人相欲分別云此六欲若觸行人能染汙諸根內動血脉貪相外現初果尚所未斷何況凡夫難陀餘習衆中見女先共言談欲動殘習況正使者法華云不於女人身取能

生欲想相而為説法若取此相塵動意根起欲心者即因成假念起相續不斷遂致行事即相續假以有欲心相異無欲心即相待假假虛不實終不計之以為道理觀此欲心為從根生為從塵生為共為離若從根生未對塵時心應自起若從塵生塵既是他於我何預若共生者應起兩心若無因生無因不可四句推欲欲無來處既無來處亦無去處無欲無句無來無去畢竟空寂利根之人如此觀時思假一品去一分眞明顯設未相應用四悉檀信法迴轉善調止觀即得相應斷一品思顯一分眞云若鈍人於因成中觀初品未去更於相續中觀為前念滅生為不滅生為亦滅亦不滅生為非滅非不滅生若滅生滅不能生若不滅生不滅則不生若滅不滅生性相違故若離生此則不可四句無欲亦無於四如此觀時即應得入成生法兩空若不入者四悉巧修修又不入更於相待中作觀例前可解初品既爾後八品亦然破貪欲九品既爾破瞋癡慢九品亦然例自可解不復委記九品眞顯即是理不生九品惑盡即是因不生欲界果不起即是果不生不生故不滅即是無生法忍云問欲界煩惱定九品耶答若成論無礙道伏解脱道斷唯論九品若阿毗曇有方便道勝進道兩道伏無礙道斷解脱道證證無惑處也諸經多用今且依之若從見假入觀無漏心疾不出觀斷不論品秩修道容與得有方便善巧修習信法迴轉轉入勝進品若數數勝進當知品秩亦多何曾有九九者大分為言耳次破色界九品

者或用世智或用無漏智如慧解脫人亦無世禪但用無漏得成無學初果無禪者進修重慮理用無漏智也若俱解脫人或用無漏智或用世智今且依世智約得禪者爲便若初習禪破於事障發欲界定破於性障即發色定故云事障未來性障根本性障若除初禪法起八觸觸身五支功德生是初禪相其中有味名貪輕於不得者名慢不知禪中苦集名癡如此三惑復有九品品品三假色法八觸觸欲界意根等即是因成分別爲觀念念不斷即相續此發禪心異於不發即是相待若不觀破隨禪受生何謂不生今用四句止觀善巧修習方便勝進一品惑斷名無礙道證無惑處即解脫道一分惑除即因果等無生是名從假入空也相續相待用四觀觀

假入空亦如是破初品既然餘八品亦如是破貪既然破慢癡九品亦如是若初禪破事障發中間於此命終不生二禪例如欲界性障不去不生初禪今初禪破性二禪即發與喜俱生猗喜樂四支等此中有味有貪有慢有癡各有九品品品有三假内淨法塵與意根合是因成内淨之心相續得生待不内淨而有内淨是爲三假若不觀檢隨禪受生今用止觀修習成方便勝進無礙斷惑解脫證眞入事理無生若未入者更觀相續相待亦如是餘八品亦如是癡慢等亦如是二禪亦有事障性障事去發中間性去發三禪與樂俱發此樂深妙聖人能捨凡夫捨爲難此中有愛慢癡凡有九品品品有三假樂對意根樂心相續待無樂有樂若不觀察隨禪受生

今用四句觀慧破之方便勝進無礙斷惑解脫證眞成事理無生若未去者更修相續相待及餘八品亦如是癡慢九品亦如是三禪亦有事性兩障若破性障捨俱起時亦備愛慢癡亦有九品三假不動法對意根即因成等若不觀察隨禪受生今用止觀方便勝進無礙解脫成事理無生若未去者更觀相續相待亦如是餘八品及癡慢等亦如是若無想天留色滅心故名無想情謂無想具足想在例如斷事障性障猶存終不出色此名外道天前破見心見心久去當不生此天或爲因緣事心起此定即有三假等亦用四觀破之相續相待亦如是若五那含天更練四禪用無漏夾熏有漏色定轉明果報轉勝勝定起時亦有愛慢癡九品三假之惑用四觀體達無礙解脫成事理無生若未去更修相續相待亦如是餘八品亦如是癡慢亦如是色界四九三十六品不生竟次破無色界九品者若欲滅有對等三種之色是時破事障發未到破性障入空處空處定亦具愛慢癡還用四觀方便勝進成事理無生若不去更修相續相待亦如是八品及癡慢等亦如是先緣空空多則散捨空緣識即得識定與心相應亦具愛慢癡等惑亦用四觀方便勝進等成事理無生餘例可知先緣識多定心分散捨多識緣無所有識若緣少識豈得名無所有耶則是用少識豈得名不用處耶今緣無所有入定此法與心相應亦具三假等亦用四觀餘例可知先識處如癰無所有處如瘡更有勝定名非有想非無想阿毗曇婆沙云

非無想天之無想非三空之有想故言非有想非無想也人師云無想是色天異界不應仍此得名就同界釋名前無所有定已除想今復除無想想無想兩捨故言非有想非無想大論云一常有漏三當分別前三是亦有漏亦無漏能發出世智名亦無漏此定不發無漏專是有漏教門對機或覆或顯作如此說自有人於此定中發無漏此復云何今且依教云云此定雖無麤煩惱成就十種細法如禪門應知此定亦具三假今一向用無漏智破方便勝進無礙解脫成事理無生九品亦如是例前可知若用世智斷諸思惑名盡智無漏智斷名無生智是名體思觀破三界九九八十一品思惑盡名破法徧也○三明破思假入空位者爲四一三藏家破思位二通家破思位三別名名通家共位四別名名通家菩薩位三藏破思位者成論明十六心正是初果位異部明十六心是修道位今且依修道斷一品欲惑次第至第五品盡皆名斯陀含向若超斷至第五品名家家次斷六品盡名斯陀含果超斷至六品盡名一往來次斷第七品至第八品名阿那含向超斷至第八品名一種子次斷第九品盡名阿那含果畢竟不復還來欲界次斷初禪初品至非想第八品凡七十一品悉名阿羅漢向六種那含位在其中第九無礙道斷非想第九惑盡第九解脫道證名阿羅漢果三界思盡得盡智無生智名煩惱不生證八十一分眞空名理不生眞智慧足名智慧不生不受生死名果報不生若論支佛更侵少習氣不生爲異

耳此約析假斷思判位畧如此也二通家體思三乘共位者如大品明乾慧地性地乃至第六地共聲聞至七地共支佛至八地九地共菩薩菩薩地轉入第十名佛地所言共地而有高下者論云三人同斷正使同入有餘無餘涅槃故言共也如燒木有炭有灰等故有高下也乾慧地正是三賢位一五停心二別相念處三總相念處通是外凡故言乾慧地性者即是四善根位以總念處力發善有漏五陰名爲煖增進初中後心得入頂忍世第一法通名内凡故言性地此兩位共伏見惑八人者八忍也從世第一轉入無間三昧故名八人見者見眞斷三界見惑八十八使皆盡故言見地薄者除欲界思惟六品故名薄地離欲者除欲界九品盡故言離欲地已辦者除色無色七十二品盡如火燒木爲炭故言已辦地辟支佛者福慧深利能侵除習氣如燒木成灰菩薩者福慧深利道觀雙流斷習氣及色心無知得法眼道種智遊戲神通淨佛國土學佛力無畏等法殘習將盡如餘少灰佛地者大功德資利智慧得一念相應慧習氣永盡如劫燒火無炭無灰此即三乘共十地斷思惑之位也三別名名通家共位者舊云三地斷見或言四地斷見或言六地斷思盡或言七地斷思盡今覈此語若云三地四地皆斷見者此師不解通教義何者三乘共位同入無間三昧不出入觀而斷見那忽用三地四地皆斷見耶若但取第三地斷見者第四地應斷思若但取第四地斷見者第三地應未斷見若用兩地斷見爲出入

觀爲不出入觀若不出入觀則無兩地若出入觀非斷見位人師救云經説如此此師不解經意今言經借别義顯通耳别見義長論三地四地通見義短不出入觀然名可借别義必依通若作不入出觀釋者若言三地者據斷見初言四地者據斷見後皆不出觀例如第十六心或言是見道或言是思道言借别名名通位者外凡三賢是乾慧地而名爲十信内凡四善根是性地而名爲十住十行十迴向八人見地是須陀洹而名爲初歡喜地也薄地是斯陀含斯陀含有向有果立向爲離垢地立果爲明地離欲地是阿那含阿那含有向有果立向爲炎地立果爲難勝地已辦地是阿羅漢阿羅漢有向有果立向爲現前地立果爲遠行地辟支佛位立爲不動地菩薩地立爲善慧地或以菩薩地後心爲法雲地或以佛地爲法雲地大品云十地菩薩爲如佛得作此釋也若借此别名判三人通位者則初地斷見惑二地斷欲界一兩品思三地斷六品思四地斷七八品思五地斷九品思六地斷七十一品思七地斷七十二品思八地已上侵習斷無知等例前可知云云

四借别名名通家菩薩位者乾慧是外凡性地是内凡八人爲初地十五心爲二地十六心爲三地此三地皆不出觀而斷見惑四忍爲初地四智爲二地四比忍爲三地四比智爲四地此四地皆不出觀而斷見惑如此釋者豈與舊同云云薄即五地斷六品思離欲即六地斷九品思已辦即七地斷色無色思盡支佛即八地乃至佛地斷習無知例前云云舊

云六地斷思盡齊羅漢或用仁王經七地齊羅漢但六地名離欲止離欲界九品秖可與阿那含齊縱令帶果行向猶有非想第九品在亦不得與羅漢齊若七地是巳辦就果可爾向來屬果則初禪初品巳屬七地爾時得名巳辦今若取釋義便者約十度明義以第六般若入空之慧斷惑盡與羅漢齊第七方便般若出假化用此名目爲便若取七地齊羅漢約諸地對果向七地正與第四果齊此皆一往相主對經論不定復須斟酌不可苟執云云問三乘共斷其義巳顯用何爲據更獨開菩薩地耶答大論判三處焦炷則有三種菩薩斷惑乾慧是伏惑尚得爲初炎今取八人真斷爲初炎有何不可云云又大品明十地菩薩爲如佛既明後地隣極豈得無中地無初地耶據此而推更獨開菩薩十地何答若無十地者經不應言菩薩修治地業從初地至十地地地各有如干法門云云又大論云乾慧地於菩薩法是伏忍性地於菩薩法是柔順忍八人地於菩薩是無生忍見地於菩薩是無生忍果薄地於菩薩名離欲清淨離欲地於菩薩名遊戲神通巳辦地於聲聞名佛地於菩薩是無生法忍故大品云須陀洹若智若斷是菩薩無生法忍乃至支佛若智若斷是菩薩無生法忍如此論者巳自別約菩薩今準此作義復有何咎問欲界亦斷九品何意判果多答如險處多難多須城壁欲界多難多果休息也若爾欲界散多須多立禪答欲界非定地不得立禪無漏緣通得立果問三乘人智斷既齊何故二乘名智斷菩薩

名法忍答忍因智果故十五心名忍十六心名智又二乘取證宜判智斷菩薩望佛猶居因但受忍名又菩薩一品思盡即一分自在生故品品死品品生能忍生死勞苦不入涅槃故名忍若就別教明破思假位者初破見正入初住從二住至七住破於思假欲細分品秩判諸住位準前可知從八九十住正是侵習十行是正出假位不復關前也云云若就圓教破思假位者初破見假正是初信從第二信至第七信是破思假欲細分品秩以對諸信準前可知八信至十信斷習盡華嚴云初發心時正習一時俱盡無有餘界外正習未盡此乃界內正習盡耳華嚴云初發心已過於牟尼即此義也云何過正習俱盡能八相作佛此則齊矣又三觀圓修此則過勝也若爾亦應有聲聞過於菩薩然以佛道聲聞灼然過菩薩復次前諸位破假名同緣理用智則異三藏通教等二乘破假世諦死時不能出假無自在生通教菩薩破假世諦死時還能出假自在受生化緣若訖灰身證空別教破假世諦死時亦能出假自在受生爲顯中道終不住空圓教破假既即見眞即是入假即是入中圓伏無明若言二乘與菩薩智斷皆同化他邊異此是通教意相比望耳若言二乘與菩薩智異斷同是別圓相比望耳問破思假入空凡破九九八十一品云何復有超果之義答次第分別有前句數行人未必一向按品次入若三藏中十六心後即有一念超果至那含或超至羅漢豈更漸次如前重數雖不次歷諸品而諸品惑盡諸品定

發云云又如三藏佛一念相應見思頓盡佛之功德一時現前以根利故不由品秩利雖超品品不得廢何以故諸佛教門法如是故問利根能超身子最利何意不超答小乘引鈍依品蘇息故不超身子大智應作轉法輪將分別品秩故七日或云十五日不超阿難爲作侍者故不超非無智力也通教菩薩智利二乘亦應有超荷負衆生而作導首廣須分別故不論超別圓二教亦如是雖有超與不超終是破思假徧也超果凡有四一本斷超二小超三大超四大大超本在凡地得非想定今發無漏第十六心滿即得阿那含本在凡地或得初禪二三四禪今十六心滿亦是阿那含本在凡地欲界九品隨以世智斷之多少第十六心滿隨本斷超果皆名本斷超

若凡地未得禪十六心滿超能兼除欲界諸品或三兩品者即是家家一種子等即是小超本在凡地聽法聞唱善來成羅漢者即是大超如佛一念正習俱盡此名大大超圓人根最利復是實說復無品秩此則最能超瓔珞明頓悟如來法華一剎那便成正覺從此義則有超慈悲誓願重大此則不超淨名云雖成佛道度衆生而行菩薩道此則亦超亦不超實相理則無超無不超隨機則徧動任理則常寂云云○三四門料簡者夫見思兩惑障通別二理若破障顯理非門不通阿毗曇明我人衆生如龜毛兔角求不可得唯有實法迷此實法橫起見思見思無常念念不住實法遷動分分生滅如此觀者能破單複具足諸見亦破三界八十一品思成因果惑智

等不生是名三藏有門破法之意鹿苑初開拘隣五人先獲清淨又頞鞞説三諦身子破見經七日後得阿羅漢千二百等多於有門見第一義大論云若得般若方便入阿毗曇不墮有中大集云常見之人説異念斷即是溝港斷結之義豈非有門破假意耶成論人云何斥言是調心方便而不得道耶若成論所明我人本無雖有實法浮虛非有若迷此浮虛橫起見思流轉生死觀此見思皆三假浮虛假實皆無名平等空修如此觀破單複具足無量諸見亦破八十一品諸思成惑智因果等不生是名三藏空門破法之意故彼論云我今正欲明三藏中實義實義者空是阿含經云是老死誰老死二俱邪見是老死即是法空誰老死即衆生空又云佛法身者即是空也須菩提空智偏明能於石室見佛法身故大品中被加説空身子被加説般若佛欲以大空並小空大智並小智故令二人轉教大論云若不得般若方便入空墮無中大集云斷見之人説一念斷豈非平等空意當知三藏復説空門阿毗曇人云何濫言是大乘空義若如迦旃延申其所入之門造毘勒論傳南天竺假無同前實法亦有亦無若起定相橫起見思觀此實法有無從容亦破單複等見八十一思成惑智因果等不生是名三藏亦空亦有門破法之意故大論云若得般若方便入昆勒門不墮有無中非空非有門者如釋論明車匿心調柔輭當爲説那陀迦旃延經離有離無乃可得道此觀亦能破單複諸見八十一思從假入空成惑智因

果等無生即是三藏非有非無門破假之意當知車匿得小乘道不可濫爲大乘中道門也如此四門悉稱爲溝港得道者以溝港是初果故也勝者更別受其名致有三門之別亦得通是溝港有門無常溝港無門空平等溝港亦有亦無門從容溝港非有非無門雙非溝港溝港皆是四門之初果也四門觀別見眞諦同如城有四門會通不異故大集云常見之人說異念斷斷見之人說一念斷二人雖殊論其得道更無差別大經五百比丘各說身因無非正說跋摩云諸論各異端修行理無二偏執有是非達者無違諍于時宋家盛弘成實異執競起作偈譏之然眞諦寂寥實非一四身子曰吾聞解脫之中無有言說豈可四門標牓若生定執悉不得道何獨有門若祛見思四門皆得何獨空門不應獨言論主義成數人義壞若得四悉檀意論數俱成若不得意論數俱壞乃至非有非無門亦如是若言有門明法相麤空門明法細巧抽相望爲成壞者三門俱劣非獨一門何故四門好相形斥良由二乘自度但從一道直入偏據不融後人晚學因此生過三藏菩薩則不如此析空伏惑徧學四門爲化他故廣識法相成佛之時名正徧知故釋論引迦旃延子明菩薩義云釋迦菩薩初值釋迦佛發心至罽那尸棄佛是初阿僧祇心不知作佛口亦不說次至然燈佛爲二毗婆尸佛爲三行六度滿各有時節如尸毗代鴿是檀滿乃至劬嬪大臣分閻浮提是般若滿百劫種三十二相論因則指釋迦論果則指彌勒徧行

四門道法伏薄煩惱龍樹難云薄即是斷如斯陀含侵六品思名爲薄地汝既不斷那得稱薄故知但是伏道論薄耳三十四心方乃稱斷雖能如此猶是初教方便之說涅槃稱爲半字法華名二十年中常令除糞釋論名爲拙醫維摩稱爲貧所樂法天親呼爲下劣乘皆指此四門非今所用也次通教四門不同者若明一切假實從無明生無明如幻所生一切亦皆如幻如幻雖如虛空而有如幻破假之觀雖如虛空而如虛空生故云諸法不生而般若生如是觀慧能破諸見諸思成惑智因果等不生是名有門觀意也若言假實諸法體如幻化乃至涅槃亦如幻化幻化是易解之空涅槃是難解之空難易況難而難易皆空亦如幻人與空共鬭能觀所觀性皆寂滅如此空慧體諸見思即幻而眞能成惑智因果無生是名空門破假之意若明一切法如鏡中像見不可見見是亦有不可見是亦無雖無而有雖有而無如是觀者能破諸法見思成惑智因果無生是名亦空亦有門破假觀之意也既言幻化豈當有無不當有故不從有有不當無故不從無無如此觀慧能破諸法見思成惑智因果等無生是名非有非無門破假觀意若三藏約實色起見以溝港析觀雙非二見如實柱實破通教約幻色起見以即空體觀雙非二見如鏡中柱體而論破故言非有非無雖非中道而是體法虛融淨諸見著故論云般若波羅蜜譬如大火燄四邊不可取彼偈具四門意細尋甚自分明又云般若有四種相又云四門入清

涼池皆是四門之誠證也若不取著皆能通入若取著者即爲所燒佛爲示人無諍法說此四門觀也問佛何處示人諍法答佛不示人諍法衆生不解執而成諍三藏淺近四門相妨執諍易生如成論人撥毗曇云是調心方便全不得道毗曇人云唯是見有得道空屬大乘此二論師失四門意浪撥浪擔見執鏗然諍計易起名此爲示人諍法耳通教體法如幻化無復實色但有名字名字易虛扶順無乖少生諍計大論形斥三藏云餘經多示人諍法般若示人無諍法亦名如實巧度中論云諸法實相三人共得大品名爲三乘之人同以無言說道斷煩惱見第一義亦名共般若涅槃名爲三獸度河皆是通教四門觀意亦非今所用也次別教四門者即是觀別理斷別惑不與前同次第修次第證不與後同大經云聞大涅槃有無上道大衆正行發心出家持戒修定觀四諦慧得二十五三昧事相次第不殊三藏但以大涅槃心導於諸法以此異前漸修五行以此異後故稱爲別言四門者觀幻化見思虛妄色盡別有妙色名爲佛性大經云空空者即是外道解脫者即是不空即是眞善妙色如來祕藏不得不有又我者即如來藏如來藏者即是佛性如來藏經云幣帛裹金土模內像凡有十譬等即是有門也空門者大經云迦毗城空如來藏空大涅槃空又云令諸衆生悉得無色大般涅槃涅槃非有因世俗故名涅槃有涅槃非色非聲云何而言可得見聞即是空門亦空亦有門者智者見空及與不空若言空

者則無常樂我淨若言不空誰復受是常樂我淨如水酒酪瓶不可説空及以不空是名亦空亦有門非有非無門者絶四離百言語道斷不可説示涅槃云非常非斷名爲中道即是其門也如此四門得意通入實相若不得意伏惑方便吹第意耳涅槃名爲菩薩聖行大品名爲不共般若此皆是别教四門意非今所用也圓教四門妙理頓説異前二種圓融無礙異於歷别云何四門觀見思假即是法界具足佛法又諸法即是法性因緣乃至第一義亦是因緣大經云因滅無明即得熾然三菩提燈是名有門空門者觀幻化見思及一切法不在因不屬緣我及涅槃是二皆空唯有空病空病亦空此即三諦皆空也云何亦空亦有門幻化見思雖無眞實分别假名則不可盡如一微塵中有大千經卷於第一義而不動善能分别諸法相亦如大地一能生種種芽無名相中假名相説乃至佛亦但有名字是爲亦有亦無門云何非有非無門觀幻化見思即是法性法性不可思議非世故非有非出世故非無一色一香無非中道一中一切中毗盧遮那徧一切處豈有見思而非實法是名非有非無門云何一門即是三門一門尚是一切法何止三耶所以者何觀因緣所生法是初門一切皆初門初門即空一空一切空即是第二門此初門即假一假一切假即是第三門此初門即中一中一切中即是第四門初門既即是三門三門即是一門但舉一門爲名雖有四名理無隔别如上依無生門破見思者即是空門一

門一切門不獨無生而已一破一切破非止破見思而已從假入空一空一切空非但空空生死而已如是義者即是圓教四門正是今之所用也若爾何用前來種種分別但凡情闇鈍不說不知先誘開之後入正道法華云雖說種種道其實爲一乘若得此意終日分別無所分別涅槃名爲復有一行是如來行法華名正直捨方便但說無上道大品名爲一切種智知一切法淨名稱爲入薝蔔林不齅餘香華嚴稱爲法界即是此四門意也上無生門破假若得其意者乃是圓教之門非方便門也所以稱爲破法徧云○第二從空入假破法徧者即爲四一入假意二明入假因緣三明入假觀四明入假位入假意者自有但從空入假自有知空非空破空入假

夫二乘智斷亦同證眞無大悲故不名菩薩華嚴云諸法實性相二乘亦皆得而不名爲佛若論自行入空有分若論化物出假則無菩薩從假入空自破縛著不同凡夫從空入假破他縛著不同二乘處有不染法眼識藥慈悲逗病博愛無限兼濟無倦心用自在善巧方便如空中種樹又如仰射空中筈筈相拄不令墮地若住於空則於衆生永無利益志存利他即入假之意也○入假因緣者畧言有五一慈悲心重初破假時見諸衆生顚倒獄縛不能得出起大慈悲愛同一子今既斷惑入空同體哀傷倍復隆重先人後已與拔彌篤二憶本誓願者本發弘誓拔苦與樂令得安隱今衆生苦多未能得度我若獨免辜違先心不忘本懷豈捨含識入假同事而

引導之二乘初業不愚於法亦有大願隔生中忘退大取小衆聖所呵菩薩不爾如毋得食常憶其兒三智慧猛利若入空時即知空中有棄他之過何以故若住於空則無淨佛國土教化衆生具足佛法皆不能辦旣知過已非空入假四善巧方便能入世間雖生死煩惱不能損智慧遮障留難彌助化道五大精進力雖佛道長遠不以爲遥雖衆生數多而意有勇心堅無退精進發趣初無疲怠是名五緣如此五意與淨名經同彼文有三種慰喻先明觀身無常等是入空慰喻最後云當作醫王是入中慰喻中間是入假慰喻即有五意以己之疾愍於彼疾即是同體大悲當識宿世無數劫苦豈非本誓當念饒益一切衆生豈非知空之過憶所修福念於淨命即是善巧方便勿生憂惱常起精進即是第五意此義與彼文懸合云云從空入假四法若無決不能出利根一種今當分別但住空聲聞未必鈍根入假菩薩未必利根如身子智利而不出假當用四句釋之或根利住空或根鈍住空或根利入假或根鈍入假譬如身羸無力而膽勇成就入險破敵前無横陣自有身力雄壯膽勇復强左推右盪無能當者自有身力雖多怯弱畏懼雖有好力望陣失膽自有無力無膽兩事不具何能有功今住空之人亦有兩種出假亦然具五緣者如有親有約有策有力有膽故能入假智根雖鈍四事因緣亦能入假聲聞之人雖有利智全無四事故不能入假也○三明入假觀者即爲三一知病二識藥三授藥知病者知見思

病知見根本知起見因緣知起見久近知見惑重數云何知見根本我見爲諸見本一念惑心爲我見本從此惑心起無量見縱橫稠密不可稱計爲此見故造衆結業墮墜三途沈迴無已如旋火輪若欲息之應當止手知心無心妄想故心起亦知我無我顛倒故我生顛倒及妄想息者即是根本息枝條自去云何知見起因緣因緣不同生見亦異何以得知內外相故知內外相者衆生居處相異時序寒熱國土高低産育精麤食物濃淡處所異故果報相異雖土風所出穡散豐儉或有或無或得或失貧富飢飽云云形貌相異矬長端醜偉瘠健病云云根性欣惡相異忽榮棄位樵漁自樂扣牛干相負鼎邀卿專文專武耽酒嗜味多貪多奢多瞋多喜多癡多黠如是參差百千萬品直置人道各各殊別何況異類不可勝言如此依正種種不同者必知業異業異故起見異是故則見末知本見外識內云何知起見久近知如是見積累重沓非止一世知如是見近世所起知如是見此世適起知如是見未來方盛云何知見重數多少從一有見派出三假又從三假派出四句三假合十二句又從四句出四悉檀十二句合四十八悉檀又一悉檀派出性空相空四十八悉檀合有九十六性相空一一句各有止觀合一百九十二句止觀就前根本都合三百四十八句此就信行人如此法行人亦如是信行轉爲法行亦如是法行轉爲信行亦如是就四人合有一千三百九十二句此約一有見如此無見亦如是亦有亦無見

亦如是非有非無見亦如是就四見有五千五百六十八句單四見如此複四見亦如是具足四見亦如是就三種四見合有一萬六千七百四句不可說見如初有見但有一千三百九十二句是則合有一萬八千九十六句此是所破如此能破亦如是能所合論則有三萬六千一百九十二句自行如此化他亦如是自行化他都合七萬二千三百八十四句若更約六十二見八十八使論三假四句等者則有無量無邊不可窮盡病相無量菩薩悉知知若干句共成此見知若干句共成彼見深淺輕重善巧分別而無僻謬是名知集既知集已亦能知苦苦集流轉精曉本末又入空之前徧觀見思總知病相爲出假方便後用一門斷惑入空若出假時分別見思照之則易薄修止觀法眼則明二乘入空專依一門無此弄引教二弟子謬授於藥又少五意何能入假而菩薩善巧大悲本願大精進力或寂諸想而發法眼識知見病或觀達見法發道種智明了惑法若不悟者但精進力勤研止觀内因既熟外被佛加或冥或顯豁然開悟於諸見病句句明了如於鏡中見諸色像自識識他諦審無礙次明知思病本知思起因緣知思起久近知思病重數三意例見病可知思假以癡爲本云重數者九地則有八十一品初一品有三假有四句止觀三假合十二句一句即有信解見得各各用四悉檀信法各有八合則十六番此信法互有轉義復爲十六合前則有三十二句一句既三十二句十二句三假合有十二句則

有三百八十四句一一句復有性相二空則合有七百六十八句足前合爲一千一百五十二句含根本合爲一千一百六十四句一品如此九品合有一萬四百七十六句欲界九品如此三界九品合有九萬四千二百八十四句所破如此能破亦然能所合有十八萬八千五百六十八句自行如此化他亦然合有三十七萬七千一百三十六句止觀若細論一一品復有無量品一一禪復有無量禪通明背捨等直置諸禪發時已自不可說況復禪禪品品品品之内復有三假四觀等句其數難知若準見惑四十里水此緣一諦應是一十里水不橫起故稱之一渧重數甚多亦可十里二乘直入故不分别菩薩初破思假已作方便先總知竟今出假修觀助開

法眼通用止觀爲知假之門别修各有方法息諸緣念名止緣此思假名觀大悲本願大精進力諸佛威加豁然開解得法眼見道種智知分别思假病相分明云上見思重數雖煩知之何妨如五部律不填人胷對緣行事能自正正他學此諸句即行即用自行化他隨意無礙○二入假識藥者病相無量藥亦無量畧言爲三一世間法藥二出世間法藥三出世間上上法藥大品有三種法施三歸五戒十善道四禪無量心等名世間法施二出世間法施三出世間上上法施可知云釋論云何惠用世間法施譬如王子從高墮下父王愛念積以縎綿於地接之令免苦痛衆生亦爾應墮三途聖人愍念以世善法權接引之令免惡趣然施法藥凡愚本自不知皆

是聖人託迹同凡出無佛世誘誨童蒙大經云一切世間外道經書皆是佛說非外道說光明云一切世間所有善論皆因此經若深識世法即是佛法何以故束於十善即是五戒深知五常五行義亦似五戒仁慈矜養不害於他即不殺戒義讓推廉抽已惠彼是不盜戒禮制規矩結髮成親即不邪婬戒智鑒明利所爲秉直中當道理即不飲酒戒信契實錄誠節不欺是不妄語戒周孔立此五常爲世間法藥救治人病又五行似五戒不殺防木不盜防金不婬防水不妄語防土不飲酒防火又五經似五戒禮明撙節此防飲酒樂和心防婬詩風刺防殺尚書明義讓防盜易測陰陽防妄語如是等世智之法精通其極無能逾無能勝咸令信伏而師導之出假菩薩欲知此法當別於通明觀中勤心修習大悲誓願精進無怠諸佛威加豁然明解於世法藥永無疑滯然世法藥非畢竟治屈步移足雖垂盡三有當復退還故云凡夫雖修有漏禪其心行穿如漏器雖生非想當復退還如雨彩衣其色駮脫世醫雖差差復還生此之謂也次明知出世法藥者如大經云或說信爲道或說樂欲或說不放逸或說精進或說身念處或說正定或說修無常或說蘭若處或說爲他說法或說持戒或說親近善友或說修慈等也又如諸經中或一道爲藥如一行三昧如佛告比丘他物莫取一切法皆是他物於一切法不受成羅漢如前所明單複諸見皆悉不受或二道爲藥定愛智策二輪平等或三法爲藥謂戒定慧或四法爲

藥謂四念處或五法爲藥謂五力或六法謂六念七覺八正道九想十智如是等增數明道乃至八萬四千不可稱數或衆多一法乃至無量一法不可說一法或衆多十法無量十法不可說十法是一一法有種種名種種相種種治出假菩薩皆須識知爲衆生故集衆法藥如海導師若不知者不能利物爲欲知故一心通修止觀大悲誓願及精進力諸佛威加法眼開發皆能了知如觀掌果又知出世上上法藥約止觀一法爲藥者謂一實諦無明心與法性合則有一切病相觀此法性尚無法性何況無明及一切法或二法爲藥即是止觀體達心性虛妄休息或三法爲藥即是止觀及隨道戒任運防護又三三昧從假入空名空三昧亦不見空相名無相三昧生死業息名無作三昧或四法爲藥謂四念處諸見皆依色此色非汙穢非不汙穢受諸見思非苦非樂諸見想行非我非無我諸見思心尚非心豈是常無常或五法爲藥即是五根修止觀時無疑名信根常念止觀不念餘事即念根止觀不息即精進根一心在定即定根四句體達無性故即慧根五根增長名爲五力或六法爲藥謂六念處以止觀覺見思惑即是佛法界不破法身名念佛常憶持止觀不分別止觀一異相名念法止觀理和是無爲相故名念僧止觀有隨道戒名念戒止觀即第一義名念天止觀捨見思惑名念捨或七法爲藥者止是除捨定三覺分觀是擇喜精進覺分念通兩處或八法爲藥四句破假名正見動發正見名思惟依此修

行名正業說此止觀名正語不以邪諂養身爲正命不離不忘名正念止名正定無間念名精進或九法爲藥者謂四見是汙穢五陰五陰變壞名色變想乃至九云或十法爲藥即十智見思兩假是集苦智止觀是道智二十五有不生是滅智知三界皆爾是比智以世間名字故說即世智知他衆生亦然是他心智知諸法差別是等智知苦集盡名盡智無漏之慧名無生智當知止觀爲益衆生隨根增減既得爲十亦得爲恒河沙佛法也譬如神農嘗草立方或一藥二藥乃至十藥爲方衆多藥爲方爲病立方非無因緣入假菩薩亦復如是知諸法門一法二法至無量法或爲一病或爲兼病又如諸藥皮肉汁果根莖枝葉各各如是山海水陸四方土地各有所出採掘乾濕各各有時又知諸藥各有所治入假菩薩知衆生根識所宜法亦復如是知此一一法乃至多法是其樂欲知彼一法二法非其樂欲知此一法二法是其便宜非其便宜是對治非對治是入第一義非入第一義皆審識之欲治一病一藥即足欲爲大醫徧須諸藥二乘治惑一法即足菩薩大誓須一切知又如大地産藥而分劑作方如大河水分劑升合不過不減法藥亦爾於一寂定開無量止於一大慧開無量觀皆實不虛又如衆生病緣種種不同諸病苦痛種種不同諸藥方治種種不同病差因緣種種不同湯飲吐下針炙丸散得差之緣亦復非一入假菩薩亦如是知一切衆生見思煩惱集不同是知集知一切衆生善惡苦果不同是知

菩知一切法門是知道知一切衆生入證不同是知滅種種四諦入假菩薩無不偏知

摩訶止觀卷第六上

音釋

猗 於宜切輕安也 複 方六切重也 罽 居例切 逗 音豆物相投合也

筈 古活切箭本受弦處 稸 敕六切積也 瘠 秦亦切瘦也 黠 胡八切慧也

駮 北角切色不純也 分劑 分扶問切劑才詣切分劑限量也

摩訶止觀卷第六下

隋 天台 智者 大師 說

門 人 灌 頂 記

復次神農本方用治後人未必併益華陀扁鵲觀時觀藥更立於方所以者何鄉土有南北人有儜健食有鹹淡藥有濃淡病有輕重依本方治不能效益隨時製立仍得差愈佛初出世衆生機熟逗根說法無不得悟後代澆漓情惑轉異直用佛經於其無益菩薩觀機通經作論令衆生得悟唯悟益彼是入假正意豈可守舊壅於化道耶釋論云依隨經法廣立名字而爲作義名爲法施菩薩爲修如此慧故大悲誓願勤精進力通修止觀諸佛加威豁然鑒朗於入假智而得自在○三應病授藥者既知苦集之病又識道滅之藥若衆生無出世機根性薄弱不堪深化但授世藥如孔丘姬旦制君臣定父子故敬上愛下世間大治禮律節度尊卑有序此扶於戒也樂以和心移風易俗此扶於定先王至德要道此扶於慧元古混沌未宜出世邊表根性不感佛興我遣三聖化彼眞丹禮義前開大小乘經然後可信眞丹既然十方亦爾故前用世法而授與之云云又授出世藥者十種因緣所成衆生根性不同則是病異隨其病故授藥亦異謂下中上上上下根四義一者志樂狹劣二行力微弱三五濁障重四智慧極鈍樂小法故說生滅法行力微弱修事六度五濁障重勤苦對治智慧鈍故斷婬怒癡名爲解脫是爲授因緣生法之藥治下根病也雖是下根欣樂不同諸聖作論復開爲四

樂聞有者說阿毗曇生其小善破其五濁因此方便見於眞諦樂聞無者說成實論生其小善破惡入眞樂聞有無說昆勒論生善破惡入眞樂聞非有非無者爲說離有無經生善破惡入眞是爲入假菩薩作四論申四門授四藥治諸病云云次中根人授藥者此人心志小强行力小勝宜生理善五濁障輕智慧小利赴其樂欲爲說因緣即空聞生理善破於惡因見第一義是爲授即空藥治中根人此又爲四謂下中上上上即是四門入池例前云云次觀上根人授藥者樂欲心廣善根開闊五濁已除智慧又大授無量四諦生界外善次第斷五住得入中道是爲授即假藥治上根人就此又爲四即是四門授藥例上可知次觀上上根授藥者此人樂欲乃至智慧

悉無與等故名上上爲如理直說善如空生障如空滅入究竟道是名授即中藥治上上根人亦有四門授藥治病云云若入空觀尚無一法何有諸法今授十六道滅治十六苦集正是入假隨其類音妙聲徧告發彼耳識轉度入心令得服行各獲利益如一雲所雨而諸草木各得生長云云○四明入假位者一先歷教判位二明利益三結破法徧人意咸言先除見假後卻思惟入空之果尚已迢遰出假化物非已所能望崖自絕今當分別假位不同夫三乘之初不愚於法皆欲求佛猒患生死喜多退轉譬如有人俱聞他方有七寶山翹心東脚若念路艱險便退不前行人亦爾畏懼生死退大沈空後聞菩薩勝妙功德自惟敗種泣動大千不待所因而懷憂悔若

依此義但有入空便無入假事也若三藏菩薩初修空狠伏煩惱羊而不斷結若斷結者則無六度功德身肥是初阿僧祇位也二僧祇煩惱脂消功德轉肥三僧祇正入假位利益衆生此下根人也中根二僧祇巳伏煩惱肥六度身即能化物豈待三耶上根初發心時爲度一切誓求作佛因聞他說心已明解深識眞理爲度他故不求斷證心又一轉我應度他不應不度當勤分別一切藥病何以故五事重故如人將兒過險自既安隱那得擲兒雖自知空而不棄捨是爲初心即能入假不待至二僧祇也通教位者人多執經云八地修出假或六地七地斷結與羅漢齊方修出假此一途之說必不全爾但佛爲三根分別下根斷惑盡方能出假佛於法華中破其取涅槃心勸發無上道起方便慧二乘旣然極鈍菩薩亦應同此說今判此爲下根耳中根者斷見惑巳生死少寬思任運斷第二地名菩薩神通從此巳去即能入假上根者初心聞慧即能體達見思即空巳爲衆生作依止處何須七地方出假耶若七地者爲大品所呵有大鳥身長三百由旬而無兩翅從天而墮若死若死等苦菩薩亦如是從初一向專修於空至于六地是爲三空身肥假翅不生若墮二乘方便道名死等苦若墮初果名之爲死若見盡是死等若無學是爲死是鳥欲還天上可得去不墮無學地欲發菩薩心永不能得如人被閹不能五欲華嚴大品不能治之唯有法華能令無學還生善根得成佛道所以稱妙又闡提有心猶可作佛二

乘滅智心不可生法華能治復稱爲妙云云別教之人十住心後十行之位修假方便何以故入理般若名爲住住生功德名爲行云云下根也十住初心即能入假已得無漏一受不退即能出用何須至十行方起大悲中根也云云又別教初心不愚於法達解一切功德猶如幻化於名字不滯而修方便具五因緣以益衆生上根也圓教十信六根淨時即徧見聞十法界事若是入空尚無一物既言六根互用即是入假位也又五品弟子正行六度廣能說法即是入假之位何必待六根淨耶又初心之人能知如來祕密之藏圓觀三諦尚能即中豈不即假大品云初坐道場尚便成正覺轉法輪度衆生又六即料簡便有出假之義何須待至五品耶上來諸教皆有三位若定判者應取下根以明其位則有二義一依教故二決不退轉入假行成中上乍有進退故不約其論位既有三根出假例應三根入空謂情入似入眞入情入者觸人能入非謂散情緣諦之觀於似眞之前與空法壂相應若爾何益此有情益若益無退不併退設退能憶念數修後致大益問通別上根能入空出假與圓何異答通人出入不能即中別人次第出入不能一心圓人一心出入亦能別出入謂多入中少入二多入二少入中多入空中少入假多入假少入空中多入假中少入空多入空少入假中雖別增減而三諦不缺若爾則非次第之別然尚能爲勝別況不能爲劣耶二明入假利益者菩薩本不貴空而修空本爲衆生故修空不貴空故不

住爲益衆生故須出故有從眞起應法眼稱機應以佛身得度即作佛身說法授藥應以菩薩二乗天龍八部等形得度而爲現之成就衆生淨佛國土乃名利益三藏菩薩雖復出假有漏神通非眞起應世智分別非法眼明雖利衆生而非成就雖作佛事非淨佛土止是少分教化爲益甚微云云若通教入假雖分別藥病但依二諦診病不深識藥不遠但是作意神通非眞起應應有始終爲作父母師長世世結緣處處調伏動經無量阿僧祇劫善根若熟即生王宮道樹作佛漸頓度人乃至入涅槃舍利住世久久利益有始有終乃名爲應無而欻有暫出還沒故非眞應一時片益不名成就灰身入滅非淨佛土別教十行入假利益義同通教若登地時得如來一身無量身湛然應一切爾時知病盡病淵源爾時識藥窮藥府藏爾時授藥如印不差眞道種智最勝法眼所可應化任運普周和光同塵結緣之始八相成道以論其終亦名爲化亦名爲應其見聞者無不蒙益有所施爲是淨佛國土入假利益皆實不虛登地旣然後地例爾乃至圓教初住入假眞實利益乃至後心亦復如是若得此意料簡變化即識眞僞所以者何魔亦能以有漏心作無漏形變爲佛像老子西升亦云作佛化胡諸外道等變釋爲羊停河在耳世智五通靡所不作如是邪化無量無邊尚非三藏五通化云何得是別圓任運眞化化語多種無眼之人謬生信受能深觀察不可雷同故知從法身地垂應十界度脫衆生如此入假眞利益位

三結破法徧者未發其前隨所計著百千萬種皆名爲見如盲問乳非乳眞色若繩若杵何關象事蠻言之見見即是假故歷單複具足以觀破之破若不徧不得入空見思若盡乃名破法徧也就文字論乃當如此意則不然見思即是無明無明即是法性見思破即是無明破無明破即是見法性入實相空方名破法徧也從空入假破法徧亦爾假有無量病法藥法授藥法分別此三有所不達不名破法徧未發法眼之前雖有分別分有所見不名破徧六根淨時分別一病有若干種解一句法達無量句十方諸佛說法一時受持是爲相似氣分障通無知既破雙照二諦方名破法徧也舉要而言次第破者則不名徧不次第破乃名爲徧耳前觀法重沓既多恐人迷故約二觀後結破法徧也○第三明中道止觀破法徧者前生不生止觀破法徧一往似自行次不生生止觀破法徧一往似化他今不生不生止觀破法徧一往似雙非自他又雙照自他生不生即不生生亦即不生不生自即不自亦非自非不自不生生即生不生亦是不生不生他即非他亦非他非不他不生不生即生不生亦是不生生亦是不雙非亦是不雙照種種分別令易解故作如前說耳就此爲四一修中觀意二修中觀緣三正修中觀四明位利益其意者三藏中菩薩偏用世智照俗二乘偏用析假入眞佛二諦周足異於弟子假設第三觀設作離有離無之說秖是離有無二見實無別理可觀故不須第三觀也通教二乘偏用體法入眞

菩薩慈悲入假唯佛俱照道觀雙流異於弟子亦假設第三觀亦無別理異於眞諦開善所執佛果不出二諦外即此義也雖無別理而得有眞如幻如化不生不滅中道之名亦得有中道之義者佛滿字門通通通別鈍根止能通通不能通別故此教得有別接之義利者被接更用中道不被接者不須第三觀別接義如顯體中説云云別教若作二諦三諦皆元知中道若作三諦可解若作二諦者中道爲眞有無爲俗照此二諦從容中當名中道二用無偏名雙照雖作二名中理亦顯此理玄深根鈍障重如眼闇者穿針不諦云何穿針爲常理故先破取相慧眼見空次破無知法眼見假進修中道破一分無明開一分佛眼見一分中方是眞因因果圓滿乃名爲佛二諦非正意故不名因例如小乘方便伏惑不見眞不名修道發見諦後具眞修道始是眞因無學爲眞果別教例爾二觀旣是方便必須於中雖復必須要前二觀二觀若未辦亦不暇第三觀也圓教初知中道亦前破兩惑奢促有異何以故別除兩惑歷三十心動經劫數然後始破無明圓教不爾秖於是身即破兩惑即入中道一生可辦譬如賊有三重一人器械鈍身力羸智謀少先破二重更整人物方破第三所以遲迴日月有人身壯兵利權多一日之中即破三重不待時節以此喻之其義可見又如兩鐵一種種燒治方有利用一是古珠即燒即利爲是義故圓教初心即修三觀不待二觀成以是義故即須明第三觀也○二修中觀因緣者畧爲五

一爲無緣慈悲二滿弘誓願三求佛智慧四學大方便五修牢强精進一無緣慈悲者即如來慈悲也此慈悲與實相同體不取衆生相故非愛見不取涅槃相故非空寂非空寂故非法緣慈悲非愛見故非衆生緣無二邊相故名無緣大經云緣如來者名曰無緣普覆法界拔除苦本與究竟樂上兩觀慈慈有邊表如來慈者即無齊限上兩觀慈與菩薩共無緣慈者獨在如來上兩慈無所包含如來慈者具一切佛法十力無畏是如來藏諸法都海故大經云慈若有若無非有非無如是之慈乃是諸佛如來境界當知慈具三諦也迦葉讃云今我欲以一法讃所謂慈心遊世間是慈即是大法聚是慈即是眞解脱解脱即是大涅槃上慈作意乃成此慈任運無請爲依手出師子令彼調伏如慈石吸鐵無心而取夫鐵在障外石不能吸衆生心性即無緣慈無明障隔不能任運吸取一切今欲破無明障顯佛慈石任運吸取無量佛法無量衆生欲修此慈非中道觀誰能開闢如水生火水不能滅還用火滅此無明障依兩觀生兩觀所不能除唯中道觀乃能破耳爲是因緣修第三觀也二滿本弘誓者初發心時起四弘誓與虚空等空假兩觀知苦斷集猶如枝葉所未知斷喻若根本空假兩觀修道證滅猶如燈炬諸山幽闇力不能明雖修兩觀誓願未滿譬如百川不能溢海娑伽羅龍王所霔泉池一霔即滿中道正觀亦復如是知一切苦斷法界集修無上道證究竟滅爲滿本願故須修第三觀三求佛智慧者即是

如來一切種智知佛眼見廣大深遠橫竪覺了究竟具足上兩觀眼智比於佛法猶如盲人闇中想畫不能覩見墜落坑坎云何得前若修中道如有目足到清涼池除一邊熱悶醒覺休息飲服其水冷滑香甘是名佛智知見其池相方圓深淺水色清淨是名佛眼見欲得如來實相眼智非止觀不成故修第三觀四學大方便者即是如來無謀善權無方大用住首楞嚴種種示現不可思議巧方便力示諸衆生虛空中風劫燒負草令無燒害此爲難事故須善巧如彌勒先爲天子說不退行淨名即彈云從如生得菩提耶云無菩提勿起此見既破見已即說寂滅是菩提不二是菩提一切衆生即是菩提云天子聞玄悟無生忍是二大士槌砧更扣令難悟者悟

悟難悟法若無方便云何利他又如來初出不即說大種種方便譬類言辭引導衆生令離諸著然後開佛知見示以一乘是故殷勤稱歎方便眞實得顯功由善權故言雖說種種道其實爲一乘更以異方便助顯第一義佛智叵思議方便隨宜說佛意難可測無有能得解以百千方便令鈍根者妙契寰中上二觀智力用輕微如富樓那化彼外道反見嗤弄文殊暫往師徒靡風欲得如來此方便者若非中觀所不能成故修第三觀也五大精進者欲爲大事大用功力法華云如有勇健能爲難事不動不退方名薩埵不顧身命何況財物雖得菩提猶尚不息何況未得上兩觀功微賞少中觀功蓋天下賞窮解髻爲大精進修第三觀修中道因緣甚多爲對出

假觀畧說五耳云云○三正修中觀者此觀正破無明無明懸絶非眼慮見知云何可觀例如初觀觀眞眞無色像亦無方所但觀陰入界心三假之惑四句推求巧修止觀得無漏發名爲見眞次觀觀假假復云何但觀空智能令不空於一心中點示萬行即發法眼徧知藥病故名假觀今觀無明亦復如是觀二觀智當彼破惑名之爲智今望中道智還成惑此惑是中智家障故言智障又此智障於中智中智不發故名智障前言智能障後言智被障例如六十二見見名慧性慧即世智若望無漏此慧性與見思合能障於眞此二諦智與無明合障於中道亦復如是又能障是惑所障是中智能所合論故言智障云何觀此二智即是無明若言是明種智現前洞

識諸佛十力無畏一切諸法圓足覺了可得是明而今不爾豈非無明觀此無明即爲三番一觀無明二觀法性三觀眞緣一觀無明者空假之智與心相應觀此二智爲從法性生爲從無明生爲從法性無明合生爲從離生若從法性法性無生若從無明無明不實亦不關中道若合共生則有二過若從離生則無因緣中論云諸法不自生云云如是廣破如上因成中說作此觀時泯然清淨心無依倚亦不住著不覺不知能觀所觀猶若虛空不可說示雖未發眞於四句中決定不執譬如闇中遙望株杌不審人杌人應六分動相杌無六分是不動相久住觀之心謂是杌亦不明了起四句執即喻動相動喻無常相不動喻常久觀不已定知是常不起四執而無

明未破猶不了了雖不了了定知一常一切常行大直道無留難故前見思塵沙久已穿徹唯二觀智即喻金剛觀破智障名觀穿觀安心此理名觀達觀此理不可思議名第一義空待二乘頑境之空名爲智慧而此法性非智非不智是爲中觀具三義也復次體達智障無明無自他性共無因性畢竟不可得如持戒比丘觀無蟲水此中動者蟲耶塵耶蟲即生相塵無生相諦觀不已雖知是塵亦不明了若謂無明有四性性是生動若無四性無性無生動雖知不動亦不決定雖不決定而決定觀常住不動前生死涅槃二邊流動上兩觀已止唯有無明迴轉未息今達心本源無明寂靜名止息止安心此理名停止止常住之理非止非不止對無常動故言爲止即是非止非不止是名中止具三義也復次智障心中即有三假四句止觀信法迴轉四悉檀巧修皆例如前說如是四句即是觀門若離此四無修觀處善巧方便因門而通得見中道見中道時非即四觀若於一觀得入餘句即融不須更修若未通入但勤修四句方便取悟若執此四即爲所燒遮壅不通若無執滯即是觀無明四句得悟也二約法性破無明者上四句觀於智障求無明生決定叵得或生一種解或發一定決謂無明即是法性如此計者非是悟心但發觀解如闇見壁杌決謂塵杌即當移觀觀於法性爲當無明心滅法性心生爲當不滅法性心生爲當亦滅不滅法性心生爲當非滅非不滅法性心生若無明滅而法性生者滅何能生不

滅生者明無明並共生者即有二過離則不可不自不他不共不無因如是四句一一句中信法迴轉四悉善巧即能得悟通四門池雖未得悟決定謂此中道觀智能破無明常如是學更不餘修也三約眞縁破無明者觀此觀智待誰得名爲智爲非智若横待者十方諸佛是智是明待我無智明也若竪待者我於將來破除盲冥而得大明待今是無智無明如是智明爲是縁修爲是眞修眞縁合修離眞離縁若縁修者縁是無常云何生常若是眞修眞不應修釋此有兩家一云縁修顯眞修二云縁修滅眞自顯眞自顯是自生由縁顯是他生眞縁合是共生離眞縁是無因生四句求智不可得亦不得無智何以故待智說無智智無故無所可待故無智亦無若執眞縁爲是者不能發中俱是障智若不執著即是四門若得契理理非眞非縁非共非離不可說示若有機縁亦可四說悉檀方便無復定執隨縁異說聞即得道所謂從無常生於常大經云因是無常而果是常又云從伊蘭子生栴檀樹或時云從法王種性中生即是眞修或言因滅無明則得菩提燈或言非內觀非外觀而得是智慧云云無得之得以是得無所得入空意無所得即是得入假意得無所得皆不可得雙照得無得即中意諸菩薩等或偏申一門如天親明阿黎耶識爲世諦別有眞如此是論之正主禪定助道皆是陪從莊嚴耳如中論申畢竟空空爲論主其餘亦是助道耳餘門亦應有菩薩作論申之作論異說豈離四門因門有殊契會不

異若得此意何所乖諍苦與才盾若用四門修觀者或樂或宜或對或入一門既爾餘門亦然觀行雖别得道何異經論為縁不同古來諍競難可通處用此解釋氷冶雲銷如此觀行契教根理印會允合有何是非明眼之人依義不依語有智之者必不生疑無目無解徒勞慇怪詎可益乎問無明即法性法性即無明無明破時法性破不法性顯時無明顯不答然理實無名對無明稱法性法性顯則無明轉變為明無明破則無無明對誰復論法性耶問無明即法性無復無明與誰相即答如為不識水人指水是氷指氷是水但有名字寧復有二物相即耶如一珠向月生水向日生火不向則無水火一物未曾二而有水火之殊耳四修中觀位者前兩止為中道雙遮方便兩觀是雙照方便因此遮照得入中道自然雙流自然雙照修此雙流凡有三處若别接通者七地論修八地論證别教十迴向論修登地論證如此修證高遠迢遞初心衆生尚不得修乾慧云何能證八地耶此中道觀於凡無益又初心尚未入十信至迴向若無迴向豈得修中無修則無證此中道觀於凡夫人望崖無益今明圓教五品之初秖是凡地即能圓觀三諦修於中空坐如來座修寂滅忍著如來衣修佛定慧以如來莊嚴而自莊嚴修無縁慈入如來室始從初品進入第五相似法起見鴿知池望煙驗火即是相似位人入六根清淨也例如外道不修念處求無煖分二觀亦爾不修中道似解不發今五品修中能生似解轉入初住即破

無明故華嚴解初住云無染如虛空清淨妙
法身湛然應一切正使及習一時皆盡無有
遺餘初發過牟尼此之謂也始自初品終至
初住一生可修一生可證不待位登七地爾
乃修習何假歡喜始入雙流前教所以高其
位者方便之說圓教位下者眞實之說法華
云如此之事是我方便諸佛亦然今當爲汝
說最實事即此意也復次三藏菩薩坐道場
時猶是具惑故無雙流雙流位在佛耳通教
有別來接者雙流位在八地別教雙流位在
初地故漸漸引之其位稍低實意彌顯也雖
言初住破一分無明是雙流位此是略語譬
如舉帆一日三千略言一日耳又如禪有九
品此亦大較如佛得四禪身子不知身子入
四禪目連不知目連入四禪諸比丘不知如
此往推禪不啻九品初住亦爾言一品者亦
無量品此位能徧法界作佛事不可限量如
首楞嚴華嚴中廣說尚示八相何況餘耶云云
前兩觀後已結成破法徧如上說今中道正
觀觀無明法性不依二邊不依四句畢竟清
淨無倚無著故淨名云稽首如空無所依此
智豁開一破一切破靡所不徧故名破法徧
也○第二約餘門明破法徧者上約無生一
門豎修三觀徹照三諦破法徧無量諸門望
無生門餘門是橫譬如徑直重門此則名豎
齊並邐迤故稱爲橫若橫若豎皆得見王故
約橫論觀辨破法徧也橫門者如中論八不
不生不滅不常不斷不一不異不來不去一
論明八門諸經論則無量或不有不無不垢
不淨不住不著不受不取不虛不實不縛不

脱如此等諸教行門其數無量俱皆能通故稱爲門中論云若深觀不常不斷即入無生無滅義何以故不生即不異不滅即不一生名集成即異義滅名散壞即一義不生即不常不滅即不斷不生即不來不滅即不去不生即不垢不滅即不淨不生即不增不滅即不滅不生即不縛不滅即不脱不生即不有不滅即不無是故深觀不生不滅即是諸門義也若無生門觀陰界入次第不次第乃至三障四魔者餘門亦如是若無生門觀心如工畫師造種種五陰一切世間中莫不從心造一陰界入一切陰界入一性相體力一切性相體力等餘門亦如是若無生門發真正菩提心起四弘誓願餘門亦如是若無生門安心止觀自行化他信法迴轉善巧悉檀餘門亦如是若無生門識有無破單複具足無言説見一一皆有三假四觀如是不自不他不共不無因者餘門亦如是若無生門破見有七萬二千三百八十四止觀者餘門亦如是若無生門觀智障自生非自生故説自生空自生空非自空故説自生假自假非假自空非空故説自生中自中不但中雙照空假故説三觀一心者餘諸門亦如是若無生門觀智障他生非他生共生非共生無因生非無因生乃至三觀一心者餘門亦如是若無生門觀智障自滅非自滅故説自滅空自空非自空故説自滅假自假非假自空非空故説自滅中自滅中不但中雙照空假故説自滅三觀一心者餘門亦如是若無生門觀智障他滅非他滅共滅非共滅無因滅非無因

滅乃至三觀一心者餘門亦如是若無生門自待非自待故說自待空自空非自空故說自待假自空非空自假非假故說自待中自中不但中雙照二諦故說三觀一心者餘門亦如是若無生門他待非他待共待非共待無因待非無因待乃至三觀一心者餘門亦如是若無生門三觀結成破法徧者餘門亦如是以無生門如上等諸法度入餘門縱橫無礙如金剛刀無能障者若得此意通釋經論隨義迴轉文義允當無處不合所以者何若將此義釋無行經即轉無生意入無行門所謂諦無行智無行菩提心無行安心於止觀無行破見思無知無明等無行生死涅槃中間等皆無行無行行無行位無行教如是等一切悉入無行門中說究竟具足也若釋金剛般若經即轉無生意度入不住門中種種不住不住色布施不住聲香味觸布施不住境智布施不住慈悲布施不住見思中布施不住無知無明中布施是名檀波羅蜜不住色中持戒乃至不住色中般若初地不應住乃至十地不應住雖諸法不住以無住法住般若中即是入空以無住法住世諦即是入假以無住法住實相即是入中此無住慧即是金剛三昧能破盤石砂礫徹至本際故仁王經三處明金剛三昧七地初地初住即是金剛無住釋三教位義又云釋迦牟尼入大寂定金剛三昧若爾者常途不應云無礙道有金剛斷道無金剛經云佛有豈非斷道有耶天親無著論開善廣解詎出無生無住之意耶畧舉二經示度曲之端耳若得此意

千經萬論豁矣無疑此是學觀之初章思義之根本釋異之妙慧入道之指歸綱骨曠大事理具足解一千從法門自在云問無生一門申一切佛法復何用餘門耶答法相如此二義相須人人不同各各自行應須餘門如淨名三十二菩薩各說已入不二法門若言生滅是生死爲二不生不滅則無二乃是空門何關中道今解生是生死滅是涅槃是爲二雙遮二邊得入中道是爲入不二法門此菩薩自說已門不說他門華嚴云我唯知此一門即是各說入門門則無量也又他緣不同逗化非一前一番人聞說無生無滅得悟餘非其宜所以無益次菩薩更說不垢不淨入不二門當其所宜聞之得道是則橫門無量八千菩薩各各說之云何難言一門足耶

復次行人依無生門修四三昧或時歡喜頂受或信善心生或惡覺執破或悅悅欲悟若爾者此無生門是其道門若不爾非其門也當更從無滅門入喜生善發執破近道當知無滅是其道門不爾於其非門如是廣歷衆門一一檢試會有相應張羅既廣心鳥自獲爲是義故將橫約豎以顯門通也〇第三橫豎一心明止觀者如上所說橫豎深廣破一切邪執申一切經論修一切觀行逗一切根緣迴轉無窮言煩難見今當結束出其正意若無生門千萬重疊秖是無明一念因緣所生法即空即假即中不思議三諦一心三觀一切種智佛眼等法耳無生門既爾諸餘橫門亦復如是雖種種說秖一心三觀故無橫無豎但一心修止觀又爲二一總明一心二

歷餘一心總者秖約無明一念心此心具三諦體達一觀此觀具三觀若不得前來橫竪諸說如此境智何由可解前說一念無明與法性合即有一切百千夢事一陰界入一切陰界入無量單複具足無言等見三界九地一切諸思十六門破等諸法先已次第橫竪聞竟今聞一心因緣生法者即懸超前來一切次第因緣生法懸識不可思議因緣生法前說諸法皆三假四句句句求實不可得單複諸見皆空九地諸思皆空十六門皆空先已聞故今聞一心即是空懸超前來次第諸空懸識不可思議畢竟妙空前來所明諸假覆踈倒入分別藥病授藥等法先已聞故今聞一心即假懸超前來次第之假懸識雙照二諦之假今聞非空非假者懸超前來諸空皆非空諸假皆非假又前來分別一切非有非無單見中非有非無複見中非有非無具足中非有非無三藏中非有非無通門非有非無別門非有非無前已聞故今聞非有非無懸超前來諸非有非無懸識中道不可思議非有非無如此三諦一心中解者此人難得何以故約心論無明還約心論因緣所生法故有前來一切法約心即空故有前來諸空還約心論假故有前來出假等亦約心論法界故有中道非空非假三諦具足秖在一心分別相貌如次第說若論道理秖在一心即空即假即中如一刹那而有三相三相不同生住滅異一心三觀亦如是生喻假有滅喻空無住喻非空非有三諦不同而秖一念如生住滅異秖一刹那三觀三智三止三眼

例則可知如是觀者則是衆生開佛知見言衆生者貪恚癡心皆計有我我即衆生我逐心起心起三毒即名衆生此心起時即空即假即中隨心起念止觀具足觀名佛知止名佛見於念念中止觀現前即是衆生開佛知見此觀成就名初隨喜品讀誦扶助此觀轉明成第二品如行而說資心轉明成第三品兼行六度功德轉深成第四品具行六度事理無減成第五品第五品轉入六根清淨名相似位故法華云雖未得無漏而其意根清淨若此從相似位進入銅輪破無明得無生忍四十二地諸位故法華云得如是無漏清淨之果報亦是三賢十聖住果報唯佛一人居淨土以賢聖例佛指妙覺是報大經云得無上報者有現報故名無上報無生後故言

佛無報大經亦云子果果子以現報故即如子果無後報故不名果子云云又金光明稱爲應身境智相應也就境爲法身就智爲報身起用爲應身以得法身故常恒不變法身清淨廣大如法界究竟如虚空盡未來際也實性論云常即不生恒即不老清淨即不病不變即不死法身是淨德廣大如法界是我德究竟如虚空是樂德盡未來際是常德故知初住法身即具如是常樂我淨無生老死也云云○歷餘一心三觀者若總無明心未必是宜更歷餘心或欲心瞋心慢心此等心起即空即假即中還如總中所說云云○前來所說但觀識陰作如此說餘四陰亦如是十二入十八界亦如是是名觀陰界入境破法徧竟○問入假中有因緣入空何意無入空以四

門料簡假中何意無答入空亦有畧故不説耳何者謂爲解脱故爲脱他故爲慧命故爲無漏故爲法位故夫生死縛著勞我精神非空不解自旣有縛能解他縛無有是處爲脱他故應須入空賢聖以慧爲命慧命非空不立諸神通中無漏通勝爲勝神通故應須入空又法位非慧不入空慧能速入法位入空因縁甚多例後故説五耳夫空觀通於小大偏圓欲分別不濫須四門料簡假中不雜小故不用耳空觀二種析空專在小體空小大共今之料簡簡於體空雖同用體所爲處別故須料簡別圓能通雖各四門所通處同故料簡則閑耳智障者異解不同今出達摩鬱多羅釋煩惱是惑心故煩惱是障智是明解云何説智爲障智有二種證智識智識智分別體違想順想順故説爲智體違分別與證智爲礙故説智爲障又佛於二障得解脱涅槃云斷愛故得心解脱斷無明故得智解脱地持中説愛爲煩惱首故心解脱對治煩惱障也遠離一切無明穢汙於一切所知知無障礙名智淨智淨即慧解脱若以智所知礙名智障者以無明故於智有礙正以無明爲智障體也入大乘論云出世間無明是智障世間無明賢聖已遠離即是先斷煩惱障也二障俱是煩惱云何以無明爲智障無明是即智之惑以智爲體即智説障例如無爲生死即無爲而説生死以無爲爲名也愛即四住地也亦能障智然是異心之惑解惑不俱體是煩惱故當體爲名名煩惱障復次愛能令諸有相續能令心煩與心作惱雖無明覆

蔽然生由愛水招生功強故名愛爲煩惱障無明不了正與解脫反愛性雖違然以無明爲本無明性迷障智義顯故從所障名爲智障無明有二一迷理二迷事何者是智障地持說二乘無漏人無我智爲煩惱障淨智佛菩薩法無我智爲智障淨智若爾二俱是迷理爲智障又智所知礙名爲智障者於一切法知無障礙即於事中知無障礙但是迷事爲智障若爾何者爲定照事照理之智智雖有二二無別體智障無明亦無二性雖有二說而無二也又心智爲障者究尋分別智礙於如實不得證智此亦即智是障以滅想滅心故有斷智之義若捨分別即向智障清淨又非是條然故智亦不斷是以經有不失福之言百論引佛說於福莫畏者助道應行也人作一向之論便有斷不斷二途計無矛盾勿生偏執競也問瓔珞云第三觀初地現前今云何或說在八地或說在初住答借義相成或借高成下故言八地或借下成高故言初住瓔珞明別教故言初地問假中兩觀明三根人修位初觀不見判修位答後觀悉入位方修假中故約位判三根淺深初觀始於凡地無位可判淺深又瓔珞亦有文云四地名須陀洹此應是下根又三地明須陀洹此應是中根或初地明須陀洹此語上根云云

摩訶止觀卷第六下

音釋

儜尼耕切弱也　遰大計切迢遰遠也　闍衣廉切去勢也　診止忍切候脈也　欻許勿切忽也　囈魚祭切獨處亂言也　蚩充之切輕侮也　杌五忽切木無枝也　怳詡往切怳惚也

摩訶止觀卷第七上

隋天台智者大師說

門人灌頂記

第五識通塞者亦名知得失亦名知字非字如上破法徧應通入無生若不入者當尋得失必滯是非不得一向作解何者若同外道愛著觀空智慧宜以四句徧破能破如所破令衆塞得通若不執觀空智慧則能破不如所破但破塞存通如除膜養珠破賊護將若爾即大導師善知通塞將導衆人能過五百由旬舊云六地見思盡爲三百七地八地爲四百九地十地爲五百此義與釋論乖論以二乘爲四百二乘之道非七地八地攝大乘人以三界爲三百方便因緣兩生死足爲五百則攝義不盡更有有後生死無後生死屬何百耶地人以十信住行向地爲五百此與法華乖法華過三百由旬作化城此則二百由旬作化城復有人解三界爲三百二乘足爲五百此義三失一出三界外立化城云何二乘出三界外不入城更行四百五百四百五百之外更無化城何所可入而稱二乘二者滅化城方可得進城猶未滅而輒進四百五百三者二乘共入化城云何聲聞爲四百支佛爲五百有人以五住煩惱爲五百然二乘已斷四住應是四百由旬外立化城有人以斷三界思爲三百塵沙爲四百無明爲五百此亦不然由旬本譬煩惱云何見多而不數思少爲三百此之名義本出法華法華舉五百爲譬本以生死險道導師觀知合之應作三番明五百乃會經耳一就生死處所二

就煩惱三就智慧諸師之釋方圓動息不與文會如持一孔之匙開三須之鑰初家約通位就四百立化城攝家約生死割二種於荒外地家約別位在界内立化城次家徑促不待開權即自顯實人師過如此釋論意云何論有二文初以二乘爲四百而止不作五百後文以二乘爲一百今通之論明通意通家以眞諦爲極過三界已未破化城但入涅槃即指涅槃爲四百耳而復以二乘爲一百者更明出假菩薩從空出假非涅槃爲一百入三界爲三百作如此消文於經論無妨也今明五百由旬者一約生死處所謂三界果報爲三百方便有餘土實報無礙土是爲五百由旬處所次約煩惱者所謂見諦惑爲一百五下分爲二百五上分爲三百塵沙爲四百

無明爲五百次約觀智者空觀智知三百假觀智知四百中觀智知五百此與文會無前諸師過也又諸師判位遼遠初心行人尚未斷見何由超過五百由旬乎今論由旬有横通塞有竪通塞横者具約三法苦集爲塞道滅爲通無明十二因縁爲塞無明滅爲通六蔽覆心爲塞六度爲通竪通塞者見思分段生死爲塞從假入空觀爲通無知方便生死爲塞從空入假觀爲通無明因縁生死等爲塞中道正觀爲通今當以横織竪檢校通塞如從假入空破諸見思單複具足無言等見九九八十一思如斯諸惑本是汙穢增長煩惱遮塞行人那忽取著謂是謂非起諸結業漏落生死唯見苦集不見道滅既不識見思中四諦是事不知名爲無明乃至老死但構

因緣無明不滅不滅故堅著叵捨唯在此岸不到彼岸大經云童子飢時取糞中果智人呵之赧然有愧失於淨法是名爲塞若於諸見介爾起心知無性實無常無主倒破則無業無業則無果是名爲道道故有滅若識四諦則無無明亦無老死因緣壞故則捨諸有到於彼岸當用此意歷一一心歷一一能歷一一所若起三塞破之令通若是三通養令成就復次體見即空能體亦即空如羅漢之心尚名無漏五陰我觀未眞那得非陰若計陰實則結業生死若不識陰四諦即是無明若愛觀空智慧則不能捨用即空意歷一一心歷一一能歷一一所若有三塞破之令通若是三通養令成就則巧過見思之塞善通三百由旬也次用横織竪檢校從空入假觀通塞者此則易解於病法藥法授藥法於一一法一一能一一所明識諦緣度若起三塞破之令通若有三通養令成就則過無知之塞通四百由旬次用横織竪檢校中道正觀者於無明法性眞緣等一一法一一能一一所明識諦緣度若起三塞破之令通若有三通養令成就則過無明之塞通五百由旬若作如此論通塞者次第竪論六地初地動經劫數塞乃得通大經云須陀洹者八萬劫到乃至支佛十千劫到到菩薩初發心住此論聖位何益初心行人者乎復次約横别論通塞者如大品經云有菩薩從初發心即與薩婆若相應者與空相應也若初未相應當用諦緣度檢一一心若有三塞破之令通若有三通養令成就得過三百由旬又云有菩薩

從初發心即能遊戲神通淨佛國土此是出假之意若初發心修假亦用諦緣度檢一一心破塞養通過四百由旬又云有菩薩從初發心即能坐道場成正覺此即中意若初發心修中亦用諦緣度檢一一心破塞養通過五百由旬也如此說者雖初心得論通塞而三法各别大論引三喻一則歩涉二則乘馬三則神通歩馬兩行須知通塞神通無礙塞不能遮山壁皆虚何通可擇初觀喻歩次觀喻馬後觀喻飛三義分張亦非今所用也若竪論三觀兩觀當地爲通望上爲塞若後一觀勝下爲通隔小爲塞横論三觀當分爲通不相收爲塞法相淺深任有通塞況復於中起苦集無明蔽等是故皆塞無復有通若一心三觀法相即破竪中之通塞三觀一心破横中之通塞空即三觀故破歩涉山壁三百之通塞假即三觀破乘馬四百之通塞中即三觀破神通之通塞良以一心能即空假中者一切山河石壁衆魔羣道皆如虚空一心三觀遊之無礙終不去下陵高避山從谷觸處諸塞皆通無礙能過五百由旬到於寶所是名爲通通本對塞既觸處如空則無復有塞無塞則無通若於無塞無通起苦集無明障蔽者非但失於神通亦失馬歩能破如所破字爲非字如彼蟲道偶得三觀之名是蟲不知是字非字若於一一法一一能一一所皆即空即假即中具諦緣度是名無通無塞雙照通塞是爲智者識字非字亦名良醫知得知失於無生門明識通塞者於餘法門亦如是是爲初心過五百由旬應明六即義云云

問通塞得失字非字爲一爲異答此是一意種種說耳亦有差別通塞約解得失約行字非字約教金光明云正聞正聽正分別正解於緣正能覺了知字非字是正聞正聽知得失是正分別正解於緣知通塞是正能覺了雖此差別同顯一致耳問横塞塞豎通不豎塞塞横通不横通通豎塞不豎通通横塞不答一往然二往不然然者無明即見思何意非横障中智治一切何不通横塞此是一往然義耳若二往釋者横塞障近不能塞豎通横通力弱不能通豎塞豎塞深遠不作横障豎通對當別不通於横塞耳○第六明道品調適者道品有四一當分二相攝三約位四相生一明當分者未必具品方能得道三四二五單七隻八當分是道故云當依念處得道又云是道場又云是摩訶衍念處旣爾餘品亦然是爲當分道品而非調停也二明相攝者如念處一法皆攝諸品引釋論文云念處旣攝餘品餘品亦攝念處是爲相攝道品亦非調停也三約位者如念處當其位正勤是煖位如意足是頂位五根是忍位五力是世第一位八正是見諦位七覺是修道位此是約位亦非調停也四相生者如修念處能生正勤正勤發如意足如意足生五根五根生五力五力生七覺七覺入八正道是爲善巧調適戒定慧等皆名爲正清淨心常一則能見般若是爲相生亦是調適所以須此者上來雖破法徧識通塞若不調停道品何能疾與眞法相應眞法名無漏道品是有漏有漏能作無漏方便方便失所眞理難會如釀

酒法酵煖得宜變水成酒麴蘗失度味則不成大論云三十七品是行道法涅槃城有三門三門是近因道品是遠因爲是義故應須道品調停也問道品是二乘法云何是菩薩道耶答大論呵此問誰作是語三藏摩訶衍皆不作是說那得獨云是小乘法淨名云道品善知識由是成正覺道品是道場亦是摩訶衍涅槃云能修八正道者即見佛性名得醍醐大集云三十七品是菩薩寶炬陀羅尼如此等經皆明道品何時獨是小乘若大經云三十七品是涅槃因非大涅槃因無量阿僧祇助菩提法是大涅槃因者道品之外無别有道品如四諦外無第五諦一種苦集如爪上土分别苦集有無量相如十方土直明一三十七品是涅槃因復有無量三十七助道品名大涅槃因云何無量有四種道諦故有十六門故又有漏道品欲界二十二未到三十六初禪三十七皆有漏道品如乳三藏道品如酪通教道品如生酥别教如熟酥圓教如醍醐大經之文義合於此非道品外别有助法也或言三十七品是助道或言是正道大論云是菩薩道此文似正也淨名云道品善知識由是成正覺此文似助也又若言三十七品是有漏者云何言七覺是修道法華云無漏根力覺道之財云何八正在七覺前此應三句分别一三十七品皆有漏二皆是無漏三亦有漏亦無漏如大論云修八正道得初善有漏五陰善有漏五陰即是煖法煖法之前尚得修於八正道云何修邪初從師受法繫心憶念名念處爲求此法勤而行

之名正勤一心中修名如意足五善根生名根根增長名力分別道用名七覺安隱道中行名八正道能如是修得善有漏五陰當知道品皆是有漏皆是無漏者即是見諦思惟所行道品一向是無漏法華之文意在此也從來雖言有漏中得修八正七覺等未有文證而毗婆沙云若八正在七覺後亦得是有漏亦得是無漏何以故依八正入見諦即是亦無漏若八正在七覺前一向是無漏此則可解引婆沙文證成二意又亦漏無漏即是對位意也諸道諦三十七品今不具記但明無作道諦三十七品成於一心三觀義也大品云欲以一切種修四念處者念處是法界攝一切法一切法趣念處是趣不過華嚴云譬如大地一能生種種芽地是諸芽種也法華云一切種相體性皆是一種相體性何謂一種即佛種相體性也常途云法華不明佛性經明一種是何一種卉木叢林種種喻七方便大地一種即是實事名佛種也今一念心起不思議即一切種十界陰入不相妨礙若觀法性因緣生故一種一切種則一色一切色若法性空故一切色一色則一空一切空法性假故一色一切色一假一切假法性中故非一非一切雙照一一切亦名非空非假雙照空假則一切非空非假雙照空假九法界色即空即假即中亦復如是是名身念處若觀法性受法性因緣生故一種一切種一受一切受法性受空故一切受一受一空一切空法性受假名故一受一切受一假一切假法性受中故非一受非一切受非空非

假雙照空假則一切非空非假雙照空假九法界受即空即假即中亦復如是是名受念處若觀法性心因緣生法一種一切種一心一切心法性空故一切心一心一空一切空法性假故一心一切心一假一切假法性中故非一非一切非空非假雙照空假九法界心亦復如是是名心念處若觀法性想行兩陰因緣生法一種一切種一行無量行法性空故一切行一行一空一切空法性假故一行一切行一假一切假法性中故非一非一切非空非假雙照空假一切非空非假雙照空假九法界行皆即空即假即中亦復如是是名法念處如是念處力用廣博義兼大小俱破八倒雙顯榮枯雙非榮枯即於中間入般涅槃亦名坐道場亦名摩訶衍亦名法界

兼廣之義其相云何法性之色實非是淨而凡夫橫計爲淨是名顛倒實非不淨二乘之人橫計不淨是名顛倒今觀色種即空一切即空空中無淨云何染著是名凡夫計淨倒破枯念處成色種即假一切皆假分別名相不可窮盡假智常淨不爲無知塵惑所染云何滯空而取灰滅言色不淨是名二乘不淨倒破榮念處成是名八倒俱破枯榮雙立觀色本際非空非假則一切非空非假非空故非不淨倒非假故非淨倒非淨倒故則非榮樹非不淨倒故則非枯樹非枯非榮則非二邊無邊無中乃名中間佛會此理故名涅槃亦是非淨非不淨八倒不生名爲涅槃如是涅槃名祕密藏安置諸子祕密藏中佛自住中故言入也法性之受本非是樂而凡夫之

人横計爲樂是名顛倒實非是苦二乘之人横計爲苦今觀受種即空一切皆空空中無樂云何生染則凡夫倒破枯念處成受種即假一切皆假以無所受而受諸受名聞分別不生猒畏云何棄之沈空灰斷二乘倒破榮念處成是名二倒雙破枯榮雙立觀受本際即非空非假非空故非枯非假故非榮邊倒不生名爲涅槃中間理顯名祕密藏皆如上說云云法性之心本非是常凡夫横計是名常倒法性實非無常二乘横計無常今觀心種即空一切即空空中非常云何謂心念念相續是名凡夫常倒破枯念處成心即假名一切悉假心若無常那得分別無量心相是名二乘無常倒破榮念處成又心即非空非假非空故非無常非假故非於常非榮非枯邊倒不生名入涅槃中道理顯名祕密藏安置諸子自亦入中云云法性之法本非有我凡夫之人横計有我本非無我二乘之人横計無我今觀法性即空一切皆空空中無我是名凡夫倒破枯念處成法性即假一切皆假施設自在不滯我義具足是名二乘倒破榮念處成觀法本際即非空非假非空故非無我非假故非於我邊倒不生名入涅槃中間理顯名祕密藏治倒法藥其數有四法性觀智名之爲念一諦三諦名之爲處一切即空諸倒榮枯無不空寂一切即假二邊雙樹無不成立一切即中無非法界秖一念心廣遠若此若能深觀念處是坐道場是摩訶衍是雙樹間入般涅槃始終具足不須更修餘法若不入者更研餘品勤觀念處名正勤見思本

起名已生惡觀於即空令已生不生故勤精進塵沙無明名未生惡觀即假即中令未生不生故勤精進竭力盡誠行四三昧遮此二惡一切智名已生善此善易生故言泥洹道易得也道種智一切種智名未生善此分別智難生空智已生勤加增長中智未生令得開發三觀無間秖爲生此二智耳是四正勤亦能悟道故言一心勤精進故得三菩提不須餘法若不入者當是不勤心過散動須入善寂審觀心性名爲上定於上定中修如意足欲精進心思惟欲者專向彼法亦名莊嚴彼法定中觀智如密室中燈照物則了以照了故斷行成就修如意足精進者成就彼法法性不動而寂然精進無間無雜斷行成就修如意足心者正住觀察彼法一心中緣制之一處無事不辦斷行成就修如意足思惟者善能分別彼法方便如此思惟不令動散定思惟故斷行成就修如意足能如此修定心而入不須餘法若不入者當修五根信三諦理是三世佛母能生一切十力無畏解脫三昧但念處修不求餘法是名信根進者以信攝於諸法信諸法故倍策精進念者但念正助之道不令邪妄得入又此法者爲精進所修是法不忘故名念根定者一心寂定而行精進又此法爲念所攝是法不忘不動故名定根慧者念處之慧爲定法所攝内性自照不從他知是名慧根但修五根亦能入道成摩訶衍若不入者進修五力令根增長遮諸煩惱名之爲力信破諸疑無能動者精進除懈怠如本所願皆得成就念破邪想不爲

煩惱所壞定破散亂遠離憒鬧雖有所說不礙初禪善住覺觀不礙二禪心生歡喜不礙三禪教化衆生不礙四禪妨四禪法不妨諸定亦不捨定亦不隨定是名定力慧破邪執一切執一切慧雙照具足是名慧力如是五力名摩訶衍若不入者用七覺均調心浮動時以除覺除身口之麤以捨覺捨於觀智以定心入禪若心沈時精進擇喜起之念通緣兩處修此七覺即得入道大論云若離五蓋專修七覺不得入者無有是處若不入者修八正道更以出世上上正見觀三諦理以正思惟發動此觀如法相說自他俱益即是正語若黑業得黑報白業得白報雜業得雜報非白非黑業得非白非黑報約小乘作可解今言沈空是黑業出假是白業兩兼是雜業中道是非白非黑業皆名邪命若業能盡業名爲正業依此而行名爲正業正業不爲二邊所牽見他得利心不惱熱而於已利常知止足是爲正命善入正諦名正精進心不動失正直不忘名正念正住決定名正定因是八正道即得入理大經云若有能修八正道者即得醍醐如是道品非是對位但於初心觀法性理即得具足大論云四念處中四種精進名四正勤四種定心名四如意足五善根生名爲根根增長名爲力分別四念處道用名爲覺四念處安隱道中行名八正道故知初心行道用三十七品調養止觀四種三昧入菩薩位如此道品是大涅槃近因餘諸道品名爲遠因云云今以譬顯此義植種於地芽觜初開生根下向枝葉上布其花敷榮結

果成實法性法界爲大地念處觀爲種子四正勤如抽芽五根如生根五力如莖葉增長七覺如開花八正如結果結果者即是入銅輪位證無生忍亦名至寶所亦名入祕藏亦名得醍醐亦名見佛性亦名法身顯八相作佛道品善知識由是成正覺此之謂也若通途釋道樹者如大品明離三惡道名葉益得人天身名花益得四道果名果益此偏就空爲釋耳免二乘地爲葉益得變通身爲花益具道種智爲果益此偏就假爲釋耳免二邊縛爲葉益受法性身爲花益證入佛性爲果益此偏就中爲釋耳若總就三觀者即空名葉益即假名花益即中名果益云云復次行三十七道品將到無漏城城有三門若入此門即得發眞謂空無相無作門亦名三解脫門

亦名三三昧若從正見正思惟入定從定發無漏是時正見智名大臣正定爲大王從此得名名三三昧非智不禪即此意也若由正定生正見從正見發無漏是時正定爲大臣智慧爲大王從此得名名三解脫非禪不智即此意也或可三昧是伏道解脫是斷道證道或可定慧合故三昧即解脫解脫即三昧若三藏以苦下空無我是空門滅下四行是無相門集道下八行苦下兩行是無作門此十六行王臣等云云若通教明苦集皆如幻化即空門古釋論本云若觀極微色則有十八空今本云若觀一端疊則有十八空疊是假名極微是實法以此爲異若得意者假實皆空耳若未入空情想戲論計有空相知空無空相名無相門空相雖空猶計觀智既無能

所誰作空觀是名無作門既無作者誰起願求亦名無願此三三昧王臣云云若別教明從假入空證真諦名空三昧二乘但證此空猶有空相菩薩知空非空出假化物無復空相是名無相三昧進修中道無中邊相亦不求中邊名無作三昧此三觀智王臣云云復次別約出假意者分別無量藥病悉是假名假名無實無實故空是名空門空尚無空相況有假相故名無相門空假無相亦不願求知病識藥故名無願此出假智王臣云云別約圓者名雖同前意義大異大論云聲聞緣空修三解脫菩薩緣諸法實相修三解脫智者見空及與不空此空不空亦名中道若見此空即見佛性又二乘觀夢中十八事夢中內事不可得名內法空夢外事不可得名外法空乃至夢中十八有不可得名十八空今圓觀眠法不可得無內法從眠所生一切內法皆不可得名內法空一切法趣此內空眠無外法從眠所生一切外法不可得即外法空一切法趣此外空乃至眠法十八種有不可得名十八空一切法趣十八空歷十八緣名十八空但是一空方等云大空小空皆歸一空一空即法性實相諸佛實法大品云獨空也如前觀無明四句不可得一空一切空不見四門分別之相非緣非真無誰所作王臣云云如是空即無相無作及一切法一切法亦如是當知一解脫門即三解脫門三解脫門即一門又四門中皆修三解脫互無障礙如此三門意非次第別雖次第皆緣實相又異通教通緣空理復異三藏三藏緣四諦智故知三

脫及與道品節節有異須善識之又華嚴日出先照高山偏多四榮鹿苑三藏偏多四枯方等般若多調枯以入榮引小而歸大鶴林施化已足於榮枯中間而入涅槃爲極鈍難化來至雙樹始復畢功利根明悟處處得入如身子等於法華中入祕密藏得見佛性所以涅槃遙指八千聲聞於法華中得記作佛如秋收冬藏更無所作約此一番施化早畢不俟涅槃又云誰能莊嚴娑羅雙樹即舉舍利弗六人又別舉如來若見佛性能莊嚴雙樹於其中間而入涅槃身子六人既能莊嚴豈不見佛性於其中間入於涅槃聲聞尚爾諸菩薩等處處得入其義可知若入涅槃成五解脫不即六法不離六法三佛性意云云○第七助道對治者釋論云三三昧爲一切三昧作本也若入三三昧能成四種三昧根利無遮易入清涼池不須對治根利有遮但專三脫門遮不能障亦不須助道根鈍無遮但用道品調適即能轉鈍爲利亦不須助道根鈍遮重者以根鈍故不能即開三解脫門以遮重故牽破觀心爲是義故應須治道對破遮障則得安隱入三解脫門大論稱諸對治是助開門法即此意也夫初果聖人無漏根利見理分明事中煩惱猶有遮障不名善人斯陀含侵五下分亦非善人雖非善人實非凡夫若世智斷惑雖無事障實非聖人如此兩條尚須助道況根鈍遮重而不修對治云何得入助道無量前通塞意中約六蔽明遮宜用六度爲治以論助道若人修四三昧道品調適解脫不開而慳貪忽起激動觀心於

身命財守護保著又貪覺緣想須欲念生雖作意遮止而慳貪轉生是時當用檀捨爲治修三昧時破戒心忽起威儀麤獷無復矜持身口乖違觸犯制度淨禁不淳三昧難發是時當用尸羅爲治修三昧時瞋恚悖怒常生忿恨惡口兩舌諍計是非此毒障於三昧是時當修忍爲治修三昧時放逸懈怠恣身口意縱蕩閑野無慚無愧不能苦節如鑽火未熱數數而止事慮之人尚不辦世務況三昧門是時應用精進爲治修三昧時散亂不定身如獨落口若春蛙心如風燈以散逸故法不現前是時應用禪定爲治修三昧時愚癡迷惑計著斷常謂有人我衆生壽命觸事面牆進止常短不稱物望意慮頑拙非智黠相是時當用智慧爲治諸蔽覆心亦有厚薄薄者心動身口不必動厚者身口動心必先動內病既强其相外現若用對治得去是病所宜若對治不除當依四隨迴轉助道如治一慳或樂修檀或不樂修檀或善心生或不善生或修檀慳破或不破或修檀助開或不開當善巧斟酌或對或轉或兼或第一義云修餘治亦如是於助六度但作一事解不能助道當觀此助不思議攝一切法如後說有人言說六是通教說十是通宗此不應爾大經明六度是佛性大品云是摩訶衍一度尚攝諸法何況六耶若得開合之意則無去取如禪有願智力開出泥洹波羅蜜有神通力開出婆羅波羅蜜定守禪度也般若有道種智開出漚和俱舍羅又有一切種智開出闍那波羅蜜一切智守本受般若之稱離則爲十

束即爲六豈得以廣畧而判大小耶今明六度助道攝諸法盡畧明攝諸道品調伏六根十力四無所畏十八不共法六通三明四攝四辯陀羅尼三十二相八十隨形好等及一切法云何攝諸道品諸道品中各有捨覺分正爲檀攝若三藏捨覺分雖不入理亦是捨身命財大論云慈悲喜於衆生有益捨何所益捨能具足六度廣利衆生是名大益又捨如膏油能增五度光明故知檀度攝捨覺分也若通教捨覺分捨身命財如幻如化三事皆空此捨覺分亦爲檀度所攝也若別教捨覺分捨身命財中無知此捨亦爲檀度所攝也若圓教捨覺分捨十法界色身捨十法界連持之命捨十法界依報如是身命財皆不入二邊何以故財名六塵若計六塵可捨有前人可與巳身能施如此施者即入六塵有邊若三事皆空即墮無邊今觀財即空不入有觀財即假不入空不二之捨與生死後際等離老病死得不壞常住有邊是生死屬前際空邊是涅槃屬後際是二皆空悉不可得故稱爲等離老死者前際空故離分段老死後際空故離變易老死二死永免故言離也得不壞常住者即是中道法性諸佛所師以法常故諸佛亦常此常住財無能毀損常住之身無能繫縛常住之命不可斷滅成就究竟檀波羅蜜以自莊嚴故金剛般若云初中後日分悉以恒河沙身布施不如受持般若一四句偈當知理觀圓捨乃會道品檀度所攝也如此道品捨覺分理觀深微而不存事行三藏中事施雄猛剜燈救貿國城妻子而

理觀全無毫末兩皆有過今明事檀助破慳蔽進成理觀豈可相離若人雖解實相圓捨之觀撫臆論行涉事慳克保護財物一毫不捨辭憚勞苦稱筋計力不能屈已成他貪惜壽命豈能諍死讓生觸事悋著鏗然不動但解無行如是重蔽何由可破三解脫門何由可開今於道場苦到懺悔生決定心起大誓願捨身命財決無愛惜自行此檀又以教他讚歎檀法隨喜檀者立此誓已稱十方佛爲證爲救心若眞實無欺誑者能感如來放檀光明照除慳蔽思益等云以蒙光故與諸道品捨覺相應須一一釋出之事理既圓能畢竟檀捨財同糞土身比毒器命若行雲棄三如唾慳障既破治道義成便得解脫若無因緣寄之行道應有利益捨若遺芥是爲事油

助增道明開三脫門得見佛性若不能爾無助治之益若如上修即應得悟設不悟者應自思惟理觀道品有正業正語正命此屬尸羅所攝若三藏正業等乃是愼護威儀不破不缺不穿不雜通教正業等不得身口即事而眞乃是隨道無著等戒別教正業等乃是智所讚自在等戒圓教正業等皆觀法性即是具足等戒淨名云其能如此是名奉律即此意也理觀之戒即心而備雖作此解身口多虧或今生麤獷或先世遮障未得懺悔覆我三昧脫門不開思是事已當自悲慼深生改革從今日始斷相續心誓持禁戒事無瑕玷護持愛惜如保浮囊終不全身而損戒也毒龍輸皮全蟻須陀摩王失國獲偈自戒化他讚法讚者大誓不動稱佛名字爲證爲救

心誠感佛放淨戒光能令毀禁者淨戒光觸時二世罪滅即與理觀正業相應一一須釋出之事理既圓畢竟持戒入三脱門見於佛性是名助油以增道明如上修戒若不入者當復思惟是諸道品各有念根念力念覺分正念等即是忍義羼提所攝若三藏正念等是伏忍通教正念等是柔順忍別教正念等是無生忍圓教正念等是寂滅忍若人念力堅强瞋恚之賊則不得入而得入者或因無念或念不强而瞋蔽得起或今世起或前世起或瞋同行外護或瞋現事或追緣昔嫌或初起屑屑或初即隆盛若恣瞋毒傾蕩無遺設不自在如蛇自齧瞋障百千法門豈得恣之而不呵責當知但有理解未有忍力既知是已深生改悔發大誓願畢如江海穢濁歸之屈如橋梁人馬踐之當耐勞苦猶如射堋衆箭湊之無恨無怨如富樓那被罵喜免手乃至被刃喜疾滅無辜惱者忍力轉盛如揩金磨鏡羼提仙人强輭俱安自忍化他讃法讃者大誓不動稱十方佛爲證爲救佛放忍光二世瞋障重罪銷滅得與事理諸念相應於諸違境忍力成就是爲事油助增道明若如上修而不入者當復思惟四種道品各八精進爲毗棃耶所攝大論云前三易成不須精進後二難成必須精進精進故得三菩提阿難説精進覺佛即起坐如大施杼海乃可相應而今放逸倚卧縱緩忘失本心無復進力雖在道場雜諸惡覺名之爲汙日不如日名之爲退退則非進汙則非精何能契理或先世懈怠罪障覆心如穴鼻無鉤狂醉越逸

初中後夜不克已競時遂復遷延稽度日月
當發誓願刻骨銘心身命許道推死在前無
量劫來唐受護惜今求三昧決定應捨以夜
繼晝呵責過患行法匪懈端直其身無復難
心苦心設有病惱不以爲患一生不剋歷劫
不休自進化他讚法讚者稱十方佛爲證爲
救感佛進光得與理觀八進相應若與三藏
相應即成生生精進通相應即成生不生精
進別相應即成不生生精進圓相應即成不
生不生牢强精進開涅槃門見於佛性是爲
事油助增觀明精進有通體別體云若如上
修不得悟者當自思惟理觀道品各有八定
爲禪度所攝但是解心實未證得雖言根本
事定不成乃至雖言無作定首楞嚴不成若
無定者平地顛墮或二世散動三昧不開爲
是義故一心決果初中後夜身端心寂疲苦
邪想若起疾滅自禪教他讚法讚者大誓不
動盡命爲期乃至後世不證不止稱十方佛
爲證爲救感佛定光散動障破事禪開發與
四觀相應大論釋禪度先列諸禪法次明無
所得顯波羅蜜相後廣釋九想八念等皆於
禪中開出諸禪法甚多今但取五門爲助道
也若禪思時心多覺觀徧緣三毒當用數息
爲治數若不成即知心去去即追還從初更
數防散録心此爲良治以心住故或發欲界
定乃至七依定皆能入若不得般若方便成
凡夫法若得方便成摩訶衍故請觀音云若
數息心定毛孔見佛住首楞嚴得不退轉是
爲數息開解脫門即與三藏八定相應乃至
與無作八定相應是爲事油助增道明若緣

女色耽湎在懷惑著不離當用不淨觀爲治觀所愛人初死之相言語適爾奄便那去身冷色變蟲膿流出不淨臭處穢惡充滿捐棄塚間如朽敗木昔所愛重今何所見是爲惡物令我憂勞既識欲過婬心即息餘八想亦治婬欲大論云多婬者令觀九想於緣不自在令觀背捨緣不廣普令觀勝處不能轉變令觀十一切處若有怖畏令修八念皆以不淨爲初門悉治婬火開解脫門與四種八定相應助油增明云若攀緣瞋恚當用慈心爲治上忍度是通治今別約慈無量心餘三心或是樂欲等云悲無量爲對治者緣衆生苦深起愍傷欲拔其苦緣此心入定與悲相應慈者想衆生得樂緣此心入與慈定相應喜心者想衆生得樂生大歡喜緣此心入與喜定相應捨心者捨愛憎想住平等觀緣此心入與捨定相應得此四定者於諸衆生瞋無從生下更廣說若攀緣邪倒當用因緣觀治之毗曇以界方便破我今因緣破我三世破斷常二世破我一念破性此定若成即與理觀相應助開涅槃門若睡障道罪起即用念佛觀治之緣於應佛無相之相緣相分明破障道罪見十方佛與理觀相應開涅槃門若如上修而不入者或非其宜當自思惟理觀之中具四念處慧根慧力擇喜覺分正見正思惟如是十法智度所攝此是理觀此解不明由於二世愚癡迷僻昏覆精神故令三昧不顯應當改革發大誓願令事觀明了破四顚倒諦觀此身從頭至足但是種子不淨乃至究竟五種不淨所謂是身攬他遺體吐淚

赤白二渧和合託識其中以爲體質是名種子不淨居二藏閒穢濁洟潤乍懸乍壓或熱或冷七日一變十月懷抱若六皰成就形相具足日月已滿轉向產門大論云此身非化生亦非蓮華生但從尿道出此處卑猥底下廝惡是名住處不淨既生出已眠臥糞穢乳哺將養自小之大耳貯結聹眼流眵淚鼻孔垂膿口氣常臭頭垢重沓如薄糞泥脞腋酸汗如淋尿灑衣服著體即如油塗是名自相不淨其中唯有屎尿之聚膿聚血聚膏髓等聚大腸小腸肪𦙶腦膜筋纏血塗惡露臭處蟲戶所集盡海水洗不能令淨論云此身不如摩羅延山能出栴檀自小至大性是不淨譬如糞穢多少俱臭是名自性不淨一旦命終假借還本風去火冷地壞水流蟲噉鳥啄頭手分離盈流於外三五里閒逆風聞臭惡氣腥臊衝人鼻息惡色黮瘀汙人眼目劇於死狗是名究竟不淨如是五種皆是實觀非得解觀那忽於中計以爲淨好衣美食愛護將養摩頭拭頸保此毒身譬如蜣蜋丸鹿糞穢人亦如是愛重此身至死不猒不可搪觸養此身故造種種罪若知過患始終不淨能破淨倒也又復當知四大成身二上二下互相違返地遏水水爛地風散地地遮風水滅火火煎水更相侵害如篋盛四蛇癰瘡刺箭常自是苦有何可樂加以飢渴寒熱鞭打繫縛生老病死是爲苦苦四大相侵互相破壞是爲壞苦念念流炎是爲行苦於下苦中橫生樂想若見苦相分明如瘡中刺介介常痛不於此身生一念樂倒又復當觀過去無明

善惡諸業驅縛心識偪入胎獄如繫鳥在籠欲去不得心識亦爾籠以四大繫以得繩心在色籠無處不至業繩未斷去已復還籠破繫斷即去不反空籠而存此壞彼成出籠入籠印壞文成無一念住又風氣依身名出入息此息還謝出不保入毗曇云命是非色非心法大集云出入息名壽命一息不返即名命終比丘白佛不保七日乃至不保出入息佛言善哉善修無常又觀諸業猶如怨家如烏競肉經云刹那起惡殃墜無間促促時節尚成重業何況長夜惡念業則無邊業如怨責常伺人便若正償此責餘業不牽償稍欲畢餘業爭攝去住無期無常殺鬼不擇豪賢危脆不堅難可恃怙云何安然規望百歲四方馳求貯積聚斂聚斂未足溘然長往所有産貨徒爲他有冥冥獨逝誰訪是非或出家人知解溢胷或精進滅火而不悟無常諺云可憐無五媚精進無道心此之謂也若覺無常過於暴水猛風掣電山海空市無逃避處如此觀已心大怖畏眠不安席食不甘哺如救頭然白駒烏兎日夜奔競以求出要豈復貪著世財結構諸有作無益事造生死業耶頓絕羈鎖超然直去如野干絕透爭出火宅早求免濟是爲破常倒

摩訶止觀卷第七上

音釋

赧乃版切面赧而赤也　酵古孝切酒酵也　糵魚列切　獷古猛切惡也　悖蒲沒切亂也　剜烏歡切刻削也　齧倪結切噬也　羼楚限切　杼神與切與抒同　薳羽委切　猥烏賄切鄙也　聹音寧又奴鼎切耳中垢也　眵充之切目汁凝也　胜部禮切股也　腋夷益切左右肘脇之間曰腋

肪䏛 肪音方䏛蘇于切肪䏛丞脂也 臊 蘇刀切臭也 黮 徒感切黑也 瘮 依據切 劇 曷戟切甚也 蟯蜋 蟯音羌蜋音良蟯蜋蟲名 溘 口合切奄也

摩訶止觀卷第七下

隋天台智者大師説

門人灌頂記

又復當觀無量劫來多約名色及以想行而計我人若其執作忽聞讃罵云讃罵我立行住坐卧一切事物皆計於我如膠塗手隨執隨著經云凡夫若離我心無有是處若遭貧窮失於本心亦計我不息若得富貴恣勢縱毒酷害天下赫怒隆盛怨枉無辜諸業興起皆我所爲誰代當者逆風執火豈不燒手如彼夜房謂言有鬼天明照了乃本舊人又無智慧故計言有我以慧觀之實無有我我在何處頭足支節一一諦觀了不見我何處有人及以衆生業力機關假爲空聚從衆緣生無有宰主如宿空亭二鬼爭屍如此觀時我倒休息若修四觀破四顛倒道心欝起生大怖畏如爲怨逐如叛怨國如行險道念念周慞祇求出路麞聞獵圍霍驚絶走雖遇水草何暇飲噉志在免脱聲聞如是若鹿透圍小得免難並馳並顧悲鳴呦咽痛戀本羣雖復踟躕更知何益茹氣吞聲銜悲前進緣覺如是自出生死愍念衆生雖悲悼哀傷不能救拔若大象王雖聞圍合不忍獨去自知力大堪遮刀箭守護其子令羣安隱得免傷害菩薩如是無常無我諸觀明時怖畏切心如蹈水火又起慈悲如母念子衆生盲冥不覺苦燒我今云何棄之獨去安耐生死以智方便教化淳熟作得度因緣於自功德法身慧命展轉增長有緣機熟即坐道場成佛與衆生共出三界如彼大象自他俱安若小象子雖

捍刀箭必爲所中自他無益初心菩薩欲入生死生死觸之失退善根法身破壞雖然發大悲心功德可歎故菩薩雖怖生死而恒求善本荷負衆生不同二乘雖住生死非貪五欲但爲兼濟不同凡夫經云不住調伏不住不調伏雖知無我而誨人不倦雖知涅槃而不求滅雖知不淨不說猒離即此義也多修六度功德善本似羊身肥勤觀無常諸惡業壞恒被狼怖如羊無脂是名修事般若相自行教他讃法讃者稱十方佛爲證爲救諸佛威加離障解脫即與四種十慧相應是爲事油助增道明云云若全無理觀又無事懺輒望佛印希利規名若佛印者無有是處若理觀無間借事破蔽眞實心懺印有是處所以須事助道者如二萬億佛所繫珠中忘大乘即不以大化更六百劫以小起之今怖畏生死漸向父舍故知應借小助大又佛初欲大化諸佛不印若思方便即稱善哉如富家子病應用黃龍湯父母豈惜好藥宜強之耳服已病差佛有本願令衆如我豈惜大乘事不獲已逗機對治助道開門義亦如是問曰不修助道三昧不成六度應勝道品耶答此有三句六度破道品道品破六度六度修道品道品修六度六度即道品道品即六度如上道品不能契眞若修六度即能破蔽豈非六度破道品有時六度不能到彼岸若修道品即得悟入是爲道品破六度若修六度先破六蔽進修道品任運可成是爲六度修道品如上所說即是道品修六度六度道品相即者檀即摩訶衍四念處亦即摩訶衍檀與道品

無二無别不可得故通論諸法於行無益互有相破於行有益互有相修約理互有相即若四諦因緣有無非有無廣歷一切法皆有三番若得此意自在說云云云何六度攝調伏諸根義若六根不受六塵即合諸道品中捨除覺分即是檀度調伏諸根也六根不爲六塵所傷即合道品正業正語正命即是戒度調伏諸根也違情六塵安忍不動即合道品四種之念是名忍度調伏諸根也守護根塵常不懈怠即合道品八種精進是名進度調伏諸根定心不亂不爲六塵所惑即合道品八種之定是名禪度調伏諸根知六塵無常苦空寂滅即合道品十種之慧是名智度調伏諸根也此乃三藏調伏諸根滿足六度復次知眼空不受眼色空不受色根塵空故名常捨行乃至意空不受意法空不受法名常捨行即合道品除捨覺分是名檀度調伏諸根色空不能傷眼空眼空不能傷色空乃至法空不得意便意空不得法便即合道品正語正業正命是名尸度調伏諸根又眼色空故則無違無順無忍不忍乃至意法空故無違無順無忍不忍即合道品四種之念是名忍度調伏諸根眼色常空無不空時如是習應與般若相應乃至意法常空無不空時是名與般若相應即合道品八種精進是名進度調伏諸根眼色空故不亂不味乃至意法空故不亂不味即合道品諸定是名禪度調伏諸根眼色空故不愚不智乃至意法空故不愚不智即合道品十種之智是名智度調伏諸根此是通教調伏諸根滿足六度也若

眼色具十法界十法界各有果報勝劣不同各各修因深淺有異因果無量不可窮盡除卻無知分別法相無所受著乃至意法具十法界分別無著即合道品除捨覺分是名檀度調伏諸根分別眼色乃至意法無量相貌未曾差機傷他善根自亦不爲無量根塵所傷即合道品正業語命是名戒度調伏諸根又於十界根塵若違若順其心不動安住假中能忍成道事即合道品諸念是名忍度調伏諸根又分別一切根塵若起難心苦心亦不中退於生死有勇即合道品精進是名進度調伏諸根又分別一切根塵心不壞亂不動不僻即合道品諸定是名禪度調伏諸根又分別一切根塵道種智力授藥當宜方便善巧亦無染著即合道品諸慧是名智度調伏諸根此則別教調伏諸根滿足六度復次若如殃掘摩羅經云所謂彼眼根於諸如來常具足無減修了了分明見者彼是九法界眼根也於如來常者九界自謂各各非眞如來觀之即佛法界無二無別無減修者觀諸眼即佛眼一心三諦圓因具足無有缺減也了了分明見者照實爲了了照權爲分明三智一心中五眼具足圓照名爲了了見佛性也見論圓證修論圓因又具足修者觀於眼根捨二邊漏名爲檀眼根不爲二邊所傷名爲尸眼根寂滅不爲二邊所動名爲羼提眼根及識自然流入薩婆若海名爲精進觀眼實性名爲上定以一切種智照眼中道名爲智慧是爲眼根具足無減修無減故了了分明見眼法界乃至彼意根於諸如來常具足

無滅修了了分明知於一一根即空即假即中三觀一心名無滅修證慧眼法眼佛眼一心中得名了了見皆如上説根既如此塵亦復然一切諸法亦復如是是爲圓教調伏諸根滿足六度此則究竟調伏究竟滿足如是助道助究竟道當知六度徧能調伏一切諸根也大品云施者受者財物不可得故具足檀波羅蜜亡三事無所著正當檀體應是具足者行於財法二施檀名具足事理二圓自他俱益故名具足事則破其慳法而能捨財理則破其慳心而能捨法二破二捨體用具足名波羅蜜也云何六度攝佛威儀佛以十力無畏不共法等爲威儀一心中修四道品名修佛威儀證佛眼佛智名得佛威儀今逐語便約道品明攝十力者若四種道品即是

四種四諦智決定因果知生滅之集決受三界之苦斯有是處生滅之集若至無餘涅槃斯無是處若生滅之道能盡苦入涅槃斯有是處生滅之道若至三界斯無是處乃至無作之集通至變易斯有是處若通至無上涅槃無有是處若無作道滅通至一切種智斯有是處若通至二乘無有是處是四因果一心中知決判明斷名是處非處力故如來於佛法中作師子吼獨我法中有四沙門果即此義也業報智力者知四種集是知業知苦是知報道滅亦爾分別四種業報淺深不謬是二力也知禪定力者四種道諦中八定分別深淺照了不差是三力也知根欲性力者知過去苦集不同名根力知現在苦集樂欲不同名欲力知未來苦集得失不同名性力

是四五六力也知至處道力者知四道諦所至之處是七力也知宿命天眼力者照過去一世多世種性好惡壽命長短名宿命力照未來生處好醜名天眼力是名八九力也漏盡力者四種滅諦所證無漏心慧等解脫也是一法門而有四種者如王密語智臣解意佛說十力赴四種機不令小者謗大傷其功德不令大者得小抑其善根彼彼獨聞各各獲利無謀權巧故號能仁菩薩智臣深解密語知意在三藏即問生滅鄭重諮詢令有緣疾悟乃至知意在圓或頌無作或問無作令他得解一音殊唱萬聽咸悅口密無邊義不可盡上作四釋何足致疑耶問十力是佛威儀初心云何能學云何能得答大論云菩薩行般若十力無畏不應住若佛於佛法無有過失是則應住若菩薩無佛法何所論住釋云菩薩修佛功德多生重著破此重心故言不應住又菩薩分得十力無畏既未究竟故不應住若爾前雖修而未得後語入位何關初心若依華嚴十住品云菩薩因初發心得十力分正念天子問法慧云初心大士修十力方便云何知家非家出家學道云何方便修習梵行具十住道速成菩提答云菩薩先當分別十種之法謂三業及佛法僧戒若身是梵行梵行渾濁八萬戶蟲若身業是梵行四儀顧眄舉足下足若口是梵行音聲觸心脣齒舌動若口業是梵行則是語言乃至戒是梵行戒場十衆問清淨戒師白四羯磨剃髮乞食等皆非梵行梵行爲在何處誰有梵行三世平等猶如虛空是名方便又更修習

增上十法所謂十力甚深無量如是觀者疾得一切諸佛功德初發心時便成正覺知一切法眞實之性具足慧身不由他悟如此明文豈非初心修證十力又地持云菩薩知如來藏聞思前行修自性禪得入一切禪一切禪有三種一現法樂現法樂故稱歡喜地二出生十力種性三摩跋提及二乘除入三利益衆生禪也十住名聞慧十行名思慧此聞思前以修自性入一切禪得具三法豈非初心有修有證三據明矣道品六度及佛十力宛轉相攝皆如上說若修道品六度即是修佛十力若調伏諸根滿足六度即是滿足十力住佛威儀無異也十住毗婆沙云力名扶助氣力不可窮盡地持云得勝堪能名爲力於十處悉如實離虛妄勝於魔自行故名得勝能以方便利益衆生故言堪能然佛力無量何止言十實是一智緣十事故言十此十化衆生足舉十餘亦可知殃掘云十力是聲聞宗非摩訶衍大乘有無量力此二釋彌顯四種十力意云何道品攝四無所畏一切智無畏者即是備知四種苦諦爲他分別明示過患決定師子吼無微畏相無能難言是法非法障道無畏者四種集諦障四道滅決定師子吼無微畏相無能難言此非障道盡苦道無畏者四種道諦能行是道得盡苦出世間決定師子吼無微畏相無漏無畏者即四種滅諦各有所證各有所滅決定師子吼無微畏相道品無畏宛轉相攝若修道品六度即是修無畏住佛威儀也大論云內心具足名爲力外用無怯名無畏十住毗婆沙云一

法名無畏云何言四於四事中無疑故名四佛應於一切法無畏云何但四舉大要開事端餘亦無畏也攝十八不共法者初身口無失此二是四種道品正業語命也得供不高逢毀不下名無不定心四威儀恒在定名無不知已捨此二法是四種道品中八種定也修身戒心慧不可盡名欲無減慈悲度人安住寂滅不增不減名精進無減無量劫爲一切衆生受苦不疲不猒名念無減此三法是四種道品中八種精進也常照三世衆生心不須更觀而爲說法不失先念名慧無減憶三世事不忘名解脱無減自然覺悟不同二乘名解脱知見無減一切身業智慧爲本得無礙智說不可盡名身業共智慧行口意共智慧亦如是凡十一法是四種道品中十種之慧結成攝法意如上說攝四無礙智者法無礙是四種四諦名字之法名字從心分別若無心者誰爲作名既達一心無量心亦知一名無量名名不可盡是名法無礙義無礙者諸法諸名皆歸一義所謂如實義名義無礙辭無礙者十法界衆生言辭不同皆悉解了十界音辭入一音辭知一界即解十界無有罣礙名辭無礙又法是四諦法門義是四種道諦辭是四種苦諦云樂說無礙者以四種四諦巧赴機緣旋轉交絡說不可盡令他樂聞於一字中說一切字一切義赴一切音當其根性各沾利益結攝意如上說攝六通者眼耳如意三通如調伏諸根中說他心宿命漏盡如十力中說攝三明者如六通中說攝四攝者若布施攝即四種道品中除捨覺

分也愛語即四種道品中正業語命也利行同事即四種道品八定定有神力故能利行同事云攝陀羅尼者持諸善法如完器盛水遮諸惡法如棘援防果即是四種道品中四正勤勤遮二惡勤生二善故十住毗婆沙偈云

斷巳生惡法　猶如除毒蛇　斷未生惡法
如預防流水　增長巳生善　如溉甘果栽
未生善爲生　如鑽木出火

攝三十二相者婆沙云阿毗曇相品中一一相三種分別謂相體相業相果也大論云百劫種三十二相即其義也還用三藏道品六度望之終不出施戒慧等文煩不委攝意可知若通教相體業果者不同上也若以相求佛轉輪聖王即是如來是人行邪道佛說三十二相即非三十二相一一悉用空心蕩淨與空相應乃名爲相也毗婆沙亦云菩薩一心修習三十二相業皆以慧爲本即空慧也若爾三十二相皆爲道品十慧及智度所攝即通教意也復次前兩道品教門明因得修相業論果得有相體但此相小勝輪王魔能化作故非奇特入無餘涅槃相則永滅譬如得銅不能照面二乘共三藏佛俱得眞無法界像當知前兩道品非修相法若後兩道品是修相法法華云深達罪福相徧照於十方微妙淨法身具相三十二若證中道中道即具此相如法華中二乘開示悟入妙會中道即與八相佛記譬如得鏡萬像必形大乘得中靡所不現法身相者名爲眞相淨名云已捨世間所有相好輪王魔羅世相嚴身皆是

虚妄故言已捨中道明鏡本無諸相無相而相者妍醜由彼多少住緣普現色身即眞相也無量壽觀云阿彌陀佛八萬四千相一一相八萬四千好薩遮華嚴皆云相爲大相海好爲小相海既言相海豈局三十二耶爲緣不同多少在彼此眞實之相爲別圓兩道品所攝義自可知不能委記當知六度助道攝諸善法無量無邊舉上十二條以示義端知餘亦攝助道尚爾何況正道云云○第八明次位者夫眞似二位有解脱知見朱紫分明終不謬謂未得謂得計四善根以爲初果初果爲無學自知所斷證未斷證雖四門名位有殊斷及諦理孱然不異二乘多論一生斷結時節既促教門所明大同小異不過迭動菩薩教門非但時長行遠智斷亦別徑路乃殊歸途一也六度初僧祇未知作佛二僧祇知而不說三僧祇自知亦說百劫種大人相具五功德名不退地皆似位也坐道場成佛方名眞位此教初淺尚有次位豈有凡夫造心即言上位此非增上慢推與誰乎通教二乘眞似之位智異三藏斷位不殊若菩薩位條然不同簡名義通別如法華玄云云別教惑斷智位二乘聾啞非其境界故名爲別一往望攝論華嚴所明地位即是其義但別義多途赴機異說横則四門不同竪則階降深淺不可定執一經而相是非又菩薩或造通論釋經或造別論釋經如龍樹作千部論天親及諸菩薩論復何量度此者少那得苦專一意非撥餘門若苟且抑揚失佛方便自招毀損欲望通途翻成哽塞今明別位四門異說種

種不同雖阡陌經緯其致一也此方雖未有多論而前四門推之若通教說種種位知其同是眞諦別教說種種位知其同是中道經言雖說種種道其實爲一乘其所說法皆悉到於一切智地得此意者狐疑易息鬭諍不生上破思假中巳畧說諸位若欲知者往彼尋看云云又今有十意融通佛法一明道理寂絕亡離不可思議即是四諦三二一無隨情智等或開或合若識此意權實道理泠然自照二教門綱格匡骨盤峙包括密露涇渭大小即是漸頓不定祕密藏通別圓若得此意聲教開合化道可知三經論矛盾言義相乖不可以情通不可以博解古來執諍連代不消若得四悉檀意則結滯開融懷抱瑣析拔擲自在不惑此疑彼也四若知謬執而生塞著巧破盡淨單複具足無言窮逐能破如所破有何所得耶五結正法門對當行位修有方便證有階差權實大小賢聖不濫增上慢罪從何而生六於一法門縱橫無礙綸緒次第亹亹成章七開章科段鉤鎖相承生起可愛八帖釋經文婉轉纖媚總用上諸方法隨語消釋義順而文當九翻譯梵漢名數兼通使方言不壅十一句偈如聞而修入心成觀觀與經合觀則有印印心作觀非數他寶唯翻譯名數未暇廣尋九意不與世間文字法師共亦不與事相禪師共一種禪師唯有觀心一意或淺或僞餘九全無此非虛言後賢有眼者當證知也次位者十意之一也若圓教次位者於菩薩境中應廣分別但彼證今修故須畧辨若四種三昧修習方便通如

上說唯法華別約六時五悔重作方便今就五悔明其位相先知逆順十心而繫緣實相是第一懺常懺悔無不懺時但心理微密觀用輕疎黒惡覆障卒難開曉重運身口助發意業使疾相應更加五悔耳懺名陳露先惡悔名改往修來佛智徧照佛慈普攝我以身口投佛足下願世間眼證我懺悔我無始無量遮佛道罪無明所偪不識正真從三界繫動身口意起十惡罪三寶六親四生五道作不饒益事破發三乘心人造五七逆自作教他見作隨喜應現生後受諸苦惱如三世菩薩求佛道時懺悔我亦如是傷巳昏沉無智慧眼發是語時聲淚俱下至誠眞實五體投地如樹崩倒摧折我人衆惡傾殄是名懺悔勸請者名爲祈求聲聞自度直懺巳罪菩薩愍衆故行道故須勸請我今知罪尚不得脫衆生不知歷劫流轉我無力救請十方佛佛愍衆生不簡巨細必冀從願大論明請不請云云請轉法輪謂勸示證令於四諦生眼智明覺是名三轉有人言請說三乘名三轉佛若說法衆生得涅槃證設未得者且令受世間樂佛若普許則一切得安我預一切罪苦亦除如徧請雨我有少田自霑甘潤請住世者夫命隨業得住變化隨心得住心止化滅我今請佛饒益衆生如大炬火莫止變化之心久住安隱度脫一切是名勸請隨喜者名爲慶彼佛旣三轉法輪衆生得三世利益我助彼喜又我應勸化令其生善其善自生是故我喜喜三世衆生福德善三世三乘無漏善三世諸佛從初心至入滅一切諸善我皆隨

喜亦教他喜如買賣香傍觀三人同熏能化受化及隨喜者三善均等觀衆生惑甚可悲傷觀衆生善應大恭敬心常不輕深知衆生具正緣了即雖未發會必應生毒鼓遠近爲要當死故敬之如佛何者未來諸世尊其數無有量也此深是隨喜意也法華隨喜法大品隨喜人人法互舉耳迴向者迴衆善向菩提一切賢聖功德廣大我今隨喜福亦廣大衆生無善我以善施施衆生已正向菩提如迴聲入角響聞則遠迴向爲大利正迴向者斷三界道滅諸戲論乾煩惱泥滅棘刺林捨除重檐不取不念不見不得不分別能迴向者所迴向處諸法皆妄想和合故有一切法實不生無已今當生無已今當滅諸法如是我順諸法隨喜迴向如三世諸佛所知所見所許是名眞實正迴向亦名最上具足大迴向則不謗佛無過咎無所繫無毒無失何但迴向如此前三後一亦然毗婆沙云罪應如是懺勸請隨喜福迴向於菩提發願者誓也如許人物若不分券物則不定施衆生善若不要心或恐退悔加之以誓又無誓願如牛無御不知所趣願來持行將至所在亦名陀羅尼持善遮惡如坯得火堪可盛物二乘生盡故不須願菩薩生生化物須總願別願四弘是總願法藏華嚴所說一一善行陀羅尼皆有別願今於道場日夜六時行此懺悔破大惡業罪勸請破謗法罪隨喜破嫉妬罪迴向破爲諸有罪順空無相願所得功德不可限量譬筭校計亦不能說若能勤行五悔方便助開觀門一心三諦豁爾開明如臨淨鏡

徧了諸色於一念中圓解成就不加功力任運分明正信堅固無能移動此名深信隨喜心即初品弟子位也分別功德品云其有衆生聞佛壽長遠乃至能生一念信解所得功德不可限量能起如來無上之慧若聞是經而不毀呰起隨喜心當知已爲深信解相即初品文也又以圓解觀心修行五悔更加讀誦善言妙義與心相會如膏助火是時心觀益明名第二品也文云何況讀誦受持之者斯人則爲頂戴如來又以增品勝心修行五悔更加說法轉其內解導利前人以曠濟故化功歸已心更一轉倍勝於前名第三品也文云若有受持讀誦爲他人說自書教人書供養經卷不須復起塔寺供養衆僧又以增進心修行五悔兼修六度福德力故倍助觀心更一重深進名第四品也文云況復有人能持是經兼行六度其德最勝無量無邊譬如虛空至一切種智又以此心修行五悔正修六度自行化他事理具足心觀無礙轉勝於前不可比喻名第五品也文云能爲他人種種解說清淨持戒忍辱無瞋常貴坐禪精進勇猛利根智慧當知是人已趣道場近三菩提若爾五品之位在十信前若依普賢觀即以五品爲十信五心但佛意難知赴機異說借此開解何勞苦諍云云復次今此一章是觀陰界入境須約陰入而判次位所謂黑陰入界即三惡道位白陰入界即三善道位善方便陰入界即小乘似位無漏陰界入即二乘眞位變易陰界入即五種人位法性常色常受想行識陰界入即佛位云云又假名五品

旣轉明淨豁入聞慧通達無滯深信難動即信心也如此次第念進慧定陀羅尼戒護迴向願等十信具足名六根清淨相似之位四住已盡仁王般若云十善菩薩發大心長別三界苦輪海即此意也次入初住破無明見佛性華嚴云初發心時便成正覺眞實之性不由他悟即此意也如是次第四十二位究竟妙覺無有叨濫是名知次位○第九安忍者能忍成道事不動亦不退是心名薩埵始觀陰界至識次位入法障轉慧開或未入品或入初品神智奕利若鋒刃飛霜觸物斯斷初心聰叡有逾於此本不聽學能解經論覽他義蹤洞識宗途欲釋一條辯不可盡若懷寶藏璧蘊解匿名密勤精進必得入品或進深品志念堅固無能移易彌爲勝術但錐不

處囊難覆易露或見講者不稱理或見行道者不當轍慈悲示語即被圍繞凡令講說或勸爲衆生內痒外動即說一兩句法或示一兩節禪初對一人馳傳漸廣則不得止初謂有益益他蓋微廢損自行非唯品秩不進障道還興象子力微身沒刀箭擲湯投氷翻添氷聚毗婆沙云破敗菩薩也昔鄴洛禪師名播河海往則四方雲仰去則千百成羣隱隱轟轟亦有何益利臨終皆悔武津歎曰一生望入銅輪領衆太早所求不克著願文云擇擇擇高勝垂軌可以鏡焉修行至此審自斟酌智力强盛須廣利益如大象押羣若其不然且當安忍深修三昧行成力著爲化不晚大論云菩薩以度人爲事云何深山自善答曰如服藥將身體康復業身雖遠離心不

遠離若至六根清淨名初依人有所說法亦可信受一音徧滿聞者歡喜是化他位也若此時不出强輭兩賊無如之何自行轉成於他有辦大象捍格力箭無施日光照世長氷自治此即安忍之力焉若被名譽羅罥利養毛繩眷屬集樹妨蠹內侵枝葉外盡者當早推之莫受莫著推若不去翻被黏繫者當縮德露玭揚狂隱實容覆金貝莫令盜見若遁迹不脫當一舉萬里絕域他方無相諳練快得學道如求那跋摩云若名利眷屬從外來破憶此三術齧齒忍耐雖千萬請確乎難拔讓哉隱哉去哉若煩惱業定見慢等從內來破者亦憶三術即空即假即中設使屠粉肌肉心不動散大地鎮壓不爲重淪毗嵐弗輕寒氷非冷猛炎寧熱端心正觀那得薄證片

禪即以爲喜纔見少惡即以爲憂坯器易壞菴華難實大品云無量人發菩提心多墮二乘地爲辦大事彌須安忍若得此意不須九境若未了者當更廣明○第十無法愛者行上九事過內外障應得入真而不入者以法愛住著而不得前毗曇云煖法猶退五根若立上忍發真則不論退頂法若生愛心應入不入退爲四重五逆通別皆有頂墮之義旣不入位又不墮二乘大論云三三昧是似道位未發真時喜有法愛名爲頂墮今人行道萬不至此至此善自防護此位無內外障唯有法愛法愛難斷若有稽留此非小事譬如同帆一去一停停即住著又雖不著沙亦不著岸風息故住不著沙喻無內障岸喻外障而生法愛無住風息不進不退名爲頂墮若

破法愛入三解脫發眞中道所有慧身不由他悟自然流入薩婆若海住無生忍亦名寂滅忍以首楞嚴遊戲神通具大智慧如大海水所有功德唯佛能知今止觀進趣方便齊此而已入住功德今無所論後當重辨○是十種法名大乘觀學是乘者名摩訶衍云何大乘如法華云各賜諸子等一大車其車高廣衆寶莊校周帀欄楯四面懸鈴又於其上張設幰蓋亦以珍奇雜寶而嚴飾之寶繩交絡垂諸華纓重敷綩綖安置丹枕駕以白牛肥壯多力膚色充潔形體姝好有大筋力行步平正其疾如風又多僕從而侍衞之止觀大乘亦如是觀念念心無非法性實相是名等一大車於一一心即空即假即中是名各賜大車徹三諦之源名爲高收十法界名爲廣無量道品名衆寶莊校四勤遮惡持善又願來持行釘鑷牢固名周帀欄楯法義辭辯宣暢開覺名四面懸鈴慈悲普覆無有遺限名張設幰蓋道品所攝十力無畏十八不共之法不與他共名珍奇嚴飾四弘誓願要心不退名寶繩交絡四攝攝物物無不悅名垂諸華纓諸禪三昧起六神通名重敷綩綖四門歸宗休息諸行名安置丹枕四念處慧破除八倒之果名駕以白牛四正勤增長二善名肥壯多力遮斷二惡二惡盡淨故言膚色充潔四如意足四辯自在名形體姝好五根盤固不可移動名爲筋五力增長遮諸惡法名爲力七覺簡擇名爲行步八道安隱名爲平正對治助道廣攝諸法名又多僕從而侍衞之破法愛無明入薩婆若海發眞速疾名

其疾如風運載諸子嬉戲快樂此大乘觀法門具度與彼經合故名大乘觀也復次一切法悉一乘故夫有心者無不具足如此妙法是名理乘如來不說則不能知以聞教歡喜頂受即名字乘因聞名故依教修行入五品位名觀行乘得六根清淨名相似乘從三界出到薩婆若中住是亦不住若入初住乃至十住得真實乘遊於東方十行遊南方十向遊西方十地遊北方輪環無際得空而止止於中央即妙覺直至道場是此意也今人祇謂捨惡取空是大乘此空尚不免六十二見單複之惡何得動出爲乘設借爲乘祇一禿乘無法門具度正法大城金剛寶藏具足無鈌何所而無豈容禿空而已若但爾者乘邪見乘入險惡道是壞驢車耳云○端坐觀陰入如上說歷緣對境觀陰界者緣謂六作境謂六塵大論云於緣生作者於塵生受者如隨自意中說若般舟常行法華方等半行或掃灑執作皆有行動隨自意最多若不於行中習觀云何速與道理相應畧辨其相例前爲十初所觀境者若舉足下足足是色法色由心運從此至彼此心依色即是色陰領受此行即受陰於行計我即想陰或善行惡行即行陰行中之心即識陰行塵對意則有界入乃至眼色意法亦如是是陰界入於舉下間悉皆具足如此陰入即是無明與行緣合生行中陰界入陰界入不異無明無明即是法性法性即是法界一切法趣行中是趣不過一陰界入一切陰界入一多不一不多不相妨礙是名行中不思議境達此境時與慈

悲俱起傷已昏沉無量劫來常爲陰入迷惑欺誑今始覺知一切衆生悉是一乘昏醉倒解甚可憐愍誓破無明作衆依止安心定慧而寂照之心既得安徧破見思無知無明三諦之障横竪皆盡又善識通塞終不於中取藥成病善知道品榮枯念處雙樹中間入般涅槃又善知行中對治六度助開涅槃門深識次位知我此行未同上聖慚愧進修無有休已能於行中外降名利内伏三障安忍不動法愛滯著莫令頂墮十法成就即入銅輪證無生忍得一大車高廣嚴淨衆寶莊校其疾如風嬉戲快樂乘是寶乘直至道場是約行緣作觀治無明糠顯法性米舉足下足道場中來具足佛法矣例前可知行緣既爾住坐卧語作例前可解三三昧無卧法隨自意則有昔國王於卧中悟辟支佛當知卧中得有觀行云云對境者約眼計我言我能受一塵有三合十八受者眼見色有五陰三界二入例如上說又彌勒相骨經云一念見色有三百億五陰生滅一一五陰即是衆生若爾者眼對色時何啻五陰三界二入若如此觀眼色者名爲滅修非摩訶衍若觀眼色於諸如來常具足無滅修明識來入門者眼色一念心起即是法界具一切法即空即假即中四句求不可得故言即空如彌勒相色一念三百億五陰生滅乃至一地十地相色既爾受想行識亦復如是又外道打髑髏作聲聽知生處知無量事香味觸等亦復如是故言即假假不定假空不定空則非空非假若眼一法非空非假則一切法非空非假猶如虛空

有無永寂亦如日月無幽不照雖無空假雙照空假照因緣麤色名肉眼照因緣細色名天眼照因緣色空名慧眼照因緣色假名法眼照因緣色中名佛眼五眼一心中具者非具凡夫膿血肉眼亦非諸天所得天眼亦非二乘沈空慧眼亦非菩薩分別之眼但以佛眼具有五力如衆流入海失本名字故佛問善吉云如來有五眼不答云有皆稱如來有何關凡夫二乘眼耶請觀音云五眼具足成菩提以三觀一心名無減修以一眼具五力名明見來入門亦是圓證也於眼內外自在眼入正受鼻三昧起鼻入眼起雖動而寂寂不妨動雖寂而動動不妨寂雖見不見不見而見乃稱明見來入門也問佛具五眼應照五境經云我以五眼不見三聚衆生狂愚無目而言見耶又云見色與盲等既等於盲那得見麤細色答五境皆冥實相實相則不可見不可見故喻之如盲雖不可見見無減少五眼洞徹諸境分明雖言五照照何必有雖言如盲盲何必無淨名云不來相而來不見相而見即此意也是爲不思議境我眼衆生眼無二無別云何衆生不覺不知即起慈悲誓當度脱欲滿此願安心定慧能以止觀徧破諸法於眼色中明識通塞不如蟲道於眼陰中修四念處非淨非不淨枯榮雙遣而入涅槃學諸對治助開三脱明識六即不起叨濫我所觀眼雖具五眼但是名字但是觀行若漸見障外後見十方如普賢觀頓見大千如常不輕漸頓兩見六根互用我悉未階不應起慢慚愧勤行若德建名立當忍內外障

安若須彌法愛不生則無留滯其疾如風證眞實眼乘一大車直至道場若眼中得入多於眼中廣作佛事常放金光照耀一切淨名云或有佛土以光明爲佛事眼色一受既爾餘二受亦然餘五根五塵十五受亦然廣說如前將前意度入六根用之但令破煩惱去不拘常科若從耳中得大車多用音聲爲佛事鼻中用香舌中用味身中用天衣意中用寂滅一根佛事互通諸根方便利物時或不同而令衆生得究竟樂云云○若能如上勤而行之於一生中必不空過雖聞不用如黑蚖懷珠何益於長蛇者乎今以三譬譬於得失匹夫隻勇修治一刀一箭破一寇兩寇獲賜一金一銀禄潤一妻一子如此之人但利器械負戟前驅以命博貨何用廣知兵法耶若欲爲國麴糵舟楫鹽梅霖雨者須善文武討在帷帳折衝萬里所學處深所破亦大獲賞既重禄潤甚多雖知而不用用而屢北尚不能濟身澤豈及人乎學禪觀者亦如是唯知一法或止或觀擬破少惡寂心行道得少禪定攝少眷屬便以爲足如匹夫鬬耳欲作大禪師破大煩惱顯無量善法益無量緣當學十法止觀洞達意趣於六緣六受行用相應煩惱卒起即便有觀觀過惑表勇健難事解髻得珠若解而不用用而不當而反師惑心道安克乎又如野巫唯解一術方救一人獲一脯枓何須學神農本草耶欲爲大醫徧覽衆治廣療諸疾轉脈轉精數用數驗恩救博也學禪者亦如是但專一法治惑即去當時微益終非大途包括之意亦不能破煩惱入

無生忍雖善醫藥不依方服病豈差乎讀誦止觀甚利心不行用無生終不現前又如學義止欲一問一答衒耀一時何須廣尋經論欲作法主當善異部雖諳解處多而不曾出衆怯弱不任酬往若無怯怖臨機百轉以無方之答答縱横之問是爲大法師觀行人亦如是觀行若明能歷縁對境觸處得用若不如是魔軍何由可破煩惱重病何由可除法性深義何由可顯三事不辨區區困役秖是生死凡夫非爲學道方便也

摩訶止觀卷第七下

音釋

呦（音幽聲也）踟躕（踟陳知切躕重株切踟躕行不進也）孱（鋤山鋤連二切）亹（無匪切）呰（蔣氏切口毀也）罥（古泫切與羂同）

摩訶止觀卷第八上

隋 天台 智者 大師 說

門 人 灌 頂 記

第二觀煩惱境者上陰界入不悟則非其宜而觀察不已擊動煩惱貪瞋發作是時應捨陰入觀於煩惱前呵五欲知其過罪棄蓋是捨平常陰入觀於果報於中求解今觀發作隆盛起重貪瞋如鐵不與火合但黑若與火合赫然又報法尋常無時不有呵棄爲易若欻起煩惱控制則難何者生來雖瞋諫曉則息今所發者咆勃可畏生來倒想乍起乍滅今所發者鬱然不去生來欲色抑制可停今所發者不簡死馬況其匹類此惑內發强梁熾盛若見外境心狂眼闇譬如流水不覺其急槩之以水漣漪滂起亦如健人不知有力觸之怒壯煩惱卧伏如有如無道場懺悔觀陰界入如觸睡師子哮吼震地若不識者則能牽人作大重罪非唯止觀不成更增長惡業墜黑闇坑無能勉出爲是義故須觀煩惱境也觀此爲四一畧明其相二明因緣三明治異四修止觀初明相者先釋名煩惱是昏煩之法惱亂心神又與心作煩令心得惱即是見思利鈍此一往分數五鈍何必是貪瞋如諸蠕動實不推理而舉螆張鬐怒目自大底下凡劣何嘗執見行住坐卧恒起我心故知五鈍非無利也五利豈唯見惑何嘗無恚欲耶當知利鈍之名通於見思今約位分之令不相濫若未發禪來雖有世智推理辯聰見想猶弱所有十使同屬於鈍從因定發見見心猛盛所有十使從强受名皆屬於利如

兩學人一得法意爲諍則强一得語言爲諍則弱得語如無禪得意如發定若發定已而起見惑如下所觀若未發定而起煩惱正是今所觀也若利中有鈍見諦但斷於利鈍猶應在毗曇人謂利上之鈍名背上使見諦斷時正利既去背使亦去思惟亦如是若開此利鈍爲八萬四千今但束爲四分三毒偏發爲三分若等緣三境名等分三毒偏起是覺觀而非多三毒等起名覺觀多若少若多悉名散動俱能障定無記是報散動則不障定經云從滅定出入散心中散心中還入諸定散不障定即此義也成論人云散兼無知癡能障定若爾散兼瞋欲何不障定耶今釋別有意如上棄蓋中說但煩惱之相廣不可盡若具分別妨於觀門法華云二十年中常令除糞糞即煩惱汙穢法也棄之若盡得一日之價若住分別多少終不得直今觀煩惱糞求智慧錢非欲分別見思相也若爾五百羅漢何以分別爲持佛法作衆導首通種種難須廣分別今正入道力所未暇亦於觀非急但總知四分糞穢勤而棄之若從空入假時當委悉分別復次利鈍合各束爲四分同是界内共二乘斷名通煩惱也若界外四分二乘不斷名別煩惱若作相關何得離通有別通惑爲枝別惑爲本得眞智斷枝得中智斷本若作不思議者秖界内煩惱即是菩提何得非是別惑已如前說二明煩惱起之因緣因緣有三如後說起相有四深而不利利而不深亦深亦利不深不利第四句即屬通途果報惑相尋常相係故言非深非利也三句

起動異常即屬煩惱發相也發時深重不可禁止觸境彌增無能遮制是爲深相數數發起起輒深重故名爲利利而不深深而不利準此可知因縁者一習因種子二業力擊作三魔所扇動習者無量劫來煩惱重積種子成就薰習相續如駛水流順之不覺其疾槃之則知奔猛行人任煩惱流泝生死海都不覺知若修道品泝諸有流煩惱嵬起唯當勤勉特出曉夜兼功耳業者無量劫來惡行成就如負怨責那得令汝修道出離故惡業卓起破壞觀心使善法不立如河湉靜不覺流浪暴風卒至波如連山若放擲帆柁壞在斯須一心正前後行船得免魔者若作魔行是其民屬故不動亂若行道出界去此投彼十軍攝擒故深利之惑欻然而至如大海水雖無風流摩竭吸水萬物奔趣不可力拒專稱佛名乃得脫耳若就火爲譬者抖擻如習風扇如業膏投如魔魔業如下說觀習動煩惱是今所觀也三治法不同者小乘治有五對轉不轉兼具此五共治四分煩惱障道起如下業境云云對治者一分煩惱即有三種合成十二對此亦有十二如對寇設陣是名對治轉治者如不淨是貪欲對治而非其宜應以淨觀得脫轉修慈心念以淨法安樂豈加穢辱是名轉治若瞋人教不淨癡人教思惟邊無邊掉散教用智慧分別此是病不轉而治轉皆名轉治若藥病俱轉亦名轉治亦是對治不轉治者病雖轉治終不轉宜修此法但以此治治轉不轉病故名不轉治兼治者病兼藥亦兼如貪欲兼瞋不淨須帶慈心病兼

一二藥亦兼一三是名兼治具治者具用上法共治一病是名小乘先用五治後用諦智乃得入眞大乘明治非對非兼等名第一義治如阿竭陀藥能治衆病小乘多用三悉檀爲治大乘多用第一義悉檀爲治也空無生中誰是煩惱誰是能治尚無煩惱何物而轉既無所轉亦不兼具但以無生一方徧治一切也此極畧須善取意也四修止觀者還爲十意初簡思議境者一念欲覺初起甚微不即遮止遂漸增長爲欲事故貪引無道乃至四重五逆是名煩惱生地獄界爲欲因緣不知慚恥魯扈觝突無復禮義亡失人種是名貪欲生畜生界又爲欲因緣慳惜守護亦慳他家是名貪欲生餓鬼界爲欲因緣而生嫉妬猜忌防擬常欲勝他百方鴆陷令彼退負是名貪欲生修羅界又欲因緣深愛現樂以禮婚娉每存撙節符順仁義爲未來欲樂而持五戒是名貪欲生人界又欲起時鄙人欲麤希求天欲勤修十善防止純熟任運不起是觀貪欲生六天界又觀欲心棄呵清淨能發禪定是色天無色天界又觀欲是集集方招苦猒此苦集而修出要是聲聞界若觀欲是無明爲無明欲而造諸行輪環無際若止於欲無明行等皆止是爲緣覺界若觀欲是蔽而起慈悲而行於捨怖畏無常乃至觀欲是癡等是六度界若觀欲本自不起今亦不住將亦不滅欲即是空空即涅槃是爲通教界又觀欲心有無量相集既非一苦亦無量知根欲性皆因欲心分別具足是爲別教界其餘三分煩惱出生諸法亦復如是次第生

一切法是名思議境也不思議境者如無行云貪欲即是道恚癡亦如是如是三法中具一切佛法如是四分雖即是道復不得隨隨之將人向惡道復不得斷斷之成增上慢不斷癡愛起諸明脫乃名爲道不住調伏不住不調伏住不調伏是愚人相住於調伏是聲聞法所以者何凡夫貪染隨順四分生死重積狠戾難馴故名不調二乘怖畏生死如爲怨逐速出三界阿羅漢者名爲不調三界惑盡無惑可調如是不調名之爲調焦種不生根敗無用菩薩不爾於生死而有勇於涅槃而不味勇於生死無生而生不爲生法所汙如花在泥如醫療病不味涅槃知空不空不爲空法所證如鳥飛空不住於空不斷煩惱而入涅槃不斷五欲而淨諸根即是不住調伏不住不調伏意今末代癡人聞菴羅果甘甜可口即碎其核嘗之甚苦果種甘味一切皆失無智慧故刻核太過亦復如是聞非調伏非不調伏亦不礙調伏亦不礙不調伏以不礙故名無礙道以無礙故灼然淫泆公行非法無片羞恥與諸禽獸無相異也此是噉鹽太過鹹渴成病經云貪著無礙法是人去佛遠譬如天與地大經云言我修無相則非修無相此人行於非道欲望通達佛道還自壅塞同於凡鄙是住不調非不住也復有行人聞不住調伏不住不調伏怖畏二邊深自兢持欲修中智斷破二邊是人不能即貪欲是道斷貪欲已方云是道此乃住調伏心非不住也北方備此兩失又初學中觀斷於貪欲不能得益放心行不調事初一行之薄得

片益自此已後常行不息亦無復益行之不改以已先益化他令行又引經爲證受化之徒但貪欲樂無纖芥道益崩騰耽湎遂成風俗汙辱戒律陵穢三寶周家傾蕩佛法皆由此來是住不調及住於調何關不住調與不調是名大礙何關無礙是增長非道何關佛道如是調與不調皆名不調何以故悉是凡情非賢聖行今言不住調伏不住不調伏不住非調伏非不調伏不住亦調伏亦不調伏亦住調伏亦住不調伏亦住非調伏非不調伏亦住亦調伏亦不調伏何以故煩惱即空故不住不調伏煩惱即假故不住調伏煩惱即中故不住亦調伏亦不調伏雙照煩惱故不住非調伏非不調伏雖不住調不調等而實住調不調等雖實住調不調等而實不住調不調等何以故不偏觀一句故一句即諸句一切法趣貪欲故貪欲是諸法所都故用此意歷一切句所謂計貪欲是有名住不調伏計之爲無住於調伏如是等自在說云如是體達名爲無礙道一切無礙人一道出生死云何出耶有時體達貪欲畢竟清淨無累無染猶如虛空豁出生死是名住調伏得益或時縱心觀此貪欲本末因緣幾種是病幾種是藥如和須蜜多入離欲際度脫衆生作是觀時豁出生死是名住不調得益或時二俱非故得益或時俱觀得益如是善巧應住不應住自他俱益於菩薩法無所損減以四悉檀而自斟酌如喜根爲諸居士說巧度法皆得無生忍勝意比丘行拙度法無所克獲後遊聚落聞貪欲即道而瞋喜根云何爲他

說障道法作擯未成喜根爲說偈即便身陷
菩薩知其不信會墮地獄是故强說作後世
因巧觀悉檀若自若他若近若遠住調伏不
調等皆當無失不住調不調等亦皆無失若
不得四悉檀意若住不住自織愛網起他譏
慢自礙礙他非無礙也若一念煩惱心起具
十界百法不相妨礙雖多不有雖一不無多
不積一不散多不異一不同多即一一即多
經云闇中樹影闇故不見天眼能見是爲闇
中有明智障甚盲闇是爲明中有闇亦如初
燈與闇共住如是明闇不相妨礙亦不相破
何以故世間現見室内然燈不知向闇去至
何處若燈滅者闇法復來來無本源去無足
跡闇既如此明亦復然求闇無闇明無所破
求明無明闇無所蓋雖無明闇破蓋宛然不

受不著不念不分别新起者名不受舊起者
名不著不内取名不念不外取名不分别妙
慧朗然以是義故名不思議不相妨不相除
若世智燈滅闇惑更來若中道智光常住不
動如神珠常照闇則不來觀煩惱闇即大智
明顯佛菩提惑則不來也準上陰入境可知
如是觀時追傷已過廣愍衆生何以故理非
明闇以迷惑故起苦集闇解治法故有道滅
明約闇故悲約明故慈大誓之心與境俱起
爲滿願故須立要行行之要者莫先止觀四
分煩惱體之即空名體眞止入空觀也觀諸
煩惱藥病等法名隨緣止入假觀觀諸煩惱
同眞際名息二邊止入中道觀善巧安心修
此三止三觀成一心三眼三智也若眼智未
開破障令徧觀四分煩惱念念三假非自他

共離單複具足見思不生知病識藥無知不生非眞非緣無明不生橫竪破徧於即空中翻構苦集是名知塞於苦集中達即是空是名知通於諸法藥翻構爲病是名知塞於諸病法即能知藥是名知通翻法性爲無明名之爲塞無明轉即變爲明名之爲通又觀煩惱而修道品四分心起即汙穢五陰一陰無量陰受想行識亦復無量諸陰即空凡夫倒破小枯樹成諸陰即假二乘倒破大榮樹成諸陰即中廢枯榮教二邊寂滅入大涅槃乃至開三解脫入清涼池也若遮障重當修助道既解惑相持便應索援外貪欲起以不淨助內貪欲起以背捨助內外貪欲起以勝處助違法瞋起衆生慈助順法瞋起法緣慈助戲論瞋起無緣慈助計斷常起三世因緣助計我人起二世因緣助計性實起一念因緣助明利覺起數息助沈昏覺起觀息助半沈半明覺起隨息助助道强故能開闢涅槃門於未開頃或得一種解心或得一種禪定當熟思量草木瓦礫勿妄持謂是瑠璃珠若謂即是者何煩惱滅見耶思耶塵沙耶無明耶諸位全無謬謂即是猶如鼠唧若言空空如空鳥空未識次位觀行相似全未相應濫叨上位所以成怪若內外障起當好安忍忍若不過敗壞菩薩安忍不動薩埵可成即獲償賜似道禪慧得是償時莫生法愛愛妨眞道若無頂墮自在無礙如風行空位入銅輪破無明惑成無生忍得一大車高廣僕從而侍衛之乘是寶乘直至道場是名四分煩惱具足一切佛法亦名行於非道通達佛道亦名

煩惱是菩提亦名不斷煩惱而入涅槃廣說有三十六句須先立四句謂不斷煩惱不入涅槃斷煩惱入涅槃亦斷亦不斷亦入亦不入非斷非不斷非入非不入初句謂凡夫次謂無學人三謂學人四謂理是是爲根本四句句句各開四初句四者謂不斷不入斷不入亦斷亦不斷不入非斷非不斷不入初謂起惡凡夫二謂得禪外道三謂得禪起見外道四謂無記人次句四者謂斷入不斷入亦斷亦不斷入非斷非不斷入初謂析法無學二謂體法無學三謂析體兩學人後謂眞理性寘即是入也第三四句者亦斷亦不斷亦入亦不入斷亦入亦不入不斷亦入亦不入非斷非不斷亦入亦不入初謂析體兩學人二謂析法學人三謂體法學人四謂通學無學人眞理也第四四句者非斷非不斷非入非不入斷非入非不入不斷非入非不入亦斷亦不斷非入非不入初謂凡聖等理二謂析法聖理三謂體法聖理四謂析體學人理此說十六句就根本四句合二十句入涅槃又十六句出涅槃初根本四句者謂不斷煩惱不出涅槃斷煩惱出涅槃亦斷亦不斷煩惱亦出亦不出非斷非不斷非出非不出一一句各四句初四句者不斷煩惱不出涅槃不斷煩惱出涅槃不斷煩惱亦出亦不出不斷煩惱非出非不出一謂體法二乘二謂體法出假菩薩三謂體法亦空亦假菩薩四謂體法眞理第二四句者斷煩惱出斷煩惱不出斷煩惱亦出亦不出斷煩惱非出非不出一謂析法無學輔佛益衆生二謂析法無學

即入滅者三謂析法學人自利利他者四謂眞理第三四句者亦斷亦不斷亦出亦不出亦斷亦不斷出亦斷亦不斷不出亦斷亦不斷非出非不出初句謂兼用析體入空菩薩二句謂兼用析體出假菩薩三句謂兼用析體二乘四句謂體法冥眞之理第四四句者非斷非不斷非出非不出非斷非不斷出非斷非不斷不出非斷非不斷亦出亦不出初句謂體理二句謂體法出假菩薩三句謂體法二乘四句謂體法入空菩薩若各立出入兩根本八句者即成四十句若合根本爲四句者即成三十六句問三十六止在三藏與通亦得作別圓耶答體法意無所不該若更別說者約別圓四門更分別之根本四句者不斷不入空門也斷入有門也亦斷亦不斷亦入亦不入亦空亦有門也非斷非不斷非入非不入即非空非有門也於一一門各更四者不斷不入世界悉檀也不斷入爲人悉檀也不斷亦入亦不入對治悉檀也不斷非入非不入第一義悉檀也又更於一門還作四門謂不斷不入謂空門也不斷入謂有門也不斷亦入亦不入謂亦空亦有門也不斷非入非不入謂非空非有門也此一門既可解餘三門各各分別例可解依四門入涅槃既如此出涅槃十六門云何謂不斷不出不斷出不斷亦出亦不出不斷非出非不出初謂空門二謂有門三謂亦空亦有門四謂非空非有門一門四句如此餘三門可解三十六四十準前可知此則偏該小大析體之意也若得此意例一切法亦應如是問若如法

觀佛涅槃與般若是三則一相涅槃既明三
十六句般若復云何答若涅槃既即是般若
者何俟更問今當重說諸法生般若生諸法
不生般若不生諸法亦生亦不生般若亦生
亦不生諸法非生非不生般若非生非不生
根本四句也初句更開四者諸法生般若生
諸法生般若不生諸法生般若亦生亦不生
諸法生般若非生非不生初句謂俗境發道
種智般若二謂俗境發一切智般若三句謂
俗境雙發兩般若四謂俗境發一切種智般
若第二四句者諸法不生般若不生諸法不
生般若生諸法不生般若亦生亦不生諸法
不生般若非生非不生初句謂眞境發一切
智般若二句謂眞境發道種智般若三句謂
眞境雙發兩般若四句謂眞境發中道智般
若第三四句者謂諸法亦生亦不生般若亦
生亦不生諸法亦生亦不生般若生諸法亦
生亦不生般若不生諸法亦生亦不生般若
非生非不生初句兩境雙發二智二謂兩境
共發俗智三謂兩境共發眞智四謂兩境共
發中智第四四句者諸法非生非不生般若
非生非不生諸法非生非不生般若生諸法
非生非不生般若不生諸法非生非不生般
若亦生亦不生初謂中境發中智二謂中境
發俗智三謂中境發眞智四謂中境雙發二
智已說十六句竟次說般若生諸法生般若
生諸法不生般若生諸法亦生亦不生般若
生諸法非生非不生初謂道智照俗境二謂
道智照眞境三謂道智照兩境四謂道智照
中境次明般若不生諸法不生般若不生諸

法生般若不生諸法亦生亦不生般若不生諸法非生非不生此明眞智照諸境義準前可知也次明般若亦生亦不生開四句此明道種眞智等照四境云云次明般若非生非不生中道智照四境可知云云是爲十六就根本合成三十六句問法身復云何答般若旣即是法身何俟更問若欲分別可以意知不煩文也又法報應化四身爲本於一一身起四身謂從法身起報起應起化具起三餘身亦如是是爲十六身又從四身入一身身身亦如是復有十六合前根本是爲三十六身身身俱是法界故俱能起故俱能入云云○第三觀病患境者夫有身即是病四蛇性異水火相違鴟梟共棲蟒鼠同穴毒器重擔諸若之藪四國爲隣更互侵毀力均則暫和乘虛則呑併四大休否此喩可知諸佛問訊法云少病少惱佛同人法人旣有病權不得無但言少耳病有二義一因中實病二果上權病若偃卧毗耶託疾興教因以身疾訓示凡俗斥小呵大乃共文殊廣明因疾三種調伏廣明果疾四種慰喩又如來寄滅談常因病說力皆是權巧入病法門引諸病惱如此權病非今所觀今所觀者業報生身四蛇動作廢修聖道若能觀察彌益用心上智利根解前安忍則於病境通達不勞重論爲不解者今更分別如躃大樹萬斧便倒如琢巨石億下乃穿故重說也夫長病遠行是禪定大障若身染疾失所修福起無量罪經云破壞浮囊發撤橋梁忘失正念病故毀戒如破浮囊破禪定如撤橋梁起邪倒心惜膿血臭身破清淨

法身名忘失正念爲是義故應觀病患境復次有人平健悠悠徙倚懈怠若病急時更轉用心能辦衆事又機宜不同悟應在病即是四悉檀因緣應須病患境也觀病爲五一明病相二病起因緣三明治法四損益五明止觀一病相者若善醫術巧知四大上醫聽聲中醫相色下醫診脈今不須精判醫法但略知而已夫脈法關醫道不可言具略示五藏病相若脈洪直肝病相輕浮是心病相尖銳衝刺肺病相如連珠腎病相沈重遲緩脾病相委細如體治家説若身體苦重堅結疼痛枯痺痿瘠是地大病相若虛腫脹膖是水大病相若舉身洪熱骨節酸楚噓吸頓乏是火大病相若心懸忽怳懊悶忘失是風大病相又面無光澤手足無汗是肝病相面青皅是心病相面黧黑是肺病相身無氣力是腎病相體澀如麥糠是脾病相若肝上有白物令眼睛疼赤脈曼成白翳或眼睛破或上下生瘡或觸風冷淚出或痒或刺痛或睛凹觸事多瞋是肺害於肝而生此病可用呵氣治之若心淡熱手脚逆冷心悶少力脣口燥裂臍下結癥熱食不下冷食逆心眩懊喜眠多忘心瘇頭眩口訥背胛急四支煩疼心勞體蒸熱狀似瘧或作癥結或作水僻眼如布絹中視見近不見遠是腎害於心可用吹呼治之若肺脹胷塞兩脅下痛兩肩胛疼似負重頭項急喘氣麤大唯出不入偏體生瘡喉痒如蟲咽吐不得喉或生瘡牙關强或發風鼻中膿血出眼闇鼻莖疼鼻中生肉氣不通不別香臭是心害肺成病或飲冷水食熱食相觸

成病可用噓氣治之若百脈不流節節疼痛體腫耳聾鼻塞腰痛背强心腹脹滿上氣胷塞四支沈重面黑瘦胞急痛悶或淋或尿道不利脚膝逆冷是脾害於腎又其病鬼如竈君無頭無面一來掩人可用嘸氣治之若體面上風痒瘤瘤通身痒悶是肝害於脾其色籠桶或如小兒擊櫪或如旋風團欒轉可用呬氣治之又若多惛惛是肝中無魂多忘失前後是心中無神若多恐怖癲病是肺中無魄若多悲笑是腎中無志若多迴惑是脾中無意若多悵怏是陰中無精此名六神病相二明病起因緣有六一四大不順故病二飲食不節故病三坐禪不調故病四鬼神得便五魔所為六業起故病四大不順者行役無時强健擔負棠觸寒熱外熱助火火强破水

是增火病外寒助水水增害火是為水病外風助氣氣吹火火動水是為風病或三大增害於地名等分病或身分增害三大亦是等分屬地病此四既動衆惱競生二飲食不節亦能作病如薑桂辛物增火蕉蜜甘冷增水梨增風膏膩增地胡瓜為熱病而作因緣即是噉不安之食食者須別其性若食食已入腹銷化麤者為糞尿細者融銷從腰三孔溜入四支清變為血潤澤一身如壍得水若身血不充枯澼焦滅濁者變為脂膏故諸根減而成垢新諸根凝而成肉又身火在下消生藏令飲食化溜通變一身世諺云欲得老壽當溫足露首若身火在上又噉不安身食則有病惱次食五味增損五藏者酸味增肝而損脾苦味增心而損肺辛味增肺而損肝鹹

味增腎而損心甜味增脾而損腎若知五藏有妨宜禁其損而啟其增以意斟酌三坐禪不節或倚壁柱衣服或大衆未出而卧其心慢怠魔得其便使人身體背脊骨節疼痛名爲注病最難治也次數息不調多令人痁癖筋脈攣縮若發八觸用息違觸成病八觸者心與四大合則有四正體觸復有四依觸合成八觸重如沉下輕如上升冷如氷室熱如火舍澀如挽逆滑如磨脂軟如無骨麤如糠肌此八觸四上四下入息順地大而重出息順風大而輕又入息順水大而冷出息順火大而熱又入息順地大而澀出息順風大而滑又入息順水大而軟出息順火大而麤若發重觸而數出息與觸相違即便成病餘例可知又但用止無方便成病者若常止心於下多動地病常止心於上多動風病若常止心急攝多動火病若常止心寬緩多動水病次用觀不調偏僻成病者初託胎時以思心起感召其毋毋即思五色聲香味觸等一毫氣動爲水水爲血血爲肉肉成五根五藏今坐禪人思觀多損五藏成病若緣色多動肝緣聲多動腎緣香多動肺緣味多動心緣觸多動脾復次眼緣青多動肝緣赤多動心緣白多動肺緣黒多動腎緣黄多動脾耳緣呼喚多動肝緣語多動心緣哭多動肺緣吟多動腎緣歌多動脾鼻緣臊多動肝緣焦多動心緣腥多動肺緣臭多動腎緣香多動脾舌緣醋多動肝緣苦多動心緣辛多動肺緣鹹多動腎緣甜多動脾身緣堅多動肝緣煖多動心緣輕多動肺緣冷多動腎緣重多動脾

此乃五藏相生緣之過分以致於病若就相剋者緣白色多剋肝緣黑多剋心緣赤多剋肺緣黄多剋腎緣青多剋脾餘聲等例可知若五藏病隱密難知坐禪及夢占之若禪及夢多見青色青人獸師子虎狼而生怖畏則是肝病若禪及夢多見赤色火起赤人獸赤刀仗赤少男女親附抱持或父毋兄弟等生喜生畏者即是心病下去例隨色驗之又觀僻動四大者若觀境不定或緣此或緣彼心即成諍諍故亂風起成風病如御嬰兒行但任之而已急牽望速達即爲患也又專專守一境起希望心報風熱勢不盡成熱病又觀境心生時謂滅滅時謂生心相違致痒痛成地病又不味所觀境而强爲之水大增成水病四鬼病者四大五藏非鬼鬼非四大五藏

若入四大五藏是名鬼病若言無鬼病者邪巫一向作鬼治有時得差若言無四大病者醫方一向作湯藥治有時得差有一國王鬼病在空處屢被針殺鬼王自來住在心上針者拱手故知亦有鬼病矣鬼亦不漫病人良由人邪念種種事或望知吉凶兜醯羅鬼作種種變青黄等色從五根入則意地邪解能知吉凶或知一身一家一村一國吉凶事此非聖知也若不治之久久則殺人五魔病者與鬼亦不異鬼但病身殺身魔則破觀心破法身慧命起邪念想奪人功德與鬼爲異亦由行者於坐禪中邪念利養魔現種種衣服飲食七珍雜物即領受歡喜入心成病此病難治下治中當説六業病者或專是先世業或今世破戒動先世業業力成病還約五根

知有所犯若殺罪之業是肝眼病飲酒罪業是心口病婬罪業是腎耳病妄語罪業是脾舌病若盜罪業是肺鼻病毀五戒業則有五藏五根病起業謝乃差若今生持戒亦動業成病故云若有重罪頭痛得除應地獄重受人中輕償此是業欲謝故病也夫業病多種腫滿黃虛凡諸病患須細心尋檢知病根源然後用治也三明治法宜對不同若行役食飲而致患者此須方藥調養即差若坐禪不調而致患者此還須坐禪善調息觀乃可差耳則非湯藥所宜若鬼魔二病此須深觀行力及大神呪乃得差耳若業病者當內用觀力外須懺悔乃可得差衆治不同宜善得其意不可操刀把刃而自毀傷也今約坐禪畧示六治一止二氣三息四假想五觀心六方術用止治者溫師云繫心在臍中如豆大解衣諦了取相後閉目合口齒舉舌向腭令氣調恂若心外馳攝之令還若念不見復解衣看之熟取相貌還如前此能治諸病亦能發諸禪作此觀時亦有無量相貌或痛如針刺或急如繩牽或痒如蟲噉或冷如水灌或熱如火炙如是諸觸起時一心精進無令退墮若免此觸能發諸禪若神意寂然即是電光定相此尚能得禪況不能愈疾所以繫心在臍者息從臍出還入至臍出入以臍爲限能易悟無常復次人託胎時識神始與血合帶系在臍臍能連持又是諸腸胃源尋源能見不淨能止貪欲若四念處觀臍能成身念處門若作六妙門臍是止門兼能入道故多用之正用治病者丹田是氣海能銷吞萬病若

止心丹田則氣息調和故能愈疾即此意也又有師言上氣胷滿兩脅痛背膂急肩井痛心熱懊痛煩不能食心𤸷臍下冷上熱下冷陰陽不和氣嗽右十二病皆止丹田丹田去臍下二寸半或痛切者移心向三里痛又不除移向兩脚大拇指爪横文上以差爲度頭痛眼睛赤疼脣口熱繞鼻胞子腹卒痛兩耳聾頸項强右六病兩脚間須安置境界以心緣之須臾水腹脹急痛但一心注境若心悶當小息小可更起倚重作前法若覺小除彌須用治法若因此腰脚急痛即想兩脚下作一丈坑移前境界置坑底以心主之自當差要在靜室又常止心於足者能治一切病何故爾五識在頭心多上緣心使風風動火火融水水潤身是故上分調而下分亂以致諸病或脚足攣躄等又五藏如蓮華靡靡向下識多上緣氣强衝府藏翻破成病心若緣下吹火下溜飲食銷化五藏順也止心於足最爲良治今常用屢有深益以此治他往往皆驗蔣吴毛等即是其人又隨諸病處諦心止之不出三日無有異緣無不得差何故爾如門開則來風閉扇則靜心緣外境如開門止心痛處如閉扇理數然也又心如王病如賊心安此處賊則散壞又未必一向止心病處如皇帝祕法云天地二氣交合各有五行金木水火土如循環故金化而水生水流而木榮木動而火明火炎而土貞此則相生火得水而滅光水遇土而不行土值木而腫瘡木遭金而折傷此則相剋也如金剋木肺强而肝弱當止心於肺攝取白氣肝病則差餘四

藏可解又用止治四大者若急止治水寬止
治火止頂治地止足治風二用氣治者謂吹
呼嘶呵噓嘻皆於脣吻吐納轉側牙舌徐詳
運心帶想作氣若冷用吹如吹火法熱用呼
百節疼痛用嘶亦治風若煩脹上氣用呵若
痰癊用噓若勞倦用嘻六氣治五藏者呵治
肝呼吹治心噓治肺嘶治腎嘻治脾又六氣
同治一藏藏有冷用吹有熱用呼有痛用嘶
有煩滿用呵有痰用噓有乏倦用嘻餘四藏
亦如是又口吹去冷鼻徐內溫安詳而入勿
令衝突於一上坐七過爲之然後安心安心
少時更復用氣此是用治意若平常吐穢一
兩即足口呼去熱鼻內清涼口嘶去痛除風
鼻內安和口呵去煩下氣散痰者想胷痰上
分隨口出下分隨息溜故不須鼻中補也噓

去滿脹鼻內安銷嘻去勞乏鼻內和補細心
出內勿令過分善能斟酌增損得宜非唯自
能治病亦能濟他三用息爲治者夫色心相
依而息譬樵火相藉而煙瞻煙清濁知樵燥
濕察息强輭驗身健病若身行風橫起則痛
痒成病何暇用心須急治之先須識息有四
伴有聲曰風守之則散結滯曰氣守之則結
出入不盡曰喘守之則勞不聲不滯出入俱
盡曰息守之則定當求靜處結跏平身正直
縱任身體散誕四支布置骨解當令關節相
應不倚不曲緩帶轉側調適以左手置右手
上大指纔令相詣縱放頰車小小開口四五
過長吐氣次漸平頭徐徐閉目勿令眼瞼太
急常使籠籠然後用息也用息治八觸相違
病者若因重觸成地大病偏用出息治之若

發輕觸成風病偏用入息治之若發冷觸成水病偏用出息治之若發熱觸成火病偏用入息治之餘亦如是若得調和正等隨意而用此用常所數息非作別息也次別運十二息者謂上下焦滿增長滅壞冷煖衝持和補此十二息帶假想心所以者何若初念入胎即有報息隨毋氣息兒漸長大風路滑成兒息出入不復隨毋生在異處各各有息名報息依息者依心而起如瞋欲時氣息隆盛此名依息也前六氣就報息帶想今十二息就依息帶想故不同前也前明緣五色爲五藏病者此則依藏爲病故用今依息治之上息治沈重地病下息治虛懸風病焦息治脹滿滿息治枯瘠增長息能生長四大外道服氣祇應服此生長之氣耳滅壞息散諸癊膜冷息治熱煖息治冷衝息治癥結腫毒持息治掉動不安補息補虛之和息通融四大作諸息時各隨心想皆令成就細知諸病用諸息勿謬用也四假想治者前氣息中兼帶用想今專以假想爲治如辯師治瘦法如患癥人用針法如阿含中用煖蘇治勞損法如吞蛇法云云五觀心治者不帶想息直觀於心內外推求心不可得病來偪誰誰受病者六方術治者術事不知則遠知之則近如治咽法如治齒法如捻大指治肝等云云術事淺近體多貢幻非出家人所須元不須學學須急棄若修四三昧泡脆之身損增無定借用治病身安道存亦應無嫌若用邀名射利喧動時俗者則是魔幻魔僞急棄急棄三十六獸嬈人者應三徧誦呪曰

波提陀　吡耶多　那摩那　吉利波　阿
達婆　推摩陀　難陀羅　憂陀摩　吉利
摩　吡利吉　遮陀摩初得細心外境觸心
驚擲於是氣上腹滿胷煩頭痛悶此是六神
徧身遊戲因驚擲失守外有惡神入身奪其
住處故使如此若治之法閉口覺鼻不令氣
出待氣徧身然後放氣令長遠從頭至足徧
身皆作出想牽之令盡如是三徧然後誦呪
支波晝　烏蘇波晝　浮流波晝　牽氣波
晝
三徧竟然後調息從一至十命出入息言阿
那波那阿晝波晝病即差也若赤痢白痢卒
中惡面青眼反脣黑不別人者以手痛捻丹
田須臾即差又隨身上有痛處以杖痛打病
處至四五十此復何意夫諸病無非心作心
有憂愁思慮邪氣得入今以痛偪之則不暇
横想邪氣去病除也四明損益損益皆有漸
頓若用息太過五藏頓翻者即雖未翻漸就
增劇以至頓翻者若人巧修豁然頓益者即
雖與病相持後當漸愈者如服湯藥年月將
漸乃得其益内治亦然若心利病輕心利病
重心鈍病輕心鈍病重致有漸頓不同也夫
世間醫藥費財用工又苦澀難服多諸禁忌
將養惜命者死計將餌今無一文之費不廢
半日之功無苦口之憂恣意飲噉而人皆不
肯行之庸者不別貨韻高和寡吾甚傷之能
具十法必有良驗一信二用乃至第十識遮
障信是道元佛法初門如治癩人信血是乳
敬駱駝骨是真舍利決信此法能治此病不
生狐疑信而不用於已無益如執利劒不用

擬賊斮爲彼害不用亦爾何意須勤初中後夜朝暮專精以得汗爲度鑚火中息火難可得不勤亦爾何謂爲恒恒用治法念念在縁而不動亂何謂別病別病因起如上所説若不識病浪行治法不相主對於事無益何謂方便善巧用治吐納得所運想成就不失其宜如琴弦緩急輾轉軫柱輕重手指聲韻方調何謂爲久若用未益不計日月習不休廢何謂知取捨益則勤用損則改治何謂知將護善識禁忌行來飲食不使觸之何謂識遮障用益勿嘲説未益勿疑謗向人説者未差不差差已更發更治不差設差倍功若能十法具足用上諸治益定無疑我當爲汝保任此事終不虛也

摩訶止觀卷第八上

音釋

漣漪漣音連漪於支切漣漪水波文也[illegible]俗音豹蠕乳兗切蟲動貌螯牛刀切蟹大足也鬐渠伊切鬣也駛疎吏切疾也欻許勿切忽也觝典禮切觸也撙祖本切裁抑也很戾很下懇切很戾不聽從也噉徒濫切食礫郎狄切小石也鴟梟鴟處脂切梟堅堯切鴟梟並鳥名蟒母黨切大蛇也藪蘇後切躃毗亦切倒也診之忍切候脉也腎時賑切水藏也脾頻彌切土藏也痺必至切濕冷病也痿於危切腫之隴切脹也脹胮脹知亮切胮匹降切皅普加切白也凹於交切與坳同癥陟里切知陵切腸病也瘇時勇切胛古狎切[illegible]許之切[illegible]先入祥入二切櫪郎狄切[illegible]俗音詩痁苦店二音病也攣閭員切拘攣也痰癊痰徒甘切病液也癊於禁切心病也輾知輦切輾轉猶婉轉也

摩訶止觀卷第八下

隋　天台　智者　大師　說
門　人　灌　頂　記

若善修四三昧調和得所以道力故必無衆病設小違返冥力扶持自當銷愈假令衆障峯起當推死殉命殘生餘息誓畢道場捨心決定何罪不滅何業不轉陳鍼開善云云豈有四大五藏而不調差如帝釋堂小鬼敬避道場神大無妄侵撓又城主剛守者强城主怔守者忙心是身主同名同生天是神能守護人心固則强身神尚爾況道場神耶如大論釋精進鬼黏五處云云但一心修三昧衆病銷矣五修止觀例前爲十云云先簡思議者病因縁故生十法界如爲病故退失本心棄廢禪定誹謗三寶不惟先罪招禍而言修善無福起大邪見又惜身養命魚肉辛酒非時無度或病差身壯五欲恣情善心都盡惡業熾盛起上中下罪是爲因病造三惡法界若人自念此病困苦皆由往日不善所致深生慚愧不敢爲非雖嬰困篤而善心無改起上中下善是爲因病造三善法界若遭疾病因怖畏生死知此病身酬於前業若構生死將來流轉復何窮極苦集危脆世世相隨爲之受惱當求寂滅無相涅槃是爲因病起聲聞法界又觀此病病我色心因於此病而致老死死由於生生由昔有有從取生取從愛生愛從受生受從觸生觸從六入生六入從名色生色即四大五根名即四心觀此根大復從何生青色從木生黃色從地生赤色從火生白色從風生黑色從水生又觀木從水生水從

風生風從地陽氣生地從火生火從木生木還從水生如是追逐周而復始無自生者觀外五行既爾内五藏色亦復如是肝從青氣生心從赤氣生肺從白氣生腎從黑氣生脾從黄氣生此之肝藏爲自體生爲從他生即知肝藏從腎生腎從肺生肺從脾生脾從心生心從肝生肝不自生還從腎生如是内求四大五藏既其無體何故不壞四心持之識心持地想心持風受心持火行心持水是故不壞此之四心爲自生爲不自生即知行心從受生受心從想生想心從識生識從過去行生過去行從無明生無明從妄想生妄想還從妄想生經云妄想生妄想輪迴十二緣如狂渴人見燄爲水南向逐之逐之不得大喚言水空中響應謂已大南水應在北迴頭北走如是四方皆逐不得遂大懊惱謂水入地𢁉地吼喚身體疲極轉更至闇亦復不得南走喻舌逐味北走喻耳逐聲西走喻鼻逐香東走喻眼逐色𢁉地喻身逐觸到闇喻意逐無明如是六根徧走諸塵無一可得亦不得因緣和合之相但自疲苦既覺知已不復更走以不走故身心定住心定住故豁爾悟解發得因緣正智知此色心等從本已來體性寂靜非生非滅妄想顛倒謂有生滅若不隨妄想則無明滅乃至老死滅畢故不造新如不然火是則無煙既不得無明老死病爲病誰是名觀病起緣覺法界又觀此病皆由愛惜身命財物致受衆惱亦是持戒不完多病短命亦是心志劣弱不能安忍身神不護亦是精進力薄無善補禳亦是無禪定力爲

病所動亦是心少智慧不達無常苦空無我致嬰此疾今以己疾愍於彼疾即起慈悲發於願行捨無遺恪順理安耐勤加正意覺悟無常是爲因病起六度菩薩界又觀此病知從前世妄想顛倒諸煩惱生如是妄想無有眞實我及涅槃是二皆空是名因病起通教菩薩界又觀此病雖畢竟空空無所受而受諸受未具佛法不應滅受取證是爲因病起別教菩薩界如是等法因於病患次第出生是名思議境非今所觀也不思議境者一念病心非眞非有即是法性法界一切法趣病是趣不過唯法界之都無九界差別如如意珠不空不有不前不後病亦如是絕言離相寂滅清淨故名不可思議達病實際何喜何憂作是觀時豁爾消差金光明云直聞是言

病即除愈即初觀意耳復有深重難除差者至長者所爲合衆藥病乃得差即後九觀意也一切衆生皆具此理而不能識隨見思流没分段海深生悲愍欲與非有即空道滅之樂是爲有疾菩薩能以空觀調伏其心心調伏故實疾除愈以慈悲故權疾則生生分段土視分段人猶如一子子既有病父母亦病因以身疾而慰喻之子病若愈父母亦愈是名體析慰喻有疾菩薩也又觀此病雖即空寂是諸衆生不純因空而得度脫當識空病種種法門聲聞二乘以不識故隨無明無知流没變易海不能分別諸病差品是故佛法不得現前衆生淨土皆不成就爲是義故即起慈悲拔無知苦與道種智分別之樂是名有疾菩薩能以假觀調伏其心心調伏故實

疾除愈以慈悲故權病則生生方便土觀方便人猶如一子其子病故父毋亦病因以身疾慰喻其子子無知愈父毋亦愈是名別教慰喻有疾菩薩又觀此病雖即法界而諸衆生不即中道此理未顯隨無明流沒變易海經云三賢十聖住果報即是實報因果病也爲是義故而起慈悲拔無明苦與究竟樂是爲有疾菩薩用中道觀調伏其心心調伏故實疾除愈以慈悲故權病則生生實報土視變易人猶如一子子既有病父毋亦病因以身疾慰喻其子子無明愈父毋亦愈是名圓教慰喻有疾菩薩也如是三疾一心中生如是調伏一觀調伏如是慈悲圓普慈悲如是示現普門示現如是慰喻一音演說爲易解故如前分別實而論之即不思議慈悲唯彼淨名具如此法三實圓除三權普現彼上人者難爲酬對國王長者實疾全在不堪顧命二乘雖除取相辭不堪行菩薩乃卻客塵往往致屈唯彼文殊道力相隣扣機承旨故其能也問云居士此疾何所因起其生久如當云何滅居士答云今我病者從大悲起以衆生病是故我病衆生病愈是故我愈夫衆生實疾從癡愛生癡愛纔生大悲亦起癡愛纔滅大悲亦滅衆生有愈有不愈菩薩有疾有不疾若無疾者知其子愈若有疾者化道未休故方丈問疾茅城背痛皆此義也誓願既等虛空有疾亦彌法界是名不思議慈悲也慈悲力大菩薩適發此心疾即除愈不俟更修下法法喜天台云云若發心不眞欺衆生要三寶有所規求病亦不差若能眞誠有大勢

力安心者若入道場病時如上所説體解發心端身正念唯止唯觀善巧悉檀調適得所一上坐即覺清凉或頓損或漸損是名大藥更不紛擾修餘治法也破法徧者行人病時觀病爲因色病爲因心病若色是病者外山林等皆應是病死人亦應是病屍及山林未曾受惱當知色非病也祇由心想計有此病今觀病心不自不他四句叵得非内非外畢竟清淨心如虚空誰是於病淨名云非地大不離地大非身合身相不可得故非心合心如幻故不得病心生不得病心無生亦生亦無生非生非無生單複具足皆如上破陰入中説識通塞者觀於病法句句之中識諦縁度觀病觀智句句識諦縁度了了分明而無疑惑解字非字知得知失例如上説也道品調適者若觀病是四大病是不淨病若離四大病即是淨病非四大非離四大病即非淨非不淨有眞非有非眞空假非空非假枯榮非枯非榮如是等義皆與身念處無二無別如此病受非苦非樂病之想行非我非無我病心非常非無常例如上義二十七品於枕席間皆得成就解苦無苦入清凉池助道者若修正觀未得差者當借前來六種之治正助合行尚能入道何況身疾而不消除作此觀時雖滯牀枕深識次位我觀病患道理宛然如彼瑠璃在深潭底我此觀智但是名字因疾未除果疾是分若似解之位因疾少輕道心轉熟果疾猶重不免衆災若入無生法忍因疾雖盡猶有果疾我今不應非位起慢言我病行均彼上人安忍者但勤正助莫爲

内外障緣阻礙休息若正助稽留疾成道廢能安心在疾不動不退所作辦也設得病損觀行明淨不生貪著莫起愛染十法成就疾入法流是名病患境修大乘觀獲無生忍得一大車例前可知云云○第四觀業相境者行人無量劫來所作善惡諸業或已受報或未受報若平平運心相則不現今修止觀能動諸業故善惡相現疑者言大乘平等何相可論今言不爾秖由平等鏡淨故諸業像現光明云將證十地相皆前現阿含云將證初果八十八頭蛇於其前死大小兩乘相文甚多又法華云深達罪福相徧照於十方罪福秖是善惡業耳淨名云於第一義而不動善能分別諸法相故汝難非也明業相爲四一相發因緣二正發相三料簡四止觀因緣者有内有外内者止觀研心心漸明淨照諸善惡或可以止止惡惡方欲滅以觀觀善善方欲生或可以止止惡惡因靜生以觀觀善善因觀滅無量業相出止觀中如鏡被磨萬像自現外者諸佛慈悲常應一切衆生無機不能得覩以止觀力能感諸佛示善惡禪諸業則現如持花鬘示於大衆是名内外因緣若得此意細判罪福皂白無濫堪爲方等師調伏於他今但研心止觀令業謝行成一心取道何用曲辨相耶二明業相發者發無前後且逐語便先明善發其相有六一報果相現二習因相現三報前現習後現四習前現報後現五習報俱時現六前後不定諸業現時參差萬品識此六意分別無謬云何名習因習果阿毗曇人云習因是自分因習果是依果

又習名習續自分種子相生後念心起習續於前前念爲因後念爲果此義通三性論家但在善惡無記無習續也報因報果者此就異世前習因習果皆名報因此因牽來果故以報目之名爲報因後受五道身即是報果也就今果報身上復起善惡習續習因習果總望前世此習續是果若望後世此習續是因數家明報得鴿雀身是報果多婬是習果論家鴿身及多婬俱是報果婬由貪起貪是習果又今生煩惱起名習因成業即報因後生起煩惱名習果苦痛名報果若坐禪中但見諸相此名報果相現由昔因故亦得言報因又能起因牽於後報互受名耳今但判爲報果相也若於坐中不見諸相鬱爾起心是發習因能牽來果故亦得名習果酬昔因故

互受其名今但判爲習因也善相衆多且約六度檀相發者若於坐中忽見福田勝境三寶形像聖衆大德父毋師僧有行之人受已供養或見悲田受供養或見兩田雖不受供養而皆歡喜或不見諸田受與不受但見所施具羅列布滿或不見施物但見淨地或表今生施報相或表昔生施報相或見好行檀人來至其前稱讚檀捨如是等事皆是報果發相次都不見諸相但心鬱然欲行惠施恭敬供養三寶父毋師僧或悲傷貧苦而欲救濟或於檀施法門通達偏自明了如是等心皆是習因發相或先起此心卻見報相或先見報相卻發此心或俱發或不定發可以意知戒相發時亦有六意若見十師衣鉢壇場羯磨歡喜愛念或雖不見此相而見自身衣

裳淨潔威儀蓋衆又見常持戒人面目光澤舉動安詳來稱讚戒如是等相皆是持戒報果發也或時皆不見此相欝然持戒心生自言戒淨篇聚不足可持或欲匡正諸破戒者皆令如法自解律文精通戒部是爲習因發相或先後俱雜可以意知忍相發者或見能忍人或見身行忍事或自見其身端正淨潔手脚嚴整世所希有或見端正忍人來稱讚忍是忍報果相或直發忍心又解忍法門是名忍習因發相前後俱雜可以意知精進相者或見精進人或見巳精進事見身多氣力盛壯英雄或見常行精進人晝夜無廢稱讚精進是進報果相或不見相但發精進心初中後夜不自惜身或通達精進法門是名精進習因相前後俱雜可以意知禪相者後境中廣說智慧相者菩薩境中當廣說六度習報既有六種一切善法亦如是若細尋此法逾久逾明不煩多說亦不得多說面受口決隨意廣論諸方等師相傳云負三寶物其相現時決應須償南岳師云若自有物償者善若自無物欲廢行法四方馳求此有二義衆生昔罪何量負貸三寶非止一條如羅漢先直取道未遑償業故名觝責行者若廢道場而行乞匃紛動數年豈非魔事令且未償但決志修行諸佛實法展我成立成者待破煩惱入無生忍於法身地廣供養一切三寶還入生死以償衆生菩薩爾時不名觝責立者待功夫著滿名行豎立果報自至時當償三寶非是觝負不作償心小乞申延期於展立耳此豈非好事若廢行法出於道場此決須

償不得讀誦聽學營私衆務決應方便求財償之此釋與優婆塞戒經同經云若負三寶物人正事修道欲求須陀洹乃至阿羅漢者則不須償也不學道應急償也阿羅漢人若用佛物此則無罪次明惡相者諸惡甚多且約六蔽於一一蔽皆有六意慳蔽相者若見三寶師僧父母或形容憔悴或裸袒或衣裳藍縷或飢餓惙然寺宇空荒或見一切物皆被守護封緘閉塞與前爲異前人對物歡喜今見乞人對物瞋訴前物表施具今物表慳具或見慳人來至其前是名慳蔽報果發相具有六種例前可知云云破戒相者若見三寶形像師僧尊長及以父母頭首斷絕地陷不勝或身體破裂鞭打苦惱或見身首異處寺舍零落或見父母訴罵三寶呵責或見喜殺屠兒來住其前又惡禽毒蟲緣其身首皆是瞋蔽報相也亦有六意例前云云若見不淨屎尿死屍臭物當道深水橫路行不得前或見交昔婬人又示不淨相穢惡可恥或見巳身身體臭處或見多婬人來說放逸事或見禽獸人等交此皆是婬罪報相亦有六意云云若見一生所盜物處所盜物主來瞋訴縛切此物或見好盜人來勸說盜事皆是盜相果報也六意例前云云若見父母師僧及外人諍計瞋毒種種鬪構誹謗於巳或見多口過人來即是口四過報果相六種云云或見醉人吐臥狼藉或見巳身沈昏等皆是飲酒報果相亦六意是等皆是破戒蔽報果相也餘四蔽例此可知故不委記云云復次內心苦痛是殺習內心沈重是盜習內心煩躁是婬習俱有是

等分習三料簡善惡相現爲障不同或非障而障障而非障障非障俱障障非障俱不障非障而障者若人先發善相當時歡喜後起愛慢輕忽於他恃此證相作貢高本漸染名利過患轉生心退法壞捨戒還俗無惡不造豈非初因不障之善後致大障之惡耶障而非障者如先發惡相慚愧怖畏勤懺此惡斷相續心永不起罪勤行衆善至辦大事豈非初因於障後致不障耶俱障俱不障例可知云云若非障而障者此是善將滅而相現此善滅表惡生若障非障者此是惡將滅而相現此惡表善生若障不障俱不障者此相表善不滅惡不生若障不障俱障者此表惡不滅善不生此約初善爲語謂善不障惡爲障如上分別若約眞諦爲言者上諸善惡悉皆是障故淨業障經云一切惡障一切善障若約假爲語眞諦善惡俱皆是障若約中爲語假上善惡俱皆是障故障不可盡復次善惡習因心起是則易知善惡報果相起是則難知若善報相扶善習因心起或前或後現者多是性善相孤然起者多是無作善相惡報果相扶惡習因心起或前或後多是性惡不扶習起多是違無作惡復次善惡報果孤然起者雖以無作往判理復難明多好雜魔若欲分別須細意檢校用空明善惡等十法往驗若過不及則是魔相異此乃是無作也又三法往驗所謂久久住數數來又壞禪心此三是魔相也無此三是無作復次諸惡相現時初現瞋怒再來平平三現歡喜或人諫曉或人驅逐當知皆是惡欲滅相也夫發心眞正

慧解分明善識諸相一一無謬不爲諸障所
惑打心入理更增其明行有餘力分別業門
雖通達自在兼以化他若分別業相不能縷
碎但總知是障無所取著直打心觀理業不
能礙若本無解心又發意邪僻見此相已而
生愛著魔得其便入示吉凶更相因倚貿易
財食死墮鬼道此非鬼禪更謂誰耶若自正
正他須得其意親自行證又師氏口決方可
彰言莫輙媒衒妄作寒熱禍則大矣深囑深
囑後生慎之問道場神護怨責那得擾動答
實爾如世遊軍虞候但覘非防惡責主切物
所不能遮業來責報準此可解復次諸業名
教體相具如毗曇成實論若作觀破業具如
中論彼二家者互有長短今意異彼但明善
惡不濫於事即足若廣分別妨於正道若直
破而已全不識道品正助調停方法未具今
之止觀明業相不足觀法有餘四修止觀者
即爲十意云何思議業境若業能招三惡道
報有上中下若業能招三善道報謂上中下
不動業招色無色報如是等業招於色心還
迷色心起四顚倒生死不絶良由於此今觀
業無業倒惑不生以至漏盡是名聲聞觀業
也若觀業由無明無明故業業故名色乃至
老死若知無明不起取有無明滅故諸行滅
是緣覺觀業若觀業行幻化幻化即空空即
涅槃是名通教觀業若觀業如大地能生種
種芽十法界法皆從業起是名別教觀業悉
是思議境非今所用也不思議境者如經云
深達罪福相者罪即三惡福即三善但解三
惡業相不達人天三善業相則非深達達惡

達善乃爲深達若達善惡業相但是善惡不名深達又善惡俱是惡離善離惡皆是善是爲深達又達人天善惡是生死邊達二乘離善離惡涅槃空邊但是二邊不名深達又二邊皆是惡亦不名深達別教菩薩能達二邊之淺漸漸深達故名深達又別教漸深亦非深達圓教即於淺業達於深業方乃得名深達罪福相徧照於十方如是深達實不曲辨於三界亦不徑侹而入空即此意也觀一念起即具十界名十方十方是依報十界是正報若無依報亦無正報既有正報即有性相本末等百法亦名百方如是等法即一念業故名一業一切業華嚴云佛子心性是一云何能生種種諸業答云譬如大地一能生種種芽地若得雨毒藥衆芽一時沸發今法性地得行道雨善惡業芽一念競起業名法界諸法之都故稱不思議境既深達業境善惡共都即起慈悲罪福之理非違非順違之成罪順之成福如世諦名色及諸質礙亦非違非順若盜之成罪則有三途惡業若捨之成福即有三善道業菩薩深達如此非違非順於違起悲於順起慈即空眞諦無言說道亦非違非順違之則成六道有漏之業順之則成三乘無漏之業菩薩深達即空非違非順於違起悲於順起慈也中道之諦亦非違非順違之則有漏無漏二邊之業順之則有非漏非無漏中道之業法華云久修業所得即此業也菩薩深達中道實相非違非順於違起悲於順起慈若深達者秖是一念心非違非順無三差別亦是一念慈悲非前非後故

名眞正菩提心也安心業空則善順而惡息
惡息故名止善順故名觀安心業假惡息善
順安心業中惡息善順順故名觀息故名止
是名觀業善巧安心破法徧者若阿毗曇云
業謝入過去得繩繫屬行人未來受報成實
云業從現在入未來未來受報今觀此業業
若過去過去已謝若云何有業業若未來未
來未有云何有業業若現在現在念念不住
念若已去即屬過去念若未至即屬未來即
起即滅何者現在若言去時有業名現在者
去時是業去者是業爲當去時去去者去現
在既無業亦叵得三世推檢橫竪搜求善惡
諸業俱不可得畢竟清淨而言善惡業者但
以世間文字假名分別不可聞名而謂爲實
所以者何本求理實不求虛名虛名無性雖
强分別如指虛空業無作受三諦俱寂故名
破法徧也識通塞者於業非業亦業亦非業
非業非非業句句之中明識苦集一一心內
了知道滅審的成就終不蟲字故言識通塞
也道品調適者成論人云意業單起未得成
業意得實法想得假名行則同緣是時意業
得成是則有三念處也就身口兩業是色名
身念處毗曇人云心數心王同時而起王即
心念處受數即受念處想及餘數皆行陰即
法念處王數依色而起即身念處若一時異
時皆有四念也今觀此業具十法界五陰即
是具一切四念處一切業同類之色是身念
處此身非淨非不淨同類四陰是三念處此
三非苦非樂非我非無我非常非無常即是
非榮非枯雙樹涅槃乃至三解脫是名道品

也助道對治者當念應佛三十二相等念報佛無量功德共破習因惡業念法門佛破習因念三十二相破報果云云念法門佛助破報果惡業念佛力故惡業障轉則入涅槃門也如是觀時不叨上聖又當安忍內外諸障令得無礙若發似道未是真解勿生法愛法愛不起則任運無滯自然流入清涼之地是大乘十觀得無量無漏清淨果報獲得無上報獲得自在業深達罪福究竟無染故名清淨即是法身反本還源智照圓極故名無上即是報身垂形九道普門示現故名自在即是應身如是三身即是大乘高廣直至道場餘如上說云云○第五觀魔事境者行人修四三昧惡將謝善欲生魔恐迴出其境又當化度於他失我民屬空我宮殿又慮其得大神力大智慧力復當與我與大戰諍調伏控制觸惱於我遽其未成壞彼善根故有魔事也行者道弱未動波旬一切鬼神屬六天管當界防戍正應動此耳經云魔事魔罪不說者是菩薩惡知識若達邪正懷抱淡然知魔界如佛界如一如無二如平等一相不以魔爲戚佛爲欣安之實際若能如是邪不干正惱亂設起魔來甚善也今明魔爲五一分別同異二明發相三明妨損四明治法三修止觀同異者陰魔已屬陰界入境煩惱魔已屬煩惱境死魔病是死因已屬病患境今正明天子魔也然四倒與四魔異者四倒秖是煩惱魔煩惱魔故即有陰入魔陰入魔故即有死魔既未出三界即屬天子魔若界外同異者破界內四倒分段諸魔悉過唯有無常等四倒

此是界外煩惱魔煩惱魔故即有無等等色即界外陰魔陰魔即有死三賢十聖住果報乃至等覺三魔已過唯有一分死魔在是爲界外三魔無第六天魔但赤色三昧未究竟名天子魔若妙覺理圓無明已盡故無煩惱不住果報故亦無死赤色三昧滿乃是究竟魔事若華嚴明十魔亦何得出此意耶二明魔發相者通是管屬皆稱爲魔細尋枝異不出三種一者𢥞惕鬼二時媚鬼三魔羅鬼三種發相各各不同𢥞惕發者若人坐時或緣頭面或緣人身體墮而復上翻覆不已雖無苦痛而屑屑難耐或鑽人耳眼鼻或抱持擊攊似如有物捉不可得驅已復來啾嘹作聲閙人耳此鬼面似琵琶四目兩口云云二時媚發者大集明十二獸在寶山中修法緣慈此

是精媚之主權應者未必爲惱實者能亂行人若邪想坐禪多著時媚或作少男少女老男老女禽獸之像殊形異貌種種不同或娛樂人或教詔人今欲分別時獸者當察十二時何時數來隨其時來即此獸也若寅是虎乃至丑是牛又一時爲三十二時即有三十六獸寅有三初是貍次是豹次是虎卯有三狐兔貉辰有三龍蛟魚此九屬東方木也九物依孟仲季傳作前後已有三蟬鯉蛇午有三鹿馬麞未有三羊鴈鷹此九屬南方火也申有三狖猿猴酉有三烏雞雉戌有三狗狼豺此九屬西方金也亥有三豕貐豬子有三猫鼠伏翼丑有三牛蟹鼈此九屬北方水也中央土王四季若四方行用即是用土也即是魚鷹豺鼈三轉即有三十六更於一中開

三即有一百八時獸深得此意依時喚名媚當消去若受著稍久令人猖狂怳惚妄說吉凶不避水火云云次明魔羅者爲破二善增二惡故喜從五根作强輭來破大論云魔名花箭亦名五箭各射五根共壞於意五根各一刹那刹那若轉即屬意根意根若壞五根豈存眼見可愛色名花箭是輭賊見可畏色名毒箭是强賊見平平色不强不輭賊餘四根亦如是合十八箭亦名十八受以是義故不應受著著則成病病則難治永妨禪定死墮魔道復次魔内射不入當外扇檀越師僧同學弟子放十八箭昔諸比丘得魔内惱又得檀越謍毀强輭不捷魔即哭去行者善覺師徒檀越或法主異語徒衆即瞋徒衆怨言法主則怪如是因緣廣說如大品又魔善巧初令乖善起惡若不隨者即純令墮善起塔造寺使散妨定若不隨者令墮二乘魔實不解二乘但行當之使不入大耳如童蒙人初被行當捨大乘習小功夫巳多後悔無益能行當者實不解大小又化人入無方便空謂無佛無衆生墮偏空裏或偏假裏種種蹊徑令不入圓阿難笈多學阿鞞跋者皆爲魔所惱何況初心寧免自他三十六箭若知魔佛皆入實際則無怖畏大經云爲聲聞人說有調魔爲大乘者不說調魔一心入理誰論强輭耶三明妨亂者但强輭等箭初射五根有三過患一令人病二失觀心三得邪法病有種種相從眼入者病肝餘根可知身遭病苦心則迷荒喪禪致死失觀心者本所修觀善法安隱從五根見聞巳後心地昏忽無復次序

邪法者當約十種正法簡出邪相有者色從眼入見山河星辰日月居宮亦見幽中種種相貌指點方面是有太過無者色從眼入便謂諸法猶如斷空說灰無法甚可怖畏是無太過明者色入已豁豁常明如日月照闇者昏闇漆黑鏗然不曉定者色入已心如木石塊然直住亂者色入已狡擲攀緣愚者色入已闇短鄙拙脫裸無恥智者色入已聰黠捷疾悲者色入已憂懊泣淚喜者色入已歌逸恒歡苦者百節疼痛如被火炙樂者身體暢醉如五欲樂禍者自恒招禍亦爲他作禍亦知他禍祟福者恒自招福亦能爲他作福惡者無惡不造又令他作惡善者自行檀等亦令他行檀憎者不耐見人遠他獨住愛者戀重纏著强者其心剛强出入不得自在猶如瓦石難可迴變不順善道輭者心志輭弱易可敗壞猶若輭泥不堪爲器以是等若過若不及悉名邪相一根有三受一受有二十邪法三受合六十邪法歷五根合三百邪法雖九十五種種種異邪而其初入必因五根細尋三百必與彼相應也夫[怡-台+追]惕多令禪觀喪失時媚多令人得邪法魔羅備此二損也四明治法若治[怡-台+追]惕者須知拘那含佛末法比丘好惱亂衆僧僧擯驅之即生惡誓常惱坐禪人此是源祖之鬼報或已謝而同業生者亦能惱亂今呵其宗祖聞即羞去呵云我識汝名字汝是[怡-台+追]惕惡夜叉拘那含佛時破戒偷臘吉支貪食嗅香我今持戒不畏於汝如是呵已即應去若其不去當密誦戒序及戒戒神還守破戒鬼去治時媚鬼者須善識十

二時三十六時獸知時唱名媚即去也隱士頭陀人多畜方鏡挂之座後媚不能變鏡中色像覽鏡識之可以自遣此則內外兩治也治魔羅有三一初覺呵如守門人遮惡不進如佛告比丘一切他物不受不受之術能治一切自他魔事二若已受入當從頭至足一一諦觀求魔叵得又求心叵得魔從何來欲惱何等如惡人入舍處處照檢不令得住三觀若不去强心抵捍以死爲期不共爾住善巧迴轉如是三治不須多說五止觀者例爲十法思議境者若魔事起隨順魔行作諸惡業成三途法若隨魔起善所謂他屬而行布施雖生善道世世相染或時附著倚託言語若捨身命即受彼報設欲修道遮障萬端經云有菩薩有魔無魔即此意也是爲三善法界魔又化令自入涅槃衆生何預汝事唐受辛苦不如取證是名二乘法界魔又令人紆迴拙度不速入菩提道如是淺深歷別皆是思議境也若即此魔事具十界百法在一念中一切法趣魔如一夢法具一切事一魔一切魔一切魔一魔非一非一切亦是一魔一切魔一佛一切佛不出佛界即是魔界不二不別如此觀者降魔是道場上根利智治魔顯理以魔爲侍於魔不怖如薪益火緣修不能寂照持世不覺魔謀謂言善來眞修寂照不待觀而後鑒即知是魔非帝釋也別教不耐非法故云非我所宜圓教安之實際故言如我應受不畏非人於生死有勇是名不思議境也魔界即佛界而衆生不知迷於佛界橫起魔界於菩提中而生煩惱是故起悲欲

令衆生於魔界即佛界於煩惱即菩提是故起慈慈無量佛悲無量魔無量慈悲即無緣一大慈悲也欲滿此願顯此理應降魔作道場八十億衆不能動心名止達魔界即佛界名觀但以四悉止觀安心隨魔事起即以四句破之橫竪單複破悉無滯三藏初伏四魔坐道場破煩惱魔得菩提道又得法性身破陰入魔此兩共破死魔道樹下得不動三昧變三玉女破八十億兵冠蓋劒各墮者是破天子魔通教初得無生忍至六地得菩提道如前八地道觀雙流是不動三昧破天子魔兩處聲聞止破三魔笈多恒爲所惱後得神通伏而非破云云別教十住已破界內四魔登地分得菩提道破煩惱魔分得法身破陰魔分得赤色三昧破天子魔若瓔珞云等覺三魔已盡唯一分死魔在三不應前盡一不應獨餘此乃別教方便説耳圓教初住俱破八魔得菩提道破煩惱魔云云乃至妙覺八魔究竟永盡雖初住破非初住破雖後覺破非後覺破而不離初住後覺是爲破法徧也於上一一破魔法中皆識苦集無明蔽度知字非字道品者魔界具一切色色即是空色即不淨色即是假此名爲淨色即是中非淨非不淨餘四陰亦如是是名一念處一切念處乃至三解脱門門若未開必由事障久遠劫來爲魔所使起於魔檀爲有報故持於魔戒要利養故行於魔忍爲畏他故習魔精進求名聞故得於魔禪味於鬼法樂於魔慧分別見網如是六法雖名爲善其實是魔由此邪蔽蔽三脱門今用正度對治六蔽蔽法度成如

油多明盛若雜煩惱當用前四分觀助治雜業借念二佛助治若小乘伏道徧名爲聞慧乃至圓教五品是聞慧位此尚未成豈可濫眞起增上慢若欲入眞當一心安忍勿更爲魔之所動亂窮微觀照强心呵抵若入似位得法賞賜勿生高心愛心譬如大勳黜爲小縣或失禄或失命若起法愛是犯罪但發似解如小縣失似解如失禄墮二乘地如失命大乘家業宗社滅故若無法愛從相似入眞實調魔爲侍直至道場復次退慧如失勳退定如失禄俱退如失命復次通用一意爲觀者行人根鈍先解通意度曲入別中論品品別意而俱會無生通別互舉得意相成也問魔動竟好法後起爲是法爾寒過春來耶答未必併然自有過難好法亦不發魔是惡緣所感善是心力所致釋論云釋迦往昔在惡世世無佛求法精進了不能得魔變化作婆羅門說言有佛一偈汝能皮爲紙骨爲筆血爲墨當以與汝菩薩樂法即自剝皮曝令乾擬書偈魔即隱去佛知其心從下方涌出爲說深經得無生忍可以爲證云云

摩訶止觀卷第八下

音釋

殉 辝閏切從也　匏 蒲交切　惙 陟劣切疲也　[忄追]愓 [忄追]都回切愓他的切　攊 音歷擊也　嚓 音切小語也　犹 余救切獸名似獲　貐 羊主切又音俞猰貐獸名猰音軋　狡 古巧切狂也

摩訶止觀卷第九上

隋天台智者大師說

門人灌頂記

第六觀禪定境者夫長病遠行是禪定障立世阿毗曇云多諫諍多營事亦是禪定障復有多讀誦亦是禪定障文殊問菩提經云禪定有三十六垢垢即是障上諸境得入到清涼池入流竟則不須觀禪境若魔事雖過而眞明未發雖無別修以通修故發過去習諸禪紛現當置魔事觀於諸禪所以者何禪樂美妙喜生耽味垢膩日增若謂是道墮增上慢若呵棄者全失方便如此等過不可具記雖免魔害更爲定縛如避火墮水無益三昧爲是義故須觀禪境但禪支諸定助道有力大小乘經皆共稱美若四禪八定毗曇成實明之委細自性九禪地持十地甚爲分明今亦略示其發相粗爲四意一明開合二發因緣三明發相四修止觀初明開合者禪門無量且約十門一根本四禪二十六特勝三通明四九想五八背捨六大不淨七慈心八因緣九念佛十神通此十門與五門十五門云何同異但有開合之異耳開五爲十者開數息出特勝通明開不淨出背捨大不淨慈心因緣守本念佛門毗曇名界方便禪經稱念佛此亦守本神通約九禪上發不專據一法合十五門爲十者數息不淨各有三則不合慈心有三但合爲一即衆生慈也沒二名者禪是門戶詮次事法法緣是二乘入理觀無緣是大乘入理觀沒理去二存事唯一若開者即屬二乘菩薩兩境中攝因緣亦三門三

世輪轉麤果報一念明義細細故附理麤故屬事今没細存麤但稱三世門也念佛亦三但取念應佛耳神通但取五通若但取五門有所不收若取十五義濫於理是故簡理開事雖開合不同各有其意次明漏無漏若依毗曇判此十禪皆名有漏緣諦智修名無漏禪不爾但緣事修名有漏禪成論亦爾根本等是有漏空無相心修名無漏今小異彼當十禪體相是有漏通是事禪若胡瓜能爲熱病作因緣者小當分別四禪世間本有凡夫外道共專修此者祇發有漏自行十二門化他讚法讚者大經云所謂四十八年即此意也十六特勝通明佛不出世利根凡夫亦修此禪而不發無漏如來若說亦發無漏比於餘禪其力雖弱交勝根本爲是義故稱亦有漏亦無漏九想等是出世客法雖是事法能防欲過不俟諦智能發無漏如迦絺那五百羅漢人人七徧爲說四諦不能悟道佛說不淨即發無漏猒患力强故判屬無漏若言非無漏者不應稱爲聖戒定慧聖之言正正豈過無漏大經云聖行者諸佛境界非二乘所知佛說此法二乘奉行故名聖行今佛說聖法二乘行之何得非無漏又大品云根本是世間法施不淨等是出世法施既言出世豈非無漏又云九想開不淨不淨開身念處身念處開三念處三念處開三十七品三十七品開涅槃涅槃初緣豈非無漏若言事禪應是有漏者譬服二石一熱一冷雖同事禪應漏無漏異若無漏緣稱無漏者六地斷見七地斷思此亦是緣亦應無漏六地七地斷見

思者終不單用根本會須諦智寄此位發單用根本非無漏緣不淨等不爾直以不淨能爲作緣云云所以不取十想者前三見諦中四思惟後三無學皆屬理攝故不取不取八念者有人修九想無怖又念佛門已攝故不取慈心觀兩屬若依根本起慈屬有漏若依不淨等起慈屬無漏慈無地位約他階級依根本成衆生緣依背捨成法緣因緣亦無地位念佛五通皆約他階級例如慈心兩屬云云次來意不同問此中十門與次第禪門及對治云何同異答次第禪門爲成禪波羅蜜禪善根利故禪門先發後驗善惡此中爲成般若禪善根鈍先阻煩惱遇業遭魔後始發禪對治中爲破遮障修成助道今此任運自發仍爲觀境禪門雖同各有其意云云次明深淺不

同者四禪是根本闇證味禪凡聖通共薄修即得特勝少有觀慧不味不闇證横對念處豎對根本故先味次淨也通明觀慧證相深細細次於總也此三同是根本實觀治惑力弱九想正是假想初門前鋒伏欲故次列也九想但猒患外境未治其心故次八背捨也背捨雖破內外貪欲總而未别緣中不得自在故次明大不淨破依正貪也雖總别治貪未修大福德故次慈心雖復內治重貪外修福德不入因緣則非世間正見故次因緣三世輪轉無主無我成世正見也雖世正見緣底下因人福力微弱次緣上果福力廣大雖前來諸定未有力用轉變自在故次神通云次互發不同其次第互發凡有八種例陰界境可知云云〇二明發禪因緣者大經云一切

衆生皆有初地味禪若修不修必定當得近情而望劫盡不修久遠推之亦曾離蓋譬以誦經廢近則易習廢久則難習當知昔有次第習即次第發乃至事修事發等云云如彼大地種類具足得雨潤氣各各開生生亦前後結果不俱梅四桃七棃九柹十雨緣雖同成實有異宿習如種止觀如雨禪發如果熟參差總言八種耳是名內因緣發也又雖有應生之善必假威神方乃開發地雖有種非日不芽佛無憎愛隨緣普益若次第緣即次第加乃至事修緣即事加鴻鍾任擊巨細由桴加常平等淺深聽習大論云池華不得日翳死無疑善不被加沉溺未顯淨度經云衆生自度耳佛於其無益淨度菩薩言衆生若不聞佛十二部經云何得度二言相乘共成一意是名外緣發也○三明諸禪發相者若般舟亦發根本而少常坐等則多今且約坐論若身端心攝氣息調和覺此心路泯然澄靜怗怗安隱躡躡而入其心在緣而不馳散者此名麤住從此心後怗怗勝前名爲細住兩心前後中間必有持身法此法起時自然身體正直不疲不痛如似有物扶助身力若惡持來時緊急勁痛去時寬緩疲困此是麤惡持法若好持法持麤細住無寬急過或一兩時或一兩日或一兩月稍覺深細豁爾心地作一分開明身如雲如影爽然明淨與定法相應持心不動懷抱淨除爽爽清泠雖復空淨而猶見身心之相未有支林功德是名欲界定成論名此十善相應心閃閃爍爍不應久住今言欲定坯弱不牢稱爲閃爍非定如

燈燄也又稱爲電光者彼論云七依外更有定發無漏不答云有欲界定能發無漏無漏發疾修如電光若不發無漏住時則久遺教云若見電光暫得見道如阿難策心不發放心取枕即入電光電光亦是金剛金剛不孤因欲界入無漏無漏發疾譬以電光非欲界定得此名也住欲界定或經年月定法持心無澥無痛連日不出亦可得也從是心後泯然一轉虚豁不見欲界定中身首衣服牀鋪猶如虚空冏冏安隱身是事障事障未來障去身空未來得發是名未到地相無所知人得此定謂是無生忍性障猶在未入初禪豈得謬稱無生定耶如灰覆火愚者輕蹈之若依成論無未來禪故云汝説未來禪將非我欲界定毗曇則有尊者瞿沙釋論具出之佛備兩説而論主偏申耳今則逐人判之自有得欲界定累月住未到不久即入初禪此但稱欲界不言未到有人住欲界不久在未到經旬故言未到不云欲界有人具久在二法故言兩定不可偏判今依大論備出之若節節邪正相如修證中委説但初禪去欲界近如壃界多難應須畧知初從麤住訖至非想通有四分退護住進退分又二一任運退二緣觸退緣有内外外諸方便二十五種吐納失所是爲外緣觸退於靜心中三障四魔而生憂愛是名内緣觸退後或更修得或修不得此人甚多護分者善以内外方便將護定心不令損失住分者或因守護安隱不失或任運自住即是住分進分者或任運進或勤策進各有横竪横竪各有漸頓若十二門一

一而進是名漸進若一時具足是名頓進特勝通明品品而發是名横漸一時俱發是名横頓又於四分分分皆有四分具如修證中説云云今且約豎論進分者從未到定漸覺身心虚寂内不見身外不見物或經一日乃至月歲定心不壞於此定中即覺身心微微然運運而動或發動痒輕重冷煖澀滑有人言用心微細色界淨色觸欲界身例如欲界淨色在諸根之上即有見聞之用若依是義觸從外來若言一切衆生皆有初地味禪如大富盲兒竹中有火心内煩惱而不並起禪亦如是事障麤礙不能得發今修心漸利性障既除細法仍起何必外來所以者何數息能轉心心轉火火轉風風轉水水轉地四大轉細故有八觸如麥變爲麫麫變爲糟糟變爲酒糟喻欲定酒喻初禪以麥爲本非外來也若定執自出外來墮自他性過今依中論破四性訖而論内出外來耳又八觸是四大動輕是風痒煖是火冷滑是水重澀是地體用相添則有八觸耳若動觸起時或從頭背腰肋足等處漸漸徧身身内覺動外無動相似如風發微微運運從頭至足多成退分腰發成住分足發多是進分動觸有支林功德功德畧言十種空明定智善心柔輭喜樂解脱境界相應空者動觸發時空心虚豁不復同前性障未除時明者冏淨美妙晈晈無喻定者一心安隱無有散動智者不復迷昏疑網心解静利善心者慚愧信敬慚我不曾得此法以爲愧恥我今尚爾信一切賢聖具深妙法敬揖無量柔輭者離欲界憹悷麤獷如腦

牛皮隨意卷舒喜者於所得法而生慶悅樂者觸法娛心恬愉美妙解脱者無復五蓋相應者心與動觸諸功德相應不亂又念持相應而不忘失或一日一月一歲安隱久住欻念即來熏修既久動觸品袟轉深是名竪發餘七觸竪發例此可知若動觸發已或謝未謝又發冷觸冷觸若謝未謝更發餘觸交横如前八種是名横發雖復横竪前後以八觸十功德五支察之終不料亂亦不得一念俱成何以故八觸四大水火相乖不得同時成然此八觸凡有八十功德莊嚴名字雖同而悦樂有異如沸羹熱臛鯖魚沈李味别樂殊餘六觸亦差别若欲界定中發八觸者悉是邪觸病煩惱觸具如修證中説今不論但約初禪八觸須簡邪正何以故一是邊地去欲界近二帶欲界心邪得隨入如開門戸賊即得進鬼入禪中禪非鬼也若不識者正觸壞唯邪惡在邪觸者還約八觸十功德明若過若不及如動觸起時直爾鬱鬱不遲不疾身内運動若遂自急疾手脚掻擾是大過若都不動如被縛者是則不及餘冷煖等亦如是又就動觸空明十種論若過若不及此中之空秖豁爾無礙是爲正空若永寂絶都無覺知者太過若鏗然塊礙是不及明者如鏡月了亮若如白日或見種種光色是太過若都無所見是不及定者秖一心澄靜若縛著不動是太過若馳散萬境此不及乃至相應亦如是是爲一動觸中二十種邪相餘七觸合前則有一百六十邪法原夫正禪不應有邪所以有者如服菖蒲將得藥力而多瞋服黄

精將得力而多欲非藥令爾藥推麤法麤法將出而盛若單欲界中但有邪觸增病增蓋無正功德若入色定則動八觸空明十功德復有百六十邪不可不識大論云有風能成雨有風能壞雨東北雲屯西南雲散禪亦如是八觸十功德此覺成禪百六十邪此覺壞禪若一法有邪餘法亦皆染著譬如一伴爲賊餘皆惡黨若初觸無邪餘法皆善也正禪五支者若初觸觸身在緣名覺細心分別八觸及十眷屬名爲觀慶昔未得而今得故名爲喜恬愉名爲樂寂然名一心毗曇云二十三心數一時而發取其强者判爲五支五支悉是定體體前方便如上說成論明五支前後相次而起四支爲方便一心支爲定體大集以第六默然心爲定體有人言五支在欲界第九心或言在欲界定前此則非五支也今辨覺觀俱禪正就初禪判那得爾耶五支同起而有强弱相翳取成就者以判五支如一椎撞鐘初麤中細之異五支亦爾初緣覺相盛不妨已有觀等四支覺强觀未了覺息觀方明初已有喜觀息喜支成初已有樂樂未暢喜息則樂成初已有一心四支所動今樂謝一心成如初開寶藏覺是寶物亦知珍貴喜樂定想但未知是何等寶次分別金銀別已領納生喜喜故受樂安快一心如人飽食無所復須亦如對五欲極睡故論云如人得寶藏云云若四禪同以一心支爲體云何四異今分初禪是覺觀家一心故有四別若進二禪但呵覺觀初禪即壞别義轉明若通者同用一心爲體釋五支名義相等具在修證云云

復次初動八觸功德猶麤若數數發則轉深利品或言三或言九或無量品更互娛樂功德叢鬧不得一心如恒奏妓似多人客麏對一已一已復來出散暫無薄斂復現若欲去之但呵覺觀初禪謝已即發中間單定亦名轉寂心亦名退禪地亦名篋屑心於此單靜心中既失下未發上若生憂悔此心亦失若不悔者內淨即發無復八觸受納分別故名一識定混四大色成一淨色照心轉淨與喜俱發無魔邪相以非邊境故喜已生樂樂謝入一心此禪喜動樂不安當呵喜喜謝入未到忽發三禪與樂俱起還是色法轉妙不倚喜生樂此正樂徧身受聖人能捨凡夫捨爲難此有五支謂捨念慧樂一心經論出之或前或後皆是修行小異耳此樂對苦呵樂即謝亦有未到未到謝已發不動定還是色法轉妙不爲苦樂所動名不動定定法安隱出入息斷不苦不樂捨念清淨一心支雖爾猶是色法呵三種色滅三種色緣空得定不復見色心得脫色如鳥出籠是名空定此定謝已亦入未到緣識生定名爲識處此定謝已緣無所有入無所有法相應名不用處舊云緣少許識若爾即是所有處亦是用處何謂不用無所有耶此定過已忽發非想非非想此定不緣識處故非想不緣不用處故非非想更無上法可攀三界頂禪世爲極妙外道計爲涅槃實是闇證具足苦集垂盡三有還墮三途委悉明根本禪往修證中尋之○次明特勝發者若依律教應在不淨後依行在不淨前如律云佛爲比丘說不淨觀皆生猒

患不能與臭身共住衣鉢雇鹿杖自害佛令放不淨修特勝大黄巴豆瀉人太過身力弱者即便弊之更以餘藥並下並補補故是愛下故是策策勝根本愛勝不淨有觀名亦無漏對治力弱名亦有漏如廉食人噉豬腊鄙貯屎物而猶可强食之若六月臭腊蟲蠅所集不復可食特勝是實觀猶可從容不淨是假想不復可耐云特勝發者忽見氣息出入長短知來無所從去無所至入不積聚出不分散若約根本即是麤細住若見息來去徧身若約根本是未到地而根本闇證謂無身牀鋪等者非實無也如灰覆火上愚者輕蹈之如夜噉食如盲觸婦皆不暢其情今有觀慧見息徧身而定心明淨安隱故異闇證也又見身中三十六物如開倉見穀粟麻豆若對根本即初禪位前八觸觸身倉心眼不開不見內物特勝既有觀慧觸開身倉心眼即見三十六物肝如菉豆心如赤豆腎如烏豆脾如粟大小腸道更相應通血脈灌注如江河流內有十二物肝心痰癊等中有十二膜膚肪膏等外有十二髮毛等出入息統致其間不淨無常苦空無我一切身行皆休終不爲身而造諸惡是名除諸身行若對道品是身念處若對根本即是覺觀兩支心眼初開是覺支分別三十六物無謬是觀支心受喜對喜支前喜名隱没有垢味今喜不隱没無垢味即是法喜非是受喜也心受樂者亦如是非受樂樂知樂中三受皆無樂名樂支受諸心行是一心支知衆心是一心不同根本計實一心也若對道品皆受念處心作喜心

作攝者前喜從三十六物生此直就心作喜故知對二禪大集明二禪但三支無内淨今心作喜意似於此作攝者喜動則散若作攝得入一心根本但内淨受喜特勝有觀慧恒攝喜心心作解脫者此對三禪根本之樂猶喜徧身受凡夫捨爲難特勝有觀慧則無愛味故言解脫從心作喜至心作解脫皆是心念處也從觀無常者對第四禪餘處亦觀無常未是别治得不動定味之爲常今有觀慧知離苦樂而終是色法猶是無常不應生染故稱無常從觀出散對空處滅三種色如鳥出籠故言出緣空故言散雖緣空亦有觀慧觀離欲是對識處緣空多則散散名爲欲特勝觀慧離是散心故名離欲觀滅對無所有處特勝觀慧觀識若多若少皆無故名觀滅觀棄捨對非想非非想處棄識處及無所有處更有妙定名爲非想非非想凡夫妄謂涅槃佛弟子知其雖無麤煩惱而有細煩惱而無愛味故稱淨禪從無常至棄捨皆名法念處此十六法横竪對治法節節皆異根本闇證功德則薄如食無鹽特勝功德則重如食有鹽委論發相具如修證中云○次通明禪發相者上特勝修時觀慧猶總見三十六物證相亦總通明修時細妙證時分明華嚴亦有此名大集辨寶炬陀羅尼正是此禪也請觀音亦是此意修時三事通修能發三明六通又修寶炬時乃至入滅受想定當知此門具八解脫三明六通故名通明也大集辨此五支名曰謂如心覺大覺思惟大思惟觀於心性是名覺支觀心行大行徧行是爲觀支

如實知大知心動至心喜是爲喜支身安心安受於樂觸是爲安支心住大住不亂於緣是名定支初觀三事皆融證時三事皆一故名如心覺覺於眞諦色息心泯一無異又識俗諦皮肉骨等皆有九十九重覺五藏生五氣亦見身中蟲戸行來言語無細不了覺託胎初陰過去無明業是蠟現在父毋精血是泥過去業不住故名印壞現在託識名色具足故名文成住在生藏之下熟藏之上子腸中形甚微細唯有一念妄想色心相依如有如無如夢業行力故自然能起一念思心感召其毋毋便思青色呼聲膠氣酢味因此念力生一毫氣氣變爲水水變爲血血變爲肉毋氣出入以相資潤便得成肝藏向上成眼向下成手足大指若思白色哭聲腥氣辛味便成肺藏上向爲鼻下向爲手足第二指若思赤色語聲焦氣苦味便成心藏上向爲口下向爲手足第三指若思黃色歌聲香氣甜味便成脾藏上向爲舌下向爲手足第四指若思黑色吟聲臭氣鹹味便成腎藏上向爲耳下向成手足第五指覺身分細微例皆如此思惟大思惟者即是思惟眞俗也觀於心性者即是空也若眞若俗同入心性請觀音云一一入於如實之際如此覺支與上倍異心行大行者上覺支是解今心行去是觀行心行於世諦故名行行眞諦故名大行三事俱行故名徧行心住者於俗諦得一心大住者於眞諦得一心不亂於緣者雖見眞俗無量境界而於心不謬也具明其相備如通明觀中廣說發此定時見身息心同如芭蕉相

無有堅實是未到地相見此三事同如泡沫相是初禪見三事同如浮雲相是二禪見三事同如影相是三禪見三事同如鏡像是四禪滅此三事皆空滅空緣識滅識緣無所有滅無所有緣非想非非想滅非想非非想三種受想而身證滅受之法以成解脱有俗觀故名亦有漏有眞觀故名亦無漏此禪事理既備階位具足成論人應用此明道定入八解脱於義爲便而不肯用阿毗曇約八背捨得有事理俱異外道成俱解脱人成論但有理無事便無俱解脱人約外道禪爲事禪亦應約十善爲戒世智爲慧戒慧既異外道定何意同是則客醫無客定八術不成委論其相具在修證中說云云○次明不淨禪發者先就九想又爲兩一壞法人二不壞法人若壞法人修九想一脹想二壞想三血塗想四膿爛想五青瘀想六噉想七散想八骨想九燒想此人但求斷苦燒滅骨人急取無學不欣事觀既無骨人可觀便無禪定神通變化願智頂禪雖言燒滅實有身在例如滅受想而身證云云此人好退如毗曇有退相四果如沙住井底阿含云三果退戒還家毀失律儀不失道共俗人生謗言無聖法佛言欲飽起猒不久當還更求出家諸比丘不度佛即度之便得羅漢阿難問言大德是學退無學退答言學退若然即是世智斷惑慧解脱人故得有退非無漏智斷一品惑進一品解而有退也若發此九想無諸禪功德者是壞法人也若不壞法人九想者從初脹想來住骨想不進燒想得有流光背捨勝處觀練薰修神通

變化一切功德具足成俱解脫人也若修時愛多觀外見多觀身見愛等内外觀若發時準此可知於坐禪中忽見死屍在地言說方爾奄便那去氣盡身冷神逝色變無常所遷不簡豪賤老少端醜無逃避處慈父孝子無相代者屍膖在地風吹日暴與本永異或見一屍多屍是大不淨觀相或滿一聚落一國土或一屍色變或多屍色變死屍雖非九數是諸想之本故先說之是等死屍顔色黯黑身體洪直手足葩花膖脹膾鄧如韋囊盛風九孔流溢甚爲穢惡行者自念我身如是未離未脫觀所愛人亦復如是是相發時得一分定心黮黮安怏須臾之間見此脹屍風吹日暴皮肉破壞身體坼裂形色改異了不可識是名壞相又見坼裂之處血從中出散溜塗漫處處斑駮灌溢於地臭處蓬勃是爲血塗相又見膿爛流潰㶁㶁滂沱如蠟得火是名膿爛相又見殘皮餘肉風日乾炙臭敗黯黵半青半瘀皺皺皴皴是爲青瘀相又見此屍而爲孤狼鵰鷲之所噉食紛葩鬪競摑裂拽挽是爲噉相又見頭手異處五藏分張不可收斂是爲散相又見二種骨一帶膿膏一純白淨或見一具骨或徧聚落如是諸相轉時定心隨轉黮黮沈寂愉愉靜妙安怏之相說不可貲不壞法人所觀齊此未見此相愛染甚强若見此已欲心都罷懸不忍耐如不見糞猶能噉飯忽聞臭氣即便嘔吐亦如捉淨法婆羅門而噉塗癰髓餅槌頭自責我已了矣若證此相雖復高眉翠眼皓齒丹脣如一聚屎粉覆其上亦如爛屍假著繒綵尚不

眼視況當身近雇鹿杖自害況鳴抱婬樂如是想者是婬欲病之大黃湯如貪食人審知豬睹盛屎之物猶强喫噉見睹蟲臭更能食不前特勝力弱未決定除今觀力强婬火疾滅故云九想觀成時六賊稍巳除及識愛怨詐兼知假實虛如是猒患何但除欲亦能發無漏亦成摩訶衍釋論解死變想竟仍說六波羅蜜四無量心諸師咸云翻謬今明菩薩修初想即具摩訶衍故廣出諸法後即云乃至燒想亦如是那云脫落耶○次明八背捨發者前三番是根本味淨九想至一切處名爲觀九次第定是練師子奮迅是薰超越是修此四事定今先明背捨背捨又有總別總共二乘別在菩薩又背捨不定或因中說果名背捨爲解脫自有果中說因名解脫爲背捨若定判者斷惑究竟事理具足稱爲解脫若惑未盡定未備但名背捨背者猒下地及自地淨潔五欲捨者捨是著心故名背捨若破愛多發外相如前說若破見多發內相內相者即八背捨也一內有色外觀色乃至第八滅受想背捨所言內有色外觀色者不破不壞內色內觀白骨皮肉而外觀死屍等若修相具如禪門今畧示發相行者忽見自身足指皮皺如泡漸漸至膞至腰通身到頂斯須洪直舉身脹急五指葩花兩脚如柱腰腹如甕頭如盆處處臚脹如風滿韋囊此相發時或從脚至頂或從頂至脚滿一繩床皮急肉裂將欲綻潰既潰膿流浸漬濕釋又從頂至足皮肉自脫唯白骨在支節相柱磐然不動皮肉墮落聚在一處猶如蟲聚汙穢鄙醜

若發此相深患其身猒之如糞何况妻子財寶而生恪惜薩埵亡身鹿杖所害者皆得斯觀内不計我外不愛所低頭慚愧猒心相續云云大經云除卻皮肉諦觀白骨一一節間皆令繫念逆順觀察令骨淨潔是名内有色相外觀色者外見死屍膖脹膿壞滿一聚落一國土如前九想所觀不淨故言外觀色位在欲界定此法增進見骨起四色青黃白鴿煜煜爚爚將發不發青色青光乃至鴿色鴿光狀如流水光籠骨人如塵霧鏡日若心緣足光隨向下若心緣頭光隨向上以青光力映蔽十方悉見青色如須彌山隨方色一乃至鴿色亦如是若此光色將發不發位在未到地定如是遂久光應自發若不發者當攝心諦觀眉間放之便發狀如竹孔吐煙初乃小

小後乃散大四色宛轉從眉間出徧照十方豁爾大明一色亦有十功德八觸五支正邪等相初色發時名覺分別八色名爲觀昔雖知肉中有骨不知骨中八色昔所未見慶喜悲慚名爲喜支此色發時深有樂法心地恬愉名爲樂支定心湛然安住不動黮黮轉深空明智定信敬慚愧不生謗毀離蓋相應若冷煖等叢叢皆無謬亂故稱叢林但此中動痒空明五支等相心眼開明法深樂重不同根本亦異特勝通明彼帶皮肉觸不通暢今觸骨人其法深妙若論邪相入八色者或見青色不甚分明斑駁不好即是邪相七色亦如是闇證無觀慧如夜多賊今禪有觀如晝少僞設有易卻若三藏云八色是色界法觸欲界骨人致諸功德起此依根本有漏作如

此說大乘明戒定慧法悉不可盡何以故命朽戒謝無作不滅定雖伏惑斷在不久如蠱入身殘藏害命即雖未死勢不久存慧道無失初果七死無漏湛然當知戒定是無漏法若爾八色之光便是界外法也若發此相初背捨成位在初禪成論云兩背捨欲界攝淨背捨色界攝四背捨無色界攝滅背捨過三界毗曇云初二背捨通欲界及二禪淨背捨在四禪言三禪樂多不立背捨復有人言三禪無勝處四禪無背捨三家互異今依釋論初背捨二勝處初禪攝既有五支驗是初禪也二內無色以不淨心觀外色者骨人是精血所成應須呵滅析骨四微大乘體法知骨從心生心如幻化骨人虛假骨人自滅如好馬任人意如好人共事去來無捩骨人去已

新法未來喜多退墮以不淨心但觀外色外色者外死屍等又外者骨人所放八色也所以觀外色者此去欲界猶近須觀外不淨若修壞骨人別有觀法今但論法發忽見骨人自然消磨但有八色及外不淨在骨人滅時位在中間又見八色與內淨法同時俱起青黃等光更作一番增明內淨喜樂一心四支功德轉勝於前是爲二背捨位在二禪三淨背捨身作證者初禪二禪非徧身樂四禪無樂何所爲證成論人四禪共淨背捨今以兩禪共淨背捨既言三禪有徧身樂可以爲證即是其初成就在四禪能具足勝處故知淨背捨位在三禪也淨者釋論云緣淨故淨八色已是淨法而未被淨緣瑩練淨色極在四禪此色起時瑩於八色更轉明淨故言緣淨

故淨徧身受者樂之極在三禪故總此二禪爲淨背捨也淨有四義不淨不淨者欲界之身已是不淨而今膖脹故言不淨不淨不淨淨者除卻皮肉諦觀白骨無復筋血如珂如貝故言不淨淨淨不淨者是眉間所出八色光明光明是淨未被練治故言淨不淨也淨淨是第三背捨更被淨緣練治也故言淨淨四空背捨者過一切色滅有對色不念種種色一切色是欲界內外色有對是五根所對此兩色前三背捨已滅但有八色隨心轉變故言種種色呵色緣空更無別法但入空定若凡夫多染保著空定聖人深心智慧利直去不迴故名背捨苦緣空多則散虛誑不實捨空緣識識法相應名識處背捨又識生滅無常虛誑無復所緣但有能緣故言無所有處識處如癰無所有處如瘡捨識無識即是非想非非想此無想猶有細煩惱今捨能緣非想之受想亦無復能滅之想定法持身泯然無想如水魚蟄蟲若以所滅爲名與攀上猒下何異今從能滅自地亦滅他地得名故言滅受想背捨具如修證中說毗曇明得滅定是俱解脫不得此一定但名慧解脫成論得電光名慧解脫具得世間禪名俱解脫成論後四更無別法以無漏心修此可然前三何意無別法而約外道禪耶云云若過去曾得入定故發宿習而滅定一種不得無漏修則不成故不論宿習也九次第定超越等約三藏者無有凡人修於此定故不論發宿習也若約大乘亦應有此義今所不論○次明大不淨觀發者亦名大背捨前所觀所發除卻

皮肉諦觀骨人死屍不淨或一屍兩屍城邑聚落不淨流溢等但約自他正報故言小不淨也約此而論猒背故名背捨亦是總別相云云若大不淨觀何但正報流溢不淨依報宅宇錢財穀米衣服飲食山河園林江淮池沼絓是色法悉皆不淨蟲膿流出臭處腥臊舍如丘墓錢如死蛇羹如屎汁飯如白蟲衣如臭皮山如肉聚池如膿河園林如枯骨江海如汪穢大經云美羹作穢汁想即此觀也於坐禪中忽如上見見此大地無一好處依正不復可貪是名大不淨發也如初然火加功攢發煙炎蓋微火既成勢不復擇薪乃至江河亦能乾竭初觀不淨止一屍一國婬心乍興乍廢今定力已成猒惡亦盛一切依正無非不淨欲心永息復次諸物有何定相隨人果報感見不同善業感淨色惡業感不淨色如諸天寶地寶宮人中富樂執諸瓦石變成金銀善力所招依正俱淨如僧護經所說地獄獄相不同或見身肉爲地爲他所耕或見身如樹林衆所摧折或身如山如屋如衣凡一百二十種皆惡業所感招不淨色若執淨色保愛堅固以大觀力破大著心翻大顛倒成大不淨觀也何以故夫幻術法多是欺誑神通法得其道理凡一切物皆可轉變如蘇蠟金鐵遇煖流變如水遇冷成地此得解觀契轉變之道定力爾故若根本但除下地著不能除自地若小大背捨未是無漏但除下地自地著若無漏緣通則下自上皆除著也若人發大不淨入背捨亦大初禪攝若內無骨人外觀八色及依正兩報緣境大故名第

二大背捨二禪攝若以大不淨入淨背捨亦大乃至滅背捨亦如是若論大勝處者更熟背捨令於緣轉變自在大論明鈍人修八背捨竟方修勝處一切處中根修三背捨竟於四禪中修勝處等上根秖修初背捨即修一切法也今處中說若多若少者還約依正一屍爲少二屍爲多如是傳傳可解一衣一食一山河爲少無量衣食山河爲多初修從少至多今發亦應爾若好若醜者善業端正爲好惡業鄙陋爲醜此二皆於我美者爲好於我惡者爲醜此二皆有智慧爲好皆有愚癡爲醜此二富貴爲好貧賤爲醜如此好醜俱不淨山河國土衣食屋宅若好若醜俱不淨又依正俱醜骨人所放八色爲好又八色亦醜被練爲好好醜皆不淨此兩勝處初禪攝若内無色相外觀色若多若少若好若醜勝知勝見者内滅骨人外有八色又有依正多少好醜如前說云云

摩訶止觀卷第九上

音釋

[目臾]古迴切　冋俱永切開明也　壃居良切界也　[忄龍]悷[忄龍]力董切悷郎計切[忄龍]悷多惡不調也　祑直質切次也　臛黑各切肉羹也　鯖倉經切又音征魚名　篾莫結切　[月參]蘇乃切與膝同　膖匹降切　[月曾]麤鄧切　[氵柴]俗音柴　黵都感章敢二切大涂汙垢黑也　[巤皮]盧盍切皮寬貌　[沓皮]徒合切　[爪國]厭縛切爪持也　[黑敢]於敢切黑[黑敢]也　[蘭皮]古典切皮起也　臚音盧腹前曰臚　[殸空]音腔

摩訶止觀卷第九下

隋天台智者大師說

門人灌頂記

勝知見者此心勝色不爲色所縛心能轉色故言勝知也勝見者淨不淨等皆於已心自在觀解成就故言勝見也此兩二禪攝若勝處成時身尚不惜況財物他身耶上古賢人推位讓國還牛洗耳皆是昔生經修此觀自然成性無復愛染不得此意貪之至死何能忽棄位耶後四勝處在四禪中成就三禪樂多不能轉變就聲聞法謂言如此於菩薩法禪禪轉變何得無耶大論云青黄赤白此從實法瓔珞云地水火風此從假名互得相攝此四勝處内外色盡但有八色唯有多少轉變無有好醜轉變也十一切處在四禪中初禪覺觀多二禪喜動三禪樂動不得廣普徧一切處唯不動念慧則能廣普以青徧十方十方皆青餘色亦爾故名一切處若一切入者以青徧一切時黄來入青亦徧一切處青黄本相不失相入又不相濫餘色相入亦如是是名一切入此乃内心放色徧一切處那得以外樹葉爲緣徧一切處耶内心無法安能轉變外樹葉耶先能變心方能變葉耳大論取優鉢羅華者恐人不解借外喻内不可執喻爲正義若通明觀内無骨人不放八色修勝處時當借外緣或可應爾不壞法人内自放不須外也

復次菩薩修勝處具衆行者若不違依正可起貪慳此觀若明身尚欲捨況惜已物而貪他財是則名檀得如此觀不爲財色而破於

戒害彼財主引物自歸欺詐百端而求全濟決無此理是則名尸得此觀時若他觸惱及以侵奪終不生瞋諍於糞穢是則名忍是觀成時不倚不淨屍身不淨國土間退定心是名精進此觀能具觀練熏修神通變化顊智頂等是則名禪得此觀時一切法能所皆不可得不生不滅畢竟清淨是則名慧一切道定法門皆於勝處轉變成就心定自在迴轉去住作諸法門隨心即成如快馬破陣亦自制住是時明淨無復魔事心使於魔魔不能破心也行四三昧人若發得此法多轉入五品弟子位何故爾助道力大能疾近清涼池齊此是發觀禪亦是發摩訶衍禪相若練熏修几夫尚不得學無發可論若別出經論故不俟言也○七明慈心發者慈倚根本前後云云忽緣一切衆生取其樂相無怨無惱悅心適意或見得人中樂或見得天上樂善修得解定心分明無一衆生不得樂者初躡躡細靜後轉深定但所緣有三若緣親人得樂名廣中人名大怨人名無量又緣一方衆生得樂名廣四維名大十方名無量此定有隱沒不隱沒若心緣衆生決定作得樂想心甚分明而所緣處不見衆生得受於樂是內不隱沒而外隱沒復有內心明淨外見得樂是爲內外俱不隱沒若先得此定後發五支功德者初覺衆生悉皆得樂心與定合自心亦樂善修得解名覺支分別得樂或人中天上無量差品皆悉明了名觀支怨親平等無復畏怨憂親之苦名喜支喜支動息心神愉懌亦如所緣得樂之相名樂支定法轉深持心不

動名一心支此名同根本而法味永異如糖蜜和水冷同味別若發單根本報止梵衆梵輔若得慈定則報爲梵王其果旣勝因亦大矣若先得根本後加慈定根本益深也又於慈定中發二禪内淨四支成就又發三禪樂具五支成就又發四禪一一與諸禪相應支林具足而法味倍增如前喻但慈心本縁他得樂内受樂定外見他樂此相齊三禪四禪但見他得樂内無樂受以捨苦樂故是爲小乘如此分別佛或時破執爲縁言慈心福至徧淨悲心福至空處喜心福至識處捨心福至不用處但菩薩恒與慈悲俱何地而無慈悲慈悲熏一切善豈止齊三禪耶此一往語耳若先發根本後發慈定亦如是然皆闇證隱沒或内不隱沒而外隱沒云云若依特勝通明發慈定者所依之定自是一邊能依之慈附起不濫此定旣有觀慧慈定亦不隱沒五支法味倍勝根本或因慈定而發特勝通明此之慈定亦不隱沒禪味亦深或因慈定發小大不淨不淨取衆生破壞相則無衆生可縁誰得此樂雖無衆生有漏中樂而有涅槃樂是發法縁慈也問慈縁衆生淨相無瞋惱取其好相不淨觀破壞衆生取其惡相云何相發答此亦無妨如雖見不淨不妨又見淨人端正衣裳雖生慈定不妨不淨慈定亦能莊嚴背捨等使功德倍深勝單發不淨或互相發云云餘三無量心發更互準慈定可知若四無量附根本發即成有漏附特勝通明發即成亦有漏亦無漏附不淨發即成無漏因縁不同慈定等深淺百千萬種不可稱説譬

如欲界四大色造種種地青黄赤白高下不同造種種樹木草果甘苦辛酸藥毒香臭造種種人端醜聦鈍貧富善惡造種種禽獸毛角飛走無邊種類差品不混各隨性分任力所能如薄福人但資稗粟不信有甘蔗蒲萄色界淨法亦復如是轉變支林種種滋味更相添糅而不混和乃至四無量心彌復曠大何以故衆生無量故想其得樂亦復無量諸法無量附諸法發支味亦無量不可稱計衆生薄福不信禪定設信一法不信無量功德如山左不識珍羞井蛙之非海若甚可憐愍其能信者知聖境難思不生誹謗云云○八明因緣發者行人有大功勳諸佛賜以禪定三昧或過去宿習而因緣定發前後云云於坐中忽然思惟心所緣處或緣善心或緣惡心能緣所緣即是有支有能舍果此有由取以心取善惡而得有有若不取者亦無此有故知有從取生復知取從愛起愛故可取如愛色死取不愛則不取愛因受生由領受善惡所以愛生若無領受愛則不生又觀受由於觸六塵來觸六根故得有受無觸則無受經云六觸因緣生諸受故受由於觸又知觸由諸入門若無六識統六根則不能涉入諸塵而生於觸觸由於入入由名色若但有色色不能觸如死人若但有名名亦無觸如盲聾人色心合故則有於觸色即色陰心即四陰了別此色名識陰領納此色名受陰行起貪瞋名想行兩陰五陰具足故有覺觸當知觸由名色名色由初託胎識初託胎名歌羅邏此時即具三事一命二煖三識是中有報風依

風名爲命精血不臭不爛名爲煗是中心意名爲識由識託胎故有凝酥薄酪六皰開張名色和合當知名色豈不由識識由業行過去持五戒善業業使人中受名色過去破五戒惡業業使三塗受故知識由於業業即行也行由無明癡愛造作衆行使識流轉從過去來今從今愛取緣有有能舍果招未來生死三世因緣空無有主如是思惟觀智起時人我邪計即破定心怗怗從麤入細欲界未到乃至根本五支功德次第而起覺因緣空無有主名覺支三世流轉更相因賴明識無差名觀支得因緣智深識三世豈不欣幸名喜支定法持心恬愉美妙名樂支定心湛然無緣無念名一心支此因緣三昧是慧性此慧明故即發根本或根本與因緣相和法味淳濃不同單發五支此三昧亦有隱沒不隱沒若内心但解因緣法不生我倒者但與根本相應闇有此解名爲隱沒若三昧發時其心明淨見歌羅邏五皰開張生處住處亦見行業善惡所爲好醜亦見未來生死之事三世分明是名不隱沒相此二皆有空明十法成就是名根本由因緣發乃至特勝通明背捨等隱沒不隱沒由因緣發亦復如是若因根本發因緣者忽於定中思惟根本諸定皆是因緣所成所成能成即是有此麤細住舍炎魔兜率天有有生必有死欲界定亦是因緣有有則舍果應受化樂天生生則有死未到定亦是因緣有有則舍果應受魔天有初禪相應即舍彼有乃至非想非非想亦如是如是等有皆由於取取初禪相如前二十五

方便中種種希望取其相貌故知有由於取取又由於愛以聞人說初禪功德而生愛味又知此愛由受以聞彼功德而領受之而起愛也又知此受由入入即是根無根入無所受受又由觸塵觸故有入觸由名色五陰合故有觸名色由初識三事三事由業而來受身業由無明致有生識乃至老死上至非想下至麤住皆識十二因緣一一明了乃至特勝通明等因根本發例可知云云此觀既破我倒與界方便破我意同但依禪經受因緣三昧名耳三世推尋雖是慧性猶名停心心得停住如密室無風可作念處觀也念處觀成方名聞慧聞慧乃是理觀如富那領解云我已解已知汝云何知若知無明不起取有即聞慧意此因緣觀在念處前未有是力故屬事觀也此因緣門隨機不同瓔珞明十種大集明果報一念諸師多傳三世龍樹作中論初明因緣品論師謂攝法不盡不以因緣爲宗但是世諦破因緣盡是真諦故以二諦爲宗今言何品非世諦而皆破盡此乃通途非別意也論初通觀因緣次染染品等別破愛取支六情品別破苦支乃至後兩品別出聲聞觀因緣通別等意皆觀因緣豈不以因緣爲宗此師取後品中救義六因四緣爲宗此乃是生滅因緣後兩品意非論正宗佛去世後人根轉鈍取著因緣決定相不解佛意故作此論明十二因緣觀門也今既發因緣法故約之明止觀例爲十意云云思議境者過去無明心中作於黑業諸不善行成三途界作諸白業及不動業成三善界若轉無明爲生

滅明名下智觀得聲聞菩提轉有漏行爲出世助道行七種學人殘業未盡猶生善界若無學用無漏業及著眞諦愛與根本無明合生方便土受彼名色於彼愛瞋而起取有是聲聞界若翻無明爲不生不滅之明是則中智得緣覺菩提請觀音云觀十二因緣如夢幻芭蕉成緣覺道意在於此轉有漏行爲無漏助道結業盡不盡同前是爲緣覺界若轉無明爲般若轉不善行爲五度以未發眞猶具界内十二因緣是六度界若轉無明爲空慧轉行爲六度六七地前斷惑未盡皆同前斷盡生彼福慧小勝耳是名中智觀得通教菩提若轉無明爲次第明轉行爲歷別行十信住斷未盡十行向斷盡皆同前是名上智觀故得別教菩提若轉無明爲佛智明從初

發心知十二緣是三佛性若通觀十二緣眞如實理是正因佛性觀十二因緣智慧是了因佛性觀十二緣心具足諸行是緣因佛性若別觀者無明愛取即了因佛性行有即緣因佛性識等七支即正因佛性何以故苦道是生死變生死身即法身煩惱是闇法轉無明爲明業行是縛法變縛成解脱即三道是三德性得因時不縱不横名三佛性修得果時不縱不横如世伊字名三德涅槃淨名云一切衆生即大涅槃即是佛即是菩提乃此意也是名上上智觀得佛菩提若五品未斷同學人鐵輪長別苦海同無學雖復變易五根生福迥異釋論云二乘受法性身諸根闇鈍以其於佛道紆迴故若別圓能破無明直開苦道如實之法從實法得實報直於行有

具足諸行感得依正無有罣礙根利福深不同中下若三賢十聖住於果報悉成就彼十二因緣等覺餘有一生因緣在若最後窮無明源愛取畢竟盡故名究竟般若識等七果盡故名究竟法身行有盡名究竟解脫雖言斷盡無所可斷不思議斷不斷無明愛取而入圓淨涅槃不斷名色七支而入性淨涅槃不斷行有善惡而入方便淨涅槃淨名云以五逆相而得解脫亦不縛不脫如此而推十二因緣即是一切無量佛法是名不可思議境也復次十二緣對法華中十如者如是性對無明淨名云若知無明性即是明性如是相對行體對識等七支力對愛取作對有因又是無明愛取之習因緣對行有果對無明生智慧習果報對行有五種涅槃本對三道

三種佛性末對三德涅槃復次對十境者十法界陰入病患兩境對識等七支煩惱見慢等境對無明愛取業魔禪二乘菩薩等對行有等支復次十二因緣十如十境在異心中是生滅思議在一念心中是不生不滅不可思議華嚴云十二因緣在一念心中大集云十二因緣一人一念悉皆具足此猶存略若一人一念悉皆具足十界十如十二因緣乃可稱爲摩訶衍不可思議十二因緣耳問十二門論云緣法實無生若謂爲生者爲在一心中爲在衆心中亦可得言在一念耶答華嚴云一中無量無量中一大品云一切法趣無明是趣不過乃至一切法趣老死今說一心具十二因緣當有何咎復次言一念不同世人取著一異定相一念乃是非一非異而

論一耳譬如眠法覆心一念之中夢無量世事如法華云云眞正發菩提心者若依生滅無生滅假名等十二因緣而起慈悲誓願者此非眞正故華嚴云菩提心魔即此意也若依不思議十二因緣起慈悲覆度一切是名眞正拔苦有二一拔十法界無明愛取行有五種因苦二拔十法界識名色七種果苦慈與樂亦爾謂與十法界觀無明愛取成慧行正道轉行有成行行助道是名與樂因觀十界名色七支皆安樂性即大涅槃不可復滅名與樂果約此四義起四弘誓未度令度度十界七支生死之苦未解令解解十界無明愛取行有五支之集未安令安安十界無明愛取行有正助之道未得涅槃令得識等七支安樂涅槃也云云善巧安心者巧觀十界識等七支即是法性不起無明愛取八倒迷惑名爲觀十法界行有等種種顚倒息故名爲止云云破法徧者橫破十界十二因緣悉是一念一念不自不他不共不無因當知十界悉無生也豎破十界行有見思塵沙無知無明不生乃至四十二品不生不生名大涅槃善知通塞者達因緣眞名通起見思著爲塞沈眞爲不通達因緣事爲不塞於三道起法愛爲塞達因緣中理名爲通若於畨畨起無明愛取行有爲失若於畨畨悉有智慧名得或直就有作等四種苦集論塞四種道滅爲通或直就三假故爲塞破三假無生爲通通惑旣爾別惑亦然或直就四見起十使爲塞破見爲通云云善修道品者若通論十界因緣中色法皆名爲身一切受法皆名爲受一切識法

皆名爲心一切想行皆名爲法若别論名色支中取色六入中取五入觸中取五觸五受生死支各取色分皆名身念處攝名色支中取識分六入中取意入生死支各取識分皆名心念處攝無明行名色支中取想行觸支中取法觸愛支取支有支生支中取想行死支中亦取想行皆法念處攝或時云無明是過去愛愛是汙穢五陰若現在論無明法念處攝行法攝識心攝名色身心兩攝六入緣六塵塵法攝入身攝觸法攝受還受攝愛汙穢身心兩攝取法攝有行攝生是色起死是色滅法攝問數人說生死皆是不相應行祇應法念處攝云何通三念處答大經云此五陰滅彼五陰續生如蠟印印泥印壞文成故知生死之法不離五陰得作此說云云若通别因緣諸色非垢非淨能雙照垢淨名身念處觀諸因緣通别諸受非苦非樂雙照苦樂名受念處觀諸因緣通别心識非常非無常雙照常無常是心念處觀諸因緣通别想行非我非無我雙照我無我是法念處此四能破十二因緣中八種顛倒八顛倒轉成四枯四榮亦是非枯非榮中間入涅槃見佛性也勤觀此四名正勤乃至八道如前說觀根本無四句不生不滅即畢竟空此空具十八空十八空祇是一空方等云小空大空皆歸一空大品云一獨空是名空解脱門若入此空不取法性四相不受不著不念不分別新舊内外云云若心無依倚以無所見見眞佛性以不住法住大涅槃是名無相解脱門是大涅槃非修非作非自故非因非他故非緣不共故

非合非無因故非離無修無得名無作解脫門對治助道者前道品直緣理轉無明愛取以爲明雖具正慧不能得入何以故無明愛取是理惡與理慧相持復有行有事惡助覆理慧如賊多我一故須加修行有事善助開涅槃門若起慳貪行有轉爲布施行有則檀度善根生若破戒行有起轉爲持戒行有尸善根生若瞋恚行有起轉爲忍辱行有羼提善根生若懈怠行有起轉爲精進行有毗棃耶善根生若散動行有起轉爲禪定行有支林功德生若愚癡行有起轉爲覺悟無常苦空行有故事慧分明助破理惑若有一蔽則不見理況復六耶令但破强者弱則隨去助道力深成辦一切功德調伏諸根滿足六度具佛威儀十力無畏乃至相好等如前說自思作之又佛威儀若佛坐道場轉法輪入涅槃皆約十二因緣大品云若能深觀十二因緣即是坐道場道場有四若觀十二因緣生滅究竟即三藏佛坐道場木樹草座若觀十二因緣即空究竟通教佛坐道場七寶樹天衣座若觀十二因緣假名究竟別教舍那佛坐道場七寶座若觀十二因緣中究竟是圓教毗盧遮那佛坐道場虛空爲座當知大小道場不出十二因緣觀也又諸佛皆於此觀而轉法輪若寂滅道場七處八會爲利根菩薩說十二因緣不生不滅亦名爲假名亦名中道義若鹿苑爲鈍根弟子說十二因緣生滅相若方等十二部經說十二因緣生滅即空即假即中若摩訶般若說十二因緣即空即假即中若法華說十二因緣即中捨三方

便也若涅槃說十二因緣具足四意皆有佛性如乳有醍醐性四教五味不同皆是約十二因緣善巧分別隨機示導耳又復置毒乳中是涅槃約十二因緣明不定教又復我說初成道十方菩薩已問此義即涅槃中約十二因緣有祕密教所以者何初爲鈍根弟子說十二因緣生滅相別有利根菩薩在座密聞十二因緣不生滅相即悟佛性得無生忍此祕密意也此乃同居土中轉法輪相又諸佛皆於此觀而般涅槃若約鈍根無明滅乃至老死滅正習俱盡者是三藏佛有餘無餘涅槃約即空觀無明滅乃至老死滅是通教佛有餘無餘涅槃約因緣假名中道觀無明滅乃至老死滅是別教佛常樂我淨涅槃約十二因緣三道即三佛性亦三涅槃涅槃名

諸佛法界是圓教遮那佛四德涅槃此是同居土示涅槃相有四種出像法決疑經方便實報二土成道轉法輪入涅槃亦應可解是名十二因緣攝法義云云識次位者三惡輕重皆由無明惡行不善愛取所致也三善高界亦由無明善行不動行愛取有所致也若翻無明愛取起生滅智者即三藏中慧解脫賢聖位行高下也若轉行有起觀練熏修行行功德即是三藏俱解脫賢聖位行高下也小大迦羅類此可知翻五度成於行有般若翻無明愛取調伏諸根即有三僧祇位也若翻無明愛取體達即眞翻行有修六度如空種樹即有四忍位行高下也翻無明愛取生道種智翻行有成歷劫修行諸度神通淨佛國土成就衆生即有六輪位行高下若翻無明

愛取即是爍然三菩提燈者即有圓教六即位高下十二因緣一人一念悉皆具足癡如虛空不可盡乃至老死如虛空不可盡空則無有盡與不盡空則是大乘十二門論云空名大乘普賢文殊大人所乘故名大乘大品云是乘不動不出若人欲使法性實際出者是乘亦不動不出大經云一切衆生即是一乘如此等名理即是由理即是得有名字即是從初發心聞說大乘知衆生即是佛心謬取著故不能觀行如蟲食木偶得成字由名字故得有觀行如前所說七番觀法通達無礙即是行處由觀行故得有相似發得初品止是圓信二品讀誦扶助信心三品說法亦助信心此三皆乘急戒緩四品少戒急五品事理俱急進發諸三昧陀羅尼得六根清淨入鐵輪位也由相似故得有分證三道即三德豁然開悟見三佛性住三涅槃入祕密藏清淨妙法身湛然應一切乃至等覺悉是分證即轉無明生智慧明如初日月乃至十四日月轉行有生解脫如十六日月乃至二十九日月所有識名色法身漸漸顯現猶如月體由分證故得有究竟三德圓滿究竟般若妙極法身自在解脫過荼無字可說也故知小大次位皆約十法界十二因緣也若寂滅真如有何次位初地即二地地從如生如無有生或從如滅如無有滅一切衆生即大涅槃不可復滅有何次位高下大小耶不生不生不可說有因緣故亦可得說十因緣法爲生作因如畫虛空方便種樹說一切位耳若人不知上諸次位謬生取著成增上慢即菩

薩旃陀羅安忍者觀十界因緣當起種種遮道法所謂三障四魔種種違順業魔禪二乘菩薩行行等法皆從行有兩支起若能安忍即能成就如來行有功德所謂六根清淨之報相也煩惱障發者所謂貪瞋邪計深利諸見慢二乘通別三藏等菩薩慧行等悉是無明愛取支中發若能了達安忍則開佛知見報障發者所謂種種陰界入種種八風種種病患即是七支中發若知即是佛性不動轉取捨猶如虛空是則不斷生死而入涅槃不破壞陰入而顯眞實法身也能如是通達則於三障無礙住忍辱地柔和善順而不卒暴心亦不驚是名安忍心成如聲聞若住忍法終不退作五逆闡提菩薩住堪忍地終不起障道重罪也無順道法愛者一似二眞菩薩從初伏忍入柔順忍發鐵輪似解功德不染三法所謂相似智慧功德法性以智慧有無明愛取故以功德有行有業故以法性有名色生死故皆不應著若於三法生愛不入菩薩位不墮二乘是名頂墮亦名順道觀無明愛取順慧行道觀行有順行行道觀識等順法性道順三道故不墮聲聞地愛三道故不入菩薩地云何起愛如入薝蔔林不齅餘香菩薩唯愛諸佛功德不復念有二乘及餘方便道是名爲愛愛故不能變無明愛取爲眞明不能變行有爲妙行不能顯識色爲法身三道不轉豈入菩薩位若不著相似三法無順道愛者則無量衆罪除清淨心常一如是尊妙人則能見般若般若尚不著何況於餘法入理般若名爲住即是初發心住時便成

正覺知一切法眞實之性具足慧身不由他悟見般若者眞見三道三種般若也從此巳去心心寂滅自然流入薩婆若海無量無明自然而破大論云何故處處說破無明三昧答無明品數甚多始從初心至金剛頂皆破無明悉顯法性餘一品在若除此品即名爲佛如來身者金剛之體衆惡巳斷衆善普會三德究竟過茶無字可說是名乘是寶乘直至道場到薩婆若中住餘如上說云云○第九明念佛發者或發念佛次發諸禪或因諸禪而發念佛於坐禪中忽然思惟諸佛功德無量無邊不可思議信敬慚愧深生慕仰存想諸佛有大神力有大智慧有大福德有大相好如是相好從此功德生如此相好從彼功德生如是相好有如此福德如此相好有如彼福德知相體知相果知相業一一法門照達明了深解相海而無疑滯定心怗怗亦不動亂安住此定漸漸轉深忽發麤細住欲界未到進入初禪等念佛根本各是一邊覺此念佛境界故名覺支分別念佛有種種相種種功德法門皆分明識是爲觀支如是見巳心大歡喜慶悅内充名喜支一心安隱徧體怡樂名樂支無緣無念湛湛深入名一心支如是五支與念佛法同起如來功德力熏味倍餘支不可稱說證者自知但佛法功德相好無量所發得三昧亦應無量所發五支亦復無量不可說不可說一一五支皆具十種功德眷屬支林是爲因念佛三昧發得初禪乃至四空特勝通明不淨背捨慈心等亦復如是云云云何因禪發得念佛三昧行者若發

根本等諸禪於定心中忽然憶念諸佛如來感動福德由於相好相好由於善業三種法門與心相應豁豁明了此法發時禪定五支倍增其妙四禪特勝背捨等亦如是此念佛定亦有二種一隱没二不隱没若先得隱没解佛功德憶識明了然後得不隱没明見光相瞻奉神容的的分明者此非是魔能增進功德扶疏善根因於念佛廣能通達六念法門所謂念佛功德法門即是念法弟子受行念相業體果三事和合名念僧此即以念僧以念佛以念法善奪諸惡念即是念捨如是念時信敬慚愧即是念戒念此定中支林功德與諸天等即是念天三自念三念他乃至通達一切法於念佛門成摩訶衍如薩陀波崙見佛時得無量法門内外皆不隱没若内闇隱没不識一箇功德法門而外見光相溢目者此是魔也折善芽莖損道華果今時人見佛心無法門皆非佛也若得此意但取法正色相非正也若專取色相者魔變作相泥木圖寫皆應是佛又如來示現自在無礙何必一向作丈光丈光形者示同端正人耳佛徧示所喜身徧示所宜身徧示對治身徧示得度身師僧父毋鹿馬獼猴一切色像隨得見時與法門俱發又能增長本之善根乃名念佛三昧云云〇十明神通發者略爲五天眼他心天耳宿命身通無漏屬下境中説唯得因禪發通不得因通發禪所以者何諸禪皆是定法互得相發諸禪是通體通是諸禪用從體有用故通附體興用不孤生安能發體經云深修禪定得五神通即此意也若通論

發者一一禪中皆能發五通若就便易別論者根本多不能發設發亦不快利特勝通明多發輕舉身通背捨勝處多發如意轉變自在身通若慈心定中緣人色貌取得樂相因色知心識其苦樂此多發知他心通旣藉色知心亦知其言語音聲亦發天耳通因緣觀人三世照過去事多發宿命通照未來事多發天眼通若念佛定不隱沒者多發天眼通又諸通若精細者即是三明但非無漏明耳譬如盲聾眼耳忽開則大歡喜況無量劫來五根內盲今破五翳淨發五通一一通中皆有五支如眼障破覺於眼根與色作對即覺支分別色等無量種相即觀支此通開即大慶悅是喜支內心受樂即樂支無緣無念湛然即一心支餘四通亦如是若就諸禪之體或內心得解或外相不明而有隱沒之義神通是定家之用用必明了是故悉是不隱沒也○第四明修止觀者若行人發得諸禪無有方便貪著禪味是菩薩縛隨禪受生流轉生死若求出要應當觀察十意云云若觀禪如胡瓜能爲十法界而作因緣初雖發定柔伏身口如蛇入筩因禪而直後出觀對境已復還曲更生煩惱初如小水後盈大器禪法旣失破戒反道造無間業佛在世時得四禪比丘謂爲四果又熊子等是也云云又勝意著禪自高謗擯喜根云云又入定無惡出觀起惡成業若失定者惡羣惡道不失定者受禪報盡惡業則與受飛貍身噉諸魚鳥即其義也若不得禪名利不至既得禪已因造三途法界若在禪中染著定相若出觀已起慈仁禮義

之心若不失定隨禪報盡則生人道若用禪觀熏於十善任運自成不加防護是天業四禪四空上兩界業若專修根本但增長人天永無出期如大通智勝佛時諸梵自云一百八十劫空過無有佛三惡道充滿了無一人得出生死若專修不淨背捨等不俟諦智能發無漏成聲聞法界若觀諸禪能破六蔽蔽是集集招苦果能破是道道能至滅亦是聲聞法界亦是六度菩薩法界又禪必棄欲是爲檀若不持戒三昧不現前是爲尸得禪故無瞋是爲忍得禪故無雜念是爲精進此法自名禪知諸法皆無常名爲智是名因禪起六度菩薩法界又觀此禪是因緣生法若觀諸禪是有支有支由取乃至老死如前說是緣覺法界又觀諸禪因緣生法即空生法即

空是無生道諦是通教聲聞菩薩等法界又觀此禪因緣生法即空即假即中十法界從禪而生從禪而滅何以故若因禪出生三途六道法即是增長二十五有生六法界滅四法界若因禪出生背捨等法伏二十五有亦是摧毀六法界也若觀背捨等無常者是用生滅拙度破二十五有滅六法界生一法界若觀禪因緣生法即空者是用不生巧度破二十五有滅七法界生一法界若觀禪即假者是用無量拙度破二十五有及客塵煩惱滅八法界生一法界若觀禪因緣生法即中者是用一實巧度破二十五有及無明惑滅九法界生一法界成王三昧徧攝一切三昧根本背捨悉入其中如流歸海變根本背捨悉成摩訶衍攝義如流入海滅義如淡盡生

義如鹹成禪波羅蜜變彼慈定成無縁慈悲變彼念佛成大念佛海十方諸佛悉現在前變彼神通成於如來無謀善權舉要言之九法界中諸戒定慧入王三昧者變名聖行聖行所契安住諦理即名天行天行有同體無縁慈即梵行單明悲同煩惱欲拔苦即病行單明慈同小善欲與其樂即嬰兒行以是五行生十功德乃至究竟成大涅槃是名因禪生滅十法隱顯三諦次第生出展轉增進攝成佛法具在即中王三昧内此乃思議之境非今所觀不思議觀者若發一念定心或味或淨乃至神通即知此心是無明法性法界十界百法無量定亂一念具足何以故由迷法性故有一切散亂惡法由解法性故有一切定法定散既即無明無明亦即法性迷解定散其性不二微妙難思絶言語道情想圖度徒自疲勞豈是凡夫二乘境界雖超越常情而不離群有經言一切衆生即滅盡定雖即心名定而衆生未始是而衆生未始非何以故若離衆生何處求定故衆生未始非若即衆生定非衆生故衆生未始是未是故不即不非故不離不即不離妙在其中難量若空唯佛與佛乃能究盡一念禪定既爾一切境界亦復如是若如此觀豁得悟者直聞是言煩惱病愈不須下九法也若觀未悟重起慈悲此理寂靜而衆生起迷無明戲論翳如來藏稠煩惱林是故起悲拔根本重苦又無明即法性煩惱即菩提欲令衆生即事而眞法身顯現是故起慈與究竟樂如是誓願清淨眞正上求佛道下化衆生不雜毒不偏邪

無依倚離二邊名發菩提心此心發時豁然得悟如快馬見鞭影即到正路若不去者當安心止觀善巧迴轉方便修習或止或觀若觀一念禪定二邊寂滅名體真止照法性淨無障無礙名即空觀又觀禪心即空即假雙照二諦而不動真際名隨緣止通達藥病稱適當會名即假觀又深觀禪心禪心即空即假即中無二無別名無分別止達於實相如來藏第一義諦無二無別名即中觀三止三觀在一念心不前不後非一非異爲破二邊名一名中爲破偏著生滅名圓寂滅爲破次第三止三觀名三觀一心實無中圓一心定相以此止觀而安其心云若二法研心而不入者當知未發真前皆是迷亂以一心三觀偏破横豎一切迷亂迷去慧發亂息定成如其不悟即塞而不通應當更觀何者不通何者不塞若其不塞即應是通如其不通更須觀察知字非字識四諦得失若不悟者是不解調停道品所以者何一念禪心具十界五陰諸陰即空破界内四倒成四枯諸陰即假破界外四倒成四榮諸陰即中非内非外非榮非枯於其中間而般涅槃如此四念開道品門道品開三解脱門入涅槃道定具足何意不悟當由過去障蔽現著禪味不能棄捨今昔相扶共成慳蔽道何由發當苦到懺悔捨身命財捨味禪貪修於檀度助治慳障又味著諸禪即破隨道戒乃至破具足戒過現相扶共成破戒蔽應苦到懺悔令事相謹絜助治尸障也又如黒齒梵天尚自有瞋今發事禪何意無瞋又諸有禪定有非無生亦非

寂滅非二忍故任自是瞋過現相扶共成瞋障當苦到懺悔加修事慈助治忍障又著禪味是放逸癡所盲散動間雜過現相扶共成懈怠當苦到精進無間相續助治進障又禪中所發業相惱亂禪心不得湛一若二乘但斷煩惱抵業而去不論斷業菩薩斷煩惱受法性身而諸法門有開不開當知爲業所障須苦到修諸善業法性身尚爾況生死身安得無業修善助治定障又味禪者全是不了無常生滅況了味著不生不滅過現相扶共成癡障當苦到懺悔治事迷僻是略明對治廣不可盡行人觀法極至於此若不悟者是大鈍根大遮障罪恐因罪障更造過失故重明下三種意耳識次位內防增上慢安忍外防八風除法愛防頂墮十法成就速入無生得一大車遊於四方直至妙覺破二十五有證王三昧自行化他初後具足餘皆如上說云云

摩訶止觀卷第九下

音釋

愉懌愉容朱切樂也懌夷益切悅也 闇烏紺切與暗同 糅如又切雜也

邏郎佐切 燸奴管切與煖同 炮普教切 怗他恊切靜也 薝蔔梵語也此云黃花薝音占蔔蒲墨切 齅許救切以鼻攝氣也

摩訶止觀卷第十上

隋天台智者大師說

門人灌頂記

第七觀諸見境者非一曰諸邪解稱見又解知是見義推理不當而偏見分明作決定解名之爲見夫聽學人誦得名相齊文作解心眼不開全無理觀據文者生無證者死夫習禪人唯尚理觀觸處心融闇於名相一句不識誦文者守株情通者妙悟兩家互闕論評皆失若見解無滯名字又諳以見解問他意無窮盡如曲射繞鳥飛走失路若解釋難問綽有餘工如射太虛箭去無礙當知非由學成必是見發此見或因禪發或因聞發例如無漏起時藉於信法聞思因聞發者本聽不多廣能轉悟見解分明聰辯問答因禪發者初因心靜後觀轉明翻轉自在有如妙達南方習禪者寡發見人微北方多有此事盲瞑不識謂得眞道謂得陀羅尼闇於知人高安地位或時不信撥是狂惑今言非狂非聖夫鬼著能語鬼去則癡其既不爾故知非狂尋其故惑貪瞋尚在約其新惑更增煩惱八十八使繫縛浩然故知非聖乃是見慧發耳通論見發因聞因禪而多因禪或禪已見發或禪見俱發見已得禪又少兩義則多例如諸禪通發無漏而未到發者少六地九地發者多爲是義故次禪定境而論諸見也若人見發利智根熟能自裁正或尋經論勘知已過者此人難得若不能自正遇善知識明示是非破其見心此亦難得故云眞法及說者聽衆難得故旣不自覺又不值師邪畫日增生

死月甚如稠林曳曲木何得出期今觀諸見境爲四一明諸見發因緣三明過失四明止觀第一明諸見人法又二一邪人不同二邪人執法不同邪人不同又爲三一佛法外外道二附佛法外道三學佛法成外道一外外道本源有三一迦毗羅外道此翻黄頭計因中有果二漚樓僧佉此翻休睺計因中無果三勒沙婆此翻苦行計因中亦有果亦無果又入大乘論云迦毗羅所說有計一過作者與作一相與相者一分與有分一如是等名爲計一優樓僧佉計異迦羅鳩馱計一異若提子計非一非異一切外道及摩迦羅等計異皆不離此四從三四外道派出枝流至佛出時有六大師所謂富蘭那迦葉迦葉姓也計不生不滅末伽梨拘賒梨子計衆生苦樂無有因緣自然而爾删闍夜毗羅胝子計衆生時熟得道八萬劫到縷丸數極阿耆多翅舍欽婆羅欽婆羅麤衣也計罪報之苦以投巖拔髮代之迦羅鳩馱迦旃延計亦有亦無尼揵陀若提子計業所作定不可改此出羅什跡名與大經同所計三同三異或翻誤或別有意今所未詳而大體祖承迦毗羅等依本爲三或可爲四謂四見也二附佛法外道者起自犢子方廣自以聰明讀佛經書而生一見附佛法起故得此名犢子讀舍利弗毗曇自制別義言我在四句外第五不可說藏中云何四句外道計色即是我離色有我色中有我我中有色四陰亦如是合二十身見大論云破二十身見成須陀洹即此義也今犢子計我異於六師復非佛

法諸論皆推不受便是附佛法邪人法也或云三世及無為法為四句也又方廣道人自以聰明讀佛十喻自作義云不生不滅如幻如化空幻為宗龍樹斥云非佛法方廣所作亦是邪人法也三學佛法成外道執佛教門而生煩惱不得入理大論云若不得般若方便入阿毗曇即墮有中入空即墮無中入昆勒墮亦有亦無中中論云執非有非無名愚癡論倒執正法還成邪人法也若學摩訶衍四門即失般若意為邪火所燒遠成邪人法故百論正破外外道今大乘論師炎破毗曇成實謂是計有無外道然成論云三藏中實義空是此乃似無意又同百家之是異百家之非捉義出沒又似因中亦有果亦無果意又似昆勒意當時論起人皆得道今時執者乃是人失何關法非此應從容不可雷同迦毗羅等若以大破小如淨名所斥取其不見中理與外道同非是奪其方便之意二明邪人執法不同者關中疏云一師各有三種法一得一切智法二得神通法三得韋陀法一切智者各於所計生一種見解心明利將此見智通一切法故名一切智外道神通法者發得五通變城為鹵轉釋為羊停河在耳捫摸日月此名神通外道韋陀法者世間文字星醫兵貨悉能解知是為韋陀外道一師則有三種得法不同也犢子方廣亦如是若望執佛法邪約三藏四門一門有三一直發理解智性生見二得諸神通三解四阿含文字如是四門則有十二種得法不同也若得意者一一門中初有三種念處一性念處二共

念處三緣念處性是直緣諦理共是事理合修緣是徧緣一切境法亦是緣三藏教法後證果時成三種解脫慧解脫俱解脫無疑解脫故結集法藏時選取千人悉用無疑解脫徧解內外經書擬降外敵毗曇婆沙云煩惱障解脫禪定障解脫一切法障解脫慧解脫人得初解脫共解脫人得第二解脫唯佛得第三解脫總名無疑解脫也執摩訶衍通別圓四門失意者例有三十六種得法不同○第二明諸見發有二一明諸見發二見發不同一明見發者或因禪或因聞衆生久劫靡所不作曾習諸見隔生中忘罪覆本解心不速開今障若薄能發諸禪或禪見俱發或禪後見發或聞他說豁然見生如有泉水土石所礙決卻壅滯濬矣成川闇障既除分別遂去一日十日綿綿不已沓沓自難沓沓自解所執之處實而有通所不執處虛而自破又辯才無滯巧說己法莊嚴言辭他來擊難妙能申釋如是見慧從何處出由禪中有觀支觀支是慧數逸觀諸法莫自知止快馬著汗不可控制若聽講人無禪潤見始欲分別多抽腸吐血因是致命見終不成若定力潤觀雖逸難制不致抽腸多得成見從此觀支推研道理謂諸法因中有果此解明利洞見遠意出過餘人將此難他他不得解謂他妄語自執己義他不能壞自謂是實無生眞智得理妙心若細推尋但是見惑世智辯聰具足八十八使顛倒惑網豈關眞解當知是迦毗羅見發相也又約觀支推尋諸法因中無果此見分明解心猛利雖種種難能種種通引

種種證成因中無果義以此破他他不能當餘爲妄語他來破已已執轉成以此爲實建言歸趣唯向因中無果當知定是僧佉見發也若於觀支思惟因中亦有果亦無果法大論云有與無諍無與有諍言長爪執亦有亦無與有無者諍若入此見難問無窮盡豈非勒沙婆見發也其六師所計不同須善得諸師執意以所發見勘之雖小不同但令大體相似即是六師見發也若於觀支計必有我而不在身見四句中亦不在三世無爲四句中而在第五不可說藏中發此見時心解明利能問能答神儁快捷難與當鋒破他成已決不可移當知是犢子見發也若於觀支謂諸法幻化起空盡相此解虛無不見解心及諸法異同如幻化唯計此是餘悉妄語此是方廣見發也若於觀支推諸法無常生滅不住人我如龜毛兔角不可得但有實法析實法塵若麤若細總而觀之無常無我計此爲實所發見解全會毗曇諸舊聽人雖解名相心路不通若發此見於文雖昧而神解百倍其不識者謂是賢聖而實非也若是賢人道心鬱然與解俱生能伏煩惱成方便位今雖解無常增長諍競道心沈沒煩惱轉熾故知是有門見發也若於觀支忽發空解謂言無常生滅三假浮虛析塵入空種種方便此見明利神用駿疾强於問難破他成已是實餘妄此是空門見發也若於觀支計一切法亦有亦無若入此門難問無窮盡此是昆勒意論乃不度習發無定是爲亦有亦無見發也非有非無見例亦可知當知四門通理則成

正見若失方便墮四見中故名佛法内邪也何但三藏四門執成邪見無量劫來亦學摩訶衍通别圓等不入理保之爲是取於四邊邪見火燒今於觀支忽發先解夢虛空花如幻之有作此有解解心明利或作幻本無實無實故空空解明利或作亦空亦有解譬如幻化物見而不可見或作非空非有解非是幻有亦非幻無中論觀法品云若言諸法非有非無是名愚癡論向道人聞説即悟名得實相邪心取著生戲論者即判屬愚癡論是爲通教四門四見也若於觀支思惟通教四門之解是界内幻夢此夢從眠法生眠即無明觀無明入法性亦有四門或言法性如井中七寶或言如虛空或言如酒酪餅或言中道此四解明利即是别教四門見發也若於觀支忽解無明轉即變爲明明具一切法或謂無明不可得變爲明明何可得此不可得具一切法或謂法性之明亦可得亦不可得非可得非不可得一門即三門三門即一門此解明利所破無不壞所存無不立無能逾勝亦復自謂是無生忍如此解者是圓教四門見發也大乘四門皆成見者實語是虛語生語見故涅槃是生死貪著生故多服甘露傷命早夭失方便門墮於邪執故稱内邪見也失四見爲諸見本自他復爲共無因本故龍樹破自他竟點共有二過無因則不可自他既不實況無因耶本破末傾其意在此若立自他共無因例立今大小乘四門僻執成見但明自他意竟餘者可知若三藏明大生生小生皆從無明生不由眞起若無明滅諸

行滅不關眞滅執此見者即成自性邪見也通教明眞是不生不生故生生一切惑若滅此惑還由不生如此執者是他性邪見也界内以惑爲自眞爲他故作此說也界外以法性爲自無明爲他別教計阿黎耶生一切惑緣修智慧滅此無明能生能滅不關法性此執他性生邪見也圓教論法性生一切法法性滅一切法此則計自性邪見前君弱臣強今君強臣弱餘二可知夫因聞多發理見少發神通韋陀因禪多發神通韋陀少發理見發理見者伏學人發神通伏俗人俗人取異不取解學人取解不取異發韋陀兼伏具發三者最能兼伏因禪發者已如上說因聞發者今當說行者雖得禪而未發見要假前人啓發其心心既靜利忽聞因中有果心豁開悟洞明邪慧百千重意逾深逾遠猶如石泉是爲從聞發得迦毗羅見餘三亦如是若聞第五不可說藏及聞幻化即發犢子見也或聞三藏四門隨解一句見心豁起深解無常觀心奔踊不復可制是爲因聞發有門見三門亦如是若聞摩訶衍十二門名依門生解解心明利過向所聞雖發此解非大方便不入小賢中又非迦毗羅等邪解故知是發十二門見二明發法不同者迦毗羅外道直發見解解心雄猛邪慧超殊不可摧伏是得一切智法也若直發神通蹈履水火隱顯自任誰不謂聖人乎眞諦三藏云震旦國有二種福云云是得神通法也若直發韋陀知世文字覽諸典籍一見即解或竊讀三藏衍等經綖眼便識還將此知莊嚴已法若爾内外相濫

殆不可識今時多有還俗之者畏憚王役入外道中偷佛法義竊解莊老遂成混雜迷惑初心孰正孰邪是爲發得韋陀法也一種外道各得三法約人成七所謂單三複三具足者一餘二外道亦爾合有二十一種得法不同若約六師一師有三合成十八約人得多少則有四十二種得法不同也犢子方廣發法不同亦有單三複三具足者一若内邪得法不同隨一一門所計道理精能分别此是得性念處見亦是慧解脫耶餘門亦如是若但若兼發得神通飛騰縱任此是得共念處見亦是俱解脫耶若通慧自在而不能説法或尋經論或聽他説即達名數又下通韋陀上通大乘悉用已見消諸法門以諸法門莊嚴已見四門各有三種約人亦有七意也若通别圓等四門各直發慧解各但變通各知内外經書者自謂道眞他謂高著今但謂是邪見一門有七合成八十四種云云復次前總論同異今當一一論同異三外六師雖同發一切智或有見一切智或無見一切智如是等種種一切智所計處别故見智則異各據爲是餘人則非法華云野干前死此明利使發時鈍使則沒故言前死又云諸大惡獸競來食噉即是所執一見能噉諸見論力云一切諸師皆有究竟道鹿頭第一當知一切智各各不同也乃至三藏四門一切智大乘四門一切智各執所見互相吞噉彼彼不同可以意得次神通法不同者神通因禪而得得禪不定外外道秪因根本發通或初二三四所因既殊力用亦别内邪亦因根本又因淨

禪所因淺深通用優劣大論云所因處用通廣所不因處用通劣但禪是事通是用俱屬福德莊嚴非所諍處雖無理諍校摘所因通用悉異次韋陀不同者若外外道所發所讀治家濟世之書部帙不同詮述各異發讀多則知廣少則知狹長慢自大皆由文字不同也若內邪不發不讀外外道文字者則知狹發讀則知廣不發不讀三藏文字者不知界內名相則知見狹發讀者則知廣不發不讀衍者不知界外名相則知狹發讀者則知廣當知韋陀之法句句不同耳復次結會不同然內外諸邪俱明理慧神通文字立德調心尊人卑已聲譽動物如菴羅果生熟難知天下好首莫測邪正今判之甚易如迦羅七種不同研其根本皆從邪無中起若計因中有果破一切法唯存此句作諸神通搖動時俗令人信受因中有果法所引韋陀異家名相莊嚴因中有果所立諸行歸宗趣向指極因中有果爲所執法動身口意造無量罪如後說由此驗知是迦毗羅外道也僧佉沙婆例亦如此元起邪無終歸所執犢子亦如是小大四門準此可解驗之以元始察之以歸宗則涇渭分流菽麥殊類何意濫以莊老齊於佛法邪正既以混和何能拔大異小自行不明何得化他師弟俱墮也○第三明過失爲二一明過失二明並決一正明過失者若天竺宗三眞丹亦有其義周弘政釋三玄云易判八卦陰陽吉凶此約有明玄老子虛融此約無明玄莊子自然約有無明玄自外枝派源祖出此今且約此以明得失如莊子云貴

賤苦樂是非得失皆其自然若言自然是不破果不辨先業即是破因禮制仁義衛身安國若不行用滅族亡家但現世立德不言招後世報是爲破果不破因若言慶流後世并前則是亦有果亦無果也約一計即有三行一謂計有行善二計有行惡三計有行無記如云理分應爾富貴不可企求貧賤不可怨避生無足欣死何勞畏將此虛心令居貴莫憍處窮不悶貪恚心息安一懷抱以自然訓物作入理弄引此其得也得有多種若言常無欲觀其妙無何等欲忽玉璧棄公相洗耳還牛自守高志此乃棄欲界之欲攀上勝出之妙即以初禪等爲妙何以得知莊公皇帝問道觀神氣見身内衆物以此爲道似如通明觀中發得初禪之妙若言諸苦所因貪欲爲本若離貪欲即得涅槃此無三界之欲此得滅止妙離之妙又法名無染若染於法是染涅槃無此染欲得一道微妙妙此諸欲欲妙皆無汝得何等尚不識欲界欲初禪妙況後欲妙耶若與權論乃是逗機漸引覆相論欲妙不得彰言了義而説但息跨企之欲觀自然之妙險詖之行既除仁讓之風斯在此皆計有自然而行善也又計自然任運恣氣亦不運御從善亦不動役作惡若傷神和不會自然雖無取捨而是行無記行業未盡受報何疑若計自然作惡者謂萬物自然恣意造惡終歸自然斯乃背無欲而恣欲違於妙而就麤如莊周斥仁義雖防小盜不意大盜揭仁義以謀其國本以自然息欲乃揭自然而爲惡此義可知也次約天竺諸見空見最

强令寄之以論得失夫空見爲三一破因不破果破果不破因二因果俱破不破一切法三破因果及一切法一切法即三無爲也第三外道與佛法何異大論明大小乘空體析爲異外道亦體析此云何異外道從邪因緣無因緣若析若體若畢竟空佛弟子知從愛因緣若析若體若畢竟空有人言破語非體令明中論首尾以破題品破豈異體邪故不約此分邪正大小但依大論析正因緣異外道體正因緣異小乘若約邪因緣起空見亦有三行而多作惡眞觀空人知從愛生善尚不作豈況惡乎起空見人於果報財位非其諍處空是其處同我空法親友生愛讚有破空怨讎瞋惱人不知空慢之如土空心無畏不存規矩恣情縱欲破正見威儀淨命死皆

當墮三惡道中六師云若有慚愧則墮地獄若無慚愧不墮地獄背鱠經屏天雷尿井逆父慢毋劇於行路乃會無礙若親異蹠非平等也自行姦惡復以化人普共爲非失禮如畜豈有天下容忍此耶雖謂無礙不敢逆主慢后自惜其身則於身有礙是人直發此見見轉熾盛永不得禪若得禪已見禪法多失發見已禪多是鬼禪鬼通能記吉凶又知他心又廣尋韋陀證成此見令人信受破世出世善名噉人狗若一種不破不名飽足破一切法見心乃飽飽名轉熾内無實行但虛諍計如吽喚求食執空與有諍空有相破爲嘊喍自稱譽爲嘷吠破他名摣立已名掣又狐疑未決爲嘊喍陵恐於他爲嘷吠如守家狗令他畏故而吠也此人純自行惡化他有四

一自爲惡勸人行善二自揚行善勸人行惡三自勸俱惡四自勸俱善自惡勸善者言我能達理於惡無妨汝是淺行須先習善化道應先以善引之若自善勸惡者言我是化主和光須善汝是自行正應作惡自勸俱惡者俱行實道故自勸俱善者俱行權道故此四雖異皆以惡爲本隨業沈淪何道可從耶又空見行善者空無善惡而須行善不行善者毗紐天瞋衆生苦惱苦惱故成業業由過去現在受報以現持戒苦行遮現惡果則得漏盡若爾須善故持戒節身少欲知足麤衣啜草爲空造行而生喜怒空是瞋愛諍計之處若得禪發見禪謝見熾見巳得禪乃是鬼禪鬼通如此空見自行唯一化他有四例前自行化他即是隨業隨業升沈何關道也次執空見不作善惡騰騰平住雖謂平住稱愛毀憂以平平自高當知平平生煩惱處得禪發見如前亦通韋陀竊解佛教莊嚴無記嵯喍吁喚無量結使從無記生自行唯一化他亦四若不發禪業牽惡道若發禪隨禪受生若此業未熟先世諸業强者先牽當知諸見未能伏惑云何惑斷耶亦有亦無等得失之相準此可知

摩訶止觀卷第十上

音釋

呿丘加切 儁祖峻切與俊同 捔訖嶽切校也 詖彼義切詖險不平之言也 嵯喍嵯音崖喍音柴 摣莊加切 嘷胡刀切

摩訶止觀卷第十下

隋天台智者大師說

門人灌頂記

次明内邪得失者三藏四門本爲入理而執成戲論發見獲禪兼通經籍若以此門自軌秖應生善既與見相應還起三行其行善者專爲諸有而造果報取著有門而生愛恚勝者踰慢坑負者墮憂獄生煩惱處有門還閉不得解脫行惡行者執有爲是餘者皆非爲此有門無惡不作邪鬼入心唯長衆非九十六道三順佛法故有阿毗曇道修多羅道但五百羅漢於此有門得出豈應是邪令人僻取鬼則入心故稱阿毗曇鬼或從見入或從禪入自行有一化人亦四一門既爾三門亦然若通別圓等各有四門生見一見亦具三行行善者可知行惡者執大乘中貪欲即是道三毒中具一切佛法如此實語本滅煩惱而僻取著還生結業稱毀憂愛欺慢嗤喋競於名利自行則一化他有四既非無漏無明潤業業力牽生何所不至不能細說準前可知如是等見違於聖道又能生長種種罪過其不識者執謂是道設知是見隨見而行以自埋没豈能於見動不動而修道品略言見發生諸過失也二明並決眞僞者一就所起法並決二就所依法並決令通從外外道四句乃至圓四門外道見通韋陀乃至圓門三念處三解脫名數是同所起見罪繫縛無異譬如金鐵二鎖又從外道四句乃至圓門四見名雖清美所起煩惱體是汙穢譬如玉鼠二璞又從外道四句乃至圓門四見雖同研

鍊有成不成譬如牛驢二乳又從外道四見乃至圓門四見有害不害譬如迦羅鎮頭二果所計神我乃是縛法非自在我各執已是餘爲妄語互相是非何關如實自謂眞道翻開有路望得涅槃方沈生死自言諦當終成邪僻愛處生愛瞋處生瞋雖起慈悲愛見悲耳雖安塗割乃生滅强忍雖一切智世情推度雖得神通根本變化有漏變化所讀韋陀世智所説非陀羅尼力非法界流雖斷鈍使如步屈蟲世醫所治差已更發八十八使集海浩然三界生死苦輪無際沈著有漏永無出期皆是諸見幻僞豈可爲眞實之道也二約所依法異者一切諸見各依其法三外外道是有漏人發有漏法以有漏心著於著法著法著心體是諍競非但因時捉頭拔髮發

諸見已謂是涅槃執成見猛毒增鬬盛所依之法非眞所發之見亦是僞也此雖邪法若密得意以邪相入正相如華飛葉動藉少因緣尚證支佛何況世間舊法然支佛雖正華葉終非正教外外道密悟而其法門但通諸見非正法也皆由著心著於著法因果俱鬬斷奠是邪法生邪見也若三藏四門是出世聖人得出世法體是清淨滅煩惱處非唯佛經是正法五百所申亦能得道妙勝定云佛去世後一百年十萬人出家九萬人得道二百年時十萬人出家一萬人得道當知以無著心不著無著法發心眞正覺悟無常念念生滅朝不保夕志求出要不封門生染而起戲論譬如有人欲速見王受賜拜職從四門入何暇盤停諍計好醜知門是通途不須諍

計如藥爲治病不應分別速出火宅盡諸苦
際眞明發時證究竟道畢竟無諍無諍則無
業無業則無生死但有道滅心地坦然因果
俱無鬬諍俱滅唯有正見無邪見也復次四
門雖是正法若以著心著此四門則生邪見
見四門異於修因時多起鬬諍譬如有人久
住城門分別瓦木評薄精麤謂南是北非東
巧西拙自作稽留不肯前進非門過也著者
亦爾分別名相廣知煩惱多誦道品要名聚
衆媒衒求達打自大鼓竪我慢幢誇耀於他
互生鬬諍捉頭拔髮八十八使瞋愛浩然皆
由著心於正法門而生邪見所起煩惱與外
外道更無有異論所計法天懸地殊方等云
種種問橋智者所呵人亦如是爲學道故修
此四門三十餘年分別一門尚未明了功夫

纔著年已老矣無三種味空生空死唐棄一
期如彼問橋有何利益此由著心著無著法
而起邪見也次通教四門體是正法近通化
城前曲此直巧拙雖殊通處無別如天門直
華餘門曲陋不住二門俱得通進若數瓦木
二俱遲壅若不稽滯法門若因若果俱無諍
著是名無著心不著無著法不生邪見也復
次若以著心著此直門亦生邪見或爲名爲
衆爲勝爲利分別門相瞋愛慢結因此得生
譬如以毒內良藥中安得不死以見著毒入
正法中增長苦集非如來咎利根外道以邪
相入正相令著無著成佛弟子鈍根內道以
正相入邪令無著有著成邪弟子豈不悲哉
別圓四門巧拙利鈍俱通究竟涅槃因不住
著果無鬬諍若封門起見則生煩惱與漚樓

佉等以此而觀如明眼人臨於涇渭豈容迷名而不識清濁也略明見發則有五番一番有四則有二十門一門有七合一百四十見法不同廣論無量皆藉因緣而得開發良以通修止故諸禪得發通修觀故諸見得發通修之緣乃由止觀而根本別因必由前世或在外外道中學或爲佛弟子大小乘中學或因聞法相曾發諸見或因坐禪發此諸見隔生廢忘解不現前今修靜心或聞經論熏其宿業見法還生先世熟者今則易發先世生澀今則難發隔生遠則難近則易若外外見熟近則前發內見熟近則先現神通韋陀旣是事相隔生易忘難發見是慧性難忘易發如人久別憶名忘面事理難易亦復如是若前世外有鬼緣鬼則加之發鬼禪鬼見外有聖緣聖人加之發正禪見也復次若先未識諸見過患於見生怖忽忽急斷今識其邪相愼莫卒斷但恣其成就作助道力必有巨益如腹有蠱當養寸白後瀉幹珠所以然者世間癡人頑同牛馬徒雷震法音溢敷錦繡於其聞見無益耽著五欲如患蠱者若發諸見見㗸鈍使喻之寸白見慧與正觀相鄰聞法易悟如彼珠湯爲是義故須養見研心前驅開導若入二乘則動見修道品若入大乘不動見修道品對寇破賊然後勳成是爲養外見以爲侍者若發三藏拙四門見通巧四門見見雖是障助道亦深若福德法升天甚易取道則難見是慧性沈淪亦易悟道甚疾大論云三惡亦有得道人少故不說白人黑黶不名黑人耳旣知是見惑不得起恣其分別

如諸外道先有見心被佛化時如快馬見鞭影即便得悟若無見者萬斧不斷如爲牛馬說法不相領解獷獠全未解語若爲論玄故佛於其人則不出世分形散質爲師爲友導其見法佛日初出權者引實聞法即悟法華云密遣二人者約法論方便之二教約人是權同二乘衆聖屈曲尚教其見令得見發豈可遽除若先世修別圓八門未斷通惑此見若發過同三外若先世已破通惑未悟別理或同二乘前見尚養況此見耶淨名取二乘過邊撥屬外道又取助邊使之爲侍進退解之勿一向也今生修道見心發者眞理可期見若未發聖境難會○第四約見修止觀者如上通論得見不同則一百四十種若別就內邪則有一百一十二種若作宗明義凡有幾宗十地中攝數論等分別見相爲同爲異邪正途轍優降幾何若解此意知不相關其不解者知復奈何夫佛法兩說一攝二折如安樂行不稱長短是攝義大經執持刀仗乃至斬首是折義雖與奪殊途俱令利益若諸見流轉須斷令盡若助練神明迴心入正皆可攝受約多種人說上諸見無有一人併發之者設使皆發會相吞噉唯一事實約一一見各作法門巧示言方經九十日束一一見同一觀門具一切法亦不可盡多一自在今且約一見衆多亦然諸見之中空能壞一切一切不能壞空引人甚利今當先觀空見例爲十意思議境者空見出生十法界法胡瓜非熱能爲病因空非十界能作因緣成論云剎那邊見心起即是不善毗曇明剎那邊見

心起不當善惡名爲無記因等起心一切善惡因之而起令此空見亦有二義若別觀者如因等起十法界因之而生所以者何昔未空見未曾爲行今發空見即有三行如前說由空造惡者行無礙法上不見經佛敬田可尊下不見親恩之德習裸畜法斷滅世間出世等善闡提雖惡尚存憐愛之善空見永無純三品惡逆害傷毀即地獄界無慚無愧即畜生界慳貪破齋不淨自活即餓鬼界破齋故常飢不淨故噉穢因空行善者持戒苦行莊嚴十善三業淳熟即三善道界又發根本即色界又因空生聲聞者若謂空者其實不識空中四諦所以者何若證法性是空是淨虛妄空見必依果報果報是汙穢色大品云色若常無常等皆依於色受納空是餘者則

非取空像貌異於有法緣空起三行分別空心勝於餘法是名五陰空塵對意即是二入更加意識即是三界界入陰等即是苦諦空見是瞋處愛處慢處有見弱者則攄破有法掣理就空疑不得起若攄不破掣不來則嗤嗤生疑又令雖無疑後當大疑何以故若空是理應與聖等既不等者安得不疑是誰計空計空者我我實非空空亦非我因空生我謂我行我解讚我毀我著此空邊不可捨離謂因空道望通涅槃則以空爲戒非雞狗等非因計因是因盜戒取計空爲空實非理空非果計果是果盜見取空見偏僻即是邪見如是十使從空而生欲苦下具十集下有七除身邊戒取道下有八除身邊滅下有七除身邊戒取合三十二色無色各除四瞋各二

十八合八十八使是名集諦集迷苦起苦由集生苦集流轉長爪不識復有一鬼頭上火然非想已來尚自未免何得於空不識苦集若識空見苦集苦集皆依於色一切色法名身身色汙穢汙穢是不淨智者所惡破於淨倒名身念處若受空見是受不受受第二句順空即樂受違空即苦受不違不順即不苦不樂受三受即三苦計苦爲樂是名顛倒若知無樂破樂顛倒名受念處空塵對心而生意識此心生滅新新流動有緣思生無緣思不生生滅無常而謂是常即是顛倒識識無常即破常倒名心念處取空像貌而行善惡行中計我行若是我行有好惡行有興廢我亦應爾諸行無量我若徧者我則無量若不徧者則一行無我衆行亦無我强計有我即是顛倒若知無我則破想行名法念處但諸陰通計四倒於想行計我强於色計淨强於心計常强於受計樂强名别念處若總念處則不爾也是爲空見生念處觀勤破倒觀即是正勤定心中修名如意足五善根生名爲根破五惑名爲力安隱道用名七覺安隱道中行名八正道是爲空見能生道諦四倒除故是癡滅癡滅故愛滅愛滅故瞋滅瞋滅故知空非道慚愧低頭則是慢滅無復所執則疑滅空見既具苦集非畢竟空執空心破故求我叵得我叵得故則身見破身見破故則我見破我見破故邊見破空見非道戒取破空非涅槃見取破空不當理邪見破十使破故八十八使破八十八使破故子縛破子縛破故能發初果進成無學果縛破入無

餘涅槃是爲空見生滅諦即聲聞法界也若於空見明識四諦則知盡苦眞道眞道伏斷得成賢聖乃至一百四十種見單複具足無言等見皆識眞道於諸見中能動能出若不爾者不見四眞諦是故久流轉生死大苦海若能見四諦則得斷生死生有既盡已更不受諸有即此意也次明空見生支佛者空見非空妄謂是空顛倒分別倒即是無明無明故取著空見若知無明何所取著若知無明不起取有畢故不造新不造新不起取有畢故是不起無明若無無明則成智明故有智慧時則無煩惱無煩惱時則無明滅無明滅則諸行滅乃至老死滅中論云云何聲聞觀十二因緣義乃說常無常等六十二見問答殆不相應今秖此是答常無常等見皆是無明知無明不起取有即是聲聞法中十二因緣觀法華云樂獨善寂求自然慧此慧善寂六十二見也又觀刹那空見既具四諦此空見心爲有爲無刹那心起便具五陰云何言無此即有支有即含果亦是因中有果義若作無果者有支有因因義具足有從何生若無取者有則不生取即五見執空是邊於空計我謂空爲道爲涅槃爲正是爲取支取從愛生愛喜違瞋慢彼疑此此名愛支愛因受生受故愛起如受一法愛味追求知受因觸以有意根空塵得觸經云觸因緣故生諸受觸由於入塵觸諸根故得於入入由名色歌羅邏三事色有五胞命能連持識有四陰之名又三事名色由初託胎識識由往業業由無明無明無明是過去顛倒謂有謂無一切諸見

故能成辦今世色軀經云識種業田愛水無明覆蔽生名色芽今復顛倒迷於空見起善惡行種於未來名色之芽顛倒又顛倒無明又無明更相因緣無有窮巳若知無明顛倒不須推畫若有若無達其體性本自不實妄想因緣和合故有既知顛倒無明即寢寢故諸行老死皆寢空見無明老死寢者一百四十諸見無明老死皆寢寢故是破二十五有侵除習氣是名空見生支佛法界若於空見識是無明無明可滅若不識者尚不出空見爲見造業如蠶作繭何得成支佛耶鼻隔禪師發得空見多墮綱中不能自拔散心法師雖分別諸使亦不自知空見過患闇證凡龜盲狗穭吠自行化他全無道氣空見生六度菩薩法者既識空見諦緣即是知病識藥識藥故自欣知病故愍彼欲共衆生離苦求樂空見陰界是苦十使等是集念處等是道四倒破是滅約此起誓如一空見一日一夜凡生幾許百千億陰一一五陰即是衆生日夜既爾何況一世何況無量世空見既爾餘見亦然能生之見既多所生之陰則不可數一人尚爾何況多人是爲衆生無邊誓願度如一空見念念八十八使餘三見六十二等亦八十八使一人尚爾何況多人是名煩惱無盡誓願斷如一空見修念處道品餘一切見正助之道無量無邊一人尚爾多人亦然是爲法門無量誓願學如一空見煩惱滅無量見無量煩惱亦滅一人既爾諸人亦然是名無上佛道誓願成若衆生及集是性實者則不可度以苦集從因緣生無有自性故苦海

可乾集源易竭故言度耳觀空起願如上說約空起行者若執空見而行布施者乃是魔施知空見諦緣無常無我等過則捨空見亦愍於他勸捨空見而行布施若執空見而持戒者與持雞狗等戒何異知空見無常等過不爲空見所傷慈愍於他令防空見若執空見爲瞋處愛處强行忍者是力不足畏他故忍今知空見無量過患能伏空見及六十二亦勸於他安忍空見若不除空見而精進者雜見非精退入三途非進今知空見空見不起爲精空見業破而得升出名進亦勸於他修此精進若不破空見得禪者多是鬼法今知空過不爲空見所動成正禪正通不爲諂媚憍利以此神通勸化衆生令捨見散入禪若執空見而修智慧愚癡世智今識空見諦緣以無常狼怖空見羊煩惱脂銷廣起願行功德身肥悲愍衆生令除脂長肉若有緣機熟即坐道場斷結作佛是名空見生六度法界觀空見即是無明無明即空從無明生一切苦集皆不可得何者四倒是橫計寧有性實所治之倒非有能治念處云何可得乃至覺道皆悉不生故不可得故大品云習應苦空等云云二乘知即空斷苦入滅菩薩即空慈悲願行誓度衆生雖度衆生如度虛空雖滅煩惱如與空共鬭雖生法門如虛空生雖滅衆生實無衆生得滅度者是智是斷是菩薩無生法忍是名空見生通教菩薩法界也觀此空見有無量相所謂四諦分別校計不可窮盡此無盡者從空見生空見從無明生所生無量能生亦無量能生既假名所生亦是

假名推此無明從法性生譬如尋夢知由於眠觀此空見而識實相實相即如來藏無量客塵覆此藏理修恒沙法門顯清淨性是名空見生別教法也空見生圓教法如前如後復次見惑浩浩如四十里水思惑殘勢如一渧水前諸方便共治見惑惑盡名爲入流任運不退見惑難除巧須方便成論云以空治惑若空治得入不俟餘法若不入者更設何治如水中生火水不能滅空見起過空何能治今知空見苦集之病然後用諦智治之三藏無常智通家即空智皆前除見別亦前除見入空次善巧出假如空中種樹圓雖不作意除見見自前除除堅牢見種種方治云何直言但以空治邪云何諸治共治一見如患冷用四種藥服薑桂者去病復力服五石者病去益色服重妻者加壽能飛服金丹者成大仙人病同一種藥法爲異得力亦異四教治見見盡解異治見既爾治餘亦然此四治者即是四念處遺教令依四念處修道得出火宅所以者何一空見心即三界三界無別法唯是一心作空見生六道業受六道身居六道處處即火宅身居即苦具業即鬼神競共推排三車自運乃得出耳三車即是三藏中三乘念處亦是通中三人共一念處又是別方便中三種念處眞實一種念處又圓一實念處略說九種四念處中說九種道品廣說九種四諦是諸念處皆能治見得出火宅遺囑之意義在於此但釋迦初出先示三人各用四念處此如法華羊鹿牛車各出火宅次說三人同修一念處此如大品是乘從三

界出到薩婆若中住亦如大集三乘之人同以無言說道斷煩惱次說菩薩修次第念處此如大品不共般若諸念處乘別而未合後說一切小大同一念處此如法華同乘大車直至道場約此空見明諸惑明諸治與諸經論不相違背一微塵中有大千經卷即此意也次明不思議境者一念空見具十法界即是法性法性更非遠物即是空見心淨名云諸佛解脫當於衆生心行中求當於六十二見中求三法不異故宛轉相指一切衆生即是菩提不可復得即圓淨解脫五陰即是涅槃不可復滅即方便淨解脫衆生如即佛如是性淨解脫佛解脫者即是色解脫等五種涅槃空見心即是汙穢五陰五陰即有衆生衆生即有五陰名色衆生更互相縛不得相離觀此五陰即是涅槃不可復滅本無繫縛即是解脫本有解脫攝一切法故言解脫即心而求又觀見心五陰即是法性便無復見心五陰因滅是色獲得常色等法性五陰因滅衆生獲得常住法性衆生能一色一切色一識一切識一衆生一切衆生不相妨礙如明鏡淨現衆色像是名性淨三種解脫不得相離不縱不橫不可思議圓滿具足空見中求是名不可思議境此境無明法性宛然具足傷已昏沈今始覺知一切衆生亦復如是既是法性那不起慈既是無明那不起悲觀此空見本性空寂淨若虛空善巧安心研此二法見陰見假四句不生單複諸句句句有苦集無明蔽塞句句有道滅等通觀空見一陰一切陰三諦不動則了法身觀不動陰非

淨非不淨等雙樹涅槃亦是道場是觀名般若八倒破名解脫於一念處起一切念處調伏衆生如是三法非因非果非因而因念處是道場非果而果雙樹中間而入涅槃於空見不動而修不思議三十七品如是徧破不得空見名空三昧不見空相名無相三昧如是三昧不從眞緣生名無作三昧若不入者發大誓願内捨執見外棄命財空見乖理戒不清淨誓令空見不犯法身守護七支不撓舍識若空見喧動中忍不成令誓苦到安心空見如橋地海總集我身心終不動若空見間雜誓純一專精念念流入又空見擾動不能安一至誠懺悔息二攀緣一切種智不開者無明未破誓觀空見法性現前剛決進勇不證不休如是對治助開涅槃深識位次不濫上地内外風塵不能破壞順道法愛不生故無頂墮心心寂滅流入薩婆若海乘一大車遊於四方直至道場成得正覺餘如上說

摩訶止觀卷第十下

音釋

衒 熒絹切自媒也 黶 乙減切黑痕也 獟獠 並側絞皓二切 穭 音呂

集沙門不應拜俗等事

唐弘福寺沙門釋彥悰纂録

清刻龍藏佛說法變相圖

集沙門不應拜俗等事序

唐太原王隱容字少微撰

若夫雞渾起一龍聖開三飛羲畫而踰繩泛軒文而越契端宸肅扆題尊王宇之中斑屣影裾光佐璿逵之右洪猷僅於禮樂秀業止於仁義亦有棲月籠霞之儁乘鼃控鯉之英室欲蟺娑茹丹菌於祕洞休粮蜕影吸青露於神丘終驚迅節之期徒侈浮歡之會豈若能仁撫運梵典開宗撰妙輪而曾擊儆寶騎而高引無生之生究生生於至賾不滅之滅窮滅滅於幽源大千通智炬之輝盡億曳法蠡之響繁宣弛網邁三呪於湯年苦浪堙洪軼四乘於夏序浸羣方而演澤濟悠劫而凝勲襲其儀者便屈紫皇之敬入其道者乃標黔首之尊爲愛習之良資作塵勞之依止洎

乎星潯褫照日夢飛光東徙休屠之像西漸罽賓之化高人響係敷妙説於琅函茂德肩隨暢眞詞於貝牒列辟以之崇奉綿代以之欽尚故符秦肅念紆翠輦而同嬉劉漢虔誠下緗輿而致禮唯有牛圖晚運慧景曖而還明龍緒衰辰德水凝而復涣我大唐澄飛日海撲燎霞崐延喜流禎照華獻吉財成紫宙葳蕤改粒之勳大庇蒼黎茵藹遷裳之業皇帝乘雷震極鑠電離宫驅九駿以曾馳駕八驥而横厲希風崛岫啓鶴苑於神畿仰化連河構蜂臺於勝壤敷攝誘之徽範敦愛敬之洪謨而以控國必俟於忠裝家寔資於孝爰命僧尼之輩將申跪拜之儀則裕凝懷諄通覯於會府因心在念捨輿頌於英寮雖嚚議相攻各言其志而宸襟歷選遂率於常持懷顧復之恩仍致昇堂之拜悰上人沖宇淹穆秀器韶雅迥韻道通峻調閑綽身城浪謐飛寶仍以衢天意樹紛披聳珍翅而拂漢既洽九儒之要還探二藏之微緇徒擅其姱節素侶挹其徽望固以偶迹乘杯侔聲飛錫者矣將恐迷生曲學近識孤聞以適俗之權爲會眞之實叩鳳闈而莫遂叫鸞掖而無從爰輿護念之心載啓發揮之作粤自晉氏迄于聖代凡其議拜事並集而録之總合三篇分成六卷爲之賛論格以通途縟旨含銷雕文振彩信所以激昂幽致刷盪冥津者也隱容業寡才踈名蕪槩淺坐煙郊而晦跡泊風戸以棲神徒以早尚華編深崇葉篆欣兹盛事綴而序之秋蟒輕光匪助奔義之曜春蛙陋響寧裨大樂之音聊以宣情詎云擿藻與我同

志幸無誚焉

集沙門不應拜俗等事卷第一

唐弘福寺沙門釋彦悰纂録

故事篇第一上

故事者明隋以上沙門致敬等事也自大法東流六百餘載其中信毀交貿褒挫相傾亟涂湮殘頻令拜伏而事非經國理越天常用爲蠹道俱沿舊貫焉

奏

晉尚書令何充等執沙門不應敬王者奏三首并序

詔

車騎將軍庾冰爲成帝出令沙門致敬詔二首

書

太尉桓玄與八座桓謙等論道人應致敬事書一首并序

八座等答桓玄明道人不應致敬事書一首

桓玄與中書令王謐論沙門應致敬事書一首

王謐答桓玄明沙門不應致敬事書一首

難

桓玄難王謐不應致敬事三首

答

王謐答桓玄應致敬難三首

書

桓玄與廬山法師慧遠使述沙門不致敬王者意書一首并遠答往反二首

晉何充等執沙門不應敬王者奏三首并序

東晉咸康六年成帝幼沖時太后臨朝制司徒王導録尚書事與上舅中書令庾亮叅輔朝政後導等薨庾冰輔政謂諸沙門應盡敬王者充等議不應敬下禮官詳議博士等議與充同門下承冰旨爲駮充等因爲此奏焉

初奏

尚書令冠軍撫軍都鄉侯臣充散騎常侍左僕射長平伯臣彧散騎常侍右僕射建安伯臣恢尚書關中侯臣懷守尚書昌安子臣廣等言世祖武皇帝以盛明革命肅祖明皇帝聰聖玄覽豈于時沙門不易屈膝顧以不變其修善之法所以通天下之忠也愚謂宜遵承先帝故事於義爲長

庾冰爲成帝出令沙門致敬詔二首

初詔

夫萬方殊俗神道難辯有自來矣達觀傍通誠當無怪況阿跪拜之禮何必尚然當復原先王所以尚之之意豈直好此屈折而坐遺槃辟哉固不然矣因父子之敬建君臣之序制法度崇禮秩豈徒然哉良有以矣既其有以將何以易之然則名禮之設其無情乎且今果將有佛耶將無佛耶有佛耶其道固弘無佛耶義將何取繼其信然將是方外之事方外之事豈方内所以體而當矯形骸違常務易禮典棄名教是吾所甚疑也名教有由來百代所不廢昧旦丕顯後世猶殆殆之爲弊其故難尋而合當遠慕茫昧依俙末分棄禮於一朝廢教於當世使夫凡流傲逸憲度又是吾之所甚疑也縱其信然縱其有之吾將通之於神明得之於胷懷耳軌憲宏模固

不可廢之於正朝矣凡此等類皆晉民也論其材智又常人也而當因所説之難辯假服飾以陵度抗殊俗之傲禮直形體於萬乘又是吾所弗取也諸君並國器也語言則當測幽微論治則當重國典苟其不然吾將何述焉

二奏

尚書令冠軍撫軍都鄉侯臣充散騎常侍左僕射長平伯臣翜散騎常侍右僕射建安伯臣恢尚書關中侯臣懷守尚書昌安子臣廣等言詔書如右臣等暗短不足以讚揚聖旨宣暢大義伏省明詔震懼屏營輙共尋詳有佛無佛固非臣等所能定也然尋其遺文讚其要旨五戒之禁實助王化賤昭昭之名行貴冥冥之潜操行德在於忘身抱一心之清妙且興自漢世迄于今日雖法有隆衰而弊無妖妄神道經久未有其比也夫詛有損也祝必有益臣之愚誠實願塵露之微增潤嵩岱區區之祝上裨皇極今一令其拜遂壞其法令修善之俗廢於聖世習實生常必致愁懼隱之臣心竊所未安臣雖蒙蔽豈敢以偏見疑誤聖聽直謂世經三代人更明聖今不爲之制無虧王法而幽冥之路可無擁滯是以復陳愚誠乞垂省察謹啓

重詔

省所陳具情旨幽昧之事誠非寓言所盡然其較略乃大人神之常度粗復有分例耳大都百王制法雖質文隨時然未有以殊俗參治恢誕雜化者也豈曩聖之不達而末聖而宏通哉且五戒之小善粗擬似人倫而更於

世主略其禮敬耶禮重矣敬大矣爲治之綱盡於此矣萬乘之君非好尊也區域之人非好卑也而卑尊不陳王教則亂斯曩聖所以憲章體國所宜不惑也通才博採往往備修之修之身修之家可矣修之國及朝則不可斯豈不遠也省所陳果亦未能了有之與無矣縱其了猶謂不可以柔治而況都無而當以南行耶

三奏

臣充等言臣等誠雖暗蔽不通遠旨至於乾乾夙夜思修王度寧苟執偏管而亂大倫耶直以漢魏遠晉不聞異議尊卑憲章無或暫虧也今沙門之慎戒專然及爲其禮一而已矣至於守戒之篤者亡身不悋何敢以形骸而慢禮敬哉每見燒香祝願必先國家欲福祐之隆情無極已奉上崇順出於自然禮儀之簡蓋是專一守法是以先聖御世因而弗革也天網恢恢踈而不失臣等屢屢以爲不令致拜於法無虧因其所利而惠之使賢愚莫敢不用情則上有天覆地載之施下有守一修善之人謹復陳其愚淺願蒙省察謹啓于時庾冰議寢竟不施敬

桓玄與八座桓謙等論道人應致敬事書一首并序

晉元興中安帝蒙塵於外太尉桓玄以震主之威欲令道人設拜於已因陳何庾舊事謂理未盡故與八座等書云

玄再拜白頓首八日垂至舊諸沙門皆不敬王者何庾雖已論之而並率所見未是以理相屈也庾意在尊主而理據未盡何出於偏

信遂淪名體夫佛之爲化雖誕以茫浩推乎視聽之外然以敬爲本此處不異蓋所期者殊非敬恭宜廢也老子同王侯於三大原其所重皆在於資生通運豈獨以聖人在位而比稱二儀哉將以天地之大德曰生通生理物存於王者故尊其神器而禮寔惟隆豈是虛相崇重義存君御而已哉沙門之所以生生資存亦日用於理命豈有受其德而遺其禮蔑其惠而廢其敬哉既理所不容亦情所不安一代大事宜共求其衷想復相與研盡之比八日令得詳定也桓玄再拜頓首敬議

八座等答桓玄明道人不應致敬事書一首

中軍將軍尚書令宜陽開國侯桓謙等惶恐死罪奉誨使沙門致敬王者何庾雖論意未究盡此是大事宜使允中實如雅論然佛法與老孔殊趣禮教正乖人以髮膚爲重而彼髡削不疑出家棄親不以色養爲孝土木形骸絕欲止競不期一生要福萬劫世之所貴已皆落之禮教所重意悉絕之資父事君天屬之至猶離其親愛豈得致禮萬乘勢自應廢彌歷三代置其絕羈當以神明無方示不以涯檢視聽之外或別有理今便使其致恭恐應革者多非惟拜起又王者奉法出於敬信其理而變其儀復是情所未了即而容之乃是在宥之弘王令以別答公難孔國張敞在彼想已面諮所懷道寶諸道人並足酬對高旨下官等不諳佛理率情以言愧不足覽謙等惶恐死罪

桓玄與中書令王謐論沙門應致敬事書一首

沙門抗禮至尊正自是情所不安一代大事宜共論盡之今與八座書向已送都今付此信君是宜任此理者遲聞德音

王謐答桓玄明沙門不應致敬事書一首

領軍將軍吏部尚書中書令武岡男王謐惶恐死罪奉誨及道人抗禮至尊并見與八座書具承高旨容音之唱辭理兼至近者亦粗聞公道未獲究盡尋何庾二旨亦恨不悉以爲二論漏於偏見無曉然厭心處眞如雅誨夫佛法之興出自天竺宗本幽遐難以言辯既涉乎教故可略而言耳意以爲殊方異俗雖所安每乖至於君御之理莫不必同今沙門雖意深於敬不以形屈爲禮迹充率土而趣超方内者矣是以外國之君莫不降禮良以道在則貴不以人爲輕重也尋大法宣流爲日諒久年踰四百歷代有三雖風移政易而弘之不異豈不以獨絶之化有用於陶漸清約之風無害於隆平者乎故王者拱己不悢悢於缺戶沙門保眞不自疑於誕世者也承以通生理物存乎王者考諸理歸實如嘉論三復德音不能已已雖欲奉訓言將無寄猶以爲功高者不賞惠深者忘謝雖復一拜一起亦豈足答濟通之德哉公眷眄未遺猥見逮問輒率陳愚管不致嫌於所奉耳願不以人廢言臨白反側謐惶恐死罪

桓玄難王謐不應致敬事三首

初難

來示云沙門雖意深於敬而不以形屈爲禮

難曰沙門之敬豈皆略形存心懺悔禮拜亦篤於事爰曁之師逮於上座與世人揖跪但

爲小異其制耳既不能忘形於彼何爲忽儀於此且師之爲理以資悟爲德君道通生則理宜在本在三之義豈非情理之極哉○來示云外國之君莫不降禮良以道在則貴不以人爲輕重也○難曰外國之君非所宜喻而佛教之興亦其旨可知豈不以六夷驕強非常教所化故大設靈奇使其畏服既畏服之然後順軌此蓋是大懼鬼神福報之事豈是宗玄妙之道耶道在則貴將異於雅旨豈得被其法服便道在其中若以道在然後爲貴就如君言聖人之道道之極也君臣之敬愈敦於禮如此則沙門不敬豈得以道在爲貴哉○來示云歷年四百歷代有三而弘之不異豈不以獨絕之化有日用於陶漸清約之風無害於隆平者乎○難曰歷代不革非所以爲證也曩者晉人略無奉佛沙門徒衆皆是諸胡且王者與之不接故可任其方俗不爲之檢耳今主上奉佛親接法事事異於昔何可不使其禮有准日用清約有助于教皆如君言此蓋是佛法之功非沙門傲誕之所益也今篤以祇敬將無彌濃其助哉○來示云功高者不賞惠深者忘謝雖復一拜一起豈足答濟通之恩○難曰夫理至無酬誠如來旨然情在罔極則敬自從之此聖人之所以緣情制禮而各通其寄也若以功深惠重必略其謝則釋迦之德爲是深耶爲是淺耶若淺耶不宜以小道而亂大倫若深耶豈得彼肅其恭而此弛其敬哉

王謐答桓玄應致敬難三首

初答

難曰沙門之敬豈皆略形存心懺悔禮拜亦篤於事○答曰夫沙門之道自以敬爲主但津塗既殊義無降屈故雖天屬之重形禮都盡也沙門所以推宗師長自相崇敬者良以宗致既同則長幼成序資通有係則事與心應原佛法雖曠而不遺小善一介之功報亦應之積毫成山義斯著矣○難曰君道通生則理應在本在三之義豈非情理之極哉○答曰夫君道通生則理同造化夫陶鑄敷氣功則弘矣而未有謝惠於所稟措感於理本者何良以冥本幽絶非物像之所舉運通理妙豈麤迹之能酬是以夫子云可使由之不可使知之此之謂也○難曰外國之君非所應喻佛教之興亦其旨可知豈不以六夷驕強非常教所化故大設靈奇使其畏服○答曰夫神道設教誠難以言辯意以爲大設靈奇示以報應此最影響之實理佛教之根要今若謂三世爲虛誕罪福爲畏懼則釋迦之所明殆將無寄矣常以爲周孔之化救其甚弊故言迹盡乎一生而不開萬劫之塗然遠探其旨亦往往可尋孝悌仁義明不謀而自同四時之生殺則矜慈之心見又屢抑仲由之問亦似有深旨但教體既殊故此處常昧耳靜而求之殆將然乎殆將然乎○難曰君臣之敬愈敦於禮如此則沙門不敬豈得以道在爲貴哉○答曰重尋高論以爲君道運通理同三大是以前條已粗言意以爲君人之道竊同高旨至於君臣之敬則理盡名教今沙門既不臣王侯故敬與之廢耳○難曰歷代不革非所以爲證也曩者晉人略無奉

佛沙門徒衆皆是諸胡且王者與之不接故可任其方俗不爲之檢耳○答曰前所以云歷有年代者正以容養之道要當有以故耳非謂已然之事無可改之理也此蓋言勢之所至非懂然所據也胡人不接王者又如高唱前代之不論或在於此耶○難曰此蓋是佛法之功非沙門傲誕之所益今篤以祇敬將無彌濃其助哉○答曰敬尋來論是不誣佛理也但傲誕之迹有虧大化誠如來誨誠如來誨意謂沙門之道可得稱異而非傲誕今若以千載之末淳風轉薄横服之徒多非其人者敢不懷愧今但謂自理而默差可遺人而言道耳前答云不以人爲輕重微意在此矣○難曰若以功深惠重必略其謝則釋迦之德爲是深耶爲是淺耶若淺耶不宜以小道而亂大倫若深耶豈得彼肅其恭而此弛其敬哉○答曰以爲釋迦之道深則深矣而瞻仰之徒彌篤其敬者此蓋造道之倫必資行功行功之美莫尚於此如斯乃積行之所因來世之關鍵也且致敬師長功猶難抑況擬心宗極而可替其禮哉故雖俯仰累劫而非謝惠之謂也

桓玄重難王謐

二難

省示猶復未釋所疑因來告復粗有其難夫情敬之理豈容有二皆是自内以及外耳既入於有情之境則不可得無也若如來言王者同之造化未有謝惠於所稟措感於理本是爲功玄理深莫此之大也則佛之爲化復何以過茲而來論云津塗既殊則義無降屈

宗致既同則長幼成序資通有係則事與心應若理在己本德深居極豈得云津塗之異而云降屈耶宗致為是何耶若以學業為宗致者則學之所學故是發其自然之性耳茍自然有在所由而禀則自然之本居可知矣資通之悟更是發瑩其末耳事與心應何得在此而不在彼又云周孔之化救其甚弊故盡於一生而不開萬劫之塗夫以神奇為化則其教易行彛於督以仁義盡於人事也是以黄巾妖惑之徒皆赴者如雲若此為實理行之又易聖人何緣捨所易之實道而為難行之末事哉其不然也亦以明矣將以化教殊俗理在權濟恢誕之談其趣可知又云君臣之敬理盡名教今沙門既不臣王侯故敬與之廢何為其然夫敬之為理上紙言之詳矣君臣之敬皆是自然之所生理篤於情本豈是名教之事耶前論已云天地之大德曰生通生理物存乎王者茍所通在斯何得非自然之所重哉又云造道之倫必資功行積行之所因來世之闗鍵也擬心宗極不可替其敬雖俯仰累劫而非謝惠之謂請復就來旨而借以為難如來告以敬為行首是敦敬之重也功行者當計其為功之勞耳何得直以珍仰釋迦而云莫尚於此耶惠無所謝達者所不惑但理根深極情敬不可得無耳臣之敬君豈謝惠者耶

王謐重答桓玄

二答

奉告并垂重難具承高旨此理微細至難措言又一代大事應時詳盡下官才非拔幽特

之研析且妙難精詣益增茫惑但高音既臻不敢默已輙復率其短見妄酬來誨無以啓發容致秖用反側願復詢諸道人通才蠲其不逮公云宗致爲是何耶若以學業爲宗致者則學之所學故是發其自然之性耳苟自然有在所由而禀則自然之本居可知矣今以爲宗致者是所趣之至道學業者日用之筌蹄今將欲趣彼至極不得不假筌蹄以自運耳故知所假之功未是其絕處也夫積學以之極者必階麤以及妙魚獲而筌廢理斯見矣公以爲神奇之化易仁義之功難聖人何緣捨所易之實道而爲難行之末事哉其不然也亦以明矣意以爲佛之爲教與內聖永殊既云其殊理則無並今論佛理故當依其宗而立言也然後通塞之塗可得而詳矣

前答所以云仁善之行不殺之旨其若似可同者故引以就此耳至於發言抗論津徑所歸固難得而一矣然愚意所見乃更以佛教爲難也何以言之今內聖所明以爲出其言善應若影響如其不善千里違之如此則美惡應於俄頃禍福交於目前且爲仁由己弘之則是而猶有棄正而即邪背道而從欲者矣況佛教喻一生於彈指期要終于永劫語靈異之無位設報應於未兆取之能信不亦難乎是以化暨中國悟之者尠故本起經云正言似反此之謂也公云行功者當計其爲功之勞何得直以珍仰釋迦而云莫尚於此耶請試言曰以爲佛道弘曠事數彌繁可以練神成道非唯一事也至於存心無倦於事能勞珍仰宗極便是行功之一耳前答所以

云莫尚於此者自謂擬心宗蹤其理難尚非謂禮拜之事便爲無取也但既在未盡之域不得不有心於希通雖一介之輕微必終期之所須也公云君臣之敬皆是自然之所生理篤於情本豈是名教之事耶敬揖高論不容閒然是以前答云君人之道竊同高旨者意在此也至於君臣之敬事盡揖拜故以此爲名教耳非謂相與之際盡於創迹也請復重申以盡微意夫太上之世君臣已位自然情愛則義著化本于斯時也則形敬蔑聞君道虛運故相忘之理泰臣道冥陶故事盡於知足因此而推形敬不與心爲影響殆將明矣及親譽既生茲禮乃興豈非後聖之制作事與時應者乎此理虛邈良難爲辯如其未允請俟高亮

桓玄三難王謐 并書

來難手筆甚佳殊爲斐然可以爲釋疑處殊是未至也遂相攻難未見其已今復料要明在三之理以辯對輕重則敬否之理可知想研微之功必在苦愈析耳八日已及今與右僕射書便令施行敬事尊王之道使天下莫不敬雖復佛道無以加其尊豈不盡言耶事雖已行無豫所論宜究也想諸人或更有精析耳可以示仲文

三難

比獲來示并諸人所論並未有以釋其所疑就而爲難殆以流遷今復重申前意而委曲之想足下有以頓白馬之轡知辯制之有耳夫佛教之所重全以神爲貴是故師徒相宗莫二其倫凡神之明暗各有本分分之所資

禀之有本師之爲功在於發悟譬猶荊璞而瑩拂之耳若質非美玉琢磨何益是爲美惡存乎自然深德在於資始佛瑩之功寔以末焉既懷玉自中又匠以成器非君道則無以申遂此生而通其爲道者也是爲在三之重而師爲之末何以言之君道兼師而師不兼君教以弘之法以齊之君之道也豈不然乎豈可以在理之輕而奪宜尊之敬三復其理愈所疑駭制作之旨將在彼而不在此錯而用之其弊彌甚想復領其趣而遺其事得之濠上耳

王謐三答桓玄

三答

重虧嘉誨云佛之爲教以神爲貴神之明暗各有本分師之爲理在於發悟至於君道則可以申遂此生通其爲道者也而爲師無該通之美君有兼師之德弘崇王之大禮析在三之深淺實如高論實如高論下官近所以脫言鄙見至於往反者緣顧問既華不容有隱乃更成別辯一理非但習常之惑也既重研妙旨理實悏遐曠若發矇於是乎在承已令庾桓施行其事至敬時定公私幸甚下官瞻仰所晤義在擊節至於濠上之誨不敢當命也

桓玄與盧山法師慧遠使述沙門不敬王者意書一首 并遠答往反二首

沙門不敬王者既是情所不了於理又是所未諭一代大事不可令其體不允近八座書今示君君可述所以不敬意也此便當行之事一二令詳遣想君必有以釋其所疑耳王

領軍大有任此意近亦同遊謝中面共諮之所據理殊未釋所疑也令郭江州取君答可旨付之

遠法師答桓太尉

詳省别告及八座書問沙門所以不敬王者意義在尊主崇上遠存名體徵引老氏同王侯於三大以資生運通之道故宜重其神器若推其本以尋其源咸稟氣於兩儀受形於父母則以生生通運之道爲弘資存日用之理爲大故不宜受其德而遺其禮霑其惠而廢其敬此檀越立意之所據貧道亦不異於高懷求之於佛教以尋沙門之道理則不然何者佛經所明凡有二科一者處俗弘教二者出家修道處俗則奉上之禮尊親之敬忠孝之義表於經文在三之訓彰乎聖典斯與王制同命有若符契此一條全是檀越所明理不容異也出家則是方外之賓迹絶於物其爲教也達患累緣於有身不存身以息患知生生由於稟化不順化以求宗求宗不由於順化故不重運通之資息患不自於存身故不貴厚生之益此理之與世乖道之與俗反者也是故凡在出家皆隱居以求其志變俗以達其道變俗服章不得與世典同禮隱居則宜高尚其迹夫然故能拯溺族於沉流拔幽根於重劫遠通三乘之津廣開天人之路是故内乖天屬之重而不違其孝外闕奉主之恭而不失其敬若斯人者自誓始於落簪立志成於暮歳如令一夫全德則道洽六親澤流天下雖不處王侯之位固已協契皇極大庇生民矣如此豈坐受其德虚霑其惠

與夫尸禄之賢同其素飡者哉檀越頃者以有其服而無其人故澄清簡練容而不雜此命既宣皆人百其誠遂之彌深非言所諭若復開出處之迹以弘方外之道則虛襟者挹其遺風漱流者味其餘津矣若澄簡之後猶不允情其中或眞僞相冒涇渭未分則可以道廢人固不應以人廢道以道廢人則宜去其服以人廢道則宜存其禮禮存則制教之旨可尋跡廢則遂志之歡莫由何以明其然夫沙門服章法用雖非六代之典自是道家之殊俗表之名器名器相涉則事乖其本事乖其本則禮失其用是故愛夫禮者必不虧其名器得之不可虧亦有自來矣夫遠遵古典者猶存告朔之餼羊餼羊猶可以存禮豈況如來之法服耶推此而言雖無其道必宜存其禮禮存則法可弘法可弘則道可尋此古今所同不易之大法也又袈裟非朝宗之服鉢盂非廊廟之器軍國異容戎華不雜剔髮毀形之人忽廁諸夏之禮則是異類相涉之像亦竊所未安檀越奇韻挺於弱年風流邁於季俗猶參究時賢以求其中此而推之必不以人廢言貧道西垂之年假日月以待盡情之所惜豈存一已苟悋所執蓋欲令三寶中興於命世之運明德流芳於百代之下耳若一旦行此佛教長淪如來大法於茲泯滅天人感歎道俗革心矣貧道幽誠所期復將安寄緣眷愚之隆故坦其所懷執筆悲懣不覺涕泗横流矣

桓太尉重答遠法師書

知以方外遺形故不貴爲生之益求宗不由

順化故不重運通之資又云内乖天屬之重
而不違其孝外闕奉主之恭而不失其敬若
如來言理本無重則無緣有致孝之情事非
資通不應復有致恭之義君親之情許其未
盡則情之所寄何爲絶之夫累著在於心滯
不由形敬形敬蓋是心之所用耳若乃在其
本而縱以形敬此復所未之喻又云佛教兩
弘亦有處俗之教或澤流天下道洽六親固
以協讃皇極而不虛霑其德矣夫佛教存行
各以事應因緣有本必至無差者也如此則
爲道者亦何能違之哉是故釋迦之道不能
超白淨於津梁雖未獲須陁故是同國人所
常耳就如來言此自有道深德之功固非今
之所謂宜敎者所可擬議也來示未能共求
其理便大致慨然故是末之喻也想不惑留
常之滯而謬情理之用耳

集沙門不應拜俗等事卷第一 上故事

音釋

踰羊朱切越也　扆於豈切屏風也　屣踈士切革履也　彯撫招切彯彯長組貌　裾居御切衣裾也　璿似宣切美玉也　逵渠龜切九達道也　儁子峻切與俊同　黿愚袁切　控苦貢切勒止也　窒陟栗切塞也　蟺時連切與蟬同　菌渠隕切地蕈也　蜕舒芮切蟬蛇解皮也　俶昌六切動也　賾鋤陌切深也　曳餘制切引也　蠡落戈切蚌屬　罝咨邪切罟也　弛詩止切解也　堙於眞切塞也　軼夷秩切過也　黔巨鹽切黑色也黔首民也　褫直吏切解也　罽賓梵語也此云賤種罽居刈切　紆憶俱切屈也　嬉許羈切游也　緗息良切淺黃色也　曖烏代切晻曖日不明貌　撲普木切擊也　燎力弔切火熾也　禎知盈切祥也　葳蕤葳於非切蕤汝

誹切葳蕤草木盛貌鑠書藥切灼鑠也駮北角切駮如馬白身黑尾一角誶
蘇對切告也囂牛刀切衆多貌悰昨宗切謐彌畢切靜也姱苦瓜
切好也閽呼昆切門也掖夷益切宮掖宮旁舍也盪徒浪切滌漱也
蕪武夫切蕪也槩居代切節槩也篆持兖切篆書也蟒力刃切螢火也
裨補移切助也摛丑知切裧也誚才笑切譏也褒博毛切獎飾也
湮於真切沒也蠧當故切猶壞也薨呼肱切卒也翣所甲切人名
悢力讓切悢悢猶眷眷也眄眠見切邪視也猥烏賄切鄙也㦗呼麥
切快辯也鎣鎣定切磨也蹩直列切跡也濠胡刀切水名曚莫紅
切不明也簪側吟切冠簪也餼虛氣切牲生曰餼

集沙門不應拜俗等事卷第二

唐弘福寺沙門釋彥悰纂録

故事篇第一下

晉廬山釋慧遠沙門不敬王者論一首并序

昔咸康中庾將軍疑諸沙門抗禮萬乘至元興中桓太尉亦同此議于時朝士名賢答者甚衆雖言未悟時並互有其美徒咸盡所懷而理蘊于情遂令無上道服毀於塵俗亮致之心屈乎人事悲夫斯乃交喪之所由千載之否運深懼大法之將淪感前事之不忌故著五篇究叙其意豈曰淵壑之待晨露蓋是申其罔極亦庶後之君子崇敬佛教者或詳而覽焉

在家第一

原夫佛教所明大要以出處爲異出處之人

凡有四科其弘通利物則功侔帝王化兼治道至於感俗悟時亦無世不有但所遇有行藏故以廢興爲隱顯耳其中可得論者請略而言在家奉法則是順化之民情未變俗迹同方內故有天屬之愛奉主之禮禮敬有本遂因之而成教本其所因則功由在昔是故因親以教愛使民知有自然之恩因嚴以教敬使民知有自然之重二者之來寔由冥應應不在今則宜尋其本故以罪對爲刑罰使懼而後慎以天堂爲爵賞使悅而後動此皆即其影響之報而明於教以因順爲通而不革其自然也何者夫厚身存生以有封爲滯累根深固在我倒未忘方將以情欲爲苑囿聲色爲遊觀耽湎世樂不能自勉而特出是故教之所檢此以爲崖而不明其外耳其外未明則大同於順化故不可受其德而遺其禮霑其惠而廢其敬是故悅釋迦之風者輙先奉親而敬君變俗投簪者必待命而順動若君親有疑則退求其志以俟同悟斯乃佛教之所以重資生助王化於治道者也論者立言之旨邈有所同故位夫內外之分以明在三之志略叙經意宣寄所懷

出家第二

出家則是方外之賓迹絕於物其爲教也達患累緣於有身不存身以息患知生生由於禀化不順化以求宗求宗不由於順化順化則不重運通之資息患不由於存身存身則不貴厚生之益此理之與形乖道之與俗反者也若斯人者自誓始於落簪立志形乎變俗是故凡在出家皆遯世以求其志變俗以

達其道變俗則服章不得與世典同禮遯世則宜須高尚其跡夫然故能拯溺俗於沉流拔玄根於重劫遠通三乘之津廣開天人之路如令一夫全德則道洽六親澤流天下雖不處王侯之位亦已協契皇極在宥生民矣是故內乖天屬之重而不違其孝外闕奉主之恭而不失其敬從此而觀故知超化表以求宗則理深而義篤照泰息以語仁則功末而惠淺若然者雖將面冥山而旋步猶或恥聞其風豈況與夫順化之民尸祿之賢同其孝敬者哉

求宗不順化第三

問曰尋夫老氏之意天地以得一爲大王侯以體順爲尊得一故爲萬化之本體順故有運通之功然則明宗必存乎體極體極必由於順化是故先賢以爲美談衆論所不能異異夫衆論者則義無所取而云不順化何耶

答曰凡在有方同稟生於大化雖群品萬殊精麤異貫統極而言唯有靈與無靈耳有靈則有情於化無靈則無情於化無情於化化畢而生盡生不由情故形朽而化滅有情於化感物而動動必以情故其生不絕其生不絕則其化彌廣而形彌積情彌滯而累彌深其爲患也焉可勝言哉是故經稱泥洹不變以化盡爲宅三界流動以罪苦爲場化盡則因緣永息流動則受苦無窮何以明其然夫生以形爲桎梏而生由化有化以情感則神滯其本而智昏其照介然有封則所存唯己所涉唯動於是靈轡失御生塗日開方隨貪愛於長流豈一受而已哉是故反本求宗者

不以生累其神超落塵封者不以情累其生不以情累其生則生可滅不以生累其神則神可冥冥神絶境故謂之泥洹泥洹之名豈虚稱也哉請推而實之天地雖以生生爲大而未能令生者不化王侯雖以存存爲功未能令存者無患是故前論云達患累緣於有身不存身以息患知生生由於禀化不順化以求宗義存於此義存於此斯沙門之所以抗禮萬乘高尚其事不爵王侯而霑其惠者也

體極不兼應第四

問曰歷觀前史上皇已來在位居宗者未始異其原本本不可二是故百代同典咸一其統所謂唯天爲大唯堯則之如此則非智有所不照自無外可照非照有所不盡自無理可盡以此推視聽之外廓無所寄廓無所寄則宗可明今諸沙門不悟文表之意而惑教表之文其爲謬也固已甚矣若復顯然有驗此乃希世之聞答曰夫幽宗曠邈神道精微可以理尋難以事詰既涉乎教則以因時爲檢雖應世之具優劣萬差至於曲成在用感即民心而通其分分至則止其智之所不知而不開其外者也若然則非體極者之所不兼兼之者不可並御耳是以古之語大道者五變而形名可舉九變而賞罰可言此但方内之階差而猶不可頓設況其外者乎請復推而廣之以遠其類六合之外存而不論者非不可論論之或乖六合之内論而不辯者非不可辯辯之或疑春秋經世先王之志辯而不議者非不可議議之惑亂此三者皆即

其身耳目之所不至以爲關鍵而不開視聽之外者也因此而求聖人之意則内外之道可合而明矣常以謂道法之與名教如來之與堯孔發致雖殊潛相影響出處誠異終期則同許而辯之指歸可見理或有先合而後乖有先乖而後合先合而後乖者諸佛如來則其人也先乖而後合者歷代君王未體極之主斯其流也何以明之經云佛有自然神妙之法化物以權廣隨所入或爲靈仙轉輪聖王或爲卿相國師道士若此之倫在所變現諸王君子莫知爲誰此所謂合而後乖者也或有始創大業而功化未就迹有參差故所受不同或期功於身後或顯應於當年聖王師之而成教者亦不可稱筭雖援引無方必歸塗有會此所謂乖而後合者也若令乖而後合則擬步通塗者必不自崖於一揆若令合而後乖則釋迦之與堯孔歸致不殊斷可知矣是故自乖而求其合則知理會之必同自合而求其乖則悟體極之多方但見形者之所不兼故惑衆塗而駭其異耳因兹而觀天地之道功盡於運化帝王之德理極於順通若以對夫獨絕之教不變之宗固不得同年而語其優劣亦已明矣

神不滅第五

問曰論旨以化盡爲至極故造極者必違化而求宗求宗不由於順化是以引歷代君王使同之佛教令體極之主以權居統此雅論之所託自必於大通者也求之實當理則不然何者夫禀氣極於一生生盡則消液而同無神雖妙物故是陰陽之化耳既化而爲生

又化而爲死既聚而爲始又散而爲終因此而推固知神形俱化原無異統精麤一氣始終同宅宅全則氣聚而有靈宅毀則氣散而照滅散則反所受於大本滅則復歸於無物反覆終始窮皆自然之數耳孰爲之哉若令本則異氣數合則同化爾爲神之處形猶火之在木其生必並其毀必滅形離則神散而罔寄木朽則火寂而靡託理之然矣假使同異之分昧而難明有無之說必存乎聚散聚散氣變之總名萬化之生滅故莊子曰人之生氣之聚聚則爲生散則爲死若生爲彼徒吾又何患古之善言道者必有以得之若異然邪至理極於一生生盡不化義可尋也答曰夫神者何耶精極而爲靈者也精極則非卦象之所圖故聖人以妙物而爲言雖有上智猶不能定其體狀窮其幽致而談者以常識生疑多同自亂其爲誣也亦已深矣將言之是乃言夫不可言今於不可之中復相與而依俙神也者圓應無主妙盡無名感物而動假數而行感物而非物故物化而不滅假數而非數故數盡而不窮有情則可以物感有識則可以數求數有精麤故其性各異智有明暗故其照不同推此而論則知化以情感神以化傳情爲化之母神爲情之根情有會物之道神有冥移之功但悟徹者反本惑理者逐物耳古之論道者亦未有所同請引而明之莊子發玄音於大宗曰大塊勞我以生息我以死又以生爲人羈死爲反眞此所謂知生爲大患以無生爲反本者也文子稱黃帝之言曰形有靡而神不化以不化乘化

其變無窮莊子亦云特犯人之形而猶喜若人之形萬化而未始有極此所謂知生不盡於一化方逐物而不反者也二子之論雖未究其實亦甞傍宗而有聞焉論者不尋方生方死之説而惑聚散於一化不思神道有妙物之靈而謂精麤同盡不亦悲乎火木之喻原自聖典失其流統故幽興莫尋微言遂淪於常教令談者資之以成疑向使時無悟宗之匠則不知有先覺之明冥傳之功没世靡聞何者夫情數相感其化無端因緣密構潛相傳寫自非達觀孰識其變請爲論者驗之以實火之傳於薪猶神之傳於形火之傳異薪猶神之傳異形前薪非後薪則知指窮之術妙前形非後形則悟情數之感深惑者見形朽於一生便以爲神情俱喪猶覩火窮於一木謂終期都盡耳此曲從養生之談非遠尋其類者也就如來論假令神形俱化始自反本愚智資生同禀所受問所受之於形耶爲受之於神耶若受之於形凡在有形皆化而爲神矣若受之於神是爲以神傳神則丹朱與帝堯齊聖重華與瞽瞍等靈其可然乎其可然乎如其不可固知冥緣之構著於在昔明暗之分定於形初雖靈鈞善運猶不能變性之自然況降兹已還乎驗之以理則微言而有徵効之以事無惑於大道

論成後有退居之賓步朗月而宵遊相與共集法堂因而問曰敬尋雅論大歸可見殆無所聞一日試重研究蓋所未盡亦少許處耳意以爲沙門德式是變俗之殊制道家之名器施於君親固宜略於形敬今所疑者謂甫

創難就之業遠期化表之功潛澤無現法之効來報玄而未應乃令王公獻供信士屈體得無坐受其德陷乎早計之累虛霑其惠同夫素餐之譏耶主人良久乃應曰請爲諸賢近取其類有人於此奉宣時命遠通殊方九譯之俗問王者當資以餱粮錫以轝服不答曰然主人曰類可尋矣夫稱沙門者何耶謂其能發蒙俗之幽昏啓化表之玄路方將以兼忘之道與天下同往使希高者挹其遺風漱流者味其餘津若然雖大業未就觀其超步之跡所悟固以弘矣然且袈裟非朝宗之服鉢盂非廊廟之器沙門塵外之人不應致敬王者然則運通之功資存之益尚未酬其始誓之心況答三業之勞乎又斯人者形雖有待情無近寄視夫四事之供若鷦蚊之過乎其前者耳濡沫之惠復焉足語哉衆賓於是始悟冥塗以開轍爲功息心以淨畢爲道乃欣然怡襟詠言而退

桓楚許沙門不致禮詔一首

桓楚得盧山遠公書及論以大亨二年十二月三日乃下詔停沙門致敬事詔曰門下佛法宏誕所未能了推其篤至之情故寧與其敬耳今事既在己苟所不了且當寧從其略諸人勿復使禮也便皆使聞知

侍中卞嗣之等執沙門應致敬啓四首并桓楚答三首

初啓

侍中臣嗣之給事黃門侍郎臣袁恪之等言詔書如右神道冥昧聖詔幽遠陛下所弘者大爰逮道人奉佛者耳率土之民莫非王臣

而以向化法服便抗禮萬乘之主愚情所未安拜起之禮豈虧其道尊卑大倫不宜都廢若許其名教之外闕其拜敬之儀者請一斷引見啓可紀識謹啓

桓玄一報曰何緣爾便宜奉詔

二啓

侍中臣嗣之等啓事重被明詔崇沖挹之至履謙光之道愚情眷眷竊有未安治道雖殊理至同歸尊親法教不乖老子稱四大者其尊一也沙門所乘雖異跡不超世豈得不同乎天民陛下誠欲弘之於上然卑高之禮化治之典愚謂宜循順羣心永爲來式請如前啓謹啓

桓玄二報曰置之使自已亦是兼愛九流各遂其道也

三啓

侍中祭酒臣嗣之言重被詔如右陛下至德圓靈使吹萬自已九流各徇其美顯昧並極其致靈澤幽流無思不懷羣方所以資通天人所以交暢臣聞佛教以神慧爲本道達爲功自斯已還蓋是斂麤之用耳神理緬邈求之於自形而上者虔肅拜起無虧於持戒若行道不失其爲恭王法齊敬於率土道憲兼隆內外咸得矣臣前受外任聽承疎短乃不知去春已有明論近在直被詔便率其愚情不懼允合還此方見斯事屢經神筆宗致悠邈理析微遠非臣駑鈍所能擊讚沙門禮已行之前代今大明既昇道化無外經國大倫不可有闕請如先所啓攝外施行謹啓

桓玄三報曰自有內外兼弘者何其於用前

代理卿區區惜此更非讚其道也

四啓

侍中祭酒臣嗣之言重奉詔自有内外兼弘者聖旨淵通道冠百王伏讀仰歎非愚淺所逮尊主祇法臣下之節是以拳拳頻執所守明詔超邈遠略常均臣暗短不達追用愧悚輒奉詔付外宣攝遵承謹啓永始元年十二月二十四日上

宋孝武帝抑沙門致拜事一首

宋孝武大明六年九月有司奏曰臣聞邃拱凝居非期宏峻拳跪盤伏豈止敬恭將以照張四維締制八寓故雖儒法支泒名墨條分至於崇親嚴上厥繇靡爽惟浮圖爲教逷自龍阜反經提傳訓遐事遠諫生鑒識恒俗稱難宗旨緬邈微言倫隔拘文蔽道在末彌扇遂廼陵越典度偃倨尊戚失隨方之眇迹迷襲化之淵義夫佛法以謙儉自拘忠虔爲道不輕比丘逢人必拜目連桑門遇長則禮寧有屈膝四輩而間禮二親稽顙耆臘而直骸萬乘者哉故咸康創議元興載述而事屈偏黨道挫餘分令鴻源遥洗羣流仰鏡萬仙責寶百神聳職而鐵輦之内舍弗臣之甿階席之間延抗禮之客懼非所以澄一風範詳示景則者也臣等參議以爲沙門接見皆當盡禮虔敬之容依其本制則朝徽有序乘方兼遂矣帝從之

釋彦悰曰孝武傳云帝即位二三年間方逞其欲拒諫足以敗壞令天下失望有世祖才明而少以禮度自肅若思武皇之節儉追太祖之寬恕則漢之文景曾何足云從大明六

年至景明元年凡四載令拜國主而僧竟不行豈非理勃天常固使綸言徒設耶

夏赫連勃勃令沙門致拜事一首

晉恭帝元熙中赫連勃勃據夏州略二秦之地行五刑之虐便言勃勃謂已是人中之佛堪受僧禮乃畫佛像披於背上令沙門禮像即爲拜我後爲震死葬後復震出屍題爲無道之字尋爲北代所吞爲天下笑焉

齊武帝論沙門抗禮事一首

齊武帝永明中敕定林上寺僧法獻長干寺僧玄暢於三吳沙簡僧尼時暢獻二僧皆少習律檢不競當世與武帝共語每稱名而不坐後中興僧鍾於乾和殿見帝帝問鍾如宜鍾答貧道比苦氣帝嫌之廼問尚書王儉比地沙門與王共語何所稱又正殿坐不儉答漢魏佛法未是大興不見記傳自僞國稍盛皆稱貧道亦預坐及晉初亦然中代有庾冰桓玄等欲使沙門盡敬朝議紛紜事皆休寢宋之中朝亦頗令致禮而尋竟不行自爾迄今多預坐而稱貧道帝曰暢獻二僧道業如此尚自稱名況復餘者抱拜則太甚稱名亦無嫌自爾沙門皆稱名於帝主自暢獻始也

隋煬帝勑沙門致拜事一首并與善寺沙門明贍答

隋煬帝大業中改革前政令沙門拜帝及諸官長等懸之雜令至五年南郊謁帝大張文物廣位羣僚于時佛道二衆依前跱立有勑云條式久行何因不拜黄老士女聞便致禮唯僧尼儼然時與善寺沙門明贍答帝曰僧等據佛戒不合禮俗帝曰宋武之時僧何致拜贍曰宋武狂勃不拜便有嚴誅陛下有道

不拜不懼顯戮帝令問對僧名遂散瞻明旦致闕重祭有司募敢死者對詔謝過內史爲通昨不拜之罪帝夷然不述乃盡京僧尼設齋人別施錢帛後帝至西郊顧謂蘇威曰朕謂京師無僧昨南郊中亦有人焉拜事因寢

洛濵翻經館沙門釋彥悰福田論一首并序

昔在東晉太尉桓玄議令沙門敬於王者廬山法師高名碩德傷智幢之欲折憂戒寶之將沉乃作沙門不敬王者論論不設敬之儀當時遂寢然以緝詞隱密援例杳深後學披覽難見文意聊因暇日輙復申敘更號福田論云忽有嘉客來自遠方遥附桓氏重述前議主人正念久之抗聲應曰客似未聞福田之要吾今粗爲論之夫云福田者何也三寶之謂也功成妙智道登圓覺佛也玄理幽寂正教精誠法也禁戒守眞威儀出俗僧也皆是四生導首六趣舟航高越天人重踰金石譬乎珍寶劣相擬議佛以法主標尊法以佛師居本僧爲弟子崇是佛法可謂尊卑同位本末共門語事三種論體一致處五十之載弘八萬之典所說指歸唯此至極寢聲滅影盡雙林之運刻檀畫像留一化之軌聖賢間起禀學相承和合爲羣住持是寄金人照於漢殿像法通於洛浦並宗先覺俱襲舊章圖方外以發心棄世間而立德官榮無以動其意親屬莫能累其情衣則截於壞色髮則落於毀容不戴冠而作儀豈束帶而爲飾上天之帝猶恒設禮下土之王固當致敬有經有律斯法未殊若古若今其道無滯推帝王之重亞神祇之大八荒欽德四海歸仁僧尼朝

拜非所聞也如懷異旨請陳雅見
客曰周易云天地之大德曰生聖人之大寶曰位老子云域中有四大王居一焉竊以莫非王土建之以國莫非王臣繫之以主則天法地覆載兆民方春比夏生長萬物照以日月之光潤以雲雨之氣六合則咸宗如海百姓則共仰如戾戎夷革面馬牛迴首蛇尚荷於隋侯魚猶感於漢帝豈有免其編戶假其法門忌度脫之寬仁遺供養之弘造高大自許甲恭頓廢譬諸禽獸將何別乎必若能獲神通得成聖果道被天下理在言外然今空事剔除尚增三毒虛攺服飾猶染六塵戒忍弗修定智無取有乖明誨不異凡俗詎應恃宣讀之勞而抗禮萬乘籍形容之別而闕敬一人昔比丘接足於居士菩薩稽首於慢衆斯文復彰其趣安在如以權道難沿佛性可尊況是君臨罔非神降伯陽開萬齡之範仲尼敷百王之則至於謁拜必遵朝典獨有沙門敢爲淩慢此而可忍孰可容乎弊風難革惡流易久不遇明皇誰能刋正忽起非常之變多招無信之譏至言有憑幸垂詳覽
主人曰吾所立者內也子所難者外也內則通於法理外則局於人事相望懸絕詎可同年斯謂學而未該聞而不洽子之所惑吾當爲辯試舉其要總有七條無德不報一也無善不攝二也方便無礙三也寂滅無榮四也儀不可越五也服不可亂六也因不可忌七也初之四條對酬難意後之三條引出成式吾聞天不言而四時行王不言而萬國治帝有何力民無能名成而不居爲而不恃斯乃

先王之盡善大人之至德同霑庶類齊預率賓幸殊草木差非蟲鳥戴圓履方俯仰懷惠食粟飲水飽滿銜澤況復矜許出家慈聽入道斷麤業於已往祈妙果於將來既蒙重恩還思厚答方憑萬善之益豈在一身之敬追以善答稱報乃深微以身敬收利益淺良由僧失正儀俗滅餘慶僧不拜俗佛已明言若知可信理當遵立如謂難依事應除廢何容崇之欲求其福卑之復責其禮即令從禮便同其俗猶云請福未見其潤此則存而似棄僧而類民非白非黑無所名也竊見郊禋總祭惟存仰福爲尊僧尚鄙斯不恭如何令僧拜俗天地可及斯義罕乖後更爲叙是謂第一無德不報法既漸衰人亦稍末罕有其聖誠如所言雖處凡流仍持忍鎧縱虧戒學尚談智典如塔之貴似佛之尊歸之則善生毀之則罪積猛心始發割愛難而能捨弘願終期成覺迴而能趣斯故剃髮之辰天魔遥懼染衣之日帝釋遠歡妓女聊披無漏遂滿醉人蹔剪有緣即結龍子賴而息驚象王見而止怖威靈斯在儀服是因幼未受具對揚佛旨小不可輕光顯僧力波離既度釋子伏心尼陀亦歸匿王屈意乃知若老若少可師者法無賤無豪所存者道然後賢愚之際默語之間生熟相似去取非易肉眼分別恐不逢實信心平等或有值眞纔滿四人即成一衆僧既弘納佛亦通在食看沸水之異方遣施僧衣見織金之奇乃令奉衆僧之威德不亦大矣足可以號良田之最爲聖教宗是謂第二無善不攝若論淨名之功早昇雲地盱疾

之意本超世境久行神足咸歎辯才新學頂禮誠謝法施事是權宜式非常准隨時暫變其例乃多則有空藏弗恭如來無責沙彌志願和尚推奉一往直觀悉可驚怪再尋釋典莫匪通塗不輕大士獨興高跡驚彼上慢之流設兹下心之拜偏行一道直用至誠既非三慧詎是恒式因機作法是爲希有假弘教化難著律儀大聖發二智之明制五篇之約廢其爵齒存其戒夏始終通訓利鈍齊仰耆幼有序先後無雜未以一士別業而令七衆普行不然之理分明可見昔妻死歌而鼓盆身葬羸而襯上此亦匹夫之節豈槩明主之制乎況復覺典沖邃聖言幽密局執一邊殊乖四辯是謂第三方便無礙且復周之柱史久牽王役魯之司寇已居國宰宗歸道德始曰無名訓在詩書終云不作祖述堯舜憲章文武鞠躬恭敬非此而誰巢許之風望古仍邈夷齊之操擬今尚迥焉似高攀十力遠度四流厭斯有爲之苦欣彼無餘之滅不繫慮於公庭未流情於王事自然解脫固異儒者之儔矣是謂第四寂滅無榮至如祭祀鬼神望秩川嶽國容盛典書契美談神輩爲王所敬僧猶莫致於禮僧衆爲神所禮王寧反受於敬上下參差翻違正法衣裳顛倒何足相方令神擁護之來在僧祈請之至會闕呪力竟無拜理是謂第五儀不可越本皇王之奮起必眞人之託生上德雖祕於淨心外像仍標於俗狀是以道彰緇服則情勤宜猛業隱玄門則形恭應絶求之故實備有前聞國主頻婆父王淨飯昔之斯等咸已克聖專修信

順每事歸依縱見凡僧還想崇佛不以跪親爲孝許非不孝之罪不以拜君爲敬豈是不敬之愆所法自殊所篤已别體無混雜制從於此是謂第六服不可亂謹案多羅妙典釋迦眞説乃云居刹利而稱尊藉般若而爲護四信不壞十善無虧奉佛事僧積功累德然彼日精月像之降赤光白氣之感金輪既轉珠寶復懸膺天順民御圖握鏡始開五常之術終弘八正之道亦宜覆觀宿命追憶本因敬佛敎而崇僧寶盖戒香而增慧力自可天基轉高比梵宮之遠大聖壽恒固同劫石之久長然則雷霆勢極龍虎威隆慶必賴兼赫便怒及出言布令風行草偃既抑僧禮誰敢鱗張但恐有損冥功無資盛業竭誠盡命如斯而已是謂第七因不可忌略宣吾志粗除子惑欲得博聞宜尋大典

客曰主人向之所引理例寔繁僕雖庸暗頗亦承覽文摠幽明辯包内外所論祭典尚有餘惑周易云一陰一陽之謂道陰陽不測之謂神竊以昧隱神路隔絶人境欲行祠法要藉禮官本置奉常專司太祝縱知鬼事終入臣伍眞佛已潛聖僧又滅空信冥道全涉幽神季葉凡夫薄言迴向共規閑逸相學剃剪職掌壇會所以加其法衣主守塔坊所以蠲其俗役纔觸王綱即墜民貫既同典禮詎合稱寶朝敬天子固是恒儀若執強梁定非通識宋氏舊制其風不遠唯應相襲更欲何辭

主人曰客但知其一未曉其二請息攀緣少加聽采吾聞鬼者歸也死之所入神者靈也形之所宗鬼劣於人唯祇惡趣神勝於色普

該情道心有靈智稱之曰神隱而難知謂爲不測銓其體用或動或靜品其性欲有陰有陽周易之旨蓋此之故殊塗類於一氣微言闕於六識設教之漸斷可知焉鬼報冥通潛來密去標以神號特用茲耳嘗試言之受父母之遺禀乾坤之分可以存乎氣可以立乎形至若已之神道必是我之心業未曾感之於乾坤得之於父母識含胎藏彌亘虛空意帶熏習漫盈世界去而復生如火燄之連出來而更逝若水波之續轉根之莫見其始究之豈覩其終濁之則爲凡澄之則爲聖神理幽細固難詳矣神之最高謂之大覺思議所弗得名相孰能窮眞身本無遷謝生盲自不瞻覩託想追於舊蹤傾心翫於遺法若欲荷傳持之任啓要妙之門賴此僧徒膺茲佛付假慈雲爲内影憑帝威爲外力玄風遠及至於是乎敎通三世衆别四部二從於道二守於俗從道則服像尊儀守俗則務典供事像尊謂比丘比丘尼也典供謂優婆塞優婆夷也所像者尊則未忝神位所典者供則下預臣斑原典供之人同主祭之役吾非當職子何錯引由予切言發吾深趣理既明矣勿復惑諸在宋之季釁行此抑彼亦乖眞不煩涉論邊鄙風俗未見其美忽遺同之可恠之極客曰有旨哉斯論也蒙告善道請從退歸論曰桓庾二君之威權可謂迴天轉日矣而論王執理終竟不屈向使佛敎有妖妄二公不體悟孰能若此逆鱗耶仲尼云歲寒然後知松栢之後凋誠哉遠法師骨梗罕輩望重當年向無雅論理擧曷以傾桓楚之心乎觀其

遺文足知若人之命代必死而可作余歸衆爲之宋孝武晚年鳳德既衰百姓失望受臣下扇動抑高尚之跡渙汗設而不行者何豈非悖理而然乎僞夏政虐淫刑逾於商紂皇天降罰不亦宜哉王儉獻讜言於齊君明瞻陳切對於隋后竟全方外之節諒道藉人弘者歟琮上人福田論理例宏博恢張教義美矣余綿鏡前哲垂文足爲後賢准的望古追慨因而編録焉

賛曰猗歟何君拔萃出羣危言轉政克著元勳美哉王令歸心至極不憚威權確乎秉直遠公孤潔不緇在涅書論既陳桓楚屈節孝武縱欲赫連肆暴拒諫淫刑詳諸雅誥王儉獻可齊后是思瞻僧切對隋君納之洛濵髙士飛文擅美見重當今良有以矣

集沙門不應拜俗等事卷第二 下故事

音釋

眈 丁含切過樂也 湎 彌典切溺也 遯 徒困切逃也 液 羊益切融液也 䩭 居宜切與羈同 瞽瞍 瞽音古瞍蘇后切 糇 戶鉤切乾食也 漱 蘇奏切口也 鷦 即消切鷦鷯也 徇 松閏切自衒名行也 駑 乃胡切駑駘也 締 都計切結不解也 繇 以周切與猷同遒也 逷 他歷切遠也 倨 居御切倨傲也 襲 席入切受也 賮 子忍切會禮之幣也 緝 七入切續也 剔 他歷切解也 臝 郎果切與裸同赤體也 櫬 初覲切近也 銓 此緣切量也 覿 亭歷切見也 讜 多朗切直言也

集沙門不應拜俗等事卷第三

唐弘福寺沙門釋彥悰纂録

議不拜篇第二上

議不拜者明沙門不應拜俗也聖上情敦名教令拜君親慮爽通途許開朝致有謇諤之士人百獻籌社稷之臣爭陳顯論焉

勑

制沙門等致拜君親勑一首

表

大莊嚴寺僧威秀等上沙門不合拜俗表一首

啓

西明寺僧道宣等上雍州牧沛王賢論沙門不應拜俗事啓一首

又上榮國夫人楊氏請論沙門不合拜俗等事啓一首

又序佛教隆替事簡諸宰輔等狀一首并啓

議沙門不應拜俗狀

中臺司禮太常伯隴西郡王博乂大夫孔志約等議狀一首

右驍衛　右監門　右奉宸　官府寺

右四司請同司禮議狀

司元太常伯竇德玄少常伯張山壽等議狀一首

司戎太常伯護軍鄭欽泰員外郎秦懷恪等議狀一首

司刑太常伯城陽縣開國侯劉祥道等議狀一首

司宗寺　右一司請同司刑議狀

制沙門等致拜君親勑一首

勑旨君親之義在三之訓爲重愛敬之道凡百之行攸先然釋老二門雖理絕常境恭孝之躅事叶儒津遂於尊極之地不行跪拜之禮因循自久迄乎茲辰宋朝暫革此風少選還遵舊貫朕稟天經以揚孝資地義而宣禮獎以名教被茲眞俗而厲鄉之基克成天構連河之化付以國王裁制之由諒歸斯矣今欲令道士女冠僧尼於君皇后及皇太子其父母所致拜或恐爽其恒情宜付有司詳議奏聞

龍朔四年四月十五日光祿大夫右相太子賓客上柱國高陽郡開國公許敬宗宣

大莊嚴寺僧威秀等上沙門不合拜俗表一首

僧威秀等言伏奉 明詔令僧拜跪君父義當依行理無抗旨但以儒釋明教咸陳正諫之文列化恢張俱進蒭蕘之道僧等荷國重恩開以方外之禮安居率土得弘出俗之心所以自古帝王齊遵其度敬其變俗之儀全其抗禮之迹遂使經教斯廣代代漸多宗匠攸遠時時間發自漢及隋行人重阻靈岫之風猶鬱仙苑之化尚疎未若皇運肇興提封海外五竺與五嶽同鎮神州將大夏齊文皇華之命載隆輶軒之塗接軫莫不欽斯聖迹與樹遺蹤固得梵侶來儀相從不絕今若返拜君父乖異羣經便發驚俗之譽或陳輕毀之望昔晉成幼沖庾冰矯詔桓楚飾詐王謐抗言及宋武晚年將隆虐政制僧拜主壽還停息良由事非經國之典理越天常之儀雖白流言終纏顯譏況乃夏勃勑拜納上天之怒

魏燾行誅肆下癘之責斯途久列備舉見聞
僧等奉佩慞惶投庇失厝恐絲綸一發萬國
通行必使寰海望風方弘失禮之釁悠哉後
代或接劾尤之傳伏惟陛下中興三寶慈攝
四生親承付囑之旨用勵學徒之寄僧等內
遵正教固絕跪拜之容外奉明詔令從儒禮
之敬俯仰惟咎慙懼實深如不陳請有乖臣
子之喻或掩佛化便陷罔君之罪謹列衆經
不拜俗文輕用上簡伏願天慈賜垂照覽則
朝議斯穆終遵途於晉臣委略常談畢歸度
於齊后塵黷威嚴惟深戰戢謹言龍朔二年
四月二十一日上
時京邑僧等二百餘人往蓬萊宮申表上請
左右相云勑令詳議拜不未定可待後集僧
等乃退於是大集西明相與謀議共陳啓狀
聞諸僚寀云

西明寺僧道宣等上雍州牧沛王賢論沙門
不應拜俗事啓一首

僧道宣等啓自金河徙轍玉關揚化歷經英
聖載隆良輔莫不拜首請道歸向知津故得
列刹相望仁祠碁布天人仰福田之路幽明
懷正道之儀清信之士林蒸高尚之賓雲結
是使教分三法垂萬載之羽儀位開四部布
五乘之清範頃以法海宏曠類聚難分過犯
滋彰冒塵御覽下非常之詔令拜君親垂惻
隱之懷顯踈朝議僧等荷斯明命感悼涕零
良由行缺光時遂令上霑憂被且自法教東
漸亟涉窊隆三被屏除五遭拜伏俱非休明
之代並是暴虐之君故使布令非經國之謨
乖常致良史之誚事理難返還襲舊津伏惟

大王統維京甸攝御機衡道俗來稣繁務攸靜令法門擁閉聲教莫傳據此靜障拔難之秋拯溺扶危之日僧等叫閽難及徒鶴望於九重天階罕登終栖遑於百慮所以干冒陳款披露冀得俯被鴻私載垂提洽是則遵崇付囑清風被於九垓正像更興景福光於四海不任窮塞之甚具以啓聞塵擾之深惟知慙惕謹啓四月二十五日

西明寺僧道宣等上榮國夫人楊氏請論沙門不合拜俗等事啓一首（夫人帝后之毋也敬崇正化大建福門造像書經架築相續入出宮禁榮問莫加僧等詣門致書云爾）

僧道宣等啓自三寶東漸六百餘年四俗立歸戒之因五衆開福田之務百王承至道之化萬載扇唯聖之風故得寰海知歸生靈迴向然以慧日既隱千載有餘正行難登嚴科易犯遂有稊稗涉青田之穢少壯懷白首之徵備列前經聞于視聽且聖人在隱凡僧程器後代住持非斯誰顯故金石泥素表真像之容法衣剔髮擬全僧之相依而信毀報果兩分背此繕修俱非正道又僧之真偽生熟難知行德淺深愚智齊惑故經陳通供如海之無窮律制別科若涯之有際宗途既列名教是依設出俗之威儀登趣真之圓德固使天龍致敬幽顯歸心弘護在懷流功不絕比以時經濁染人涉澆訛竊服飾詐之徒叨偉憑虛之侶行無動於塵俗道有翳於憲章上聞御覽布君親之拜乃迴天睠垂朝議之勑僧等內省慙懼如灼如焚相顧失守莫知投厝仰惟佛教通囑四部幽明敢懷竊議夫人當斯遺寄況復體茲正善崇建爲心垂範宮

闡成明道俗今三寶淪溺成濟在緣輒用諮陳希垂救濟如蒙拯拔依舊住持則付囑是歸弘護斯在輕以聞簡追深悚息謹啓四月二十七日

西明寺僧道宣等序佛教隆替事簡諸宰輔等狀一首

列子云周穆王時西極有化人來反山川移城邑千變萬化不可窮極穆王敬之若神重之若聖此則佛化之初及也

朱士行釋道安經録云秦始皇時西域沙門十八人來化始皇始皇弗從禁之夜有金剛丈六人破獄出之始皇稽首謝焉

漢書云武帝元狩中關西域獲金人率長丈餘列之甘泉宮帝以爲大神燒香禮拜後遣張騫往大月氏尋之云有身毒國即天竺也彼謂浮圖即佛陀也此初知佛名相也

成帝都水使者劉向云向檢藏書往往見有佛經此則周秦已行始皇焚之不盡也

哀帝元壽中使景憲往大月氏國因誦浮圖經還于時漢境稍行齋戒據此曾聞佛法中途潛隱重此中興也

後漢明帝永平中上夢金人飛行殿前乃使秦景等往西域尋佛法遂獲三寶東傳雒陽畫釋迦立像是佛寶也翻四十二章經是法寶也迦竺來儀是僧寶也立寺於雒城西門度人開化自近之遠展轉住持終於漢祚魏氏一代五主四十五年隆敬漸深不聞拜毀吳氏江表四主五十九年孫權創開佛法感瑞立寺名爲建初其後孫皓虐政將事除屏諸臣諫之乃止召僧而受五戒

蜀中二主四十三年于時軍國謀猷佛教無聞信毀

晉司馬氏東西立政一十二主一百五十六年中朝四帝崇信之極不聞異議唯東晉成帝咸康六年丞相王導太尉庾亮薨後庾冰輔政帝在幼沖爲帝出詔令僧致拜時尚書令何充尚書謝廣等建議不合拜往返三議當時遂寢爾後六十二年安帝元興中太尉桓玄以震主之威下書令拜尚書令桓謙中書王謐等抗諫曰今沙門雖意深於敬不以形屈爲禮迹充率土而趣超方内是以外國之君莫不降禮（如育王等禮比丘事）良以道在則貴不以人爲輕重（如魏文之軾干木漢光之遇子陵等）尋大法東流爲日諒久雖風移政易而弘之不異豈不以獨絶之化有日用於陶漸清約之風無害於隆平者乎玄又致書廬山遠法師序老子均王侯於三大遠答以方外之儀不隸諸華之禮乃著沙門不敬王者論五篇其事由息及安帝返政還崇信奉終於恭帝

有宋劉氏八君五紀雖孝武太明六年暫制拜君尋依先政

齊梁陳氏三代一百一十餘年隆敬盡一信重逾深

中原魏氏十有餘君一百五十五年佛法大行備見魏收良史唯太武眞君七年聽讒滅法經於五載感癘而崩還興佛法終於靜帝

自晉失御中原江表稱帝國分十六（謂五涼四燕三秦二趙夏蜀是）斯諸僞政信法不虧唯赫連勃勃據有夏州兇暴無厭以殺爲樂佩像背上令僧禮之後爲震死尋爲北代所吞妻子刑刻其

如蕭子顯齊書
高齊在鄴六帝二十八年信重逾前國無兩
事宇文周氏五帝二十五年初武帝信重佛
法後納張賓之議便受道法將除佛教有安
法師著二教論以抗之論云九流之教教止
修身名爲外教三乘之教教靜心惑名爲內
教老非教主易謙所攝帝聞之存廢理乘遂
雙除屏不盈五載身歿政移
隋氏承運二帝三十七年文帝崇信載興佛
法海內置塔百有餘州皆發休瑞具如圖傳
煬帝嗣録改革前朝雖令致敬僧竟不屈自
大化東漸六百餘年三被誅除五令致拜既
乖經國之典又非休明之政剗翦之虐被於
亂朝抑挫之儀揚於絕代故使事理乖常尋
依舊轍良以三寶爲歸戒之宗五衆居福田
之位雖信毀交貿殃咎推移斯自人有窊隆
據道皆無興廢所以千餘大聖出賢劫之大
期壽六萬年住釋門之正法況乃十六尊者
作化於三洲九億應供護持於四部據斯以
述曆數未終焉得情斷同符儒典且易之蠱
卦不事王侯禮之儒行不臣天子在俗四位
尚有不屈之人況棄俗從道而便責同臣妾
之禮又昊天上帝嶽瀆靈祇君人之主莫不
祭饗而下拜今僧受佛戒形具佛儀天龍八
部奉其道而伏其容莫不拜伏於僧者也故
得冥祐顯徵祥瑞雜沓聞之前傳豈復同符
老氏均王侯於三大者哉故沙門之宅生也
財色弗顧榮禄弗縻觀時俗若浮雲達形命
如陽燄是故號爲出家人也故出家不存家
人之禮出俗無霑處俗之儀其道顯然百代

不易之令典者也其流極廣故略述之今列
佛經論明沙門不敬俗者
梵網經下卷云出家人法不禮拜國王父毋
六親亦不敬事鬼神
涅槃經第六卷云出家人不禮敬在家人
四分律云佛令諸比丘長幼相次禮拜不應
禮拜一切白衣
佛本行經第五十三卷云輸頭檀王與諸眷
屬百官次第禮佛已佛言王今可禮優波離
等諸比丘王聞佛教即從座起頂禮五百比
丘新出家者次第而禮
薩遮尼乾經云若謗聲聞辟支佛法及大乘
法毀呰留難者犯根本罪今僧依大小乘經不拜君親是奉佛
教今乃全違佛教拜跪俗人即不信佛語犯根本罪又謗無善惡業報
不畏後代自作教人堅住不捨是名根本重
罪大王若犯此罪不自悔者燒滅善根受無
間苦以王行此不善重業故梵行羅漢諸仙
聖人出國而去諸天悲泣諸善鬼神不護其
國大臣輔相諍競相害四方賊起天王不下
龍王隱伏水旱不調死亡無數時人不知是
過而怨諸天訴諸鬼神是故行法行王爲救
此苦不行此過廣如經說更有諸論文多不
載
僧道宣等白朝宰羣公伏見詔書令僧致敬
君父事理深遠非淺情能測夫以出家之迹
列聖齊規眞俗之科百王同軌干木在魏高
抗而謁文侯子陵居漢長揖而尋光武彼稱
小道尚懷高蹈之門豈此沙門不乘閑放之
美但以三寶嚮位用敷歸敬之儀五衆陳誠
載啓福田之道今削同儒禮則佛非出俗之

人下拜君父則僧非可敬之色是則三寶通廢歸戒絕於人倫儒道是師孔經尊於釋典在昔晉宋備有前規八座詳議足爲龜鏡僧等荷國重寄開放出家奉法行道仰承聖則忽令致拜有累深經俯仰栖遑罔知投庇謹列内經及以故事具舉如前用簡朝議請垂詳採敬白

至五月十五日大集文武官僚九品以上并州縣官等千有餘人總坐中臺都堂將議其事時京邑西明寺沙門道宣大莊嚴寺沙門威秀大慈恩寺沙門靈會弘福寺沙門會隱等三百餘人并將經文及以前狀陳其故事以申厥理時司禮太常伯隴西郡王博乂謂諸沙門曰勑令俗官詳議師等可退時羣議紛紜不能盡一隴西王曰佛法傳通帝代既遠下勑令拜君親又許朝議令衆人立理未可通遵司禮既曰職司可先建議同者署名不同則止時司禮大夫孔志約執筆述狀如後令主事大讀訖遂依位署人將太半左肅機崔餘慶曰勑令所司別立議未可輙承司禮請散可各隨別狀送臺時所送議文抑揚駁雜今謹依所司上下區以別之先列不拜之文次陳兼拜之狀後述致拜之議善惡咸録件之如左焉

議沙門不應拜俗狀合三十二首

中臺司禮太常伯隴西王博乂大夫孔志約等議狀一首

竊以凡百在位雖存敬上之道當其爲師尚有不臣之敬況佛之垂法事超俗表剔髮同於毀傷擁錫異乎簪紱出家非色養之境離

塵豈縈名之地功深濟渡道極崇高何必破彼玄門牽斯儒轍披釋服而爲孔拜處俗塗而當法禮存其教而毁其道求其福而屈其身再三研覈謂乖通理又道之爲教雖全髮膚出家超俗其歸一揆加以遠標天構大啓皇基義籍尊嚴式符高尚並仍舊貫無黙彝章如必改作恐非稽古雖君親崇敬用軫神衷道法難虧還留睿想既奉詢蒭之詔敢罄塵嶽之誠懼不恆允追深戰惕謹議

司元太常伯竇德玄少常伯張仙壽等議狀一首

霄形二氣嚴父稱莫大之尊資用五材元后標則天之貴至於肇跪曲拳之禮陶化之侶同遵服勤就養之方懷生之倫共紀凡在君父理絶名言而老釋二門出塵遺俗虛無一旨離有會空瑞見毗耶闡慈悲之偈氣浮函谷開道德之篇處木鴈之間養生在慮罷色聲之相寂滅爲心執禮蹈儀者靡窮其要妙懷忠履孝者未酌其波瀾理存太極之先事出生靈之表故尊其道則異其服重其教則變其禮爰自近古迄乎末葉雖沿革蹔乖而斯道無墜洎哀纏雙樹慟結三號防後進之虧風約儒宗以控法故當輔成舊教豈應裁制新儀誠宜屈宸扆之嚴申方外之旨委尊親之重縱寰中之遊愚管斟量導故爲允謹議

司戎太常伯護軍鄭欽泰員外郎秦懷恪等議狀一首

臣聞三災變火六度逾凝二字爲經百成攸緬是以白毫著相闡一乘於萬劫紫氣浮影

混萬殊於一致爰有儒津復軔殊軫秀天地陰陽之稟禮君臣父子之穆故知循名責實矩跡端形則敎先於闕里齊心力行修來悔往則化漸於連河釋爲內防雅有制於魏闕儒爲外檢不能括其靈臺別有玄宗素範振蕩風物翻鵬逸鶡促椿遼菌無爲無事何得何失然則道佛二教俱爲三寶佛以佛法僧爲旨道以道經師爲義豈直攝生有託陶性通資信亦爲政是基裨聲濃化而比丘未喻先生多僻恃出俗而浮逸以矜傲爲誇誕處匹夫之賤直形骸於萬乘忘子育之恩不降屈於三大固君父所宜革乃臣子所知非遂降綸璽是攻其弊雖履孝居忠昌言跋轍而稽古變道叅酌羣情懷響者谷不銷聲撫塵者山無隔細必備輿人之頌以貢芻蕘之說何則柱史西浮千有餘祀法流東漸六百許年雖歷變市朝而事無損益唯庾冰責沙門之拜桓玄議比丘之禮幸有何充進奏慧遠陳書事竟不行道終不墜是以大易經綸三聖蠱象不事王侯大禮充牣兩儀儒行不臣天子亦有嚴陵踞謁光武亞夫長揖漢文介冑豈曰觸鱗故人不爲嬰網惟舊詎先師道法侶何後戎照上則九天眞皇十地菩薩下則南山四皓淮南八公或順風而禮謁或御氣而遊處一以貫之靡得而屈十室忠信亦豈無其人哉五刑之設闕三木者不拜豈五德之具居三服者拜之罪之不責恭宿德之誠足容養然則含識之類懷生之流莫不致身以輸忠彼則不臣王者莫不竭力而導孝彼則不敬其親雖約施三章律輕三尺有一

於此三千其大而不被以嚴誅寘於臣責者豈不以道釋與堯孔殊制傷毀與禮教正乖蓮華非結綬之色貝葉異削珪之旨人以束帶爲彝章道則冠而不帶人以束髮爲華飾釋則落而不容去國不爲不忠辭家不爲不孝出塵滓割愛於君親奪嗜欲棄情於妻子理乃區分於物類不可涯撿於常塗生莫重於父母子則不謝施莫厚於天地物則不答君親之恩事絕名像豈稽首拜首可酬萬分之一者歟出家之於君父豈曰全無輸報一念必以人天爲願首四諦則於父母爲弘益方祛塵劫永離死生豈與夫屈膝爲盡忠色養爲純孝而已矣必包之俗境處之儒肆屈其容降其禮則不孝莫過於絕嗣何不制以婚姻不忠莫大於不臣何不令稱臣妾以架裟爲朝服稱貧道而趨拜儀範兩失名稱兼舛深恐一跪之益不加萬乘之尊一拜之勞式彰三服之墜則所不可而豈然乎王者無父事三老無兄事五更君人之尊亦有所敬法服之敬不敬其人若屈其數則卑其道數而可卑道則云缺矣豈若存敬於己存道於物敬存則己適道在則物尊尊道所以敬於物敬於物所以尊於己也況復形猶身也道若影焉身既如聲道亦如響形動則影隨聲揚則響應道崇則身寵身替則道息豈可使居身之道屈於道外之身豈可使方外之人存於身中之敬又被守一居道不離塵俗若可拜之是謂俗之道而可俗俗又忝道則一當有二而道不專行矣安可以區道之常域保專一之至誠哉據僧祇律敬袈裟如敬佛

塔謂袈裟爲福田衣衣名銷瘦取能銷瘦煩惱鎧名忍辱取能降伏魔軍亦喻蓮華不染泥滓亦爲諸佛之所幢相則袈裟之爲義其至矣夫若損兹佛塔壞彼幢相將輕忍辱更貶福田甚用危疑終迷去取解服而拜則越俗非章甫之儀整服而趨則緇衣異朝宗之典故禪幽舍衞之境步屏高門之地理絕朝請事乖榮謁豈不謂我崇其道所以彼請其來請而卑之復何爲者廬山爲道德所居不在搜簡之例甘棠爲聽訟所息式致勿剪之恩山與樹之無心且以德而存物法與道之有裕豈崇道而遺人語曰人能弘道則道亦須人而行也王人雖微位在諸侯之上行道之輩焉復可卑其禮若謂兩爲欺詭則可以而寢之寢之之道則芟薙之之謂是則所奪者多何止降屈而已若謂兩爲濃助則宜崇之崇之之道則尊貴之之謂豈可尊貴其道而使其恭敬哉假以金翠爲眞儀不以金翠而增肅假以芻狗而尊像不以芻狗而加輕肅敬終寄於道輕重不係於物物之不能遷道亦猶道之恒隨於物矣沙門橫服於已資法服而爲貴莫不敬其法服而豈係於人乎不拜之典義高經律法付國王事資持護法爲常也常行不易一隅可隔千門或爽通有護法之資塞有墜法之慮與其墜之曷若護之何必屈折於僧容盤辟於法服使萬國歸依者居蔕芥於其間哉語曰人因所利而利之則利之之術亦可因其精詣而爲利矣洎乎日光上照皇運攸宗海接天潢枝連寶構籍無上之道闡無疆之業別氏他族敬猶崇

往神基靈泒道豈僞今此爲甚不可一也月氏東國寶祚斯俟定水玄波法雲彩潤髙解脱之慶演常住之福王前帝昔尚或攸遵主聖臣良胡寧此變臣愚千慮萬不一得儻緣斯創造無益將來於恒河沙劫有毫釐之累雖率土碎首羣生粉骨何以塞有隱之責竊不忠之罪此爲甚不可二也臣所以汲汲其事區區其誠搔首捫心隳肝瀝膽伏願聖朝重興至教恒春柰苑永轉法輪心歡録其人百祚遠光於帝業則雖死猶生朝夕可矣竊惟詔旨微婉義難適莫天情晝一則可使由之廠想傍求則誰不竭慮臣以庸昧何足寓言以兩教爲無則崇於聖運聖而崇之則非無矣以兩教爲有則筆削明時時而削之恐非有矣斯所以岐路徘徊兩端交戰道宜存跡理未厭心管豈窺天蛙焉測海理絶庶幾之外事超智識之表自懷鉛閣筆扣寂銷聲而欲鳥處程言竿中竊吹將聾聽而齊俗與瞽視而均叟雖有鑿於心靈終不詣於聞見也直以八風迴扇萬籟咸言其音兩曜昇暉千形不匿其影玆焉企景是庶轉規就日心葵輸涓驛露而覥顔將泉夏履薄冰春兢惕已甚赧畏交集謹議

司刑太常伯城陽縣開國侯劉祥道等議狀一首

竊以朝廷之敘肅敬爲先生育之恩色養爲重釋老二教今悉反之抗禮於帝王受敬於父母而優容自昔迄乎今代源其深致蓋有以然諒由剔髮有異於冠冕袈裟無取於章服出家之人敬法捨俗豈拘朝廷之禮至於

玄教清虛道風遐曠高尚其事不屈王侯帝主有所不臣蓋此之謂國家既存其道所以不屈其身望准前章無違雈㝵謹議

集沙門不應拜俗等事卷第三 議不拜上

音釋

謇諤 謇九件切諤五各切謇諤忠也 躅 廚玉切迹也 叶 胡頰切合也 厲鄉 厲落蓋切厲鄉老子所生之地 蒭蕘 蒭窻于切刈草也蕘如招切采薪也 輶 以周切輕車也 燾 徒到切元魏主名 癘 力制切惡疾也 厝 倉故切置也 戢 阻立切斂也 窊 烏瓜切汙下也 稊稗 稊杜奚切稗蒲拜切稊稗亞似禾穢草也 睠 古倦切顧也 刳 苦胡切剖也 斮 之若切刀斫也 紱 分勿切綬也 緬 彌兖切遠也 軔 而振切止車木也 翾 隳緣切小飛也 牣 而振切滿也 滓 側氏切澱也 芟 所咸切除也 薙 直里切芟也 籟 落蓋切凡孔竅機括皆曰籟 靦 他典切慙也

集沙門不應拜俗等事卷第四

唐弘福寺沙門釋彦悰纂録

議不拜篇第二下

議

中御府少監護軍高藥尚等議狀一首

内侍監給事王泉博士胡玄亮等議狀一首

奉常寺丞劉慶道主簿郝處傑等議狀一首

詳刑寺丞王千石張道遜等議狀一首

司稼寺卿梁孝仁太倉署令趙行本等議狀一首

外府寺卿韋思齊主簿賈舉等議狀一首

繕工監太監劉審禮監作上官突厥等議狀一首

司成館大司成令狐德棻等議狀一首

司成寺館守宣業范義頵等議狀一首

左衛大將軍張延師等議狀一首

右衛長史崔修業等議狀一首

左驍衛長史王玄策騎曹蕭灌等議狀一首

左武衛長史孝昌縣公徐慶等議狀一首

右威衛將軍李晦等議狀一首

左戎衛大將軍懷寧縣公杜君綽等議狀一首

左金吾衛將軍上柱國開國侯權善才等議狀一首

右奉宸衛將軍辛弘亮等議狀一首

右春坊主事謝壽等議狀一首

馭僕寺大夫王思泰丞牛玄璋等議狀一

首

萬年縣令源誠心等議狀一首

長安縣丞王方則崔道默等議狀一首

沛王府長史皇甫公義文學陳至德等議狀一首

周王府長史源直心叅軍元思敬等議狀一首

中御府少監護軍高藥尚等議狀一首

法本沖寂非有名言至道希夷故無聲教三千大千之境小智未能揆其源恍兮惚兮之中巨賢無以究其理但釋老二氏挺大聖之姿慧光塵外超然物表短三衣之拂石促四海之傾毛談寂滅之宗說有無之教門開方便演十二之因緣道誘多途述五千之廣說敬順則逍遥六度怱怠則苦海長流故去髭髮而就桑門釋素衣而紉緇服冀登彼岸出此愛津父母貴其容王侯重其戒此即君親道隔去俗絶塵三百之禮不拘五侯之位無羨未可敦兹俗訓勵以風儀拜首私庭稽顙公室請循舊貫於愚爲允謹議

内侍監給事王泉博士胡玄亮等議狀一首

竊以耆山闡化泛幽津而鼓檝碧落垂訓趣眞境而揚言德總四天挺教殊乎俗檢義均一指資敬異乎常倫故致禮堅林至理與恒情别統屈身河上玄功共即事已乖是知緇服黄冠非闕庭之飾禪林洞府豈臣子之禁至於功深利益道備弘誘列三乘之旨則理極四生示五千之文則言包萬象執慧刀而割煩惱棄有欲而習無爲存歿仰其舟航動植資其含養性相非研機所盡希夷豈探賾

所窮況乃轉法輪以翼帝功則功濟塵劫浮眞氣而基聖道則道冠混元蕩乎大乎固無得而稱矣今欲獎同名教令依俗禮綸言既降誰不曰宜竊恐高尚之風因斯遂往玄妙之理流宕忘歸伏惟陛下愛敬隆於百王德教敷於四海凝神體物弘道爲心何必約此二門混同眞俗之路限茲兩教亂彼默語之途戒律既異於恒科跪拜豈通於常禮因循之跡請依恒軌謹議

奉常寺丞劉慶道主簿郝處傑等議狀一首

夫孝養所以事親髮膚爲立孝之始敬忠所以奉上跪拜申資敬之容此固仰究天經俯窮人理至夫眞如寂滅言行俱盡玄妙希夷窅冥難測陛下恢弘正道闡闢妙門興彼法徒膺茲冥祐然而教非域中之政形乃方外之儀衣異國容身無首飾何以叅搢紳於下拜則笄總而長跪愚謂紹法象賢可以朝不屈節毀形自絕可以家無降禮且同巢許之流有益勛華之盛付囑之託因循爲善既奉明勑敢陳正議謹議

詳刑寺丞王千石司直張道遜等議狀一首

竊惟君臣契重忠孝之義本隆父子恩深愛敬之情攸切存日用之理荷生成之大受其蔭者豈有忘其德餐其惠者寧有闕其禮斯固在三隆訓盡一垂範乃理叶神衷義符聖詔然而域內之法與老釋殊制方外之軌共堯孔異轍筌蹄不能喻性相兩亡小大所不拘天地齊一不以色養爲孝不以棄親爲疑神道經久此而莫止尋其要旨亦有助化故詭服無黜彝章毀形不傷教義超出塵之表

紛然不羈之賓沖而無替峕凝爾圓湛雖因果難了至理窅冥若存若亡因循自昔往者釋遠著論晉庾息談與其慢也寧崇其敬今若尊其道而毀其法要其福而屈其身是使鳴錫趨翔珮之容捧鑪端簪笏之禮緇素並列敬施雙行斯則袈裟忸金翅之威鉢盂慙呪龍之術其爲教也安所施乎遜等預忝蒭蕘言非可擇輙申愚管伏深戰懼謹議

司稼寺卿梁孝仁太倉署令趙行本等議狀一首

佛道之興其來尚矣自白光東照紫氣西浮莫不遵彼五千崇茲二教無爲寂滅同樹勝因而僧尼道士女冠趨承訓典其爲教也裨濟實多歷覽前修非無去取所以同遵不拜良或可觀至如道之爲宗皇基由漸尊嚴之切有異恒倫豈可改作別儀俯隨常俗因循不拜理謂爲允謹議

外府寺卿韋思齊主簿賈舉等議狀一首

竊以臣子跪拜固是常規爰在禮經兼有權制毋拜其子以禮成人不臣其臣以遵其德況方外之教爲善不同道有凌虛佛無生滅修心練行因果是憑名曰出家明超俗表咸言勝業歷代俱尊盛立道場皆求常樂獻君親以廣福濟含識於冥塗久大而論高於俗教若同儒例還入俗流不尚學徒無由顯道賴有崇護道獲常存不拜之儀以彰深護尊道之本取益爲宗今據經文云拜非益利人益國實所宜言非益之文何容敢進循法仍舊無闕彝章體妙窮深非下能及幸霑蒭議敢竭愚誠懼不合宜追深戰灼謹議

繕工監太監劉審禮監作上官突厥等議狀
一首
僧尼
一竊見王者尊敬神祇神祇之類尊佛弟子
是以明其遠敬尊其所尊抑從拜禮愚謂未
可
一比見官人承詔不拜王師非是師賤下人
乃以敬其王教出家僧衆染衣除髮異俗標
形承佛綸言爲國崇福君父致敬不禮其身
僧披法衣不拜君父
一竊見神像所立因人作形形已作成人還
返敬豈以因人所立則不致尊若不致尊立
之何用佛以遺教付囑國王王之所立王還
尊敬如王不敬立之何益
道士女冠

竊見承先代之後者立居百王之上道士等
身披老君之法服口傳老君之法言同俗致
拜恐乖其禮謹議
司成館大司成令狐德棻等議狀一首
竊以釋老二教慈敬弘深有國因循遂開崇
尚既久其法須從其道竊謂拜伏理恐未通
何者削髮異冠帶之儀持鉢豈樽俎之禮中
思方祈定慧無勞拜跪嚴親報德有冀具如
何必屈腰慈后山林既往非復廊廟之賓朝
野栽殊理宜高尚其事令使責以名教有虧
其旨臣等愚暗請從不拜爲宜謹議
司成寺館守宣業范義頵等議狀一首
臣聞至道沖虛般若玄寂在人則人尊在處
則處貴故河上仙老降劉后之高雞岫名僧
屈輪王之重是知斯風久扇千載同遵謹案

梵網等經出家人法不向國王父母禮拜至如傳儒業者尚與君王分庭抗禮孫爲祖尸嫡胤冠祚父母猶拜其子爲傳重也當今聖主法唐虞之揖讓任巢許之不臣超漢帝之寬仁縱四皓於方外豈況受付弘宣闡揚玄教既許出家理宜㒚俗忽遣朝拜誠所驚疑用人廢法愚謂未可且禮云介者不拜爲其失容節也去俗之人身被忍鎧今同俗跪翻貶朝儀忝職上庠謬忝賢館沐恩既重敢罄謏聞謹議

左衛大將軍張延師等議狀一首

竊以老氏玄奥發揮衆妙之門釋教凝寂瀟灑出塵之境自夫金容東度真氣西遊挹道希風緜區浹域聖朝撫運茲道彌隆仁祠法宇麗充都邑寶幢金剎彩絢路衢凡此憑奉庶爲資益兼存其教竊謂可通謹議

右衛長史崔修業等議狀一首

李釋二教旨趣幽深理絶名言功超意表道以清淨爲主佛以拯物爲宗然含生者以爲津梁有形者將爲彼岸故河上屈文帝之貴鷲嶺感明皇之尊自茲以降其道彌廣止如柱下妙理迦衛神蹤仰其道者莫識於指歸挹其波者無詳於終始方審駕鶴遊五嶺分形遍三千直是託迹應身方便誘接但憑其化者俱希輕舉之功資其業者亦救濟於塵劫是故黄冠既變緇服纔霑人主不屈而臣父母不子而畜此乃尊於佛道非是虧於禮儀拜揖者何損於身但恐虧於聖教必也形神雙遣拜揖兩忘均然同彼天真無煩貌屈既未窮於性相便是若存若亡理須成此勝

因遂其高尚況今聖上欽明孝臨天下尤遵二教資助福田所以道士道人許其不拜且遺拜甚易不拜甚難足使襄野幼童不獨善於軒帝河上老叟無專美於漢皇千慮一得

不拜爲允謹議

左驍衛長史王玄策騎曹蕭灌等議狀一首

自佛教之興始於天竺臣經三使頗有見聞

臣聞輸頭檀王是佛之父摩訶摩耶是佛之母僧優波離者本王家僕隸王親遍禮敬同於佛臣又見彼國僧尼法不拜諸天神祠亦不拜君王父母君王父母皆禮僧尼及諸道衆臣經難彼僧曰此之僕隸始落髮披緇殊無所識即令君父致敬大不近人情僧對曰雖初剃髮形已同佛復能震動魔宫雖曰無知豈不如泥木泥木一立爲上像縱博通貴勝得不致敬僧不拜俗亦已明矣

一臣又親難彼僧曰維摩經比丘亦禮維摩詰足法華經僧行普敬此二經文拜俗明矣何因比丘得不拜尊者僧曰佛制律經乃是僧尼常軌其維摩經比丘荷法暫行曲禮法華經大士一時別行何得以權時別行亂兹恒典臣深然之臣聞妻死鼓盆環屍而歌此亦一時別行豈得預於喪服之制

一臣於天竺經禮天像彼王乃笑而問曰使等並是優婆塞何因禮天臣問所由答曰此優婆塞法不禮天昔迦膩色迦王受佛五戒亦禮天像像皆倒地後至日天祠事天者恐王至禮天像倒遂將佛像密置天頂王三禮不倒王怪令檢於天冠内得一佛像王甚大喜歎佛神德嘉其智慧大賞封邑至今見在

又云有外道受佛五戒但供養天祠而不頂禮王責不禮之罪白王曰小子豈敢辭禮禮恐損天王曰天損不關你事彼即禮拜天像遂碎五戒優婆塞尚不得禮天況具戒僧尼而令拜俗臣玄策言臣聞百王布軌但禮制於寰中大覺垂教乃津梁於域外莫不資眞人以易俗賴高僧而移風遂得謐四海之波濤脫三界之塵累故漢帝不屈於河上輪王遍禮於沙彌此則道俗殊塗豈得內外同貫教許黃冠之輩遊一道於寰中緇衣之徒駕五乘於方外因循既久助化益深草偃風行其來尚矣臣聞聖人無常師以主善者爲師聖人無常心以百姓心爲心兆庶曩昔敬信歸依今議令拜君父寔乖主善百姓之心況袈裟異華俗之服髡削非章甫之儀崇之則福生卑之則罪積共知拜君無益於國拜父不利於親臣如寢默不言豈得爲忠爲孝臣望隨舊軌請不改張同太宗文皇帝故事依前不拜謹議

右武衛長史孝昌縣公徐慶等議狀一首

竊以三綱之重義極君親百行之先寔資敬愛而黃冠緇服咸均亭育之恩謁帝奉親頓虧臣子之敬本乎教義頗紊彝倫解而更張抑爲通允然則道樞邃賾出乎名言之外慧輪廣運超乎心行之表經行之侶庇白馬而栖禪繕性之流佇青牛而警契雖迹羈有待而利涉無涯誠宜重其道而崇其教尊其人而異其禮是以河上眞人親紆漢后之蹕廬山慧遠竟絕晉臣之議況復出家殊致顯昧異塗羽帶田衣既匪朝宗之服乘杯負局寧

同就養之方致敬之儀未爲盡善若以道雖可尚而處非其人則宜峻彼隄防甄其律行不可以人屈道誠可以道勵人伏以皇家發慶肇自猶龍之德宸居體寂每崇靈鷲之風不革前規爾光尊祖之義儻違舊制便曠師臣之禮天渙下覃俯令詳議竊懷管見輒肆芻詞用檢之宜非敢取衷謹議

右威衛將軍李晦等議狀一首

原夫指樹摛祥警龍德於皇胄蹈花標瑞抗輪寶於宸儀創跡毗城包紫宙而開宇疏基厲壤貫青曦而闡耀故能抑揚庶類控引羣靈十地開安趣紺殿而希果九天凝夐佩玄珠而問津由是著美皇猷馳芬帝載緇服齊裾於上輦黃冠接武於中州宴坐經行道不絫於廊廟登壇執簡迹未齒於朝宗今欲約以儒門牽於王制儀背纓冕法符簪笏便是貴其道而賤其人申其教而屈其禮禮隨敎顯人由道尊固可以道廢人不應以禮虧敎誠宜疇咨故實軌範舊章俾夫高尚之風昭明易象隨時之義允洽毗心但燭燎螢翻豈增華於日月塵霏露委希締美於山河冒進芻言輕陳輿頌詞疏理僭汗驚神悚謹議

左戎衛大將軍懷寧縣公杜君綽等議狀一首

竊以至道沖虛釋敎凝寂津梁庶品導引羣生銷鄙行於未萌發慈心於已悟然而後身濟物雖假於名言勸善懲非無資於賞罰信乃善開方便冥助政道伏惟皇帝陛下德合乾坤恩霑動植含靈稟氣俱荷曲成僧尼之屬誠宜拜跪但不拜君父著在經文臣以爲

道或可存則言不可廢且君父尊極事絶擬倫在於臣子敬非緣拜既殊道俗無嫌傲誕以臣愚見不拜爲宜謹議

左金吾衛將軍上柱國開國侯權善才等議狀一首

竊以釋道二門津流自遠求諸典實崇敬斯弘至若皇繫所宗寔光華於萬祀漢室惟啓亦紛郁於千載且君親在三儒有不臣之禮玄寂居二制無揖拜之儀義不師古請循惟舊謹議

右奉宸將軍辛弘亮等議狀一首

釋老二門教周四海源流自久弘益已深敢申愚見仍舊爲允謹議

右春坊主事謝壽等議狀一首

一勑云君親之義在三之訓爲重愛敬之道凡百之行攸先者此實先王之要道也今請申其理竊尋教有外教内教之别人有在家出家之異在家則依乎外教服先王之法服順先王之法言上有敬親事君之禮下有妻子宫榮之戀此則恭孝之躅理叶儒津出家則依乎内教服諸佛之法服行諸佛之法行上捨君親愛敬之重下割妻子宫榮之戀以禮誦之善自資父母行道之福以報國恩既許不以毁形易服爲過豈其責以敬親事君之禮異乎孔老之教所以理絶常境不抑拜禮無損於國也

一勑云宋朝暫革此風少選還依舊貫者自佛法東流六百餘載帝代相次向有百王莫不敬崇佛法樹福僧田者故以染衣剃髮同諸佛之容儀割親辭榮異衆人之愛戀天龍

敬重號爲福田故佛告憍曇彌莫供養我當供養僧此則大聖誠言理不可棄如其佛語可棄請總除廢豈容存之欲求其福辱之而責其拜禮也伏惟太宗文皇帝聖智則無所不達神威則無所不伏于時僧衆豈不易令跪拜故以佛法可敬長其容善又恥好異亂常之迹故不爲也但願近依先朝聖化之道遠棄晉宋邊鄙之法則萬古不悖道俗心安矣

一勑云朕禀天經以揚孝資地義而宣禮者比見普天之下俱行孝道親在則盡心色養親殁則追思遺迹者皆禀陛下至孝之道也今忽改棄先朝正淳之軌遠慕晉宋矯異之風令僧等雖復暗昧竊爲陛下不取也伏願追思先迹還依貞觀之法此則至孝之道不化而自行矣

一勑云連河之化付以國王裁制之由諒歸斯矣臣竊尋付囑之意恐不如此何者佛以像法末年淳心漸薄邪見增長正法衰替四部之衆無力弘宣是以付囑國王令王擁護如其王者不護法當衰没自壞豈勞付囑令王毁壞令僧徒雖復凡鄙而容儀似佛使之跪拜還如佛拜

一至於此則存之無益且夫去好異順大同者君子之道也故先朝云以人從欲亂於大道君子所恥此風未遠伏願依行

人或問曰經中既説新學比丘禮維摩詰足不輕菩薩亦致敬於慢衆況今聖主示爲白衣神德則不謝於維摩立行則不同於慢衆今使僧拜正合其宜更有何辭敢不從順答

不可以一人別行而亂於大教若以比丘頂禮於居士則令五衆設拜於君親俗人有居母喪而不哀豈使天下喪親而不哭至如莊周對婦屍而歌樂知存歿如四時孟孫居母喪而不慼達死生乎一貫此皆體道勝軌何不令天下俱行若以體道之情不可施於國法者彼亦證理之行豈得施於大化之議風也夫議者蓋欲取其大理以成畫一之法三教之法即國王法其法既成終天不易若不行用則須除廢若行用之必須述其教跡昔聞帝王禮佛未見佛禮帝王所以帝王敬法服者以先聖國王受佛付囑歷代尊承佛教故也父母敬其袈裟不可屈其佛衣招父母之過自古帝王度人出家去其鬚髮與其佛衣不拘常俗令作導師敷演法教而作福田若令其禮拜則屈其尊服付囑之義安在今欲改變恐昧理之流心有疑惑因生其過譬由敬泥龕木像以其圖寫佛容若不覩相欽承泥木一何可貴泥不尚假佛儀僧尼還託法服無假無託豐伐誰伐如愚所見望請循舊不拜爲定謹議

馭僕寺大夫王思泰丞牛玄璋等議狀一首

竊以厲鄉垂範實東國之至人祇園演法乃西方之上聖皆能割慈忍愛絕塵離俗禮者忠信之薄超道德而上馳色爲真相之空遺形骸而幽賾故前王待之方外後帝許以不臣習見生常其來自久頓爲改創恐乖聽矚且復緇衣非揖拜之徒黃冠異折旋之侶縱使人非精感不能式景玄風本立道生庶以漸持真教若浮沉類俗俯仰隨時恐鷲嶺之

業將虧茨山之風行替變道從儒未見其可因循勿改竊用爲宜謹議

萬年縣令源誠心等議狀一首

竊以老釋之教雖曰沖玄君父之尊終資嚴敬況所行化不出寰中義屬在三須遵孔禮但爲落髮不可加冠法衣不可加帶無冠無帶拜伏失儀如愚管窺依舊爲允謹議

長安縣尉崔道默等議狀一首

竊惟在三之禮罔極於君親不二之門獨遺於資事豈不以眞俗兩隔孔釋雙分臨之寵辱既不驚受之髮膚則已毀玄冕與緇裳詭飾振錫與鏘金殊義足使弱喪知歸行迷識反今若降其塵外之迹嬰其俗中之事一乘紊典三歸弛法尚其道而黷其儀挹其流而汩其本義非稽古宋不足徵求之愚衷有所未愜且道之爲道玄之又玄衆妙所歸啓聖辭屬入關之業可大而不可小居河之訓可尊而不可卑降纏曆想方弘損益冒進芻詞伏增戰汗謹議

沛王府長史皇甫公義文學陳至德等議狀一首

臣聞三教同歸漸頓雖別俱爲助化咸稱勸善宣尼作訓不拘方外之流大師垂範全捨寰中之累虛室生白一粒餘資並駕康衢唯道是務自玄風載偃法雲收族黃冠緇服心跡不俱皇上愍其忘反式令僉議但絶亂髡頂形之重也磬跪拜伏禮之末也今若捨其重而檢其末申其道而屈其人恐習俗生常頓改非易伏望嚴告有司詳加誘進如更因心靡僭方可寘之形禮輕陳芻管伏深戰懼

謹議
周王府長史源直心㕘軍元思敬等議狀一
首
釋旨希微理暢有形之表玄宗罔像義軼無
名之外括三才而體要包萬類而窮神眞氣
麗闕佇猶龍之西舉法雲彩野馴巨象之東
歸玉洞仙經沖玄羽化金容懿範演聖龍宮
至道難名神功不揣爰自周漢咸著丹青典
午當塗因循不替是知趣玄門者千古崇釋
典者百王剪髮緇裳忽輕肥之美變冠黃服
蔑簪紱之榮莫不志越寰中心遊方外去揖
讓之節就戒律之儀弛禮樂之規遊虛白之
室是以如來祕說絶敬君親緜古洎今無朽
茲教教如可廢法亦可刋教捨法存法將安
措且甲士不拜豈伍卒之自尊天顏咫尺非
一介之云貴並以銜威稟命所以禮棄謙恭
況乎延思煙霞解塵俗於羈網警情法界釋
怨會於樊籠而使降出俗之容展入家之禮
考古恐乖通理論今懼爽彛章議逮蒭微敢
申管見瞻對踈謬悚懼交懷謹議
論曰玄教廢興理鍾斯運而盛衰之寄抑亦
人謀皇上御辯乘時允膺付託所以降非常
之詔勵釋侶於明時者也春秋傳曰君所謂
可而有否焉臣獻其否以成其可君所謂否
而有可焉臣獻其可以去其否余聞其語矣
今見其人焉觀秀上肆力釋君昌言帝闕詞
志欵欵勤則勤矣而宣公之啓狀詳切該博
吾無間然方今以大法爲己任思正其傾危
能負重道遠者此其人也歟仲尼云顛而不
扶危而不持則將焉用彼相矣若此眞可謂

至覺元首良哉股肱中臺周府等議雖文質有乖而咸得事要然樞紐經典疇咨故實理例鋒穎詞韻膏腴則司戎之稱鴻筆麗藻矣若標以顯議約以正詞其文辯潔其事明覈則左驍衛舉其綱領矣將來達鑒斯焉取斯

讚曰王法既隱像季斯微不有明喆慧日誰暉獻可替否飛英萃實詳諸昔賢驗乎茲日卓卓英秀是振隤綱謇謇宣公承運斯匡衆議詵詵宏模諤諤蘭菊殊美絲桐間作秦君鴻筆王生顯議文質舛途忠貞齊懿惟茲盛德謀無不臧一時風素千載流芳

集沙門不應拜俗等事卷第四 議不拜下

音釋

棻敷文切 頵俱倫切 嶷鄂力切正立貌 窅烏皎切深也 忸女六切怩也 亂羊晉切嗣也 紊亡運切亂也 紆邕俱切詘也 蹕必吉切止行人之警蹕也 曦許羈切日光也 敻虛政切遠也 懵莫鳳切惛也 矚之欲切視也 軼夷質切超軼也 馴詳遵切從順也 隤徒回切下墜也

集沙門不應拜俗等事卷第五

唐弘福寺沙門釋彦悰纂録

議拜篇第三上

議拜者明沙門應致拜也昔皇覺御寓尚開信毁之源豈惟像末不流弘約之議頃以法海宏曠類聚難分有穢玄猷煩聞朝聽致使拘文之士廢道從人較而言之未曰通方之巨唱也余所以考諸故實隨而彈焉庶崇佛君子或能詳覽

議兼拜

左威衛長史崔安都録事沈玄明等議狀一首

右清道衛長史李洽等議狀一首

長安縣令張松壽等議狀一首

議令拜

中臺司列少常伯楊思玄司績大夫楊守拙等議狀一首

司平太常伯閻立本等議狀一首

蘭臺祕閣局郎中李淳風等議狀一首

太常寺博士呂才等議狀一首

司宰寺丞豆盧暕等議狀一首

司衛寺卿楊思儉等議狀一首

司馭寺丞韓處玄等議狀一首

詳刑寺少卿元大士等議狀一首

司文寺丞謝祐等議狀一首

内府監丞柳元貞等議狀一首

司津監李仁方等議狀一首

右武衛兵曹參軍趙崇素等議狀一首

右戎衛長史李義範等議狀一首

右金吾衛將軍薛孤吳仁長史劉文琮等

議狀一首
右監門衛中郎將熊玄逸等議狀一首
端尹府端尹李寬等議狀一首
左春坊中護賀蘭敏之賛善楊全節等議狀一首
右春坊中護郝處俊賛善揚思正等議狀一首
司吏寺丞張約等議狀一首
左典戎衛倉曹王思九等議狀一首
右典戎衛將軍斛斯敬則等議狀一首
左司禦衛長史馬大師等議狀一首
右司禦衛長史崔崇業等議狀一首
左清道衛長史蔣眞冑等議狀一首
左崇掖衛長史竇尚義等議狀一首
右崇掖衛長史李行敏等議狀一首
左奉裕衛長史丘神靜等議狀一首
右奉裕衛率韋懷敬等議狀一首
雍州司功劉仁叡等議狀一首

議沙門兼拜狀合三首

左威衛長史崔安都錄事沈玄明等議狀一首

竊以紫氣騰眞玄牡之風西被白虹沉化涅槃之蘊東流轡羽驂霞影玉京而凝衆妙津慈照寂啓金園而融至道義觀空有理洞希夷袪濟塵蒙熏滌因累神道裨教玆焉有徵坦躅業已遵從流弊議資懲革（彈曰守法高尚稱爲流弊違經拜俗爲之懲革即事不可其如理何）原夫在三之敬六位峻尊卑之象百行之本四始旌罔極之談本立然後道生敬形於焉禮穆寔王化之始乃天地之經佛以法爲師

帝以天爲則域中有四大王者居一焉王道既其齊衡天法固乃同貫身爲法器法惟道本黄冠慕道緇裳奉佛致敬君父眇契玄波彈曰佛法乃衆外之尊帝天爲域中之大教存而令屈折不羈還類編人此乃法水壅而不流何玄波之眇契耶且夫戒籙纔高猶盡肅於膜拜況乎貴賤懸邈頓遺恭於屈膝彈曰王謐云沙門所以上下相敬而抗禮宸居者良以宗致既同則長幼成序津途有隔則義無降屈誠哉是言可爲龜鏡矣必以山林獨往物我兼忘混親疏齊寵辱惠我不爲是損已詎稱非自當泯若無情湛然恒寂安假仰迦維而頓顙覲天尊而雅拜塵容不異俗致敬未乖眞彈曰沙門落髮披緇道俗懸隔拜違佛教具顯經文而言敬未乖眞容不異俗此乃指南爲北反白爲玄也且伯陽緒訓於和光不輕演教於當禮妙叶謙尊之德遠符鄰貺之規彈曰伯陽誕自姬周身充柱史爲官則王朝之一職言道乃儒宗之一流

拜伏君親固其宜矣至若不輕之禮四衆乃據理以行之理則無簡於怨親通貴賤而俱禮勑乃約其尊極不制禮於卑微涇渭兩殊無宜一貫矣又三極之中師居其末末猶展敬本何疑哉彈曰釋衆所以師資相敬正以教義不殊故耳非是約本末而言何孟浪之甚也若以袈裟異乎龍黼轂巾殊於鷲弁服既戎矣拜何必華各循其本無爽彝式其有素履貞遯清規振俗神化聆鑾戒行精勤藻掞桐鸞梵清霄鶴錦旌徵獸瓊符御靈德秀年耆躅其拜禮自餘初學後進聲塵寂寥並令盡敬君父請卽編之恒憲彈曰若以不拜爲非則德秀年耆詎宜蠲免若以不拜爲是則後進初學無宜令拜進退矛盾去取自乖請卽編之恒憲何所見之短乎如此則進德修業出塵之軌彌隆苦節棲壇入道之心逾勵玄風斯遠國章惟緝庶可以詳爾景則靜一訛弊彈曰以乖宗爲景則謂守法爲訛弊約斯見驗惟何可觀自我作古奚舊之拘夫鏡非常之理必籍非常之照天

鑒玄覽體睿甄微探像外之遺宗極寰中之
幽致雖則暫駭常聽抑亦終冥大道謹議
右清道衛長史李洽等議狀一首
竊以道教沖虛釋門祕寂至於昭仁濟物崇
義爲心乃睠儒風理將無異彈曰儒教所明不踰寰域釋宗所辯高出見聞故魏東陽王丕曰佛法沖洽非儒墨者所知今言不異何多謬耶至
若宿德耄齒戒律無虧棲林遯谷高尚其事
若斯儔輩可致尊崇其有弱齔蒙求熏修靡
譽背眞混俗心行多違以此不拜義難通允彈曰夫稱沙門者何也謂紹法象賢發蒙啓化儀非搢紳之飾教殊廊廟之規求宗故所以直骸孰可分其德業矯俗故由茲抗禮寧容隔以尊卑但在家在國事
君事親不拜之儀何可以訓彈曰誠哉奉君親者無宜不拜沙門不事王侯背恩天屬以拜爲訓似未之思望請勒拜垂憲於後
謹議
長安縣令張松壽等議狀一首

竊聞佛道二門虛寂一致縱不能練心方外
擯影人間猶須迹與俗分事與時隔然今出
家之輩多雜塵伍外以不屈自高內以私謁
爲務徒有入道之名竟無離俗之實彈曰不屈者奉法而然私謁者誠違教義只可峻其科簡懲彼不逞之流寧容縱火崑崙而欲俱焚玉石耶至若君親之地禮兼臣子孝敬所宗義深
家國不有制度何以經綸望請僧尼道士女
冠等道爲時須事因法會者雖在君后聽依
舊式捨此以往並令請拜若歸覲父母子道
宜申如在觀寺任遵釋典彈曰夫僧尼合拜則無宜不拜不合豈簡時方何得剃髮同是一人約處便開異禮法服始終無二據事遂制殊經此乃首鼠兩端苟要時譽未曰志隆家國獻奉忠貞庶其以卑屈爲恥稍屏
浮競以道德自尊漸弘教法輙進愚管伏增
慙戰謹議
議沙門致拜狀合二十九首

中臺司列少常伯楊思玄司績大夫楊守拙等議狀一首

竊以佛道二教本尚虛玄演方便於三乘契忘言於一指惟寂惟寞何寂寞之不包非有非無何有無之不鑒令之法侶寔繁有徒久損拜跪之儀（彈曰請問何處令拜而言損耶）自處高尚之地約有爲之戒律揖無上之君親（彈曰剃削既奉釋宗守戒不宜設禮）推之人情情涉縱誕求之至理理所未通（彈曰推之人情巢許無云縱誕求之至理沙門寧曰不通）令致敬於君親庶垂範於來葉謹議

司平太常伯閻立本等議狀一首

竊以寂滅垂軌猶弘孝敬之議無爲闡化終叶虔恭之禮雖道超可道尚繫於三尊法空諸法猶包於四大況皇猷遠暢衍地義以宣風聖澤遐霑浹天經而灑潤至德所被理不隔於幽明大道傍通故無分於眞俗而違方之士空迷相物之心淪俗之徒尚嬰自我之累（彈曰令諸僧等莫不聖朝巳來爲國所度將以資奉陵廟津梁品庶而言違方淪俗者豈不傷皇家之福乎）莫識九重之貴不知得一之尊絕忠孝於君親棄敬愛於母后求諸至理竊謂不通俱拜君親未乖舊典謹議

蘭臺祕閣局郎中李淳風等議狀一首

竊以三辟之重要君者無上（彈曰沙門承恩入道非曰要君）五刑之極非孝者無親（彈曰親放出家詎爲非孝耶）是以悖德悖禮爲大亂之本源（彈曰僧等動依經教非悖德禮也）唯敬唯忠乃經邦之正軌（彈曰僧等雖形闕奉親而內懷其孝敬也禮乖事主而心戢其恩忠也）至於老教虛靜資柔弱以曲全釋典沖和常不輕爲普敬（事如左威衛議中彈）未聞慠慢君親矜夸衆庶（彈曰沙門身具佛戒形具佛儀人天自仰寧是矜慠）可以敦風勵俗安國寧家者也令合道

士女冠僧尼恭拜君親於道佛無虧彈曰經云拜君損君拜親損親行敬違教孰曰無虧復從國王正法大革前弊深廢澆詭彈曰以順法爲詭弊用違教爲廢革可謂首燕適越背道逾多也使其永識隨順之方更知天性之重謹議

太常寺博士呂才等議狀一首

一謹案老子道德經云域中四大王居一焉又案仁王般若經云地前三賢菩薩位當四天下主內經又云假令比丘得須陀洹果經八萬劫始見於地前今令道士女冠拜敬域中之大僧之及尼拜敬地前菩薩此乃不乖本教正合其宜彈曰佛經所以不令僧敬俗者良以出處不同故也縱使三賢菩薩爲四天下主而猶現有妻子相不捨家位厚信曰如然致敬則無誠說故涅槃經云諸出家人從諸白衣諮受未聞不應禮拜據此則殊乖本教何謂正合其宜耶皇后皇太子尊同於君理合敬拜彈曰仁王經云出家人法不拜國王國王尚不許拜自下斷焉可知矣

一又案道經云道士一人得道乃追榮七葉父母此則立身成道貴於追顯前葉今時未得道者見生父母理合拜敬又案內經云西方妙樂國土本爲法藏比丘願力所成是知妙樂之所乃是比丘願往生處也又案無量壽觀經云願生妙樂國土者先須孝養父母後云具足戒行然經宿不見即須跪問孝之儀也不拜父母何成孝養今令僧尼道士女冠拜敬父母亦是不違本教彈曰如經所云生西方者該通道俗言孝養父母者此明處俗往生因也言具足戒行者此明出家往生因也此則道俗懸隔修行兩殊安得混彼二因俱言釋侶且孝養異儀寧唯跪禮揚名後世亦其至也故五分律云若諸沙門左右二肩荷擔父母親於身上便利不淨縱使一劫猶不能報須臾之恩若教父母識三寶四諦受持五戒行十善道於一念頃即爲以報父母之恩何以故荷擔等事是人中善不能令彼生天證聖若教父母識諦寶因果受齋持戒由此因緣即能證聖又四分律云佛言比丘不應禮敬一切白衣父母雖曰居尊終同白衣之例佛教不令禮拜若拜乃陷於親雖生有致敬之

容死招無量重罪不孝之極寧越是乎一謹案周禮有九拜之儀一曰稽首注云首至地也又案尚書言於禹益等拜皆言稽首此爲拜君之敬通於古今也然今之僧尼禮拜正當稽首之法是以維摩經云導衆以寂故稽首然今若令尼作婦女跪拜但爲衣服不稱恐乖於常情聖人無心以百姓心爲心俗行已久不求改變今令尼等拜敬望請許其稽首此則不乖古今之儀順於輿人之頌彈曰夫希顔之士亦顔之儔慕驥之乘亦驥之類今尼等亂紫是一入道不殊何獨慮乖常情即欲令其稽首若也不求改變稽首未是循常情既也不循豈順輿人之頌謹議

司宰寺丞豆盧暕等議狀一首

竊以釋門垂範義在沖虛道家立言理歸損挹豈自矜尚然後爲高事如祕閣局議中彈若乃君臣父子之儀尊卑貴賤之序與夫儒教分路同趨但緇服黃冠未通正法眞言淨戒莫能堅受唯憑衣鉢以自尊崇彈曰經稱袈裟者諸佛幢相又言同於佛塔鉢盂應法之器自古諸佛皆用此器故十輪經云象王見獵師著袈裟敬故自拔其牙與此獵師又四分律云大德娑伽陀伏毒龍置於鉢中是知應器法衣其功不小法服之貴何事深疑且負版是衣仲尼猶敬矧茲器服而不尊乎謙撝之道既虧熏修之行彌失然則尊嚴之極本屬君親資敬所歸道俗何別上動皇鑒下擇蒭詞改而更張請遵拜議謹議

司衞寺卿楊思儉等議狀一首

剛折柔存扇玄風之妙旨苦形甘辱騰釋路之微言故能開善下之源弘不輕之行事如祕閣議中彈是以聲聞降禮於居士彈曰經云淨名居士示疾毗耶見有妻子常修梵行見有眷屬常樂遠離雖爲白衣奉持沙門清淨律行既同僧伍拜跪故是常儀況乎示彼宿心得法寧容不荷引斯爲例竊恐非宜柱史委質於周王此乃成緇服之表綴立黃冠之龜鏡自

茲已降喪其宗軌歷代溺其眞理習俗守其迷途彈曰佛教入華歷經英聖五遭拜伏三被屏除咸以事理難違還遵舊轍今言守迷溺理似傷迂誕一人有作萬物斯覩紐維天地驅駕百王轉金輪於勝境構玉京於玄域遂使違眞道士追柱史之遐風矯釋沙門緝聲聞之絕典彈曰佛教所明人有二種一聲聞二菩薩菩薩形無定質應隨類以爲宜聲聞剃髮染衣守高蹈而成則教制聲聞之伍不令禮彼白衣順以奉行何名矯釋況太陽垂耀在天標無二之明大帝稱尊御宇極通三之貴且二教裁範雖絕塵容事止出家未能逃國彈曰河門所以不拜俗者正以絕於塵容非爲逃國者也至如嚴光干木之流潁濱商山之伍或跼蹐長揖至之而不屈洗耳辭榮聘之而不至此亦高蹈而爾寧逃國乎同賦形於姒鏡皆仰化於姚風豈有抗禮宸居獨高眞軌然輕尊傲長在人爲悖臣君敬父於道無嫌考詳其義跪拜爲允謹議

司馭寺丞韓處玄等議狀一首

禮無不敬名教是先君父同資彝倫所尚況眞人善下妙在和光菩薩不輕義摧我慢婞事如司衛議中彈斯則外慮齊致分波共源所以綱紀百王則成萬品者也而緇黃之侶沿習爲常銷愛敬於君親行貢高於尊極苟殉私欲彈曰沙門棄鬚髮去華競守道不屈豈殉私耶易稱言行君子樞機榮辱在焉何不愼也坐紊天經黜厲鄉之清塵負連河之妙旨彈曰連河通教皆云令沙門不拜君親謨語顯然何云負旨靜言永念良可寒心彈曰梵網經云出家人法不禮拜國王父母又薩遮尼乾經云若人謗聲聞辟支佛法毀呰留難者諸善神王不護其國四方賊起水旱不調死亡無數令不信佛教抑令跪拜此則謗法此則留難若佛語有徵則粉碎身無以塞責豈寒心靜念而可勉之哉如愚管見致拜爲允謹議

詳刑寺少卿元大士等議狀一首

竊以白馬東歸寺刹爰建青牛西上觀座方

興莫不照燭昏迷導引騰化然敬君之範簡
略闕言不拜之儀因循往有非直情乖物義
抑亦意爽聖經事如中臺司引議中彈且法服制儀表
絕凡流之恒敬蓮花寶座豈說不拜於君親
彈曰銅自石生珠因水育取者方委傳者故迷況佛教幽微理難窺涉不知而作其斯謂
乎君有天地之尊敬君遠符經教親著生育
之惠拜親遐會法源撫事有益於經椚理未
虧於法牽率愚管設敬爲宜謹議

同文寺丞謝祐等議狀一首

竊以君親之重事極昊天恭恪之儀理貫名
教至如凝心玄路投迹法門莫不肅敬神明
不輕品物事如司馭議中彈豈有弛慠所生不屈君
父既違恭順之禮恐累求道之因彈曰誠固不累其如
陷君親何請革舊風准勑申拜謹議

內府監丞柳元貞等議狀一首

竊以禮無不敬名教是先君父同資彝倫所
尚且佛滅度後法付國王舒卷之規理鍾明
聖彈曰右春坊議云夫付囑者佛以像法末年淳心漸薄邪見增長正法衰替四部之
衆無力弘宣是以付囑國王令王擁護如其不護法當自壞豈勞付囑令王毀壞誠哉得
付囑之旨也但非常之制黔首恒驚雷同之心君
子爲恥自我作古方懸日月之典可使由之
寧拘風雨之好如愚管窺致拜爲允謹議

司津監李仁方等議狀一首

愛敬之道義極於君親恭和之德事照乎釋
老豈有生因覆載將抗禮於人天質稟髮膚
遂齊尊於父母眷言方外未離天地之間顧
惟俗表尚處閻浮之域事如司衛寺議中彈而爲不拜
天子類嚴遵之不臣長揖至親似宋人之名
母何以津梁品彙導引凡庶聖智之教豈至
於斯彈曰易稱藉用白茅又云巽在牀下紛若之吉乃爲無咎未有抑令致拜復曰

津梁尊而學之何以去取奉勑議聞伏請令拜謹議

右武衛兵曹參軍趙崇素等議狀一首

竊以三教爰興俱敦勸獎流派雖別趣善同歸緇黃之躅稍殊君親之儀詎隔豈有纔捐俗服遂傲禮容高揖乘輿不拜嚴父貲敬之道不足忠孝之跡頓虧李釋斯風未爲盡善彈曰內將外反眞與俗乖何得輕弄筆端商略玄極孔子曰非聖人者無法誡哉方今垂範立制道存德齊禮經典乖失詳議改張據理論情拜實爲允謹議

右戎衛長史李義範等議狀一首

父慈子孝起自天經君義臣忠資於地禮三尊之重君最爲先五教所崇父居其首人倫之綱紀臣子之歸宗佛道興隆之前緇俗異貫陵遲之後同籍國王連河制之於主君厲鄉盡編爲天戶況釋迦滅度付囑國王事如內府監議中彈李老裔孫克成宏構緇黃代俗握寶鏡以君臨縱使佛道尊嚴天位彌重帝王國母無上最尊稽首虔誠無妨悟道事如同文議中彈至眞之理猶曰勤修禮佛拜天彌成正覺謹議

右金吾衛將軍薛孤吳仁長史劉文琮等議狀一首

道家立旨取貴於柔謙釋教爲宗有存於汲引雖復邁九仙而飛迹標致弗爽於同塵超十地而遊神修行豈乖於忍辱且君親尊重比乾嚴而有裕臣子忠肅申拜伏而無違斯乃萬國之大經千葉之常軌居造次而必踐處少選而難廢至若緇黃二教頓捐茲禮唯擅貢高之法莫循資敬之儀事如司馭寺議中彈虛啓弊風實差彝典事如右武衛議中彈但勸誘之規雖則多躅等歸利物寧履義方何必驕倨爲容便

躋衆妙之域虔恭表節遂隔眞如之鏡事如左戎衛議中彈緬尋指趣深謂不然致拜君親寔爲通理謹竭愚識庶會宏謨深懼不當退用慙惕

謹議

右監門衛中郎將熊玄逸等議狀一首

竊以親生膝下鞠養之愛惟深一人至尊嚴敬之儀斯重豈以身披緇服而不拜於君親彈曰誠固以此而佛不令拜俗首掛黃冠遂替子臣之禮謹

議

端尹府端尹李寬等議狀一首

夫出家之徒名曰離俗教戒之法謙下是先既達苦空理捐人我彈曰不敬之來自持眞教豈緣在我而不拜乎況君父尊重敬比於天拜伏之儀事無疑惑但以因循往代敬其衣戒使然事同司宰寺議中彈止可君父不受其拜何得自爲尊重且像法末教委以國王事如內府監議中彈國王示以尊卑未奬一乘之道謹議

左春坊中護賀蘭敏之賛善楊全節等議狀

一首

竊以犧皇至賾金人靡兆於龜文軒后韞靈紫氣未敷於鳥跡洎劉莊精感託神想於東流尹喜翹誠覩物色於西邁由是龍宮梵化灑慈潤於大千澹泊凝眞沖寂弘於寓內雖復遠標天構氣淑無爲體均具相功深濟度莫不稟宸極以存其法事如端尹府議中彈資遺體以受其靈豈有超俗塗而輕法主潔其己而忽所生忠孝一虧二教何寄今若資忠貞以凝道移孝行而修誠則福足以顯玄門忠孝用光臣子假或恭敬被於羣品據理尚有可通況唯拜伏君親未審於何不可事如祕閣局議中彈請

准明詔致拜爲允謹議

右春坊中護郝處俊賛善楊思正等議狀一首

竊聞道迹希微立言資於輔帝釋教虛寂垂法依於國王（事如左春坊議中彈）是以紫氣眞容玄猷西被黃金圖相妙旨東流仙侶莘莘籍天基而遂重法徒濟濟憑聖政而彌隆況今德貫陰陽道包眞俗恩霑動植尚荷亭育之慈澤被生靈猶懷仁壽之施唯釋老二門由來迂誕（事如右金吾衛議中彈）既損眞典便虧四大偏信化人不遵三有主上崇孝敬之儀敦跪拜之禮爰發綸誥令拜君皇后太子及父母者非直庶寮允愜（彈曰議不拜人殆將大半今云庶寮允愜何其謬歟）抑亦垂範將來謹議

司更寺丞張約等議狀一首

釋教開俗儒風範化即途雖言異軫證理誠則同歸（事如右清道衛議中彈）莫不粉澤仁義舟輿恭儉然後克闡徽猷以隆遠大何則忠爲令德孝實天經惟君惟父同取其敬借使行超物表道備人師豈可長擡於顧復之親抗手於宸扆之貴事須適變未可膠絃（彈曰正以君親容養開以方外抗手長擡豈自爲矣）君父尊嚴申拜爲允謹議

左典戎衛倉曹王思九等議狀一首

竊以川瀆細流竟朝宗於溟海螢燭末光終歸曜於日月故知物有深厚猶取貴於緫名況在君親莫大而有棄於嚴肅洎乎關浮紫氣塔照金容老釋二門俱隆法敎但法敎流布事由君后出家離俗命在尊親遂使載覆之恩棄而不答（事如奉常議中彈）貴賤之禮損而靡修既虧人事有傷禮律（彈曰內外既殊奚可拘於禮律）爰軫

聖慮詢及蒭蕘輕陳管見從拜爲允謹議

右典戎衛將軍斛斯敬則等議狀一首

竊以三教殊塗俱極尊崇之道五儀齊致寔隆嚴敬之規而釋老二門本求虛寂周孔兩法歸於敎義若乃君臣之禮周無易於緇黃事如司更寺議中彈父子之容豈有隔於賢智崇樹既久積習相沿損益惟宜允歸明聖臣等詢議請從拜禮謹議

左司禦衛長史馬大師等議狀一首

竊以光分兩曜是顯尊卑之容位辨三才爰彰父子之性明乎愛敬之禮與天地而齊生君臣之義將造化而俱立至若金人啓夢慧日初開紫氣浮關玄風肇扇此乃興於中古教始漸移雖復各設法門津梁庶品究其所指終會儒宗事如司更寺議中彈庇俗既是同方遵敬何煩異路必將道體爲別有犯未合繩違彈曰有犯非僧繩違寧容不可無愆守道設禮有累君親遺教制在國王設禮寧容不可事如左春坊議中彈況三乘之典無聞傲誕之經五千之教詎載矜誇之義敬親何妨重道拜主豈廢尋眞事如左戎衛議中彈且割股捨頭猶無訴苦尊君愛父詎即辭勞彈曰割股捨頭必益無宜訴苦敬君拜父慮損豈敢辭勞忝練是非拜誠爲得謹議

右司禦衛長史崔崇業等議狀一首

竊惟藏史立言靡替君臣之義能仁闡敎先崇孝敬之風縱道敬乘皂尚委身而降禮業成捧馬猶負櫬以追恩彈曰負櫬教有誠文拜伏經無此說乎況共踐俗塗同餐聖化豈有盜名黃服遂忌亭毒之功託跡緇門便遺顧復之德慠物行已高視王侯我慢爲心長揖父母事如中臺司列議中彈求之前代久滯迷方皇家戶牖百王澄汰

千古事非害政容或可沿時有虧風理宜革弊（事如祕閣局議中彈）且四大齊德豈使遵道而不遵王三教均名（事如左司禦議中彈）何獨崇釋而不崇孔令若正其儀而教毀設敬須疑（彈曰誠哉何須致惑耶）屈其身而道存加拜何惑重以不輕攝行更符眞諦之規（事如司文寺議中彈）持下御情彌合沖虛之軌式遵壐誥輕獻蒭言致拜之禮實諧僉議謹議

左清道衛長史蔣眞胄等議狀一首

竊以釋道二門俱承玄化雖復緇黃有别虔恭之志不殊宜令拜跪以申臣子之敬（彈曰沙門迹超方内津梁家國稱謂異於臣子拜敬何預率賓）謹議

左崇掖衛長史竇尚義等議狀一首

厲井徵言二篇極於爲谷崛園幽旨萬物存乎不輕（事如右司禦議中彈）況乃君親兼極跪拜猶簡豈非絕棄於内敬而矯修於外迹乎（彈曰行道以答四恩豈矯修於外迹育德以資三有豈絕棄於内敬乎幸子思之無多言也）如見所量望令加禮謹議

右崇掖衛長史李行敏等議狀一首

竊以釋老二教語迹雖殊恭順之理雅同儒轍（事如右司禦議中彈）豈有尊極之處抗揖等於平交師僧之前拜伏過於輿皂（事如右威衛議中彈）既驚物議且斁彝章革此舊風咸謂爲允（事如右司禦衛議中彈）況黃冠荷天基之慶緇衣受付託之重（事如左司禦衛議中彈）劬勞盡生育之恩欲報申昊天之義二門之法蹇倨乖於恒典五敬之所投拜允合常儀謹議

左奉裕衛長史丘神靜等議狀一首

若夫二儀始闢君臣之道即隆三才創分父子之情斯在莫不皆竭股肱俱遵愛敬故知

君臣父子禀自天然極尊極親無可為間止如釋老之教近日始崇釋則興於漢朝老則置於宋代皆緣時君有旨父母承恩方染緇衣然稱入道如無所禀不得離俗離俗雖言絶境習道仍居宇内（事如司津議中彈）率土皆曰王臣不聞限以緇素（事如左清道衛議中彈）父生母育罔極難酬於法雖曰絶塵在身須敦仁義豈容為臣未曾効節為子未展溫清承恩乃變素衣去髮言真入道乘茲慠誕慢君櫬親高挹帝王不拜父母為臣貽寛怠之咎為子招不敬之辜（事如左清道衛議中彈）庸流自謂合然往代怨其無識（彈曰昔漢帝降禮於摩騰吳主屈節於康會趙拜澄上寵懋錦衣秦日道安榮叅共輦斯並德迴萬乘道降極尊況乎十室難誣而曰庸流無識）因循自久行之不改聖上重纘皇極欲革前非孝理蒼生思遵名教爰降綸旨飾光彝典恐爽恒情特令詳議謹尋釋老二教見在遺文我慢矜高是人難度（彈曰守道不屈寧是矜高耶）庶事謙約無失沖撝靜思此言其義見矣入道已成陵虛控鶴深修禪定得五神通如此輩流猶願卑屈況庸僧尼見居王土衣緇異俗餘事罕知（彈四曼倩云談何容易談何容易惜哉夫沙門之内功業寔繁聖朝已來蓋亦不少且帝京僧伍藏德如林畧舉十科用開未喻至若譯經則波頗玄奘義解則僧辯法常習禪則曇遷惠因護法則法琳明瞻明律則玄琬智首感通則通達轉明遺身則玄覽法曠讀誦則惠銓空藏聲德則智凱法琰弘福則德美智興若此之流具如僧死所列而言罕知餘事何雷同之甚乎）唯自矜高願居人上求之釋教其義蔑聞凡曰是人准經致敬況在極尊并之父母欲令拜伏義無不可其僧尼道士女道士於君皇后皇太子及其父母所並請准勑令跪庶使光二教之謙撝隆萬代之名教謹議

右奉裕衛率韋懷敬等議狀一首

竊以三教五儀咸窮睿哲殊塗一致必俟尊嚴釋老戒時遵崇是務周孔訓俗嚴敬爲先遂使緇衣之首抽簪奉教青襟之伍映雪傳芳爲百代之楷模作千齡之准的且誕靈舍衛道自尸毗既有母子之恩事如右司禦衛議中彈豈隔君臣之禮緇黃雖異賢智寧殊拜伏君親誠乖昔典彈曰據教令拜有益乎有損乎有益也豈以乖昔典不拜乎有損也豈以順昔典而令拜乎今只可約損益以昌言無宜據乖順而申議無聖即仍舊有聖即典移法既俟聖方興亦冀緣興改

法曹司僉議請從拜禮謹議

雍州司功劉仁叡等議狀一首

竊以玄風肇扇莫先於伯陽緫衆妙而謙卑高棲物表致羣生於道德象帝之先聿宣爲子之方贈言尼父載揚事君之禮從政周行神功用而無名至化流而不測人能弘道其在茲乎況乎道異崆峒人非姑射竊比河上之德不遵柱下之規虛談捕影之書自取順風之禮矜傲誕於家國絶忠孝於君親有靦之容曾無愧怍及至青牛西邁涉流沙而化胡彈曰魏略西域傳云臨兒國有神人名曰沙律年老髮白狀如老子常教人爲浮圖有人災禍及無子者勸行浮圖齋戒令捨財贖僧時臨兒王久無太子因祀浮圖其妃莫耶夢白象而有娠及太子生從右脇而出自然有髻墮地能行七步其形似佛以祀浮圖得兒故名太子爲佛圖也前漢哀帝元狩中秦景使月氏國王令太子口授於景所以浮圖經教前漢早行後漢十三年明帝方感瑞夢也秦景傳經不云老子化胡作佛經是老說晉代雜録云道士王浮每與沙門帛遠抗論王屢屈焉遂改換西域傳爲明威化胡經題彼沙律以爲老子曲能安隱誑惑人問尹喜與胐化胡作佛佛起於此裴子野高僧傳云晉惠帝時沙門帛遠字法祖每與祭酒王浮一云道士基公次共諍邪正浮屢屈焉既瞋不自忍乃託西域傳爲化胡經以誣佛法遂行於世人無知者殃有所歸致患累載幽明録云蒲城李通死來云見沙門法祖爲閻羅王講首楞嚴經又見道士王浮身被鎖械

求祖懺悔祖不肯赴孤負聖人死方思悔又宗袁宏後漢紀皇甫謐高士傳等並無老子化胡作佛之文即日朝廷君子博識者多豈得塞耳偷鈴指鹿爲馬信可謂虛無之談徒貽人耳爰有白馬東來越葱山而夢漢弘通貝葉比妙蓮華行以普敬爲先教以不輕爲本事如左崇掖議中彈服貌雖異同趣無爲率土之賓未聞無父之子普天之下未見無君之臣貞觀年中已定先後盡禮致敬斷焉可知彈日貞觀中詔本以皇系所宗殊無使拜之文但有先後之語令乃例茲遣敬斯則比附勑文失旨之僣孰重於此歷代茲多曾莫先覺彈日自佛教入漢年逾六百其中晉代庾冰僞楚桓玄赫連宋武蕭齊有隋等諸君皆抑僧拜咸以事非通允俱尋舊迹而云歷代滋多曾莫先覺者豈不面欺聖旨誣罔羣英乎陛下乘乾御曆減五登三振千古之隤綱維萬國之絕紐豈徒華俚首之詠資父事君方且變天竺之風自家刑國謹議

集沙門不應拜俗等事卷第五議拜上

音釋

續則歷切 暕古限切 馭牛倨切 斛胡谷切 驤息良切騰也 膜拜膜莫補切膜拜長跪拜也 黼方矩切黼黻也 鷩弁鷩必列切弁皮變切鷩弁鷩冕也 肣蠁肣黑乙切蠁許兩切 掞以冉切舒也 瓊渠營切 莘所臻切 櫬初覲切 數都故切敗也 倩七政切 崆苦紅切 峒徒紅切 怍疾各切 僣去乾切與愆同過也

集沙門不應拜俗等事卷第六

唐弘福寺沙門釋彦悰纂録

議拜篇第三下

狀

普光寺沙門玄範質議拜狀一首

奏

中臺司禮太常伯隴西王博叉等執議奏狀一首

詔

今上停沙門拜君詔一首

表

京邑老人程士顒等上請出家子女不拜親表一首

直東臺馮神德上請依舊僧尼等不拜親表一首 并上佛道先後事

啓

西明寺僧道宣等重上榮國夫人楊氏請論不合拜親啓一首

表

大莊嚴寺僧威秀等上僧尼請依内教不拜父母表一首

玉華宫寺譯經沙門靜邁等上僧尼拜親有損表一首

襄州禪居寺僧崇拔上請僧尼父母同君上不受出家男女拜表一首

普光寺沙門玄範質拜議狀一首

沙門玄範敢致狀於中臺王公侯伯羣僚等但玄範雖不班預議例而竊有所聞前古大德廬山法師遭時數運遂造沙門不敬王者論五篇理致幽微問答玄妙將欲簡白乍尋

難曉今略述內外典記明證不敬之理謹以狀上請徵應拜之議也夫天雖至玄必著日月之明地雖至寂必固山川之化聖者雖聲通冥運亦必假賢俊藩輔子於百姓者也君既使臣以禮臣須事君以忠若不庭爭於未然則恐機發於已矣但佛法是區域之外逾四大之尊超寰寓之表越在三之義唱無緣之慈弘不言之化冥功潛運故曰沐而悠漸但中庸之人以爲無益者良不悟其所舍也故先朝聖教序云陰陽之妙難窮者以其無形也佛道崇虛乘幽控寂弘濟萬品典御十方者乎今既慧日潛暉像教冥運秉法和敬非僧而誰故佛告信相菩薩曰我說三寶唯是一體無有別相斯像法傳持當於是矣若阿恕伽之禮小僧諭邪臣以貿衆首豈非體道之可尚乎今欲令僧尼鞠躬於禮儀劬勞於拜揖是致佛以拜人非人者以奉法如弁易翻加於首足寔迴換惑亂之甚矣且王有常不臣者三暫不臣者五不名者四不臣者一尚書曰虞賓在位舜不臣朱詩云有客有客亦白其馬此承二王之後帝者尚所不臣況僧當大聖之胤奚足致敬君主國之賓序胡預失儀而以不輕禮於四衆用配敬於一人此蓋菩薩比丘情亡物我況今尊卑位別殊非媲偶又舉淨名而取稽首引知法而招恭敬昔函丈於新學不覿機而授藥以中忘此意宗半字焉既宴寂於正念發宿生而示悟還得本心崇滿字矣於是以亡相稽首無想接足乃混緇素於一時泯性相於萬古斯並大士權誠未可小機普准故涅槃經云我

爲菩薩說如此偈今以聲聞持戒臘之至執威儀之切非以重慠慢悖君親良欲崇國家利臣人者也又順正理論云諸天神衆不敢希求受五戒者禮如國君主亦不求比丘禮拜以懼損功德及壽命故今欲行之以周孔之教抑之以從俗之禮竊爲仁者不取也又僧尼族非蕃類性簡戎蠻稟中國而法四夷承剔割而紹三寶據其教則有拜君親爲損修其法以資家國有益恐匿聖言禍鍾自犯四分律云使恭敬者年不應禮拜白衣者正以弗縻於爵祿異俗絅於典誨矣王制曰宗廟有不順者黜以爵山川有神祇而不舉者削以地況僧尼索鬼神之敬反父母之禮若使正教淪胥於是汙鄙恐神明所不交泰福慶所不流潤災害幾生禍亂幾作而含靈瘵

成俗之化胄子闕啓蒙之訓率土臣人順風載靡不可自新於師戒有助國於教化者也梵綱經云不拜君親鬼神明矣且濡需不拜爲容節之失矧乃割截非束帶之儀髡削無稽首之飾於庠序之風範朝宰之變怍也佛是絕域異俗之化靡中和順動之氣存亡之際實寄於人矣大傳曰正朔所不加即君子所不臣未若福其所訓利其所稟便其勞動而用之乘其利安而事之故得百姓之歡心即一人有慶者也又介胄不拜慮折其威師帝不臣恐損其道況衣忍鎧擐祖甲伏龍怖以袈裟懾魔威於抖擻逃隸出家王親降禮波離入道父王致拜故知道在則貴不以人爲輕重是以道傾弘人人蓋弘道者信矣今遺法所以付於王者委護持仗流通也以四

衆之微弱恐三寶之廢壞藉王者以威伏假王者以勢逼令使攝衣屈膝握拳稽顙則連河之化於茲缺矣詩云王赫斯怒爰整其旅僧等戰戰兢兢誠惶誠恐懼虧遺教之本意辱同功之法服一拜之勞不必加衆僧之損一拜之敬不必加萬乘之尊頃僧等孜孜而不安其業者非所以苟爲庸庸之軀深存靡靡之化矣恐煥乎之美無潤色於盛代異國之求豈聞於當今者歟必以經像爲蕪穢不足以崇仰僧尼爲臭腐不足爲福田覩教籍者目焦修揖拜者變傴僂緇服則轉筋談典禮而齒齼於是嫌而棄之變天竺之風暢中華之禮以萬物爲更始筞三大而自新則取善之基徒使修立不若隔教綱於區外放容儀於物表臣而子之足盡忠孝之節也即而

史傳不必爲長夜經子未必爲太陽司成雖學而無倦猶將闕焉於大訓況助國之美無聞亂矣不繁禁而獲安不革情而得志雖文王至聖也猶學於虢叔孔子至明也尚師於郯子王者至尊也猶父事三老兄事五更及其釋奠躬執爵而跪之曰穆穆焉恂恂焉雖至孝之事嚴親罔以加也是以大易蠱爻不事王侯大禮儒行不臣天子故知道以貴之爲貴不以輕貶爲輕伏想僚寀談謫正士爲之蠹害將生螟螣而議爲拜者非朝廷之上策也原夫正法西基迄于茲日已過千載有太半焉自大教東流方七百歲雖歷變市朝隆之莫替其中聖主賢臣計餘可數未嘗拘檢意況銑削僧尼信知闊達之資爲日久矣問者有執權少主謀篡微君私佞自媚陷墜

家國又一二蕃小雄雌互舉雖暫誅除尋革
前弊夫若此者可以攘袂鼓肘怒目切齒大
視而叱之豈不忠烈之壯觀也今我大唐應
九五之期四三皇之位八紘共軌四海同文
百辟守法度於有司三寶暢微言於汲引則
道俗資勲家國延祚可不盛歟可不盛歟勑
以宋朝暫革此風少選還遵舊貫良爲爽其
恒情議在不失常理幸儼而思之弘而護之
家國之政若隆忠孝之誠必著冥功潛潤根
條槃蔚好爵自縻禄秩優寵華蕚繼亂蘭菊
緒榮感福慶之内資思弘益而外護豈不居
生勿墜常保勝期者歟今謹疏内外典禮請
循照察沙門釋範敬白龍朔二年五月五日
上
中臺司禮太常伯隴西王博乂等執議奏狀

一首
司禮議僧尼道士女冠等拜君親等事
五百三十九人議請不拜
右太司成令狐德棻等議稱竊以凡百在位
咸隆奉上之道當其爲師尚有不臣之義況
佛之垂法事越常規剔髮同於毀傷振錫異
乎簪紱出家非色養之境離塵豈榮名之地
功深濟度道極崇高何必破彼玄門牽斯儒
轍披釋服而爲俗拜踐孔門而行釋禮存其
教而毀其道求其福而屈其身詳稽理要恐
有未愜又道之爲範雖全髮膚出家超俗其
歸一揆加以遠標天構大啓皇基義籍尊嚴
式符高尚惟此二教相沿自久爰曁我唐徽
風益扇雖王猷遐暢實賴天功而聖輪常轉
式資冥助今儻一朝改舊無益將來於恒沙

之劫起毫塵之累則普天率土灰身粉骨何以塞有隱之責蠲不忠之罪與其失於改創不若謬於修文孔子曰因人所利而利之老子曰聖人無常心以百姓心爲心二教所利弘益多矣百姓之心歸信衆矣革其所利非因利之道乖其本心非無心之謂請遵故實不拜爲允伏惟陛下德掩上皇業光下問君親崇敬雖啓神衷道法難虧還留睿想既奉詢蒭之旨敢罄塵嶽之誠懼不折衷追深戰惕

三百五十四人議請拜

右兼司平太常伯閻立本等議稱臣聞剛折柔存扇玄風之妙旨苦形甘辱騰釋路之微言故能開善下之源弘不輕之義是以聲聞降禮於居士杜史委質於周王此乃成緇服之表綴立黃冠之龜鏡自茲已降喪其宗軌歷代溺其眞理習俗守其迷途一人有作萬物斯覩細維天地驅駕皇王轉金輪於勝境構玉京於玄域遂使尋眞道士追守藏之遐風落髮沙門弘禮足之緜典況太陽垂耀在天標無二之明大帝稱尊御宇極通三之貴且二教裁範雖絕塵容事止出家未能逃國同賦形於姒鏡皆仰化於姚風豈有抗禮宸居獨高眞軌然輕尊傲長在人爲悖臣君敬父於道無嫌考詳其議跪拜爲允前奉四月十六日勅旨欲令僧尼道士女冠於君親致拜恐爽於恒情宜付有司詳議奏聞者件狀如前謹録奏聞伏聽勅旨龍朔二年六月五日狀

今上停沙門拜君詔一首

東臺若夫華裔列聖異軫而齊驅中外裁風百慮而同致自周霄隕照漢夢延輝妙化西移慧流東被至於玄牝邃旨碧落希聲俱開六順之基偕叶五常之本而於愛敬之地忘乎跪拜之儀其來永久罔革茲弊朕席圖登政崇眞導俗凝襟解脫之津陶思常名之境正以尊親之道禮經之格言孝友之義詩人之明准豈可以絶塵峻範而忘恃怙之敬拔累貞規洒遺溫凊之序前欲令道士女冠僧尼等致拜將恐振駭恒心爰俾詳定有司咸引典據兼陳情理沿革二塗紛綸相半朕商確羣議沉研幽賾然箕潁之風高尚其事遐想前載故亦有之今於君處勿須致拜其父母之所慈育彌深祇伏斯曠更將安設自今已後即宜跪拜主者施行龍朔二年六月八日西臺侍郎弘文館學士輕車都尉臣上官儀宣

京邑老人程士顒等上請出家子女不拜親表一首

臣言臣聞佛化所資在物斯貴良臣拔沉冥於六道濟蒙識於三乘其德既弘其功亦大所以佛爲法王幽顯之所歸依法爲良藥煩惑由之清蕩僧爲佛種弘演被於來際遂使歷代英主重道德而護持清信賢明度子女而承繼固得僧尼遍於區寓垂範導於無窮伏惟陛下慈濟九有開暢一乘愛敬之道克隆成務之途逾遠近奉明詔令僧跪拜父母斯則崇揚孝始布範敬源但佛有誠教出家不拜其親欲使道俗殊津歸戒以之投附出處兩異眞俗由之致乖莫非心受佛戒形具

佛儀法網懸殊敬相全別且自高尚之風人主猶存抗禮豈惟臣下返受跪拜之儀俯仰撫循無由啓處意願國無兩敬大開方外之迹僧奉内教便得立身行道不任私懷之至謹奉表以聞塵黷威嚴伏增戰越謹言六月二十一日上

直東臺馮神德上請依舊僧尼等不拜親表一首（并上佛道先後事）

一道士僧尼請依舊僧尼在前（此一條在貞觀十一年因令合上）

一僧尼請依舊不拜父母

臣聞祕教東流因明后而闡化玄風西運憑至識以開宗故知弘濟千門義宣於正道提誘萬品理塞於邪津只可隨聖教以抑揚豈得逐人事而興替沙門者求未來之勝果道士者信有生之自然自然者貴取性真絶其近偽之跡勝果者意存杜漸遠開趣道之心誘濟源雖不同從善終歸一致伏惟皇帝陛下包元建極御一飛貞乘大道以流謙順無爲而下濟因心會物教不肅成今乃定道佛之尊卑抑沙門之拜伏拜伏有同常禮未是出俗之因尊卑是物我之情豈曰無爲之妙陛下道風攸闡釋教載陳每至齋忌皆令祈福祈福一依經教二者何獨乖違陛下者造化之神宗父母者人子之慈稱陛下以至極之重猶停拜敬之儀所生既曰人臣得曲申情禮捨尊就愛棄重違經緣情猶尚不通據教若爲行用陛下統天光道順物流形形物尚不許違淨教何宜改作顧陛下因天人之志順萬物之心停拜伏之新儀遵尊卑之舊

貫庶望金光東曜不雜塵俗之悲紫氣西暉無驚物我之貴即大道不昧而得相於明時福業永貞庶重彰於聖日謹言七月十日上

西明寺僧道宣等重上榮國夫人楊氏請論不合拜親啓一首

僧道宣等啓竊聞紹隆法任必歸明哲崇護眞詮良資寵望伏惟夫人宿著熏修啓無疆之福早標信慧建不朽之因至於佛教威儀法門軌式實望特垂恩庇不使陵夷自勑被僧徒許隔朝拜誠當付囑之意寔深荷戴之情然於父母猶令跪拜私懷徒愜佛教甚違若不早有申聞恐遂同於俗法僧等翹注莫敢披陳情用迴惶輙此投訴伏乞慈覆特爲上聞儻遂恩光彌深福慶不勝懇切之甚謹奉啓以聞塵擾之深唯知悚息謹啓八月十三日上

大莊嚴寺僧威秀等上僧尼請依內教不拜父母表一首

謹録佛經出家沙門不合跪拜父母有損無益文如左

一梵網經云出家人不向國王父母禮拜

一順正理論云國君父母不求比丘禮拜

一玄教東漸六百餘年上代皇王無不咸皆敬仰洎乎聖帝遵奉成教彌隆故得列刹相望精廬峙接人知慕善家曉思愆僧等忝在生靈詎忘忠孝明詔須下率土咸遵恐直筆史臣書乖佛教萬代之後蕪穢皇風僧威秀等言竊聞眞俗異區桑門割有生之戀幽顯殊服田衣無拜首之容理固越情道仍舛物況埏形戒律鎔念津梁酬恩不以形骸致養

期於福善而儀不改釋拜必同儒在僧有越戒之愆居親有損福之累臣子之慮敢不盡言伏惟陛下臣振遠猷提獎幽槩既已崇之於國亦乞正之於家足使捨俗無習俗之儀出家絶家人之敬護法斯在植福莫先自然教有所甄人知自勉不勝誠懇之至謹奉表以聞塵黷扆旒伏增戰越謹言八月二十一日

玉華宮寺譯經沙門靜邁等上僧尼拜父母有損表一首

沙門靜邁言竊以策係告先尊父屈體於其子形章攸革介士不拜於君親伏以僧等揚言紹佛嗣尊之義是同故愛敬降高乃折節於其氣容服異俗形章之革不殊致使沙門亦不支屈於君父窮茲內外雖復繼形變則而心敬君親敢有怠哉至如臣服薨君以日易月形雖從吉而心喪三年是知遏密八音其於三載修乎心敬其來尚矣若令反拜父母則道俗俱違佛戒顛没枉沉淪迴未已況動天地感鬼神者豈在於跪伏耶但公家之利知無不爲恐因今創改萬有一累則負聖上放習法之洪恩彌劫粉身奚以塞責伏惟陛下廣開獻書之路通納蒭言之辯輕塵聽覽伏增戰汗謹言八月二十五日上

襄州禪居寺僧崇拔上請僧尼父母同君上不受出家男女致拜表一首

沙門崇拔言拔聞道俗憲章形心異革形則不拜君父用顯出家之儀心則敬通三大以遵資養之重近奉恩勑令僧不拜君王而令拜其父母斯則隆於敬愛之禮闕於經典之

教僧寶存而見輕歸戒没而長隱豈有君開高尚之迹不悖佛言臣取下拜之儀面違聖旨可謂放子爲求其福受拜仍獲其辜一化致疑二理矛惑伏願請從君敬之禮以通臣下之儀輕黷宸旒彌增隕越謹言七月二十五日上

論曰威衛司列等狀詞則美矣其如理何威不惟故實昧於大義苟以屈膝爲敬不悟亡辱之禍内經稱沙門拜俗損君父功德及以壽命而抑令俯伏者胡言之不忍輕發樞機哉雖復各言其志亦何傷之太甚而威衛等狀通塞兩兼司列等狀一途永執或訪二議優劣余以爲楚則失矣齊亦未爲得也然兩兼則膚腠氷執乃膏肓故升威衛於乙科退司列於景第至若範公質議則旨贍文華隴西執奏言約理舉既而人庶斯穆龜筮叶從故得天煥下覃載隆高尚之美慈育之地更弘拜伏之仁時法侶名僧都鄙耆耋僉曰叶私志矣違教如何於是具顯經文廣陳表啓匪朝伊夕連訴廷闕但天門邃遠申請靡由奉詔求宗難爲去取易曰羝羊觸藩羸其角方之釋侶豈不然歟賛曰

威衛之流議雖通塞以人廢道誠未爲得司列等狀抑釋從儒拜傷君父詎曰忠謀質議道華敷陳簡要天人叶允爰垂璽誥恭承明命式抃且歌顧贍玄籍有累如何法俗疇咨咸申啓表披瀝丹款未紓黄道進退惟咎投措靡由仰悕神禹疏茲法流

沙門不應拜俗總論

釋彦悰曰夫沙門不拜俗者何蓋出處異流

內外殊分居宗體極息慮忘身不汲汲以求生不區區以順化情超寓內迹寄寰中斯所以抗禮宸居背恩天屬化物不能遷其化利生無以累其生長揖君親斯其大旨也若推之人事稽諸訓詁則所不應拜其例十焉至如望秩山川郊祀天地欲其利物君罄禋誠令三寶住持歸戒弘益幽明翼化可略言焉斯神祇之流也爲祭之尸必叶昭穆割牲薦孰時爲不臣今三寶一體敬僧如佛備乎內典無俟繁言斯祭主之流也杞宋之君二王之後王者所重敬爲國賓今僧爲法王之胤王者受佛付囑勸勵四部進修三行斯國賓之流也重道尊師則弗臣矣雖詔天子無北面焉今沙門傳佛至教導凡誘物嚴師敬學其在茲乎斯儒行之流也禮云介者不拜爲其失於容節故周亞夫長揖漢文也今沙門身被忍鎧戡翦欲軍掌握慧刀志摧心惑斯介冑之流也箸代筮賓尊先冠阼毋兄致拜以禮成人今沙門以大法爲己任拯羣生於塗炭敬遵遺躅祖承嫡胤斯傳重之流也堯稱則天不屈頴陽之高武盡美矣終全孤竹之潔今沙門高尚其事不事王侯蟬蛻囂埃之中自致寰區之外斯逸人之流也犯五刑關三木被箠楚嬰金鐵者不責其具禮今沙門剔毛髮絕胤嗣毀形貌易衣服斯甚刑之流也又詔使雖微承天則貴沙門縱賤稟命宜尊況德動幽明化霑龍鬼靜人天之苦浪清品庶之炎氛功既廣焉澤亦弘矣豈使絕塵之伍拜累君親開放之流削同名教而已余幼耽斯務長傾搜尋採遺烈於青編纂前

芳於汗簡重以感淪暉於佛日罄爝火以與
詞庶永將來傳之好事又古今書論皆去不
敬據斯一字愚竊惑焉何者敬乃通心曲禮
稱無不敬拜唯身屈周陳九拜之儀且君父
尊嚴心敬無容不可法律崇重身拜有爽通
經以拜代敬用將爲允故其書曰不拜爲文
遠公有言曰淵壑豈待晨露哉蓋自申其罔
極也此書之作亦猶是焉達鑒通賢儻無識
矣

集沙門不應拜俗等事卷第六 下議拜

音釋

顒魚容切　舄思積切履也　媲匹詣切配也　摜古患切帶也　懾之涉切服也　抖擻抖當口切擻蘇后切抖擻振舉貌　攣呂員切手拘攣　傴委日切傴僂背曲也　齲顆羽切齒蠹也　虢古伯切地名　郯徒含切地名　蠹當故切　螟蟘螟莫經切食禾心爲螟言其姦冥冥難知也蟘敵德切食禾葉爲蟘言假貣無厭也　銑先典切　簒初患切奪取之曰簒　攘汝陽切攘袂捋臂也　八紘紘乎盲切九州之外有八夤八夤之外有八紘也　禋於真切　髤此宰切髻也　隕于敏切墜也　諐丘虔切與愆同　旒力求切冕旒也　薨呼弘切公侯卒曰薨　腠倉奏切膚理也　覃徒含切及也　耋徒結切八十曰耋　羝都奚切牡羊也　藩甫煩切籬也　悕香衣切與希同　祑直一切望祭也　戡枯含切克也　蛻舒芮切解也　囂許夭切喧囂也　箠主蘂切枚擊也

華嚴經旨歸

唐京兆西崇福寺沙門法藏述

清刻龍藏佛說法變相圖

華嚴經旨歸

唐京兆西崇福寺沙門法藏述

夫以主教圓通盡虛空於塵剎帝珠方廣攬法界於毫端無礙鎔融盧舍那之妙境有崖斯泯普賢眼之玄鑒浩汗微言實叵尋其旨趣宏深法海尤罕測於宗源今略舉大綱開茲十義攝其機要稱曰旨歸庶探玄之士粗識其致焉

一說經處　二說經時　三說經佛　四說經衆
五說經儀　六辯經教　七顯經義　八釋經意
九明經益　十示經圓

說經處第一

夫圓滿教起必周側於塵方既為盡法界之談詎可分其處別今從狹至寬略開十處初此閻浮二周百億三盡十方四遍塵道五通

異界六該別塵七歸華藏八重攝刹九猶帝網十餘佛同初此閻浮者謂此閻浮菩提樹等七處八會說此經法二周百億者謂盡此娑婆百億閻浮覺樹王等同時俱說三盡十方者謂盡於十方虛空法界所有一切須彌山界無不同時皆說此法如光明覺品說四遍塵道者謂於十方虛空界中一一塵處皆有彼刹悉於其中演說此經五通異界者謂樹形等異類世界有不可說佛刹微塵等一一流類皆遍十方虛空法界爲與前須彌山界等互不相礙各於其中轉尊法輪六該別塵者謂盡虛空界一一塵道各亦同前攝自同類無量刹海而於其中亦說此經七歸華藏者謂此等一切雜染世界各皆同盡唯是蓮華藏莊嚴世界海數過刹塵一一皆悉遍周法界不相障礙悉於其中演說斯法八重攝刹者於此華藏一一塵皆攝無邊諸佛刹海皆於其中說此經法九猶帝網者彼一一微塵既各攝此無盡刹海即此刹等復有微塵彼諸塵內復有刹海是即塵塵既其不盡刹刹亦復不窮如因陀羅網重重具十不可說其分量也上來總是盧舍那佛說華嚴處

問若如上說即七處八會皆悉雜亂如上忉利天處說十住時既遍虛空周側毛道未知夜摩等處亦說十住不設爾何失二俱有過若彼不說即說處不遍若彼亦說何故經中云忉利說十住法夜摩等處說十行等答此說十住忉利天處既遍十方一切塵道是故夜摩等處皆有忉利即於如此遍夜摩等忉利天處說十住是故忉利無不普遍仍非夜

摩夜摩等處說十行等皆亦遍於忉利等處仍非忉利當知亦爾若約十住與十行等全位相攝即彼此互無各遍法界若約諸位相資即此彼互有同遍法界餘一一品一一文處皆亦如是准以思之一餘佛同者如此一佛說華嚴處如是不同是即十方一切餘佛各說華嚴處皆不同准前知之經云三世諸佛已說今說當說又云我不見有諸世界彼諸如來不說此法又如證法菩薩所說當知餘佛無不同說問餘佛說處與舍那說處爲相見不設爾何失二俱有過謂若相見即乖相遍若不相見不成主伴答互爲主伴通有四句謂主主不相見伴伴亦爾各遍法界彼此互無故無相見主之與伴其必相見伴主亦爾共遍法界此彼互有故無不相見如舍那爲主證處爲伴無有主而不俱伴故舍那與證處同遍法界設於東方證法來處彼有舍那還有東方而來作證如是一一具具遠近皆同遍周法界一切塵道無障無礙思之可見

說經時第二

夫以常恒之說前後際而無涯況念劫圓融豈可辨其時分今略舉短脩分齊析爲十重初唯一念二盡七日三遍三際四攝同類五收異劫六念攝劫七復重收八異界時九彼相入十本收末初唯一念者謂於一剎那中即遍如前無盡之處頓說如此無邊法海二盡七日者謂佛初成道於第二七日普遍如前處說此經法三遍三際者謂盡前後際各無邊劫常在彼界恒說此法初無暫息如不

思議品說四攝同類者謂彼一切無邊劫中一一劫內各攝無量同類劫海常說此法五收異劫者謂一一劫各攝無量異類劫海如長劫攝短劫等恒說此經六念攝劫者於一念中即攝如上無量前後同異劫海如是念念盡前後際一一念中皆各普攝一切諸劫皆亦如是如是時劫常說此法七復重收者此一念中所攝劫內復有諸念而彼諸念復攝諸劫是即念念既其不盡劫劫亦復不窮如因陀羅網重重無盡思之可見八異界時者如樹形等無量無邊異類世界時劫不同分齊各別並盡彼時分常說此經九彼相攝者即彼異界所有時劫亦各別相收或互相攝若念若劫無盡同前悉於彼時恒說此法十本收末者如華藏界中以非劫爲劫劫即非劫念等亦爾以時無長短離分限故以染時分說彼劫故以時無別體依法上立法既融通時亦隨爾於此無量時劫常說華嚴初無休息問准此所說說華嚴會總無了時何容有此一部經教答爲下劣衆生於無盡說中略取此等結集流通故有此一部令其見聞方便引入無際限中如觀牖隙見無際虛空當知此中道理亦爾觀此一部見無邊法海又復即此一部是無邊劫海之說以結通文無分齊故一說即是一切說故問若此多劫常恒說者何故如來有涅槃耶答說此經佛本不涅槃法界品中開旃檀塔見三世佛無涅槃者又復以此初時既攝多劫是故示現涅槃亦在此中以攝化威儀之中涅槃亦是說法攝生與成道說法無差別故是故說

法總無休時復次舍那佛常在華藏恒時說法初無涅槃如常住故

說經佛第三

問說此經佛盧舍那身既在如前無盡時處其佛爲是一身爲是多身設爾何失二俱有過謂若是一身何故一切刹中各全現耶若是多身何故經言而不分身又云而如來身亦不往彼答此盧舍那法界身雲無障礙故常在此處即在他處故遠在他方恒住此故身不分異亦非一故同時異處一身圓滿皆全現故一切菩薩不能思故今顯此義略辨十重一用周無礙二相遍無礙三寂用無礙四依起無礙五眞應無礙六分圓無礙七因果無礙八依正無礙九潛入無礙十圓通無礙初用周無礙者於上念劫刹塵等處盧舍那佛顯法界身雲業用無邊周側如上一一塵刹一一念劫攝生威儀或現八相或三乘形或五趣身或六塵境身雲差別名號不同業用多端不可稱說華嚴佛境界分云盧舍那佛於一塵中示現十佛世界微塵數等多威儀路以攝衆生如一塵一切塵亦爾如一佛一切佛亦爾故知如是應機現身無盡無盡不可說也又云如此見佛坐師子座一切塵中亦復如是二相遍無礙者於上一一差別用中一一各攝一切業用如在胎中則有出家成道等類如是一切自在無礙如經微細中說三寂用無礙者雖現如是無邊自在然不作意不起念慮常在三昧不礙起用不思議品云於一念中悉能示現一切三世佛敎化一切衆生而不捨離諸佛寂滅無二三

昧是為諸佛不可譬喻不可思議境界如末尼雨寶天皷出聲皆無功用任運成就四依起無礙者如此所現雖無功用皆依海印三昧之力而得顯現經云一切示現無有餘海印三昧勢力故五眞應無礙者則此應現無盡身雲卽無生滅則是法身平等一味不礙業用無有限量經云法身多門現十方如是眞應理事混融無障無礙是佛境界也六分圓無礙者則此遍法界盧舍那身一一支分一一毛孔皆亦有自舍那全身是故分處則是圓滿法界品云如來一毛孔中出一切佛刹微塵等化身雲充滿一切世界不可思議故亦於毛孔則現十方盡窮法界一切諸佛一毛孔中盡過去際一切如來次第顯現不可思議故經偈云如來無量功德海一一毛孔皆悉現又如法界品中普賢支節及毛孔亦現可知七因果無礙者謂於身分及毛孔處現自舍那往昔本生行菩薩行所受之身及所成行事亦現十方一切菩薩身雲及行經中佛眉間出勝音等塵數菩薩八依正無礙者謂此身雲則作一切器世間經云或作日月遊虛空或作河池井泉等一切世界海又亦潛身入彼諸刹一一微細塵毛等處皆有佛身圓滿普遍經云佛身充滿諸法界也又彼所入一切刹海總在如來一毛孔現經云無量刹海處一毛悉坐菩提蓮華座遍滿一切諸法界一切毛孔自在現普賢亦云一切諸佛及刹土在我身內無障礙我於一切毛孔中現佛境界諦觀察況於佛也又如來自在還現自身於身內刹中教化衆生無障

無礙非思量境界九潛入無礙者於衆生世間無礙自在謂此佛身遍入一切衆生界中如如來藏雖作衆生而不失自性此亦同也又亦總攝一切衆生悉在如來一毛孔內一切毛孔亦皆如是經云覩見如來一毛孔一切衆生悉入中如是等十圓通無礙者謂此佛身則理即事則一即多則依即正則人即法則此即彼則情即非情即深即淺即廣即狹即因即果則三身即十身同一無礙自在法界難可稱說如來以自在身雲於前時處常說華嚴無休無息

說經衆第四

夫衆海繁廣豈塵筭能知今統略大綱亦現十位一果德衆二常隨衆三嚴會衆四供養衆五奇特衆六影響衆七表法衆八證法衆九所益衆十顯法衆初果德衆者謂盡法界一切諸佛皆在舍那海印中現同於此會共說華嚴然有二類一能加第一會中盡十方一切諸佛悉現其身加於普賢餘會准之二證法衆如發心品末十方各有一萬佛刹塵數諸佛悉號法慧現身讚述一切十方皆亦如是如性起品十方各有八十不可說百千億那由他世界微塵數如來同名普賢現身讚述十方亦爾皆云我等諸佛爲未來菩薩故護持此經令久住世也第七會末亦盡十方諸佛現身面讚證述同前解云當知現今此經住世並是佛力二常隨衆者如普賢等十佛世界微塵數等大菩薩衆是盧舍那內眷屬故動止常相隨周遍一切微塵道處於華藏界助成能化顯一乘法如舍利弗等千

二百五十比丘與釋迦佛亦常相隨於娑婆界助佛揚化說三乘等法故三嚴會衆者如諸神王天王等衆有三十餘類一一類衆各過世界微塵數等並是道力隨緣殊形異現俯同世間顯隨類生身則是衆生世間之身莊嚴盧舍那佛大衆法會也餘宗是化爲令淨土示不空故此中是實以是海印三昧現故能問顯示大法海故四供養衆者如第五會莊嚴師子座有百萬億菩薩在前立侍又百萬億梵王而圍繞之如是彼有五十八衆一一各有百萬億數或云無量阿僧祇等餘會准知此等並是舍那佛所常供養衆五奇特衆者如佛髙臺樓觀師子之座諸莊嚴內一一各出一佛世界塵數菩薩謂海慧等此是如來依報所攝以表依正無礙故人法無

二故又如佛眉間出勝音等佛世界塵數菩薩以表因果無礙故又表從證起敎故六影響衆者如舍那品中十方各十億佛土微塵數等大菩薩來一一各將一佛世界塵數菩薩以爲眷屬一一菩薩各與一佛世界微塵數等妙莊嚴雲悉皆彌覆充滿虛空隨所來方結跏趺坐次第坐已一切毛孔各出十佛世界微塵數等一切妙寶淨光明雲一一光中各出十佛世界塵數菩薩一切法界方便海充滿一切微塵道一一塵中有十佛世界塵數佛刹一一刹中三世諸佛皆悉顯現念念中於一一世界各化一佛刹塵數衆生又如法界品中十方亦各塵數菩薩悉來雲集且如上方大菩薩衆一切相好一切毛孔一切支節一切身分一切莊嚴具一切衣服中

出盧舍那等過去一切諸佛未來一切已受記佛未受記佛現在十方一切世界一切諸佛及眷屬雲皆悉顯現過去所行檀波羅蜜及受者施者皆悉顯現過去所修尸波羅蜜乃至一切行海充滿法界皆悉顯現解云毛孔身分旣攝法界如是等類極位菩薩從他方來影響如來非是自刹常隨之衆與普賢等德位齊等七表法衆者如諸首菩薩表說信法信爲行首故諸慧菩薩表十解法以慧能解故諸林表行諸幢表向諸藏表地如是等類並是寄諸菩薩表行位法或十刹塵數或不可說等餘並准之八證法衆者如諸會末皆有他方同名異界大菩薩衆俱來作證現此所說決定究竟或一一方各百萬佛刹塵數等並各如文九所益衆者如諸會中天王天女等是所益衆又如發心功德品中十方虛空法界等世界中一一各有萬佛世界塵數衆生是得益衆性起品中十方虛空法界等世界一一各有一切佛刹微塵等衆生又云彼一一世界中復各有百千佛刹微塵等菩薩並是所益第八會初亦有所益無邊大衆十顯法衆者如舍利弗須菩提等五百聲聞在此法會如聾託此反示一乘法界由彼方現此法深廣猶如因皂以現白等此衆無有結通以是別非普故相違因故以前十類爲器爲模印佛法界以成無盡法門海耳

說經儀第五

夫以無限大悲周衆生界施化萬品儀式難量今就通别各開十例通而論之或以音聲或現妙色或以奇香或以上味或以妙觸或

以法境或內六根或四威儀或弟子人物或一切所作皆堪攝物具如不思議品說次別現言聲亦有十例一如來語業圓音自說二如來毛孔出聲說法三如來光明舒音演法舍那品中一切如來毛孔及光明中說偈等四令菩薩口業說法如加普賢令說法等五令菩薩毛孔亦出音聲說法同如法界品云於一毛孔出一切佛妙法雷音又如密嚴經中金剛藏菩薩遍身毛孔出聲說法六令菩薩光明亦有音聲說法舍那品中諸菩薩光明中說偈等七令諸剎海出聲說法彼品云諸寶羅網相扣磨演佛音聲常不絕八令一切眾生悉為說法彼品云以一切眾生言音入佛音聲法門教化九以三世音聲說法十以一切法中皆出聲說法故普賢行品頌云佛說菩薩說剎說眾生說三世一切說解云佛及菩薩各有三說餘四各一故為十也如音聲說法有此十種餘色香等者皆各具十並可准知是則已為一百門說法

辯經教第六

圓教微言必窮法界既盡如來無盡辯力各遍虛空毛端剎海復各盡窮未來際頓說常說時處無邊若斯之教豈可限其部帙今約准經文析為十類一異說經二同說經三普眼經四上本經五中本經六下本經七略本經八主伴經九眷屬經十圓滿經初異說經者如樹形等世界既異其中眾生報類亦別如來於彼現身立教隨彼所宜施設教法差別不同與虛空法界等唯如來智之所能知不可定其色非色等言非言等舍那品中廣

明樹形河形須彌山形乃至一切衆生形世界海末後結云皆是盧舍那佛常轉法輪處解云文中但云常轉法輪不言法輪分齊相者以彼施設與此不同故不顯示俱可准知彼處亦設如此法教部類難量不可説也二同説經者唯於此類須彌山界遍於虚空毛端等處以言聲説亦無有盡如不思議品云如來一化身轉如是等不可譬喻法輪雲一切法界虚空界等世界悉以毛端周遍度量一一毛端處於念念中化不可説不可説佛刹微塵等身乃至盡未來際劫一一化佛身有不可説不可説佛刹微塵等頭一一頭有不可説不可説佛刹微塵等舌一一舌出不可説不可説佛刹微塵等音聲一一音聲説不可説不可説佛刹微塵等修多羅一一修多羅説不可説不可説佛刹微塵等法一一法中説不可説不可説佛刹微塵等句身味身復不可説不可説佛刹微塵等劫説異句身味身音聲充滿法界一切衆生無不聞者盡一切未來際劫常轉法輪如來音聲無異無斷不可窮盡亦阿僧祇品偈云彼諸一一如來等出不可説梵音聲於彼一一梵音中轉不可説淨法輪於彼一一法輪中雨不可説修多羅於彼一一修多羅分别諸法不可説於彼一一諸法中又説諸法不可説又復於彼説法中説衆生依不可説又於一一毛道中不可説劫説正法如彼一微毛端處一切十方亦如是解云此中説處非樹形等言聲説教非色香等故不同但一類無盡非可結集不可限其品頌多少亦非下位所能受

持三普眼經者如法界品中海雲比丘所受持經以須彌山聚筆四大海水墨書一品修多羅不可窮盡如是等品復過塵數此亦但是大菩薩等陀羅尼力之所受持亦非貝葉所能書記四上本經者此是結集書記之上本也故龍樹菩薩往龍宫見此大不思議解脱經有三本上本有十三千大千世界微塵數偈四天下微塵數品此之謂也五中本經者彼見中本有四十九萬八千八百偈一千二百品此上二本並秘在龍宫非閻浮提人力所持故此不傳六下本經者謂彼所見下本有十萬偈現傳天竺梁攝論中名百千經即十萬也大智論中亦名此經爲不思議解脱經有十萬偈西域記説在遮俱槃國山中有此具本七略本經者即此土所傳六十卷本梵本有三萬六千偈是前十萬偈中要略所出晉義熙十四年於揚州謝司空寺譯天竺三藏法師名佛度跋陀羅此云覺賢是大乘三果人姓釋迦氏甘露飯王之苗胤曾往兜率天就彌勒問疑具如别傳八主伴經者謂舍那佛所説華嚴雖遍法界然與餘佛所説之經互爲主伴一一主經必具無量同類眷屬如説性起品竟十方一一各有八十不可説百千億那由他佛刹微塵數菩薩同名普賢各從本國來此作證皆云我等佛所亦説此法與此不殊故知一一性起修多羅十方各有八十不可説百千億那由他佛刹微塵數修多羅以爲眷屬如一處性起既爾餘一切處性起各攝爾許眷屬相與周遍法界如性起既爾餘會餘品文中各有證法之數

悉爲眷屬准釋可知如此略本七處八會所攝眷屬當知餘本皆具眷屬准思可見九眷屬經者謂此無盡修多羅海一則一切十方塵道同時恒說下位菩薩二乘凡夫不能聞見性起品云此經不入一切衆生手唯除菩薩又云一切聲聞緣覺不聞此經何況受持又云若菩薩億那由他劫行六波羅蜜不聞此經雖聞不信是等猶爲假名菩薩解云以彼器劣不能聞信此通方法而如來方便隨一方隅逐彼根機說宜聞之法如餘一切權敎三乘小乘等經既無結通十方齊說故非主經然亦與主爲勝方便故但爲眷屬是故一一主經必具無量方便眷屬如普眼經有世界塵數修多羅以爲眷屬又如普莊嚴童子所受持經皆有塵數眷屬等經具如經說問此與前主伴經何別答略由三別一前經文句必與主同此即不爾二彼必結通十方同說此亦不爾三彼經亦有爲主之義此亦不爾是故彼經亦主亦伴名主伴經此即唯伴非主名眷屬經與彼不同分二部耳十圓滿經者謂此上諸本總混同一無盡大修多羅海隨於其中一會一品一文一句皆具攝一切及一一文句遍入一切以是普法無分限故圓滿教法理應爾故如因陀羅網無分齊故盡佛能化無邊境故舍那品偈云一切佛刹微塵中盧舍那現自在力弘誓願海振音聲調伏一切衆生類又法界品中名圓滿因緣修多羅此之謂也無盡教海應如是知

顯經義第七

夫以義海宏深眞源渺漫略開二類各辨十

門先明所標之法浩汗無涯撮爲十對用以統收一敎義一對謂無盡言敎及所詮義二理事一對謂緣起事相及所依眞理三境智一對謂所觀眞俗妙境及辨能觀普賢大智四行位一對謂普賢行海及辨菩薩五位相收五因果一對謂辨菩薩生了等因及現如來智斷等果亦是普賢圓因舍那滿果六依正一對謂蓮華藏界并樹形等無邊異類諸世界海及現諸佛菩薩法界身雲無礙依持七體用一對謂此經中凡舉一法必内同眞性外應羣機無有一法體用不具八人法一對謂佛菩薩師弟等人顯說法界諸法門海九逆順一對謂文中現五墊衆鞞一王刑虐及現施戒順理正修十應感一對謂衆生根欲器感多端聖應示現亦復無邊舍那品云

一切衆生所樂示現雲等然此十對同時相應成一緣起無礙鎔融隨有一處即具一切是此經中所具之法次明所顯理趣者巧辯自在勢變多端亦舉十例以現無礙一性相無礙二廣狹無礙三一多無礙四相入無礙五相是無礙六隱顯無礙七微細無礙八帝網無礙九十世無礙十主伴無礙於前所說十對法中一一皆有此十無礙是故即有百門千門等准思之今且略於事法上辨此十例餘法准知具如經中一蓮華葉即具此十義謂此華葉則同眞性不礙事相宛然顯現經云法界不可壞蓮華世界海等此是理事一味無礙之門二則此華葉其必普周無有邊際而恒不壞本位分齊此即分則無分廣狹無礙經云此諸華葉普覆法界等三即此

華葉具無邊德不可言一融無二相不可言多此一即多多復即一一多無二爲一華葉經云知一即多多即一等是謂第三一多門也四此一華葉其必舒已遍入一切差別法中復能攝取彼一切法令入已內是故即舒恒攝同時無礙經云以一佛土滿十方十方入一亦無餘等是謂第四相入門也五此一華葉必廢已同他舉體全是彼一切法而恒攝他同已全彼一切即是已體是故已即是他他即是已已即是他已不立他即是已他不存他已存亡同時顯現經云長劫即是短劫短劫即是長劫等是謂第五相是門也六又此華葉既遍一切法彼一切法亦皆普遍此能遍彼則此顯彼隱彼能遍此則彼顯此隱此能攝彼亦此顯彼隱彼能攝此亦彼顯此隱如是此彼各有即顯即隱無有障礙經中東方見入正受西方見三昧起等是謂第六隱顯門也七此華葉中悉能顯現微細剎土炳然齊現無不具足經云於一塵中微細國土莊嚴清淨曠然安住又如第九迴向微細處說是謂第七微細門也八又此華葉一一塵中各有無邊諸世界海世界海中復有微塵此微塵內復有世界如是重重不可窮盡非是心識思量境界如帝釋殿天珠網覆珠既明徹互相影現所現之影還能現影如是重重不可窮盡經云如因陀羅網世界十地論云帝網差別者唯智能知非眼所見是謂第八帝網門也九此一華葉橫遍十方豎該九世謂過去過去世過去現在世過去未來世如過去世有此三世現在未來當知亦

爾總此九世攝為一念總別合舉名為十世具如離世間品說又以時無別體依華以立華既無礙時亦如之是故經云過去一切劫安置未來今未來一切劫迴置過去世又云無量無數劫能作一念頃等是謂第九十世門也十又此華葉理無孤起必攝無量眷屬圍繞經云此華有世界海塵數蓮華以為眷屬此經圓教所有之法皆互為主伴具德圓滿是故見此華葉即是見於無盡法界非是託此別有所表下文云從無生法忍所起華蓋等此一華葉既具此等十種無礙餘一切事皆亦如是准之如事中既爾如前十對法門之中一一皆有如是十種無礙准此知之

釋經意第八

夫以法相圓融寔有所因因緣無量略辨十種一為明諸法無定相故二唯心現故三如幻事故四如夢現故五勝通力故六深定用故七解脫力故八因無限故九緣起相由故十法性融通故於此十中隨一即能令彼諸法混融無礙初無定相者謂以小非定小故能容大大非定大故能入小十住品云金剛圍山數無量悉能安置一毛端欲知至大有小相菩薩因此初發心解云此中明大非大故有小相也二明一切法皆唯心現無別自體是故大小隨心迴轉即入無礙又釋謂彼心所現毛端之處此心於彼現大世界大小同處互不相礙下文云彼心不常住無量難思議顯現一切法各各不相知等三明一切法如幻故謂如幻法小處現大皆無障礙下文云或現須臾作百年幻力自在悅世間等

四明一切法皆如夢故謂彼夢法長短無礙是故論云處夢謂經百年覺乃須臾故時雖無量攝在一刹那等五勝通力故者謂自在位中菩薩諸佛勝神通力小處現大無所障礙四種通中幻通所攝轉變外事故餘三亦具准思之可見六深定力故者謂彼自在三昧力故令於小處而現大法無所障礙下文云入微塵數諸三昧一一三昧生塵等定一塵中現無量刹而彼微塵亦不增乃至云是名大仙三昧力七解脱力故者謂此皆是不思議解脱力之所現故如不思議品十種解脱中云於一塵中建立三世一切佛刹等八因無限故者明此皆由無限善根所起故謂佛地善根所起之法妙極自在是故一則一切無所障礙下文云以一佛土滿十方十方入一亦無餘世界本相亦不壞無比功德故能爾解云無比功德故者出所因也九緣起相由力故者謂一與多互爲緣起相由成立故有如此相即入等此有二種一約用有有力無力相持相依故有相入二約體全體有空能作所作全體相是故有相即此二復有二義一異體相望故有微細隱顯謂異體相容具微細義異體相是具隱顯義二同體內具故得有一多廣狹謂同體相入故有一多無礙同體相即故有廣狹無礙又由異體攝同故有帝網無礙義現於時中故得有十世義緣起無性故得有性相無礙義相關互攝故得有主伴無礙義是故此一緣起門即具前十義思之可見下文云菩薩善觀緣起法於一法中解衆多法衆多法中解了一法又

云一中解無量無量中解一展轉生非實智者無所畏解云展轉生是互爲緣起出因也十法性融通力故者謂若唯約事相互相礙不可則入若唯約理性則唯一味不可即入今則理事融通具斯無礙謂不異理之事具攝理性時令彼不異理之多事隨彼所依理皆於一中現若一中攝理而不盡即眞理有分限失若一中攝理盡多事不隨理現即事在理外失今旣一事之中全攝理多事豈不於中現舍那品云於此蓮華藏世界海之内一一塵中見一切法界解云一切法界是事法界也又不思議品云一切諸佛於一一微塵中示現一切世界微塵等佛刹種種莊嚴常轉法輪教化衆生未曾斷絶而微塵不大世界不小決定了知安住法界解云此中文意明此大小之事同是安住理法界故令彼能依事法大小相在無障礙也

明經益第九

夫以信向趣入此普賢法圓通頓益廣大無邊略攝經文現其十種一見聞益二發心益三起行益四攝位益五速證益六滅障益七轉利益八造修益九頓得益十稱性益初見聞益者謂依此普法見聞如來及此遺法所種善根成金剛種不可破壞要必成佛如性起品云若有得經卷地如來塔廟禮拜供養彼衆生等具足善根滅煩惱患得賢聖樂佛子乃至不信邪見衆生見聞佛者彼諸衆生於見聞中所種善根果報不虛乃至究竟涅槃斷一切惡諸不善根具足善根佛子於如來所見聞供養恭敬所種善根不可言說不

可爲喻何以故如來不可思議過思議故二發心益者謂信位滿稱彼佛境發此大心此心即是普賢法攝是故融通即遍如前無盡時處等法界既入彼攝彼則令諸位亦皆成滿故經云初發心時便成正覺知一切法眞實之性具足慧身不由他悟又云初發心菩薩則是佛故悉與三世諸如來等廣如發心功德品偈頌中說三起行益者謂若起一普賢行時即遍一切行位一切德一切法一切處一切時一切因一切果窮盡法界具足一切如帝網等是故一行徹至究竟如普賢品略現六十種普賢行皆一一遍一切速至佛果是故經云菩薩摩訶薩得聞此法以小作方便疾得阿耨多羅三藐三菩提與三世佛等廣如彼文頌中說耳四攝位益者謂信等五位一一位中攝一切位然有二門一全位相是門即一切位是一位故十信滿處即便成佛二諸位相資門即一位中具一切位如十信中有十住乃至十地如賢首品說十住等中各攝諸位皆具二門如海幢比丘處及十住品等說又云在於一地普攝一切諸地功德餘廣狹無礙乃至帝網等皆具准思可知五速證益者依此普門一證一切證速入十地如舍那菩薩在兜率天放足下光普照十佛世界微塵數剎遍照彼處地獄衆生滅除苦痛得十眼十耳等命終皆生兜率天上聞空聲說法悉得十地諸力莊嚴具足三昧皆悉成就衆生界等善身口意普見諸佛廣益衆生並悉頓成具如小相光明品說解云纔從地獄出聞此普法即得十地者明是此

法之深益也六滅障益者依此普門亦一斷一切斷謂如前兜率天子得十地已一一毛孔化作衆生界等妙香華雲供養盧舍那佛散香華已一一華中見諸如來時彼香雲普熏無量佛刹微塵數世界衆生其蒙香者身心快樂諸罪業障皆悉除滅於色聲香味觸内外各有五百煩惱八萬四千煩惱皆悉除滅彼諸衆生具足種種淨香自在解云前地獄天子非直自身頓得十地亦乃毛孔香熏令爾許衆生頓滅如此無量煩惱並是普法之勝力也七轉利益者普行亦成則能頓益無邊衆生悉亦同得此十地法如前兜率天子得十地已毛孔中出蓋雲供養佛經云若有衆生見此蓋雲者彼諸衆生種一恒河沙轉輪聖王所殖善根所謂白淨寶網轉輪王等菩薩摩訶薩安住如是轉輪王處於百千億那由他佛刹微塵數世界中教化彼轉輪王放曼陀羅自在光明若有衆生遇斯光者皆得菩薩十地又云彼輪王放大光明名周羅摩尼若有衆生遇斯光者得菩薩十地悉得無量智慧光明得十種眼清淨行業乃至十種意清淨業具足成就淨力三昧乃至得普見肉眼等解云此上三重廣多深益同時成就一天子得十地二天子毛孔蓋雲利他令得輪王此亦是十地菩薩三輪王放光更轉廣益復令多人亦得十地皆刹塵數量迅速展轉皆悉頓成不可說不可說廣如彼品說八造修益者謂如善財依此普法於一生身從初發心至普賢位十地位滿乃至云一切菩薩無量劫修善財一生皆得解云以就

普門一得一切得故廣如入法界品說又如善財前生曾見聞普法成金剛種遂令今生頓成解行門此豈不三僧祇劫答此中時劫不定或一念則無量劫無量劫即一念一生即無量生等並具如前十種無礙准思可見九頓得益者如六千比丘頓見如來一眼境界祇洹林中不可說塵數菩薩頓得無盡自在法海如法界品初說又性起品十方一一世界各百千佛刹塵數菩薩得一切光明等至一生位等又發心品所得益及舍那品初雲集菩薩毛光成益有六重無礙等具如彼說十稱性益者謂依此普法一切衆生無不皆悉稱其本性在佛果海中即舊來益竟更無新如性起品云佛子如來身中悉見一切衆生發菩提心修菩薩行成等正覺乃至見一切衆生寂滅涅槃亦復如是皆悉一性以無性故乃至云一切如來無極大悲度脫衆生解云辨衆生舊來同佛者是無極大悲也

示經圓第十

大以法界圓通緣無不契謂上九門所現之法總合爲一大緣起法隨有一處即有一切無礙圓融無盡自在若隨義分開亦有十門一處圓者謂前無盡處中隨一塵處即有如上一切處一切時一切佛一切衆一切儀一切教一切義一切意一切益各通帝網重重俱在一塵如一塵處一切盡虛空法界一一塵處皆亦如是二時圓者於一念中則有如前一切時劫一切處一切佛乃至一切益皆通帝網重重顯示如一念一切重重諸劫海中一念攝皆亦如是三佛圓者於佛一毛孔

中即有一切佛一切處一切時乃至一切益如一毛孔一切遍法界諸毛孔現皆亦如是四衆圓者准前五儀圓六教圓七義圓八意圓九益圓十普圓並類准思之以同一無礙大緣起故自在難量不思議故是謂華嚴無盡法海窮盡法界越虛空界唯普賢智方窮其底

華嚴經旨歸

音釋

粗（坐五切略也）帙（直一切書卷編次也）胤（羊晉切嗣也）鞞（駢迷切）

般若波羅蜜多心經略疏

唐翻經沙門法藏述

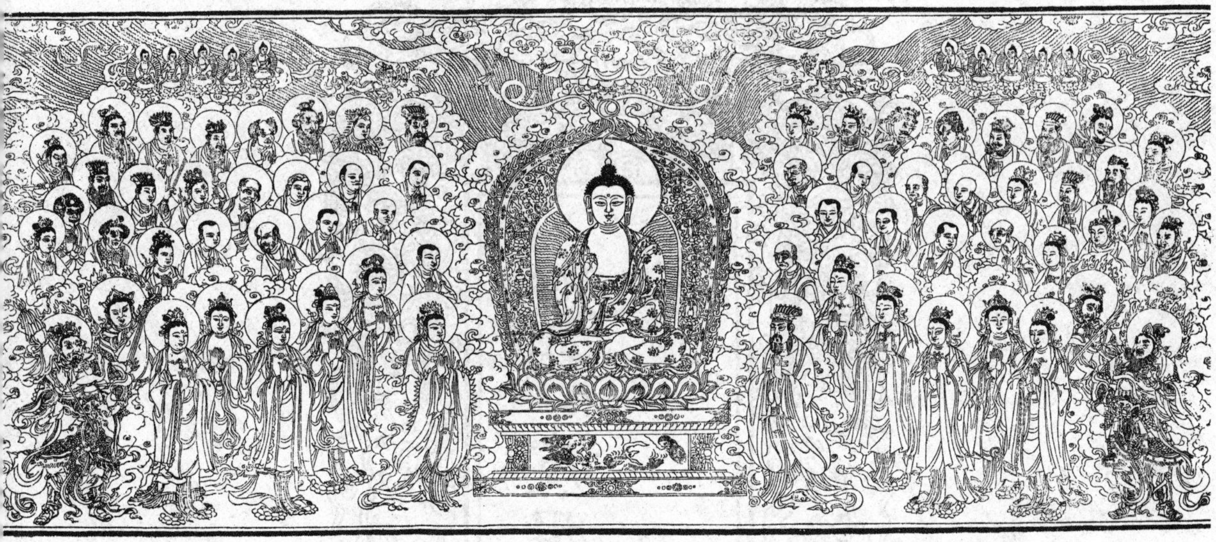

清刻龍藏佛説法變相圖

般若波羅蜜多心經略疏并序

唐翻經沙門法藏述

夫以眞源素範沖漠隔於筌罤妙覺玄猷奥賾超於言象雖眞俗雙泯二諦恒存空有兩亡一味常顯良以眞空未甞不有即有以辨於空幻有未始不空即空以明於有有空有故不有空有空故不空不空之空空而非斷不有之有有而不常四執既亡百非斯遣般若玄旨斯之謂歟若歷事備陳言過二十萬頌若撮其樞要理盡一十四行是知詮眞之教乍廣略而隨緣超言之宗性圓通而俱現般若心經者實謂曜昏衢之高炬濟苦海之迅航拯物導迷莫斯爲最然則般若以神鑒爲體波羅蜜多以到彼岸爲功心顯要妙所歸經乃貫穿言教從法就喻詮旨爲目故言

般若波羅蜜多心經

將釋此經五門分別一教興二藏攝三宗趣四釋題五解文

初教興者依大智度論云如須彌山王非無因緣非少因緣令得振動般若教興亦復如是具多因緣一謂欲破外道諸邪見故二欲迴二乘令入大乘故三令小菩薩不迷空故四令悟二諦中道生正見故五顯佛勝德生淨信故六欲令發大菩提心故七令修菩薩深廣行故八令斷一切諸重障故九令得菩提涅槃果故十流至後代益衆生故略說此十具收彼意令此教興第二藏攝者謂三藏之中契經藏攝二藏之内菩薩藏收權實教中實教所攝第三宗趣者語之所表曰宗宗之所歸曰趣然先總後別總以三種般若爲宗一實相謂所觀眞性二觀照謂能觀妙慧三文字謂詮上之教不越此三故以爲宗別亦有三一教義一對以文字教爲宗餘二義爲趣二境智一對以眞空境爲宗觀照智爲趣三因果一對以菩提因行爲宗菩提果德爲趣

般若波羅蜜多心經

第四釋題者亦有三初教義分二謂般若心是所詮之義經之一字是能詮之教即能詮般若之經依義立名二就所詮義中法喻分二謂般若等是所詮之法心之一字是所引之喻即般若内統要衷之妙義況人心藏爲主爲要統極之本三就前法中有體用分二謂般若是體此云智慧即

神悟玄奥妙證眞源也波羅蜜多是用此云到彼岸即由斯妙慧翻生死過盡至眞空之際即簡不到彼岸之慧故以爲名謂體即用故法之喻故義之教故立斯名耳

觀自在菩薩

自下第五解文此旣心經是以無序及流通也文中分二初顯了般若後即說呪曰下明祕密般若何以辨此二者謂顯了明說令生慧解滅煩惱障以呪祕密言令誦生福滅罪業障爲滅二障成二嚴故說此二分就前文中亦二初略標綱要分二從舍利子色不異空下明廣陳實義分以義非頓顯故先略標非略能具故次廣釋又前是據行略標後即就解廣陳前中有四一能觀人二所行行三觀行境四明能觀利益且初能觀人觀自在菩薩者是能觀人也謂於理事無閡之境觀達自在故立此名又觀機往救自在無閡故以爲名焉前釋就智後釋就悲菩謂菩提此謂之覺薩者薩埵此曰衆生謂此人以智上求菩提用悲下救衆生從境得名故

行深般若波羅蜜多時

二明所行之行謂般若妙行有其二種一淺即人空般若二深即法空般若今簡淺異深故云行深般若言時者謂此菩薩有時亦同二乘入人空觀故法華云應以聲聞身得度者即現聲聞身等今非彼時故云行深時也

照見五蘊皆空

三明觀行境謂達見五蘊自性皆空即二

空理深慧所見也

度一切苦厄

四明利益謂證見眞空苦惱斯盡當得遠離分段變易二種生死證菩提涅槃究竟樂果故云度一切苦厄也上來略標竟

舍利子色不異空空不異色色即是空空即是色受想行識亦復如是

自下第二明廣陳實義分於中有五一拂外疑二顯法體三明所離四辨所得五結歎勝能初段文有四釋一正去小乘疑二兼釋菩薩疑三便顯正義四就觀行釋初中言舍利子者舉疑人也舍利是鳥名此翻爲鶖鷺鳥以其人母聰悟迅疾如彼鳥眼因立其名是彼之子連母爲號故曰鶖子是則母因鳥名子連母號聰慧第一標爲上首故對之釋疑也彼疑云我小乘有餘位中見蘊無人亦云法空與此何別今釋云汝宗蘊中無人名蘊空非蘊自空是則蘊異於空今明諸蘊自性本空而不同彼故云色不異空等又疑云我小乘中入無餘位身智俱盡亦空無色等與此何別釋云汝宗即色非空滅色方空今則不爾色即是空非色滅空故不同彼以二乘疑不出此二故就釋之二兼釋菩薩疑者依寶性論云空亂意菩薩有三種疑一疑空異色取色外空今明色不異空以斷彼疑二疑空滅色取斷滅空今明色即是空非色滅空以斷彼疑三疑空是物取空爲有今明空即是色不可以空取空以斷彼疑三疑既盡眞空自顯也三便顯正義者但

色空相望有其三義一相違義下文云空中無色等以空害色故準此應云色中無空以色違空故若以互存必互亡故二不相閡義謂以色是幻色必不閡空以空是眞空必不妨幻色若閡於色即是斷空非眞空故若閡於空即是實色非幻色故三明相作義謂若此幻色舉體非空不成幻色是故由色即空方得有色故大品云若諸法不空即無道無果等中論云以有空義故一切法得成故眞空亦爾準上應知是故眞空通有四義一廢已成他義以空即是色故即色現空隱也二泯他顯已義以色是空故即色盡空顯也三自他俱存義以隱顯無二是眞空故謂色不異空爲幻色色存也空不異色名眞空空顯也以互不相礙二俱存也四自他俱泯義以舉體相即全奪兩亡絶二邊故色望於空亦有四義一顯他自盡二自顯隱他三俱存四俱泯並準前思之是則幻色存亡無閡眞空隱顯自在合爲一味圓通無寄是其法也四就觀行釋者有三一觀色即空以成止行觀空即色以成觀行空色無二一念頓現即止觀俱行方爲究竟二見色即空成大智而不住生死見空即色成大悲而不住涅槃以色空境不二悲智念不殊成無住處行三智者大師依瓔珞經立一心三觀義一從假入空觀謂色即是空故二從空入假觀謂空即是色故三空假平等觀謂色空無異故

舍利子是諸法空相

第二顯法體於中有二先總後别今初也言是諸法空相者謂蘊等非一故云諸法顯此空狀故云空相中邊論云無二有此無是二名空相言無二者無能取所取有言有此無者有能取所取無是二不二名

爲空相

不生不滅不垢不淨不增不減

二别顯中有三對六不然有三釋一就位釋二就法釋三就觀行釋初就位釋者一不生不滅在道前凡位謂諸凡夫死此生彼流轉長劫是生滅位眞空離此故云不生不滅也二不垢不淨者在道中菩薩等位謂諸菩薩障染未盡淨行已修名垢淨位眞空離此故名不垢不淨三不增不減者在道後佛果位中生死惑障昔未盡而今盡是減也修生萬德昔未圓而今圓是增也眞空離此故云不增不減又佛性論中立三種佛性一道前名自性住佛性二道中名引出佛性三道後名至得果佛性佛性唯一就位分三今眞空無異亦就位分異又法界無差别論中初名染位次名染淨位後名純淨位皆同此也二就法釋者謂此眞空雖即色等然色從緣起眞空不生色從緣謝眞空不滅又隨流不染出障非淨又障盡非減德滿不增此生滅等是有爲法相翻此以顯眞空之相故云空相也三就觀行釋者謂於三性立三無性觀一於徧計所執性作無相觀謂彼即空無可生滅二於依他起性作無生觀謂依他染淨從緣無性三於圓成實性作無性

觀謂前二不有而非滅觀智照現而不增
又在纏出障性無增減又妄法無生滅緣
起非染淨眞空無增減以此三無性顯彼
眞空相
是故空中無色無受想行識無眼耳鼻舌身
意無色聲香味觸法無眼界乃至無意識界
第三明所離然眞空所離歷法多門統略
有四一法相開合門二緣起逆順門三染
淨因果門四境智能所門初是故空中者
是前不生不滅等眞空中故無色等者彼
眞空中無五蘊等法此就相違門故云無
也理實皆悉不壞色等以自性空不待壞
故下並準知此中五蘊即合色爲一開心
爲四二無眼等者空無十二處十二處即
合心爲一半謂意處全及法處一分開色
爲十半謂五根五境爲十處及法處一分
三無眼界等者空無十八界十八界中即
色心俱開準上可知釋此三科具如對法
等論也
無無明亦無無明盡乃至無老死亦無老死
盡
二明緣起逆順門無無明者順觀無明流
轉門以其性空故云無無明也亦無無明
盡逆觀無明還滅門以眞空故無可盡也
此舉初支中間十支皆應準此故云乃至
末後一支謂老死亦流轉還滅皆空也
無苦集滅道
三染淨因果門苦集是世間因果謂苦是
生死報先舉令生厭集是彼因謂是煩惱
業厭苦斷集先果後因故也滅道是出世

間因果滅是涅槃果先舉令欣道是彼因謂八正道修之於後皆空無有也

無智亦無得

四境智能所門非但空中無前諸法彼知空智亦不可得故云無智也即此所知空理亦不可得故云無得也問前云空即是色等明色等不亡何以此文一切皆無豈非此空是滅色耶答前雖不閡存而未嘗不盡今此都亡未嘗不立故大品云諸法無所有如是有此無此就無所有前據如是有又前就相作門此就相害門一法二義隨說無違

以無所得故

第四明其所得有二初牒前起後二正明所得今初也言以無所得故者牒前起後也以者由也故者因也由前無所得爲因令後有所得也大品云無所得故而得

菩提薩埵依般若波羅蜜多故

二正明所得有二先明菩薩得涅槃斷果後明諸佛得菩提智果前中亦二先舉人依法後斷障得果今初也言菩提薩埵者舉人也義如前解依般若波羅蜜多故者明依此法行也故者起後也

心無罣閡

二斷障得果中有三初行成二斷障三得果今初也言心無罣閡者行成也謂惑不閡心故境不閡智故

無罣閡故無有恐怖遠離顚倒夢想

二斷障也言無罣閡故牒前起後也無有恐怖者外無魔寃之怖即惡緣息也遠離

顛倒夢想者內無㝵障之倒即惡因盡也
究竟涅槃
三得果也涅槃此云圓寂謂德無不備稱圓障無不盡稱寂簡異小乘化城權立今則一得永常故云究竟又釋智能究竟盡涅槃之際故云究竟
三世諸佛依般若波羅蜜多故
第二得菩提智果於中有二初舉人依法二明得果今初也謂三世諸佛更無異路唯此一門故云依般若波羅蜜多故也
得阿耨多羅三藐三菩提
二正明得果也阿耨多羅此云無上也三藐者此云正也次三者此云等也菩提此云覺也即無上正等覺也覺有二義一正覺即如理智正觀眞諦二等覺即如量智徧觀俗諦皆至極無邊故云無上也上來所得竟
故知般若波羅蜜多是大神呪是大明呪是無上呪是無等等呪
第五結歎勝能於中有二先別歎後總結今初也言故知者牒前起後也由佛菩薩依般若得菩提涅槃果故知般若是大神呪等歎其勝能略歎四德然有三釋一就法釋一除障不虛名爲神呪二智鑒無昧名爲明呪三更無加過名無上呪四獨絕無倫名無等等呪二約功能釋一能破煩惱二能破無明三令因行滿四令果德圓三就位釋一過凡二越小三超因四齊果謂無等之位互相齊等故云無等等十地論云無等者謂佛比餘衆生彼非等故重

言等者此彼法身等故何故不但說無等
耶示現等正覺故
能除一切苦眞實不虛
二總結勝能謂三苦八苦一切苦也又分
叚變易亦云一切苦也除苦決定故云眞
實不虛也上來廣略不同總明顯了般若
竟
故說般若波羅蜜多呪即說呪曰
自下第二叚明祕密般若於中有二初牒
前起後二正說呪詞今初也前云是大神
呪未顯呪詞故今說之
羯諦羯諦波羅羯諦波羅僧羯諦菩提薩婆
訶
二正說呪詞此有二義一不可釋以是諸
佛祕語非因位所解但當誦持除障增福
亦不須强釋也二若欲强釋者羯諦者此
云去也度也即深慧功能重言羯諦者自
度度他也波羅羯諦者波羅此云彼岸即
度所到處也波羅僧羯諦者僧者總也溥
也即謂自他溥度總到彼岸也言菩提者
至何等彼岸謂大菩提處也言薩婆訶者
此云速疾令前所作速疾成就故也
略釋絶筆述懷頌曰
般若深邃　累刼難逢　隨分讚釋　冀會眞宗
般若波羅蜜多心經略疏
法藏長安二年於京清禪寺翻經之暇屬
同禮部兼檢校雍州長史滎陽鄭公清簡
成性忠孝自心金柯玉葉之芳葩九列三
王之重寄羽儀朝序城壍法門始自青衿
迄于白首持此心經數千萬徧心游妙義

口誦靈文冊三慇懃令出略疏輙以蠡管詎測高深云爾

般若心經賛序

張說 撰

萬法起心心人之主三乘歸一一法之宗知心無所得是真得見一無不通是玄通如來說五蘊皆空人本空也如來說諸法空相法亦空也知法照空見空捨法二者知見復非空耶是故定與慧俱空中法入此門者為明門行此路者為超路非夫行深般若者其孰能證於此乎祕書少監駙馬都尉滎陽鄭萬鈞深藝之士也學有傳癖書成草聖迺揮灑手翰鐫刻心經樹聖善之寶坊啓未來之華業佛以無依相而說法本不義以無所得而傳今則無滅道存文字意齊天壤國老張說聞而嘉焉讃揚佛事題之樂石

音釋

沖持中切沖漠澹靜貌 筌罤筌音詮魚笱也罤音題兎網也 賾士革切深也 閡牛代切與礙同 刋丘寒切剟也 壍七豔切遶城水也 蠡憐題切瓠瓢也 鐫于全切雕刻也

金剛般若經疏

隋天台智者大師說

清刻龍藏佛說法變相圖

金剛般若經疏

隋天台智者大師說

略釋經題法譬標名般若幽玄微妙難測假斯譬況以顯深法金即三義一寶中真上不可侵毀二利用自在摧破諸物三表裏清淨影現分明剛是堅義謂身命財身即法身命即慧命財即法財功德助道用譬三種般若實相般若理性常住觀照般若破五住惑文字般若解脫自在如此三法不縱不橫非並非別成祕密藏佛三種身亦復如是實相即法身如大經明金剛身品觀照即報身如金剛三昧破諸煩惱文字即應身隨機利益普現無邊舊云金剛譬十地後心因圓之位今言初心至後即有六種金剛也體者若見諸相非相即見如來是經之正體也宗者約實

相之慧行無相之檀如人有目日光明照見種種色是因諸相非相是果此之因果同約實相用者破執爲用一切封著通名爲執破諸相惑顯出功能亦自無滯即力用也教相者有五一摩訶二金剛三天王問四光讚五仁王廣略雖異同名般若摩訶以廣歷色心乃至種智皆摩訶衍此文略說金剛爲喻也次廣解釋言金剛般若此乃摧萬有於性空蕩一無於畢竟甚堅甚銳名曰金剛智名决斷慧曰解知萬像雖繁物我無相有爲斯絶寂其機照故假名般若西云跋闍羅亦云斫迦羅此翻金剛云是利鐵亦名破具引大經云佛告迦葉汝今决斷譬若剛刀又云刧火起時一切皆銷利銳者在下爲金剛際又云往古諸佛舍利變爲金剛如意珠今通取堅利爲譬舊云體堅用利體堅衆惑不侵用利能摧萬物今問體唯堅不利用唯利不堅亦應體則不利用則不堅此乃不堅不利何謂堅利百論云眼非知意非見別既非見合云何見今依中論通此問即無滯義今言堅利者不堅不利假言堅利如言苦以不苦爲義無常以常爲義空以不空爲義此一例語任運不畏斯難般若如大火聚四邊不可觸豈可定作體用耶體用因緣不一不異體堅用亦堅體利用亦利既其不一假名義辨若說體堅即說用利此是假名義一邊之說離用無體離體無用用即寂寂即用無別有無用之體主於用也亦無別有無體之用主於體也不一亦不異有因緣故亦可說一說異爲破一說異破異說一假說一異令衆生悟非

一非異秖名此因緣不一不異離斷常戲論戲論不得入即是堅能破斷常即是利也問何者爲般若如是堅利答一往性空爲般若不斷不常不一不異性空畢竟空爲般若萬相一無皆悉盡淨大論云般若有三種實相觀照文字實相即理境第一義諦觀照即行人智慧智慧鑑此實相說智及智處皆名爲般若文字能爲作詮亦爲般若故云無離文字說乎解脫一體三名同祕密藏問有翻無翻答翻爲智慧問大論云智慧輕薄般若深重云何相翻釋論七十卷釋須菩提五歎不可稱不可量無等等無有邊如虛空解不可稱句云稱名智慧此是稱量檀度非智慧不能準量故稱名智慧般若定實相此釋不可量何意不可量欲明佛所得般若明鑑實相甚深窮邊極底菩薩因中智慧不能稱量佛果地般若此是因中智慧輕薄不能稱量果地般若何得妄引無翻耶大經云慧有三種般若毗婆舍那闍那同一氣類隨名而辨約人般若屬衆生毗婆舍那一切聖人闍那諸佛菩薩就法者毗婆舍那總相般若別相闍那翻破相毗婆舍那翻正知見此即是總相知見般若翻出離慧即是屬衆生衆生有慧數故闍那諸佛十地菩薩有決斷義故共爲一位耳波羅蜜亦阿羅蜜波羅伽等翻度彼岸亦彼岸到亦度無極此假名無度爲度耳佛已度智慧度名一切智菩薩未度亦不名度度時亦不名度不離已度度未度故而今言乃度此假名說度一行度二時度三果度六度善脩滿足爲行度三僧祇滿爲時度得

大菩提爲果度彼岸者生死爲此岸涅槃爲彼岸煩惱爲中流八正爲船筏又慳貪爲此岸佛果爲彼岸布施爲河中正勤爲船筏又取相爲此岸無相爲彼岸智慧爲河中精進爲船筏一往如此又即生死涅槃俱爲此非生死涅槃爲彼故云遠離此彼岸乃名波羅蜜又前生死涅槃雙非中道爲二非生死涅槃中道爲不二二不二俱爲此非二非不二俱爲彼故遠離二邊及以中道名波羅蜜脩多羅翻契經經字訓法訓常由聖人心口也次部軸者第一部十萬偈第二部二萬偈並不來此土第三部一萬八千偈即大品亦名放光第四部八千偈即小品亦名道行第五部四千偈即光讚第六部二千五百偈即天王問第七部六百偈即文殊問般若第八部三百偈即此金剛般若廠師云並是如來隨機之說般若非稱量過諸數量豈是一多四五之可說次簡前後言金剛前後者肇師注云五種般若此說最初又千二百五十人後說大品大數五千人受化轉多故摩訶在後若金剛在後者仁王經云初摩訶次金剛又護念付囑及得慧眼未聞此經似宜在後俱有證據由人用耳對機設教廣略不同從得道夜訖泥洹夕常說般若明理一等若依光讚如來十九出家三十成道至四十二二月十五日食後爲諸菩薩說般若次譯經者羅什法師秦弘始三年即晉安帝十一年譯又後魏末菩提流支譯論本八十偈彌勒作偈天親長行釋總三卷分文十二分一序分二護念分三住分四脩行分五法身非身分六

信者分七校量顯勝分八顯性分九利益分十斷疑分十一不住道分十二流通分講說時別一途開章耳就此一經開爲三段序正流通序爲緣起說教之前必有由漸分衛放光雨華獻蓋等也由漸既起正教宜陳緣教相感其猶影響故有正說又非止近被一時乃欲遠傳來際故有流通三段各二序有通有別正說前後二周流通付囑奉行通序爲五如是者佛所說般涅洹時侍者請問答云一切經初皆安如是我聞者親承金口而聞事非謬也一時者言則當理理亦如言當理得時令人開悟聖不虛說言必會機故言一時也佛者大師之名佛者覺義異凡夫故自覺異二乘故覺他異菩薩故覺滿在舍衛者法王行運應物而遊在舍衛城憍薩羅國舍衛名聞物國勝物多出此境嘉名遠振諸國故名聞物又舍婆提者昔有二仙弟名舍婆此云幼小兄名阿跋提此名不可害合此二人以名城也祇樹給園者須達布園祇陀施樹共立精舍廣出他經與大比丘者聖化無祕聽必有儔俱聞如林可明信矣應有四衆略而不載比丘云怖魔乞士破惡千二百五十人者三迦葉一千目連身子二百五十爾時世尊下明別序上明通序以證信今辨別序以發起具上十號故曰世尊食時者食熟之時一人家皆有施心易生著衣僧伽梨衣也佛觀良田區滕命出家人著此服也持鉢執四天王所奉應器入舍衛城乞食法身無待何須乞食天人妙供百味日盈自行分衛福物之宜乞食有十利一見相好二去疾三

除慢四爲女人監護五天龍從六四天王鉢七貧富等八不雜九息謗十常在三昧其實不食此城縱廣千二百由旬九億家國南城北精舍在東自外以適故言入也食時如法食衆生有此勝智機緣將發以表般若著衣持鉢衣是被弘誓鎧慈悲之心鉢是行鉢鉢能盛飯行能趣理即表解脫城即法性涅槃之城觀五陰舍悉皆空寂不動如城以表法身次第乞食不越貧從富不捨賤從貴大慈平等故言次第即表菩薩次第行次第學次第道行行因緣故爲還至本處本處即一切智處歷色心觀至一切智飯食訖收衣鉢者即是果後無復願行無誓故收衣不復進行故併鉢洗足已即是定慧無復垢累塵沙無明永去法水清淨故言洗足敷座者即諸法空爲座四無畏處此說般若也別序竟時長老須菩提下第二爲正說文又爲二從初至果報不可思議名實智道重白佛去是方便道或爲後來或爲鈍根或可智度善權爲菩薩父母如判大品般若方便兩道分文此經略說亦復如是就前段中初問次答問中前述讚次正問長老須菩提是對揚主有長人之德夫鉅鐘雖朗非扣不鳴聖不孤應影響唯仁須菩提翻空生亦名善吉或云東方青龍陀佛從座起者請業之儀即事請道側身避席袒右肩者隋國法以袒爲敬亦示弟子執作爲便右膝著地屈曲伏從示無違拒之貌合掌斂容祇肅顯師尊道重故克敬盡恭專一之至白佛言述讚希有者佛從前代八萬四千歲皆輪王位至釋尊身若不出家當

二千五百歲作金輪王而能捨位從門乞食是爲希有此歎身容護念歎意容付囑歎口容又是述讚大品中意護念即般若實道如母能護念付囑即方便權道如父能教詔付囑世尊下還躡前述更起今問發菩提心者一切智也總牒指歸翻云無上正徧知覺標心擬向遠期正覺次問住入理般若名爲住即實智次問降者方便即權智如善財言我已先發菩提心云何脩行云何學道佛言善哉下第二佛答初略許次廣答略許中有三一述二誡三願聞善哉下述許如汝所說讚請之儀當理會機盡善盡美誡如所言汝今諦聽下誡示聽若不審諦即漏言遺理誡令諦聽言理弗虛唯然下受旨願聞慈誡許說敬肅傾心也佛告下第二廣答爲三初明般

若體空無所有次云何名下二明名空無所有後忍辱下三明力用空無所有還就初中更爲三段初正明體相空二信者行深三信受福重初體相中降心約願住心約行皆無所有爲無相因法身無色爲無得果問何故許中前住後降答中先降次住互前後者般若多含義非一轍若約發心前願後行廣發誓願權引於前次入實相以無住法住於妙理若約脩行要須前脩實慧次用權道故有二觀次第前住後降若就證時權實一心中悟不復前後今就誓願中有四心一廣大二第一三常心四不顛倒菩薩發願普濟萬物無邊曠遠故名大心欲願與涅槃寂滅極樂故名第一生死道長衆生性多而誨人不倦名曰常心不見能所名不顛倒釋大心者横

亘四生竪窮三界四生是能住三界爲所住
依辭謂卵含藏曰胎假潤稱濕欻現名化若
有色即欲色二界無色即空處有想是識處
無想不用處非有想非無想即最上天我皆
令入下釋第一心法不自起因緣故生但是
因緣自性皆空順理爲解乖宗成惑惑即生
死流轉受身心苦解即累滅苦盡寂然永樂
謂之滅度小乘涅槃灰身滅智爲無餘大乘
以累無不盡德無不圓名爲無餘生滅觀在
名有餘也如是滅度下釋常心若有能所即
懈息以無休倦故名常心度無量無邊實無
度者大品度空品云度衆生如度虚空明衆
生無毫末可得只解衆生本來無所有即是
悟悟即名度若有衆生可度者佛菩薩等即
得殺罪於一身理而爲論實無有衆生衆生

顛倒妄執謂有令佛菩薩憐愍說法令悟本
無所有名此悟爲度實無別有衆生異理而
度著涅槃中也何以故下釋不顛倒以失顯
得若有我人可言有滅但是假名横計人我
執我爲非忘我爲是是非既彰得失明矣大
品中具明十六一我二衆生三壽者四命者
五生者六養育七衆數八人者九作者十使
作者十一起者十二使起者十三受者十四
使受者十五知者十六見者此中略明四耳
復次下第二答住問更爲三初辨行次舉喻
格量後結勸就辨行中二前標無住爲本依
無住本行於布施即住般若中也娑婆世界
宜用檀義攝六資生攝施無畏攝戒忍法攝
後三但舉一檀即攝六也捨心無悋謂之布
施無相可存何悋之有施爲六度之首塵爲

生法之機二法皆空于何不盡次菩薩應如是布施下結成住義施受皆不可得不住相也正以虛心而施福不可量理既無量心不應限稱理行施其福彌廣東方虛空下第二舉喻格量理行既顯如說而行其福甚多齊太虛也但應如所教住下第三結勸也聖言無謬理不可越如佛所教安心住實相也可以身相見不下明願行皆無相爲因法身無色爲無得果菩薩發心有三義一化衆生二脩萬行三向菩提降伏明化物辨住示修行如來身相即菩提果體若識法身菩提可登若計性實乖之遠矣舉法身明菩提空也不也下善吉深識法身故言不可以身相而見或一身一智或言眞應或言法報應皆是明果若至果理不生不生而般若生理不生不

生即法身不可說習報二果不生不生即報身不可說慈誓不生不生即應身不可說如此三身皆不可說那得以身相見如來以因緣故若得道人聞說即悟得見如來若聞不悟雖說身相即非身相故不可見凡所有相皆是虛妄若見非相見如來者非因非果有因緣故可得言因亦可言果如非初餤非後餤不離初後餤即此意也今只以相爲非相非謂遣相別有一非相若能如此即見如來頗有下第二明信者行深文爲三一明行深二釋三引證初有問答問頗有人能信不答如來滅後後五百歲有持戒脩福者二初非一佛二多積者能信此經出家持戒在俗脩福後五百歲者從六百至一千亦云最後五百始有佛法之名能生信者非値一兩佛也

應以如來滅後是其得道之時如優波掘因緣若尋其本非一兩佛也淨信無所得信也無相者爲淨信五百論師非不持戒不信大乘四依久植故能信耳既得實相淨信如來以種智知以佛眼見見其一念信得無量之福如一人以花自供佛一人以花與他供佛所得福德問羅漢不能見問彌勒彌勒云自者畢苦得辟支與他得成佛是菩薩心故如來知見般若爲佛母佛常眼觀此經及受持者福與虛空齊非下所測唯佛能知見耳次何以故下第二舉二空釋成信者相有三何以故初標次釋後結此中文隱有縱釋反釋傳釋初列生空有四我是自在之名人爲宰主之目衆生取續前爲義壽者以接後爲能此四同爲人執隨用以立四名廣即十六知

見取著此見不信般若次列法空但有兩句法非法也今言法者說五陰空爲法五陰相爲非法即以陰空爲藥名法陰有爲病名非法陰病既除空藥亦遣非法既謝在法亦亡又持戒爲法破戒爲非法次若持若犯並非法非持非犯爲法是中道義此信達中道離有無二邊乃信此經耳以是義故如筏喻者第三引證信者行深有六初舉經爲證二舉菩薩正行三舉菩薩徧行四舉往古時事五舉淨佛國土六舉譬山王爲證第一引經爲證者譬欲濟河搆筏自運既登彼岸棄筏而去將度生死假乘萬行既到涅槃萬善俱捨道法尚捨而況非法初以善捨惡後則俱捨如來得菩提下第二舉菩薩正行爲證佛問有菩提可得有法可說不答無有定法名菩

提亦無有定法如來可說無定即是性空解窮相盡謂之菩提無相故不有假名即不無不有不無何實可得何定可說應化非眞佛亦非說法者應旣不說眞亦復然離眞無應眞應不同由來眞不說應說說即不說不說而說若知如來常不說是爲具足多聞何以故下釋菩提無相可取諸法空不可說非法即不有非非法即不無故不可說有無並無理之極也所以者何理無生滅謂之無爲無爲之理衆聖同解解會無爲結盡道成一解脫義同入法性無爲雖一解有明昧淺深差別也三千七寶下校量前舉虛空此豈不盡今一念信解復一番格量積寶多而功薄四句約而福厚金玉三千止以養身一偈雖約妙極資神愛佛功德七住未忘妙著難覺宜應虛心也七寶是事善緣因天人果報不動不出故以動出之慧導之得成菩提一念圓信能導衆善此心爲勝實相能出諸法法即非法諸法不生般若生也須陀洹下第三舉菩薩徧行初舉四果次善吉自陳須陀洹此云脩習無漏亦逆生死流亦入道流不入色塵是逆流至論在觀無逆無入言不入色者即是六塵過去無明所感無明不實所感六塵那得是實旣其不實那得作定有無六十二見計以不定性故名不入海爲衆流之川菩提神極之淵始會無生必盡源也理無乖順何入之有違理故入六塵背塵即會於理下衆果類然斯陀含云往薄亦一往來欲界思惑九品已斷六品餘三品在故言薄人天各一生便成羅漢故名一往來而實無往來

已得生法二空故阿那含此云不還亦云不來欲界結盡上界證無學應云不來略以無兼不互文現耳羅漢此云無著亦曰不生三界生盡所作已辦羅漢稱道前三言果果實通四而獨稱道者以得盡無生二智聲聞道極故以道爲名世尊佛說下第二自陳以已所解驗理非虛心空恒靜諍從何起蘭那者寂靜行相盡於外心息於内内外俱寂何時不靜得名不虛必稱實也蘭那此云無事若自謂是離欲即是有事何謂無事音在然燈下第四舉往古時事爲證次明菩薩其解亦同如來在昔佛所行般若時非但於假名不入色香等亦不入涅槃亦不入中道是故得成菩提四依齊此明一念信人降伏其心無我相等淨佛土下第五一念淨信辨其應住以無所住住於般若而取佛土即是四種莊嚴若自嚴淨即是寂光若論化他即具四土相感此土穢虛明即國淨嚴國之義亦在虛心如是嚴淨土應行檀等生清淨心不住色香其心無住三番法非法等一念淨心無住之住即是非因而因而降住等也譬如下第六須彌山王此即非果而果須彌翻云安明四寶所成是十山中一一雪山二香山三軻梨羅山四仙聖山五由乾陀山六馬耳山七尼民陀羅山八斫迦羅山九宿惠山十須彌山因大故果大得法性五陰成就法身故言大如須彌須彌以譬法性色色大故般若大如山大神亦大習果既圓報果亦滿法身非身故言大身恒河下第三信者福重文有四階一福多二處重三人尊四總結恒河者是

神名此河長八千由旬廣四千由旬甚深象度皆没沙細如麵水白如乳初言三千不即恒河者自少至多一恒河爲本復數諸恒河諸恒河之沙三重爲數捨寶多而福少持經少而福多者經之勝用復次下明處重一切世間總明處貴天人脩羅略明三善道供養如塔此云方墳亦名靈廟尊法身故敬塔爲重經故貴說經處大品舍利起塔不及般若何故說處如塔其義實爾但世人敬塔故令說處如塔是人成就最上下明人尊法妙人稱理故宜然希有之法是菩提成就即人可貴如法華說最實事即是第一義諦最上之法也若是經典下總明經所在之處即爲有佛尊重弟子人能弘法即人有法以法成人即法有人人法所處理當貴矣非果而果即爲有佛非因而因即以尊重弟子謂普賢文殊等初章竟當何名下第二辨名空無所有夫條散難究本一易尋會宗領旨宜正其名文有四段初名字空二受持福多三信受行深四佛述初中有問答問名問持遵脩爲奉任弘爲持在三成範請問其軌佛告下答名答持名冠題首義已備矣境慧相從通名般若那要宜别歸乎聖心挈綱舉目詮合義從名正理顯宜應修習所以者何下釋夫名不虛設必當其實金剛所擬物莫不碎此慧所照法無不空即非般若即慧空也境滅慧忘何相不盡弘持之旨宜在於此釋中初無所有二亦無所有而意異故明不無所有此簡性空義一者性自是空二者破性說空前有所無空後無所有空大品云諸法無所有如

是有如是無所有是事不知名爲無明有所無望前無所有望後前三藏中說性義皆破即屬破性說空所攝而此性義前時爲緣爲有者今日悉無故言有所無而言無所有望後明諸法無所有而復有不無所有義即明如是有故經云不知名無明破性說性空橫論破病一切悉皆洗淨是盡亦盡是淨亦淨竪論入道盡復有不盡義此望道爲論即此盡淨爲道道有隔凡成聖之用不同二頭三手之無所有復有不無所有義即是如是有義若是前無所有一向無所有無所有亦復無所有後明無所有即是不無所有無所有名雖同其意有異就前中初明如空次明如亦空所以者何佛說般若則非般若此是如空既以性空爲般若般若即非般若性空如亦空如來有所說法不境慧都空復何所說說不說如不如二智皆空也三千下是第二受持福多不無所有亦二初明微塵不無所有二明身相不無所有佛說微塵即非微塵是名微塵故是無所有如是有大品云不知名無明今明了此如是有即智慧也散爲微塵合成世界世界無性故非假名即有可以三十二相下二明身相不無所有非相假名身相只以身爲非身不是遣除身別有非身也亦非遣相別有無相相無相不一不異恒河沙身命下說經名已復一番校量前寄捨財以明勝此寄捨身以辨多依報易捨正報難捐自易之難示化漸也身命布施不免有生弘持四句累滅道成聞說經深解下第三信受行深有四初須菩提不聞二餘人能信

三善吉聞易四餘人聞難深解悲泣者嗟我晚悟兼悲未聞愍念一切衆生不知此法故悲聞此法喜故悲深嗟小乘嗚呼自責故悲不善觀空名得慧眼故爾前雖聞未聞如此降伏應住也若復有人得聞下第二餘人能信實相者即是非相若有少相即非實相故以無相爲實相如來說此而人能信豈非第一希有而言生實相者此是無生生也大品云色不生故般若波羅蜜生若解色無生即是無生觀智起故般若生也我今得聞下第三善吉信易遇佛道成證聖方信何難生值佛世親得解悟解故信之易也若當來世下第四餘人信難生不值佛而能信如是無相之法斯豈不難就文更爲四初明信者希有末法時信最可稱羡二何以故下釋信者由無我相能信此經若纔有少許我人等相即不信也三所以者何下釋無相意我相即是非相無片許相可得故其能不顛倒我人等從本以來無一相可得故其體本來無相即爲希有此是反釋四何以故離一切相即名諸佛相盡解極即是爲佛能離有無畢竟常住前云若見諸相非相即見如來佛告下第四如來述成若善吉自言容可不定言無我人即是佛者佛今印定如汝所說是故非虛一往恒愕名驚心膽怯弱名怖深惡前事名畏又驚是始行怖是二乘畏是外道亦初聞經不驚次思義不怖後脩行不畏第一即般若諸度中最爲第一六從後數亦是第一忍辱下第三明般若功用無所有然諸法不出體名用今皆無所有文更爲三初力用無所

有二能如是解仰叅佛慧三明福多就初中復五一體無所有二功用三勸誡四引證五舉譬第一體者安耐名忍加毀爲辱既無我人誰加誰忍故非忍爲忍忍爲非忍爲般若體也何以故下第二明般若用以非忍爲忍有大力用初一世忍次多世忍一歌利此云惡生王何故忍即非忍引事爲證有苦能忍有忍無苦既無我人割忍何生若有人我必生忿恚而能恬然無我明矣二又念五百世下即多世忍菩薩知身無所有捨不足難若有此身捨大難也尸毗代鴿猶是三藏中事忍前明有忍無苦今明無苦有樂有慈悲故無恨無恨故即樂也應離下第三勸誡此是般若之中心故須精解就文又二一勸二誡文句相叅初勸發心次勸應住後勸脩行前

誡離相後誡莫染心施今即初勸離相發心菩薩以相盡爲極故宜以忘懷而期心也不應下即是前誡不應住色心中離一切相不住聲香等也應生無所住心者即次勸應住般若般若無相可緣心何所住若心有住即爲非住住相即心動故非住也是故下是後誡令不住六塵行施還舉前宗會以成義理無住故應忘心而施不住色無財物也菩薩爲利下即是後勸令爲利益而行施施不望報利益必深也如來說一切諸下第四引證證中有三第一舉佛說爲證諸相皆無不見施者我說一切相即非相不應住相生心行施又說一切衆生即非衆生受者亦無不應化衆生而受度也如來是真語者下第二舉能說人爲證真是不僞實是無虚如必當理

不誑非妄不異即始終恒一聖言不謬故宜脩行也無實無虛下第三舉所得法爲證寄實以非虛何實之可得耶若疑我說法非者及能說人亦非者今我所證得法只自如此心實作此證不實不虛兩捨無生無滅等例然故所說如所得非虛言也菩薩心住法下第五舉譬顯住相非曉冥若夜遊前舉有得爲非後明無得爲是若住色香等行施不能得見諸法若不住法行施如有目日光能得見色無我三事即不住相也慧見爲目理境爲日萬行顯別爲種種色諸法本來空菩薩觀心復知其無所有而行布施者即所見明了此中先法後譬直說譬耳當來之世下第二能如是解即仰叅佛說當來若能受持即爲佛悉知見皆得成就無量無邊功德如來所見理用非謬明將來宜加勤脩也日三時捨下是第三福多若能如是信者勝一日三時以恒河沙身之與命布施分一日爲三分故言初中後施重又多功德彌曠若於此經生心不逆福勝前施施即有限信心無極何況書寫持讀誦說但言以信況復弘持也以要言之下答上無所有如是有不可思議事也能知諸法本來無所有而以無所有爲有即不可思議此文有十第一經不可思議理圓道極言即盡義提宗表實約言之耳物莫能測不思議也筭數不該不可稱量也蕩然無涯無邊耳以要言之略此三句矣文理平等無所有如是有非般若爲般若非身相爲身相皆不思議也第二爲大乘者說爲最上乘者說此經在始便爲大乘不爲三乘廣運

無涯謂之大乘超三乘之勝謂之爲最上自非其人不謬説也包含名大無勝最上如來悉知見者人高道曠唯佛見之荷擔菩提千載不墜由於人弘任持運行荷擔義也背荷肩擔非身而身實相法身非因非果即是兩肩也第三何以故下三乘不堪聞不信受樂小是二乘著我是凡夫著見是外道不能讀誦以失釋得也第四在在處處下地是無知法處故貴雖復廢言息義此處常有天龍圍遶如帝王所居之處人皆宗重天人供養此處是塔恭敬作禮香花而散也第五轉障本有重障習學般若先世重罪現在輕受止爲人輕賤過去重罪即得消滅罪起由惑福生於解福解既積宿殃滅矣第六當得菩提即受記也累滅解生菩提可登故佛懸記第七我念過去下明能持經者所得福德勝佛往行然燈佛時始獲無生忍今能無所得心而持經者得福勝我阿僧祇佛所值八百四千萬億那由他佛供養無空過者福德筭數不及心限即福少意曠則功德多也第八於末世下明若具説無所得持經所得福時人聞則狂亂狐疑不信解通人曠德必無涯狂亂不信不足明道也第九義不可思議萬行淵深義能誰測以無所得無所有如是有無所有爲義以非般若爲般若義故不可思議第十果報不可思議菩提妙果豈有心之所議如華嚴經明初發心便成正覺與微塵法界衆生爲眷屬故知果報不可思議也須菩提問下第二周重説般若或爲後來或是爲鈍根者文亦三段初從問去至福德多明體次

佛可以色身見去至前偈辨名後如來不以具足相故至壽者見明用並無所有就體中辨於三假初受假次名假後法假受是人人即有名此人之與名有能成之法三假是立法云何將三假釋無所有三假乃是立法亦是壞法今欲明無所有故須將來釋若橫論破病則實是一無所有若竪論望道即無所有而不無所有此三假亦然能成能破故既言假有竟何所有既言假有何爲而不有初約釋尊因無所有次約如來果無所有後約菩薩化他明無所有就因中更爲三初佛告下釋因無所有次然燈下引證後如是如是下佛述釋中又三初明得次明失後雙釋得失初明發心欲度衆生起弘誓願我當滅度一切衆生實無衆生得滅度者此明菩薩知衆生如有何可滅若實有衆生可度釋論云菩薩得殺衆生罪又大品如化品佛語須菩提諸法本有今無耶此即責須菩提意衆生非本時有今時無何須慰喻始行菩薩本自無生今何可滅也二何以故下明失若菩薩有我人等相即非菩薩以失明得理可知矣所以者何下雙釋得失無發心者故知無我即行人空計我有惑故非菩薩於意云何下第二引證證中有問答初問中即引自昔得記之解以證前說次今答中無有法得菩提聖心難測義推可圖得記由於無相無相之中即無所得也如是如是下第三佛述如汝所說者在因時已自無所有故無所得菩提佛與我記若見有法則乖菩提何容得記無法得菩提是故然燈佛受記無法則會理會

理則向極故得記也何以故下第二是明果無所有有三義初明如次證後譬初即此是果人同如同如故無所有諸法性空理無乖異謂之爲如會如解極故名如來也若有人言如來得菩提下若有說如來得菩提者此人俗間語非理言也實無有法得菩提佛人也菩提道也既無人法誰得菩提無實無虛者是非既盡則會菩提菩提之中不見是非非實即無是非虛即無非也是故如來說一切法下第二證如來無所有如來在一切數故凡夫違一切法爲邪聖人順一切法爲正正即覺悟故皆佛法矣譬如身長大下第三說非果而果直舉人身類上諸法緣假故長大無性即非身既非般若爲般若者寧不以非身爲身耶若菩薩作是言下第三明菩薩化他無所有初明化人次引佛說爲證後明嚴土初滅度衆生不名菩薩元無衆生橫見衆生見即乖道非菩薩也何以故下釋菩薩自無何有衆生二是故佛說下引證無菩薩亦無衆生一切法都無我人也三若菩薩言莊嚴佛土者虛襟進道嚴土濟物濟物之行方便慧也解空無相謂之爲慧若言我能莊嚴國土衆生可化見惑違道何名菩薩也何以故如來說非莊嚴是名莊嚴者無存於化而土自嚴也明應住義受假竟若菩薩通達無我法者下第二明名假無所有文二初通達無我既云一切法皆無所有何名菩薩今實無一切諸法而今言菩薩但有其名今明此名亦無所有故何名此爲菩薩通達諸法無我等相故名菩薩眞菩薩故所以能通達

無我二立眞解通達非僞眞菩薩也名假竟
五眼下第三明法假無所有即上如來悉知
見是人其文又三初明智慧次明心後明功
德法雖多不過功德智慧二種嚴心爲其體
故備空也此是初明智慧空智慧雖多不過
五眼舊云肉眼見障内天眼見障外慧眼見
眞法眼見俗佛眼通知内外法今言但是一
智差別說之故有五耳釋論云法眼知聲聞
緣覺等法故名法眼是以知俗名法眼然此
中本明智慧空而直辨五眼不言其空者意
現於後後既將智體心空智寧不空後明功
德空前智豈不空以前明智有後明功德無
無有雖殊致不乖也二恒河中去是明心無
所有以舉恒沙等來爲欲校量取心明其空
耳如來說心皆爲非心只以非心爲心此與

前不異五眼照理無不周備舉色心收境盡
矣三世不可得說非心名心何者以三世心
無性可得故可從緣而生心也三若人滿三
千七寶布施下明功德無所有明福有實此
即有量豈得多耶以無福爲福故多也金玉
無性故可積滿三千福德無實則可曠施而
多心之無性惑滅解生也法假竟佛可以色
身見下第二明經名初名次行名中有三初
身相次說法後福多色身者法身如空月色
身若水像世間之色無實可覩尋其本實即
法身也慧爲萬善之主施爲衆行之首總爲
丈六金容別則衆相云娑婆隨現則爲相豈
可一方盡極我當有所說法下第二明說法
又二初正對上名道成應出說法化人謬傳
毀聖名爲謗佛無法可說是名說法故傳說

法之意向言無説非杜默不語但無存而説即説滿天下無乖法理之過也佛得菩提下第二明習應有問答前應後習佛人也菩提道也佛得道故説以示人而言無法可説未審得道不答中乃至無有少法可得相盡虚通謂之菩提菩提無相有何可得寂滅無得道之至也是法平等下結成菩提義也人無貴賤法無好醜平等菩提義也無我無人脩一切善者即是脩義夫形端故影直聲和則響順忘我人而脩因必剋無相之菩提所言善法者人既不有善何得實耶善是離惡之名法是軌持之義三千世界中山王七寶下第三明福多聚寶有盡妙解無窮一偈法寶勝無量珍也我當度衆生下菩提無得爲果故以忘言而説勿謂如來見衆生可度若見有衆生則爲我見何謂如來但説假名我耳非實我而凡夫者聞説假名不達言旨以爲實我如來説非凡夫者凡夫不實故可化而成佛也可以三十二相觀如來下二辨行就文有五一正觀問二邪答三佛難四領解五佛舉正義爲釋初以問疑者謂衆生是有可化而聖法身不無可以妙相而期故問之也次邪答者聽者實爾用三十二相是如來也三難輪王是佛即以近事質之令其自解四信解不應時情謂然我解不爾五佛舉正釋者五色焕眼而非形八音盈耳而非聲偏謬爲邪愚邪隔不見也若作念下第三功用無所有即是有不斷滅義有因有果一切宛然即是般若方便用論云得般若氣分故有居空涉有之用無復滯閡此下去不説諸法斷

滅就文有二初果次因有義雖多不過因果明果中二初誡次明有汝莫作念誡也勿言諸法一向無所有故謂不以具足相得菩提不偏在色聲故向言非非不身相故復言是也發阿耨下第二明因亦二前誡後明有莫起斷滅相盡寂滅故不有道王十方非謂無應畢而謝即不常感至隨現故不斷體合中道軌物之式限之一方豈不謬哉若人滿恒沙七寶下結般若成忍就文復三初明體道成忍之行無所有次明體道證忍之人無所有三明體道行忍之用無所有以行成人人故有用備明無所有就忍行中先校量次若復有人下明成忍之行無所有忘我則忍成超出故勝也白佛下第二明體道證忍之人無所有初明因人不受後明果人不受初明因中有問答乃云不受亦不受受其報種已名貪著無存我人邪染何生次若來若去下明果人不受若言從真如實際中來善逝自及化人去至涅槃皆是不解佛所說義如來道蔭之主世界權應之宅衆生慈育之子舉此三事大旨彰矣無來無去故名如來解極會如體無方所緣至物見來無所從感畢爲隱亦何所去也若三千碎塵下第三明體道行忍之用有四初明碎塵用二碎界用三碎合相用四碎諸見用以微塵成世界有合世界有合故起見見者即失謂有此四妄想得者非見爲見乃至非塵爲塵爲得此四並是般若用塵界等是依報見是正報合通色心即此下是碎塵用善男子並是大行同華嚴中說佛說非微塵爲微塵次三千下明成世

界用微塵非實故可碎而爲多世界非有則可假借而成也三一合相下破一合相以非合爲合故是不可說只復言是合此復非復是故假名說合何爲而非合以非合爲合竟何有合大經四句皆不可說有因緣故亦可得說今亦無合假說合耳中論大品皆破合當知無合今經中說合順俗假說耳凡夫貪著其事不知事即理理無所有即是事無所有何故非世界名世界若是實有即應一性合不可分假衆生名一無合可得假名無體不可實說疑惑則凡夫貪著故計實四佛說我見下明破諸見用凡夫謂諸見決定是見今佛說非見以本來無所有諸見非實可改爲正衆生虛假從凡至聖正說竟從發菩提去第三流通段非止近益當時亦乃遠傳千載文爲二初付囑次奉行付囑又三初正付囑次校量後方法始終既畢故指宗勸人凡欲發心成佛淨國土化衆生當如上所說理而生知見也如是信解者理深未明推信爲解耳不生法相但是虛假非實法也如來說非法相是名法相相窮理盡明其唯如來說言非實故應從信矣二阿僧祇七寶下校量流通七寶有竭四句無窮明以無所得心指經一偈其福勝彼有所得施三云何爲人下後方法初標次釋釋中有止有觀弘通此經若爲方法須不取法相須如眞如上如是智下如是境心境符合故得不動不動空有等法何以故下一偈明觀觀諸法夢幻等而爲人說句偈有眞實及有此假有也大品十喻一幻二焰三水月四虛空五響六乾城七夢

八影九鏡像十化此中舉六論本明九然流通方法不出止觀故今略舉即止爲觀故見一切皆空夢幻即觀而止故一切夢等悉如如也佛説是經下第二奉行流通聞法歡喜既能信受復如説行説人如法受者得解般若眞正之法非是有所得斷常等法三事具足説人是佛一切智人所説之法即中道正法般若無所得法受者最上乘人久種三多持戒脩福三德斯備聞不驚怖即能信解是故歡喜道藴聖心待乎則彰宿感冥構不謀而集同聽齊悟法喜蕩心服玩遵式永崇不朽者矣

金剛般若經疏

音釋

塍(食陵切稻中畦埒也)愕(五各切驚愕也)閡(牛代切與礙同)

隋天台智者大師别傳

門人灌頂撰

清刻龍藏佛說法變相圖

隋天台智者大師別傳

門人灌頂撰

大師諱智顗字德安俗姓陳氏頴川人也高宗茂績盛傳於譜史矣暨晉世遷都家隨南出寓居江漢因止荊州之華容縣父起祖學通經傳談吐絕倫而武策運籌偏多勇決梁湘東王蕭繹之荊州列爲賔客奉教入朝領軍朱异見而歎曰若非經國之才孰爲英王之所重乎孝元即位拜使持節散騎常侍益陽縣開國侯母徐氏温良恭儉偏勤齋戒夢香煙五彩輕浮若霧縈迴在懷欲拂去之聞人語曰宿世因緣寄託王道福德自至何以去之又夢吞白鼠因覺體重至於載誕夜現神光棟宇焕然兼輝鄰室隣里憶先靈瑞呼爲王道兼用後相復名光道故小立二字眼

有重瞳父母藏護不欲人知而人自知之矣至年七歲喜往伽藍諸僧口授普門品初啓一徧即得而父母遏絶不聽數往每存理所誦而惆悵未聞奄忽自然通餘文句後以經驗無所遺失鄉閭嗟異温故知新其若此乎年十五值孝元之敗家國殄喪親屬流徙歎榮會之難久痛凋離之易及於長沙像前發弘大願誓作沙門荷負正法爲已重任既精誠感通夢彼瑞像飛臨宅庭授金色手從窻隟入三徧摩頂由是深厭家獄思滅苦本但二親恩愛不時聽許雖惟將順而寢哺不安乃刻檀寫像披藏尋經曉夜禮誦念念相續當拜佛時舉身投地怳焉如夢見極高山臨於大海澄渟蓊鬱更相顯暎山頂有僧招手喚上須臾申臂至于山麓接引令登入一伽藍見所造像在彼殿内夢裏悲泣而陳所願學得三世佛法對千部論師説之無礙不唐世間四事恩惠申臂僧舉手指像而復語云汝當居此汝當終此既從寤已方見已身對佛而伏夢中之淚委地成流悲喜交懷精勤逾至後遭二親殄喪丁艱荼毒逮于服訖從兄求去兄曰天已喪我親汝重割我心旣孤更離安可忍乎跪而對曰昔梁荆百萬一朝僕妾于時久役江湖之心不能復處硜磊之内欲報恩酧德當謀道爲先唐聚何益銘肌刻骨意不可移時王琳據湘從琳求去琳以陳侯故舊又嘉此志節資給法具深助隨喜年十有八投湘州果願寺沙門法緒而出家焉緒授以十戒導以律儀仍攝以北度詣慧曠律師兼通方等故北面事焉後詣大賢山

誦法華經無量義經普賢觀經歷涉二旬三部究竟進修方等懺心淨行勤勝相現前見道場廣博妙飾莊嚴而諸經像縱横紛雜身在高座足躡繩牀口誦法華手正經像是後心神融淨爽利常日逮受具足律藏精通先世萌動而常樂禪悅怏怏江東無足可問時有慧思禪師武津人也名高嵩嶺行深伊洛十年常誦七載方等九旬常坐一時圓證希有能有事彰別傳昔在周室預知佛法當禍故背比游南意期衡嶽以希棲遁權止光州大蘇山先師遥飡風德如飢渴矣其地乃是陳齊邊境兵刃所衝而能輕於生重於法忽夕死貴朝聞涉險而去初獲頂拜思曰昔日靈山同聽法華宿縁所追今復來矣即示普賢道場爲說四安樂行於是昏曉苦到如教研心于時但勇於求法而貧於資供切栢爲香栢盡則繼之以栗卷簾進月月沒則燎之以松息不虛黈言不妄出經二七日誦至藥王品諸佛同讃是眞精進是名眞法供養到此一句身心豁然寂而入定持因靜發照了法華若高輝之臨幽谷達諸法相似長風之游太虛將證白師師更開演大張教網法目圓備落景諮詳連環達旦自心所悟及從師受四夜進功功逾百年問一知十何能爲喻觀慧無礙禪門不壅宿習開發煥若華敷矣思師歎曰非爾弗證非我莫識所入定者法華三昧前方便也所發持者初旋陀羅尼也縱令文字之師千羣萬衆尋汝之辯不可窮矣於說法人中最爲第一時有慧邈禪師行矯常倫辯迷時聽自謂門人曰我所敷弘眞

師子吼他之所說是野干鳴心眼未開誰不惑者先師正引經文傍宗擊節研覈考問邈則失徵揚簸慧風則糠粃可識淘汰定水故砂礫易明於是迷徒知反問津識濟仍於是夜夢見三層樓閣邈立其下已坐其上又有一人攘臂怒目曰何忽邈耶何疑法耶宜當問我先師設難數關賔主往復怒人辭窮理喪結舌亡言因誡之曰除諸法實相餘皆魔事誡已不復見邈及與怒人夕有聞者謂爲讇寱旦詣思所具陳是相師曰汝觀般若不退品凡幾種行類相貌九十六道經云人若說法神助怖之汝既晝折慢憧夜驅惡黨邪不干正法應爾也思師造金字大品經竟自開玄義命令代講是以智方日月辯類懸河卷舒稱會有理存焉唯有三三昧及三觀智用以諮審餘悉自裁思師手持如意臨席讃曰可謂法付法臣法王無事者也慧曠律師亦來會坐思謂曰老僧嘗聽賢子法耳答云禪師所生非曠之子又曰思亦無功法華力耳代講竟思師誡曰吾久羨南衡恨法無所委汝粗得其門甚適我願吾解不謝汝緣當相揖今以付囑汝汝可秉法逗緣傳燈化物莫作最後斷種人也既奉嚴訓不得扈從衡嶽素聞金陵仁義淵藪試往觀之若法弘其地則不孤付囑仍共法喜等二十七人同至陳都然上德不德又知音者寡有一老僧厥名法濟即何凱之從叔也自矜禪學倚卧問言有人入定聞攝山地動知僧詮練無常此何禪也答曰邊定不深邪乘闇入若取若說定壞無疑濟驚起謝曰老僧身嘗得此定向

靈耀則公說之則所不解說已永失今聞所未聞非直善知法相亦乃懸見他心濟以告凱凱告朝野由是聲馳道俗請益成蹊大忍法師梁陳擅德養道開善不交當世時有義集來會蔣山雖有折角重席忍無所容與先師觀慧縱橫聽者傾耳衆咸彈指合掌皆言聞所未聞忍歎曰此非文疏所出乃是觀機縱辯般若非鈍非利利鈍由緣豐富適時是其利相池深華大鈍可意得慶餘暉之有幸使老疾而忘疲先達稱詠故頌聲溢道于時長干慧辯延入定熈天宮僧晃請居佛窟皆欲捨講習禪緣差永恨面而誓曰今身障隔不遂禀承後世弘通必希汲引僕射徐陵德優名重夢其先門曰禪師是吾宿世宗範汝宜一心事之既奉冥訓資敬盡節參不失時序拜不避泥水若蒙書疏則洗手燒香冠帶三禮屏氣開封對文伏讀句句稱諾若非徽妙至德豈使當世文雄屈意如此耶儀同沈君理請住瓦官開法華經題勑一日停朝事羣公畢集金紫光祿王固侍中孔煥尚書毛喜僕射周弘正等朱輪動於路玉珮喧於席俱服戒香同飡法味小莊嚴寺慧榮負才輕誕其日揚眉舞扇扇便墮地雙構巨難難不稱捷合掌歎曰非禪不智今之法座乎法歲法師爾日並坐撫榮背而嘲曰從來義龍今成伏鹿扇既墮地以何遮羞榮答云輕敵失勢猶未可欺也與皇法朗盛弘龍樹更遣高足構難累旬磨鏡轉明揩金足色虛往既實而忘反也好勝者懷愧不議而華新斯之謂歟建初寶瓊相逢讓路曰少欲學禪不值名

匠長雖有信阻以講說方秋遇賢年又老矣
庶因渴仰累世提携白馬警韶定林法歲禪
衆智令奉誠法安等皆金陵上匠德居僧首
捨指南之位遵北面之禮其四方衿袖萬里
來者不惜無貲之軀以希一句之益伏膺至
教飡和妙道唯禪唯慧忘寢忘飡先師善於
將衆調御得所傳瓦官八載講大智度論說
次第禪門蒙語默之益者畧難稱紀雖動靜
合道而能露疵藏寶恩被一切莫知我誰昔
浮頭玄高雙弘定慧厥後沈喪單輪隻翼而
已遠南嶽挺振至斯爲盛者也陳始興王出
鎮洞庭公卿餞送皆迴車瓦官傾捨山積虔
拜殷重因而歎曰吾昨夜夢逢强盜今乃表
諸輭賊毛繩截骨則憶曳尾泥閒仍謝遣門
人曰吾聞闇財則應於絃無明是闇也脣舌

是弓也心慮如弦音聲如箭長夜虛發無所
覺知若益一人心弦則應又法門如鏡方圓
如像若緣牽心轆轤無盡若緣杜心自然蹇
澀昔南嶽輪下及始濟江東法鏡屢明心絃
數應初瓦官四十人共坐二十人得法次年
百餘人共坐二十人得法次年二百人共坐
減十人得法其後徒衆轉多得法轉少妨我
自行化道可知羣賢各隨所安吾欲從吾志
蔣山過近非避喧之處聞天台地記稱有仙
宮白道猷所見者信矣山賦用比蓬萊孫興
公之言得矣若息緣兹嶺啄峯飲澗展平生
之願也陳宣帝有勑留連徐僕射潸涕請住
匪從物議直指東川即陳太建七年秋九月
初入天台歷游山水弔道林之栱木慶曇光
之石龕訪高察之山路漱僧順之雲潭數度

石梁屢降南門荏苒淹流未議卜居常宿於石橋見有三人皁幘絳衣有一老僧引之而進曰禪師若欲造寺山下有皇太子寺基捨以仰給因而問曰止如今日草舍尚難當於何時能辦此寺老僧答云今非其時三國成一有大勢力人能起此寺寺若成國則清當呼爲國清寺于時三方鼎峙車書未同雖獲冥期悠悠何日且旋塗出谷見佛隴南峯左右暎帶最爲兼美即徘徊留意有定光禪師居山三十載迹晦道明易狎難識有所懸記多皆顯驗其夕乃宿定光之草庵咸聞鐘磬寥亮山谷從微至著起盡成韻問光此聲疎數光舞手長吟曰但聞鳴槌集僧是得住之相憶覩招手相引時不餘人莫解其言仍於光所住之北峯創立伽藍樹植松菓引流遶砌瞻望寺所全如昔夢無毫差也寺北別峯呼爲華頂登眺不見羣山暄涼永異餘處先師捨衆獨往頭陀忽於後夜大風拔木雷震動山魑魅千羣一形百狀或頭戴龍虺或口出星火形如黑雲聲如霹靂倏忽轉變不可稱計圖畫所寫降魔變等蓋少小耳可畏之相復過於是而能安心湛然空寂逼迫之境自然散失又作父母師僧之形乍枕乍抱悲咽流涕但深念實相體達本無憂苦之相尋復消滅强輭二緣所不能動明星出時神僧現曰制敵勝怨乃可爲勇能過斯難無如汝者旣安慰已復爲說法說法之辭可以意得不可以文載當於語下隨句明了披雲飲泉水日非喻即便問曰大聖是何法門當云何學云何弘宣答此名一實諦學之以般若宣

之以大悲從今已後若自兼人吾皆影響頭陀既竟旋歸佛隴風煙山水外足忘憂妙慧深禪內充愉樂然佛隴艱阻舟車不至年既失稔僧衆隨緣師共慧綽種苣拾橡安貧無感俄而陳宣帝詔云禪師佛法雄傑時匠所宗訓兼道俗國之望也宜割始豐縣調以充衆費蠲兩戶民用給薪水衆因更聚亦不爲欣有陳郡袁子雄奔林百里又新野庾崇斂民三課兩人登山值講淨名遂齋戒連辰專心聽法雄見堂前有山瑠璃映徹山陰曲澗琳瑯布底跨以虹橋填以寶飾梵僧數十皆手擎香爐從山而出登橋入堂威儀溢目香煙徹鼻雄以告崇崇稱不見並席天乖其在此矣雄因發心改造講堂此事非遠堂今尚在但天台基壓巨海黎民漁捕爲業爲梁者斷谿爲簄者藩海秋水一漲巨細填梁晝夜二潮嗷哭滿簄髓骨成岳蠅蛆若雷非但水陸可悲亦痛舟人濫殞先師爲此而運普悲自捨身衣并諸勸助贖簄一所永爲放生之池于時計詡臨郡請講金光明經濟物無偏寶冥出窟以慈修身見者歡喜以慈修口聞聲發心善誘殷勤導達因果合境漁人改惡從善好生去殺湍潮綿亘三百餘里江谿簄梁合六十三所同時永捨俱成法池一日所濟巨億萬數何止十千而已哉方舟江上講流水品又散粳糧爲財法二施船出海口望芙蓉山聳峭叢起若紅蓮之始開橫石孤垂似萎華之將落師云昔夢游海畔正似於此沙門慧承郡守錢玄智皆著書嗟詠文繁不載詡後還都別坐餘事因繫廷尉臨當伏法

遥想先師願申一救其夜夢羣魚巨億不可稱計皆吐沫濡詡明旦降勑特原詡罪當於午時忽起瑞雲黄紫赤白狀如月暈凝於虚空遥葢寺頂又黄雀羣飛翺動嘈嘈棲集簷宇半日方去師云江魚化爲黄雀來此謝恩耳師遣門人慧拔金陵表聞降陳宣帝勑云嚴禁采捕永爲放生之池陳東宫問徐陵曰天台功德誰爲製碑答云願神筆王著會宣帝崩不復得就勑國子祭酒徐孝克以樹高碑碑今在山覽者墮淚陳文皇太子永陽王出撫甌越累信殷勤仍赴禹穴躬行方等眷屬同禀淨戒晝飡講説夜習坐禪先師謂門人智越云吾欲勸王修福禳禍可乎越對云府僚無舊必稱寒熱師云息世譏嫌亦復爲善王後出游墜馬將絶越乃感悔憂愧若傷先師躬自率衆作觀音懺法整心專志王覺小醒凭机而坐王見一梵僧擎香爐直進問王曰疾勢何如王汗流無答僧乃遶王一帀香氣徘徊右旋即覺搭然痛惱都釋戒慧先染其心靈驗次悅其目不欲生信詎可得乎其願文云仰惟天台闍棃德侔安遠道邁光猷遐邇傾心振錫雲聚紹像法之將墜以救昏蒙顯慧日之重光用拯澆俗加以游浪法門貫逼禪苑有爲之結已離無生之忍現前弟子飃颻業風沈淪愛水雖飡法喜弗祛蒙蔽之心徒仰禪悅終懷散動之慮日輪馳騖羲和之轡不停月鏡迴軒嫦娥之影難駐有離有會歎息奚言愛法敬法潺湲無已願生生世世值天台闍棃恒修供養如智積奉智勝如來若藥王覲雷音正覺安養兠率俱蕩

一乘先師雖復懷寶窮岫聲振都邑藏形幽壑德慧昭彰陳少主顧問羣臣釋門誰爲名勝徐陵對曰瓦官禪師德邁風霜禪鑑淵海昔遠游京邑羣賢所宗今高步天台法雲東靄永陽王北面親承願陛下詔之還都弘法使道俗咸荷陳主初遣傳宣左右趙君卿再遣主書朱雷三傳遣詔四遣道人法昇皆帝自手書悉稱疾不當陳主遂仗三使更勅州敦請永陽王諫曰主上虛已朝廷思敬一言利益則四生有賴若高讓深山則慈悲有隔弟子微弱尚賜迂屈不赴臺旨將何自安答曰自省無德出處又幽過則身當豈令枉濫業緣如水隆去寂留志不可滿任之而已仍出金陵路逢兩使初遣應勅左右黃吉寶次遣主書陳建宗延上東堂四事供養禮遇殷勤立禪衆於靈耀開釋論於太極又講仁王般若百座居左五等在右陳主親筵聽法僧正慧晅僧都慧曠長干慧辯皆奉勅激揚難似冬冰峨峨共結解猶夏日赫赫能消天子欣然百僚盡敬講竟慧晅擎香爐賀席曰國十餘齋身當四講分文析理謂得其門今日出星收見巧知陋由來諍競不止即座肅穆有餘七夜恬靜千枝華耀皆法王之力也陳主於廣德殿謝云非但佛法仰委亦願示諸不逮陳世所檢僧尼無貫者萬人朝議策經不合者休道先師諫曰調達日誦萬言不免地獄槃特誦一行偈獲羅漢果篤論唯道豈關多誦陳主大悅即停搜揀然居靈耀過爲褊隘更求閑靜立衆安禪忽夢一人翼從嚴整稱名冠達請住三橋師云冠達梁武法名

三橋豈非光宅遂移居之其年四月陳主幸寺捨身大施又講仁王般若敘經纔訖陳主於大衆內起禮三拜俯仰殷勤以彰敬重太子已下並託舟航咸宗戒範以崇津導先師虛已亡受能安寵辱故澹無驚喜皇太子請戒文云淵和南仰惟化導無方隨機濟物衛護國土汲引人天照燭光耀託迹師友比丘入夢符契之像久彰和尚來儀高座之德斯秉是以翹心十地渴仰四依大小二乘內外兩教尊師重道由來尚矣伏希俯提從其所請世世結緣遂其本願日夜增長今二月五日於崇正殿設千僧法會奉請為菩薩戒師謹遣主書劉璿奉迎云云于時傳香在手而瞼下垂淚既字為善萌反言成晩後大隋吞陳方悟前旨金陵既敗策杖荊湘路次盆城忽

夢老僧曰陶侃瑞像敬屈守護於是往憩匡山見惠遠圖像驗鴈門法師之靈也俄而潯陽反叛寺宇焚燒獨有茲山全無侵擾護像之功其在此矣秦孝王聞風延屈先師對使而言雖欲相見終恐緣差既而王人催促迫不得止將欲解纜忽值大風累旬之間妖賊卒起水陸壅隔遂不成行至尊昔管淮海萬里廓清慕義崇賢歸身如舍遣使招引束鉢赴期師云我與大王深有因緣順水背風不日而至菩薩律儀即從稟受先師初陳寡德次讓名僧後舉同學三辭不免仍求四願一雖好學禪行不稱法年既西夕遂守繩牀撫臆論心假名而已吹噓在彼惡聞過實願勿以禪法見欺二生在邊表長逢離亂身闇庠序口拙暄涼方外虛玄久非其分域間撙節

一無可取雖欲自慎終恐樸直忤人願不責其規矩三微欲傳燈以報法恩若身當戒範應重去就去就若重傳燈則闕去就若輕則來嫌誚避嫌安身未若通法願許爲法勿嫌輕重四三十餘年水石之間因以成性今王塗旣一佛法再興謬承人況沐此恩化內竭朽力仰酧外護若丘壑念起願放其飲啄以卒殘生許此四心乃赴優旨大王方希淨戒故妙願唯諾請戒文曰弟子基承積善生在皇家庭訓早趨彝教夙漸福履攸臻妙機須悟恥崎嶇於小徑希優游於大乘笑止息於化城誓舟航於彼岸開士萬行戒善爲先菩薩十受專持最上喻造宮室必先基址徒架虛空終不能成孔老釋門咸資鎔鑄不有軌儀孰將安仰誠復能仁本爲和尚文殊冥作闍梨而必藉人師顯傳聖授自近之遠感而遂通波崙罄髓於無竭善財忘身於法界經有明文非從臆說深信佛語率遵明導禪師佛法龍象戒珠圓淨定水淵澄因靜發慧安無礙辯先物後已謙挹成風名稱遠聞衆所知識弟子所以虔誠遙注命楫遠延每畏緣差值諸留難亦旣至止心路豁然及披雲霧即消煩惱以今開皇十一年十一月二十三日於總管金城殿設千僧會敬屈授菩薩戒戒名爲孝亦名制止方便智度歸宗奉極以此勝福奉資至尊皇后作大莊嚴同如來慈普諸佛愛等視四生猶如一子師云大王紆遵聖禁名曰總持王曰大師傳佛法燈稱爲智者所獲檀䞋各六十種一時迴施悲敬兩田使福德增多以資家國香火事訖汎舸衡

峽大王麾駕貴州臨江奉送供給隆重轉倍於前既值便風朝發夕還而渚宮道俗延頸候望扶老携幼相趨戒場垂黑戴白雲屯講座聽衆五千餘人旋鄉荅地荆襄未聞既慧日已明福庭將建於當陽縣玉泉山而立精舍蒙勅賜額號爲一音重改爲玉泉其地本來荒險神獸蛇暴諺云三毒之藪踐者寒心創寺其間決無憂慮是春夏旱百姓咸謂神怒故智者躬至泉源滅此邪見口自呪願手又攜畧隨所指處重雲靉靆籠山而來長虹煥爛從泉而起風雨衝溢歌詠滿路荆州總管上柱國宜陽公王積到山禮拜戰汗不安出而言曰積屢經軍陣臨危更勇未嘗怖懼頓如今日其年王使奉迎荆人違覲向方逸禮臨岐望絶既而重履江淮道俗再馳欣戴

大王尸波羅蜜先到彼岸智波羅蜜今從稟受請文云弟子多幸謬稟師資無量劫來悉憑開悟色心無作昔年虔受身雖疎漏心護明珠定品禪枝併散歸靜荷國鎮藩爲臣爲子豈藉四緣能入三昧電光斷結其類實多慧解脫人厥朋不少即日欲伏膺智斷率先名教永汎法流兼用治國未知底滯可開化不師嚴道尊可降意不宿世根淺可發萌不菩薩應機可逗時不書云人生在三事之如一況譚釋典而不從師今之慊言備歷素欵成就事重請棄飾辭答曰謬承人况擬迹師資顧此膚疎以非時許況隆高命彌匪克當徒欲沈吟必乖深寄重請云學貴承師事推物論歷求法界措心有在仰惟宿植善根非一生得初乃由學俄逢聖境南嶽記莂說法

第一無以仰過照禪師來具述斯事于時心喜以域寸誠智者昔入陳朝彼國明試厖官大集衆論鋒起榮公强口先被折角兩瓊繼軌纔獲交綏忍師讃歎嗟唱希有弟子仰延之始屆登無畏釋難如流親所聞見衆咸瞻仰承前荆楚莫不歸伏非禪不智驗乎金口比聞名僧所説智者融會甚有階差譬若羣流歸乎大海此之包舉始得佛意唯願未得令得未度令度樂説不窮法施無盡復使柳顧言稽首虔拜云云智者頻辭不免乃著淨名經疏河東柳顧言東海徐陵並才華族胄應奉文義緘封寶藏王躬受持令王入朝辯歸東嶺吴民越俗掃巷淘溝沿道令牧旛華交候寺舊所荒廢凡一十二載人蹤久斷竹樹成林還屆半山忽見沙門眉髮皓然秉錫當

路衆共咸覩行次漸近逡巡韜祕聖猶尚俟況人情乎智者雅好泉石負杖閑游若吟歎曰雖在人間弗忘山野幽幽深谷愉愉静夜澄神自照豈不樂哉後時一夜皎月映牀獨坐説法連綿良久如人問難侍者智晞明旦啓曰未審昨夜見何因緣答曰吾初夢大風忽起吹壞寶塔次梵僧謂我云機緣如薪照用如火傍助如風三種備矣化道即行華頂之夜許相影響機用將盡傍助亦息故來相告耳又見南嶽師共喜禪師令吾説法即自念言餘法名義皆曉自裁唯三觀三智最初面受而便説説竟謂我云他方華整相望甚久緣必應往吾等相送吾拜稱諾此死相現也吾憶小時之夢當終此地所以每欣歸山今奉冥告勢當不久死後安厝西南峯所指

之地累石周屍植松覆坎立二白塔使人見者發菩提心又經少時語弟子云商行寄金醫去留藥吾雖不敏狂子可悲仍口授觀心論隨語疏成不加點潤論在别本其冬十月皇上歸蕃遣行參高孝信入山奉迎因散什物用施貧無標杙山下處擬殿堂又畫作寺圖以爲式樣誡囑僧衆如此基陛儼我目前棟宇成就在我死後我必不覩汝等見之後若造寺一依此法弟子疑曰此處山澗險峙有何緣力能得成寺答云此非小緣乃是王家所辦合衆同聞互相推測或言是姓王之王或言是天王之王或言是國王之王喧喧成論竟不能決今事已驗方知先旨乃說帝王之王標寺基已隨信出山行至石城乃云有疾謂智越云大王欲使吾來吾不負言而來也吾知命在此故不須進前也石城是天台西門大佛是當來靈像處所既好宜最後用心衣鉢道具分爲兩分一分奉彌勒一分充羯磨語已右脇西向而卧專稱彌陀般若觀音奉請進藥即云藥能遣病留殘年乎病不與身合藥何能遣年不與心合藥何所留智晞往日復何所聞觀心論中復何所道紛紜醫藥擾累於他又請進齋飯報云非但步影爲齋能無緣無觀即真齋也吾生勞毒器死悅休歸世相如是不足多歎即口授遺書并手書四十六字蓮華香爐犀角如意留别大王願芳香不窮永保如意書具别本封竟索三衣鉢命淨掃灑唱二部經爲最後聞思聽法華竟讚云法門父母慧解由生本迹曠大微妙難測四十餘年蘊之知誰可與唯獨

明了餘人所不見輟斤絶絃於今日矣聽無量壽竟讃曰四十八願莊嚴淨土華池寶樹易往無人火車相現能改悔者尚復往生況戒慧熏修行道力故實不唐捐梵音聲相實不誑人當唱經時吳州侍官張達等伴五人自見大佛倍大石尊光明滿山直入房内諸僧或得瑞夢或見奇相雖復異處而同是此時唱經竟索香湯漱口說十如四不生十法界三觀四無量心四悉檀四諦十二因緣六波羅蜜一一法門攝一切法皆能通心到清涼池若能於病患境達諸法門者即二十五人百金可寄今我最後策觀談玄最後善寂吾今當入智朗請云伏願慈留賜釋餘疑不審何位殁此何生誰可宗仰報曰汝等懶種善根問他功德如盲問乳蹶者訪路告實何

益由諸懱悏故喜怒呵讃既不自省倒見識嫌吾今不久當爲此輩破除疑謗觀心論已解今更報汝吾不領衆必淨六根爲他損已只是五品位耳汝問何生者吾諸師友侍從觀音皆來迎我問誰可宗仰豈不曾聞波羅提木叉是汝之師吾常說四種三昧是汝明導教汝捨重檐教汝降三毒教汝治四大教汝解業縛教汝破魔軍教汝調禪味教汝折慢幢教汝遠邪濟教汝出無爲坑教汝離大悲難唯此大師能作依止我與汝等因法相過以法爲親傳習佛燈是爲眷屬若不能者傳習魔燈非吾徒也誡維那曰人命將終聞鐘磬聲增其正念唯長唯久氣盡爲期云何身冷方復響磬世間哭泣著服皆不應爲言訖加趺唱三寶名如入三昧以大隋開皇十

七年歲次丁巳十一月二十四日未時入滅春秋六十僧夏四十至于子時頂上猶煖雖復不許哀號門人哽戀心没憂海不能自喻日隱舟沈永無憑仰加趺安坐在外十日道俗奔赴燒香散華號繞泣拜過十日已殮入禪龕之内則流汗徧身綿帛掩拭沾濡若浣旣而歸佛隴而連雨不休弟子呪願願賜感神纔動泥洹之轝應手雲開風喿松悲泉奔水咽道俗弟子侍從靈儀還遺囑之地龕墳雖掩妙迹常通謹書十條繼于狀末

其一勑昔在蕃寅覽別書感對潸塞向淨名䟽而呪願曰昔親奉師顏未敢咨決今承遺旨何由可悟若尋文生解願示神通夜仍感夢羣僧集闍王自説義釋難如流見智者飛空而至瀉七寶珊瑚於閣内還更飛去王後答遺旨文并功德䟽慰山衆文並在別本送經一藏銅鐘二口香旛委積衣物豐華王人降寺歲月相望每至忌辰結齋不絶司馬王弘依圖造寺山寺秀麗方之釋宮創寺已後即登春坊故知皇太子寺基此瑞驗矣王家造寺斯又驗矣三國成一斯又驗矣寺名國清此又驗矣靈瑞殷勤聯翩四驗古今可以爲例焉

其二朱方天香寺沙門慧延彼土名達昔游光宅早沾法潤忽聞遷化感咽彌辰奉慕尊靈爲生何處因寫法華經以期冥示潛思累旬夢見觀音高七層塔光焰赫奕過經所稱智者身從觀音從西來至延夢裏作禮乃謂延曰疑心遣否延審懷此相口未曾言後見灌頂始知臨終觀音引導事驗懸契欣嗟無已

其三土人馬紹宗居貧好施刈稻百束以供寺僧執役疲勞身如有疾心作是念我由施故而感斯患未測幽冥當有報否因極寢卧夢見智者加趺坐一牀燒香如霧安慰紹宗汝家貧好施何疑無福種種勸喻辭繁不載爾夜宗兄及宗妻母三人共夢晨朝各說異口同言香氣盈家經日不歇宗親感歎冥聖不遥

其四開皇十八年四月十六日佛隴僧衆方就坐禪師現常形進堂按行上座道修良久瞻奉其年十月十八日有海州連水縣人丘彪晝發誓於龕夜見僧排戶彪即起禮拜云勿拜安隱無慮也遶寺一帀彪隨後奉尋出門數步奄然便失當其月十二日有海州沐陽縣人房伯奴衛伯玉於智者舊室而見其形狀事相如在

其五開皇十九年十一月六日土人張造年邁脚躄曳疾登龕拜曰早蒙香火願來世度脫仍聞龕內應聲又聞彈指造再請云若是冥力重賜神異即復如初造泣而拜戀慕忘返

其六仁壽元年正月十九日永嘉縣僧法曉生聞勝德歿傳妙瑞悔不早親追恨疚心故來墳所旋千帀禮千拜於昏夕間龕戶自開光明流出照諸樹木枝葉炳然合寺奔馳所共瞻禮

其七仁壽二年八月十三日沂州臨沂縣人孫抱長年前於龕所奉見信心殷重後限滿被替獨到龕所辭別洒淚向僧說如此

其八大業元年二月二十日土人張子達母俞氏年登九十患一脚短凡十八年自悲巳老

到墳奉别設齋專至即覺短脚還申行步平
正宛如少時此嫗悲喜見人即述遥禮天台
以爲常則
祺荆州弟子法偃於江都造智者影像還至
江津像身流汗拭已更出道俗瞻禮如平生
汗痕尚在
祺荆州玉泉寺造石碑未得鐫刻智者像至
而碑上自然生脉成文曰天地玄用出生或
有磨刮其辭彌亮一境觀讀三日方失
智者弘法三十餘年不畜章疏安無礙辯契
理符文挺生天智世間所伏有大機感乃爲
著文奉勑撰淨名經疏至佛道品爲二十八
卷覺意三昧一卷六妙門一卷法界次第章
門三百科始著六十科爲三卷小止觀一卷
法華三昧行法一卷又常在高座云若說次
第禪門一年一徧若著章疏可五十卷若說
法華玄義并圓頓止觀半年各一徧若著章
疏各三十卷此三法門皆無文疏講授而已
大莊嚴寺法慎私記禪門初分得三十卷尚
未删定而法慎終國清寺灌頂私記法華玄
初分得十卷止觀初分得十卷方希再聽畢
其首尾會智者涅槃鑽仰無所髣髴龍章未
盡要妙深識者自尋得其門也學士法喜凡
事十七禪師年登耳順方逢智者陳尚書毛
喜嘲之曰尊師猶少弟子何老答云所事者
德豈在於年又問曰何者爲德答云善巧說
法即後代富樓那破魔除障即是優波毱多
毛喜自善其辭談之朝野常爲口實又常行
方等懺雉來索命神王遮曰法喜當往西方
次生得道豈償汝命耶仍於瓦官寺端坐入

滅建業咸覩天地共知又有慧珰因聽法而發定道勢因領語而觀開淨辯强記有瀉瓶之德於佛隴燒身慧普修懺象王便現法慎學禪微發持力此二三子不幸早亡門人行解兼善堪爲後進師者多矣皆内祕珍寶不令人識今畧書見聞如上梁晉安王中兵參軍陳鍼即智者之長兄也年在知命張果相之死在晦朔師令行方等懺鍼見天堂牌門此是陳鍼之堂過十五年當生此地遂延十五年壽果後見鍼驚問君服何藥答但修懺耳果云若非道力安能超死耶梁方茂從師習坐忽發身通微能輕舉智者呵云汝帶妻子何須學此宜急去之大中大夫蔣添玟儀同公吴明徹皆稟息法脚氣獲除法雲遠覃例皆如此灌頂多幸謬逢嘉運濫齒輪下十有三年戴天履地不測高深以開皇二十一年遇見開府柳顧言賜訪智者俗家桑梓入道緣由皆不能識克心自責微知醒悟仍問遠祖於故老即詢受業於先達𢊁官前事或親承音旨天台後瑞隨分憶持然深禪博慧妙本靈迹皆非淺短能知但戀慕玄風無所宗仰輙編聞見若奉慈顔披尋首軸涕泗俱下謹狀

銑法師云大師所造有爲功德造寺三十六所大藏經十五藏親手度僧一萬四千餘人造栴檀金銅素畫像八十萬軀傳法弟子三十二人得法自行不可稱數

隋天台智者大師別傳

音釋

顗（魚豈切）　异（音異）　怳（許往切怳惚也）　麓（盧谷切山足也）　碨磊（碨烏賄切磊落猥切）
糠粃（糠音康穀皮也粃補履切不成粟也）　礫（郎擊切小石也）
讕（正作讕丑琰切）　寱（音藝寐語也）　苣（其呂切苣藤也）　橡（徐兩切橡實也）
簄（侯古切海中取魚竹名）　嗷哎（嗷五高切哎許及切正作吸）　髗（音盧頭骨也）
詡（况羽切）　萎（於爲切蔫也）　翾（許緣切小飛貌）　嘈囋（嘈財勞切囋作答切嘈囋聲也）
窊（烏瓜切與窊同汙下也）　晅（許晚切）　撙（祖本切栽揷也）
嚫（初覲切施也）　撝（許爲切指撝也）　蹶（居月切僵也）　儱倰（儱力董切倰郎計切儱倰多惡不調也）
彪（必幽切）　鍼（巨淹諸深二切）

仁王護國般若經疏

隋天台智者大師說

清刻龍藏佛說法變相圖

仁王護國般若經疏序

朝請郎飛騎尉賜緋魚袋晁説之 撰

陳隋間天台智者遠稟龍樹立一大教九傳而至荊谿荊谿後又九傳而至新羅法融法融傳理應應傳瑛純皆新羅人以故此教播於日本而海外盛矣屬中原喪亂典籍蕩滅維此教是爲不可亡者亦難乎其存也然杲日將出而曉霞先升眞人應運而文明自見我有宋之初此教乃漸航海入吳越今世所傳三大部之類是也然尚有留而不至與夫至而非其本眞者仁王經疏先至有二本衆咸斥其僞昔法智既納日本信禪師所寄辟支佛髮答其所問二十義乃求其所謂仁王經疏信即授諸海舶無何中流大風驚濤舶人念無以息龍鼉之怒遽投斯疏以慰安之

法智乃求强記者二僧詣信使讀誦以歸不幸二僧死于日本至元豐初海賈乃持今仁王疏三卷來四明於是老僧如恂因緣得之其文顯而旨微言約而意廣以秦譯爲本義勢似觀心論疏實章安所記智者之説也恂道孤而寡偶學古而難知食貧而力不足無以爲此經毫髮之重每指而歎曰其來晚學而艱如此寧封野馬而飽蠹魚不能下几案以視人嗚呼此疏曾不得輩行於三大部中而匿光瘞彩猶若海外之遠歟恂今年七十有六歲乃一日抱之而泣曰殆將與吾俱滅邪吾前日之志非也遇嵩山晁説之曰盍不爲我序而流通之説之自顧何足以與此亦嘗有言曰智者若生齊梁之前則達磨不復西來矣盡法性爲止觀而源流釋迦之道囊橐達磨之旨今方盛於越中異日會當周於天下豈獨是書之不可掩哉顧予老不及見之爲恨姑序其所自云爾政和二年壬辰四月癸卯序

仁王護國般若經疏卷第一

隋天台智者大師說

門人灌頂記

大師於諸經前例作五重玄義一釋名二辯體三明宗四論用五判教此經以人法爲名實相爲體自行因果爲宗權實二智爲用大乘熟酥爲教相所言名者有通有別經之一字通諸部也佛說仁王護國般若波羅蜜者別也又佛說仁王護國別此部也般若波羅蜜通諸部也又佛說仁王護國般若波羅蜜經即一部之通稱序品第一即部內之別名也然諸經立名不同或單就法如涅槃經或單就人如阿彌陀經或單從譬如梵網經或人法兩題如淨名及此經或法喻雙舉如法華經或三具足如華嚴經所言佛者具德之義自覺異凡覺他異聖覺滿異菩薩八音宣暢名說此能說之人也仁王下明所說之法施恩布德故名爲仁統化自在故稱爲王仁王是能護國土是所護由仁王以道治國故也若望般若般若是能護仁王是所護以持般若故仁王安隱若以王能傳法則王是能護般若是所護也又仁者忍也聞善不即喜聞惡不即怒能含忍於善惡故云忍也王者統也四方歸統故也此因緣釋約教則見諸法生知生是實見諸法滅滅則是空空則六塵等國不動不轉故三界結盡則王安隱此二乘所得名爲仁王三藏意也於凡聖同居土而得自在若觀諸法色即是空不生不滅如幻如化三界煩惱一時頓斷住於界外化城之中生已度想生安隱想則是三乘之人

共行十地能護方便有餘化城之國各得稱王此通教意若觀諸法空即是色色無邊故般若等法亦復無邊雖復無邊而與心不相妨礙如函大蓋大而無邊之法在一心中一一法中具諸佛法從於初地乃至妙覺分分圓滿住蓮華臺不動不轉能動能轉即十地菩薩住檀等六各各爲王此别教意也若觀諸法本來不生今則無滅雖無生滅生滅宛然雙照雙亡契乎中道廣大如法界究竟若虛空即從初住乃至佛地四十二心分分明證中道之理住常寂光各得稱王此圓教意也又三藏中羅漢支佛煩惱盡故得稱仁王菩薩及果向忍見思未盡但名王不名仁也通教佛地别教妙覺圓教極果各是仁王當教自有優劣若非仁則是王也若約本迹即

三教之仁王爲迹圓教之仁王爲本分論本迹則圓教十行能爲别教之本通教佛地即是别教之迹三藏二乘復是通教中本展轉當教各有本迹云云觀心者觀生滅法見色是有析之至空心於色上而得自在此生滅觀心仁王也觀色即是空空色自在此無生觀心仁王也若觀空即是色次第而入中道正觀此無量觀心仁王也若觀色空空色不二而二二而無二雙照雙亡此是實相一心三觀三觀一心如彼天目不縱不横而得自在此圓教觀心仁王也我今聖主道化無方子育蒼生仁恩普洽恒以三觀安隱色心迹尚叵窮本誠難究矣般若者此云智慧即智論四十二卷中釋也開善藏法師並用此說論第七十又有一解云般若不可稱般若甚深

極重智慧輕薄是故不能稱莊嚴旻師以此文說般若名含衆義智慧唯是一門非正翻譯詳二師說各成諍競今爲通之夫般若者自有二種一實二權權即可翻實則不可實則圓教權則前三又權不可翻即三藏實色不可令色即是空實即可翻即三智也通教一切智别教道種智圓教一切種智豈可各固一見以局大方火炎不可取實當有在也然智與慧經論解殊成實合釋云眞慧名智即慧是智也淨名離說知一切衆生心念如應說法起於智業不取不捨入一相門起於慧業者釋云智是有慧是空有智故不住空有慧故不住有今此般若具翻八部有人云天王一部即仁王部攝此解不可若如大經中明人王亦天王斯則可也問人仁字别云何取同答大經云有仁恩故名之爲人老經云聖人不仁以百姓爲芻狗故知人王行仁不求恩報若背道之主但人非仁順道之主是人亦仁問仁義云何答以字論義理則易明上一表天德下一表地德立人表人德聖主道侔造化德合三才故云仁王也問古人云仁王經非正傳譯是事云何答寡識小智深可憐愍豈有不見目録即云非是正翻浮庸不信山木似魚夏蟲亦云古初無物嗚呼盲目誚玻瓈珠且準下經自有兩本一廣說如散華品云爾時十六大國王聞佛所說十萬億偈般若波羅蜜散華供養二者略本即今經文譯者不同前後三本一者晋時永嘉年月支三藏曇摩羅察晋云法護翻出二卷名仁王般若二是僞秦弘始三年鳩摩羅什

於常安逍遥園别館翻二卷名佛説仁王護國般若波羅蜜三者梁時眞諦大同年於豫章實因寺翻出一卷名仁王般若經疏有六卷雖有三本秦爲周悉依費長房入藏目録云耳波羅蜜者此云事究竟亦云到彼岸生死爲此涅槃爲彼煩惱爲中流六度爲船筏此因緣釋也三藏實有爲此實有滅爲彼見思爲中流八正爲船通教以色爲此即空爲彼見思爲中流六度爲船别教以色空爲此空即是色爲彼無明爲中流無量行爲船圓教以色空空色不二而二爲此二而無二爲彼無明爲中流一行無量行無量行一行爲船隨前諸教而度云到彼岸此約教釋也空觀觀色即空及色滅空雖有巧拙同斷見思而論彼此假觀觀三假得理論彼此中觀十信已前十住已後論彼此此觀心釋也經有翻無翻各具五義廣如法華玄云約教六塵俱經經云或以光明而作佛事即色塵爲經或以音聲而作佛事即聲爲經或以飯香而作佛事香即香塵經食飯入津即味塵經揺脣動舌即觸塵經寂然無聲諸菩薩等得入三昧即法塵經一一塵根各有約教本迹觀心釋也又但以文字爲經心行爲緯能成正覺之疋帛故取世經以喻焉序者由也次也品者梵云跋瞿此云品謂品類也義類相從即爲一品第者欲令不亂一者義乃在初釋名竟第二辯體者有人云文義爲體此通説也有云無相爲體者四教皆有無相無相永漫亦通説也有云以五忍十地爲體如下經云五忍是菩薩法具列五忍竟結云名爲諸

佛菩薩修般若波羅蜜故知因修般若證五忍一切佛菩薩無不由五忍而成聖故以五忍十地爲體今則不然先釋體字體者法也各親其親各子其子君臣撙節若無體者則非法也出世間法亦復如是善惡凡聖菩薩佛一切不出法性正指實相爲體普賢觀云大乘因者諸法實相大乘果者亦諸法實相實相即法性依此法性因得法性果故知此經以實相爲體若别論之般若二種一共二乘人說二者不共準此實相亦有二種一共二不共共者但見於空不見不空不斷無明但除見思此偏眞實相不共者名中道實相别教地前次第修初地方證圓教一心從初住乃至佛果皆名圓證若論權實即共者是化他之權不共者是自行之實云云約教即般若是通唯無三藏有三乘共行十地有别入通有圓入通通正二傍即通别是權圓教是實此經雖具三教正以圓實相爲體也第三明宗宗者要也所謂佛自行因果以爲宗也有以無生正觀爲宗離有無二邊假云中道故下文云般若無知無見不行不受不生不滅此通教意但得於權而失於實今以佛自行因果以爲宗要令諸聞者欣樂增修一色一香無非般若般若眞智離有離無雖離有無有無宛然雖復宛然只自無相故以無相因果以爲宗也問宗與體何異答宗如綱裘體如毛目振裘毛舉動網目起宗體之義若此又如釵釧金銀是體匠者造之是宗今實相之理是體修因得果爲宗也云云第四辯用用者力用也有人云此經以内外二護爲用

内護者下文云爲諸菩薩説護佛果因緣護十地行因緣言外護者下文云吾今爲汝説護國因緣令國土獲安七難不起災害不生萬民安樂名外護也此但得一俗一眞眞又不定通別圓皆有十地爲護何者十地故不可全依今以諸佛二智爲力用以諸如來皆以實智自照權智照他然此經有三種權實通別雖有實智亦名爲權圓教雖復有權亦總稱實以圓教是佛自行二智照理即鑒機鑒機即照理如薩婆悉達彎祖王弓滿名爲力穿七鐵鼓貫一鐵圍山洞地徹水名爲用通別力用微弱如凡人弓箭何者以通禀化他二智或等照理不遍或次第方知不若圓教圓照圓證故以圓中二智爲用也即權智護同居有餘實報等國令七難不起實智護

圓教四十二心之因果經云護十地行因緣此通約三教所行十地也云云第五明教相弘宣正法須識教之偏圓廣如法華玄義今略明之敘者聖人被下之言也相者分別同異也此經部屬般若教通衍門是熟酥味經説護佛果及護十地行因緣又王問摩訶衍云何照故知非三藏教明矣雖有八偈談無常生滅等事乃舉往昔百法師用小乘説世間不堅以勸普明捨國即屬助道非今經正説也次入文解釋夫震旦講説不同或有分文或不分者只如大論釋大品不分科段天親涅槃即有分文道安別置序正流通劉虬但隨文解釋此亦人情蘭菊好樂不同意在達玄非存涉事今且依分文者況聖人説法必有由漸故初明序分序彰正顯利益當時名

正說分末世衆生同霑法利名流通分此經八品序品爲序分觀空下六品爲正說分囑累品爲流通分若望經文受持品末佛告月光下即是流通分云云今初二序一者證信二者發起亦名通序別序亦名如來序阿難序亦名經前序經後序六事證經名證信序起發正宗名發起序諸經通有名通序此經獨有名別序金口所說名如來序阿難證信名阿難序佛在時故名經前序集者所置名經後序今且依初從如是下至僉然而坐名證信序爾時十號下是發起序證信序者大智論云佛於倶夷那竭國薩羅雙樹林中北首臥將入涅槃爾時阿難親愛未除心沒憂海阿泥盧豆語阿難言汝守法藏人不應如凡自沒憂海佛將付汝法汝今愁悶失所受事汝當問佛佛般涅槃後我等云何行道誰當作師惡口車匿云何共住佛說經初置何等語阿難聞已悶心小醒於佛後臥牀邊具以事問佛答依四念處住解脫經戒即是大師車匿比丘如梵天法治之若心須改教迦旃延經即可得道是我三僧祇所集法寶是初應置如是我聞一時佛在某方某國某處樹林中是我法門中初應如是說何者三世佛經皆有是語云云復次摩訶迦葉等問阿難佛初何處說法說何等法阿難答如是我聞一時佛在波羅柰國仙人鹿林爲五比丘說苦聖諦爾時大衆聞者皆信具如智論第二云云爲是事故有證信序云云文爲六一如是舉所聞之法體二我聞明能持之阿難三一時明聞持和合感應道交四佛明說教之主五住

王舍城下明說教之處六與大比丘衆下明同聞之衆釋六句者三世佛經皆安如是諸佛道同不與世諍此世界悉檀大論云舉時方令人生信事此爲人悉檀破外道阿漚二字此對治悉檀肇云如是者信順之辭也信則所聞之理會順則師資之道成理會即第一義悉檀此四皆是因緣釋云云約教者佛明俗諦有文字眞諦無文字阿難傳佛俗文不異名如因此俗文會眞無非故名是此藏教經初如是也佛明即色是空空即是色色空空色無二無別空色不異爲如即事而眞爲是此通教經初如是也佛說死生是有涅槃是無從死生有入涅槃無出涅槃無入於中道阿難傳之與佛無異此別教經初如是也佛說生死即涅槃即中道徧一切處無非佛法名如實相阿難傳此與佛無異爲如如如不動名之爲是此圓教經初如是也此經具三教三諦如是之義阿難傳之無錯無謬也所聞法體竟釋我聞者大論云耳根不壞聲在可聞處作心欲聞衆緣和合故言我聞我總耳別舉總攝別世界釋也阿難昇座口稱我聞大衆悲泣飛空說偈此爲人也阿難昇座衆疑釋迦重起或阿難成佛或他方佛來若唱我聞三疑即遣此對治釋也阿難隨俗稱我聞第一義中我即無我聞即無聞不聞而聞不我而我此第一義釋也約教者釋論云凡夫三種謂見慢名字學人二種無學一種阿難是學人無邪我能伏慢我隨世名字稱我此三藏意也十住毗婆沙云四句稱我皆墮邪見佛正法中無我誰聞此通教意也

大經云阿難多聞士自然能解了是我及無我知我無我二而不二雙分別我無我此別教意也若阿難知我無我不二而二二而無二方便爲侍者傳佛智慧此圓教釋也正法念經有三阿難一阿難陀此云歡喜持小乘藏二阿難跋陀此云歡喜賢持雜藏三阿難娑伽此云歡喜海持佛藏阿含有典藏阿難持菩薩藏蓋指一人而具四德傳持四教其義分明觀心者有空觀假觀中道正觀即空者我即無我也即假者無我即我也即中者是眞我也聞者阿難佛得道夜生侍佛二十餘年未侍佛時應是不聞大論云阿難展轉聞非是悉聞報恩經阿難乞四願未聞之法願佛重説胎藏經云佛從金棺出金色臂重爲阿難現入胎出胎相諸經因此皆得稱聞

法華云阿難得記即時憶念過去佛法令如現在前故一切稱聞因緣釋也若歡喜阿難面如淨滿月眼若青蓮華親承佛旨如仰完器盛水瀉之異缾一句無遺此持聞聞法也歡喜賢住學地得空無相願六根不漏持聞不聞法也典藏阿難多所含受如雲持雨此持不聞聞法也阿難海是多聞士自然能了常與無常等若知如來常不説法是名多聞佛法大海水流入阿難心此持不聞不聞法也此經具三教即阿難一人以三德傳持也云云釋一時者肇云法王啓運之日大衆嘉會之時此世界釋時也大論云迦羅是實時示内弟子時食時著衣時者爲人説時也三摩耶是假時除外道邪見者對治釋時也第一義中無時無不時廣明時義具如智論第一

卷云云約教則見諦已上無學已下名下一時若三人同入第一義名中一時登地已上名上一時初住已上名上上一時今經初說即是通一時約別圓按入則具三時云云釋教主者佛也佛名爲覺覺諸煩惱身心二病因果圓滿方能破縛劫初無病劫盡多病長壽時樂短壽時苦東天下富而壽西天下多牛羊北天下無我無人如此之處不能感佛八萬歲時南天下未見果而修因乃至百歲時亦如是故佛出其地此世界釋也日若不出池中未生生已等華皆未現日出皆生佛若不出天人減少惡道增長佛若出世則有刹帝婆羅門居士四天王乃至有頂此爲人釋也三乘根性感佛出世餘不能感若斷有頂種永度生死流此對治釋也佛於法性無動無出能令衆生感見動出而於如來實無動出此第一義說佛名覺者覺世間苦集覺出世道滅身長丈六壽年八十現比丘像三十四心樹下成佛者三藏世尊自覺覺他也帶丈六像現尊特身樹下一念相應斷餘殘習即通佛自覺覺他也現尊特身坐蓮華臺受佛記者別佛自覺覺他隱前三相唯示不可思議如虛空相即圓教佛自覺覺他故像法決疑經云或見丈六之身或見小身大身或見坐蓮華臺爲百千釋迦說心地法門或見身同虛空遍於法界無有分別即四佛義也本迹釋者三佛爲迹一佛爲本云云觀心釋者觀因緣所生法析之至無此三藏拙覺觀因緣即空此通教巧覺皆覺空也若先觀空次假後中此別教假覺也若觀諸法即空即假即

中是圓覺也釋住處爲三先釋住次釋王城後釋山佛具三身住處有八應身四住一壽命住謂五分法身等二依止住謂王城耆山等三境界住謂三千界境四威儀住謂行立坐卧報身三住一者天住住六欲天二者梵住住四禪天三者聖住住空無相無願法身一住住第一義空云云約教者藏佛從析門發眞知無漏住有餘無餘二涅槃通佛從體門發眞住二涅槃别佛從次第門住祕密藏圓佛從不次第門住祕密藏二釋城具存梵音應云羅閱祇摩訶伽羅羅閱祇此云王舍摩訶此云大伽羅此云城國名摩伽陀此云不害人無亂殺法也亦云摩竭提此云天羅天羅者即班足之父昔久遠時此主千小國時王遊獵値牸獅子共王交通後月滿來王殿

上生子王審知是子而作告令言我無子天賜我子養之長大足上斑駮時人號爲斑足後紹王位喜多食肉一時遽闕仍取城西新死小兒以供王膳王大美之勑常準此厨人自後日殺一人毒流天下舉國咸怨千小國王舉兵伐之擯在五山羅刹翼輔而爲鬼王因與山神誓殺千王方滿我願即以神力捉得諸王唯普明王後方捕至欲行屠害以祭山神時普明王悲啼泣恨而作是言生來實語而今乖信班足問言汝求何信普明答曰許行大施班足語言放汝行施事畢就我普明歡喜遠歸本國作大施會委政太子心安形悅匍匐就終班足問云死門難向汝旣得去何更自來時普明王廣與班足說慈悲心毀呰殺害仍示一切悉是無常班足聞信得

空平等住於初地普集千王各取一渧血髮三條賽山神願尋與千王都五山中築城立舍鬱爲大國迭更知政千王住故稱王舍又城中百姓七遍起舍七遍被燒唯王舍獨免太子命言自今已後雖百姓家悉稱王舍應免火難率土遂命便得免燒故百姓家盡稱王舍云云又亦云王赦因普明王放千王故稱王赦又此城四天王共造故稱王舍又摩伽陀王生一子一頭兩面四手以爲不祥裂其身首欲棄草野有羅刹女鬼名曰梨羅還合其身以乳養之年長成人力盈諸國取八萬四千王置五山内立城治化以多王住故稱王舍云云又摩伽陀者名持甘露處有十二城一區祇尼大城二富樓那跋檀大城三阿監車多羅大城四弗羅婆大城五王舍大城六舍婆提大城七婆羅柰大城八迦毗羅大城九瞻婆城十婆翅多城十一拘睒彌城十二鳩樓城此十二城中後六少住前六多住又前六城中多住王舍城報法身恩故少住舍婆提城報生身恩故也舍者王舍城中有六精舍一竹園精舍在平地迦蘭陀長者之所造去城西北三十里二小力獨山精舍三七葉穴山精舍四天主穴山精舍五蛇神穴山精舍六耆闍崛山精舍耆闍崛山此翻靈鷲釋迦菩薩昔爲鷲鳥於此山中養育父母從此得名故云靈鷲又王舍城南有屍陀林鷲鳥居之多食死人人欲死者鷲翔其家悲鳴作聲人以預知知人死故稱靈鷲又山有五峰東方象頭南方馬頭西方羊頭北方師子頭中央鷲頭亦得名爲鷲山也問佛何故

偏於王城中向鷲山説法耶答依法華論云如王舍城勝於餘城耆闍崛山勝於餘山以佛在勝處故顯此法門勝也今此般若是最勝法故偏就王城耆山説也中者表説中道般若也與大比丘衆下第六列同聞衆諸經列衆不出四種一者影響謂諸佛菩薩大果已圓爲令正法久住世間故來影響二結縁衆見在雖聞而不獲益但作當來得道因縁也三發起衆法身菩薩更相發起請如來説共益衆生也四當機衆植因曠古果遂今生聞法之時即能悟入也比丘比丘尼優婆塞優婆夷等各有四義推之可解文爲二初列衆二總結初文三一此土衆二他方衆三化衆初文爲三一聲聞衆二菩薩衆三雜類衆二乘著空故初列凡夫著有故後列菩薩常行中道故中列又聲聞心形兩勝故初菩薩心勝形劣故中凡夫心形俱劣故後初文二先聲聞次縁覺初文五一通號二列數三行位四歎德五總結今初與者言共釋論云一時一處一戒一心一見一道一解脱也大者亦云多亦云勝皆阿羅漢故稱大數至八百萬億故言多勝諸異道故言勝比丘五義一名乞士清淨自活離四邪命二破煩惱見愛滅故三者名號如梵漢異相各有名號四者受具足戒故名比丘五者比之名能丘之名怖能怖煩惱賊故名比丘四人已上名之爲衆云云八百萬億者二唱數也學無下三明行位既云有學無學云何皆言阿羅漢依成論云羅漢二種一住二行當知行者是學人住者是無學人故經云五戒賢者皆行阿羅漢

即是學人又於此中一文先明德行即學無學以此人學於無學之行非是向義八人之中四向三果名學無學第八羅漢但名無學皆羅漢者翻三義一者不生無明糠脫後世田中更不受生故言不生二者殺賊九十八使煩惱盡故名爲殺賊三者應供智願具足堪銷物供此藏通意也若就圓釋非但不生亦不生不生無漏是不生也非但殺賊亦殺不賊不賊者涅槃是也非但應供亦是供應一切衆生是供應也云有爲功德下四歎德文有八科法門亦可歎三人初四科歎通教人次三假歎別教人三空下歎圓教人又初四科歎通法假等下共歎別圓也初即爲四令初歎有爲無爲功德有爲舉智德無爲約斷德若就境論道諦是有爲滅諦是無爲施

物名功歸已曰德故名功德無學十智下次歎智差別言十智者一法智即欲界繫法中無漏智欲界繫因中無漏智欲界繫法滅中無漏智爲斷欲界繫法道中無漏智及法品中無漏智是也二比智於上二界道中無漏稱智中約四諦辯四種無漏智如上法智中明但有法比之殊也三他心智知欲色二界繫現心心數法及無漏心心數法少分名他心智也四世智知諸世間有漏智慧也亦名等智凡聖同有故五苦智觀五陰無常苦空無我也六集智有漏法因因集生緣觀時無漏智七滅智盡滅妙出觀時無漏智八道智道正跡乘觀時無漏智九盡智見苦已斷集已證滅已修道已等智論云我見苦已斷集已盡證已修道已也十無生智見苦已不

復更見等也諸經或云十一智智度爲如實智知一切法總相别相如實正知無有罣礙是爲如實此獨在佛心中有二乘無分故但云十智也有學八智者是那舍人在修道位中無盡無生智故但有八也有學六智者謂見道中但有四諦及法比等六智也三根者次歎三根德若修行次第應先辯三根後辯十智今先説果後明因也一未知欲知根無漏九根和合信法二行人於見道中名未知欲知根九根者謂信等五及喜樂捨意等是也二知根信解見得人思惟道中是九根轉名知根如前説三知已根若至無學道中是九根轉名知已根云云十六心行者次歎十六觀門從心之所行故名心行非心即行也依修行次應在十智前明亦先説果也又只離四諦爲十六行行以往趣爲義修此十六觀法能趣四實之理故名行也苦下四行一無常二苦三空四無我集下四行一集二因三緣四生滅下四行一盡二滅三妙四出道下四行一道二正三跡四乘又法忍等十六行也此約通説若地前四十位爲四十地爲十等覺妙覺爲十六此約别説云云

仁王護國般若經疏卷第一

音釋

鼉唐何切魚名　瘞於計切薶也　恂須倫切　撙祖本切栽抑也　駁北角切色不純也　匍匐匍薄胡切匐蒲墨切匍匐盡力也　翅施智切

睒音閃

仁王護國般若經疏卷第二

隋天台智者大師説

門人灌頂記

法假虛實觀下次歎三假觀門法假者色陰法是也受假者四陰是也取此二名是名名假自實無體藉他方有是名爲假又色陰是法受等是名一切世間中但有名與色而今有三別說也云云言虛實者一虛二實相形得稱陰法是虛凡夫謂實智欲了知求不可得只實而虛名爲虛實此通意也若說別義者三假之中各有三觀法假即虛是空觀空即假實一色一香無非般若是假觀觀之一字是中觀以空假是方便道故不立觀名得入中道方獨稱觀受及名等類此可解若圓說者三法即空即假即中雙照雙亡是也云云智度論云諸法非實凡夫虛假憶想分別妄謂有人如狗臨井自吠其影水中無狗但有相影而生惡心投井而死衆生亦爾四大和合名之爲身因緣生義動作語言凡夫於中妄起人相此法假也生愛恚起愚樂墮三惡道此受假也又一切法但從名字和合更無餘名如頭足腹脊和合故假名爲身如髮眼耳鼻口皮骨和合故假名爲頭諸毛和合假名爲髮分分合故假名爲毛諸泥塵和合故假名爲分亦和合諸分故名爲塵此即名假也以此假故一切法空三空等者次歎三昧德以三假因緣故得三空名此因果次第說也以法假故空受假故無相名假故無作故大論云因三十七品趣涅槃門涅槃門有三謂空無相無作等言空門者觀諸法無我我所

諸法從因緣和合而有無有作者無有受者是名空門無相門者觀身雖空而有相在人著此相故修無相如說俯仰屈伸住立去來觀瞻言語於中無實風依識故有所作者是識滅相念念無故此男女有我心無智慧故妄見有骨鏁相連皮肉覆機關動作如木人此無相門也無作門者無相亦無是名無作此三定諸禪中若無不名三昧以退失故墮生死中如說能持淨戒名比丘能觀空名行空人一心常勤精進者是名眞實行道人此三能到涅槃得三解脫門云云四諦十二因緣者次歎諦緣此二有同有別同是聲聞斷見思故名同利鈍有殊廣略數異故名別四諦鈍根者觀大經有四種四諦生滅藏教今所不說此經具三教有三種四諦所謂無生無量無作等也苦等四法審實不虛名之爲諦若苦集是有漏滅道是無漏此三藏也若四俱無漏是通也若四俱亦有漏亦無漏是別也若四俱非漏非無漏是圓也十二因緣利鈍者觀知大經中亦有四種於四種中各各有三別一者三世十二因緣二者二世三者一世廣如餘說云云無量功德皆成就者五結文可知也復有八百萬億下二列緣覺衆文四一唱數二標位三歎德四結成初文可知大仙緣覺者二標位也有三差別一者獨覺如昔有國王入園遊觀清旦見樹林華果甚可愛樂時王食已即便偃臥王諸婇女皆競採摘毀壞林樹時王覺已即悟一切諸法無常若是以外況內成大仙緣覺二者因緣覺出於佛世聞十二因緣斷見思惑三者小辟

支佛是須陀洹人在人間生是時無佛佛法已滅人中七生天上亦爾不受八生自悟成道即成小辟支佛也非斷非常者三歎德也過去二因牽識等故非斷識等滅故三因不生故非常又三世相續故非斷無自性故非常又順則生死無際故非斷逆則無明燋竭故非常四諦十二緣下四結成也問前列聲聞亦云諦緣今歎支佛更復重明後列菩薩仍云羅漢者何耶答於一境上取悟自差三獸度河三鳥出網河同獸異網一鳥殊故大經云下智觀故聲聞菩提中智觀故緣覺菩提上智觀故菩薩菩提上上智觀故諸佛菩提良由理一見殊所以諦緣互說云云問緣覺出無佛世今云何列爲同聞衆答緣覺佛在世亦有只在聲聞中攝言出無佛世者此對聲聞非謂佛世總無緣覺也復有九百萬億下第二列菩薩衆文五一數二號三位四德五結初文可知菩薩摩訶薩者二標號也菩薩此云道心衆生摩訶薩此云大道心亦云大士亦云開士若以生滅心行六波羅蜜三祇成佛此三藏教中菩薩心勝聲聞道畢羅漢若以無生心斷見思惑留餘習扶願受生十地行圓當知如佛此通教中菩薩也若以無量心行無量行淨佛國土成就衆生大慈不窮大悲無限華臺摩頂成功德身此別教中菩薩也若以無作心觀煩惱菩提生死涅槃無二無別非成不成此圓教中菩薩也今此所列正列通教密兼別圓云云皆阿羅漢者三明位也若三藏中佛即是羅漢故本行云爾時世間有六羅漢五是陳如等五人一即

是佛也若通教中三乘共行十地七地菩薩即阿羅漢若別教中十向菩薩斷三界惑盡齊阿羅漢若圓教中十信菩薩斷三界惑盡亦齊羅漢今皆阿羅漢者即通教菩薩大品云阿羅漢若智若斷是菩薩無生法忍大集亦云大法菩薩名阿羅漢問若皆羅漢前已辯竟今何更明答以菩薩形無定準或同凡像或同二乘若不別明恐於實混濫庶幾賓小乘者知大士德齊羅漢取名相者悟知菩薩道越凡夫故更別說也實智功德下四歎德中先歎智德實智則照空方便智照有有實智故不住生死有方便故不住涅槃向者明位雖云羅漢今此歎德即異二乘故別說也通教菩薩七地中具實智八地已上具方便智云云行獨大乘者次歎乘二乘無分故名獨大此歎別教菩薩也四眼者次歎眼菩薩行既未圓義當無佛眼也通教當知如佛義推之眼亦如佛圓敎十信雖是肉眼名爲佛眼今云四眼者即別教地前菩薩也五通者次歎通具天眼等五除漏盡通通教未斷無明別教斷猶未盡故但云五也云云三達者次明過去宿命明現在天眼明未來漏盡明明即達也十力者次歎力智論云菩薩十力一發心堅固力二大慈力三大悲力四精進力五禪定力六智慧力七身不猒生死力八無生法忍力九解脫力十無礙力也四無量心者次歎心慈能與樂悲能拔苦喜與衆生增上之樂如上三心捨之不著云云四辯者次歎辯法辭樂說義等是也四攝次歎攝布施愛語利行同事等也金剛滅定者次歎斷十地

上忍定如金剛碎煩惱山自不傾動亦名首楞嚴定云云一切功德下五總結也復有千萬億下第三列雜類衆以其中名色非一故言雜類一別二總別中四一人二十三天四賢初人更二一男二女初四一數二名三德四結初標數可知五戒賢者次列名也五者是數義戒者防止義梵云優婆塞此云清信男於佛法中生淨信心故又云近事男以依三寶親近師長承事無失故離殺盜婬此三防身業妄語一戒防口業飲酒一戒通防二業廣釋戒相如大論尸波羅蜜說云云提謂波利等問佛何不爲我說四六戒佛答五者天下之大數在天即五星在地即五嶽在人爲五臟在陰陽爲五行在王爲五帝在世爲五德在色爲五色在法爲五戒以不殺配東方東方是木木主於仁仁以養生爲義不盜配北方北方是水水主於智智者不盜爲義不邪婬配西方西方是金金主於義有義者不邪婬不飲酒配南方南方是火火主於禮禮防於失也以不妄語配中央中央是土土主於信妄語之人乖角兩頭不契中正中正以不偏乖爲義也道將隣聖曰賢假名行人位也皆行阿羅漢下三歎德也雖迹同凡夫而本皆羅漢十地者有三種若菩薩二乘共行此通教也一乾慧二性地三八人四見地五薄地六離欲七已辦八支佛九菩薩十佛地依此十地則是通教中優婆塞也大品經云若菩薩具乾慧地於十地速證菩提云云大論七十八云乾慧地二種一聲聞二菩薩聲聞獨爲涅槃故勤精進持戒等或習觀佛三昧不

淨觀等雖有智慧不得禪定水故名乾慧地於菩薩則初發心乃至未得順忍者是性地者聲聞從煖至世第一於菩薩得順忍愛著實相不生邪見得禪定水八人地者從苦法忍乃至道比忍是十六心於菩薩則無生法忍入菩薩位見地者初得須陀洹果於菩薩則是阿毗跋致地薄地者斯陀含人欲界九種苦分斷故於菩薩則過阿毗跋地乃至未成佛斷諸煩惱餘習氣亦薄離欲地者離欲界等貪名阿那含於菩薩離欲因緣得五神通已作地者聲聞人得盡無生智無著阿羅漢於菩薩成就佛地辟支佛地者先世種辟支佛道因今世得小因緣亦觀深因緣法名支佛也菩薩地者初歡喜地乃至法雲地皆名菩薩此借別名名通也佛地者一切種智等法諸菩薩於自地中觀具足於化他地中行具足二事具足故名佛地若別教即初地終至法雲獨自修行不與聲聞辟支佛共準此則是別教中優婆塞也圓教云囬向五分法身具足者別接通空以別初地接通教今不滯界內即色之空囬心向別斷界外無明成就五分法身故歎囬向也言具足者通教偏真五分等是不具足別圓中道正觀成就五分方稱具足也五分法身者一戒身二定身三慧身四解脫身五解脫知見身問菩薩所作何故囬向答囬向之利其功最善故淨名云囬向為善利囬向二種一者所作囬施衆生二者所作囬向佛果也云無量功德下四總結也復有十千下第二列清信女文三一數二名三德今初可解清信女者二標名

也梵云優婆夷此云清信女皆行阿羅漢下三歎德亦通别中優婆夷也文二先總歎十地可解次始生下别歎十地中功德文二今先正歎一地三心從第十回向始有初地所得功德是初心停住不進所得功德是住心滿足功德欲入二地是終心法華亦云善入出住等云云三十生功德下次結也復有十億下第二列居士衆文四一數二名三德四結今初可知七賢居士者二標名也七賢有二一小乘五停心觀等是也二大乘一名初發心人二名有相行人三名無相行人四名方便行人五名習種性人六性種性人七道種性人俱在地前調心順道名爲七賢居士者外國積財至億名爲居士今此富有七淨財故名居士信施戒聞惠慚愧名七淨財也云云

德行具足下三歎德謂具足諸德之行名德行具足二十二品者此歎道品以在見道前唯有四念處四正勤四如意足五根五力二十二品也十一切入者次歎十遍處入者處也青黄赤白地水火風空處識處名之爲十云云八除入者次歎勝處一内有色相觀外色少二内有色相外觀色多三内無色相外觀色少四内無色相外觀色多五青六黄七赤八白云云八解脱者次歎解脱一内有色相外觀色二内無色相外觀色三觀淨色四空處五識處六無所有處七非有想非無想八滅受想解脱問觀未得聖云何今歎八解脱答八中得七未得滅盡今從多而歎也問解脱以何爲義答解脱以棄背爲義初二棄背色貪心第三棄背不淨觀心四無色棄背下地

心滅盡令棄背一切所有緣心問解脫勝處遍處何別荅有棄背各解脫能降境界名勝處能廣能勝境名遍處云云三慧者次歎慧謂聞思修初是乾慧地次是四善根苦忍已上名修慧十六諦者次歎觀門如前說云云四諦者次歎諦門亦如前說云云四三二一品觀者次歎四門即四觀忍也從下舉之煖第四頂第三忍第二世第一法第一四即四善根三即除煖位二除煖頂一除前三也又四即四果三即三果二即二果一即初果此非歎意今取前釋得九十忍者四結文二先別結次總結今初有人云地前三賢三十心一一中作下中上或入住出等三品觀合九十忍也有人云四三二一合成十忍約三界九地一一地中各有九品成九十忍又云諦觀二十

謂十六諦及四諦品觀有十謂四三二一總成三十各有下中上三品成九十忍也今謂九十忍者是別結經文中德不可衆多作異說也但說具足二十二品下至四三二一數有八十一品從此等法出四禪四空滅定合九十忍經雖無四禪等文義推可爾云云一切功德皆成就次總結也復有萬萬億下第三列天衆文二先列色次列欲初文四一數二處三德四結今初以萬數萬故云萬萬億也九梵下二明處此經三本不同有一本云復有萬萬億十八梵天九梵三淨三光五喜樂天又一本中但云三淨三光五喜樂天又一本除五字初除十八梵天四字後但有三字無梵字蓋譯者出沒耳言九梵者謂第四禪九天一無雲二福生三廣果四無想五無煩

六無熱七善現八善見九色究竟也三淨者是第三禪有三天謂少淨無量淨遍淨也三光者是第二禪有三天謂少光無量光光音三梵者謂初禪三天梵衆大梵梵輔也五喜樂天者即五支謂覺觀喜樂一心等也是四禪中後五淨者此天義論受喜樂故也云云天定功德定味者三歎德天定者謂報生天上得此定功德定者謂修德生天而有此定味者一字爲句即是味著禪定也有人云功德定味爲句非也常樂神通者色界天中皆有修報二種神通也言常樂簡非報得神通也十八生處下四總結云云復有億億下二列欲界文四今初明數六欲諸天子者二明處此六天中有小五欲從初四天至他化自在爲六也十善等者三歎德也十善是因生天是果報也功德皆成者四結也復有十六下第四列人衆文四一數二衆三德四結今初云十六國王者舉國數以標人也各各有下第二明衆也五戒下三歎德也德有三一戒二善三歸清信行具足者四結四信成就故云清信也復有五道下第二總列前別中但明天人今則通明五道修羅等或鬼或畜故但云五道也又六道中天人先有三惡之內或有或無此經無緣故總云五也此土衆竟復有他方下二列他方衆他處異見云云復有變下三列化衆文三今初明不思議力能變淨土淨土者非寂光之淨且現華臺實報等淨相也現百億高座及華者且明應身大千之化相也各各座前下二明不思議力能現諸佛菩薩八部者乾闥婆毗舍闍二衆東方提

頭賴吒天王領鳩槃荼薜荔多二衆南方毗留勒叉天王領龍富單那二衆西方毗留博叉天王領夜叉羅刹二衆北方毗沙門天王領云云一一國土中下三明不思議力各說般若等上來列衆竟他方大衆下第二總結他方大衆即結前來第二他方衆及化衆即結前第三化衆三界中衆即結前此土衆十二大衆皆來集會即總結前三衆差别果一聲聞二緣覺三菩薩四五戒賢者五清信女六七賢居士七色天八欲天九仁王十五道十一他方十二化衆是也坐九劫座者結座劫者級也級者層也其會下結衆廣狹也問諸經列衆或有或無何耶答若說報生三界由善惡業力見佛不見佛由有緣無緣即有生天受樂至不聞經乃至地獄燒然而來聽法

今以大經文義試爲斷之大經云於戒緩者不名爲緩於乗緩者乃名爲緩總相明之乗即戒也今約别說乗戒二殊即以三歸五戒十善八戒二百五十五百戒等名之爲戒念誦修行禪智施進等名之曰乗然戒與乗各有三品乗有小中大戒有上中下若乗戒俱急者又有三品如持上品戒急生無色界天下品乗急以無色天身聞佛說聲聞法中品乗急聞說因緣上品乗急聞說中道等若持中品戒急生色界天下乗急聞說四諦中乗急聞說因緣上乗急聞說六度若持下品戒急生欲界天下乗急聞小乗中乗急上乗急準上說若戒乗俱緩者上品戒緩墮地獄中品緩墮畜生下品緩墮餓鬼以乗緩故永不見佛何況聞法若戒緩乗急者得見佛聞法

上品戒緩生地獄中下乘急以地獄身聞說四諦中乘急聞因緣上乘急聞六度云云若戒急乘緩者三品戒急得三界身如乘緩故著人天樂不得見佛況得聞法今無色界天衆者以上品戒急大乘緩故此經無緣故不來也餘經有無例此可解上來證信序竟云云爾時十號下第二發起序文中爲五一佛自現瑞二時衆生疑三覺悟如來四佛昇華座五大衆歡喜初中更五一讚佛德二現瑞時節三正住十地四入大寂定五思緣現瑞今初言爾時者當爾之時也十號者教主之德德凡有四一十號德二三明德三斷德四智德今初言十號者一是如來二應供三正遍知四明行足五善逝六世間解七無上士八調御丈夫九天人師十佛世尊是十號之數也云云次歎三明德以明鑒三世也次歎斷德謂大滅諦簡非小滅故言大也金剛智者次歎佛智德釋迦牟尼佛者上明通號及德今明別號也然佛種姓出處不同或姓刹利或婆羅門今姓釋迦者此云能仁如長阿含說昔梵摩穀王四子有過徙向雪山令自存活四子至彼民歸如市王歎四子我子能仁能自存活因此姓釋佛第四祖已來始姓釋也本姓瞿曇或甘蔗種或日種或牛糞種云云牟尼者名也此云寂默三業俱寂默也初年月八日者二明現瑞時節也眞諦云如來在世四十五年說三法輪謂轉照持然此三輪有顯有密密則從得道夜至涅槃夜俱三轉法輪顯則初成道七年但轉轉法輪七年後三十一年中轉照法輪三十八年後七年中轉持

法輪從轉轉法輪來有三十年前至二十九年巳説餘般若今至三十年初月八日方説仁王故言初年月八日此則佛成道三十七年説此經乃年七十二歳也云云方坐十地者三正住十地方者正也正坐佛之十地非菩薩十地又佛以别接通坐别十地欲密顯通教十地正令悟别地故云方坐也佛十地者同性經云一甚深難知廣明智德地二清淨身不思議地三海藏地四神通智德地五明德地六無垢涅槃炎光開相地七廣勝法界藏明界地八無礙智慧地九無邊億莊嚴迴向能照明地十毗盧遮那智藏地入大寂室三昧者四入寂定也欲觀察物機授法藥故又令知因定發慧故又作説法儀軌故佛具智斷尚自觀機況於凡夫而不審諦云云大寂室者即大涅槃也大經云涅槃深禪定窟窟即室義法華大通智勝佛亦入靜室與此義同也又大寂者即動是寂室者即寂而照大寂是法室是喻如室虛能受萬物般若空理能含多義也約觀者室是一法空亦無二明暗自殊室空不别明喻智慧暗喻煩惱室喻人身空喻心識日出則室空俱明喻智生身心俱淨日入則室空俱暗喻智滅則身心俱穢穢淨雖殊而性常清淨故淨名云無明性即是明一切衆生即菩提相不復更滅此即證也思緣放大光明照三界中下有本云照三界衆生也第五思緣現瑞文五一思緣放光二頂上出花三諸天雨花四佛自生花五大地震動今初思緣者思於無相緣於法性自受大樂也光照三界中覺化境也問無色

界無色陰何故照之答雖無麤色而有細色約凡夫二乘不見言無而實有也復於頂上出千寶蓮花下二頂上出花文三令初出花其花上至下二明竪現乃至他方下三明横現放光令識智慧之本出花令悟得道之因又光欲化當機衆花令其見作結緣因前列衆中無無色界天者以其戒急乘緩無現盖緣令令非相見花使作當來種子也時無色界天下三諸天雨花前教主現相明有感令諸天雨花明有應此則藥病相稱感應道交也無量變者心樹花非生死花也文三初無色界次色界後欲界皆可見色天多禪無色天多定能心樹變花故言變欲天無此但雨實花也其佛座前下四佛自生花向明頂上出花顯正報瑞令佛座前生花明依報瑞劫

者層也是時世界下五大地震動放光雨花令其目見動地令其心動心動則煩惱動故大經云大地動者能令衆生心動也動踊覺起震吼等爲六又東踊西没等六也地動八緣如阿含說一大水動時動二尊神試力時三如來入胎時四出胎時五成道時六轉法輪時七息教時八涅槃時增一經亦有八緣閻浮提風輪從上向下有地水火風從下向上次第動二菩薩入胎三出胎四出家學道成道五入涅槃六神通比丘心得自在七諸天命終還生勝處八衆生福盡相云動意者十地論云治三種煩惱一生天衆生樂著天報震動天宮令生猒捨起求法心二造惡衆生不識無常縱心蕩意令因地動捨惡從善三我慢衆生或因呪力能小動地起高慢心

使見大動知其力劣也爾時諸大衆下第二時衆生疑文三一明衆生疑二申衆疑意三問衆不決今初可解各相謂言下二申衆疑意文三一歎佛德次領前事三騰今事初文二先明成人之德有四一者四無畏德謂一切智無畏漏盡無畏盡苦道無畏說障道無畏云云十八不共法自有二小乘中謂十力四無畏大悲三念處是三念處者應貪不貪應瞋不瞋常行捨心也大乘者謂身口意無失是三四無異相五無不定心六無不知已捨七欲八精進九念十慧十一解脫十二解脫知見等無減十三十四十五三業道隨智慧行十六十七十八智慧知三世無礙二乘無分故言不共三五眼謂肉天慧法在佛身上並名佛眼云云四法身法身有三一但空法身三乘皆有如善吉七葉巖中禮佛法身此小乘滅三十二相即空爲法身也二即假法身謂滅無常色獲常等我樂淨三亦復如是三即中法身謂如來法身非常非無常樂我淨等亦復如是云云大覺世尊下二明德所成人覺中道理名爲大覺天人所重名曰世尊前已爲我下領前事謂從得道後二十九年說四般若於靈山說大品次舍衛說金剛及天王問後還靈山說光讚及道行具出光讚云云人日如來下第二爲今事謂疑前瑞相等也云云時十六下第三問衆不決文有二一問二衆不決初文二先舉處歎德二明次第舉問初文三一明處依大論憍薩羅國主波斯匿王今言舍衛或云舍婆提城善見律云舍衛者是人名往古有王名爲舍衛見地好立以

爲國因居其地從人得名名舍衛也波斯匿
王下二舉名有云王姓月聞法之後更立光
名德行十地下三歎德十地六度道品多是
通教也信三寶及戒不壞名四不壞淨也行
摩訶衍化者以大乘治國也次第問居士下
二次第舉問先問俗衆寶是寶積蓋是月蓋
法是法財淨名是維摩詰也次問聲聞後問
菩薩云云無能答者下二衆所不決云云時波斯
匿王下第三覺悟如來文三一明此土設樂
覺悟如來二他方三共設今初文二一三類
設樂謂月光梵天欲天二聲動世界先一佛
世界次十方世界云云彼他方下二明他方文
二一來集二作樂初中先明四方次列六方
作樂亦然者二明作樂也云云復共作下三共
設樂亦是前佛現瑞明能應今時設樂明有
感即覺悟如來也云云佛即知時下第四明佛
昇華座即是如來赴感也又佛現瑞即良醫
也時衆設樂即病人求救也佛昇華座即醫
人授藥也云云又放光是身業入定是意業即
從座起說空觀是口業又放光動地神通輪
入定得衆生根是他心輪說空觀品是說法
輪師子座者大論云非是實師子亦非木石
師子以如來是師子所坐之處若牀若座皆
名師子牀座也如金剛山王者金剛喻佛四
德法身一切不能沮壞山王即須彌山喻佛
也不爲八風所動又華座皆是現實報土如
山王是現尊特身亦別接通也云云大衆歡喜
下第五大衆歡喜有通者在空無通者居地
上來序分竟

仁王護國般若經疏卷第二

音釋

叱（尺栗切呵叱也）鏁（蘇果切與鎖同）

仁王護國般若經疏卷第三

隋天台智者大師說

門人灌頂記

觀空品第二

言觀空者謂無相妙慧照無相之境內外並寂緣觀俱空故言空觀品也又凡夫不識外道妄取二乘躭滯今菩薩以般若正智觀空非空超凡越聖故言觀空也又凡夫著有二乘著空菩薩捨有而復觀空也又觀是能觀空是所觀能所俱空真佛知見故下文云見境見智非聖見也此下六品名爲正說大分爲四前之三品明內護護國一品明外護散華品明報恩供養受持品明弘經相貌初文更二初略開二護次問答廣釋初文四一知請意二略正開三勸發三慧四歡喜供養今初爾時佛告大衆者敎所被機也十六大國王意欲問護國土因緣者生下外護經文與護國品爲本也吾今先爲下二正略開二護謂因果也護佛果因緣即生此品也護十地行因緣即生散華品十地行者謂護因也問王但請護國土因緣佛何故先爲說護佛因果耶答人情麤淺妙理難知王雖麤情唯請一而佛麤妙俱施又若但爲說護國國土安樂增長憍慢今佛說出世因果令其猒俗樂入真也又索少是弟子之禮賜多是爲師之法又索少表不貪施多表不慳又索少施多表慈道之志云云諦聽諦聽下三勸發三慧諦聽令生聞慧善思念之令生思慧如法修行令生修慧云云時波斯匿王下四歡喜供養王言善者信順之辭也大事因緣爲茲出世顯

令衆生開示悟入佛之知見法華以佛知見爲大事涅槃以佛性爲大事維摩思益以不思議爲大事華嚴以法界爲大事今此般若以成佛因果爲大事名字雖别其義一也故智論佛説般若無央數衆生當續佛種是爲大事又大品云須菩提白佛言世尊般若爲大事故起龍樹釋云能破衆生諸大煩惱能與諸佛無上大法名爲大事散華表行因成帳表得果蓋衆表慈悲度物蔭育羣生云云爾時大王復起作禮下第二問答廣釋文二先問次答初文二先明修敬白佛言下二正發問問中有二一問護果二問護因佛言菩薩化四生下二佛答文大爲三初此品明自利行答前問次教化品明利他行答第二問後二諦品明二護所依就答初問文二初正釋觀空後佛説法時下時衆得益初文二先正釋後總結釋中二初標宗正釋後問答重釋初文二一正釋二結行初又二一所化境二能化智初言四生者所化境也天及地獄是化生鬼有胎化二生畜生則鳥及龍是四生人中亦四爾時人胎生毗舍佉子從三十二卵生大山小山比丘從鶴卵生菴羅波離婬女從濕生劫初人皆化生也云云不觀色如下二明能化之智文三初約法二解釋三結成初約五法一五陰二衆生三佛果四菩薩五眞妄五陰是所依衆生是能依佛是果菩薩是因五陰衆生是妄佛菩薩是眞也今初五陰是有如是空若見色見如不免斷常如則是斷色則是常若觀色滅方如此三藏見若體色即如此通見若如即色此别見若知一

切法性眞實空無生滅同眞際等法性無二無別此圓見今言不觀色如等是圓見也衆生我人如者五陰衆共生名衆生我者計内五陰爲假名人也常樂我淨如者前五陰衆生是顛倒法非常樂我淨今佛果得非顛倒法是常樂我淨隨盡煩惱有殊而性常無異其猶冰水故云如也知見壽者下明菩薩有三一位二人三行位者十信名知十解十行名見向至地名壽者雖有三别而一如也菩薩如者二明人如六度下三明行如問淨名云一切衆生皆如也一切法亦如也衆聖賢亦如也至於彌勒亦如也與今何異答彼是眞空此是妙有問眞空妙有云何答動即寂眞空也寂即動妙有也眞空故非常妙有故非斷眞空不住生死妙有不住涅槃妙有故

能起大悲眞空故能生大慈問淨名云一切皆如此云不觀色如何耶答若偏觀一切皆如還是斷若不觀如還是常淨名云如今離常見此云不觀令離斷見二見既離中道自明矣云云二諦如者明眞妄也世諦是妄出世是眞也是故一切法性下二解釋文三一釋二會通三舉況今初一切法性是眞有眞實空是眞空眞空故不來眞有故不去不去則無滅不來則無生無滅無生孰凡孰聖既無聖凡誰論觀與不觀也同眞際下二會通眞際還是眞空法性還是妙有一色一香悉皆如是故云同等也如虛空者三舉況空中豈有五陰衆生菩薩諸佛世諦眞諦生滅去來者乎恐昧者不解故舉斯況云云是故陰入界下三結成無我是結陰入界衆生等如無所

有相是結佛菩薩及知見壽者等如也是爲菩薩下第二結行金剛云一切賢聖皆以無爲法而有差別即同此文也云云白佛言下第二問答重釋文二初明三般若教二明依教發觀令初三般若即爲三別初中明實相般若先問後答上云不觀色如今問意者若云是爲菩薩行化十地令諸法皆空者菩薩爲化何等衆生耶大王法性色下二答文二一明眞則無化二明俗則有化初文四一境二觀三徵四釋令初五陰是地前菩薩境常樂我淨是地上菩薩境云云不住色下二明觀有人言不住色者遮住色不住非色遮住空不住非非色雙遮住空住有又不住色遮住色陰不住非色遮住四陰不住非非色雙遮住五陰又不住色遮住色法不住非色遮住心法不住非非色遮住非色非心法又不住色不住有不住非色不住空不住非非色不住空空故淨名云空病亦空令解者具足應云不住色不住非色不住亦色亦非色不住非色非非色此中略第三句及四句非色兩字也以色即空故不住色以空即色故不住非色以色空無二而二故不住亦色亦非色以色空二而無二故不住非色非非色次例四陰非非住上言不住令言非不住只以不住爲住住無所住金剛亦云應無所住而生其心也何以故者三徵意云何故言住又言不住也非色如下四釋非色如故不可定言住色非非色如故不可定言住非色也世諦故下二明俗則有化文四初明二緣故見有衆生可化二結成上無衆生義三明邪正二見

俱是見四結成正見今初言世諦者諦有三種一色諦二心諦三空諦也三假者謂法假受假名假也此中三假非成實中所明以無三藏故也名見衆生者以世諦及三假故有衆生可化也一切生性實故者二結成上真諦無衆生義一切衆生即涅槃相不復更滅故云實也乃至諸佛下三明邪正二見俱是見三乘聲聞縁覺菩薩也七賢謂七方便也八聖謂四果四向也六十二見釋者不同且依大論於五陰上皆作四句於色陰云過去色神及世間常是事實餘妄語無常等三句亦然餘陰亦如是成二十現在有邊無邊等歷五陰上有二十死後如去不如去等亦有二十成六十是神與身一神與身異成六十二見云云大王若以名名見下四結成正見若知諸法但有假名名之爲見非同世人見一切法也云云白佛言下第二明觀照般若文二先問後答問意云有法既非是大乘云何照此從上非非見一切法文而生此難也大王摩訶衍下二答文二先略後廣初答意云大乘見者見法非法以色等法空故也法若非非法下二廣答釋文二初正廣釋二明能觀之智雙照空有初文二先明法空性空次歷法明空今初云法若非非法是名法空也法性空者性本若不空不可令其得空以性本自空故諸法皆空也色受想行下二歷法明空文二先正明後釋成空義今初約六門明空大論云五陰空是果報空十二入空是受用空十八界空是性别空以所病不同說斯三種爲疑心數者說於五陰爲疑色者說十

二入爲疑色心等者說十八界六大名遍到空阿含云六王諍大地云我能載水云能漂潤火云能燒照風云能生動空云能容受識云若無我者色則敗壞五雖大而識爲主故云四大圍空識居其中也四諦是境空因緣是義空云云是法下二釋成空義文二初就識陰次例四蘊及諸法初文四一標宗二類釋三徵詰四釋通今初以色法中有五義故空即生即住即滅者諸小乘師或云生前住次滅後或云生住同時皆不免難何者若云生前住次滅後則生時無住以生前故若無住者云何有生以先無住住於此生生不得住則無生也若住前無生則亦無住以無因故若生前有住則生住同時若生滅已方有住者住非生有此計異之過也若生住同時則因果一體生死同相此計一之失今云即生即住即滅者不同二說以諸法體念念遷流無有暫止亦是生時即住時滅時如疾炎過鋒奔緣經刃不已則來無暫住時故淨名云汝今即時亦生亦老亦滅也即有即空者色性自空非色壞故空也刹那刹那下二類釋明念念皆空同上五也刹那者極短時也何以故者三徵詰意云生滅相違云何言即生即住即滅等云云九十刹那下四釋通以九十小刹那爲一大念一念中一刹那復有九百生滅是故生時即有住滅也又九十刹那爲一念一念中一刹那經九百生滅一念有九十刹那合有八萬一千生滅以生滅攝刹那刹那攝一念如是心法不可得此明心空以四大分諸根諸根不可得以四微分四大四

大不可得以麤微分四微四微不可得以極微分麤微麤微不可得推色至於極微窮心盡於生滅色盡心窮豁然無住無住之住不可名之强是爲空即護三藏佛果也若見色色空見心心空無得無住此護通佛果也若見色心二法而一而異廣大如法界究竟若虛空函蓋相稱此護別佛果也若見色心二法本來空寂不動不住不生不滅此護圓佛果也云云乃至色下第二類釋四陰及諸法亦即生即滅即有即空也云云以般若波羅蜜空故下第二明能觀之智雙照空有文二先明觀照次明得失初更二一照空二照有初則無相後是有相無相者非但無所照亦無能照照無所照也大品經中名爲眞實般若有相則接別凡聖無量敎門大品經中名相似般若也照空文中更爲二別初明照相以般若智中無毫氂實法故照一切法空不見緣者十二因緣空不見諦者四諦法空乃至一切法空者六大法等空也云云言不見者觀諸法空故言不見非謂不照名爲不見故經云非見及見名一切眞實法也云云內空下二明空之分齊分齊有十二種大論有十八空論問云若少則應一空若多則應無量何乃十八龍樹答云若略則事不周廣則事繁難悟如服藥少則病不差多則更增疾今說空亦如是少說則不能破邪見多說則近滋廣此經隨時治病不多不少唯十二也內空者謂內六入無神我外空者外六塵無我所內外空者根塵合觀無我我所有爲空者色心和合生陰界入等皆無所有無爲空者虛空數

滅非數滅空也無始空者外道以冥初爲始破此見故名無始空性空者諸法本無惑者計有乃至執言如來性等決定是有爲破此見故言性空故經云眼空無我無我所何以故性自爾故乃至意亦如是又華嚴云觀眼無生無自性識空寂滅無所有也第一義空者本空世諦世諦不有此亦是空般若波羅蜜空者大經云大空者是般若空大論云十方俱空名大空也因空者六度等空果空者菩提涅槃空空空者大論云以諸空破内外等法復以此空破諸空是名空空又以空破有有者云空若執空爲是須以此空空破也但法集故有下二明照有文三初三假門明有如上説因集故有下二四諦門明有因集是生死因即集諦果集是生死果即苦諦十行即道諦從十信心乃至十地各有十種行門也佛果是涅槃即滅諦也乃至六道一切有者三約六道二十五有等明有云云善男子若有菩薩下第二明得失文二初明邪觀是失也二明正觀是得也今初若菩薩發心行學般若見有法有衆生我人知見者世間凡夫無異也於諸法而不動下二明正觀文二一明行二明位今初言不動者即色是空非析色也不到者大品云平等之法一切聖人所不能到須菩提白佛言乃可餘聖不到佛何故不到佛言乃至佛亦不到何以故佛即平等平等即佛佛與平等無二故不到也不滅者空即是色也無相者色空空色皆無相也無無相者無相亦無也下例諸法云云是即初地下二明位文二初明正觀後示説處初

文三一位二名三用今初也言一念者謂從第十回向以般若慧一念之中即有初地是時具足八萬四千度也依賢劫經始從光耀度終至分布舍利度合有三百五十功德門一一各修六度即二千一百復將二千一百對十法謂四大六衰又對十善一一皆有二千一百即二萬一千又將二萬一千對四衆生多貪多瞋多癡三毒等分各有二萬一千合之即有八萬四千也云云即載名下二就名明正觀有本云即能運名摩訶衍載運義同也約體則是般若約用即是大乘即滅爲金剛下三約用能滅煩惱如金剛破物謂第十地末後一念也能離散亂故名定此中一行具無量門也如光讚下二示說處也大王是經下第三讚文字般若文五一明多佛共說二舉喻三格量四舉況五明信解相今初也釋論云一字曰字二字曰名二字不合不得爲名若合說者始得爲名四字等名句句下所詮名味於恒河下二舉喻百億須彌百億日月鐵圍大海等是一大千界如河中沙一沙是一世界滿中七寶以施衆生及得四果也此中有財法二施意但文似隱也云云不如下三格量無漏之心起一念信勝前二施何況解一句者四舉況信但不謗解能利他則信淺解深此約鈍根說若如法華云汝舍利弗尚於此經以信得入者此乃即信是解約利根說也句非句下五明信解相文三一明文空二明文義俱空三明人法俱空今初也句是有非句是無非非句是非有非無非有非前有句非無非前無句又句即文字也非

句即文字之性離也非非句非前文字及性離之見也云云般若非句句非般若者二明文義俱空般若非句是義空句非般若是文空以即文非般若即般若非文離文無般若離般若無文文中無般若般若中無文如是互求不可得故即自空也又文及般若自他共離求不可得故空也般若亦非菩薩下三明人法俱空文中亦合明人空但文略故也自爲二別一約因位辯法空二約果位辯法空初文三今初標也般若是法菩薩是人般若中求菩薩不可得即是法空何以故者二徵也十地下三釋若約通教即三乘共行十地説始住終若約別教即菩薩十地明始住終也亦非薩婆若下第二約果辯法空梵云薩婆若此翻一切種智一切種智即佛果也

佛果亦空故云亦非薩婆若也摩訶衍是乘能乘人旣空所乘之法亦空也云云大王若菩薩下第二依教發觀文二初明邪觀二明正觀今初見境者見實相般若也見智者見觀照般若也見説見受見文字般若也如是執見是凡夫顚倒妄想非聖見也又見境謂見塵見智謂見識見説見受謂見人妄執宛然非聖見也見三界下第二明正觀也文二初約染淨因果以明空相二約無聽説以辯空相初文二初明生死空後辯佛果空前更二初正明生死空後釋空所由初文二一明正使空二明習氣空初文二一明分段生死後明變易生死初更三今初明果空也三界是器世間衆生是假名世間果報是五陰世間謂三界依正也六識起下二明業空以六識

取六塵起諸煩惱貪著五欲展轉無量蘊積含藏名之爲藏無自性故名之爲空云云三界空下三明煩惱空三界之本二念癡心闇於前境名曰無明有此無明即生三界無明如地能生萬物故名本也三地九生下二明變易生死空有人言三地者一見地從十回向至三地二修地從四地至七地三究竟地從八地至十地此别接通意也九生滅者前三地中各有始住終云九生滅也又變易生死三界中各有三種意生身三界名三地各有三種意生身生滅名九生滅也從初地至五地名三昧樂意生身六七二地名覺法自性意生身八地已上名無作行意生身此通别教意生也餘無明習者上明五住正使此第二明習氣空也金剛菩薩下二釋空所由由此菩薩得理盡三昧故一種生死煩惱業等皆空所言惑者謂迷妄之心造生死業不達心源名之爲惑即是煩惱果者即正報果有生滅故得名空有果空者即三界依報空故又果空者謂變易生死空因空者謂三界業煩惱等空也理盡三昧者謂菩薩得此三昧達理盡源極無明本故名理盡三昧也云云薩婆若下二明佛果空文三今初明智斷空薩婆若亦空者是智空滅果空者是斷空或前已空者是正因佛性空佛性本自空非推之使空故言或前已空也佛得三無爲下二明無爲空智緣滅者觀心佛正觀心滅於煩惱名智緣滅非智緣滅者謂正因佛性性本自淨無煩惱垢不勞觀行而滅惑也虚空者無色現處是也薩婆若下三結果空也云云善男

子下第二約無聽説以明空相也文中法喻合可見聽説如虛空者大品云聽如幻人聽説如幻人説故無聽説淨名云夫法説者無説無示其聽法者無聞無得法同法性者淨名云法同法性入諸法故以此例諸故皆如也大王菩薩下第二總結先結能護體也護般若下二結能護用云云佛説下第二明時衆得益文二先時次益法眼淨者謂初地已上見中法非小乘中法眼也性地者謂三乘共行十地略九舉一也信地者即四不壞信十信菩薩是也大空大行即別教初地圓教初住已上皆名大空大行也云云問佛説般若何故得益不同答法華經云一地所生一雨所潤根莖大小差別自殊如其種性各得生長今説般若亦復如是雖説一法得益自差也

菩薩教化品第三

初三品明內護中今當第二釋護十地行即是明利他答第二問也言教化品者菩薩以利物爲德教諸衆生離一切惡化諸衆生修一切善又佛將此法教化衆生得成菩薩故云教化品又以此法化諸國王令識般若故也云云品文二一發問二佛答今初也文有二意一標前品中護十地行菩薩即能護人也次云何行可行等者正是問辭一問菩薩自利行法二問利他行三問所化衆生之相云云又初問自利依何修行故以五忍答之次問利他依何位行故以十地行答之後問何相衆生可化故以幻身見幻化衆生而教化之又此經説通自他而就他説爲正故文多利他行故譯者亦以教化標目佛言大王下二

佛答文二初答前二問次答第三問前文三初正答二問次以偈讃佛後如來述成初文更二一正答前問兼利他二正答後問兼自利前文更三初略答二廣答後總結略答復三初標數者準下結諸佛菩薩本所修行今隨問而答故但云是菩薩法耳二伏忍下列名也地前三賢未得無漏未能證但能伏不能斷故爲伏忍智也以有智故能伏煩惱初地二地三地得無漏信名信忍四五六地趣向無生名順忍七八九地諸念不生名無生忍十一二地得菩薩果名寂滅忍以初地得無漏信此別教意也七地得無生忍即別接通意也然此五忍諸經不同若依本業瓔珞云六性一習種性二性種性三道種性四聖種性五等覺性六妙覺性即是十住十行十

迴向十地等覺妙覺也亦名四十二賢聖云云名爲諸佛下三總結也善男子下第二廣釋五忍即爲五別初伏忍中三賢不同即爲三別先釋十住文爲五別一明方便二明入位三顯力用四釋超過五成聖因今初言發想信者十信之中未入十住不見道理但能想信想信若成即入十住言恒沙者發心者多也如大經云如菴羅樹花多果少如大魚母胎子雖無量成就者少此言衆生欲求寶渚至於中路咸悉退還也於三寶中下二明入位於三寶田中生此十心也善順故信不退名進決斷名慧不動名定能捨名施防護名戒不失名護上求曰願至菩提名迴向是爲菩薩下三明力用以十住菩提作銅輪王王南西二方名少分化衆生也已超過二乘下

四釋超過此圓教大乘十信則與二乘齊十住則斷無明過二乘地也云云言一切善者十信名善故下經云十善菩薩發大心長別三界苦輪海言超過二乘即聲聞緣覺一切善地即十信菩薩也一切諸佛下五成聖因十心是因諸佛菩薩是緣因緣和合故成聖胎也即以中道一心三觀爲種子斷一品無明即能見佛性故成聖胎也次第起乾慧下第二明十行有本云復次善男子今且依次第解也文四一明位二辯體三明化他四釋離患今初明位即三忍中第二忍也前下伏忍即是聞慧今中伏忍即是思慧言乾慧者無定水也故云是思慧耳經千字者非瓔珞中有六性亦名六慧言六性者即習種性種道種聖種等覺妙覺等也言六慧者謂聞思修

無相照寂寂照等也習已成性名種性有十心者總標其數也所謂四意止下二辯體文三今初明四念處意止者謂以智慧令心止住意即心王也身受心法者明所觀之境也苦無常等明能觀之體也觀身不淨能除淨倒觀受是苦能除樂倒觀心無常能滅常倒觀法無我能除我倒也三意止下二明三善根以慈故無瞋施故無貪慧故無癡也三意止下三明三世忍心緣過去無明及行名因忍現在五果及現在三因名因果忍未來兩果名爲果忍又於一切法皆有此三如種子但因如瓜瓠亦因亦果能作果等是因結實成種是果種等但果非因此約一時三世論也是菩薩亦能下三明化他也已能過下四明離患文中先明離內患即我人知見等也

及外道下次明離外患也復有十下第三明十迴向有本云復次善男子修行上伏忍進入平等道名爲道種性地文有四今初標位也謂欲入初地能與聖道爲因性故名道種性所謂觀色下二出體文三初明五忍中初列五陰是所觀法得戒下是能觀智由觀色陰便得戒忍以作無作戒皆色陰也準此經文作無作戒皆是色攝觀識陰故得知見忍以了別識與知見文類相似也觀想陰得定忍以從倒想能入於定如無色界天由想故成觀受陰得慧忍以依受故立四禪天由於禪故能發智慧觀行陰得解脱忍以行無常故得解脱忍問何故色下而說識答四陰皆心爲主由識分別於色由色故識方能行相生義便如此說云云觀三界下二明三忍以觀三界苦果空故得空忍觀三界因空故得無願忍以煩惱業爲集諦故也觀三界因果空故得無相忍證因果空成無相觀也二諦虛實下三明二忍以觀俗諦是有爲法得無常忍觀眞諦是無爲法故得無生忍無常忍即小乘藏敎無生忍即大乘通敎也出體竟是菩薩十堅心下三明攝化以道種性菩薩作金輪王化四天下也又十堅心者即結上五三二忍成十堅也生一切衆生善根者四明勝用也伏忍三品竟云云

仁王護國般若經疏卷第三

音釋

分齊 分扶問切齊才詣切分齊限量也

揲 徒協切

瓠 胡故切匏也

仁王護國般若經疏卷第四

隋天台智者大師說

門人灌頂記

又信忍菩薩下第二明信忍文四今初標名配位言信忍者以無漏信三寶等故名信言善達明中行者配位如下經說善覺初地菩薩證人法二空故名善覺也達即離達謂二地菩薩離破戒垢達眞俗理故名離達明即明慧謂三地菩薩智慧光明照諸法故故名明慧五陰假人於中修行名中行者下經云道行人此道成人名行人斷三界下二明離障以色煩惱麁麤故於此三地而斷云云能化百佛下三明攝化三等差別配對三地可解問信有幾種答略有三種一想信輕毛菩薩十信是二久信三賢菩薩是三證信初二二地是也云云常以十五心下四明發行種子四攝者布施愛語利益同事四無量者慈悲喜捨四弘誓願者瓔珞經云願一切衆生度苦斷集證滅修道名四願也乃至成佛從於初地用此十五心爲根本云云順忍菩薩下地三明順忍文三今初標名位順無生忍觀而未正得故名順忍見勝現法者即是位也見謂順忍下品見理道品分明即第四燄地勝即中品第五難勝地難勝有二義一教化衆生二不從煩惱於二事得勝名難勝地見法即第六現前地因緣觀解現前故也能斷三界心等煩惱縛者二明除障前斷色煩惱此斷心煩惱又前斷見惑此斷思惑故言心也故現一身下三明攝化前信忍明化身故云現百身千身萬身今順忍明實身故云現一身於

十方佛土化衆生也問云何一身現於多土答不思議力神通變化令衆見也又無生忍菩薩下第四明無生忍文三今初標名位謂以自他共無因求色心二法不可得於此得智名無生忍所謂遠不動觀慧者此配位也遠即第七遠行地能至有功用心後邊故不動即第八不動地有相煩惱不能動故觀慧即第九善慧地四無礙解化衆生故亦能斷三界心色等煩惱習者二明除障前各斷一重今雙斷正習也故現不可說下三明攝化分齊云云復次寂滅忍下第五辯寂滅忍文四初標名位三一標名者前之四忍未盡法源今之一忍寂諸心色滅於想習名寂滅忍云云佛與菩薩下二明證用金剛是喻三昧是定有以煩惱如金剛以其堅靳不可即斷非佛

智力無能斷者即經中龜甲羊角所能破者是此義也有以智慧如金剛能破煩惱不爲彼損亦大經中如金剛寶餅無嘶破聲是其義也今佛與十地菩薩同用寂滅忍入金剛三昧也云云下忍中行下三配位下忍即法雲上忍即佛也薩婆若此云一切智又無礙道因位攝故名下忍解脫道果攝故名上忍又法雲與佛同入金剛三昧前心名菩薩後心名佛無有中間故但上下前之四忍俱是因位故有三品問諸經有等覺何故此中不立答若依餘經即合有三品下品十地中品等覺上品妙覺今般若附通不同别教故但論法雲即及佛地故大品云十地菩薩當知如佛如者未是義大經亦云十地菩薩見性未了此皆通教意也云云共觀第一義諦下第二

辯除障文三初明所觀之境同觀眞諦而明昧不同如大經云如十地菩薩聞見佛性諸佛如來眼見佛性又十地菩薩名有上士佛名無上士又菩薩如十四夜月佛如十五夜月等云云斷三界心習者二正辯除障前無生忍中雙斷心色麤習今此忍中永斷心法細習也無明盡相下三明二道差别之相無明盡相爲金剛者此無礙道也言盡相者未盡之義如煙是火相而未是火金剛喻定是盡無明之相而無明未盡問若無明未盡應是煩惱何故前文佛與菩薩同入此定答無明之性即是於明如燈生時即同滅時只以一念無明心變爲明微明即菩薩大明即佛也盡相無相爲薩婆若者此解脱道前金剛下定但盡色心麤細之相不得名一切智今佛地非但盡相亦盡無相故得名一切智可謂緣觀雙冥境智俱寂也超度世諦下第三約諦辯異三賢多住世諦十地多住眞諦眞諦即無世諦即有超世諦故非有超眞諦故非無非有非無即薩云若問薩婆若薩云若有何差别答有二説一云同二云異同者彼此無殊異者薩婆若是一切智薩云若一切種智今謂説五忍文寂滅忍中既唯分二品不應更有薩婆若薩云若之别復説即有密明等覺之義即於寂滅忍中有上中下下即十地中一切智上一切種智若依經超度二諦外爲第十一地薩云若者即依前釋云云無緣大悲下四明攝化分齊文二今初略者一切衆生在於三界佛以大悲而濟拔之法華云諸子遊戲來入此宅長行即云長者驚入火

宅淨名云菩薩病者從大悲起皆此意也大悲是能化心衆生是所化境薩婆若是能化體大悲有三一衆生緣悲外道亦有二法緣悲二乘亦有三無緣悲唯佛獨有善男子下第二依宗廣釋文三初約正理三界者欲色無色等三也藏者能含六道四生也果者分段報果也報者苦樂等報也二十二根者眼等六根苦樂憂喜捨五成十一根男女命三信進念定慧等五成十九根未知根欲知根知巳根成二十二根二十一根不出分段三界知巳根不出變易三界諸佛三身亦不出三界者以法身即應化也大經云今我此身即是法身法華云常在靈鷲山及餘諸住處普賢觀云釋迦牟尼名毗盧遮那遍一切處華嚴云亦名釋迦亦名舍那等旣知三身即

一身亦須知界外即界内也三界外無衆生下二明聽說說云界外有衆生可化者此外道說非佛說也問界外實無衆生耶答聖教不同有無異說此經則云界外無衆生餘經則有法華云餘國作佛三百由旬外權置化城淨名云上方界分度如四十二恒佛土有佛名香積若界外無人豈容三界内上方更有爾許佛土耶故知亦有問此經云無餘經云有如何會通答此經云無無變易衆生餘經云有有變易衆生故大論云聲聞生界外白銀世界無煩惱名只約無煩惱即云無衆生而聲聞無明未斷豈實無耶此文正是通教意偏論界内煩惱衆生也衛世師外道說有六諦大有經是其一諦彼經說云此三界外别有世界若言三界外别有衆生同彼外

道說也實理而論若言界外有衆生即同外道若言無即同二乘諸佛菩薩見者即不有不無不有不無即非如非異非如非異即不如三界見於三界如斯等事法華中佛方顯了說也大王我常下第三引昔證今我昔常說斷三界煩惱果報盡名爲佛豈於三界外別有衆生耶自性清淨名薩云若性者即正因佛性一切衆生佛及菩薩同共有此豈於三界外而更別有衆生可化也衆生本業下第三總結文二初總結五忍衆生本業即煩惱諸佛菩薩未成道時亦有煩惱由煩惱故修諸功德智慧今得成佛佛本煩惱與今衆生無異故名爲本五忍中十四忍具足者二結廣略略即五忍廣即十四謂三賢是三十地及佛地成十四也上來答前問兼利他竟

白佛言下第二答後問兼自利文二先問後答今初牒前問是故更重申十地是菩薩本業菩薩於生死菩提無染名本業清淨以淨法教化衆生不同凡夫二乘雜煩惱法化衆生也問雜煩惱化衆生有何失答自既有縛豈能化他凡夫則師既墮弟亦隨墮二乘則謗佛敗法於諸衆生而起怨心豈成利益耶佛言從一地下二答文二先略後廣初又三初明淨業所依謂從歡喜乃至法雲問何故但說十地答地前三賢賢而非聖不名本業清淨妙覺一地妙果已圓故於因中舉十地答自所行下簡二行一自行處即十地境二佛行處謂妙覺地境前十地但行自所行處後金剛心通行二處故下文云得理盡三昧同佛行處又瓔珞云佛子菩薩爾時住大寂

門乃至過十地外與佛同坐也一切知見故者三釋成清淨以佛五眼方能見一切法以佛三智方能知一切法也本業者下第二廣答文三初標次釋後結今初可解若菩薩住下二釋十地爲十今初釋善覺地文五今初明土寬狹言住百佛國者國土有三一說法土百億日月化小乘二神通土億億日月化中乘三智慧土無量世界化菩薩今言百佛國土者說法土也作閻浮提四天王者二配位化於四王中作南方增長天王以閻浮提勝於餘方有佛出此處故又次第作四天王依十地經初地菩薩作閻浮鐵輪王不言四天王瓔珞云修行一劫二劫三劫十信善者有三品上品善鐵輪王化一天下中品善粟散王下品善人中王十住銅輪王十行銀輪

王十向金輪王初地已上瑠璃輪王十地經初地作鐵輪王此別教意也瓔珞及此經十善作鐵輪王圓教意也修百法門者三顯法門也即自利行於十善中一一更明十善故言百法門二諦平等心者四釋地中別行也即俗即眞故言平等化一切衆生者五釋地中通行也地地皆用化生爲行巳下九地文句類此可解住千佛下二釋離達地忉利天此云三十三天也地經云二地作金光王瓔珞與此經同千法門者於前十善中一一各行百善也云云住十萬下三釋發光地地經作忉利天王瓔珞同此住百億下四釋燄慧地地經作燄摩天王瓔珞同此作兜率天王道品即三十七道品也住千億下五釋難勝地二諦者眞俗也四諦者苦集滅道也八諦者

有作四無作四也又苦空無常無我及常樂我淨爲八也地經作兜率天王瓔珞同此作化樂天王住十萬億下六釋現前地地經作化樂天王瓔珞同此作他化天王住百萬億下七釋遠行地地經作他化天王瓔珞經云梵王常以二智化衆生也住百萬微塵下八釋等觀地地經作梵天王王一千界瓔珞云梵師子瓔珞光光天王雙照眞俗不相違名爲方便智於入觀中能發神通名神通智住百萬億下九釋善慧地地經作梵王王二千界瓔珞經作淨天王住不可説下十釋法雲地地經作大自在天王王三千界瓔珞作大淨居天王大自在大淨居大淨天皆同也學行已滿名理盡三昧唯有一行是如來行所謂大般涅槃菩薩亦得名同佛行處無明是三界之本此惑已盡即三界原盡也是故一切下第三結文二先結菩薩業若十方下二結如來業又是答釋妙覺地也爾時百萬下大章第二月光偈讚文三一時衆供養二月光讚佛三大衆得益初又二初財供養佛合掌下次法供養云云今於佛前下二月光正讚文二一明讚處世尊導師下二正發言讚偈者竭也攝義竭盡故名爲偈四句爲偈句有三四五七等差別若梵天以三十二字爲首盧偈即以八字爲句也云云五十九行大分爲三初六行總頌上義二四十五行別頌十四忍三八行總結頌五忍初人三前三行歎別相三寶次兩行歎五忍後一行歎一體三寶初文三佛法僧差別也衆生及器二世間俱尊名世尊引導匠成名導師導師不同有世

間導師出世導師出世中有拙度巧度次第度一心度等金剛體歎法身也心行下二兩句歎法寶淨名云心淨已度諸禪定此中云寂滅淨名云三轉法輪於大千其輪本來常清淨此中云心行寂滅轉法輪一句包之義理不失又初句歎佛身業次句歎心業次句歎口業又佛五事具足一世尊威德具足二導師智慧具足三金剛體法身具足四心行寂滅解脫具足五轉法輪化他具足云云捷疾應機名辯八音者梵摩喻經云一最好聲二易了聲三調和聲四柔輭聲五不悞聲六不女聲七尊重聲八深遠聲洪者大也時衆下三歎僧寶文中總前大衆天無出家法今言出家者約心說也三乘共行十地故云成比丘衆菩薩行也又人身出家成比丘衆天心出家行菩薩行也五忍功德下二別歎五忍三賢十聖是因位名忍中行佛居果地窮原盡理名能盡原又十四皆云正士者即四十一地也十地爲十住行向及等覺名爲四成十四大士圓教十四聖人皆以一心三觀諦了諸法名忍中行毗盧遮那衆行休息名能盡原云云佛衆法海下一行三歎一體三寶佛是佛寶衆是僧寶法是法寶包含如海蘊積如藏故無量功德攝在其中也十善菩薩下第二別頌十四忍文五初九行頌伏忍二十行頌信忍三八行頌順忍四十行頌無生忍五八行頌寂滅忍初文二前兩行頌伏忍方便即十信也復有七行頌伏忍功德即三賢也初文二先一行明離過次一行明攝位今初古人云十信菩薩由發大心求出三界雖

未能出已能遠離惡道等苦故言長別今則不然若別教十信是外凡未能暫離豈能長別若圓教十信斷三界惑至十住初即斷界外無明等惑以其但斷三界四住與羅漢齊長別苦海與二乘人同生方便有餘土若羅漢支佛於彼土遇餘佛爲說法華經即成菩薩進斷無明若十信菩薩縱未聞法華亦能漸次自斷無明豈以不生惡道便是長別苦海問此十信與別教中何位相似答奪而論之別教地前次第修證十住修從假入空觀十行修從空入假觀十迴向修中道正觀圓教十信即能圓修三觀不可論同與而言之即別教十迴向齊問與前二教何位齊答奪而論之藏通二教巧拙雖異但見於空不見不空未識中道圓教十信具修三觀與前二教不可格量與而爲論圓教十信藏通佛與二乘俱斷見思即與藏通等佛地齊也所言大心者謂誓願大度生大說法大慈悲喜捨大也區分各別名界三苦八苦八萬四千苦名苦迴轉不息如輪沉浮出没如海云云中下品善下二明攝位修行十善必具三心中下二心爲粟散王小王衆多猶如粟散上品心行十善爲鐵輪王王閻浮提其鐵輪寶廣一俱盧舍云云若瓔珞上品鐵輪中品粟散下品人王云云習種銅輪下第二伏忍上中下功德文二初兩行別歎三品爲三輪王次五行總歎三品今初十住菩薩習種性人作銅輪王王二天下其銅輪寶廣二俱盧舍十行菩薩性種性人作銀輪王王三天下其銀輪寶廣三俱盧舍十迴向菩薩道種性人作金輪王

王四天下其金輪寶廣四俱盧舍七寶者女寶珠寶輪寶主兵寶主藏臣寶象寶馬寶等也伏忍聖胎下二總歎三品文二初一行列三十心與十聖作胎故名聖胎三十人總標數十住下別列經作信字有人云信即十信止則十住堅則十行此恐與經文義理相違有人云信即十住止則十行堅則十迴向此則得義違文今謂住信相似傳寫者謬應作住字讀之三世諸佛下二正歎功德文四初歎伏忍能生諸佛以伏忍爲入道之初門菩提之關鍵誰人出不由户故三世諸佛由此而生一切菩薩下羅漢伏忍能生菩薩大海有本所謂衆流衆流之本必有涓滴菩薩之行本乎伏忍伏忍成立由於信心若能發信心入圓十住即斷無明無明盤礴非一心三

觀所不能斷能斷之智從十信生故佛歎云信心難也若得信心下三明功能若得圓信心必不退轉即得入於初地之道此中經文包含兩教若約別教即從十信漸進不退登於歡喜若是圓教十信心菩薩即不退轉便登初住圓教初住即別教初地故華嚴及下經文亦以十住爲十地也必不退者圓教十信必不退墮凡夫二乘及於三界問本業瓔珞説十住中第六住正觀現前值佛菩薩善知識所護則出七住常不退轉七住以前名爲退分如佛初會有八萬人退如淨目天子法才王子舍利弗等欲入七住值惡因緣退落凡夫不善惡中作大邪見今此經中不言退者何耶答人心如面各各不同大聖隨機故亦差別有説十行菩薩性種人猶退墮地

獄又初阿僧祇劫猶退墮者即入迴向人亦有退墮瓔珞第一說十住第七名住不退七住已前即有退義約教而斷初阿僧祇退者三藏意十行退者通意十迴向退者別意十信退者圓意今云信心不退進入初住之地即圓義也教化衆生下四明利他上句明化他之行教化衆生令常覺悟必不退轉下句結歎初心也大經云發心畢竟二不別如是二心前心難般若云能生一念淨信於無量佛而種善根法華云於無量劫行五波羅蜜不如聞佛壽命生信等皆斯義也善覺菩薩下第二頌信忍功德文二先頌三品後結歎初文三一四行頌初地下忍次兩行頌一地中忍後兩行頌三地上忍初文二初一行半歎作王功能俗如幻有真如幻無心雖非實

不無於幻於幻宛然故云雙照真俗空故故云平等始登一乘下二兩行半明入地功德以一心三智住於諦理名住能生諸德名地地即別教初歡喜地住即圓教初歡喜住也於一心中即修三觀萬德萬行並在其中華首經云一切德並在初發心中即其義也於第一義而不動者別教則十迴向菩薩修中道正觀未證故有動至初地證得則無動圓教則十信修一心三觀猶有動初住證得方無動也離達開士下二兩行頌信忍中品離達者離破戒垢通達三觀別教二地圓教二住開士者開空法道也大士正士開士等並一義也忉利明王位現形明化無緣等明智世諦無法可緣真諦無法可相無緣無相即是中道第一義諦無無者一無無緣一無無

相此二俱無云何有生故云無生既眞無生何得有照云何無二照照無所照不二故也明慧空照下三兩行頌信忍上品別則三地達人法二空得忍成就名空照圓則三住即空即假即中名空照也應形下明化也忍心下明智三諦即一諦三心即一心故云無二即有即空故云出有入無即空即有故云變化生也善覺離明下第二總結信忍能滅三界色煩惱即色是空還觀三界身口色即空是色法性第一無遺照無非中道也有本作唯照非經意也燄慧下第三頌順忍文二前六行正頌後兩行總結初文三初兩行頌下品次兩行頌中品後兩行頌上品初中燄慧妙光等者即別教四地菩薩得精進波羅蜜成就圓教即四住菩薩於三觀精進緣寂即實智照空有即權智也勝慧下次頌中品忍別教五地菩薩入深禪定得於勝慧圓教五住菩薩也空空諦觀無二即動是寂變化六道即寂是動也法現下三頌上忍別教六地菩薩得般若圓滿故云法現等圓教六住中無二無照等即寂也智光普照即動也燄勝法現下二兩行總結燄即前四地勝即五地法現即六地此三菩薩得中道觀不起有無二相以正觀水洗無明垢也空慧等者即色心俱空也還觀等者即色心俱假也遠達無生下第四頌無生忍一頌爲三前五行頌七地下忍次三行頌八地中忍後兩行頌九地上忍初文二初釋行相二斷惑分齊今初遠達無生大品云七地深入無生深入遠達義相似也不同六地證有間斷至法之源故云

深入深入即遠行地隣近第八地故復云遠行遠行地即遠達也常萬億等者明化用略舉大數故云萬億未度下明損生未度報身者分段身是也盡此一身即入變易故智論云七地菩薩未捨肉身又二十一生中未度末後一生也雙觀二諦故云等觀又色心二法無差別相故云等觀別教七地猶有功用進入八地無功用心中道法流至薩婆若海此別接通意也始入無緣金剛忍則不受三界分段身此乃預說八地已上功德以其必能致此勝神不久的得故先說也亦猶教聲聞人先歎當果矣中道第一義諦對真俗即是第三一中一切中故云無二照從初地至七地各有下中上三品三七即二十一生生之中皆觀諸法空寂以此爲行也三界愛習

下二明斷惑分齊七地菩薩斷現行此斷習氣如十地經云此遠行地不名有煩惱者一切煩惱不行故貪求如來智者未滿足故不名有煩惱此經亦爾愛佛智者習未斷故故名順道定諦謂審實以前六地但斷煩惱未斷無明習氣今第七地煩惱麤重早已斷盡故能諦了未斷無明習也愛謂癡愛由癡愛故受生死身故淨名云從癡有愛則我病生今七地中永已斷故等觀下三行頌無生中品忍即八地菩薩也此句標名舉位變生法身者七地分段報身已捨變彼分段得變易法身故云變生證法性理以成此身故云法身八百恒土下明勝用道前爲過去道中爲現在道後爲未來返照者照過去七地已前事樂虛者緣現在事無盡原者照未來事七

地雖得無二之照以其初證不明寂然今至八地心更純熟故常寂然也慧光開士下三頌無生上品忍即九地善慧菩薩也常在無爲等者即動寂齊行也灌頂菩薩下第五八行頌寂滅忍文二前五行頌下品後三行頌上品初中言灌頂者在十二法師之上故名頂華嚴二十七云譬如輪王太子成就王相取四大海水灌子頂上即名灌頂大王菩薩亦如是受佛職時諸佛以智水灌是菩薩頂名灌頂法王是名菩薩入智慧職地即法雲地菩薩也爲第四禪天王有本云五禪王者即取欲界及四禪也始入金剛等者以此定破無明一切皆了也從初歡喜終竟法雲有三十生今但言二十九生者以第三十生是其見受之身於前二十九生已過故云永以

変也下忍觀者結因分齊一轉妙覺者結果分齊雖即未得轉心即得也等即等觀八地菩薩慧即慧光九地菩薩灌頂即十地菩薩此三品大士共除餘習無明之緣無明習相是舊煩惱名之爲故即四住客塵是新煩惱也二諦即眞俗理窮即中道得此三觀諦現行習氣皆盡也圓智無相下三二頌明妙覺地即寂滅上忍也得一切種智圓滿盡無明之相故云圓智無相得此無相方爲三界之主法華亦云今此三界皆是我有喻云是時宅主在門外立等也十地菩薩受第三十生未名爲盡今妙覺菩薩不受此生故名盡也前三十生未盡不名大覺佛地生盡故名大覺得涅槃名大寂無餘無爲四魔不能破壞如金剛藏前三十生並有因盡果生今大果

圓滿更不復生故云報盡盡未來際拔衆生苦故悲無窮極也第一義諦即涅槃故常安隱即常樂我淨窮無明之原盡煩惱之性不同外道斷見聲聞證空雖無得無成而妙智常照上來頌五忍竟長行偈頌互明五忍而十地妙覺出没不同是乃大聖隨機轉文顯義者也三賢十聖下第三入行總結歎五忍文三先歎法身果後歎利益果初中將明其勝先且舉劣三賢即地前三十心十聖即十地菩薩此四十心同生華藏果報之土非藏通教中果報若藏教唯是凡聖同居若論通教唯生有餘化城之土今言果報即是別圓教人得無障礙生無障礙土問此中三賢十聖爲是別教爲是圓教答正是圓教問圓教即合生常寂光何故生華藏答華藏之中別

圓共生以是因非果不得生於寂光之土故華藏土中有別教十地圓教四十心共生也妙覺極果毗盧遮那唯獨一人生於寂光淨土問前三二中亦有淨土何故寂光獨名淨土答凡聖同居聖少凡多是穢非淨方便有餘但除見思未斷無明偏眞之淨非是眞淨華藏世界帶別方便未爲純淨寂光無此故受淨土之名也一切衆生暫住報者有云衆生雖即無始而有終暫時受報佛無始終故居淨土今謂佛登妙覺應在寂光爲化衆生暫時應現壽命長短而受果報故云也如來三業下二歎法身果報淨土即是依報今明法身即是正報上句正歎下句頂禮一體三寶法王無上下三歎化他果文中初一行舉喻歎即是形益次一行法說歎佛口業是聲

益外道全無義二乘偏等菩薩未圓唯佛有
文義也心智即觀寂滅即緣觀緣寂名無緣
照又外色無可緣内心無可照次一行明大
衆供養次一行明地動次一行結歎佛在人
爲人尊在天爲天尊又大經云人王即天王
也十四王即三賢十聖等也廣説恐時衆受
難故略歎也又佛德無量不可歎盡故略歎
也

仁王護國般若經疏卷第四

音釋

嘶先齊切聲破曰嘶　鍵巨展切戶鑰牡也　盤礴礴白各切盤礴充塞也

仁王護國般若經疏卷第五

隋天台智者大師説
門人灌頂記

菩薩教化品之餘

時諸大衆下第三辯大衆得益文三一天及三趣得益二八部得益三得道賒促初中言無生忍者通教三地已上别教初地已上圓教初住已上矣問云何惡道得無生忍答夫經云一切衆生皆有佛性必當成佛今遇佛善知識故得道也又戒乘緩急前已具明以三品戒緩生惡道大乘急故以惡道身見佛聞法八部下二八部得益也三生入正位者下三得道賒促由根有利鈍悟有淺深也正位二義一人空别教十解圓十信得二法空别教初地圓教初住得聞法已後一生乃至十生得正位也例如法華中損生云云佛告下大章第三如來述成文二初讚能説後讚所説初文二先正讚後述讚初文二一告衆而告實得道果者以權行自知月光本迹實則不知故告之也善男子是月光下二發迹昔於龍光所爲第四住燄慧開士我爲第八等觀菩薩我今成佛則月光爲法雲菩薩何以知然師子吼者名決定説若非十地不能堪也又淨名歎十地菩薩云能師子吼名聞十方也如是如是下二述讚先讚勝解王所説教稱所詮理教理相稱故再言如是自九地已下心口不能思不能議也次明解般若云唯佛與佛乃知斯事經有作以佛非也唯汝解此乃同佛地不爲菩薩發問如是也善男子下第二讚所説法文三初正讚二勸修後

大衆供養初文三初釋不思議次釋不可度量後釋唯佛乃知初更三一略説次假徵二藏後廣釋初文更四一標數謂十四般若也三忍地下二配當三忍謂便忍三品十住十止十堅心也地地上中下三十忍者從初地至十地各有上中下十地成三十忍也一切行藏下三藏攝一切行藏謂十三忍一切佛藏即上品寂滅此二攝諸功德故名藏不可思議者四結不可思議也何以故二假徵行佛二藏也一切諸佛下三依義廣釋文三初就佛明不思議二合釋二藏明不思議後雙結二藏明不思議初文二先就化身明無生滅二逐難重釋今初文二一立二蕩今初法身無相爲物故形王宫生雙林滅以生滅化衆生也而無生下二蕩其用彌廣其體彌寂

故無生滅化也無自他下逐難重釋先法後喻今初彼我兩亡故無自他境智俱絶故無二中道最上故第一即動是寂故非化即寂是動故非不化非無無相者釋其潜疑恐人聞無生死化等即謂無有出世無相之法故釋其疑云非無無相無去來等但求去來不可得故云無去來耳如虚空者二舉喻也一切衆生下二合釋二藏明不思議文二先釋後結釋中二初人法相對辯不思議後境智相對辯不思議初中更二一明人空二明法空初文二初以三義辯衆生空後就衆名辯我人空今初也言三義者一無生滅二無縛解三非因果非不因果衆生義無所得離苦故無生無滅離集故無縛無脱離集則非因離苦則非果雖非因果而因果宛然故云非

不因果又大品云色空受想行識空以五陰空故將何有生故無生既無生何有滅故無滅無縛無解者大論五十一云五衆無縛無脱若畢竟空無有作者誰縛誰解凡夫人法虛假不可得故非縛聖人畢竟不可得故非解乃至菩薩住是道中諸煩惱不牽墮凡夫中故言不縛不以諸無漏法破煩惱故言不解具如彼説衞世師計我爲作者名因僧佉計我爲受者名果今我既空故非因果眞諦則無俗諦則有故言非不因果煩惱我人下二就我衆名以辯我人空文二一正明我空二明我所空今初有五一我二人三知者四見者五受者我所者下次明我所空一切苦受者苦受名苦苦樂受名壞苦捨受名行苦此三者皆有爲行同是我所等法故言一切苦受行空故也一切法集下二明法空一切法集者謂因縁共成此名假也幻化五陰者五陰無實此爲法假也無合無散者此受假也因縁共生故無散因縁即空故無合也法同法性者一切諸法皆同眞如之性者以其本來寂然空故法境界下二境智相對辯不思議文二初辯境空後釋智空初中有二先法後喻法中言法境界空者明總空謂一切法無不是空者空無相下二明別空文三初明法空言空者是空定無相者是無相定不轉者以苦集染法不可轉爲無漏淨法又實相門中無相不相故云空無相相不能動故云不轉離惑故無顛倒離解故名不順知諸法空空故名幻化無三寶者二雙顯人法二空無聖人六道者三明人空如虛空者二喻

舉况也般若無知下二釋智空文三法喻合今初知無故言無知見無故言無見不行生滅法不淥無明緣又觀緣並寂故云不行不緣不從因生故云不因無法可受故云不受不得一切照相故者釋豈是無心不知無因不見但以理觀照不可得故也斯行道相下二舉况法相如是下三合心境俱空何可有心得心境俱假何可無心得是以般若下二結上四義文即爲四不可衆生中行結人空不可法中行結法空不可境中行結境空不可解中行結智空也是故般若下第三雙結二藏不可思議文二初依智總結而一切諸下二約人别結文二初明菩薩不行而行不思議一切諸如來下二明諸佛無化而化不思議善男子此功德藏下第二釋上不可度量十地菩薩所説如海一渧月光所説如大海又如王所説如海一渧十地所説如大海問何意王説勝菩薩答王無本地云何可知我今略述下第三釋上唯佛能知月光之德無量略述即盡故言分義善男子下第二勸修文三一正歎勸修二徵後廣釋今初先明凡聖自修也若一切下正勸修也何以故者二徵也一切佛及菩薩下三廣釋文三一標正路前言門者以無滯故今言路者以能通故是故一切下二乘正路當依十四忍修學也是人超過下三舉果歎勝有二利益一離苦二得樂時諸衆中下三大衆供養文三先菩薩供養功德次天供養後鬼神修行從勝至劣也上來答第一第二問自利利他行竟佛告大王下大章第二答所化衆生之相文

三一牒前問次正答後得益今初重牒前問何相衆生可化也若以幻化下二答文二一略二廣今初能化所化皆因緣生故俱是幻化能如是者眞是行化衆生淨名云譬如幻士爲幻人說法也衆生識初下二廣答文二初明所化如幻後明能化如幻初文二先釋後結初中六假爲六別第一釋法假中文二一正明法假二明凡聖境差初文更二一明本識能生色心本識者即正因佛性不同木石非有非無不知不忘如水濕性火熱性黃石金性等但隨境界而有差殊得善境生善得惡境生惡乃至成地獄等身但取初一念乃至金剛於其中間生不可說善惡身心大經云如雪山藥唯是一味隨其流處有種種名其味眞正停留在山藥果叢林不能覆沒也問諸衆生等有本際不若言有者何故中阿含云衆生本際不可得者答略爲二說一理中不可說煩惱與身無有前後二事說即有一念識生之文衆生本根下二明色心成陰界等文二初成五陰初一點赤白名色蓋業行力故識托其中名識蓋即是開心爲四蓋蓋即陰也陰者陰覆爲義蓋亦如是身名積聚者三十六物共成此身也大王此一下二明成十二處文三初明一色生無量色謂五塵四大等生五識處名根者二明能成五根謂四大所造能生五識故名爲根也如是一色下三總結一色生五塵五根四大不明法入色也一心動十二入中能生意識於十八界中能生六識及與空界釋中略不說也大王凡夫下二明凡聖境差文二先明凡境

並假次明聖境眞實初文可見聖人六識下
次明聖境假名雖一見則不同凡夫妄見執
著聖人滅無常色獲得常色別圓之意也衆
生者下第二明受假文四一約二諦二明有
無三約六道四約四姓今初也上明五陰是
法假計有衆生即受假也世諦則有眞諦則
無也若有若無下二明有無外道以實有爲
有豁達爲無此六十二見之本也但生衆生
憶念下釋有所以凡夫妄計謂有受者聖人
見受猶幻化此皆以聖對凡也乃至六道下
三約六道明受假也幻化見幻化下四約四
姓所言見者照眞幻化人化實幻者眞幻即
別教人也此就能化所化明受假也幻諦法
下三釋名假文二一明佛知前無名二明佛
爲立名初文三一明無義名爲佛未出世無
大聖不說名是假也幻法幻化下二明無名
體肇云名無得物之功物無當名之實也無
三界下三明無三界六道也大王是故下二
明佛爲立名文二一佛立名具知識假也是
名無量下二結名非一也相續假法下第四
明相續假文三一標宗一亦不續下二釋一
亦不續以其一故異亦不續以其別故非一
非異下三順結此如芽莖不可言一異也相
待假下第五釋相待假文中有二意一切相
待是相避待中論云若法有待成是法還成
待如五色等法即是相對待相對如眼見色
耳聞聲等若長短相待者此是相形待也一
切法皆緣成假五陰等法爲緣假成衆生也
俱時因果下六釋因生假如五果三因是俱
時因果過去二因現在五果是異時因果又

縁見是俱時觀因是異時又槃㮌成舍是俱時十二時爲日是異時又燈及明是俱時闇與明是異時也一切幻化下二結假文即先結所化如幻也大王下第二明能化如幻以菩薩見衆生不實猶如病眼見空華衆生不知故爲宣説皆是假菩薩之力用也時諸下第三明時衆得益文二一明得忍謂地前地上乃至一地下二明地上德行

二諦品第四

上内護中文有三別今二諦品即是第三明二護所依言二諦者是佛教之大宗有實有幻有別入通圓入通別教圓入別圓教等七種廣如法華玄義云云但以凡夫見淺名俗聖人見深名眞審實故名諦又上觀空品明實智方便智皆空而護諸未達事須行化化必有由所謂二諦故於此明也品文二一問答二勸持初文三一明二諦不二二明説法不二三明法門不二初文二先問後答問中有三初雙標爾時下將欲設難故作兩徵二若言無者下雙難有人云若言無者凡夫智不應有二謂眞俗二諦也若言有者聖人智不應一一即第一義也今謂若言有者不應言有無皆空若言無者不應二見差別一二之義下三雙結也佛告大王下第二答文三一正答二引證三釋成初又三一歎月光往因可解汝今無聽下二正答聽説皆空即不二聽説宛然即不一故諦聽下三誡聽勸修三慧也七佛偈如是下第二引證頌有八行半分爲三別初三行正申二諦次三行釋義正是答問後二行半結成上義初文三初一行

明別教二諦上半明眞諦即有空下半明俗諦即空有大論云十二因緣是誰所作佛言非佛非菩薩乃至非一切聖人作故云無自無他作也法性本無性下二一行明通教二諦上半明眞下半明俗三假者法受名也無無諦實無下三一行明圓教二諦無別俗是一無無別眞是一無故云無無諦也上二句明眞次句明俗下句總結有無本自二下第二正答難明不一不二文三初一行智理相對遣一異上半明一二下半明不一不二云云解心見不二下二一行智理相對以遣執上半明解心求二不可得下半明遣著所謂解者見二諦皆空便著此空二尚叵得非二何可得也於解常自一下三一行理智相對讃入眞義也世諦幻化起下三二行半結成上三義初一行明世諦有無三喻一舉空華二舉影三舉三手皆無實雖無實而不無也幻化見幻化下二一行明聖見有無也名爲諸佛觀下半行三結正觀也大王菩薩下第三釋成文二先明二義後明一義照俗化凡夫照眞化二乘佛及衆生下二明一義文三初能所相對明一義有三謂標徵釋今初標也何以故二徵也以衆生下釋也以衆生空得置菩提空釋佛能化也以菩提空故得置衆生空釋所化也又衆生空是人空菩提空是法空也以一切法下二境智相對明一義文三謂標徵釋也今初以一切法者謂境智二此皆空故言空空何以故者二徵也般若無相下釋中文二初正釋一義可解次般若空於無明下二遂難重釋何者一切空相事顯

可知般若之空有何差別故今釋云從於無明至於佛果以明別也文二初約迷悟次位明空相可解二五眼成就時下約佛果顯空相文二初明無見而見肉天等四眼在佛名佛五眼也行亦不受下二明無行而行方離五非菩薩未成佛下第三染淨相對以明一義文中三謂標徵釋初標可見何以故徵也於第一義而不二下三釋也生死菩提其如明闇雖二空不二也白佛言下第二明說法不二文二先問次答問意云若諸空如如即無文字何故聖人以此教化大王法輪者下答文二一明說空二明修空初文三一明名空言法輪者凡有二種一行二教法本者修多羅經也重誦者祇夜經也受記者和伽那經也不誦偈經者伽陀經也無問而自說者優陀那經也戒經者尼陀那經也譬喻者阿婆陀那經也法界者伊帝目多伽經也大經云戒經本事者闍多伽經也方廣者毗佛略經也未曾有者阿浮陀達摩經也論議者優婆提舍經也此十二皆空即如也是名味句下二明教空以此土音聲爲佛事文字性離故皆如也若取文字者下三明不行空行空則非正觀也大王如如文字下第二明修空文三初辯修習又二初明因位因教生智教爲智母又空如文字文字如空故云如如因此如如能生佛智故云智母也一切衆生下二明果位在衆生身爲佛性在佛身名一切種智未成佛時當必得成當能成故名當爲母未得道時名佛性已得道時名一切種智也三乘般若下第二遂難重釋謂前云佛智

毋又云性根本智毋恐人難解故今重釋文二一理性釋二行性釋理即如如智毋今初理性釋前根本智毋也若菩薩無下二行性釋如如智毋也若菩薩無文字而學無修而修即得眞智般若也大王若菩薩下第三結修成也次白佛言下第三明法門不二先問後答問中三初是問根也行亦無量二問行也法門爲一下三問法門也又問意云衆生根性志懷不同所説觀門爲一爲二大王下二佛答文三一略答二廣答後結答初文二初明觀門後明所觀法今初文可解也一切法亦非有相下二明所觀法非有相相不實故非非無相離空過故若菩薩下二廣答釋文三初約二諦顯若菩薩觀衆生下二是俗諦不見一二是眞諦即俗即空故言不二是

第一義諦若有若無即諸見本名世諦也以三諦下二約三諦顯諸法有人言空即眞也色即五根心即六識今云一切法者則理事俱該空則始從虛空乃至般若亦有眞俗色則始從實色乃至眞色亦有眞俗心則始從生滅乃至無作亦有眞俗攝法實廣也五種三諦如法華玄義説我人知見下三約三假顯法我人知見是名假五陰是受假一切法是法假也衆生品下三結答也大王七佛下大章第二勸持文二一歎教二舉名勸持初文爲五一明説同七佛可解汝等大衆下二舉益勸持也況復於此下第三明勝信能信此經成就三智即超通敎十地功德何況受持下四明得入圓教初住成佛能百佛世界化衆生也時諸大衆下五明得益也大王此

經下二舉名勸持文二先舉名可解亦名一切下二明用可見

護國品第五

正說有四初三品明内護竟今護國品是第二明外護也國土有二一世間二乘凡夫二出世間十信至十地賊有二一外劫盜等二内煩惱結使護亦有二一外即百步鬼神二内所謂智慧若内若外悉是諸佛菩薩神鬼能護人之國土故名護國品約觀觀生滅法護同居土觀無生滅法護有餘土觀無量法護果報土觀無作法護寂光土又百步鬼神護依報國修行般若護正報國又鬼神護護命等爾時佛告大王下品文爲三一誡聽勸持二廣釋三明衆得益今初文可解當國土欲亂下二廣釋護法文三一廣釋護法二引古證今三結示勸持初文三一護國二護福三護難初文四一護時二護法三護体四顯所護難今初也以無難時王心不怖有難方怖故明時也亦以實害爲燒未必火灾之時當請百佛下二明護法文三初明福田次明供養後明說時初文更三一請賢聖以實身難見故置形像以表敬儀百比丘衆下二明聽衆大龍人鬼爲四衆又當機結緣發起影響等四衆也七衆者出家五衆比丘比丘尼沙彌沙彌尼式叉摩那在家二衆清信士女也請百法師下三請師講說也百師子吼下第二明供養文三一供養方法有三謂燈花香也三衣下二供養法師什物者三衣三鉢四坐具五剃刀六刀子七漉水囊八鉢袋九針筒十也小飯下三供養飯食也大王一日

下三明說時也汝國土中下第三明能護即是護體也外國有金眼仙人義經中說根本鬼神有十各開十爲百一大神二童子神三毋神四梵神五鴈頭神六龍神七脩羅八沙神九夜叉神十羅神也大王國土亂時下第四明所護難文三一明鬼人難有八一鬼亂二民亂三賊來四百姓亡喪五君臣是非六天地怪異七星辰失度八日月失度二十八宿者大集攝受品云東方七星角亢氐房心尾箕南方七宿井鬼柳星張翼軫西方七宿奎婁胃卯畢觜參北方七宿斗牛女虛危室壁也大王若火難下二三灾難也一切諸難下三對難明護大王不但護國下二明護福問曰富貴者應得辦百座貧賤者云何答若準此文即以講爲正大王不但護福下三明護諸難四重者婬盜殺妄五逆者殺父殺毋破僧殺阿羅漢出佛身血八難者一地獄二畜生三餓鬼四長壽天五邊地六諸根不具七邪見八不見佛大王昔日有王下第二引古證今文二先引天證護國次引人王證護身是初也賢愚經云於過去世有大國王名善住時頂上歘生一胞其形如繭撤亦不痛後轉轉大便得童子甚爲端正頭髮紺青身紫金色即召相師占知有德必爲聖王統領四域因立名字頂生年遂長大其德遂著父王既崩諸王臣等願付國位頂生答言吾有福應爲王者要令四王及帝釋來相迎爾乃登位立誓巳竟四天王下各持寶瓶盛滿香水以灌其頂時天帝釋復持寶冠來爲蓋之於閻浮提五欲自恣經八萬四千歲時夜叉

神從地涌出請遊東洲經八億歲復請西洲經十四億歲上四天王天經十四億歲意中復念昇忉利天五百仙人扶車共飛天上遥覩王城城有千二百門諸天怖畏悉閉諸門以著重關頂生兵衆直趣不礙吹貝扣彈千二百門一時自開帝釋尋出與共相見自請入宫與共分座天上受欲頂生復出吹貝扣弓惡心既發因而墮落後患惡病即便命終爾時帝釋者迦葉佛是也言頂生者今我身是也若依此經爾時天帝如七佛法數百高座請百法師講誦此經頂生即退也大王昔有天羅國王下二引人王證護身文二一明難事二明能護難令初者賢愚經云昔波羅摩達王得四種兵入山遊獵逢牸師子與王從欲師子得胎日月满足生一男兒遍身似人斑足似毋師子舍子來歸王所王取爲子立名斑足是王常供一箇仙人恒奉淨食仙人一日不來王所即有天神化作仙人即入王宫求魚肉食舊仙凌晨依時還來王奉肉食仙人瞋怪因起誠誓令王後當十二年中恒食人肉仙人語竟還往山中是後厨監竟不辦順出外不見肉見死小兒急取其肉作食奉王王食甚美即問由來厨人具答王言自今以後當用此肉厨人常捕小兒殺以爲食日日供王國人失兒處處趣覔乃見厨人捕他小兒捉縛厨人國人告王王言我敎國人皆言是大賊伺王池浴伏兵捉王王既被捉即告國人願見一恕後更不殺國人不許王即起願願我生來所修諸善迴令今日返成羅刹飛行食人語已即隠空中唱言自今

以後當食汝等所愛妻子人聞急走多有羅刹附著相從徒衆漸多所害轉廣後諸羅刹言我等爲從今王勑令當爲我等輩捉取千王設一大會斑足言好一一往取已得九百九十九王唯少一王不得作會諸王各言我等今日無所歸告若當捕得須陀素王有大方便能救我命作是計已白斑足言王欲作會須陀素王有大名德若得彼王來會圓滿時羅刹王即急往取時須陀素王出城向園入池欲洗浴見乞人從王王言且待洗還施與王始入池羅刹王從空隱下捉須陀素而愁悲泣斑足王言聞汝名德第一丈夫云何悲啼須陀王言我不愛身命朝出見乞許施值王得來不行以是悲耳願王放我七日布施道人斑足許王還七日布施道人時婆羅門爲王說偈同此經王聞歡喜即立太子代位相別就死斑足王言汝今就死何以歡喜須陀答曰大王恩廣放我七日布施道人聞微妙法心自開解我願即滿斑足問言汝聞何法須陀即爲宣說妙法并更爲說殺生罪報斑足聞已即放須陀及諸王等各還本國時須陀王者今我身是斑足王者殃掘摩羅是也其普明王下二明能護難文三一請修福可解其斑足王下二聽許也時普明下三正明護難文二一長行依教請護也二說偈加護文二一說偈二獲益初偈八行爲四初兩行說無常理乾訓天天行健健不息也坤訓順也坤順四時二儀即天地也生老病死下二說苦理欲是集禍是苦苦集爲瘡疣即是自身與心豈在外也有本自無下三說空

理識神無形下四說無我理爾時法師下第二明聞者獲益文三初聞法益法眼空即是人空也虛空等定即法空也聞法悟解下二明王轉教時斑足王問下三諸王悟道文二先明得道後明放捨初文二先斑足得道九百九十下次諸王得道時斑足王極大下二放捨諸王文三一放捨各各下二勸修時斑足王以下三入道也如十王經中下第三結示勸持文二初結示次大王下勸持三初勸月光天上人中下二勸六道也未來世中下三勸諸小王也爾時釋迦下第三時衆得益文中二初六益後略結可見得入初地者即圓教十信初心地性空則十住一心三觀觀無明性空也無生法忍即十行也無生法樂忍十迴向也十三昧即十一切入也三三昧即眞俗中三諦三昧也亦空無相等也自性信通教聲聞也無量空信通教支佛也吾今略說下第二略結也

散華品第六

大章第三報恩供養故有散華品華表因散佛表行因至果也品文三一散華供養二現通利益三歎教勸持初文三一聞經勸持二散華供養後諸王發願初文三初聞經人可解聞佛所說下二所聞法此經三處說偈不同一二諦品中說八百萬億偈二護國品末說八千億偈今散華品說十萬億偈初二諦品即合說三時數次護國品別引過去佛說今此品中明今佛說阿難觀機略結如此歡喜無量者三結歡喜也即散百萬下第二散華供養文三初行華二般若華後妙覺華此

三表別教地位初行華表三賢位次般若華表十地位後妙覺華表佛地位初文四一者王散華於虛空中下華變爲座十方諸佛三三化佛說法無量大衆下四化衆散華復散八萬下第二散般若華文四初明散華於虛空中下二華變爲臺臺中光明下三化佛說法臺中大衆下四化衆散華復散妙覺華下第三散妙覺華文四一散華於虛空中下二華變爲城城即涅槃也城中師子吼下三化佛說法即圓教中菩薩於別中說法也時城中菩薩下四化菩薩散華時諸國王下三諸王發願文二先王發願可知佛告大王下二如來述成諸佛母即實相般若菩薩母即觀照般若神通即文字般若文字能發智慧智慧生即神通發也金剛云一切諸佛及諸佛法皆從般若經生也時佛爲王下第二佛現神變令衆得益文二先現變後得益初文三先標章擧數陰陽不測謂之神轉易常相謂之變心不能思口不能說佛之神力也一華入無量華下二別叙一華二佛土三須彌四佛身五入四大文相可見問山大芥小云何能入答有人言佛之神力故入又有人言山芥二如如故相入又有人言三界唯心心喻芥子山喻三界心能造界故名入有人云山芥皆無法無性故空空故相入今謂若以空釋一空一切空山及芥俱空空故能相入一假一切假山芥俱假假故論相入一中一切中山芥俱中中故論相入空除見思即般若假除無知即解脫中除無明即法身即一而三即三而一如天三目不縱不橫名不思議

一佛身不可思議下三結讚佛現神足時下第二明時衆得益文中四益一得佛華定即華藏法界定十恒河下二得成佛益也三恒河沙下三得成菩薩益也十千下四得神通三昧也善男子下三歎教勸修

受持品第七

大章第四示弘經相貌言受持者大論云信力故聞而奉行爲受念力故久久不失爲持此品中正明十三法師受持般若又令他人受持故名受持品爾時月光下文三初問答須受持二勸諸王受持後衆得益初文二一月光請二如來答初文更二一疑念二正請疑念中三佛一見釋迦現身即法身二現寶滿即報身三見千華上佛即化身問何以知然答普賢觀云釋迦牟尼佛名毗盧遮那華嚴云亦名釋迦亦名舍那大經云我今此身即是法身盧舍那此云淨滿淨即寶也問梵網云舍那爲本今何言釋迦爲本答梵網明迹本此經明本迹本迹雖殊不思議一也問此經與法華寶塔品何異答有同有異同者同明釋迦爲本異者此經帶方便法華正直捨方便也白佛言如是下第二正問文二先讚不可以口說智解識識此法門也云何諸下二請也空者即般若智慧也由此智慧能得神通變化一切衆生不知請佛開發也大牟尼言下二如來答答意但以菩薩上求下化爲言解說方得此道開空甚多略說三種若色即是空開一切智空即是色開道種智色空不二開一切種智色若不空則見思惑空若不色即無知惑不得中道則無明惑三

皆是門如是三觀即三智開大略如是也文三初總標次別釋後總結初文三一標文可見從習忍下二別叙依謂依止持謂攝持言此法師爲衆生依止建立正法也汝等大衆下三勸供養善男子其法師者下二別釋十三法師即爲爾別今初第一習種性法師文爲五別一標位二辯差三行業四舉劣明勝五入位時節今初第一法師習種性標位也若在家下二辯差也婆差即優婆塞也優婆差即優婆夷也修行十善下三明行業文三初修十善行謂十善即十信心也自觀已身下二修不淨行初觀六大次觀諸根後觀三界五情即五識五受即苦樂憂喜捨也住在佛家下三生佛家行六和敬也善男子習忍下四舉劣況勝文二先舉劣次況勝初文二先正釋劣位法喻合可知雖以十千劫下二通伏難文二初徵伏難三伏忍法云何向言有退有進而不可名字下二釋通有三而不可名字故有退是定人者下二顯其勝位文二初明得者謂十住菩薩初證生空理得聖人性故名爲定異前十信不定以十信未解純修假入空觀也必不起五逆下二明離過文四一不起五逆二不作六重三不作二十八輕四不謗佛法經典初文可見六重者如優婆塞戒經第四卷受戒品說一殺二盜三婬四妄語五沽酒六說出家在家四衆過失二十八輕者亦如優婆塞經說一不供養父母師長二耽飲酒三不能瞻病苦四不能多少捨施五見四衆不起承迎禮拜六見四衆毀戒心生憍慢七每月不能受持八戒供養

三寶八四十里中有講不聽九受招提僧(卩+𡖋)具牀座十疑水有蟲故飲十一險處獨行十二獨宿尼寺十三爲財命打罵奴婢等十四以殘食施四衆十五畜猫狸十六畜象馬等一切畜生不作淨施未受戒者十七儲畜長衣鉢等十八爲身田作十九市賣斗秤不平二十非時行欲二十一不輸王稅二十二犯國戒二十三得新果菜不奉三寶二十四僧若不聽說法而輒自作二十五道路上在一切出家人前行二十六僧中時食偏爲師長二十七養蠶二十八行逢病人不住瞻視付囑所在而便捨去佛法經書下四不謗佛法經典言非佛說也能以一阿僧下五入位時節日月歲數所不能知故云阿僧祇僧伽陀位此云離著也復次性種下第二明性種性文三初標位初學名習習已成性故名性種性也行十慧觀下二辯差十慧觀者四念處四三善根七三世觀十如教化品中說滅十顛倒者四念除四倒三善除三毒三世觀除三世定執也我人知見是法上假立而非實也無定根者我法無定住處相無自他相者我自無體相上亦無也以二阿僧下三入位時節波羅陀位者此云守護十行菩薩其行堅牢不失自性以能從空入假不爲假染能守自行故復次道種下第三明十迴向菩薩文三一標位以其修中道正觀故云道種性也住堅忍中下二辯差文二先明觀差別觀受五陰得五分法身觀三界得三空觀二諦得無常無生二忍第十第一義諦即無生中道空也而受生三界下二受報殊勝文三初

標可解何以故二徵巳心寂滅云何受生也業習果報下三釋由未登初地不斷無明所熏見愛猶在故得生也復以三阿僧下三入位時節爾許時修方得初地雙照二諦故云平等聖人也此地不退故云跋致正者即證初地此因中說果也復次善覺下第四法師文五初標位文可見也住平等忍下二辯修行差別文二初明二智爲相後顯二智同異初文二先標章次別釋初平等忍者即標實智雙照有無而不染也四攝等標方便智也入無相捨滅下二別釋文二先釋實相智後釋方便智初文三一總舉二別釋後明離相今初文可見於第一義諦下二別釋文三一法性無爲亦名虛空無爲緣理而滅下二擇滅無爲佛眞智滅一切結無相無爲住初忍

時下三非擇滅無爲謂無相等法也無相無爲下三明離有無二相無量方便下第二顯方便智文二初標可解實相方便者下二釋有六種方便令初明實相方便次遍學方便次迴向方便次自在方便次一乘方便次變化方便云云如是善男子下第二重釋二智同異文三初結上異相者先明實智相初覺中道故云初覺智也巧用不諍下是方便智相也譬如下二舉喻顯非明不一不二而一一行成就者三明行成就以得即空即假即中一行無量行無量行一行故云成就也以得四阿下第三明時節證初地施成就故云入功德藏門也無三界業下次生淨土即方便有餘及實報等土也常修捨觀下第五登位以修捨故得施度滿鳩摩羅伽此云勝怨以

離三界及二乘怨也四寶藏者有人云三藏及雜藏也今但依勝鬘經一者無價藏菩薩乘也二者上價藏緣覺乘也三者中價藏聲聞乘也四者下價藏人天乘也又亦四攝爲四藏也復次德慧下第五法師也文三一標位者謂尸羅清淨與慧俱生住於三德故名德慧也以四無量心下二辯觀差别文三初顯地别行爲欲對治瞋等煩惱故修四等滅三有瞋下二明除障依薩婆多宗瞋唯欲界依成實宗瞋通三界依法華譬喻品中上亦有瞋也住中忍中下三位分齊順忍中品也以五阿僧下三入位時節闍陀波羅此云滿足亦名無畏尸羅圓滿故復次明慧下第六法師文三初標位也得忍成就故名明慧常以無相下二辯觀文三一明地别行知三世

空爲三明觀也盡三界癡煩惱者二明除障也得三明下三明位滿足常以六阿僧下三明入位時節伽羅陀者此云度邊度度等邊也復次爾燄下第七法師也文三一標言爾燄者此云智毋謂此地中能生禪智故云智毋也修行順法忍下二明地别行文三一標住位言須陀洹者借小名大五見即五利使也常以天眼下二起通未具漏盡故但言五也於念念中下三滅障謂此位配初果故滅五見又亦是别入通意也亦以七阿下三入位時節復次勝達下第八法師也文三初標位深修禪定故得神通達色心法故名勝達於順道忍下二明地中别行文三初明得無畏觀通達五相即一切智無畏滅三界疑等煩惱即漏盡無畏知地地有所出等即説盡

若道無畏有所不出等即説障道無畏也逆三界疑者二除障也修習無量功德下三入位分齊亦是借小説大復集行入阿僧下三修行分齊復次常現眞實下第九法師也文三初標位中道眞明般若實故常現眞實住順忍中下二別行一切煩惱爲集因苦等名集業此地中並盡也諸法本空故非有建立諸法故非無無有俱實故一相實相亦如故無相復於九阿下三入位時節樂力即願力也復次玄達菩薩下第十法師也文三初標位者玄遠也達通也此位得無生忍無功用心故云玄達也十阿僧下二入位時分滅三界習煩惱也住第十地者即十三法師中第十法師地非謂十地菩薩也常行三空門下二辯觀差別行三空觀弘佛三法藏故也復次等覺者下第十一法師也文三初標位行地中眞俗雙照名等覺者亦非地十一地之等覺也住無生下二明觀差別文三一明有無觀又二先配位也觀心心下二正辯有無觀文三初別釋文二先明寂而常用心心寂滅者念念空也即明寂義雖無相而相雖無身而身雖無知而知此明用義而用心下二明用而常寂在有常修空下二合釋有無在有修空釋上用而常寂處空常萬化釋上寂而常用雙照一切法故者三雙結也知是處非是處下二明十力觀但明後一餘行略之而登摩訶羅伽位化一切國土衆生第三登位差別摩訶羅伽此云大得或云龍象等千阿僧下三明修行時節復次慧光下第十二法師文三初標位者以此地菩薩得無礙智

化諸衆生現諸神通名爲慧光神變也住上上下二明觀差文四仐初配位滅心心相者一明滅心滅意等名滅心滅心數名滅相法眼見下三明見境法眼見一切法即別明三眼色空見即總明三眼者佛法慧也慧眼見色空法眼見色假佛眼見中道空假不二而二二而不二雙照即不二而二雙忘即二而不二舉三眼對色二境見之一字總明三見之差別也見色空即空諦見色假即有諦雙照即第一義諦此三約教有五一別入通以幻色爲有見空爲眞非有非空爲第一義二圓入通三諦同前加一切法趣三別教以幻有即空爲俗不空爲眞不有不空爲中道四圓入別中加一切法趣五圓教三諦皆云一切法趣也問菩薩地云何言佛眼答法華云

開佛知見即別教初地圓教初住發三種智一正因理心發用中道觀開一切種智二了因智心發用即空觀開一切智三緣因善心發用即假觀開道種智初地尚得況九地耶此但分得非具得也以大願力下四生淨土萬阿僧下三明入位時節薄伽梵此云世尊非眞佛世尊是補處世尊也復次觀佛菩薩下第十三法師文四一標位觀佛菩薩者若開妙覺此是等覺猶名菩薩來至此地保爲究竟乃是末極更須觀察別佛猶有三十二品無明智去圓佛尚遠故云觀也通佛即有四十二品無明此更遠矣住寂滅忍者下二明證時分文四一配位者第五寂滅忍自有二別一下二上仐第十地即是寂滅忍下品也從始發心下二經時多少謂從習種性至

灌頂忍經百萬阿僧祇劫也修百萬下三辯修證登一切法下四明登位一切法解脫者眞解脫也金剛臺即金剛三昧善男子下三對位辯別文五一伏斷差別者從習至頂三昧先明伏忍也而無相信下明斷滅一切煩惱即大涅槃也生解脫即解脫智照即般若第一義即法身位不名爲見下二信見異先明不見也所謂見者是薩婆若次明見也是故我從昔以來下引證也唯佛頓解下三漸頓差別也慧雖起滅下四常無常異無生則累無不遺無滅則德無不圓無生則斷德無滅則智德也入理盡下五等無等異文中法喻合可解常修一切下四明入定位此中一切行滿智慧滿名功德藏婆伽度位此云世尊亦復常住佛慧三昧者必應受修義言亦

復在別利物故云常住善男子如是下大章第三結歎明其施化與佛無異佛告波斯匿王下第二付王受持文四一讚用勸持二讚名勸持三釋勸所由四稱名付囑初文二一略歎二廣歎初文更四一舉滅勸持一切國土下二明般若之力是故付囑下三釋付囑所以以無王威力故故不付囑也汝當受持下四別付月光也大王吾今所化下第二廣歎勸持文二初標除難福生二問答分別今初文可解云何爲七難下二問答分別先問可解日月失度下二答七難爲七第一日月失度難謂時節變易多飢饉數量變易多刀兵色相變易多疫病也二十八下二星宿失度難也大火燒國下三災火難也大水漂沒下四雨水變異難也大風吹殺萬姓下五惡

風難也天地國土下六九陽難也四方賊來
下七惡賊難也並如文可見大王是般若下
第二讃名勸持文二先讃名勝後勸供養初
中辯三般若心識之本即實相般若王之父
毋即觀照般若以能生王慧解心故下六名
即文字般若也佛告大王下二勸供養文二
先示供養法後别明行住供養初中皆言九
者九表衆生苦旛者標顯行得勝明九苦之
内建解脱勝旛也九色華表九苦衆生行般
若因也青黄赤白黒五塵華地水火風四大
華也二丈表二諦十燈表十善功徳各以般
若展轉相資成千智慧高五丈明照五道也
九玉箱表九苦居清淨為法器九玉巾表九
苦居衆生得般若巾案者平喻實相般若以
經置上者文字能令實理顯也七寶者表七

方便人皆為人寶也若王行時下二别明行
住供養先明行供養若王住時下是明住供
養也大王我今五眼下三釋勸所由文二初
明王福盡文可解大王若未來世下二明來
世利益文三一舉數可解一金剛吼菩薩下
二别釋可見是五大士下三結釋也大王吾
今三寶下四稱名付囑文三初總明付囑可
解憍薩羅國下二稱名如是一切下三結勸
時諸大衆下第三時衆得益文五一脩羅益
時十六下二人王益益中初明八勝處地水
火風能造四大青黄赤白所造出離貪欲故
名勝出四大下次明十一切處地水火風青
黄赤白空處識處所縁覺廣無處不入故也
三十忍是初地方便名初地相第一義諦即
初地初地是九地相故攝論頌云如竹破初

節餘節速能破得初地眞智諸地疾當成捨凡身得六住身捨七地分段報身得八地變易法身故智論云七捨生身肉身此通教益也十八梵天下三天益脩羅及天皆同益也空華表人空法性華表法空此顯伏忍聖人華表信忍順華表順忍無生華表無生忍四辯自在說法即法樂華下品寂滅忍也金剛三昧能斷結使即一品寂滅忍其餘一切衆下四大衆益心空華者定於三學之中名爲心學心樹華者觀十二因緣生也六度華者十地行也妙覺華果行也十千菩薩下五名菩薩文二先明十千益可解次復有十億下明成佛益此中成別教佛也

囑累品第八

大章第三流通分囑謂付囑累謂憑累將此法付囑國王憑其宣演故云囑累品又付國王若有災難憑此救度故云囑累又付囑此經令累代流行故名囑累品問何不如大品付囑聲聞法華付囑菩薩而乃付囑國王耶答此佛隨病設藥以王國有災厄弘宣得益故付囑又百事大供養深廣自非王力誰所能辦故付囑也又王若不信法即不行行法在王故付之也佛告波斯匿王下文二先付囑誡勑後依教奉持初中更二先明略付囑誡謂誡勸勑謂教勑吾滅度後下二廣付囑誡勑初文二初明付囑後明誡勑初二先付時後正明付人法今初也八十年者佛去百年內五人住持一迦葉二阿難三末田地三人見佛在世相次住持經六十年法行不滅次商那和修優波毱多此二人不見佛相次

住持經四十年威儀法滅故於此時言無佛
法僧也言八百年者正法年內二十師住持
佛法並是聖人法不滅第六百年馬鳴菩薩
第七百年龍樹皆是菩薩法亦不滅八百年
中邪宗極盛故於此時付囑國王提婆菩薩
聲王鼓申法是也八千年者像法盡末法時
衆生信邪故法滅此經三寶下二明付人法
更二初付法可解爲三界衆生下二付人也
今教三行一空行二七賢行三十善行空即
聖行七賢即七方便十善即凡行從深至淺
也後五濁世下第二廣辯七誡文爲七一誡
諸滅法過二誡壞四衆行三誡禁不依法四
誡自毀五誡使役六誡自咎七誡謬信今初
第一誡諸滅法過文三初明滅法人次辯滅
法過後結成過今初文二先明滅法時即五
濁也一命濁二劫濁三煩惱濁四見濁五衆
生濁文殊問經云十歲衆生乃至千歲有短
長爲命濁飢饉疫病刀兵爲劫濁多有貪瞋
癡名煩惱濁邪見戒取見取邊見爲見濁不
孝不義譏師長等是衆生濁比丘下二滅法
人也明作制法下二辯滅法過文中先明制
四正後明立四邪制四正者一不聽出家二
不聽行道三不聽造像四不聽造塔立四邪
者一立統制衆二比丘地立白衣高座三兵
奴爲比丘四受别請也當知爾時下三結過
也大王壞亂吾道下二誡壞四衆行爲王不
行正法則佛道壞也大王法末世時下三誡
禁不依法大王我滅度後下四誡自毀文三
初自毀二起惡後招報初文二先法後喻今
初文可見如師子身下二明喻也此喻如蓮

華面經佛告阿難譬如師子命終身死若空若地若水若陸所有衆生不敢食肉惟師子身生諸蟲還自食師子之肉阿難我佛法中非餘破壞是比丘破我三大阿僧祇法彼經但喻出家此經通喻道俗各壞我佛法下二起惡人壞佛教下三招報文中法喻合可見六親謂父母兄弟夫妻喻有三初二喻現報後一喻生後報也大王未來世中下五誡使役大王未來世中下六誡自咎也大王未來世中下七誡謬信文中爲四初示善不壞正教曰流開空法道曰通能盛福智曰器也諸惡比丘下二示惡也其王不別下三謬信也是爲破佛下四示過也爾時十六國王下第二大衆奉持文二先奉持次奉行初文先傷感二嗟歎初文二先正明傷感時諸國王等下二受持也爾時大衆下二嗟歎傷此時也爾時無量大衆中下二奉行文五先列大衆聞佛所說下二明聞佛法義歡喜無量者三明歡喜也爲佛作禮者四禮佛也受持般若波羅蜜者五奉行也

仁王護國般若經疏卷第五

音釋

渧丁歷切與滴同　漉盧谷切瀝也　觜即移切宿名　欻許勿切忽也

疣于求切　鬘莫班切　麴渠竹切